KB232897

날벼락

신중경 지음

새미

소 설 을 시 작 하 며

찌그러진 나라는 찌그러진 역사나 만들어내고, 찌그러진 역사는 또 남에게 핍박이나 받으면서 영악한 무리들만 생산해낸다. 조선 5백년사를 돌이켜봐도 사색당파와 음모, 그리고 피비린내 나는 살육으로 이어지면서 끝내 식민지로 전락했기 때문이다.

그래서 이 조그마한 나라에서는 사투리가 들끓을 수밖에 없고, 사랑의 대명사인 어머니란 단어조차 오마니와 에미나이, 어무이와 어매로 반 동강이 났다. 뿐만 아니라 그것이 또 '하모!와 그러탕께!'로 분열되면서 반세기를 끌어왔으니 왜 모성애가 존재하겠는가.

현대사를 돌이켜봐도 역시 마찬가지다. 민족정신과 가치관도 없는 영감의 아집과 독선, 수녀원 출신과 무능했던 면장, 총알과의 악연 때문에 비명에 간 선그라스의 건맨, 겉과 속이 마치 수박과도 같은 마카로니 웨스턴 출신의 악역 배우들, 그리고 신체장애자와 언어장애자, 심신장애자와 정신장애자들이 엮어내는 4류 드라마가 아직까지도 건재하기 때문이다.

그래서 곳곳이 썩고 썩어 악취가 진동하는 세상이다. 신문과 방송 등의 언론매체는 늘 부정사건 다루기에 여념이 없고, 특히 배웠다는 지식인들조차도 끼리끼리 패싸움이나 하면서 자기 몫 챙기기에 분주하고 있다. 교육이 본질은 외면한 채 얼마나 합리적으로 교활하고 비굴하고 야비하게 사는 것만 가르치고 있기 때문이다.

그 결과 기득권층의 도덕성 상실과 함께 경제가 제멋대로 힙합춤이나 추고 있

1

고, 가르치는 자들까지도 덩달아서 제 몫 찾기에 분주하고 있으니 왜 안 그렇겠는가. 이 때문에 한쪽에선 냉소주의가 판치고 있고, 또 다른 한쪽에선 도둑질한 돈으로 흥청망청 써 대면서 보아란듯이 세상을 비웃고 있다.

그러나 양지가 있는 곳에는 늘 음지가 있듯이, 언제나 가진 자나 힘있는 자들만이 살아가는 세상은 아니란 생각이다. 골프장에서 개 폼 잡다 벼락맞아 죽는 허무한 인간들도 있고, 권력과 돈과 명예만 뒤쫓다 인생자체를 비굴하게 끝내는 사람들도 많이 있다.

그래서 나는 『날벼락』이란 소설을 구상하게 되었다. 인생이란 어차피 수학문제 풀이와 마찬가지라는 생각에서 답보다는 그 과정을 더 중시하였다. 친일파들이 과정은 무시한 채 답만 찾아 나라까지 팔아먹는 역사를 배워왔기 때문이다.

이에 나는 친일파들을 재조명하면서 빛 뒤에 가려 언제나 묵묵히 임무를 수행하는 신부나 수도승들처럼, 세상은 늘 그들에 의해서 살아날 수 있다는 것을 염두에 두었다.

21세기에 들어선 스피드 시대에, 특히 약육강식에 의한 자본주의 경쟁체제에 웬 넋두리 같은 말이냐고 반문할지는 모르지만, 아직까지도 우리의 의식을 일깨워주는 성인들의 말씀은 녹슬지 않았다는 생각이다.

그러므로 천장환과 천진수, 천정우와 천지우의 3세대가 엮어내는 이 소설은 일제시대 때부터 현재에 이르기까지, 이러한 모든 잘못된 것들을 적나라하게 파헤치면서 자칫 이렇게도 될 수 있다는 것을 암시하기도 하였다.

결국 이 사회에 모델이 없는 것이 흠이지만, 좀 괜찮다 싶으면 어느 새 정치판으로 끌려가 만신창이가 되어 나오지만, 이러한 우리들의 얘기를 통해서 보다 밝고 건전한 사회가 이루어지기를 바랄 뿐이다.

2001. 3.
저자

2

차 례

제1부 운명

세월은 무의미하게 흘러가는 것 같지만 그 속에는 분명 심술도 있다. 그래서 천박하고 비굴한 인간을 출세시키는가 하면 역사를 뒤집어놓기도 하고 순리대로 살아가는 사람들까지 파멸시키기도 한다. 역사란 언제나 말이 없으면서 망각 속으로 묻혀버리는 심술꾸러기이기 때문이다.

강철.
풍산개란 애칭으로 더 알려졌던 그는 80년대 한국축구의 자존심이었다. 그런데 무언가 잘못 꼬이는 바람에 인생항로가 바뀌었고, 그 사건으로 말미암아 10년간의 옥고를 치르고 오늘 출소하는 것이었다.
실로 오랜만에 느껴보는 자유였다. '빠삐용'이 목숨까지 걸고 평생을 갈구하던 자유였다. 갑자기 눈앞에 잔디구장이 펼쳐지면서 날아갈 것 같은 느낌이 들었다. 관중들의 함성도 들려오는 것 같았고 모두가 자신의 이름을 부르면서 환호하는 것 같았다.
그런데 눈이 부셨다. 태양이 자신을 빤히 쩨려보고 있기 때문이었다. 그는 고개를 떨군 채 무작정 걸음을 옮겼다. 정아네 집을 가야할지, 꼭 복수를 해야할지 갈피를 잡을 수가 없어서였다. 만감이 교차되면서 지나온 일들이 주마등처럼 스쳐지나가고 있었다.

환희와 좌절, 성공과 실패, 함성과 함께 떠오르는 팬들의 손가락질에 대한 모욕감, 판사의 준엄한 꾸짖음, 이러한 것들이 한데 어우러지면서 그의 머리 속을 어지럽혔다. 하지만 그가 갑자기 무슨 생각이 떠올랐던지 지나가는 택시를 세웠다.

"정릉!"

"타세요."

기사의 무뚝뚝한 대답에 그가 택시에 오르자 육중한 체구 탓인지 차가 한쪽으로 기울었다.

"정릉 어디쯤입니까?"

"대일고 입구요."

차가 달리기 시작하자 그는 정아에 대해 생각하기 시작했다. 이상한 인연으로 만나서 허무하게 죽은 여자. 그것도 자신의 손으로 죽인 미모의 탤런트 아버지가 현재 국회내무분과위원장으로서 정보부장과 내무부장관, 서울시장을 지냈고, 어머니가 某사립대학의 학장인 인텔리 집안의 장녀. 그런 여자를 그가 순간의 잘못으로 살해했을 망정 천성이 아주 착하고 발랄한 여자였다.

이 때문에 그는 영웅에서 하루아침에 파렴치한으로 전락하였고 이제는 아주 별 볼일 없는 전과자에 불과했다. 그렇지만 10년이라는 세월이 흘렀기 때문에 망각 속에 묻혀버린 게 그나마 다행이었다.

역사는 그런 것도 만들어낸다는 것을 증명이라도 하듯이 그가 고개를 뒤로 제치면서 긴 한숨을 토해 냈다.

아지랑이가 막 피어오르는 춘삼월이라서 그런지 사람들의 발걸음이 무척 가벼웠다. 마치 한들한들 춤추면서 나비처럼 날아가는 것 같았다. 강철은 그 모습을 차창 밖으로 내다보면서 또다시 어금니를 꽉 깨물었다.

이윽고 차에서 내린 그가 10년 전의 기억을 더듬어 가며 그녀의 집으로 향했다. 그러나 10년이면 강산도 변한다고 해서 그런지 많이도 변해 있었고, 뚜벅뚜벅 걸어가는 그의 모습은 목적지가 없는 사람처럼 힘이 없어 보였다.

잠시 후, 그녀의 집에 도착한 그는 서슴없이 벨을 눌렀다. 비록 그녀 아버지와는 특별한 관계는 없었으나 그 어머니만 생각하면 이가 갈릴 정도로 증오심이 앞섰다. 정아와 사귈 때부터 사사건건 훼방을 놓았던 것은 물론이고, 그가 복역할 때도 다른 놈들은 다 사면복권으로 풀려나거나 감형이 되었건만 그년이 뒤에서 무슨 짓거리를 했는지 오직 자신만 해당되지 않았다. 강철은 그것이 다 그년 때문이라고 여겼고, 그년을 죽이지 않고서는 세상을 살 가치가 없다고 10년간을 꼬박 별러왔던 것이다.

"딩동!"

"누구세요?"

바로 그년이었다. 목소리가 크고 쉰 듯한, 마치 선술집 주모와도 같이 걸쭉한 목소리였다. 그 목소리에 강철의 표정이 잠시 일그러졌으나 평상시와 마찬가지로 아랫배에 힘을 주고 톤을 낮게 깔았다.

"예. 강철입니다."

"어? 자네가 웬일인가?"

"잠시 사과드릴 겸해서 찾아왔습니다."

"웬만하면 그냥 돌아가게."

냉랭한 목소리였다. 갑자기 찬바람이 혈관 속으로 들어간 느낌이었다. 그러나 쉽게 포기할 강철이 아니었다. 울컥 치미는 분노를 삭이면서 곧 차분한 목소리로 대꾸했다.

"잠시면 됩니다."

"……."

"진정으로 사과 드리기 위해 찾아왔습니다. 그러니……."

"그렇다면 들어오게."

말이 떨어지는 것과 동시에 대문은 열렸으나 또 찬바람이 일었다. 비록 10년 전의 그가 아니라고 해도 전혀 정이 담기지 않은 말씨였다. 강철은 그럴 수밖에 없다고 생각했지만 그녀가 오랫동안 종교를 믿어왔는데도 무슨 이유에선지 늘 피해의식에 젖어 있었고, 바늘로 찔러도 피 한 방울 나오지 않을 정도로 독하다는 것이 이상할 뿐이었다.

　강철은 방으로 들어서자마자 큰절부터 올리면서 주변을 살폈다. 여차하면 그년부터 죽일 생각이었다. 하지만 그년에게 무슨 복이 그렇게도 많이 들었던지 방마다 사람들이 있었고 거실에도 많은 사람들이 앉아 있었다. 아마 무슨 날인 것 같았다.

　강철은 곧 계획을 포기하고 무릎을 꿇었으나 그들은 처음부터 벌레 씹은 표정이었다.

　"왜 찾아왔나?"

　아예 안중에도 없다는 듯이 벽을 향해 묻고 있었다. 강철은·그럴수록 예의를 지켰다.

　"정말 죽을죄를 지었습니다. 용서하십시오"

　"이미 끝난 일, 용서가 꼭 필요한 건 아닐세."

　사람들이 경멸하듯 바라보고 있었다. 특히 그년은 잡아먹을 듯이 노려보면서 여차하면 쥐어뜯을 표정이었다. 그토록 애지중지하던 딸을 죽인 놈이 제 발로 찾아오자 이가 갈리는 모양이었다. 그렇지만 강철은 표정을 감춘 채 또다시 머리를 조아렸다.

　"어르신네, 제가 용서를 받아야 마음이 편해집니다."

　"그래? 그렇다면 용서해줄 테니까 어서 가보게."

　"진정으로 하시는 말씀입니까?"

　"그렇다네."

　"정말 고맙습니다. 이 은혜는 결코 잊지 않겠습니다."

　"빨리 꺼져! 이 원수야! 흑흑!"

　기어코 그년의 입에서 욕이 터져 나왔고 모두가 당연하다는 듯이 지켜보고 있었다. 강철은 분노했지만 결코 표정은 보이지 않았다. 다만 어금니를 꽉 깨물었을 뿐이다. 그런데도 소꼬리[宋浩林, 일본어로 소꼬링]는 그것을 재빨리 읽고 표정을 감춘 채 너그럽게 대해주고 있었다. 그의 진면목이 나타나는 순간이었다.

　"그럼, 안녕히 계십시오"

"잘 가게."

강철이 밖으로 나가자 소꼬리는 재빨리 전화부터 걸었다. 무슨 수작을 부리려는 것이 분명했다. 매우 허둥대면서 전화하는 것만 봐도 그랬고, 그가 왔을 때도 전화를 건 다음에 문을 열어준 것도 그랬다. 하지만 이제는 노골적으로 어떤 지시를 내리고 있었다.

"지금 나갔네. 꼭 성공해야 하네."

전화를 끊자 그는 거실을 왔다갔다하면서 노심초사했고, 그 아내 역시 초조한 나머지 안절부절 못하고 있었다.

강철의 발걸음은 처음과 달리 무척 가벼웠다. 비록 그 연놈들을 죽이지는 못했으나 다음 기회가 또 있기 때문에 콧노래가 절로 나왔다. 하지만 그때 웬 여자가 차안에서 자신을 보고 씩 웃고 있었다. 그것도 미모의 여자가 외제차 안에서 생긋 웃고 있었다.

강철은 다른 사람이겠거니 했지만 그것도 아니었다. 그 여자가 분명 자신에게,

"혹시 강철 선수 아니에요?"라고 물어왔기 때문이다. 강철은 자신을 기억해주는 이 여자가 왠지 모르게 고마웠다. 그것도 10년 전의 선수를 기억한다는 것 자체가 호감 가는 일이었다. 그래서 발걸음을 멈추자 또다시 옥이 굴러가는 듯한 목소리가 그의 귀를 간질렀다.

"저는 강철 선수의 영원한 팬이에요. 중학교 때는 비록 짝사랑에 그쳤지만 아직까지도 잊지 못하고 있어요. 그러니 제가 차 한잔 대접할 수 있도록 시간 좀 내주세요. 부탁합니다."

강철은 뜻하지 않은 제안에 당황했다. 지금까지 기억해주는 팬이 있어 즐겁기는 하나 생판 모르는 여자와 노닥거릴 시간은 없었기 때문이다. 그러나 무슨 생각을 했는지 쾌히 승낙하고 있었다.

"좋습니다. 그럼, 잠시만 시간을 내겠습니다."

강철이 그녀 옆에 타자 차는 미끄러지듯이 굴러갔다. 외제차라서 그런지 아늑하면서도 편안했고 무엇보다도 여자의 향기가 10년 동안이나 굶주렸던 성욕

을 자극했다.

하지만 그때, 그의 뒤를 쫓는 차가 여러 대 있었다. 그녀는 백미러를 통해 그것을 알고 있었지만 전혀 엉뚱한 소리로 화제를 돌렸다.

"강철 씨는 결혼을 하셨지요?"

"……."

강철은 대답할 수가 없었다. 결혼한 것은 분명 아니었으나 이 여자는 자신에 대해 너무 잘 알고 있었다. 그것이 좀 이상했지만 영원한 팬이라고 했기 때문에 별다른 의심은 하지 않았다. 인기인들에게 있어 그런 일은 너무 흔한 일이었다.

"제가 어느 잡지에선가 본 것 같아요. 로얄그룹 강 회장님의 손녀이신 강채령 씨라고……."

"어째 그렇게 잘 아십니까?"

"워낙 유명한 집안이니까요. 호호!"

그녀가 웃는 모습에 반했는지 강철은 아무 거리낌없이 또 묻는다. 예전 같으면 어림없는 수작에 불과하겠지만 10년이라는 세월이 그렇게 만들었고 그는 지금 그녀에게 확 빠져 있었다.

"그렇게 말씀하시는 분은 아직 미혼……?"

"예. 이제 스물 셋이에요. 그런데 제가 부탁이 있어요."

"무슨 부탁을?"

"화를 안 낸다고 하시면 말씀드릴게요."

"약속할 테니까 말씀하시죠."

"제가 중학교 때부터 천 선수를 좋아했고 지금도 변함이 없어요. 그래서 말씀드리는 건데 혹 채령 씨에게 폐가 안 된다면 제게도 기회를 달라는 거예요. 호호!"

아주 노골적으로 유혹하는 그녀를 바라보면서 강철은 쾌재를 불렀다. 그렇지만 너무 선뜻 응하면 방정맞아 보인다고 생각했는지 마지못해 응하는 것처럼 대했다.

"죽은 사람 소원도 들어준다는데 산 사람 소원을 못 들어주겠습니까. 더구나 이렇게 예쁜 여자를 울리면 그건 남자도 아니라고 생각합니다.”

“고마워요. 호호!”

“어? 그렇다고 이렇게 빨리?”

그녀가 웃으면서 거포를 잡자 강철은 깜짝 놀랐다. 놈이 성질을 벌컥 내고 있었기 때문이다. 그러나 싫지 않았던지 자연스럽게 손을 포갰고, 또 다른 손으로는 그녀의 허벅지를 더듬었다. 이들이 빠른 속도로 가까워지고 있는 가운데 그녀가 손을 살짝 빼면서 웃었다.

“어머, 엉큼하시긴?. 호호!”

“아니, 그게 아니라……. 허허!”

이번에는 강철이 웃으면서 다리 사이로 손을 넣었지만 그녀가 조금도 거부 반응을 보이지 않고 의미 있는 웃음을 던졌다. 팬티 속으로 손을 넣자 부드러운 음모가 잡히면서 감촉을 더했고, 그곳은 이미 남자를 받을 준비가 다된 듯 촉촉이 젖어 있었다. 이들은 이제 새로 태어난 연인이었다. 마음도 허물어졌고 몸도 허물어졌으니 더 이상 거리낄 게 없었다. 이제 조용한 곳으로 가서 서로가 즐기면 그만이었다.

차는 이미 시내를 벗어나 외각도로를 달리고 있었다. 강철은 앞으로 벌어질 일들을 상상하면서 무척 들떠 있었고 지금 러브호텔로 가고 있다고 생각했다. 그녀가 인적이 없는 곳으로 차를 몰고 갔기 때문이다.

그런데 차는 러브호텔을 몇 개씩이나 지나 자꾸 한적한 곳으로 달렸다. 강철은 급하기도 했지만 좀 이상하다는 생각이 들어 안 물을 수가 없었다.

“왜, 호텔을 그냥 지나치십니까?”

“러브호텔보다는 카섹스가 더 스릴이 있지요. 마치 강간하듯이 말이에요. 호호!”

“허허! 그런 깊은 뜻이……?”

강철은 그러면 그렇지 하고 웃으면서 그녀를 믿었고 차는 어느 새 산골짜기로 들어서고 있었다. 사방을 둘러봐도 인적이라곤 전혀 없는 깊은 계곡이었다.

강철은 쾌재를 부르면서 차가 멎자마자 그녀를 조수석에다 눕히고 옷을 벗긴 다음 자신도 급히 옷을 벗었다. 10년간 쌓여있던 정액을 다 쏟아 부을 작정이었다.

그의 눈은 이미 충혈 되어 벌겋게 달아 있었다. 흥분기를 지나 고조기에 들어섰는지 유두가 발기하고 근육이 긴장되어 맥박과 혈압이 상승하면서 거포가 최대한 팽창되어 있었다. 뿐만 아니라 고환은 반 이상 커지고 음낭은 위로 올라붙었으며 거포 끝에서는 2,3방울의 투명한 분비물이 나왔다.

그녀 또한 흥분기를 지나 고조기에 들어섰는지 질 안은 점액으로 축축해져 거포를 받아들일 준비가 다 되었고, 질이 깊고 넓어졌으며 음핵 역시 충혈 되어 평소보다 배로 커져 있었다. 그뿐 아니라 유두 역시 짙은 색깔로 변하면서 발기되었고 음핵은 위로 당겨져 표피 안으로 숨어 버린 상태였다.

강철은 너무 흥분한 나머지 애무고 뭐고 다 생략한 채 그대로 몽둥이를 쑤셔넣었다. 그녀의 입이 쩍 벌어지는가 싶더니 다리를 최대한으로 벌렸다 움츠리면서 신음을 토해냈다. 그리고 곧 힙을 살짝살짝 들어올리면서 자신도 쾌감을 맛보기 위해 최선을 다하고 있었다. 차안에서의 애무행위로 몸은 이미 달아올랐던 것이다.

하지만 그가 워낙 오랫동안 써먹지 못했던 게 탈이었다. 물건을 쓰지 않으면 녹이 나듯이, 그가 몇 번 쑤시지도 않았는데 벌써 폭발하고 있었다. 자신의 의지와는 전혀 관계없이 그놈의 몽둥이가 주접을 떨고 있었다. 생각 같아서는 아주 느긋하게 즐기고 싶었으나 그것 역시 마음대로 될 일도 아니었다.

하지만 얼마나 오랜만에 느껴보는 여자 맛이었기에 머리가 맑아지면서 무지개까지 보였고, 쏟아낸 정액은 또 얼마나 많은지 질 속에서 머물지 못하고 허벅지로 흘러내렸다.

강철은 못내 아쉬운 표정으로 그녀를 꼭 안았다. 다시 재충전해서 그녀를 만족시켜주기 위해서였다. 바로 그때, 강철의 머리가 뒤로 젖혀지는가 싶더니 조용한 목소리가 들려왔다.

"오늘 제대로 걸렸군. 빨리 옷부터 입어!"

"다, 당신들 누구요?"

"치안본부 강력 반장이다. 너를 간통죄로 체포하겠다. 묵비권을 행사해도 좋고 변호사를 선임해도 좋다. 다만 네가 현행범이니까 체포할 뿐이다. 수갑 채워!"

강철이 놀란 입을 다물지 못하자 건장한 사내들이 그를 비웃기라도 하듯이 대뜸 신분증을 꺼내 그의 코앞에 들이대면서 수갑을 채웠다. 그러나 이것은 강간이나 간통이 아니라 어디까지나 화간이었기에 강철은 강력하게 항의했다. 이 여자가 분명 자신이 처녀라고 밝혔고 먼저 유혹했기 때문이다.

"저 여자는 나에게 처녀라고 했소 그리고 또 나를 유혹했소 그런데 무슨 간통죄가 성립된단 말이오?"

"저 여자는 분명 이 사람의 부인이다. 정 믿을 수 없다면 이 주민등록증을 보면 알 수 있다. 자, 똑똑히 봐둬!"

강력 반장이란 자가 코웃음을 치면서 두 개의 주민등록증을 꺼내 보였다.

강철은 곧 주민등록증을 확인했지만 그것은 사실이었다. 때문에 그가 속았다는 생각에 죽일 듯이 노려보았으나 그녀는 아무 일도 아니라는 듯 생글생글 웃으면서 약까지 올렸다.

"강철 선수 정말 미안해요. 저도 돈 받고 하는 일이에요. 호호!"

"시끄러워! 주둥아리 닥치지 못해? 저 년은 남성 편력증이 심한 데다 관음증 환자여서 뒤를 쫓고 있던 중 하필이면 당신이 걸려든 것 뿐이야. 빨리 타!"

그녀가 여유 만만하게 웃고 있는 가운데 경찰은 변명하기에 급급했고 정당화시키기 위해 윽박질렀다. 강철은 아닌 밤중에 홍두깨라 더니 누구 말이 진실인지 몰라 헷갈렸다.

아무튼 뭐가 뭔지 모르는 가운데 그를 태운 차는 어딘가를 향해서 힘차게 달렸다. 하지만 강철이 생각하기에는 뭔가 좀 이상했고 서울과는 반대방향이었다. 그렇다고 불평할 수도 없어 잠자코 있는데 한참 달리던 차가 갑자기 방향을 틀면서 멈췄다.

강철이 바라보니 차는 벼랑 끝에 서 있었다. 조금만 밀면 곧 떨어질 것 같았다. 더구나 밑에는 강이 흐르고 있었다.

강철은 불안해지기 시작했다. 갑자기 그 연놈들의 얼굴이 떠오르면서 클로즈업되고 있었다. 이제 너도 내 딸처럼 죽어야 한다고 윽박지르는 것 같았다.

사람들이 우르르 내리고 있었다. 강철도 불안한 나머지 잽싸게 차에서 내렸다. 비록 수갑이 채워져 있을 망정 여차하면 싸워서라도 도망칠 생각이었다. 그 모습을 강력 반장이란 자가 비웃듯이 바라보고 있었다. 강철은 순간적으로 위기감을 느꼈다. 거칠게 항의하면서 도망칠 기회를 노렸다.

"당신들 날 어쩔 셈이야?"

"흐흐! 어쩌긴? 죽어주셔야지."

"누구 맘대로?"

"흐흐! 정아 부모들 맘대로."

"왜? 아까 용서해줬잖아?"

"그거야 상투적인 용서지 진짜는 아니거든."

"그 연놈들이 죽이라고 시키던가?"

"그럼, 그렇고 말고 부모가 아끼는 딸을 죽였으니 자네도 죽어줘야 그게 예의가 아니겠나?"

"이런 개새끼들!"

"윽! 아이고! 아이고! 아이고 불알이야!"

갑자기 낭심을 채인 강력 반장이 데굴데굴 굴렀다. 강철이 축구공을 찼을 때 그것은 시속 150km나 나가는 강력한 힘이어서 그 위력은 대단했고, 그것을 맞은 그가 데굴데굴 구르는 것 또한 당연했다.

이윽고 싸움이 시작되자 모두가 그를 둘러쌌다. 협공을 하기 위해서였다. 그러나 삶과 죽음의 기로에선 그는 정말 무서웠다. 비록 수갑은 채워져 있을 망정 빠르기가 보통이 아니어서 발길질을 할 때마다 한 놈씩 고꾸라졌다.

살기가 흐르는 가운데 이들은 안 되겠다 싶었던지 모두가 칼과 몽둥이를 뽑아들었다. 이에 위기감을 느낀 강철은 앞에 있는 놈을 걸어차는 것과 동시에 차에 올랐고, 문을 걸어 잠그자마자 시동부터 걸었다.

그렇지만 웬일인지 시동이 안 걸렸다. 몇 번씩이나 시도했지만 꿈쩍도 하지 않았다. 차는 스틱이었는데 클러치를 밟아야 시동이 걸리는 차였다. 강철이 그것을 몰랐던 것이다. 밖에서는 여러 놈들이 달라붙어 차를 언덕 쪽으로 밀고 있었다. 기어를 후진으로 해놓고 사이드를 올려놓았는데도 워낙 많은 놈들이 달라붙자 차가 밀리고 있었다. 강철은 진퇴양난에 빠져 계속 시동 거는 데만 매달려 있었다.

그 순간, 차가 갑자기 앞으로 전진하면서 벼랑 아래로 떨어지고 있었다.

"으악! 으아악! 어머니! 아버지……!"

졸지에 당한 강철은 비명을 질렀지만 차는 이미 강물 속으로 곤두박질 쳤고, 물과 부딪치는 순간 이마가 터졌으나 살기 위해 문짝과 사투를 벌리고 있었다. 하지만 그것은 단지 욕심에 불과할 뿐, 물의 압력 때문에 그것이 열릴 턱이 없었다.

강철은 끝내 빠져 나오지 못하고 목숨이 끊어졌으니 그때 나이가 불과 서른한 살이었다.

다음 날. 강주석 회장은 신문을 읽다말고 깜짝 놀랐다. 강철이 교통사고로 죽었다는 기사가 대문짝 만하게 실렸고, 그것도 차를 몰다 물 속에 빠져 죽었다는 것이었다.

그는 이 사실을 믿을 수가 없었다. 소꼬리[宋浩林]의 짓거리가 틀림없었기 때문이다. 그는 즉시 소꼬리에게 전화를 걸었다. 아니, 걸지 않고는 못 뱃길 정도로 화가 나 있었다.

전화가 연결되자 강주석은 대뜸 욕부터 쏟아 부었고, 이에 맞선 소꼬리 역시 만만치 않았다.

"소꼬리, 이건 분명 네놈 짓이다. 천장환을 죽인 것도, 그의 아들인 천진수를 죽인 것도, 그리고 마지막으로 그의 손자인 강철을 죽인 것도 다 네놈 짓이란 걸 내가 다 안다. 개 같은 놈! 그러고도 얼마나 더 버티나 두고 보자. 개 같은 자식!"

"뭐? 강철이가 천장환의 손자라고? 뭘 그렇게도 잘 찍어다 붙이나 이 쓸개 빠진 놈아. 아예 네놈의 손녀 사위가 죽어서 슬프다고나 할 일이지."

"아무튼 내가 너를 결코 그냥 두지 않겠다. 이, 십상시(十常侍) 같은 놈아!"

"고슈세끼(姜周錫). 아니, 개새끼야! 내가 십상시라면 너는 황호(黃皓 : 蜀漢 內侍) 같은 놈이다. 그래서 내가 다시 얘기하지만 넌 뭔가 잘못 짚었어. 나와 이번 일 과는 아무 관계도 없어. 그러니까 무얼 좀 알고 나서 개소리를 하게. 그렇지 않 으면 네놈까지도 콱 죽여버릴 테니까."

결국 독설로 이어지고 말자 강 회장은 곧 비서실장을 불렀다. 어떤 행동을 시작할 모양이었다.

그런 반면 소꼬리는,

"흐흐! 이제 천장환의 가문도 다 끝이 났군. 개 같은 자식. 남의 여자를 빼앗 으면 어떻게 된 다는 걸 내가 똑바로 가르쳐준 셈이로군. 흐흐!"라고 중얼거리 면서 낄낄거리고 있었다.

가난은 모든 동작을 멈추게 하면서 피곤하게 만들지만, 그것은 또 침묵과 독 기를 뿜어내면서 멀쩡한 사람들도 미치게 만든다. 그래서 인간들은 도둑질을 해서라도 부자가 되려 하고, 그런 것들이 나쁜 짓인 줄 알면서도 서슴없이 저지 른다.

강철.

버림받은 아이들이 다 그렇듯이 뿌리가 없는 아이. 자신이 누구인지조차 모 르면서 고향이 오직 보육원일 수밖에 없는 서글픈 아이. 그래서 늘 고독과 눈물 을 가장 친한 벗으로 삼아온 애늙은이였다.

용기와 인내, 그리고 투지가 엮어내는 삼각함수의 역학관계, 그것을 자산으 로 한 새로운 역사에 대한 도전.

강철은 국민(초등)학교 3학년 때가 되자 자신에 대해 생각하기 시작했다. 비록 어린 나이였지만 미래를 생각할 줄 알았고 그것이 바로 축구로 이어졌던 것이 다.

자산이 오직 몸뚱이 하나밖에 없다고 생각한 그는, 그것이 바로 인생철학이 되면서 모든 것을 잊게 해주는 원동력으로 자리 매김하고 있었다.

아무튼 그는 6년간을 오직 축구에 미치면서 자신의 앞날을 개척하고자 몸부림쳤다. 그러나 날이 갈수록 돈이 기하급수적으로 들어가는 데야 그도 어쩔 수가 없어 끝내 인생행로를 바꾸지 않으면 안될 처지에 이르렀다.

이윽고 중학교를 졸업하던 날. 그는 무조건 독립해야 한다는 생각에 원장을 찾아갔다. 그렇다고 미리 준비해둔 계획은 없었고 오직 프로구단을 찾아간다는 생각뿐이었다. 하지만 원장은 갑작스런 방문에 깜짝 놀라고 있었다.

"무슨 일이야?"

"저……."

"말해 봐!"

강철이 우물쭈물하자 평소 그답지 않다고 생각한 원장이 다그치듯 물었고 어느 정도의 눈치는 채고 있는 것 같았다. 요즘 들어 부쩍 달라진 그의 행동이 눈에 띄었기 때문이다.

"저……, 저도 이젠 독립할까 해서 찾아왔습니다."

"그럼, 나가겠다는 말인가?"

"예."

"……."

대부분의 녀석들이 머리가 크면 틀에 박힌 생활을 못 견디듯이, 이 녀석 또한 갑자기 돌출행동을 하자 원장은 잠시 생각에 잠겼다. 그리고 어떻게 할 것인가를 생각하고 있을 때 강철의 목소리가 또다시 이어졌다.

"허락해 주십쇼."

"무엇을 할 건데?"

"아무거나 하겠습니다. 저도 이미 열 일곱 살입니다."

"벌써 그렇게 됐던가?"

"예. 충분히 독립할 수 있습니다."

"그렇겠지. 하다 못해 철가방이라도 하면 되니까. 그러나……."

어차피 만 18세가 되면 누구나 독립시켜야 한다는 것이 법으로 규정되어 있었다. 원장은 지금 그것을 생각하고 있었다. 그렇기 때문에 당장 내보내도 별 탈은 없겠지만, 이 녀석만큼은 왠지 모르게 정이 더 갔다. 다른 녀석들과는 달리 총명하고 행동이 앞설 뿐 아니라 진취적인 생각이 늘 그를 사로잡았기 때문이다.

그러나 녀석에게도 결점은 있었다. 고집이 무척 세서 자신이 한번 결정하면 좀체 물러서는 일이 없었고, 그것이 옳다 싶으면 무조건 탱크였다. 개성이 강한 사람들이 다 그러하듯 여하튼 다루기 힘든 녀석이었다. 원장이 그런 생각을 하고 있을 때 녀석이 또 막무가내로 밀고 들어왔다.

"원장님, 허락해 주십쇼."

"꼭 가야 하겠느냐?"

"예."

"다시 한번 생각해 볼 수는 없고?"

"예. 전, 이미 오래 전부터 결심했었습니다. 단지 오늘에서야 말씀드리게 됐지만……."

"그래? 그렇다면 떠나거라."

"고맙습니다."

"그러나 어디를 가더라도 이곳 동생들을 생각해서 모범이 되어야 한다. 무슨 뜻인 줄 알겠느냐?"

"예. 꼭 명심하겠습니다."

"그리고 이것은."

"그게 뭔데요?"

"응. 예전에 너의 부모가 맡겨 논 돈이다. 네가 독립할 때 주라고 해서 은행에 맡겨놨다.

원장이 금고에서 통장과 도장을 찾아서 건네주자 그는 처음엔 영문을 몰라 하다 끝내 울음을 터뜨렸다. 나쁜 사람들 같았으면 그 돈을 꿀꺽했을 터인데도 그것을 17년 동안이나 보관하다 주었으니 정말 감격한 것이다.

"고맙습니다. 이 은혜는 결코……."

"자, 그럼 네 방으로 건너가거라."

"그런데 여쭤볼 게 있습니다."

"말해 봐라."

강철은 부모얘기가 나오자 무척 궁금했던 모양이다. 눈에 촉촉한 이슬이 맺히면서 원장을 바라본다. 그것을 모를 리 없는 원장도 측은한 모습이다.

"제 아버지와 어머니에 대해서 말씀해 주시기 바랍니다."

"응. 그것은 모르는 게 더 낫기 때문에 네가 더 큰 다음에 얘기해 주마."

"그래도 말씀해 주십시오."

"어허! 안 된다는 데도 빨리 네 방으로 건너가거라."

"그럼, 안녕히……. 흑흑!"

강철은 원장의 성품을 아는 터라 더 이상 고집 피우지 않고 눈물만 글썽거렸다. 결국 두 사람의 뜻과 길은 달랐지만 원장은 마치 전쟁터로 보내는 아들을 대하는 것 같은 심정으로 17년 전의 일들을 떠올리고 있었다.

다음 날 새벽.

어차피 이별할 것이라면 눈물 없이 해야 하고, 새로운 역사에 도전할 것이라면 과감해야 한다는 생각에서 그는 조용히 짐을 싸서 나왔다.

거리로 나서자 동장군이 최후의 발악을 하는 듯 찬바람이 몰아치고 있었다. 그는 곧 점퍼 깃을 올려 세우면서 이제부터가 정말 가시밭길이라고 생각했다. 비록 어제까지만 해도 동생들 앞에서는 큰소리를 쳤으나 그것은 어디까지나 젊은 호기에 불과했다.

마음을 굳게 먹고 버스에 올라 무조건 구단 사무실로 향했다. 받아주지 않으면 그곳에서 아예 굶어 죽을 작정이었다.

이윽고 세 시간 후, 그가 도착했을 때는 해가 벌써 온 누리를 비추고 있었다. 그는 보따리를 급히 스탠드 밑에다 감추고 천천히 사무실로 향했다. 그리고 잘 다듬어진 잔디를 바라보면서 꿈에 젖는 순간,

"너, 누구야?"라는 호통과 함께 아주 험악하게 생긴 사내가 그 앞으로 다가왔다.

"저……, 감독님을 좀……."

촌놈처럼 차려 입은 강철이 마치 죄지은 사람처럼 목소리가 기어 들어가자 그는 별 놈 다 보겠다는 듯이 아래위로 훑어보면서 마치 잡상인을 대하 듯 했다. 그리고 다짜고짜 반 강압적인 자세로 나왔다.

"왜? 뭔 일이 있어?"

"말씀드릴 게 있어서요."

"나한테 얘기해봐!"

"저, 실은……."

"빨리 말해! 시간 없어!"

갑자기 큰소리가 튀어나오자 강철은 오기가 발동했던지 자신도 모르게 더 큰소리로 외쳤다.

"이곳에서 일하고 싶습니다! 헤헤!"

"뭐? 우하하하!"

"우하하하! 우하하하!"

그가 웃자 덩달아 웃어대는 직원들의 비웃음 속에 강철의 얼굴은 벌겋게 달아올랐다. 늘 고독과 싸워왔기 때문에 천성적으로 수줍음을 많이 타는 결과였다. 하지만 그는 강철을 바보라고 생각했던지 갑자기 꿀밤을 한 대 쥐어박으면서 성질을 벌컥 냈다. 자신이 희롱 당했다고 생각한 모양이다.

"너, 여기가 애들 놀이턴 줄 알아? 엉?"

"결코 그런 생각으로 온건 아닙니다."

"그럼 뭐야?"

"전, 지금 진실을 말하고 있습니다."

"이 짜식이 정말? 여기가 무슨 청문회장인 줄 알아? 진실이고 나발이게. 빨리 꺼져!"

"으하하하! 우하하하!"

"전, 정말 울고 싶습니다."

직원이 욕을 하거나말거나, 직원들이 비웃거나말거나 강철은 그의 눈을 똑바로 쳐다보며 대꾸했다.

"니가 울던 웃던 그건 내 상관할 바 아니고, 여하튼 피곤하니까 빨리 꺼져. 어서 썩 꺼지지 못해?"

"허락 받을 때 까진 꼼짝도 안겠습니다."

"뭐, 이런 놈이 다 있어? 너, 정말 혼나 볼래? 엉?"

"전, 여기서 맞아죽어도 감독님을 꼭 만날 껍니다."

"에이, 별 미친놈을 다 보겠군."

"쾅!"

직원이 신경질적으로 문을 닫고 들어가자 그는 또다시 인내심을 갖고 기다리기 시작했다. 하지만 그의 행색은 잘 생긴 외모와는 달리 너무 초라했다.

그렇게 서서 끈기와 오기로 버티기를 무려 3시간.

직원들이 우르르 몰려나오는 것과 동시에 운동장 입구 쪽에서 여러 사람들이 사무실 쪽으로 오고 있었다. 앞에는 머리가 하얗게 센 할아버지였고 그 뒤를 여러 사람들이 따르고 있었다. 하지만 그 일행을 보자마자 한 직원이 강제로 그의 옷을 잡아끌었다.

"이리 와, 이 자식아! 왜 아직까지 안 가고 속을 썩여? 엉?"

"왜 이래요? 이거 놔요!"

"그러니까 빨리 꺼져!"

"싫어요! 감독님을 꼭 만날 거예요."

"하! 이 자식이 정말 골 때리네."

"저 사람들 왜 저러나?"

"아, 예, 예."

갑자기 실랑이가 벌어지는 것을 본 노인이 묻자 한 사람이 허리를 굽힌 채 쩔쩔매면서 어찌할 바를 모른다. 그렇지만 노인은 머리만 하얗게 세었을 뿐 건장한 체구에 말하는 것도 군인처럼 딱딱 끊어지면서 쇠 소리가 났다.

"무슨 일이냐고 물었네."

"예. 아무 것도, 아무 일도 아닙니다."

"뭘 그렇게 우물쭈물 하나? 자네, 이리 와봐!"

노인이 화를 벌컥 내자 강철은 찔끔했다. 직원들이 쩔쩔 매는 것을 보면 무척 높은 사람 같은데 하필이면 화살이 자신에게 돌아왔기 때문이다.

그렇지만 강철은 당당한 자세로 노인 앞으로 다가가 허리를 90도로 굽혔다. 직원들이 곱지 않은 시선을 보냈으나 그렇다고 잡초처럼 자란 자신이 기 죽을 필요는 없다고 생각한 것이다.

이윽고 강철이 다가서자 노인이 불 같이 묻는다. 어디서 많이 본 듯한 얼굴이었기 때문이다.

"자네, 이름이 뭔가?"

"예. 저는 강철이라고 합니다."

"그런데 자네 얼굴을 내가 어디서 많이 본 것 같은데……."

"……."

강철이 영문을 몰라 어리둥절 하자 노인은 그의 얼굴을 뚫어지게 바라보면서 잠시 생각에 잠긴다. 그러나 생각이 날듯 날듯하면서도 도무지 알 수가 없었던지,

"그럼, 자네 아버지가 누군가?"라고 물었다. 그러나 부모의 이름조차 모르는 그가 대답할 턱이 없다. 결국 답답한 것은 노인뿐이지만 그래도 포기하지 않고 계속 파고들었다.

"그렇다면 부모님이 안 계신가?

"예. 저는 한 살 때부터 고아원에서 자랐습니다. 흑!"

결국 그가 눈물을 보이자 분위기가 갑자기 숙연해진다. 그렇지만 직원들이 보기에는 회장이 이렇게까지 집요한 행동을 보인 것도 처음이다.

"그럼, 어느 고아원에서 자랐나?"

"춘천에 있는 희망고아원입니다."

강철이 기어 들어가는 목소리로 대답하자 노인은 무슨 생각을 했는지 그를 끌고 안으로 들어갔다. 그리고 매우 고무된 모습으로,

"이 녀석이 살았다는 고아원에다 빨리 전화 해봐!"라고 다그치듯 명령한다. 그리고 전화가 연결되자 당신이 직접 받으면서 몇 가지를 더 확인한다. 그런데 무슨 말이 오고갔는지 노인의 표정이 갑자기 바뀌면서 강철을 뚫어지게 쳐다본다. 무언가 확인하려는 모습이 역력하다. 그리고 잠시 후,

"자네, 여긴 왜 왔나? 무슨 특별한 일이라도 있나?"라고 물으면서 그의 표정을 살폈다. 하지만 그는 갑작스런 질문에도 당황하지 않고 또박또박 대답한다.

"여기서 일하면서 축구를 배우고자 왔습니다. 허락해 주세요 할아버지."

"축구 말고 다른 것을 해볼 생각은 없나?"

"어떤 것을 요?"

"예컨대 나를 도와주는 일 말이다."

"???"

파격적인 제안에 강철은 자신의 귀를 의심할 지경이다. 옆에 있던 직원들도 영문을 몰라 그냥 지켜볼 뿐이다. 그런데 이상한 것은 회장이 계속 듣기 좋은 소리만 하고 있다. 정말 모를 일이 계속 되고 있었다.

"무슨 뜻인지 잘 몰라서 그런 모양인데, 나와 함께 살면서 일해보자는 말이다. 어때? 그렇게 해보겠나?"

"잠깐만요. 제가 생각 좀 해보고요"

강철은 뭐가 뭔지 몰라 머리 속을 잠시 정리해 본다. 도대체 귀신에게 홀린 것도 같고 아니면 이 할아버지가 갑자기 망령이라도 든 것 같다. 그렇지만 할아버지가 자신을 바라보면서 계속 미소짓는 것을 보면 분명 장난은 아닌 것 같다. 강철은 그렇게 생각하면서 드디어 결단을 내린다.

"할아버지 말씀은 고마운데요, 저는 축구를 해야 하기 때문에 안 되겠어요"

"왜? 나와 함께 사는 것도 싫어?"

"에이, 그러면 제가 훌륭한 선수가 못돼요"

"그건 또 무슨 얘기냐?"

"훌륭한 선수가 되려면 배가 고파야 한다고 감독님께서 늘 말씀하셨거든요"

"그래? 허허! 이 녀석도 꼭 제 할아비를 닮았구먼."

"뭐가요?"

"이 녀석아, 네 고집통머리 말이다!"

"우, 하하하!"

분위기가 갑자기 좋아지는 가운데 회장은 그래도 뭔가 아쉬운 듯,

"자, 이 할아비와 함께 점심이나 먹으러 가자."라고 말하면서 일어선다. 오늘 보고를 받으러 왔던 것조차 까맣게 잊고 오직 그에게만 관심을 보이는 가운데 그 뒤를 간부들이 따르자 차는 호텔 쪽으로 서서히 움직였다.

이윽고 호텔에 도착한 회장은 음식을 푸짐하게 시켰다. 주로 고기종류였는데 강철을 의식한 모양이다.

음식이 나오기가 무섭게 강철은 게걸스럽게 먹기 시작했다. 마치 일주일이나 굶은 녀석 같았다. 하지만 이 모습을 유심히 지켜보던 회장은 흐뭇한 미소를 짓는가 싶더니 어느 새 손수건을 꺼내 눈물을 훔치고 있었다. 이에 강철은 음식을 먹다 말고 할아버지를 바라보면서 느닷없이 묻는다.

"할아버지, 왜 울어요?"

"이 녀석아, 울기는 누가 울어?"

"그런데 왜 저한테 잘해 주시는 거죠?"

"한 가지 약속을 하기 위해서다."

"무슨 약속을요?"

"너는 누가 묻더라도 무조건 고아라고 해야 한다. 그리고 할아버지나 아버지는 물론 어머니의 이름도 밝혀서는 아니 된다."

"그건 걱정하지 않아도 돼요. 제가 아는 게 하나도 없잖아요"

"아참, 그렇지."

"근데 제 할아버지나 부모님들이 나쁜 사람들이었나요?"

"아니, 아주 좋은 사람들이었지."

강철은 점점 미궁 속으로 빠져들자 왠지 모르게 불안해지면서 음식 맛도 잃

어버렸다. 그래서 먹는 것을 중단한 채 계속 할아버지만 주시한다. 무언가 있을 것 같은 비밀이 자꾸 마음에 걸리는 모양이다. 그러나 할아버지가 곧 밝힐 것 같으면서도 계속 알아들을 수 없는 말만 골라서 하고 있다.

"근데 왜 할아버지나 부모님 이름을 밝히면 안 된다는 거죠?"

"응. 그건 차차 알게 될 거니까 관심 가질 필요는 없고, 무조건 너는 축구만 열심히 하면 된다. 알겠느냐?"

"예. 꼭 명심하겠습니다."

"그리고 이건 이 할아버지의 명함이니까 무슨 일이 있으면 꼭 연락해라. 알았느냐?"

"예."

대답을 하고 명함을 받았으나 전화번호만 읽을 수 있을 뿐 그 나머지는 전혀 읽을 수가 없다. 명함 앞뒤가 모두 한문과 영문으로 찍혀 있었기 때문이다. 그래서 물어볼 수도 없어 계속 망설이고 있는데 옆에 있던 직원이 잽싸게 한글로 풀어 써준다.

강철은 그것을 보자마자 깜짝 놀랐다. 명함에는 분명 로얄그룹 회장 강주석이라고 적혀 있었고 로얄그룹하면 세계적으로도 유명한 재벌회사였기 때문이다.

강철이 놀란 입을 다물지 못하자 강 회장은 잠시 미소를 짓더니 단장에게 명령을 내린다.

"김 단장, 앞으로 이 아이를 세계적인 선수로 키워주시오. 돈은 얼마든지 들어가도 좋으니까 출전하게 되면 꼭 알려주시오. 앞으로 이 아이의 플레이나 보면서 노후를 보낼 생각이오. 잘 부탁하오."

"예. 회장님 말씀대로 따르겠습니다."

허리를 90도로 꺾는 단장을 바라보면서 강 회장은 강철의 머리를 쓰다듬는다. 기분이 무척 좋은 모양이다. 강철은 이게 꿈이 아니기를 바라면서 허벅지를 꼬집어보았으나 분명 꿈도 아니다. 강철은 너무 감격한 나머지 벌떡 일어서더니,

"할아버지, 정말 감사합니다."라고 말하면서 자신도 단장처럼 허리를 90도로 꺾었다. 드디어 인생의 전환점이 찾아왔다는 것이 무엇보다 기쁜 모양이다.

이 모습을 바라보는 강주석도 흐뭇한지 발걸음이 가벼웠다.

사실 그는 17세의 나이에 비해 아주 좋은 체구를 가지고 있었다. 185cm의 키에 75kg의 몸무게가 그러했고, 특히 우수에 젖은 듯한 눈과 잘 생긴 외모는 사람들의 마음을 끌기에 충분했다. 뿐만 아니라 고아원에서부터 익혀온 고생과 인내는 한층 더 그를 성숙하게 만들었다.

다만 너무 고생하면서 자라온 탓에 애늙은이처럼 보이는 게 흠이었고, 애정 결핍으로 인한 과잉방어 본능이 가끔 적개심으로 표출되는 것이 또 다른 흠이었다.

그렇지만 단장은 늘 그에게 관심을 쏟았다. 회장의 특별지시도 있었지만 자신이 6. 25 때 월남하여 졸지에 고아가 되었던 것과 너무 흡사했기 때문이다.

강철은 겉보기와는 전혀 달랐다. 다른 녀석들 같았으면 적당히 일하면서 자기 몫이나 챙겼을 터인데도 그는 오직 은혜를 갚아야 한다면서 열심히 일했다.

아침 청소를 시작으로 낮에는 온갖 잔일과 세탁 등을 하고, 저녁에는 주로 개인운동을 하면서 자기관리에 충실했다. 물론 단장의 지시에 의해 개인 코치가 있었으나 그는 자신의 발전보다는 구단의 발전을 위해 더 노력했다.

그렇게 하기를 어느 덧 1년. 오늘도 변함없이 달빛을 벗삼아 개인운동을 하고 있는데 단장이 느닷없이 그를 찾았다. 때문에 그가 웬일인가 하고 다가가자 단장은 만면에 미소를 지으면서 머리를 끄덕였다.

"철아, 요즘 힘들지?"

"아닙니다. 너무 행복합니다."

변성기 탓인지 목소리가 무척 껄끄러웠다. 하지만 단장은 그가 어른이 되어 간다고 생각하는지 또다시 의미 있는 미소를 지었다.

"뭐가 그렇게 행복한가?"

"화나는 일이 없기 때문입니다."

“내가 볼 때는 화나는 일이 있어야 정상인데?”

“아직은 그런 일이 없습니다.”

“과연 그럴까?”

“……”

단장은 무슨 좋은 일이 있어 술을 한잔 걸쳤는지 기분이 무척 좋아 보였다. 그럴수록 강철은 바짝 긴장하면서 공손하게 대했고 두 눈을 크게 뜨고 다음 말을 기다렸다. 고아원에서부터 자신을 방어하던 습관이 몸에 밴 탓이었다.

단장이 또 의미 있는 미소를 지었다. 어떤 좋은 일이 있는 것 같았고 중요한 일이 있는 모양이었다.

“자네, 지금부터 내가 하는 얘길 잘 듣게. 아주 중요한 순간이니까.”

“예. 명심하겠습니다.”

“사람은 삶의 목표가 분명할 때 행복이 시작된다고 할 수 있다. 그런데 내가 너를 1년간 쭉 지켜본 결과 너에게는 그런 목표가 보이지 않았다. 물론 꼭두새벽부터 밤늦게까지 일하다보면 무척 힘도 들겠지. 하지만 그것은 한마디로 불행한 일일뿐이다. 그런데 너는 또……”

갑자기 말을 끊은 그가 담배에 불을 부치면서 길게 한 모금을 빨았다. 뿌연 연기가 곧 그의 얼굴을 타고 달빛 속으로 퍼져 나갔다. 강철은 마치 벌받는 학생처럼 얼굴을 푹 숙인 채 다음 이야기를 기다렸다.

그가 담배꽁초를 휴지통에 넣는 것과 동시에 또다시 입을 열었다.

“내가 처음 대했을 때부터 네 눈동자엔 적개심이 뭉쳐 있었다. 물론 고아로 성장해서 애정결핍이 그 원인이겠지만, 그런 눈으로는 절대 성공 못한다는 것을 알아야 한다. 따라서 그 눈동자를 풀어야 하는 것이 첫 번째 과제이고, 두 번째는 자네가 제일 좋아하는 선수에게 초점을 맞춰야 한다. 그래야 그와 비슷해질 수가 있다는 얘기다. 무슨 말인 줄 알겠나?”

“예. 조금은……”

“그럼 내가 또 묻겠는데, 축구선수에게 꼭 필요한 것 중에는 어떤 것들이 있다고 생각하나?”

"예. 제가 알기로는 슈팅(shooting)과 페인팅(feinting), 순발력 등이라고 생각합니다."

"물론 그런 것들도 포함되어야 하겠지. 하지만 축구는 서로가 조화를 이뤄야 하는 단체운동이기 때문에 스피드와 근력, 지구력 등의 체력과 네가 방금 말했던 것들을 구사할 수 있는 스킬(skill)이 필요하다고 하겠다. 그리고 그러한 것들을 한데 묶어서 능력을 상호 결합할 수 있는 지도능력 역시 필요하다고 본다. 물론 그것은 지도자가 되었을 때의 이야기가 되겠지만……. 따라서 너는 내일부터 본격적으로 체력부터 기른다. 즉, 한 게임을 완전히 소화해 낼 수 있도록 말이다."

"한 게임이라면 보통 몇 km를 말합니까?"

"대략 11에서 12km가 되겠지만, 유명선수가 되기 위해서는 13km 이상을 뛰어야 한다."

"그럼, 어떻게 연습을 해야 하나요?"

"운동장 트랙을 매일 서른 세 바퀴 이상을 뛰어야 한다."

"그냥 돌면 되나요?"

"아니다. 처음 50미터는 전력 질주해서 6초 이내로, 그리고 숨을 돌린 다음 200미터를 또다시 전력 질주해서 30초안에 뛰어야 한다."

"그 다음에는요?"

"처음에 했던 것처럼 또다시 50미터와 200미터를 반복 훈련하고, 잠시 숨을 돌린 다음에는 12분 안에 3.500미터 정도는 뛰어야 한다."

"그런 식으로 하면 저도 프로가 될 수 있나요?"

"하지만 그게 그리 쉽지만은 아닐 것이고, 그 다음에는 9.15m의 원 안에다 닭을 풀어놓고 드리블링을 연습하는 것이다."

"닭을 풀어놓고 드리블링 연습을 하다니요?"

"네가 드리블링을 할 때마다 닭이 놀라서 도망갈 것이고, 너도 그 닭을 원 밖으로 못 빠져나가게 하다보면 몰라보게 달라질 수 있다."

"그 다음에는요?"

"차츰 차츰 원을 줄여 나가는 것이다. 9.15m에서 7m로, 7m에서 5m로, 그리고 최후에는 1m 안에서 닭을 자유자재로 다룰 수만 있다면 그때는 어떤 수비수도 너를 막지는 못할 것이다."

"꼭 시도해 보겠습니다."

"그리고……."

"……."

갑자기 말을 끊은 그가 또다시 담배를 꺼내 물었다. 무언가 중요한 애기를 하려는 것 같았다. 그리고 담배가 다 타 들어갈 즈음 또다시 입을 열었다. 평상 시 말이 별로 없던 그가 오늘따라 왠지 모르게 말이 많은 것 같았다.

"너, 내일 협회에 좀 다녀와라."

"왜요?"

"갔다 오면 알 수 있다."

다음 날, 협회에 가기 위해 버스에 오른 강철은 왠지 모르게 기분이 좋았다. 협회라야 늘 공문을 수발하기 위해 하루에도 몇 번씩이나 다녀오곤 했지만, 오늘 따라 기분이 좋은 것은 바로 그가 들고 가는 공문서 때문이었다. 거기에는 이미 그를 프로 2군 선수로 등록한다는 내용이 들어 있었다.

비록 상상이었지만 그 앞에는 화려한 무대가 펼쳐지고 있었다. 관중들의 함성 속에 그가 드넓은 그라운드를 무풍지대처럼 치고 달리는 환상의 순간들이 머리 속을 가득 메우고 있었다.

그는 자신도 모르게 씩 웃었다. 별 의미 없이 상상 속에서 불거져 나온 웃음이었다. 그런데 앞에 서 있던 두 소녀도 따라 웃고 있었다. 비록 우연히 눈이 마주치면서 괜히 얼굴이 붉어졌지만 결코 싫지는 않았다.

그렇지만 환상은 일찍 깰수록 정신건강에 좋은 법. 그가 재차 정신을 차리면서 두 소녀를 바라보고 있을 때 갑자기 건장한 청년들이 주변을 감싸면서 이상한 분위기가 흘렀다. 바로 소매치기들이 그녀의 핸드백을 노렸던 것이다.

강철은 그들에게 주의하라는 눈짓을 보내면서 예의 놈들을 주시했다. 그러나 버스가 다음 정류장에 정차하는 순간 그들의 입에서 "악!" 하는 비명과 함께 소매치기들이 후닥닥 뛰어내리고 있었다.

"거기 서!"

강철은 용수철처럼 튀어나가면서 그들을 뒤쫓았다. 두 소녀도 황급히 버스에서 내렸으나 발만 동동 구를 뿐이었다. 그렇지만 소매치기들의 뜀박질은 결코 강철의 적수는 아니었다.

강철의 순발력에 다급해진 그들은 황급히 오른 쪽 길로 도망쳤고 그곳은 불행하게도 막다른 골목이었다.

"야, 빨리 돌아 뛰어!"

"어딜, 짜식들아!"

어느 샌가 그들 앞에는 강철이 딱 버티고 있었다. 이제 도망치려면 강철부터 해치우는 게 급선무였다. 그렇지만 강철은 여유 있게 웃고 있었다. 조무래기들 정도는 우습게 안다는 투였다.

결국 다급해진 이들은 순간적으로 칼을 꺼냈다. 날이 시퍼렇게 선 생선회 칼이었는데 보는 사람들로 하여금 섬뜩할 정도였다. 그들은 칼을 든 채 곧 공갈협박을 시작했다.

"죽기 싫으면 빨리 비켜!"

"못 비키겠다면?"

"어쭈. 이 자식 봐라? 너, 어느 파야?"

"파는 무슨 파? 개자식들아, 나는 양파다."

"이런 씨팔 놈!"

"으악!"

한 놈이 칼로 후비고 들어오자 강철이 기다렸다는 듯이 피하면서 돌려차기로 턱을 강타했다. 놈이 나가떨어지면서 턱을 움켜쥔 채 다리를 버둥거렸다. 단 한방이었지만 그만큼 충격이 큰 것 같았다. 깜짝 놀란 놈들의 공격방법이 순간적으로 바뀌고 있었다. 상대가 너무 강하다고 생각한 모양이었다. 세 놈이 그를 에워싸고 빙빙 돌면서 기회를 엿보고 있었다. 하지만 강철도 그들의 움직임을 하나도 놓치지 않고 예의 주시하고 있었다. 구경꾼들도 숨을 죽인 채 이 모습을 바라보고 있었다. 백주에 이런 일이 일어났으니 스릴 만점이었고, 마치 영화 속에서나 볼 수 있는 장면 같았기에 그들은 숨을 죽인 채 결과를 지켜보고 있었다.

그 순간, 긴장감이 감돌면서 갑자기 그들의 목소리가 허공을 갈랐다.

"죽여!"

"으악! 우욱!"

"윽!"

"악! 으윽~!"

순간적으로 공격을 피하면서 해머 같은 펀치와 앞차기로 두 놈은 해치웠으나 강철은 뒤에서 휘두른 칼에 그만 등을 찔리고 말았다. 그가 푹 쓰러지자 놈은 겁이 덜컥 나는지 도주를 시도했고, 이때 선그라스를 쓴 사내가 앞으로 나서면서 발을 걸었다. 발에 걸린 놈은 그대로 나뒹굴었다. 자신이 들고 있던 칼에 안 찔린 것만도 그나마 다행이었다. 사내가 다가가더니 놈의 목을 밟아 꼼짝 못하게 만들었다. 순간적으로 일어난 상황이었지만 매우 민첩한 행동이었다.

구경꾼들이 꾸역꾸역 모여드는 가운데 두 소녀가 강철에게로 달려가고 있었다. 그리고 흐르는 피를 손수건으로 씻으면서 울부짖었으나 선그라스를 낀 사내는 놈의 목을 밟은 채 아무 표정도 없었다.

이윽고 경찰과 함께 구급차가 도착하자 두 소녀는 보호자와 증인 자격으로 차에 올랐다. 강철은 숨이 몹시 차는지 눈을 감은 채 헐떡거렸다. 등에 칼이 박혀서 그런 모양이었다.

두 소녀는 가슴이 찡할 정도로 깊은 감동을 받았다. 세상에 태어나서 보호를 받아본 것도 처음이었고, 이렇게 용기 있는 남자를 만난 것도 흔치 않았기에 큰복이라 생각했다.

구급차는 경음을 울리면서 잘도 빠져나갔다. 하지만 병원에 도착해서 수술실로 옮기자 뜻하지 않은 문제가 발생했다. 바로 수술보증금 때문이었다. 경찰이 옆에 있었건만 별 소용이 없었다. 두 소녀는 히포크라테스의 선서도 모르는 웃기는 병원이라고 생각하면서 급히 원무과로 가서 따졌다.

"수술부터 안 될까요?"

"안 됩니다."

극히 사무적인 말투였다. 사람이 죽거나 말거나 상관없다는 태도였다. 아주 오래 전부터 찌들어온 관습 같았다. 정아는 울컥 치미는 분노를 삭이면서 신경질적으로 소리쳤다.

"그럼, 죽어도 좋단 말이에요?"

"애가 왜 소릴 지르고 난리야!"

"당신들 이거 너무 하는 거 아네요?"

"병원 방침이 그러니까 살리고 싶으면 돈이나 구해와!"

도무지 말이 통하지 않았다. 그들은 오직 위에서 시키는 대로 움직이는 충실한 개일 뿐, 도대체 인간성이라곤 전혀 보이지 않는 철면피들이었다. 정아는 그들이 분명 대학을 나온 지식인들이라고 생각하자 악이 바쳤다. 그래서 체면을 불구하고 신경질적으로 악을 썼다.

"내가 보증서면 될 꺼 아냐?"

"니가 누군데 뭘 믿고 보증을 받아?"

"시장 딸이다. 으앙!"

급기야 그녀는 사람들이 보거나 말거나 울음을 터뜨렸다. 마치 어린애 같은 모습이었고 이렇게 울어 보는 것도 처음이었다. 자신을 도와준 그가 수술비 때문에 고통받는다고 생각하자 설움이 북받친 것이다.

그때 원무과장이라는 작자가 별 이상한 말을 쏟아 부으면서 사람들을 웃겼다.

"무슨 시장? 부산 자갈치 시장?"

"우, 하하하하!"

"서울시장이다. 개새끼야!"

"옘병, 진작 말할 것이지. 빨리 연락해서 수술시켜!"

"우, 하하하하!"

그녀의 욕지거리에 쩔쩔 매는 원무과장의 꼴이 우스웠던지 사람들이 또다시 폭소를 터뜨렸다.

그때 이 모습을 쭉 지켜보고 있던 선그라스의 사나이가 불쑥 끼어 들었다. 훤칠한 키에 딱 벌어진 어깨가 양복색깔과 잘 어울렸고, 얼굴도 선그라스에 가려서 그렇지 아주 다부진 모습이면서 품위가 있어 보였다.

"저, 그 수술비가 대체 얼마나 됩니까?"

"왜, 선생께서 내시겠소?"

"예."

"이 아가씨가 책임진다고 했는데……?"

"아니오. 내가 내겠소. 그러니 우선 이것으로 처리하고……, 다만 꼭 비밀로 해주시오."

"아니, 천만원씩이나?"

원무과장이 깜짝 놀라 쳐다보자 그가 조용히 명함을 내밀면서 뒷마무리를 부탁했다. 무척 무게 있는 행동이었다.

"병실도 특실로 해주고 수술도 최선을 다해 주시오. 그리고 돈이 모자라면 즉시 전화해 주시오. 돈은 절대 염려 마시고."

사람들은 그 광경을 바라보면서 지킬박사와 하이드 같은 인간의 마음에 넋을 잃었다. 두 소녀도 이 모습을 바라보면서 섭섭했던 마음이 눈 녹 듯이 사라졌다.

수술을 성공적으로 마친 다음 날 신문과 방송은 이 사건을 대대적으로 보도했다. '우리 사회의 귀감이 될 수 있는 젊은이'란 제목 아래 그의 사진과 함께 무용담도 자세하게 소개되어 있었고, 특히 그가 곧 프로 2군에서 뛰게 될 재목이며 도움을 받았던 소녀가 현직 시장 딸과 로얄그룹 사장 딸이라는 것도 포함되어 있었다.

이 때문에 구단 측에서는 그로 인해 주가가 급상승하면서 제품이 불티나게 팔리자 그에게 파격적인 연봉으로 대우해줄 것을 약속했다. 아무튼 그에게 있어서 이 사건은 분명 무명에서 유명으로 만드는 하나의 획기적인 일이 분명했다.

잠에서 깨어난 강철은 하루아침에 영웅이 되어 있었다. 수술결과도 좋아 빠른 회복세를 보이자 구단과 시민단체를 비롯한 수많은 사람들이 그의 쾌유를 빌었다.

병실은 늘 그들이 가져온 꽃들로 향기가 가득했다. 하지만 유명인사들이 줄줄이 찾아오자 두 소녀는 곤혹스러웠다. 대부분이 현직 시장에게 잘 보이려는 사람들과 로얄그룹 하청업체 사장들로서 전시효과나 노리는 사람들이었기 때문이다.

두 소녀는 정성스럽게 그를 간호했다. 용감하고 준수하게 생긴 용모에 반하기도 했지만, 특히 그가 의지할 곳이 전혀 없는 고아라는 사실에 가슴이 더 뭉클했다.

하지만 두 소녀는 서로가 질투를 느끼고 있었다. 비록 표면적으론 멀쩡했지만 그들은 한 남자를 두고 사랑싸움에 빠져들고 있었다. 이 때문에 이들은 마주칠 때마다 찬바람이 일었고 행동 역시 부자연스러웠다.

오늘도 학교에서 돌아온 정아는 음식부터 챙겼다. 벌써 닷새 째였다. 그렇지만 귀찮다거나 싫지가 않았다. 집에서는 늘 공주처럼 지내오면서 손끝 하나 까딱 않던 그녀였다. 그런데 그만 생각하면 왠지 모르게 가슴이 뛰면서 얼굴이 달아올랐다. 요즘 들어 갑자기 생긴 현상이었다.

그러나 채령이도 역시 마찬가지였다. 요즘 들어 살맛이 났고 그를 대할 때마다 가슴이 뛰면서 얼굴이 달아올랐다. 무엇 하나 부러울 게 없는 그녀였지만 그와 잠시라도 떨어져 있으면 무언가 허전했다. 특히 정아가 아양을 떨면서 환심을 사려고 할 때는 가슴속에서 불기둥이 팍팍 일었다. 아무튼 그를 봐야 일이 손에 잡힐 정도였고, 그러다 막상 대하고 나면 가슴이 콩콩 뛰었다.

정아는 음식을 다 챙기자 갈아입을 옷을 이것저것 고르기 시작했다. 그리고 콧노래를 흥얼거리고 있는데 엄마의 목소리가 들려왔다. 아주 기분 좋을 때 쓰는 다정한 음성이었다.

"정아야!"

"예. 엄마."

"개, 상 준다고 하더라."

"누가요?"

"누군 누구냐. 아빠지."

"무슨 상을요?"

"뭐, 용감한 서울시민 상이라나 뭐라나."

"그것 좀 이상하지 않아요?"

엄마 곁으로 다가선 그녀가 눈을 동그랗게 뜨고 묻자 엄마가 너무 의외라는 듯이 반문한다.

"뭐가 이상해?"

"자기 딸을 도와줬다고 상을 준다면 사람들이 비웃지나 않을까요?"

"꼭 그렇지 많은 않겠지. 단지 그것은 우연의 일치일 뿐이니까."

"그렇게 생각하면 되겠네. 그럼, 제가 미리 알려줘도 괜찮을까요?"

"그래라. 내가 곧 뒤따라가마."

그녀가 병실에 도착했을 때는 이미 사람들로 북적거리고 있었다. 바로 고아원에서 찾아온 사람들이었다. 정아는 복도로 나가 그들이 돌아갈 때를 기다리면서 잠시 책을 읽었다. 평소 탤런트를 꿈꾸어 왔던 탓에 늘 눈여겨보는 연예잡지였다.

그때 채령이가 예쁜 옷을 입고 나타났다. 꽃무늬가 있는 화려한 원피스에다 미용실에도 들렀는지 머리도 아주 예쁘게 다듬은 상태였다.

정아는 순간적으로 질투심이 생기면서 스파크가 일었다. 빌어먹을 년이 예쁘기도 하지만 공부까지 잘 하는 것이 늘 못마땅했던 것이다. 하지만 채령이는 이런 것을 아는지 모르는지 평상시와 똑 같이 대했다.

"왜, 안 들어가고 여기 있어?"

"응. 고아원 사람들이 와 있어서……. 그런데 너 갑자기 예뻐졌다?"

"그런 너는?"

서로의 속셈은 뻔했다. 눈이 마주치자 불꽃이 일었고 나란히 앉았지만 전혀 말이 없었다. 입을 열어봤자 서로가 피곤했기 때문이다.

그때 정아 엄마가 나타나더니 갑자기,

"와! 우리 채령이가 몰라보게 예뻐졌네? 이러다간 친구끼리 의리도 끊어지겠어."라고 빈정거렸다.

이 때문에 또다시 묘한 기류가 흐르면서 스파크가 일었다. 채령이는 엄마까지 대동하고 나온 정아가 정말 미웠다. 하지만 그들이 하는 꼴을 지켜보기로 하고 오늘은 아예 밤을 새우기로 작정했다. 정아보다 더 많은 정을 쏟기 위해서였다.

그때 정아가 생글생글 웃으면서 자기 엄마를 소개하고 있었다. 엄마까지 관심을 가지고 있다는 것을 은근히 자랑하는 눈치였다. 채령이의 양미간이 약간 찌푸려지고 있었다.

"우리 엄마예요"

"처음 뵙겠습니다. 강철이라고 합니다."

"괜찮으니까. 그냥 누워 있어요"

강철이 일어나려고 하자 그녀가 급히 말렸다. 무척 잘 생긴 얼굴이었고 그래서 딸이 저렇게 좋아한다고 생각했다. 자신의 딸이 누구보다도 도도하고 자존심이 강한 것을 알고 있기 때문이었다.

그렇게 생각하고 있을 때 정아가 호들갑을 떨기 시작했다. 예전에는 결코 없었던 행동이었다. 그러나 채령이를 의식했는지 노골적으로 좋아한다는 표시를 하고 있었다.

"철이 씨에게 상을 준 데요"

"무슨 상을 요?"

"용감한 서울시민 상이래요"

"무슨 상까지나……?"

"왜? 싫어요?"

"예. 전, 싫습니다."

"이유가 뭐예요?"

"반드시 해야할 일을 했는데 상까지 받는다면 저와 이 사회가 너무 이상해지기 때문입니다."

당돌한 아이였다. 세파에 찌들지 않은 정직한 아이였다. 하지만 그녀는 그런 것들이 싫었다. 대다수의 없는 자들이 정직을 무기 삼아 대리만족을 취하는 것이 싫었다. 여태껏 위만 바라보고 살아온 결과였다. 갑자기 그녀의 눈동자가 멸시의 눈빛으로 바뀌고 있었다.

"부모님은 뭐하시는 분이에요?"

"……."

갑자기 숨이 막히는지 그가 돌아누우면서 눈시울을 적셨다. 가슴에서 울컥하는 서러움이 북받친 모양이다. 이 모습에 정아도 가슴이 철렁했다. 무엇보다 최고만 찾는 엄마가 실례를 범할까 두려웠기 때문이다.

"그럼, 학교는 어느 학교에 다녀요?"

"저는 고아이기 때문에 학교는……."

"아참, 내 정신 좀 봐. 장관 사모님을 만나기로 했는데 깜빡 잊었네. 자 그럼, 엄마 먼저 갈 테니까 늦지 않게 오렴."

고아라는 말 한마디의 위력은 대단했다. 갑자기 정적이 일면서 허리케인이 지나간 것처럼 분위기는 싸늘했다. 정아가 미안해서 어쩔 줄 몰라하는 반면 채령이는 그렇게 통쾌할 수가 없었다. 정아 엄마가 점수를 왕창 깎아먹고 갔기 때문이었다.

사실 자신도 재벌의 딸이면서 공부까지 잘했기 때문에 친했던 것이지, 다른 아이들 같았으면 꿈에도 찾아갈 수 없는 집이 바로 정아네 집이었다.

그래서 웃고 있는데 정아가 엄마 대신 사과하고 있었다.

"미안해요. 제가 대신 사과할게요."

"사과할 거 없습니다. 모두 다 제 탓이니까요. 이제 정아 씨도 빨리 집으로 가보세요. 엄마에게 괜히 혼나지 말고."

"아니에요. 제 일은 제가 알아서 할게요. 그러니까……."

그때 건장한 청년이 병실로 들어서고 있었다. 바로 사건 당시에 수술비를 내준 청년이었다.

"자네가 강철 군인가?"

"예. 그런데요?"

갑자기 나타난 청년을 보자 강철은 긴장했다. 처음 보는 얼굴에다 어떤 위압감을 느꼈기 때문이다. 그때 정아가 슬그머니 밖으로 나가고 있었다.

"자, 이 꽃을 어디다 놓을까?"

"아무 데나 놓으세요."

빨간 색 장미와 노란 튤립이 조화를 이룬 꽃이었다. 그것을 창가에다 놓자 방안이 갑자기 환해지고 있었다. 강철은 그 꽃을 바라보면서 순간적으로 사내의 표정을 살폈다. 그렇지만 아무리 봐도 처음 보는 얼굴이었다. 그때 사내가 갑자기 채령이를 바라보면서 물었다.

"이 아가씨는 누군가?"

"처음 뵙겠습니다. 저는 강채령이라고, 지난 번 사건 때 이분에게 도움을 받았던 학생입니다."

"아, 그런가? 무척 예쁜 학생이군. 에 또, 그건 그렇고 지난 번 사건 때 자네 행동을 쭉 지켜보았네."

"부끄럽습니다."

"아닐세. 그때 난 정말 자네에게 반했네. 어때, 상처는 다 나았나?"

"예. 이제 며칠만 있으면 퇴원할겁니다."

"그래, 정말 다행이군."

"그런데 누구세요?"

"아참, 내 소개를 안 했군. 자, 이것!"

그가 내민 명함에는 천도개발㈜ 대표이사 최정달이라고 적혀 있었다."

"천도개발이 뭐 하는 회삽니까?"

"응, 그건 내가 나중에 가르쳐 줄게. 지금은 설명해도 잘 모르니까."

"그렇다면 혹시 제 병원비를 대준 분이 아닙니까?"

"누가 그렇던가?"

"간호사 누나가 그랬습니다."

"내가 절대 비밀로 해 달라고 했는데……, 허허! 이 세상엔 정말 비밀도 없네 그려……."

"아무튼 고맙습니다. 은혜는 꼭 갚겠습니다."

"은혜는 뭘……. 나중에 퇴원하면 꼭 나를 찾아오게."

"왜요? 무슨 일이라도 있습니까?"

"아냐. 단지 내가 자네에게 반해서 그래."

"그럼, 아무 때나 말입니까?"

"그래. 하지만 전화부터 하고 오게. 그리고 나를 찾을 때는 이름보다도 '솔개'라고 하게. 그래야 금방 찾을 수 있으니까."

"???"

"그럼, 다음에 또 만나세."

그가 이상야릇한 말로 여운을 남기고 가자 강철은 강한 의문 속에 빠져들었다.

솔개는 본명이 최정달이라는 사람으로서 서울의 강남과 강북, 명동, 종로 일대를 주름잡고 있는 아주 무시무시한 사나이였다. 현재 '솔개파'란 조직을 이끌고 있는 1인자로써 태권도와 공수도, 쿵푸와 가라테, 그리고 유도까지 합치면 무려 20단을 웃도는 고수였다. 특히 2인자로 군림하고 있는 '쌍칼'은 말할 것도 없고 행동대장으로 있는 '꼴통'또한 표창의 대가로서 더 없이 무서운 존재였다.

아무튼 강철은 그날 밤을 채령이와 함께 보내면서 여러 가지 이야기를 나눌 수 있었다.

그날 저녁. 식탁에 앉은 정아는 밥 생각이 별로 없었다. 실로 오랜만에 아빠와 함께 하는 식사였지만 낮에 일들이 자꾸 마음에 걸렸다. 그 눈빛을 엄마가 모를 리 없었다. 낮에 일어났던 일을 합리화시키기 위해 대뜸 정곡부터 찔렀다.

"오늘 그 아이 눈빛이 이상하더라."

"누가요?"

"아, 그 채령이란 애 말야!"

신경질적으로 내뱉는 엄마의 말에 정아는 부화가 났지만 그래도 꾹 참고 상냥하게 대답한다.

"엄마도 그렇게 느꼈어요?"

"원, 대가리에 피도 안 마른 것들이 야한 옷을 입질 않나 화장을 하지 않나. 참, 세상 말세야."

"그럴 수도 있잖아요?"

"뭐가 그래? 너도 걔를 좋아하고 있으면서."

"실은 저도 좋아해요. 호호!"

"그래서 너희들 눈빛이 이상한 거냐? 꼭 질투하는 눈빛 같이…… 쯧쯧!"

"아이, 몰라요."

그녀는 딸의 얼굴이 붉어지는 것을 바라보면서 이번에는 남편에게 화살을 돌린다.

"오늘 그 아이를 만났어요."

"그래서?"

송 시장은 별 대수롭지 않은 얘기라고 생각했는지 오직 밥 먹는 일에만 열중하고 있었다. 하지만 정아는 귀를 쫑긋 세우면서 엄마의 다음 이야기를 기다렸다.

"그 아이 못 쓰겠어요."

"왜? 모두가 괜찮은 아이라고 하던데."

"상도 필요 없데요."

"그건 또 왜?"

"내 참, 기가 막혀서……."

"뭐가 그렇게 기가 막혀?"

송 시장이 아내의 비위를 맞춰주자 정아는 은근히 부화가 끓어올랐다. 너무 독단적인 엄마가 싫었기 때문이다.

"꼭 해야 할 일을 했는데 무슨 상이냐는 거예요"

"그럼, 안 주면 되잖아?"

"그러니까 기분 나쁘잖아요"

"별 신경 쓸 것 없어. 원래 없는 놈들이 대리만족으로 잘난척하는 거니까."

"아무튼 그 녀석, 보기보다 무척 기분 나쁜 녀석이에요"

"엄마!"

"아이고 깜짝이야! 아니 근데, 얘가 왜 소릴 치고 난리야?"

갑자기 분위기가 깨지자 그녀가 아주 못마땅한 듯 딸을 노려봤다. 여태껏 이런 일이 없었기 때문이다. 그러나 정아도 기회를 놓치지 않고 포문을 열었다.

"엄마도 대학교수에다 학장이잖아요"

"그래서?"

"걔도 엄마 자식 같은 아이예요"

"그래서 어쨌다는 거냐?"

"본인이 싫으면 평양감사도 거절할 수 있잖아요"

"얘가 점점 못하는 말이……?"

정아의 목소리가 점점 더 커지자 집안분위기가 이상하게 흘렀다. 그렇지만 송 시장은 가장으로서 아무 말이 없었다. 딸이 다 컸다고 생각하는지 이들의 대화를 신중히 듣는 입장을 취했다. 처음으로 들어보는 논쟁이었기 때문이다.

"걔, 정말 불쌍한 아이예요 물론 나를 도와줬다고 해서 꼭 그런 것만은 아니에요"

"물론 니가 감성적이니까 불쌍한 건 당연하겠지. 하지만……"

"하지만 뭐예요?"

"사람은 다 수준이 있는 거다."

"무슨 수준이요?"

"그 아이는 뿌리가 없어. 게다가 잡초처럼 막 굴러먹으면서 큰 아이야."

"그래도 나를 도와 줬잖아요?"

"그렇다면 걔하고 결혼이라도 하겠단 말이냐?"

"못 할 것도 없지……."

"이 놈의 계집애가 정말 못하는 말이 없어!"

"악!"

순간적으로 귀싸대기를 맞은 딸의 비명과 엄마의 호통이 터지면서 집안분위기는 엉망이 되고 말았다. 정아는 갑자기 분하고 서러웠던지 울면서 자기 방으로 들어갔고 이를 보다 못한 그가 화를 벌컥 냈다. 이토록 집안이 시끄러웠던 적이 없었기 때문이다.

"당신, 너무한 거 아냐?"

"뭐가 너무해요? 당신도 방금 들었잖아요? 정아는 지금 그 애한테 미쳐 있단 말이에요."

"그러면 안 되지. 음……. 결코 안되고 말고……."

"그것뿐이 아니에요."

"뭐가 또 있어?"

"그 왜, 강채령이라고 정아 친구 말이에요."

"응. 그래서?"

"두 년 다 그 애한테 미쳐서 난리예요."

"그럼, 삼각관계란 말인가? 허허!"

"아무튼 두 년들이 이상하게 돌아가고 있어요."

"그러다 말겠지. 한창 감수성이 예민한 나이들이니까."

"아무튼 걔를 빨리 퇴원시키고 정아는 좀 가둬놔야겠어요."

"당신이 알아서 하구려."

힘 빠진 송 시장의 대답과 맞물려 부와 권력을 가진 자들의 오만과 독선, 정아는 그런 것들에 대해 회의와 분노를 느끼면서 자신의 부모가 키가 큰 해바라기라고 생각했다.

그렇지만 강철을 생각하는 마음에는 변함이 없었다. 비록 제멋대로 자라온 고아라고 해도 은혜를 입었으면 반드시 갚아야 한다는 것이 그녀의 지론이자 자존심이었다. 특히 강철을 채령이에게 빼앗기는 것은 죽기보다 싫었고, 자존심이 상해 도저히 묵과할 수 없다는 게 요즘 일이었다.

　비록 2군이었지만 프로의 세계는 너무 냉정하고 무서웠다. 서로가 서로를 잡
아먹고 잡아먹히는, 마치 전쟁터와 같은 곳이 바로 프로의 세계였다.
　그는 우선 눈 높이를 한국 최고의 골게터(goal getter)인 최순호 선수에게 맞췄
다. 그리고 코치의 지도 아래 그의 플레이를 비디오로 보면서 동일시하자 자신
도 모르게 기량이 쑥쑥 크면서 몰라보게 달라지고 있었다.
　그렇게 생활한지도 어느 덧 2년. 그의 몸은 무려 10cm나 크면서 195cm의 키
로 자랐고, 또 잘 먹어서 그런지 몸무게도 85kg으로 축구선수로써의 틀을 갖추
게 되었다. 이 때문에 단장은 늘 그를 예의 주시하면서 반드시 큰 선수로 성장
할 것이라고 굳게 믿었다.
　그러던 어느 날, 드디어 그에게 기회가 찾아왔다. 평소처럼 열심히 훈련하던
그에게 청소년대표팀 감독이 찾아온 것이다. 물론 단장이 소개한 것이었고, 그
날 프로 2군과 청소년 대표팀의 연습경기에 그가 테스트를 받게 된 것이다.
　비록 연습경기였지만 그는 화려하면서도 선이 굵은 축구를 구사하면서 세
골이나 터뜨렸고, 지칠 줄 모르는 체력으로 수비까지 가담하면서 경기장을 누
비고 다녔다.
　이날 그는 센터서클 부근에서 공을 잡아 무려 6명의 수비수를 제치면서 골을
성공시켰고, 빠르고 정확한 패스에다 뛰어난 위치선정, 볼의 낙하지점 포착, 그
리고 빠른 공수전환 등이 크게 돋보여 감독의 탄성을 자아냈다. 이 때문에 강
회장과 단장의 눈에서는 뜨거운 눈물이 주르륵 흘러 내렸다.
　모든 게 만점이었다. 그는 곧 청소년대표(U-19)선수로 뽑히면서 주목받기 시
작하였고, 경기가 진행되는 동안 줄곧 매스컴으로부터 스포트라이트를 받았다.
그리고 한국팀이 우승하자 수많은 에이전트들이 나서서 이탈리아의 명문인 인
터밀란팀으로 끌어가기에 이르렀다.
　이렇듯 전쟁이 끝나면 영웅이 탄생하듯이 사건이 있는 곳에는 늘 주연배우
가 있기 마련이었다. 그가 유럽의 3대 컵이라고 할 수 있는 챔피언스리그와 컵

위너스컵에다 UEFA컵에서까지 명성을 떨치자 이제는 자타가 공인하는 세계적 선수로 인정받게 되었다.

그러나 주가가 상승하면 돈과 명예를 갈구하는 여자들이 주변을 맴돌게 마련이고, 가치관이 제대로 잡혀있지 않은 생활은 혼란 그 자체로 빠져들기 십상이었다.

'88서울올림픽의 팡파르가 전세계로 울려 퍼지면서 지구촌 곳곳의 눈과 귀가 잠실로 집중될 즈음, 특별휴가를 얻은 강철은 서울에 도착하자마자 언론과 방송에 끌려 다니면서 눈코 뜰 새 없는 바쁜 나날로 접어들었다.

그러나 꿀이 있으면 벌과 나비가 모여들기 마련이고 돈과 명예가 있으면 여자들이 꼬인다고 했듯이, 그에게도 수많은 여자들이 몰려들면서 불행한 역사는 그 서막을 열었다.

어느 날 강철이 방송국 PD의 끈질긴 성화에 못 이겨 TV 녹화장으로 들어서는 순간, 실핏줄이 보일 정도로 깨끗한 피부를 가진 미모의 여자가 갑자기 손수건을 내밀었다.

"저, 강철 선수 사인 좀 부탁해요"

"……."

아름다운 얼굴이었다. 175cm 정도의 늘씬한 키에 자신의 허벅지 정도밖에 안 돼 보이는 개미허리, 그리고 길게 늘어뜨린 생 머리에 반짝반짝 빛을 발하고 있는 눈은 마치 무엇을 갈구하는 듯 그의 눈 속으로 빨려들었다. 바로 당시 하늘 높은 줄 모르게 잘 나가던 인기 탤런트 송정아였다. 그런데 어디서 많이 본 듯한 얼굴이었다.

"왜, 하필이면 손수건에다……."

"제가 가장 아끼는 것이기 때문이에요"

"그토록 저를……?"

"예. 세계 최고의 선수니까요 호호!"

"고맙습니다. 그렇다면 기꺼이……."

그는 손수건에다 사인을 하면서도 어디선가 많이 본 얼굴이라는 생각이 자꾸 들었다.

"혹시 정아 씨 아닙니까? 송정아 씨……?"

그가 서서히 눈동자를 맞추면서 물었으나 왠지 모르게 가슴이 쿵쿵 뛰고 있었다. 여태껏 수많은 팬들을 상대해 왔지만 막상 이렇게 당황해 보기도 처음이었다.

"예, 맞아요."

"정말 반갑습니다."

"그런데 저녁에 시간을 좀……."

"왜, 무슨 일이라도 있습니까?"

그녀의 얼굴이 발갛게 물드는 것과 동시에 강철의 질문도 함께 이어졌다. 다른 때 같았으면 대꾸조차 않고 돌아섰겠지만 순간적으로 그녀의 눈동자가 그를 엮어버린 것이다.

"아니 예요. 전, 단지 신세 좀 갚으려는 것뿐이에요."

"그건 이미 지나간 일이 아닙니까?"

"아니에요. 그건 결코 그렇지가 않아요. 내 자존심이 허락하질 않거든요."

"그렇다면 할 수 없지만……. 그럼, 어디서?"

이미 결박당했다고 생각한 그가 거침없이 물었고 피가 뜨거워지는 것 또한 어쩔 수 없었다. 실로 너무 오랫동안 잊어 왔던 감정들이 그녀를 만남으로 해서 다시 살아나고 있었다.

"녹화가 끝나는 대로 제 차로 모실게요."

"그럼, 방송국 앞에서……?"

"예."

능숙한 솜씨로 시내를 빠져 나온 그녀는 차를 춘천 쪽으로 몰았다. 남의 눈에 띄어 봤자 별로 좋을 게 없을 뿐 아니라, 그가 세계적인 스타란 점을 고려해서 자신의 별장이 제일 적합하다고 판단했던 것이다.

사실 그녀의 별장은 여러 개가 있었지만 그 중에서도 특히 춘천 서면에 있는 별장은 아무도 몰랐다. 춘천호를 돌고 돌아 산 속 깊숙이 처박혀 있는 그 곳은 아직도 천연림이 울창했고, 그 주변에는 단지 별장 관리인 부부와 송어 양식업자 몇 사람만이 살고 있었다.

원래 그곳은 춘천 근교에 있었으나 일반인들에게는 잘 알려지지 않은 곳이었다. 전직 장관의 부인인 某여사가 서울의 某여고 휴양소를 짓기 위해 구입해 둔 땅이었다.

하지만 그녀가 우연히 이런 사실을 알고 아빠에게 졸라 가까스로 분양 받게 되었지만, 당시 그녀의 아버지가 얼마나 세도가 당당했던가를 보여주는 한 단면이기도 했다.

이윽고 춘천호를 돌고 돌아 별장에 도착하자 이미 연락을 받고 달려온 별장 관리인들이 나와서 기다리고 있었다.

그들이 도착하자 갑자기 산골짜기가 환해지는 것 같았다. 195cm의 훤칠한 키에 85kg의 알맞은 체구. 175cm의 늘씬한 키에 60kg의 비너스 같은 허리 곡선. 마치 하늘에서 내려온 선남선녀와 같은 이들의 모습이 자연과 더불어 조화되고 있었다.

강철은 주변을 한번 돌아보면서 정말 아름다운 곳이라 생각했다. 산에서 내려온 물이 고인 곳은 송사리와 가재가 보이면서 그 투명하기가 마치 유리알 같았고, 산을 꽉 덮고 있는 아름드리 나무들은 태초의 원시림을 방불케 하고 있었다.

"이제 그만 들어가요"

강철이 넋을 잃고 있자 정아가 그의 팔짱을 끼면서 조용히 속삭였다.

안에는 이미 음식이 준비되어 있었다. 시골이라 비록 조촐했으나 토종닭을 비롯해서 송이구이와 산나물 등, 모든 것이 깔끔하면서도 정갈한 게 정말 먹음 직스러웠다.

이윽고 그가 음식에 손을 대자 그녀가 흐뭇한 표정으로 물었다. 마치 사랑하는 연인에게 하는 말 같았다.

"술도 한 잔 하실래요?"

"함께 하신다면 사양 않겠습니다."

"좋아요. 저도 마시겠어요."

그녀가 곧 벽장문을 열더니 양주를 한 병 꺼냈다. 그것을 본 강철은 처음 보는 술이라 묻지 않을 수 없었다.

"무슨 술입니까?"

"루이 16세예요."

그것을 잔에다 따르자 향기가 확 퍼지면서 독한 냄새가 금방 코를 찔렀다. 단숨에 잔을 비운 그가 또다시 물었다. 한 잔을 마셨는데도 뱃속이 얼얼하면서 가슴이 찡했기 때문이다.

"이 술이 대체 어떤 술입니까?"

"왜, 알고 싶으세요?"

"실례가 안 된다면."

"이것은 이름 그대로 아주 오래된 술이에요. 프랑스 부르봉 왕조의 왕인, 즉 재위기간이 1774년부터 1792년인 루이 15세의 손자이며……."

"아, 그만! 내가 역사를 듣자는 것이 아니고 가격이 대체 얼마냐는 겁니다."

"가격은 모르는 게 좋아요."

"왜요?"

"알면 골치 아프니까요."

"그렇다면 묻지 않겠지만 오늘 이곳으로 온 이유가 뭡니까?"

"왜, 그게 그렇게도 궁금하세요? 호호!"

웃는 모습이 예뻤다. 고른 치아에 촉촉이 젖은 입술이, 그것도 양 볼에 홍조 띤 모습이 너무 아름다웠다. 특히 무엇을 호소하는 듯한 눈동자와 가슴이 푹 파진 원피스 안으로 드러난 젖꼭지는 그의 성욕을 충분히 자극하고도 남았다.

이 때문에 그는 바지 주머니에다 손을 넣고 성질이 날대로 난 녀석에게 잠시만 참으라고 달래면서 최대한 성욕을 억제했다. 그때 전혀 예상치 못한 뜻밖의 질문을 그녀가 던져 왔다. 바로 윤활유 같은 질문이었다.

"요즘 소문 알아요?"

"어떤 소문 말입니까?"

그가 무뚝뚝한 것은 예나 지금이나 마찬가지였다. 세상을 오직 외길로만 살아가는 사람들에게 나타나는 현상이었다. 그녀는 그런 것들을 다 이해하면서 또다시 말을 이었다. 오직 그를 유혹하기 위해서였다.

"88올림픽 자원봉사자들 말이에요."

"그게 어떻다는 겁니까?"

"세간에 흘러 다니는 얘기가 있어요. 그걸 '카더라 방송'이라고들 말하지요. 호호!"

뭔가 해서는 안될 말인지 그녀가 웃음으로 얼버무렸다. 그렇지만 강철은 호기심이 발동해서 묻지 않을 수 없었다.

"그게 무슨 얘깁니까?"

"어른들이 88올림픽 자원봉사자와 스튜어디스, 그리고 관광버스 안내양들과는 절대 결혼하면 안된데요."

"그건 또 무슨 말입니까?"

"호호호! 순진하시기는……."

그녀의 야릇한 웃음에 강철은 잠시 헷갈렸다. 그러나 이왕 시작된 거니까 꼭 알고 싶어 또다시 바보처럼 물었다.

"헤헤! 좀더 구체적으로……."

"자, 그렇다면 우리 건배하고 나서 대답해 줄게요."

"좋습니다."

"그런데 건배할 때의 구호는 '나가자!'라고 하는 거예요."

"그건 또 무슨 뜻입니까?"

"호호! 그건 나라를 사랑하고 가정을 위하고 자신의 발전을 위한다는 뜻이에요. 그래서 첫 자만 따서 '나가자!'라고 외치는 거예요."

"그것 참 좋은 뜻입니다."

두 남녀는 잔을 부딪치면서 '나가자!'라는 구호와 함께 원 샷으로 들이켰다.

하지만 그녀는 또다시 잔을 채워서 거푸 다섯 잔을 들여 마셨다. 자신의 수치심을 없애려는 것 같았다.

이윽고 얼굴이 발갛게 물든 그녀가 강철을 바라보면서 알 듯 모를 듯한 미소를 지었고, 눈동자에는 어떤 말못할 우수가 서려 있었다. 강철은 그 눈빛을 읽으면서 어서 말하라는 암시를 보냈다. 궁금한 것을 도저히 못 참는 습성 때문이었다. 그녀가 서서히 아주 침울한 눈빛으로 입을 열었다.

"그 여자들 대부분이 걸레래요"

"걸레라……? 그게 무슨 뜻입니까?"

"한마디로 몸을 마구 굴린다는 얘기예요"

거침없이 말하는 그녀의 입술이 약간 떨렸다. 하지만 그 이면에는 어떤 중대한 결심이 서 있는 것 같았다.

"그런 말을 하는 저의가 뭡니까?"

"나도 강철 씨한테는 그러고 싶다는 뜻이에요"

"왜, 하필이면 저에게……?"

"전, 강철 씨를 처음 만났을 때부터 사랑했어요. 단지 오늘에서야 그게 성사됐지만……."

"어머니가 아시면 큰일날텐데……. 그렇지 않습니까?"

"물론이에요. 내 인생은 내가 알아서 하는 거지 엄마가 대신 사는 건 아니잖아요"

"……."

완강하게 부인하는 그녀의 결심 속에 강철은 잠시 혼란 속으로 빠져들었다. 무거운 침묵이 흐르는 동안 그는 알 수 없다는 듯이 여러 가지를 저울질하고 있었다.

자신도 이 여자를 처음 본 순간부터 사랑에 빠져 있었다. 물론 채령이도 예외는 아니었다. 정아가 다혈질이면서 능동적이라면 채령이는 차분하면서도 교양 있는 한 떨기 백합이었다. 다만 자신이 그들에 비해 너무 기울었을 뿐 아니라 별로 내 세울만한 게 없었기 때문에 포기했던 것이다.

이 여자가 지금 자신을 유혹하고 있다. 비록 세계적인 선수로 성장했을 망정 축구를 빼고 나면 자신이 이 여자보다 나은 게 별로 없다. 가문이나 돈, 그리고 학력 등에 이르기까지…….

그렇게 생각하고 있을 때 그녀가 서서히 허물어지고 있었다. 아주 노골적인 유혹이었다.

"저, 죄송하지만 너무 더워서 옷을 좀 벗을 게요."

"……."

대답을 하거나 말거나 그녀는 이미 결심한 모양이었다. 원피스를 벗더니 걸레처럼 휙 집어던지면서 요염한 몸매를 취했고, 가슴과 치부만 가려진 몸매가 마치 포르노 배우 같았다.

이것을 본 강철의 아랫도리는 성질이 날 대로 나 당장 바지 속을 뚫고 나올 기세였다. 이미 도파민이 분비되어 쾌감의 전령사 구실을 하면서 옥시토신이란 호르몬이 분비되었고, 엔도르핀이 분비되면서 사랑을 하지 않고는 못 배길 경지에까지 도달해 있었다.

강철은 참아야 한다고 생각했다. 괜한 욕심이 화를 부를 수도 있기 때문이었다. 하지만 그녀의 집념은 무서웠다. 그가 창 밖을 바라보면서 애써 외면하고 있을 때 또다시 끈질기게 유혹하고 있었다.

"강철 씨! 여자에게도 자존심은 있는 거예요."

"그래서요?"

"혹시 목석 아니에요?"

"물론 아닙니다. 전, 지극히 정상적인 남잡니다."

"그렇다면 제가 싫으세요?"

"아닙니다. 정아 씨를 무척 좋아하고 있습니다."

"그런데 왜?"

"당신 어머니의 목소리가 아직도 생생하기 때문입니다."

"결국 그랬었군요. 이미 지나간 일인데도……. 흑!"

"울지 마세요. 단지 생각났던 김에 얘기한 것뿐입니다."

"흑흑! 그래도 그렇지……."

"정말 죄송합니다."

당황한 그가 손수건을 꺼내는 순간 그녀가 기다렸다는 듯이 품속으로 파고들었다.

"사랑해요. 철이 씨. 흑흑!"

"저도 정아 씨를 무척 좋아하고 있습니다."

이윽고 한 덩어리가 된 두 남녀는 서로가 말이 없었다. 그러나 여성 특유의 머리카락 냄새가 코를 자극하자 그는 도저히 못 참겠다는 듯이 어금니를 꽉 깨물면서 그녀를 번쩍 안아 침대 위로 올렸다. 그녀가 요구하는 대로 들어줄 작정이었다. 강철은 옷을 벗자마자 그녀를 탐하기 시작했다. 어차피 엎질러진 물, 그가 참기에는 나이가 용서치 않았다.

두 사람은 이제 말이 필요 없었다. 신이 인간에게 준 쾌락을 위해 서로가 최선을 다하면 그만이었다. 강철이 브래지어와 팬티를 확 낚아채자 그것들은 마치 휴지조각처럼 떨어져 나갔다.

이제 두 남녀는 태초의 아담과 이브였기에 전혀 부끄러울 게 없었다. 산새들의 지저귐 속에 강철은 그녀의 몸을 혀와 손으로 구석구석 애무하기 시작했다. 그리고 이어진 긴 키스 두 남녀는 심장이 뛰고 혈압이 고조되면서 맥박이 빨라지고 있었다. 췌장에선 이미 인슐린이 분비되고 부신은 결국 아드레날린까지 배출하고 있었다.

그렇게 하기를 십여 분. 그녀의 몸이 서서히 열리고 있었다. 남에게 보이기가 부끄러워 핑크 색을 띄고 있던 젖꼭지는 이미 빨간 색으로 변했고, 그녀의 옹달샘에선 서서히 샘물이 솟아나면서 처녀림을 흥건히 적셨다.

이윽고 몸이 달아오른 그녀는 강철의 목을 두 팔로 휘어 감고 입술을 탐하면서 최선의 서비스를 하고 있었다. 그런 반면 강철도 옹달샘에 있는 클리토리스(clitoris)를 중지로 자극시키면서 목표를 향해 서서히 접근해 갔다. 대부분의 경험 많은 여성들이 보기가 흉할 정도로 불거져 나왔지만 그녀는 전혀 경험이 없었기 때문에 아주 작고 매끄러웠다.

"사랑해요. 철이 씨! 욱!"

갑자기 야구방망이 같은 것이 몸 속으로 들어오자 그녀는 자신도 모르게 비명을 질렀다. 그것이 얼마나 길고 굵은지 뱃속까지 들어온 느낌이었다.

그것은 들어오자마자 제멋대로 춤을 추고 있었다. 처음에는 블루스(blues)를 추듯이 흐느적거리다가 트로트(Trot)로 이어지면서 왈츠(waltz)와 탱고(Tango), 폴카(Polka)로 경쾌하게 바뀌더니 나중에는 댄스스포츠(Dance Sport)와 힙합(Hip hop) 춤으로까지 이어지고 있었다.

그것은 또 정말 알 수 없는 요상한 물건이었다. 송곳이론에 의해 쑤시면 쑤실수록 고통이 따라야 하는데도 그것은 이상하게도 희열로 바뀌고 있었다.

정아는 다리를 최대한 벌린 상태로 그의 등을 손으로 꼭꼭 누르다가 살살 문지르면서 오감이 열리도록 보조를 맞췄고, 강철도 얼마나 열과 성의를 다하는지 온몸이 온통 땀으로 얼룩져 미끈거렸다.

이 때문에 정아가 손수건으로 땀을 닦는 사이 그가 갑자기 허리를 굽히면서 젖꼭지를 빨아대자 순간적으로 다리에 힘이 오르면서 아랫도리가 곧 수축작용을 일으켰다. 그리고 그가 더욱 세게 아랫도리에 힘을 가하자 곧 침대가 흔들리면서 삐거덕 소리가 온 방안을 뒤흔들었다. 침대를 만든 놈들이 아주 형편없는 돌대가리였기 때문에 빚어진 결과였다. 그렇지만 잠시 후 그녀의 입에서 드디어 신음이 터져 나왔다.

"으음! 더 세게! 더 빨리! 으윽! 윽!"

"윽윽! 욱욱! 으윽! 욱욱!"

"으음! 으으으! 으으음! 으으으윽……!"

하늘이 노랗게 변하고 있었다. 그녀가 세상에 태어나서 처음으로 느껴보는 희열이었다. 가끔 자위행위도 해봤지만 그건 정말 발끝에도 못 미쳤다. 잠시 후 그녀는 무아지경 속으로 푹 빠져들면서 온몸이 축 늘어졌다.

그녀가 늘어지자 강철도 기분이 이상했다. 방망이와 질 사이에 수많은 교감이 교차되면서 척수의 신경 에너지와 뇌 사이가 마치 전쟁 때의 무전 교환처럼 전파 사용량이 어마어마하게 급조하고 있었다.

뿐만 아니라 방망이가 질 내의 뜨거운 온기를 몸 전체로 흡수하면서 서로의 마찰 농도가 뇌로 전달되었고, 질로 감싸지는 힘의 크기나 질의 축축함 등이 방망이를 통해 끊임없이 뇌척수의 성 관련 신경계로 접수되고 있었다.

그와 동시에 그의 뇌와 척수가 다시 방망이로 명령하자 뜨거운 물기둥이 그녀의 질 속에서 폭발하기 시작했다. 순간적으로 짜릿한 쾌감이 이어지면서 마치 천지가 요동치는 것 같았다. 20cm 길이의 방망이가 18cm의 질 속에다 30cc 정도의 정액을 10초 동안 쏟아 붓는 동안 일어난 일이었다.

"사랑해요 철이 씨!"

"후회하지 않습니까?"

"철이 씨는요?"

허리케인이 지나가자 그녀가 강철의 가슴을 만지면서 속삭였다. 강철은 경기 도중 수없이 몸싸움을 해야 하는 관계로 상체운동을 많이 해서 그런지 덥수룩한 털과 함께 웬만한 여자 젖통만큼이나 큰 가슴을 갖고 있었다. 그녀는 그게 신비로웠던지 털과 젖꼭지를 만지작거리면서 또다시 요염한 눈길로 물었다.

"남자가 후회하는 거 봤습니까?"

"그게 그렇게 되는 건가요? 호호!"

"이제 우린 어떻게 되는 겁니까?"

"어떻게 됐으면 좋겠어요?"

"나야 정아 씨가 하자는 대로하겠습니다."

"나는 꼭 철이 씨한테 시집가고 싶은데, 괜찮겠어요?"

"물론입니다. 그런데……."

"뭐가요?"

"……."

말을 먼저 해놓고 그가 잠시 망설였다. 잘못 말했다간 공연한 오해를 받을 수도 있기 때문이었다. 하지만 성질 급한 그녀가 가만있을 턱이 없었다. 곧 젖꼭지를 비틀면서 눈을 흘겼다.

"아야!"

"빨리 말해요!"

"그럼, 절대 화 안 낸다고 약속할 수 있습니까?"

"물론 약속할게요."

"저, 오늘 처음입니다."

"물론 저도 처음이에요. 그런데 왜 그 같은 말을……?"

정아는 자존심이 상했으나 표정을 감춘 채 곧 내면으로 파고들었다. 하지만 그의 표정에선 어떤 저의도 읽을 수 없었다.

"확인하고 싶어 섭니다."

"왜, 제가 탤런트니까 몸을 막 굴리는 줄 알았어요?"

"그건 절대 아닙니다. 단지, 아까 말씀하셨던 얘기가 문득 생각이 나서……."

"아, 그렇다면 관광버스 안내양이나 88올림픽 자원봉사자, 스튜어디스 같은 여자들 때문에……?"

"그냥 한번 연관지어본 것뿐입니다. 잘못 생각했다면 용서하십시오."

"아니에요. 충분히 그렇게 생각할 수 있어요. 하지만 전 달라요. 비록 일부의 연예인들이 물을 흐리는 경우도 있지만, 저는 제 자존심 때문에 그런 생각은 추호도 해본 적이 없어요."

"저도 그렇게 생각하고 있었습니다."

"그런데 만약……."

이번에는 그녀가 말을 하다말고 잠시 끊었다. 자신도 그의 의중을 한번 떠보기 위해서였다.

"말씀하시지요."

"내가 만약 그런 여자였다면, 그래도 나를 계속 사랑할 건가요?"

"그건 장담 못하겠습니다. 내가 워낙 결벽증이 심한 사람이 돼 나서."

"에이, 요 깍쟁이!"

"아야!"

그녀가 가슴에 난 털을 잡아당기자 갑자기 비명이 터져 나왔다. 하지만 그도 싫지가 않았던지 두꺼비 같은 손으로 그녀의 가슴을 더듬었다.

"그렇지만 마음을 놓으셔도 돼요 앞으로도 결코, 아니 영원히 그런 일은 없을 거예요"

"그럼, 안심하고 제가 재미있는 진리를 하나 알려드리겠습니다."

"그게 뭐예요?"

"무슨 말을 해도 절대 화 안낼 거지요?"

"무슨 내용인진 모르지만 약속할게요"

"정아 씨가 얘기했던 것과 비슷한 내용입니다."

"호호! 그럼, 음담패설?"

"정말 눈치 하난 끝내 주는군요"

"호호! 빨리 얘기나 해봐요"

눈을 크게 뜨고 묻는 그녀가 예뻤던지 강철은 또다시 입을 맞추고 보따리를 푼다.

"여자의 몸값과 구두 값은 시대가 변해도 늘 같다는 얘깁니다."

"그게 무슨 뜻이에요?"

"구두 값이 5만원이면 여자를 빌리는 값도 5만원이고, 세월이 흘러 구두 값이 10만원으로 오르면 여자의 몸값도 따라서 10만원으로 오른다는 얘깁니다."

"에이, 엉큼해라. 호호!"

"또 해줄까요?"

"호호! 좋아요"

그녀가 강철을 바라보면서 행복한 듯 미소짓는 사이 또다시 음담패설은 이어진다.

"1차 대전 때 스코틀랜드 병사가 워낙 여자를 밝히다보니 성병에 걸렸답니다."

"그래서요?"

"그가 백방으로 노력했지만 몸이 자꾸 썩어 들어가자 결국 자살을 결심했습니다."

"그래서 죽었나요?"

"아니, 죽으려고 하는데 마침 수녀가 보이더랍니다. 그래서 '죽을 놈이 무슨 짓은 못해?'라는 생각에 그만 수녀를 덮쳤답니다."

"에이, 말도 안돼."

찡그리는 모습이 예뻤던지 그가 젖꼭지를 만지면서 얘기를 계속한다.

"그런데 기적이 일어났습니다. 며칠 후에 씻은 듯이 다 나은 것입니다."

"어떻게 그런 일이?"

"이유야 간단합니다. 수녀들이 하도 씻지를 않아 그곳에 자낭균과 푸른곰팡이가 생성됐고 그 곰팡이가 항생제 역할을 했던 것입니다. 그리고 또 그것이 기폭제가 되어 알렉산더 플레밍이란 과학자가 페니실린을 발견했다고 합니다.

"호호호호! 에이, 말도 안돼. 요, 깍쟁이! 호호호호……!"

"아무튼 이 얘기는 신이 만들어준 연장은 꼭 써먹어야 한다는 진리를 담고 있습니다. 과부나 노처녀들이 유독 신경질이 많은 것도 다 그런 이유 때문인 것 같고……."

"그거 혹시 꾸며낸 얘기 아니에요?"

"그렇다는 얘기지요. 아야! 아, 그그그!"

"에이, 깍쟁이에다 도둑 같은 욕심꾸러기."

그녀가 젖꼭지를 비틀자 강철은 더 이상 참지를 못하고 비명을 지른다. 그렇지만 둘 다 행복한 모습이다.

"그런데 궁금한 게 있어요."

"그게 뭔데요?"

"남자들 것은 다 그렇게 큰가요? 아까는 뱃속까지 들어온 것 같아 혼났어요."

그녀가 요염한 눈길을 보내면서 자존심을 추켜세운다. 마치 연기하는 듯한 모습이다. 이에 그도 싫지가 않았던지 맞장구를 친다.

"남자의 성기가 발기했을 때는 15cm가 평균인데 한국남성은 대체적으로 11.2cm라고 합니다. 그런데 내 것은……."

"호호! 얼만데요?"

"예전에 장난 삼아서 딱 한번 재어 봤는데 20cm가 조금 넘는 20.56cm…….

아야! 아그그그!"

갑자기 정아가 그의 성기를 움켜쥐고 흔들자 강철은 충격에 어쩔 줄을 몰라 하면서도 대단히 만족스런 표정이다.

"그러니까 내가 아파서 혼이 났지. 호호!"

"그렇지만 내 것은 고래나 말에 비하면 아무 것도 아닙니다."

"걔네들은 또 얼마나 큰데요?"

"말이 1m이고 고래가 3m나 되니까 혹 정아 씨와 만났다면…… 아그그그! 그만! 그만! 아그그그……!"

그녀가 성기를 움켜쥐고 흔들어대자 강철은 비명을 지르면서도 좋은지 계속 즐거운 표정이다. 마치 한 쌍의 음탕한 남녀가 세월 가는 줄 모르고 놀아대는 모습이다.

"한번만 더 그러면 이젠 죽을 줄 알아요. 알았어요? 호호!"

"공주님, 알았습니다. 그럼, 웃기는 얘기는 이것으로 끝내고 지금부터 2라운드를 시작하겠습니다."

"좋아요. 그럼 내일 집으로 가서 부모님께 허락 받도록 해요."

"좋습니다. 그럼 지금부터 정아 씨를 내 아내로 생각하면서 서비스를 시작하겠습니다."

이윽고 2라운드가 시작되자 두 남녀는 신이 인간에 베풀어준 쾌감을 맛보기 위해 밤새도록 침대 위에서 뒹굴었다.

다음 날 오후.

정신없이 서로를 탐하느라 밤을 꼬박 세웠던 청춘남녀는 해가 중천에 떠서야 일어났다. 그리고 간단히 요기를 채우자마자 차를 서울로 몰았다. 물론 운전은 정아가 했지만 그녀도 피로한 기색이 완연했다.

강철은 서울이 가까워질수록 불안했다. 바로 몇 년 전에 병원에서 일어났던 일들이 자꾸 떠올랐기 때문이다.

그는 왠지 모르게 그녀의 어머니가 무서웠다. 당시 직설적으로 표현은 안 했지만 분명 그녀는 자신을 경멸하고 있었다. 그가 생각하기에 이유는 단지 고아라는 사실인 것 같았다. 그런데 지금 그런 호랑이 굴로 들어간다고 생각하자 왠지 모르게 꺼림칙했다.

여기까지 생각하자 이상할 정도로 거부감이 일었다. 또다시 수모를 겪는다는 것 자체가 자존심을 꺾는 일이었다. 결국 빠져나가기 위해서 조심스럽게 말을 던졌다.

"제가 왠지 모르게 자꾸 불안해 집니다."

"왜요?"

"아마 예감이 아니면 운명이란 생각 때문일 겁니다."

"그건 또 무슨 말이에요?"

그녀가 도무지 이해할 수 없다는 표정이었다. 하지만 강철의 표정은 계속 펴지지 않은 채 아주 우울한 모습이다. 그녀는 그게 싫었다. 자신은 지금 꿈에 부풀어서 날개를 달고 날아가도 시원치 않을 판인데 자신과 평생을 함께 할 동반자가 우울하다는 건 말도 안되기 때문이었다.

"자꾸 옛날 생각이 나서 그렇습니다."

"왜? 병원에서 있었던 일 때문에요?"

"솔직히 말해서 그렇습니다."

"에이, 그건 이미 지나간 일이잖아요. 그리고 또……."

"또 뭡니까?"

"우리 아빠가 이런 말씀을 하셨어요 '내가 어쩔 수 없이 세상에 태어났다고 해도 이왕 태어났으면 세계 최고가 되어야 한다'고"

"……."

"철이 씨는 이제 세계 최고가 됐잖아요 그러니까 별 문제는 없을 거예요"

"그렇다면 다행이지만……."

"제가 왜 철이 씨를 좋아하는지 알아요?"

"잘 모르겠습니다."

"아직까지 때묻지 않은 아름다운 마음씨 때문이에요"

"그렇게 생각해 주셔서 고맙습니다."

"저는 또 이런 생각을 하고 있어요."

"무슨 생각을……?"

"사랑이 두렵거든 시작을 하지 말고 이왕 시작했으면 모두에게 감동을 주는 그런 사랑을 할 것이라고."

"멋진 생각입니다."

"그리고 정면을 바라보고 있는 평면도 그림을 보면, 예컨대 모나리자 그림을 보면 어느 방면에서나 눈동자가 계속 따라 오고 있잖아요?"

"그래서요?"

"저는 철이 씨의 눈동자를 평생 그렇게 바라볼 거예요."

"……."

"제 말 듣고 있어요? 호호!"

"물론 듣고 있습니다."

그녀는 무엇이 그리도 좋은지 혼자 지껄이면서 운전하고 있었고 강철은 그럴수록 자꾸 콤플렉스에 빠져들었다. 콤플렉스란 그렇게 쉽게 지워지는 것이 아니기 때문이었다.

"그렇다면 왜 그런지 알아요?"

"잘 모르겠습니다."

"철이 씨 눈의 흰자위와 검은자위가 비율이 똑같기 때문이에요. 이제 알겠어요? 호호!"

"그렇다면 정아 씨도 마찬가지가 아닙니까?"

"물론 저도 그렇지요. 호호!"

선글라스를 끼고 운전하는 모습이 정말 매혹적이었다. 강철은 그런 모습을 바라보면서 절대 놓치지 않겠다고 굳게 다짐했다. 그러나 자꾸 엄습해 오는 불안감은 떨쳐버릴 수가 없었다. 생각을 안 하려고 해도 자꾸 옛날 일이 떠올랐기 때문이다.

이윽고 서울에 도착한 그녀는 차를 즉시 집으로 몰았다. 조금이라도 빨리 자랑하고 싶어서였다. 그녀가 집에 들어가자 마침 아빠와 엄마가 차를 마시고 있었다. 하지만 엄마는 딸을 보자마자 호통부터 쳤다.

"이 말만한 게 어딜 그렇게 쏘다녀?"

"쉿!"

그녀는 재빨리 입에다 검지를 갖다 대며 눈을 찡긋했다. 강철이 들을까 겁났기 때문이다. 하지만 그녀는 화가 덜 풀렸는지 계속 신경질적이었고 안중에도 없다는 태도였다.

"누구냐?"

"호호! 철이 씨 빨리 올라오세요"

"실례하겠습니다."

그가 거실로 들어서자 두 부부는 아래위를 훑어보면서 고개를 갸우뚱했다. 어디서 많이 본 듯한 얼굴이었고 그가 마치 천장환을 닮았다는 느낌마저 들었다. 이 때문에 소꼬리는 계속 그의 얼굴만 주시하고 있었다.

강철은 우선 두 부부를 향해 큰절부터 올렸다. 그러나 밖에서 볼 때보다 무척 좋은 집이라 생각했다. 거실도 무척 넓으면서 방바닥이 온통 송진으로 깔려 있었고, 그 두께도 10cm는 족히 되는 것 같았다.

"강철이라고 합니다."

"그렇다면 요즘 한창 신문지상이나 매스컴에서 떠들고 있는 이탈리아 프로축구선수……?"

"예. 그렇습니다."

"아이구, 그렇다면 정말 잘 왔어요 내가 곧 차를 가져올게요"

세계적인 선수라는 단 한마디에 그녀가 흥분하고 있었다. 그러나 자꾸 어디서 본 듯한 얼굴이라는 생각을 떨쳐버릴 수가 없었다. 결국 그녀는 궁금증을 참지 못하고 딸을 불렀다.

"애, 정아야! 이리 와보렴."

"예!"

딸이 주방으로 건너오자 그녀가 대뜸 물었다. 매사에 성질이 급한 탓이었다.

"저 사람 내가 어디서 많이 본 것 같은데?"

"옛날에 제가 소매치기 당했을 때 저 사람이 구해줬잖아요."

"그렇다면 바로 그 아이?"

"예."

"그런데 왜 불렀어?"

"제가 좋아하고 있잖아요."

"알았다. 건너가 있어라."

갑자기 그녀의 표정이 확 바뀌고 있었다. 처음 반길 때와는 영 딴판이었다. 정아는 그것을 재빨리 눈치챘지만 어쩔 방법이 없어 조용히 끝내주기만을 기다릴 뿐이었다. 아니, 꼭 그렇게 돼야 한다고 생각했다.

하지만 눈치 하나로 세상을 살아온 강철이 그것을 모를 리 없었다. 곧 비상구를 찾기 위해 생각에 잠겨 있을 때 소꼬리가 불쑥 나섰다.

"자네 혹시 천장환이나 천진수를 아나?"

"전혀……."

"모른다는 말이지?"

"예."

"그것 참 이상하다. 자네가 꼭 천장환을 닮았거든?"

"저는 들어본 적도 없는 이름입니다."

"그렇다면 내가 잘못 봤겠지. 꼭, 천씨 가문 같은데……."

그가 머리를 갸우뚱거리자 이번에는 그녀의 엄마가 나섰다.

"혹시 우리 정아를 좋아하는 거 아니에요?"

"물론 좋아하고 있습니다. 정아 씨도 그렇고……."

"그게 사실이냐?"

그녀는 딸이 아니라고 대답하기를 바라면서 표정을 살폈다. 하지만 그녀의 예상은 결국 빗나가면서 또 다른 충격으로 이어지고 있었다.

"우리는 결혼하기로 굳게 약속했어요."

"언제?"

"어제 밤에요."

"누구 맘대로?"

"……."

그녀의 표정이 갑자기 마귀할멈처럼 일그러지고 있었다. 그것은 곧 화가 머리끝까지 뻗쳐있다는 표시였다. 정아는 재빨리 입을 닫아버렸다. 더 이상 말해봤자 아무 소득도 없기 때문이었다. 이렇게 되자 그녀는 강철을 잡고 늘어졌고, 아내의 성질을 아는 소꼬리는 슬그머니 자리를 피하고 있었다.

"우리 딸을 포기하세요."

"이유가 뭡니까?"

강철도 독한 마음으로 대응하기 시작했다. 저런 것을 장모로 두어봤자 구역질만 나기 때문이었다. 하지만 성질 급한 그녀도 순간적으로 양미간이 씰룩거렸다. 자신에게 도전하고 있다고 생각했던 것이다. 그래서 나오는 대로 지껄여대기 시작했다. 대학교수나 학장의 품위 따위는 전혀 찾아볼 수 없었다.

"좀 기분 나쁘게 들릴 진 모르겠으나 뿌리가 없기 때문이에요."

"그렇다면 이 가문의 뿌리는 괜찮다는 말씀입니까?"

"적어도 당신 집안보다는……."

"어떤 근거로 그런 말을 함부로 합니까?"

"오해할 것 없어요. 조선 5백년사에 근거를 둔 것뿐이니까요."

"그게 대체 뭘 어쨌다는 겁니까?"

"당신네 가문은 잘 모르겠지만……."

"그래서요?"

"천(千)씨 가문은 조선 5백년 동안 단지 두 사람만이 과거에 급제했던 반면, 우리 송씨 가문은 정확하게 295명이나 급제했단 말이에요."

"그게 그렇게도 중요합니까?"

"중요하고말고지요."

"그렇다면 그 295명이란 조상들이 다 실력으로 급제했단 말입니까?"

"물론 그렇겠지요."

"돈주고 산 벼슬은 없고요?"

"그거야 알 수 없지요."

"그래서 이 집안에선 나라를 팔아먹은 송병준(宋秉畯)이 같은 놈이 나왔습니까?"

"뭐야?"

그녀의 얼굴은 분노로 이글거리다 못해 또다시 마귀할멈처럼 변하고 있었다. 중학교 때 국사시간에 배웠던 것을 우연히 말했을 뿐인데도 반발이 심한 것을 보면 진짜 그런 것 같았다. 그러나 이미 엎질러진 물, 강철은 할 말을 다 쏟아부으면서 속을 풀었다.

"실언을 했다면 사과하겠습니다. 그러나 별 것도 아닌 걸 갖고 사람을 웃기고 있습니다. 고리타분하게……."

강철은 말을 끊은 채 끓어오르는 분노를 참아가며 그녀를 노려봤다. 스피드 시대에 그 따위 통계나 갖고 사람을 업신여긴다고 생각하자 자신도 모르게 신경질이 폭발했던 것이다. 하지만 그녀는 외워두기를 잘했다고 생각했던지 또다시 의기양양해서 말했다.

"그러니까 포기하라는 거야."

"정아가 몸까지 허락했는데도……?"

"뭐? 이런 미친년이!"

"악! 흑흑!"

갑자기 귀싸대기를 얻어맞은 정아가 뛰쳐나가자 그녀는 더욱 흥분해서 씩씩거렸다. 마치 자신이 당한 것처럼 생각하는 모양이었다. 그렇지만 강철도 오기가 발동해서 끝까지 물고 늘어졌다.

"한국 대통령하고 국제축구연맹 회장하고 어떤 사람이 더 위대합니까?"

"그거야 생각하기 나름이겠지……."

"그렇다면 서울시장하고 세계적인 축구 스타하고 누가 더 지명도가 높습니까?"

"그것도 사람마다 다르겠지……."

"말씀을 회피하시니까 그럼 제가 분명히 말씀드리겠습니다. 세계 각국의 모든 사람들에게 물어봐도 국제축구연맹 회장을 한다고 하지, 아마 한국대통령을 하려는 사람은 없을 겁니다. 이와 마찬가지로 세계적인 축구스타를 꿈꾸지, 서울시장을 꿈꾸는 사람 역시 별로 없을 겁니다. 왜냐하면 당신 같은 얼치기 지식인들이 한국에 너무 많기 때문입니다. 그러니까 나라가 매일 시끄럽고 도둑이나 들끓으면서 저 혼자만 잘 처먹고 잘살겠다고 하는 겁니다. 게다가 예의는커녕 공중도덕조차 없이 저마다 잘났다고 하기 때문에 운전대만 잡았다 하면 지랄발광들을 하고 있는 겁니다."

"어디서 그따위 말버릇을……?"

갑자기 그녀의 눈에 쌍심지가 켜지고 있었다. 그러나 강철은 아랑곳하지 않고 또다시 그녀의 심장을 건드렸다.

"만약 다섯 살 난 애가 철길에서 놀고 있을 때 기차가 달려온다면 어떻게 하시겠습니까?"

"그 딴걸 왜 물어? 날 뭐로 아는 거야?"

"흥분하실 거 없습니다. 대답을 안 하시면 그만이니까요. 그러나……."

"그러나 뭐야?"

악을 쓰고 있었다. 그녀는 이제 제정신이 아닌 것 같았다. 체면이고 뭐고 다 집어치운 상태에서 오직 신경질만 부리고 있었다. 갑자기 집안이 시끄러워지고 있었지만 강철은 계속 약을 올리면서 모질게 쏘아 부쳤다.

"죄송합니다. 중학교밖에 안 나온 놈이 뿌리도 없으면서 가문 좋고 부자면서 고관대작의 딸까지 넘보았으니……."

"꼴도 보기 싫으니까 어서 나가!"

"더러워서 나가지 말라고 해도 나가겠습니다. 그렇지만 얼마나 잘 먹고 잘 사는지는 꼭 지켜보겠습니다. 성선설과 성악설도 모르는 얼치기 인간 같으니라고……."

말을 마친 강철이 벌떡 일어섰으나 그의 얼굴은 마치 벌레 씹은 모습이었다. 여태껏 잊고 살아왔던 고아라는 사실이 무엇보다 슬프고 처량했기 때문이다.

집을 나온 강철은 모든 것을 잊고 싶었다. 사랑도 미움도 그리고 못난 인간들에 대한 저주까지도······.

그는 공연히 울적해지면서 눈물이 앞을 가렸다. 어릴 때 한번 울고 이번이두 번째였다. 지나가던 사람들이 힐끗힐끗 쳐다보고 있었다. 흠뻑 취하고 싶었다. 그리고 세상에 잘난 인간들만 골라서 복수하고 싶었다. 그는 이를 갈면서 발걸음을 재촉하기 시작했다. 솔개를 만나기 위해서였다.

이윽고 명동에 도착한 그는 천도개발주식회사를 찾았다. 10층 건물에 5, 6층을 다 임대해서 쓰고 있는 회사였다. 무척 큰 회사라는 생각이 들었다. 그런데 자신이 왜 이곳을 찾았는지 이상했다. 단지 병원에 있을 때 최정달이 준 명함 때문이라고 생각하자 자신도 모르게 쓴웃음이 나왔다.

그것도 벌써 5, 6년이 흐른 상태였다. 그렇지만 강철은 이왕 온 김에 꼭 만나야 하겠다는 생각에서 안으로 들어섰다.

"어떻게 오셨습니까?"

건장한 사내였다. 어깨가 떡 벌어진 게 마치 운동선수 같았다. 그가 강철의 아래위를 훑어보면서 강하게 쏘아보고 있었다. 그렇거나 말거나 강철은 아주 또렷하게 자신의 용건부터 말했다.

"솔개 씨를 만나고자 왔습니다."

"회장님을? 그런데 혹시 강철 선수······?"

"그렇습니다."

"아, 무척 뵙고 싶었습니다. 저도 강 선수의 팬입니다."

"고맙습니다."

"그럼, 잠시만······."

온 시선이 강철에게 집중되는 가운데 그가 들어간지 얼마 후 솔개가 직접 모습을 드러냈다. 솔개는 강철을 보자마자 얼마나 반가워하는지 모두가 부러워할 정도였다.

"여, 반갑네. 이게 얼마 만인가? 난 자네가 벌써 잊은 줄 알았네."

"죄송합니다. 진작 찾아 뵙고 인사를 올렸어야 했는데."

"괜찮아. 정말 반갑네. 자, 우리 안으로 들어가서 얘기하세."

"예."

"자, 차부터 들게."

비서인 듯한 여직원이 차를 가져오자 향긋한 냄새가 코를 찔렀다. 여태껏 맡아보지 못한 향기였다.

"실은……."

"괜찮아. 무엇이든 말해보게. 내가 힘닿는 데까지 도와줄게."

"제가 그 동안 돈을 좀 벌었습니다."

"그렇겠지. 세계적인 선수니까."

"그래서 회장님을 좀 도왔으면 해서 이렇게 찾아왔습니다."

"와, 하하하하!"

"부끄럽습니다."

호탕하게 웃는 소리가 얼마나 큰지 사무실이 곧 떠나갈 것 같았다. 그 모습에 강철도 조금 전의 일들이 싹 씻겨 내려가고 있었다.

"고맙네. 아직도 나를 잊지 않고 있다니."

"제가 어찌 감히 잊겠습니까."

"괜찮아. 안 도와줘도 되네. 난 단지 자네의 그 마음만 있으면 충분하네."

"하지만 제가 나서야 할 때는 반드시 앞장서겠습니다."

"그래. 고맙네. 그런데 강주석 회장님께는 다녀왔나?"

"예. 오자마자 그곳부터 들렀습니다."

"그래. 잘 했네. 나도 자네 덕분에 강 회장님과 친분이 두텁다네. 그런데 오늘 바쁜가?"

"별로 바쁜 일은 없습니다."

"그래? 그렇다면 오늘 저녁 나하고 술 한잔 어떤가?"

"회장님 말씀이라면 무조건 따르겠습니다."

"고맙네. 그럼, 앞에 있는 호텔에서 잠시 쉬게. 내가 다시 연락하겠네."

"고맙습니다."

이윽고 그가 호텔 프런트에 들어서자 벌써 전화를 해 놨는지 모두가 쩔쩔 매는 게 마치 귀빈을 대하는 듯 했다. 그러나 룸 키를 넘겨받는 순간 여직원이 보조개까지 보이면서 생글생글 웃고 있었다. 눈웃음까지 치는 게 마치 어떤 메시지를 보내는 것 같았다.

강철은 이를 무시하고 곧장 룸으로 올라갔다. 무엇보다 피곤했고 유명세에 대한 과민반응이라 생각했기 때문이다. 그는 룸에 들어서자 우선 옷을 벗고 욕조에 몸을 푹 담갔다. 누적된 피로를 풀기 위해서였다.

시간이 흐를수록 몸이 나른해지면서 고아원 생각이 났다. 그가 프로선수가 된 후부터 매년 돈을 보냈으나 그것은 단지 예의에 불과할 뿐 미안한 마음은 여전했다. 출국하기 전에는 반드시 들러 원장님께 인사도 드리고 동생들도 만나야 한다고 생각하고 있을 때 갑자기 전화벨 소리가 울렸다.

그는 대충 몸을 닦고 수화기를 들었지만 무척 불쾌했다. 자신의 소재를 아는 사람은 단지 솔개뿐이었는데 난데없이 전화가 걸려왔기 때문이다.

"여보세요?"

"저, 여기 프런트 데요. 강철 선수 맞지요?"

"예. 그렇습니다만……."

옥이 굴러가는 듯한 앳된 음성이었다. 짐작컨대 프런트에서 눈웃음치던 그 여자 같았다. 그러나 처음 본 여자였고 너무 당돌하다는 생각이 들었다.

"저, 죄송하지만 잠깐 뵙고 싶은데요?"

"무슨 일로 그러십니까?"

"그건 제가 올라가서 말씀드릴게요. 실례가 안 된다면……."

"그러시지요."

"감사합니다."

아닌 밤중에 홍두깨라고 강철은 뭐가 뭔지 모르는 상태에서 그녀와 마주 앉았다. 여성 특유의 향기가 퍼지면서 방안이 갑자기 환해졌고 처음 볼 때와는 달리 괜찮은 인상이었다. 특히 눈이 약간 사팔뜨기인데다 가슴이 풍만한 게 무척 섹시해 보였다.

"혹시 오빠부대란 말 들어보셨나요?"

"예. 한국에만 있는 현상이지요."

"저는 강 선수의 열렬한 팬인데 여태 짝사랑만 해왔습니다."

"그래서요?"

의외였다. 대다수의 스타들이 건방진데 반해 강철만은 달랐다. 역시 잘 했다는 생각이 들었는지 그녀가 활짝 웃었다.

"오늘 사인도 받고 잠시 옆에 있고 싶어서요."

"그래요?"

강철은 씩 웃으면서 냉장고에 있는 캔 맥주를 꺼내 그녀에게 권했다.

"고맙습니다."

"제가 그렇게도 좋습니까? 짝사랑까지 하시게."

"물론이에요. 저 말고도 이 땅에 수많은 여성들이 강철 선수를 짝사랑하고 있을 거예요."

"그것 참……."

강철은 도무지 모르겠다는 듯이 맥주를 한 모금 들이켰다.

"혹시 짝사랑 해봤나요?"

"아니, 전혀."

"짝사랑이 자살로 이어진다는 것도 아시죠?"

"아, 그건 '전설의 고향'이라는 TV드라마에서 본 적이 있습니다."

"저도 여태껏 그런 심정이었어요."

"그럼, 저 때문에 자살까지 생각했단 말입니까?"

"예. 너무 너무 좋아서요. 하지만 이젠 그렇지 않을 거예요."

"왜요?"

"좋아하는 강철 씨를 이렇게 봤으니까요."

"자, 사인(sign)지 여기 있습니다."

"감사합니다."

그녀는 사인지를 매우 소중하게 접어 백에 넣더니 그를 바라보면서 멈칫 멈칫 한다. 무슨 말인가 꺼내고 싶은데 그게 잘 안 되는 모양이다. 하지만 그 눈치를 강철이 모를 리가 없다. 곧 그녀가 마음을 편히 갖도록 배려해 준다.

"괜찮으니까 부담 갖지 말고 말씀하세요"

"저, 오늘 결심하고 올라 왔어요"

"무슨 결심을……?"

"너무 교양 없고 당돌하다 하실 까봐……"

"화 안낼 테니까 말씀하세요"

"오늘 저를 마음대로……"

"그만! 무슨 뜻인 줄 알겠으니 그만하세요"

"죄송해요"

그녀가 부끄러운지 고개를 푹 숙이자 강철은 자존심이 상하지 않도록 조용히 속삭였다. 정아에 대한 복수의 대상이 결코 이런 종류의 여자가 아니었기 때문이다.

"'88서울올림픽 자원봉사자들에 대한 얘기를 언젠가 들었습니다. 비밀보장도 잘될 뿐더러 흑마나 백마를 태울 수 있는 절호의 찬스이기 때문에 수많은 처녀들이 날뛰고 있다는 것 말입니다. 물론 그녀들이 생각하기에는 평생의 추억으로 돌린다고 하겠지만, 그 후유증과 미래의 남편에 대한 죄책감은 아마 영원히 남게 될 겁니다. 그러니……"

"무슨 말씀인지 알겠어요 그럼, 이만……"

그녀가 나가자 갑자기 적막이 흘렀다. 생각 같아서는 또다시 회포를 풀고 싶었으나 결코 그럴 수는 없었다. 내 것이 아까우면 남의 것도 아낄 줄 알아야 한다는 생각이 불현듯 솟아났기 때문이다. 결국 잘했다는 생각과 함께 또다시 욕조에 몸을 담갔다.

얼마쯤 잤을까. 그가 일어났을 때는 이미 어둠이 내리고 있었다. 그는 대충 얼굴을 씻고 외출준비를 했다. 솔개와의 약속 때문이었다. 그때 전화벨소리가 울렸다. 그가 수화기를 들자 곧 솔개의 굵은 목소리가 이어졌다.

"잘 쉬었나?"

"예. 덕분에……."

"호텔 앞에서 기다리겠네."

"예. 곧 가겠습니다."

그가 내려갔을 때 솔개는 이미 차안에서 기다리고 있었다. 아주 고급스런 차였는데 그것은 곧 미국 포드사에서 제작한 링컨 콘티넨탈이었다. 그가 얼마나 대단한 인물인지를 여실히 보여주는 장면이었다.

이윽고 그가 솔개 옆자리에 앉자 차가 서서히 움직이면서 앞뒤에 있던 차들도 동시에 움직였다. 앞에서는 행동대장인 꼴통(정필)이 에스코트를 했고, 뒤에서는 부두목인 쌍칼(진관호)이 그 뒤를 따르고 있었다.

차가 시내를 벗어나 88고속도로에 접어들자 제 성능이 나타나고 있었다. 시속 150km를 달리고 있음에도 불구하고 약간의 흔들거림이나 소음조차 없었다. 마치 비행기를 타고 가는 것처럼 아늑한 느낌이었다.

강철은 시트에 몸을 묻은 채 정아를 생각했다. 그녀의 부모가 아무리 그런다고 해도 결코 잊을 수가 없었다. 그런 저런 생각으로 잠시 머리를 굴리고 있을 때 갑자기 회장의 목소리가 들려왔다. 그가 어떤 표정을 읽은 것 같았다.

"자네 무슨 고민 있나?"

"아, 아닙니다."

"자네 얼굴에 그렇게 써 있는 걸."

"그렇게 보입니까?"

"물론이지. 다른 사람 눈은 속여도 내 눈은 못 속여."

"실은……."

강철은 괜히 대답했다 싶었던지 잠시 침묵을 지켰다. 얘기해 봤자 별 도움도 되지 않을 뿐더러 자신이 더 초라해질 수도 있기 때문이었다. 그러나 회장은 몹시 궁금했던지,

"괜찮으니까 어서 말해봐."라고 재촉했고 강철은 창피했던지 얼굴 색깔이 변하고 있었다.

"저, 실연 당했습니다."

"누구에게?"

솔개가 깜짝 놀라고 있었다. 세계적인 선수를 퇴짜 놀 정도라면 보통 여자가 아니기 때문이었다. 그러나 곧 이어진 대답은 그를 맥빠지게 만들고 있었다.

"송정압니다."

"아, 요즘 잘 나가는 그 탤런트 말인가?"

"예."

"그 여잔 원래 자넬 좋아했잖아?"

"실은 정아가 아니고 그 어머니 때문입니다."

"왜?"

솔개의 양미간이 잠시 씰룩거렸다. 그 모습에 강철은 아차 싶었지만 이제는 사실대로 대답할 수밖에 없었다.

"제 족보가 형편없기 때문이랍니다."

"족보가 형편없다니……?"

"죄송합니다."

"아냐. 죄송할 것 없어. 그 년이 교수에다 학장을 하면서 남편이 잘 나가니까 눈깔에 뵈는 게 없나본데. 그렇다면……."

"……."

잠시 침묵이 흐르는 가운데 차는 어느 큰 음식점으로 들어서고 있었다. 앞에는 강이 흘렀고 각종 나무들이 조화를 이룬 것이 너무 아름다웠다. 특히 전나무와 구상나무가 어우러진 정원은 그 운치를 한껏 돋궈주고 있었고, 차가 멎자 여러 사람들이 몰려 나와 마치 귀빈처럼 대했다.

그들이 안내된 곳은 주로 VIP들이나 이용하는 별채였다. 본 채와는 뚝 떨어진 관계로 사방이 탁 트였고, 시설자제 자체가 모두 외제인 말 그대로 아방궁이었다. 그러나 음식상이 훌륭하게 차려져 있는데도 쌍칼을 비롯한 꼴통과 그 일행들은 다 어디로 갔는지 전혀 보이질 않았다.

잠시 시간이 흐르는 가운데 마담이 두 여자와 함께 들어왔다. 마담은 물론이고 두 여자 역시 미인이었다. 둘 다 170cm 정도의 키에 생 머리에다 화장을 옅

게 해서 그런지 탤런트 뺨치는 미모였다. 게다가 핫팬티와 배꼽티는 마치 여대생 같은 모습을 풍기면서 그들을 자극하기에 충분했다.

여자들은 우선 홀딱 벗고 큰절부터 올렸다. 자신의 몸매를 보임으로써 손님들을 왕처럼 모시겠다는 무언의 암시였다. 둘 다 젓이 통통한 게 젓꼭지가 하늘을 향해 있었고, 마치 실리콘을 넣은 것처럼 비너스 같은 모습이었다. 그리고 보이기가 부끄러운 그곳에는 보송보송한 풀들이 총총히 자라 아주 얕고 맑은 웅덩샘을 살짝 덮어주고 있었다. 그들은 이제 잘 됐어야 스무 살 정도의 어린 여자들이었다.

인사가 끝나자 마담은 솔개 옆에 앉아 시중을 들었고, 두 여자는 강철을 사이에 두고 앉아 온갖 애교를 떨었다. 회장이 특별히 배려한 것이지만 두 여자는 무척 좋아하는 눈치였다.

이윽고 술잔이 몇 순 배 돌아가자 대화가 자연스럽게 이어졌다. 대부분이 강철에 대한 무용담이었고 오늘의 자리가 그를 위한 자리였기 때문에 그에 대한 얘기를 빼면 화제가 없는 것처럼 보였다. 두 여자는 이미 그에게 푹 빠진 듯 매우 만족스런 표정이었다.

"이런 데 와 봤나?"

"아닙니다. 오늘이 처음입니다."

"그렇겠지. 오직 운동만 했을 테니까."

"강철 선수 정말 미남이네요 어때요? 여자들이 무척 많이 따르지요? 호호!"

"아닙니다. 결코 그렇지 않습니다."

강철은 마담의 짓궂은 질문에 펄쩍 뛰었다. 솔개에게 괜한 오해를 받을 수도 있기 때문이었다. 그렇지만 두 여자는 그를 집요하게 유혹하고 있었다. 그의 손을 잡아 자신의 허벅지에 슬쩍 올려놓는가 하면, 자신의 손을 그의 허벅지에 올려놓고 자극을 가하는 등 아주 교묘한 방법까지 동원하고 있었다. 마담에게 특명을 받은 탓도 있었지만 그 보다는 세계적인 선수와 함께 있는 것 자체가 너무 영광스러운 모양이었다. 그런데도 강철이 꿈쩍도 하지 않자 솔개가 또다시 입을 열었다.

"자네 오늘 이 아가씨들과 함께 회포나 풀지 그래. 오늘 기분도 별로 안 좋은데."

"아, 아닙니다. 회장님 앞에서 제가 어찌 감히……."

"괜찮아. 오늘은 특별히 자네를 위해서 마련한 자리니까."

"그래도 전 싫습니다. 그냥 술이나 마시다 가겠습니다."

"왜, 정아 때문인가?"

"꼭 그런 것만은 아니지만 오늘은 왠지 잔뜩 취해서 흔들고 싶습니다."

"그럼, 2차로 나이트를 가겠나?"

"예. 그래야 속이 좀 가라앉을 것 같습니다."

"그래? 그럼 정아 문제는 나중에 해결해 주기로 하고 오늘은 나이트나 가세."

"고맙습니다."

"자, 그럼 일어나세."

모든 게 속전속결이었다. 솔개는 성격이 단순 솔직했기 때문에 뒤로 미루는 일이 없었다. 그의 말이 떨어지기가 무섭게 모두가 일어서자 한껏 흥을 돋구려던 마담이,

"회장님, 우린 어떡하라고……."라고 말하면서 눈을 흘겼다. 최고급 요정의 마담답게 아름다운 눈매였다. 하지만 그녀의 눈에는 어느 새 이슬이 맺혀 있었다. 그가 이곳에 올 때마다 함께 정을 나누곤 했는데 그것이 깨지자 무척 서운한 눈치였다. 무엇보다 그의 정부로 소문나 있었던 탓에 바람도 피울 수 없었고 자주 만날수록 입지가 좋아진다는 것도 이유 중의 하나였다. 그렇지만 솔개도 못내 아쉬운 듯 그녀의 이마에 입을 맞추면서 등을 토닥거렸다. 강철이 보기에도 정말 정이 많아 보였다.

"곧 갔다 올게."

"정말이에요?"

"그럼, 정말이고말고."

"꼭 약속 지키셔야 해요. 호호!"

마담의 애교 섞인 웃음 속에 그들이 나왔을 때는 이미 시동이 걸려 있었다.

그들 모두가 솔개의 안전을 위해서 주변을 지키고 있었던 것이다.

이윽고 차가 출발하자 또다시 경호가 시작되었고, 그들이 탄 차가 강변도로에 들어서자 서울시내의 야경이 한눈에 들어오고 있었다.

아름다운 모습이었다. 서울의 젖줄기인 한강이 유유히 흐르는 가운데 그 사이를 가로지른 수많은 교각들이 정취를 더해주고 있었고, 우뚝 솟은 남산이나 빌딩들이 장관을 이루면서 그 특색을 자랑하고 있었다.

6·25 같은 민족상잔의 비극을 겪으면서 480밀가루까지 받아먹었다고 해도 이제는 눈부신 경제발전과 함께 하계올림픽까지 치르고 있는 나라가 바로 이 나라였다.

뿐만 아니라 12·12사태나 5·18 광주의거를 비롯한 삼청 교육대와 같은 피비린내 나는 역사적 오류는 남겼지만, 지구촌 곳곳의 눈과 귀가 서울에 집중되고 있는 것을 보면 한민족의 저력 또한 무시 못할 존재였다.

아무튼 한민족의 우수성과 또 다른 잡념에 빠져 있을 때 차는 어느 새 강남의 큰 나이트클럽 앞에 정차하고 있었다. 그리고 차 문이 열리면서 사장과 지배인을 비롯한 종업원들이 2열 횡대로 늘어서서 그들을 맞이했다. 그것도 허리를 90도로 꺾었기 때문에 그의 위상은 황제나 진배없었다.

솔개 일행이 안으로 들어서자 현란한 싸이키 조명과 함께 찢어질 듯한 광음이 난무하면서 무대에서는 또 반라의 미희들이 요염한 동작으로 흥을 돋구고 있었다. 그리고 수많은 청춘남녀들이 스테이지로 몰려나와 몸을 흔들어대고 있었다.

솔개가 안내된 곳은 2층 VIP룸이었다. 한쪽 벽 전면이 유리로 되어있어 홀이 훤히 내려다 보였지만 홀에서는 전혀 보이지 않게 되어 있었다. 뿐만 아니라 대형 테이블과 소파가 놓여 있고 스테이지도 마련돼 있었다. 화장실과 욕실이 딸려 있었는데 욕실에는 침대까지 놓여 있었고 방음시설까지 갖춰져 있어 홀 안의 시끄러운 음악이 전혀 들리지 않았다.

솔개와 강철이 소파에 앉자 사장도 그 옆에 앉았다.

"요즘 별 문제는 없나?"

"예. 회장님 덕분에……."

솔개가 묻는 것과 동시에 사장이 머리를 조아렸다. 솔개가 이렇게 직접 방문했던 예도 없었거니와 그의 위상은 곧 황제나 마찬가지였다. 아무튼 사장은 솔개 앞에서 쩔쩔매고 있었다.

"오늘 이 친구를 소개해보지 않겠나?"

"누구를 말입니까?"

"누군 누군가. 바로 강철 선수지."

"???"

사장이 깜짝 놀라고 있었다. 명성은 익히 들어 알고는 있었지만 그가 바로 코앞에 있다고 생각하자 깜짝 놀란 것이었다. 솔개는 여유 있게 웃으면서 강철에게 동의를 구했다.

"어때? 이 나이트클럽 발전을 위해서 한번 해 보는 게?"

"에이, 쑥스럽습니다."

"남자가 무슨……? 괜찮으니까 해봐!"

"회장님께서 정 원하신다면 할 수 없지요"

이윽고 잠시 후 밴드가 중단되면서 사회자가 등장했다. 그리고 청산유수 같은 말솜씨로 그를 소개하기 시작했다.

"오늘 저희 업소를 찾아주신 손님들께 진심으로 감사드리면서 여러분들이 보시면 깜짝 놀랄만한 분을 특별히 이 자리에 모시겠습니다. 그는 다름 아닌 세계적인 축구스타 강철 선수로서……."

"와~! 짝짝짝짝……!"

사회자의 말이 끝나기가 무섭게 건물이 떠나갈 듯한 함성과 박수가 요동치기 시작했다. 그만큼 그의 인기가 하늘 높은 줄 몰랐고, 특히 축구를 좋아하는 청소년들에게는 절대적인 우상이었다. 때문에 그가 무대에 서자마자 또다시 함성과 박수가 이어지면서 수많은 손님들이 그를 보기 위해 무대 앞으로 몰려들었다.

아무튼 나이트클럽이 생긴 이래 처음 있는 일이었다. 뿐만 아니라 그것을 보고 있던 솔개와 사장은 너무 기분이 좋았던지 벌어진 입이 다물어지지 않고 있었다.

"그럼 우선, 강철 선수의 노래부터 듣고 대화를 나누도록 하겠습니다. 강철 선수 무슨 노래를 하시겠습니까?"

"예. 잘은 못하지만 이장희 씨가 불렀던 '나 그대에게 모두 드리리'를 해 보겠습니다."

이어서 색소폰의 전주곡과 함께 그의 노래가 조용히 울려 퍼졌다.

"나 그대에게 드릴 말 있네. 오늘 밤 문득……."

"와~!"

"별을 따다가 그대 두 손에 가득 드 리~리~……."

"와와~! 앵콜! 앵콜! 앵콜……!"

한마디로 아우성이었고 우상에 대한 존경심이었으며 한편으론 동일시하고 싶은 욕망이기도 했다. 아무튼 건물이 떠나갈 듯한 손님들의 아우성 속에 그의 노래는 또다시 이어졌다.

"모두들 잠들은 고요한 이 밤에, 어이 해 나 홀로 잠 못 이루나……. 그건 너, 그건 너, 바로 너, 때문이야……."

강철은 정아를 생각하면서 '그건 너'라는 노래를 열창하기 시작했다. 바로 그녀에 대한 사랑과 열정과 헤어질지도 모른다는 두려움이 그를 마치 신들린 사람처럼 만들어 놓고 있었다.

하지만 그런 사정을 알 리가 없는 사람들은 오직 그에게 푹 빠져서 이성까지 잃어가며 아우성을 치고 있었다. 물론 술기운도 작용을 했겠지만 그것은 단지 변명에 불과할 뿐이었다. 아무튼 소녀 팬들이 곳곳에서 괴성을 질러댔고 노래가 끝나갈 즈음에는 홀 안이 시장바닥을 방불케 할 정도로 북적거렸다. 그가 출연했다는 소식이 알려지자 수많은 팬들이 달려왔기 때문이다. 강철은 무대에서 내려오기 전에 마지막 말로써 그들을 또다시 흥분시켰다. 그가 바로 골든 벨(golden bell)을 친 것이다.

"보잘 것 없는 저를 이렇게까지 성원해 주신 여러분들께 보답하고자 오늘의 술값은 모두 제가 책임지도록 하겠습니다. 감사합니다.

"와와와와~! 짝짝짝짝……!"

나이트클럽은 또다시 흥분의 도가니로 이어지고 있었다. 전혀 예상 밖의 일들이 벌어지고 있었기 때문이다. 아무튼 그들은 강철 선수에 대한 얘기를 안주로 삼아가며 또다시 술자리를 이어갔다.

"야, 자네 인기가 정말 대단하군."

"부끄럽습니다."

"자, 수고했으니 한잔 쭉 들게."

그가 자리에 앉자 솔개가 잔을 쭉 내밀면서 칭찬했다. 하지만 그 순간, 지배인이 들어오더니 머뭇머뭇 거리면서 그의 눈치를 살폈다.

"뭔가?"

"저, 이것을 어떤 여자 분이 강철 선수에게 꼭……."

"아, 그래요? 그럼, 이리 주세요"

강철이 재빨리 말을 받았다. 지배인에 대한 배려차원에서였고 쪽지를 받아서 펴보자 이렇게 적혀 있었다. 솔개는 또 이 모습을 유심히 관찰하고 있었다.

"강철 씨 오랜만이에요. 실례가 될지 몰라 나서지는 않았지만 저는 당신을 가장 오랫동안 흠모해온 강채령이에요. 아니, 짝사랑하다 지친 소녀라고 표현하는 게 더 옳을지도 몰라요. 저는 S대학 영문학과 2학년으로서 부모님은 현재 로얄그룹 사장으로 있어요. 하지만 전 오직 사랑만 받고 커온 무남독녀 라서 그런지 당신을 처음 본 순간부터 짝사랑에 빠져들었어요. 그게 바로 소매치기 사건으로 병원에서 만나 간호할 때였으니까 벌써 5년이 흘렀네요.

이 때문에 제 방에는 오직 당신의 사진들로만 꽉 차 있고 저는 그걸 보면서 언제나 당신 생각만 해 왔어요. 정말 사랑해요. 전, 오늘 저녁만이라도 꼭 당신과 함께 지내고 싶어요. 그리고 당신이 '나 그대에게 모두 드리리'란 노래를 방금 불렀듯이 저 역시 당신에게 모든 걸 주고 싶어요. 20년 동안 간직했던 순정도 당신이라면 정말 안 아까울 것 같아요.

아무튼 철없는 소녀의 엉뚱한 고백이라고 생각하지 마시고 꼭 소원이 이루어질 수 있도록 부탁드리겠어요. 그래야 제가 삶에 대한 희망을 가질 수 있기 때문이에요. 오로지 당신만을 사랑하는 채령이가. 그것도 영원히……."

"뭐라고 써 있나?"

"별것 아닙니다."

"그런데 왜 그렇게 심각해?"

"……."

"어디 보세."

그가 대답을 꺼리자 솔개가 곧 그 내용을 읽기 시작했다. 그리고 입가에 미소가 번지면서 얼굴이 환하게 펴졌다.

"아는 사인가?"

"예. 5년 전에 그 사건으로 알게 된 사입니다."

"그럼, 내가 병원에서 봤던 그 학생?"

"예."

"꽤 미인이던데 불러볼까?"

"회장님께서 원하신다면……."

"불러오게!"

솔개는 명령과 함께 자리에서 일어섰다. 둘만의 공간을 마련해주기 위해서였다.

이윽고 채령이가 나타나자 강철은 너무 반가웠다. 비록 앳된 얼굴에다 아직은 때를 못 벗었지만 얼굴에는 실핏줄까지 보이는 게 마치 한 송이 백합 같았다. 그리고 한껏 멋을 내려고 입은 옷이 어딘가 어색해 보였으나 이제 막 꽃망울을 형성한 예비숙녀였다.

"정말 오랜만입니다."

"고마워요. 불러주셔서."

강철의 인사에 그녀가 몹시 흥분한 듯 수줍음을 타고 있었다. 뜻하지 않게 이루어진 갑작스런 만남 때문이었다. 그녀는 이미 어떤 성취감에 도취된 듯 볼에 홍조를 띠면서 강철을 뚫어지게 쳐다봤다. 이게 꿈이 아니기를 바라는 것 같았다.

"술 할 줄 알아요?"

"예. 조금은……."

"그럼, 한잔하세요."

강철이 잔에다 술을 붓자 그녀의 손끝이 가늘게 떨렸다. 그리고 부끄러운 듯 얼굴이 또다시 붉게 물들었다. 강철은 자신의 잔에도 술을 부은 다음 건배를 제의했다.

"자, 우리들의 재회를 축하하는 뜻으로 건배합시다."

"고마와요."

"우리들의 건강과 발전을 위하여!"

"위하여! 호호!"

두 남녀는 원샷으로 잔을 비운 후 이번에는 그녀가 술을 따랐다. 그러나 어딘지 모르게 어색했고 손끝이 떨리면서 술잔이 넘쳤다.

"어머, 죄송해요."

"괜찮습니다."

그녀가 재빨리 손수건을 꺼내 강철의 손을 닦았다. 무척 부드러웠고 강한 전류가 흐르면서 온몸의 피가 끓는 것 같았다. 그런 반면 그녀의 얼굴은 또다시 홍당무가 되고 있었다. 평생 짝사랑으로 끝났을지도 모를 남자의 손을 잡았다는 행복감도 있었지만, 그것보다도 자신이 더 설쳐대는 꼴이 또 다른 오해를 불러일으키지나 않을까 싶어서였다.

두 남녀는 그렇게 한참동안 눈을 맞췄다. 마치 오래도록 사랑한 연인들 같았다. 그때 벽걸이 시계는 이미 12시를 넘어간 상태였다. 강철은 슬며시 손을 빼다말고 걱정 어린 눈길로 속삭였다.

"너무 늦은 것 같습니다."

"전, 괜찮아요. 철이 씨만 좋다면……."

그녀는 뒷말을 얼버무린 채 단숨에 술잔을 비웠다. 그리고 또다시 술을 부어 거푸 세 잔을 마셨다. 독한 양주인데도 너무 겁 없이 마시는 것 같았고 찡그리면서 마시는 모습이 무척 귀여웠다. 그 모습을 바라보면서 강철은 잠시 생각에 잠겼다.

분명 못 마시는 술인데도 계속 마시는 것을 보면 결국 쪽지 내용대로 하겠다는 것 같다. 그렇다면 눈을 딱 감고 그녀의 요구를 들어줄까. 아마 모르긴 해도 내가 첫 남자이겠지. 아, 생각만 해도 즐거운 일이다. 그러나 잘못하다간 코를 꿰일 수도 있다. 늘 옆에 붙어 다니면서 애인처럼 행동할 것이고, 그렇게 되면 내 이미지에 흠집이 생길 것은 뻔한 일이다. 그렇지만 상상만 해도 즐거운 일을 어떻게 포기한단 말인가. 그것 참 모를 일이다.

잠시 침묵이 흐르는 가운데 밖에서는 색소폰이 연주되고 있었다. 흐느끼듯 하다가 호소하고, 호소하는 듯 하다가 흐느끼는 그 음률이 홀 안을 가득 메운 손님들의 심장을 뒤흔들어 놓고 있었다.

그녀는 이미 마음을 굳힌 듯 애처로운 눈길로 호소하고 있었다. 이렇게 대담해진 것도 처음이지만 무엇보다도 그의 마음을 잡아야 한다고 결심했기 때문이었다. 그리고 또 정아가 언제 채 갈지도 모른다는 불안감도 섞여 있었다.

그 모습에 강철의 마음도 흔들리고 있었다. 정에 굶주리면서 자랐다는 것이 또 다른 정을 불러일으키는 것 같았다. 정아 부모에 대한 적개심 또한 예외가 아니어서 그는 점차 야누스의 얼굴로 변해가고 있었다.

"이제 일어서야 할 것 같습니다."

"왜요?"

"시간이 너무 늦었습니다."

"제가 이미 쪽지에다 고백했잖아요."

"그럼 제가 무슨 짓을 해도 후회 안 하겠습니까?"

"이미 주사위는 던져졌어요. 결코 후회도 원망도 안 할 테니까 그런 걱정은 안 하셔도 돼요."

"그렇다면 갑시다."

강철이 앞장서자 그녀가 뒤를 따랐다. 미지의 세계에 대한 어떤 두려움도 없는 것 같았다.

밖으로 나온 강철은 그녀와 함께 택시에 올랐다. 지배인의 지시에 의해 웨이터가 미리 대기시켜 논 모범택시였다. 차는 그들이 타자마자 미끄러지듯이 어떤 목적지를 향해서 달렸다.

"어디로 가는 겁니까?"

"양수리 쪽으로 모시라는 부탁을 받았습니다."

"누가요?"

"지배인이 시켰습니다."

강철은 솔개의 치밀한 행동에 다시 한번 놀랐다. 뿐만 아니라 자신을 위해서 끝까지 배려해주는 그의 인정에 다시 한번 탄복하면서 이제는 어떤 끊을 수 없는 고리에 채워져 있음을 느낄 수밖에 없었다.

모범택시답게 기사의 운전솜씨는 일품이었다. 손님을 편안하게 모시려는 의지가 역력해 보였다. 결코 끼어 들기를 하거나 과속하지 않는 것이 그걸 증명하고 있었다.

잠시 후 시내를 벗어난 차는 양수리 쪽으로 달렸다. 강과 산을 끼고 달리는 모습이 너무 아름답게 펼쳐지고 있었다. 그때 취기가 오른 그녀가 갑자기 몸의 중심을 잃으면서 그의 품에 안겼다. 그는 곧 자세를 고치면서 그녀가 아주 편히 잠들 수 있도록 무릎을 세웠다.

여성 특유의 머리카락 냄새가 그의 코를 자극했다. 그는 길게 늘어진 생 머리를 손으로 만지며 잠든 모습을 내려다봤다. 정말 아름다운 얼굴이었다. 정아가 에로영화나 CF 선전용의 서구적 형이라면 이 여자는 전형적인 동양 스타일이었다. 얼굴도 작은 편이었고 체구는 1m 60cm가 안될 정도로 아담했다.

그녀가 잠든 모습은 너무 귀여웠다. 마치 요정이 잠든 것 같았다. 비록 한 손에도 안 들어올 것 같은 작은 가슴이었지만 숨을 쉴 때마다 그것이 계속 오르내렸다.

외곽 도로라서 그런지 완전히 일방통로였고 맑은 공기가 폐부에 와 닿는 느낌도 너무 신선했다. 이탈리아에서 느꼈던 공기와는 전혀 다른 맛이었다. 한국인은 역시 한국에서 살아야 한다고 생각하고 있을 때 차는 어느 모텔 앞에 멈춰

서고 있었다.

"수고했습니다. 여기 차비."

"아닙니다. 차비는 벌써 받았습니다. 그리고 방은 이미 303호로 예약되어 있습니다."

솔개가 철저하게 준비시킨 결과였다. 강철은 솔개에게 감사함을 느끼면서 그녀와 함께 모텔로 들어섰다. 그들은 곧 지배인에게 303호 키를 넘겨받아 3층으로 향했다.

이윽고 룸에 들어온 두 남녀는 방문을 잠그자마자 서로를 껴안았다. 그리고 곧바로 이어진 긴 입맞춤. 누가 먼저라고 할 것도 없이, 마치 약속이라도 한 것처럼 연기가 자연스럽게 이어지고 있었다.

순간적으로 짜릿한 쾌감이 온 몸의 혈관을 타고 흘렀다. 뇌에서는 무수한 메시지가 전달되면서 빨리 공격하라는 명령이 떨어지고 있었다. 하지만 그가 포옹을 풀면서 급히 옷을 벗는 순간 그녀의 입이 쩍 벌어지면서 탄성이 흘러 나왔다.

"어머!"

"남자의 것을 처음 봤습니까?"

"예. 그런데 남자들 것은 다 이렇게 큰가요?"

"사람마다 다 다를 겁니다."

"그런데 이 가슴에 난 털은 또……?"

그녀는 거포를 덮고 있는 무수한 숲과 가슴에 난 털을 바라보면서 눈을 동그랗게 떴다. 예전에 포르노 잡지에서 본 외국인과 너무 흡사했기 때문이다. 그러나 강철은 낚아채듯이 그녀를 끌어안으면서 또다시 입을 포갰다. 성질이 급한 탓이었다.

"으음~!"

순간적으로 그녀의 입에서 신음이 터져 나왔다. 거포가 발악을 하듯 다리 사이를 찌르는 순간 짜릿한 느낌이 일면서 몸이 마치 하늘을 나는 것처럼 붕 떴기 때문이다.

"자 그럼, 내가 먼저 씻을 테니 채령 씨도……."

그가 포옹을 풀면서 욕실로 들어가자 그녀는 곧 집에다 전화를 걸었다.

"저예요"

"아니, 너 지금 정신이 있어 없어? 도대체 지금이 몇 시야?"

어머니가 펄쩍 뛰면서 다그치고 있었다. 하지만 그녀는 행복한 듯 미소를 띠면서 차분하게 속삭였다.

"전 지금 세계적으로 유명한 사람과 함께 있어요"

"그게 누구야?"

"나중에 가르쳐 드릴게요"

"예전부터 사귀던 사람이냐?"

"예. 3년 전에 저를 도와줬던 축구선수예요 그것도 세계적인 축구선수예요"

"뭐? 그럼, 강철 선수? 그런데 너, 아빠가 알면 어떻게 되는지 알지?"

"물론 알아요 하지만 전 죽어도 오늘 이 사람과 함께 있을 거예요"

"그래서 오늘 안 들어오겠다는 거냐?"

"예."

"헛소리 말고 빨리 들어와! 다 큰 년이 어쩌려고 그래?"

"아무튼 전 오늘 안 들어가요 그와 함께 밤을 지샐 거예요 흔히 있는 기회도 아니고요"

"도대체 거기가 어디야?"

"……."

"얘! 채령아! 채령아!"

그녀는 전화를 끊고 옷을 벗기 시작했다. 이미 모든 것을 주기로 작정한 이상 너무 허세를 부릴 필요가 없다는 생각이었다. 그녀는 자신의 것을 양손으로 감싸면서 욕실로 들어섰다. 그때 강철이 막 비누칠을 끝내고 물을 뿌리려던 참이었다.

"어서 와요"

"빨리 끝내고 나가세요"

"괜찮아요. 내가 씻어줄 테니까 너무 부끄러워하지 말아요"

"에이, 그래도……."

강철은 자신의 몸을 대충 씻고 그녀의 몸에 물을 뿌렸다. 그리고 타월에 비누칠을 해서 그녀의 몸을 구석구석 문지르기 시작했다.

"아이, 간지러워요. 호호!"

"자, 뒤로 돌아요"

"어머!"

강철의 거포를 본 그녀가 또다시 탄성을 질렀다. 팽창할 대로 팽창된 그의 거포가 너무 컸기 때문이다. 더구나 그것이 자신의 몸 속으로 들어온다고 생각하자 너무 불안했다. 쾌감보다는 고통이 더 클 것 같았다. 하지만 그가 또다시 비누칠을 시작하자 그런 생각이 사라지면서 짜릿한 느낌이 온 몸을 타고 흘렀다.

이윽고 샤워를 끝낸 강철은 그녀를 번쩍 안고 침대로 돌아와 곧 애무를 시작했다. 이탈리아에서 몇 번인가 보았던 포르노 대로였다.

주로 손과 혀를 이용해서 그녀의 전신을 애무했다. 귓바퀴부터 시작해서 목덜미, 가슴, 다리, 그리고 중요한 부분에 이르기까지 정성을 다해 가며 문을 열도록 만들었다. 특히 클리토리스를 자극하자 계속 터져 나오는 신음이 방안의 온도까지 올려놓고 있었다. 그녀가 여고시절 자위행위를 몇 번인가 해 봤지만 남자가 해주는 페팅이 너무 황홀해서 그런 모양이었다.

강철은 지금 그녀를 위해서 혼신의 힘을 쏟고 있었다. 손으로는 안마사처럼 온몸을 부드럽게 누르면서 근육을 풀어나갔고 혀로는 마사지사처럼 온몸을 핥으면서 조갯살처럼 부드러운 클리토리스를 집중 공략했다. 그러자 드디어 더이상은 못 참겠다는 듯이 그녀의 입에서 신음이 터져 나왔다.

"음~! 그만, 그만하세요"

"좋아요?"

"예. 너무 좋아요."

"내가 처음이에요?"

"예."

"그렇다면 내가 오늘 천국으로 보내줄게요."

"음~! 윽!"

"윽윽!"

"아이 아퍼! 윽윽!"

강철의 거포가 몸 속으로 들어오자 그녀는 얼굴을 찡그리면서 계속 신음을 토해 냈다. 남자를 처음 받는 이유도 있었지만 그것이 너무 커 뱃속까지 들어온 느낌 때문이었다. 그렇지만 강철은 느긋하게 표정을 읽어가며 행위자체를 즐겼고, 입으로도 계속 애무하면서 같은 동작을 되풀이해 나갔다.

그렇게 몇 분이 흘러가자 그녀의 표정이 갑자기 환해지면서 더욱 적극적으로 나왔다. 아마 고통이 사라지고 어떤 쾌감을 느낀 것 같았다. 엉덩이를 살짝 살짝 들어올리면서 힘을 가했고, 양손으론 그의 목을 휘어 감고 얼굴을 비볐다. 마치 이대로 죽어도 좋다는 표정이었다. 그녀가 적극적으로 나오자 강철은 또 다른 쾌감이 큰골을 타고 흘렀다. 그것은 곧 힘을 줄 때마다 생기는 질의 수축 작용 때문이었다.

이윽고 방망이와 질 사이에 또 다시 수많은 교감이 교차되면서 척수의 신경 에너지와 뇌 사이에는 수많은 전자파가 발생하기 시작했다. 그리고 잠시 후, 그의 뇌가 다시 방망이로 명령하자 뜨거운 물기둥이 그녀의 질 속에서 폭발하기 시작했다. 어젯밤에 이어서 또다시 느껴보는 희열이었다. 다만 상대가 달랐을 뿐이지 쾌감은 늘 똑 같았다. 그렇지만 친구를 하루 격차로 잡아먹었다는 죄책감은 피할 수 없었다.

폭풍이 가시자 대부분의 여자들이 다 그렇듯이 그녀 또한 품으로 파고들고 있었다. 아주 자연스런 모습이었다. 강철은 그녀를 감싸안으면서 묻지 않을 수 없었다. 또다시 정아 같은 꼴을 당하지 않기 위해서였다.

"후회하지 않습니까?"

"전 이미 3년 전부터 결심하고 있었어요."

"무슨 결심을?"

"강철 씨와 꼭 결혼할 것을요"

"내가 그렇게도 좋습니까?"

"예. 그래서 엄마에게 귀띔까지 해놨어요"

"내가 고아에다 가방 끈까지 짧은데도?"

"예. 그건 거품이기 때문에 별로 중요치 않다고 생각해요"

"그렇다면 저는 무조건 채령 씨와 결혼하겠습니다. 그렇게 하시겠습니까?"

"고마워요 흑!"

"여자들이 감격할 때마다 눈물을 흘리듯이 채령이도 예외는 아니었다. 그렇지만 강철 자신도 울고 있었다. 자신을 인격체로 대해주는 채령이가 너무 고마웠기 때문이다.

제 2 부 백정의 아들

천장환과 소꼬리는 이상한 관계로 만나 이상한 관계로 헤어진 일본육사 동문이었다. 그러나 성장과정이 전혀 달랐던 이들은 성격도 달랐고, 천장환이 거구이면서 침착한 반면 소꼬리는 작은 체구에 목적을 위해서는 수단과 방법을 가리지 않는 카리스마적 인물이었다. 다만 일본육사를 함께 다녔다는 공통분모 외에는 서로가 죽이고 싶을 정도로 증오하는 철천지 원수지간이었다.

결국 민영란이라는 미모의 여자를 놓고 질투의 화신으로 변한 이들은 천장환이 일본육사를 졸업하면서 서로의 노선이 갈라지게 되었다.

장환은 처음 육군중장 혼다 쇼우자이[本多政材] 휘하의 제33군에 배속되었으나, 연대 전체가 버마 전선으로 이동함에 따라 무다구찌렌야[牟田口廉也] 중장이 이끄는 제15군에 편입되어 인팔작전에 참가했다.

당시 작전에 참가했던 일본군들은 인팔까지 가는 도중에 많이 죽었고, 그곳에 도착해서도 영·인 연합군의 화력에 치명타를 당하면서 퇴로까지 차단 당해 거의 전멸하다시피 했다.

용케 도망친 병사들도 굶주림과 질병으로 모두 죽었지만, 그는 한 달 이상이나 닥치는 대로 잡아먹으면서 구사일생으로 살아남았다. 그가 잡아먹은 것은 주로 뱀이나 벌레였고, 나중에는 인육까지 먹으면서 살아난 것을 보면 정말 기적 같은 일이 아닐 수 없었다.

그러나 일본군에 귀대할 생각이 없었던 그는 결국 탈주하여 무정(武亭)과 연계하게 되었고, 무정은 또 그의 해박한 지식과 인품에 반하여 함께 투쟁해 왔던 것이다.

특히 그가 인팔작전에서 유일하게 살아남았다고 하자 무정은 버마 국경지대의 밀림과 습지대의 살인적 조건을 이미 들어왔던 터라 정말 불사신 같은 존재라며 극찬했다.

그후 해방이 되자 천장환은 공산당 연안파에 귀속되어 김두봉(金枓奉), 무정(武亭), 최창익(崔昌益), 윤공흠(尹公欽), 장평산(張平山), 허익(許翼), 방호산(方虎山), 박일우(朴一禹), 김광협(金光俠) 등과 함께 활약하였다.

그러나 1946년 4월 13일 북한에서 토지개혁 사건이 터지자 몰수토지가 무려 100만 정보에 무상분배 혜택을 받았던 농가도 71만호에 달했다.

하지만 이 사건이 파장을 일으키면서 친일파들이 거세되자 장환은 그 핵심 인물이었던 장인 때문에 곤혹을 치르기도 했다. 결국 그가 끝까지 부인하고 당에서 봐줘 무사할 수 있었지만, 사랑하는 아내와 자식들은 끝내 38선 이남으로 도주시킬 수밖에 없는 비극을 겪어야 했다.

그런 반면 친일파의 아들이었던 소꼬리는 오직 일본에 충성했고 사이판 전투에 참석하여 혁혁한 공까지 세웠던 것으로 알고 있었다.

학창시절에도 소꼬리가 친일파였던 관계로 현실적인 면에 더 치중하였으나 천장환은 주로 마르크스·레닌 사상에 도취되어 공산주의 사상에 푹 빠져 있었다.

그렇기 때문에 해방이 되자 천장환은 김일성이 이끄는 북조선노동당에 입당하면서 출세가도를 달렸고, 소꼬리는 김구나 김규식보다는 이승만에게 붙어 현실적인 면에 더 치중했다. 김구가 이끄는 중경(重慶) 임정의 기간인 한국독립당이 남북을 총망라한 통일정부 수립에 문제가 있다고 생각했기 때문이다.

천장환.

동경제국대학 법학부 예과 2년생인 그는 한양 근교에서 소나 돼지를 잡아서 파는, 대대로 양반들에 의해 멸시를 받아왔던 백정의 아들이었다. 비록 을사보호조약과 한일합방으로 인해 양반과 천민의 관계가 다소 허물어졌다고는 해도, 조상 대대로 소나 돼지를 잡으면서 힘겹게 살아가는 백정의 아들이었기에 애초부터 호강이라는 단어와는 거리가 먼 사내였다.

　더구나 전시에 학비와 생활비를 벌기란 여간 어려운 일이 아니었어도 그는 어떤 난관이 찾아와도 지혜롭게 뚫고 나가는 패기의 조선인이었다. 이 때문에 밑바닥 생활을 하는 것도 부끄러워하지 않았고, 그렇다고 해서 주변 사람들에게 도움이나 청하는 그런 인물도 아니었다. 다만 그의 성실함을 알고 있는 주변 사람들의 도움을 거절 못하고, 그것이 나중에 꼭 갚아야 한다는 빚이란 생각 때문에 늘 마음 한 구석이 허전할 뿐이었다.

　그가 애타게 그리워하는 민영란은 와세다[早稻田] 대학에 재학하고 있는 정치경제학부 예과 1년생으로서 미모도 대단했지만 일본 유학까지 할 정도로 능력 있는 집안의 여식이었다. 비록 아버지가 친일파라 흠집은 있을 망정 만석지기 농사를 지었던 대부호의 딸이었다. 게다가 무남독녀 외동딸이라 무엇 하나 부러울 게 없었고, 언제나 지혜로운 모습은 뭇 남성들의 시선을 끌기에 충분했다.

　장환이 그녀를 처음 만난 것은 대동아 전쟁으로 수많은 사람들이 희생되고 있을 때였다. 매일 같이 출격했던 가미가제 특공대는 늘 돌아올 줄을 몰랐고, 동남아 각 전선에서 펼쳐지고 있는 전투는 수많은 희생자를 요구하던 때였다.

　이 때문에 독이 오른 일본제국주의자들은 어떤 구실이라도 붙여가며 조선인들을 강제로 징발, 젊은 여자들은 주로 정신대로 보내 최전방 군인들의 성 노리개로 이용했고 남자들은 또 전선이 아니면 북해도 가리가쓰(수슝) 같은 지역으로 보내 강제 노역을 시켰다, 아무튼 그들은 천인공노할 짓거리를 하면서 731부대 같은 곳에서는 조선인이나 중국인들을 생체실험용으로까지 쓰는 파렴치범들이었다.

　거리는 한산한 것처럼 보였어도 냉기류가 흘렀다. 수시로 이어지는 공습에다 반전주의자들을 잡기 위해 헌병과 형사들이 주야로 뛰어다녔기 때문이다.

당시 동경에서 고학을 하며 어렵게 공부하던 장환은 어쩌다 반전주의자로 낙인찍혀 있었다. 실은 그렇지 않았으나 형사들이 쳐 놓은 덫에 걸리자 그들이 아예 그렇게 만들어 놨던 것이다.

전쟁을 일으켜 놓고 발악하는 야만족의 습성을 모르는바 아니지만, 피지배 민족은 아무렇게나 다뤄도 된다는 그 논리는 야만 그 자체였다. 이에 그는 최후의 수단으로 지도교수인 이코마 다이고로[生駒大五郎]를 찾아가게 되었다.

당시 이코마는 법학을 전공하고 있었는데 젊은 나이에 비해 학식이 깊고 넓었다. 그래서 학생들 사이에선 단연 인기가 높았으나 그가 예고도 없이 불쑥 찾아오자 깜짝 놀랐다.

"어쩨 왔는가?"

"부탁드릴 일이 있어 실례를 무릅쓰고 찾아 왔습니다."

"자, 앉게! 그리고 영란 상은 차 좀 내오고"

이코마와 함께 앉아있던 여자가 일어서고 있었다. 그 순간, 장환과 서로 눈이 마주치면서 잠시 이상한 기류가 흘렀다. 비록 짧은 순간이었으나 장환은 너무 아름답다는 생각이 들었다.

머리를 올백으로 넘겨 뒷머리를 액세서리로 묶은 것도 그렇거니와 쭉 뻗은 몸매에 허리가 잘록하게 보일 정도로 입고 있는 양장도 일품이었다. 특히 눈이 서글서글해서 누구에게나 호감을 줄 수 있는 인상이 더 매력적이었다. 이 때문에 그는 처음부터 무엇에 홀린 듯 넋을 잃었으나 그녀 역시 예외는 아닌 것 같았다.

"이 녀석들, 정신차려!"

"에구머니!"

이코마의 호통에 깜짝 놀란 그녀가 황급히 주방으로 들어가자 장환이 멋쩍은 듯 입을 열었다.

"교수님, 누굽니까?"

"왜? 너무 미인이라서 궁금한가?"

"아, 아닙니다. 헤헤!"

장환이 자신의 속이 드러나자 무안했던지 갑자기 뒤통수를 만지작거렸다. 그러나 무척 기분 좋은 표정이다.

　"허허! 미인을 보고도 감정이 없다면 그건 결코 요즘 젊은이가 아니지. 저 아이는 우리 집에서 손님처럼 지내고 있는 학생인데, 저 애 아버지가 우리 집이 아니면 안 된다고 해서 할 수 없이 데리고 있는 걸세."

　"그럼, 저와 마찬가지로 유학생입니까?"

　"그렇다네. 요즘 아이들 치곤 꽤나 영리한 편이지."

　그때 영란이 홍차 잔을 내려놓으면서 다소곳이 앉는다. 아름다운 눈이었고 무척 세련된 모습이다. 장환은 마치 그녀의 눈 속으로 빨려드는 것 같아 잠시도 눈을 떼지 않았다. 그때 이코마 교수가 인사를 시켰다.

　"어, 두 사람 다 인사하지. 이쪽은 내가 예전부터 말하던 센쇼깡[千章煥] 학생이고, 이쪽은⋯⋯."

　"안녕하세요. 저는 민영란이라고 합니다."

　"예. 저는 천장환이라고 합니다."

　"그럼, 조선에서 오신 모양이지요?"

　"예. 그렇습니다. 경성에서 왔습니다."

　"아, 그렇습니까. 참 반갑습니다. 저는 평양에서 왔습니다. 그런데⋯⋯?"

　영란이 갑자기 말을 끊으면서 그의 얼굴을 뚫어져라 쳐다본다. 어디서 많이 본듯한 느낌 때문이다.

　"허허! 놀랄 것 없네. 내가 수없이 칭찬했던 그 학생이니까. 그런데 같은 동포라서 그런지 꽤나 쉽게 친해지는 구만."

　"정말 반가워요. 교수님에게 말씀 많이 들었어요."

　"뭐, 자랑할 건 별로 없습니다. 그런데 어째 사투리가 아닌 표준말만⋯⋯."

　"호호! 제가 경성에서 컸기 때문이에요."

　"아, 그렇습니까. 실례가 됐다면 용서하십시오."

　장환이 정중하게 사과하는 모습에 매력을 느꼈던지 그녀의 입가에 묘한 미소가 번졌다. 그녀가 유심히 바라보니 얼굴이 네모형으로서 의지가 강하면서도 절개가 굳겠고, 입이 단정하고 두꺼우면서도 입술이 도톰하고 불그스레한 게 사뭇 호감이 갔다. 그러나 장환이 돌연 화제를 돌렸다.

"그런데 사모님은 어디 가셨습니까?"

"응. 시장에 찬거리를 사러갔네. 근데 그건 왜 묻나?"

"너무 미인이라고 소문이 나서……. 헤헤!"

장환이 멋쩍어서 웃자 그녀도 따라 웃는다. 체격도 좋으면서 워낙 잘 생겼다는 느낌이 들었던 모양이다. 게다가 교수님이 워낙 칭찬을 많이 했던 터라 꼭 만나보고 싶었던 것도 사실이었다. 그래서 뛰는 가슴을 달래가며 계속 지켜보는 중이다.

이 같은 낌새를 눈치 빠른 이코마 교수가 모를 턱이 없다. 대뜸 화제를 바꿔 용건부터 묻는다.

"그런데 의논할 건 뭔가?"

"실은 학교를 그만둬야 할 것 같습니다."

"갑자기 그건 왜?"

"고등계 형사 때문입니다."

"그게 누군데?"

"스즈끼 형삽니다."

"그 사람 최고 악질 아닌가?"

"그렇습니다. 몇 번 끌려가서 무척 맞았습니다."

그 순간, 갑자기 그녀의 눈동자가 반짝 빛났다. 성공한 아버지를 둔 딸이 영웅심리에 빠지기 쉽고 여성으로서의 정체성을 상실할 가능성이 높다고 했듯이, 왜놈에게 당하고 있는 그를 도와야 한다는 충동이 일었던 모양이다.

사실 그녀는 어린 시절부터 특별한 사랑을 받아온 무남독녀였다. 그래서 잘 나가는 아버지와 자신을 동일시하면서 자신을 영웅시하려는 욕망에 사로잡혀 있었다.

아버지로부터 사랑을 많이 받았기 때문에 그녀는 아버지를 모방하면서 남성 중심의 가치체계를 자연스럽게 내면화하는 경향이 있었다. 아버지가 비록 친일파였지만 사회적으로 대단한 영향력을 갖고 있었기 때문에 아버지를 더욱더 완벽한 존재로 인식하고 있었다.

그런 반면 어머니는 아버지가 죽으라고 하면 죽는시늉까지 하는 결점 투성이의 열등한 존재로 여겼고, 그 같은 남존여비의 유교사상에 대단한 불만을 갖고 있었다.

그렇기 때문에 늘 자유분방하게 살아오면서 아버지를 닮은 이상적인 남성만을 생각하게 되었고, 지금 앞에 앉아 있는 이 남자가 바로 자신과 맞을 수도 있다는 생각을 갖게된 것이었다. 더구나 그를 평소부터 아껴왔던 교수의 칭찬도 한 몫을 하고 있었으나 그를 대하자마자 자신도 모르게 푹 빠져들고 있었다.

그렇지만 괜한 웃음이 나왔다. 군사부일체가 뿌리 박힌 유교사회에서 제아무리 마음에 들었다고 해도 어른들의 말 한마디에 따라 모든 것이 수포로 돌아갈 수도 있기 때문이다.

조만간 아버지에게 부탁해보기로 마음을 먹으면서 다소곳이 앉아 이들의 대화를 듣는다.

"이유가 뭔가?"

"제가 반전운동을 한다는 겁니다."

"그게 정말인가? 자네 같은 사람이 반전운동을 하다니."

"실은 그 스즈끼란 자가 스스로 만들어낸 작품입니다."

"그래도 뭔가 증거가 있으니까 그렇겠지."

"제가 먹고살기도 바빠 죽겠는데 언제 그럴 시간이 있겠습니까? 교수님도 잘 아시지 않습니까?"

장환이 기어코 짜증 섞인 목소리를 내면서 울상이 된다. 그가 아무리 스즈끼와 같은 일본인이라고 해도 지도교수라는 사람이 제자의 고통을 몰라주니 서러웠던 모양이다. 그러자 이코마도 무언가를 느꼈던지 침착하게 문제 속으로 파고든다.

"하긴 그렇지. 그렇다면 무엇 때문에 그 사람이 날뛸까?"

"아마 모르긴 해도 저를 군(軍)에 보내고자 그런 것 같습니다."

"그럼, 군에 가면 되지 않겠는가?"

"전, 그렇게는 못합니다."

"왜? 천황폐하께 충성하는 것이 그렇게도 싫단 말인가?"

"이유 없는 전쟁에 왜 우리 조선인들이 희생돼야 합니까?"

"무엇이? 그걸 말이라고 하나?"

이코마가 화를 벌컥 내자 영란이 더 안절부절못한다. 그가 이렇게 화내는 것을 처음 보았기 때문이다. 그러나 이 같은 우려에도 불구하고 장환은 끝내 할 말을 다 한다.

분명 승산이 없는 것 같은데도 그가 너무 고집을 피우는 것 같다. 그렇지만 한편으론 매력이 철철 흘러 넘친다.

"저런 남자라면 내가 일생을 맡겨도 되지 않을까"라고 생각하면서 그녀는 두 사람의 눈치만 살피고 있다.

"전, 분명히 말씀드리지만 천황폐하께 충성할 어떤 이유도 없고, 더구나 침략이나 일삼는 전쟁에는 무조건 동조할 수 없습니다."

"저런 고얀 놈!"

"……."

버럭 고함치는 이코마에 맞서 장환의 눈동자가 순간적으로 불을 뿜는다. 무척 살벌한 분위기다. 세 사람의 시선이 제각기 다른 곳을 응시하면서 잠시 침묵이 흐른다.

사실 그가 전쟁을 반대해온 것만은 사실이다. 일본제국주의자들이 진주만을 기습적으로 폭격하면서부터 시작된 태평양전쟁은 수만 가지의 희생을 요구하는 것 자체가 인류평화와는 전혀 어울리지 않는다고 생각했던 것이다.

더구나 "전쟁은 필요악"이라는 니체의 말은 괜한 거부감만 일으키고 있었다. 질병에 의해 인구가 조절될 수 있는데도 괜한 전쟁을 일으켜서 죽이고 살리는 것 자체가 혐오스러울 뿐 아니라, 이 같은 전쟁이 조선의 독립을 늦출 수밖에 없다는 생각에 늘 반대할 수밖에 없는 입장이었다.

잠시 침묵이 흐르는 가운데 모두가 서로의 표정만 살피고 있었다. 반전운동이란 것 자체가 체제자체를 무시하는 반국가적 행위였기 때문이다. 그런 가운데 이코마의 표정이 점차 일그러지고 있었다.

그 표정에 잠시 찔끔했던 장환이 곧 생각을 고쳐먹는다. 그가 아무리 일본인이라고 해도 지도교수요 어른이고 침묵으로 맞서봤자 결과가 뻔하다는 사실을 알고 있었기 때문이다.

그는 자신의 주장을 더 관철시킬 수 없다는 민족적 비극을 느끼면서 비굴하지만 용서를 빌었다. 비록 웃으면서 말했지만 괜한 얘기를 꺼냈다는 생각도 일었다.

"교수님, 잘못했습니다. 용서를 빌겠습니다."

"자네가 지금 반국가적인 발언을 했네. 그것도 지도교수인 내 앞에서……. 그래서 어쩌자는 얘긴가?"

"혈기가 왕성해서 실수한 것 같습니다. 너그럽게 용서해 주십시오. 용서해 주신다면 두 번 다시 이런 실수는 하지 않겠습니다."

"내가 만약 이 사실을 헌병대에 연락하면 어쩔 셈인가?"

"그러니까 제가 죽을죄를 지었다고 이렇게 빌고 있지 않습니까. 그러니 제발……!"

"내가 이번만큼은 안 들은 것으로 해주겠네. 그러니 다음부터는 정말 조심하게. 지금이 어떤 세상인가. 사람 하나 죽여도 눈 깜짝하지 않는 세상이 아닌가."

"정말 고맙습니다. 교수님의 은혜에 꼭 보답할 수 있도록 열심히 노력하겠습니다.

그가 정말로 용서를 빌자 이코마의 표정이 좀 누그러지는 것 같다. 영란은 다행이라 생각하면서 그를 도와야 한다는 생각이 두 배로 일었다.

비록 지금은 가진 것이 없어 고학은 할망정 국가의 미래를 책임질 수 있는 저 배짱과 능력, 그녀는 그것에 반해 자꾸 그 속으로 끌려들어 가고 있었다. 그래서 욕먹을 각오를 하고 조심스럽게 끼어 들었다. 아무튼 유교사상에 찌든 조선여자 치곤 꽤나 당돌한 행동이었다.

"제가 좀 도와주면 안될까요?"

"뭘 도와주려고?"

아직도 분이 덜 풀렸는지 이코마가 이맛살을 찌푸리며 묻는다. 그러나 이왕 나선 것, 할 말은 해야 직성이 풀리는 그녀의 오기가 또다시 발동한다.

"장환 상의 문제를 아버님께 부탁하려고요."

"그게 그렇게 쉽게 풀릴까?"

"고마운 말씀이지만 전 거절하겠습니다."

장환의 의지가 단호하다. 이코마 때문에 비굴해졌는데 또다시 비굴해지는 것이 싫었던 것이다. 그러면서도 여러 가지 상황에 대해 나름대로 정리해 본다.

저 여자가 왜 나를 도와주려는 것일까. 나에 대해서는 아무 것도 아는 것이 없을 텐데. 그렇다면 나에게 반한 것일까. 아니면 같은 동족으로서의 동정심 때문일까. 얼굴도 반반한데다 부티까지 나는 여자가 왜 갑자기 내게 호감을 보이는 것일까. 아무튼 그런 저런 생각을 하고 있을 때 이코마가 묘한 웃음을 지으면서 갑자기 말을 막는다.

"허허! 자네도 그게 병이야. 밑져야 본전이 아닌가. 도와주려고 할 때 가만히 있게."

"그래도 전 싫습니다."

"허허! 또, 또!"

"……."

이코마가 비꼬는 말에 역겨운 생각이 들었던지 장환의 얼굴이 금새 붉게 물든다. 장환이 입을 다문 채 참고 있자 이코마가 마지막 말로서 끝을 맺는다. 그의 표정을 읽은 모양이다.

"여하튼 반전운동 같은 지하운동은 절대 하지 말게. 그건 나로서도 어쩔 수가 없네. 단지 자네를 위해서 하는 얘기일 뿐이야."

"알겠습니다. 앞으로는 정말 조심하겠습니다. 그럼, 안녕히 계십시오."

혹 떼려다 하나 더 붙인 꼴이었다. 괜히 왔다는 생각이 일었다. 이제부터 이코마는 지도교수이기 이전에 자신을 예의 주시할 것처럼 보인다. 그게 더 잘못된 것 같다. 아무튼 그 같은 생각에 맥이 빠져나가는데 그녀가 보기에도 좀 안타까웠던 모양이다.

"잠깐만요!"

영란이 다급히 부르는 목소리였다. 장환은 나가다 말고 어리둥절했다. 그녀가 도무지 이해할 수 없는 행동을 보이고 있었다.

막상 그를 불러 세웠으나 그녀 자신도 모를 일이었다. 단 한번 보았는데도 왠지 모르게 친근감이 들면서 도와주고 싶다는 생각이 일었다. 그래서 체면이고 뭐고 다 접어버리고 그와 잠시라도 함께 있고 싶은 마음에 무작정 따라 나섰다.

"같이 가요!"

영란의 갑작스런 돌출행동에 이코마가 더 놀라는 것 같다. 무엇하나 부러울 게 없는 그녀가 왜 저런 행동을 하는지 도무지 이해가 안됐던 것이다. 하지만 그가 물끄러미 바라보면서 묘한 웃음을 짓고 있었다.

"왜? 무슨 일이라도 있습니까?"

"아니에요. 제가 드릴 말씀이 있어서 그래요. 그러니 차라도 한 잔 마시면서 얘기해요."

"나, 돈이 없는데요."

그의 솔직한 대답에 영란이 씩 웃는다. 무척 정직한 남자라고 생각하는 것 같다. 장환은 대답을 하고서도 멋쩍은지 하늘만 쳐다보고 있다.

"걱정 말아요. 그건 제가 낼게요."

두 사람은 어깨를 나란히 하고 걸었으나 웬일인지 장환의 가슴이 뛰고 있다. 너무 미인이라서 그런 것일까. 아무튼 모를 일이라고 생각하면서 그녀와 보조를 맞춰가며 천천히 걸었다.

찻집은 지하에 있었다. 전기 불은 있었으나 대낮인데도 그 안은 어둠침침했다. 물론 전시 중이라 모든 것을 아껴야 한다는 이유도 있었지만 왠지 모르게 침침한 것이 썩 좋은 분위기는 아니었다.

이윽고 자리에 앉자 그녀가 먼저 입을 열었다.

"우리 고리타분한 얘기는 그만두고 솔직하게 얘기해요."

"무슨 얘기를 말입니까?"

"현실적인 얘기요"

"그럼, 내 얘기를 다시 꺼내자는 말입니까?"

장환이 이맛살을 찌푸리자 그게 더 매력으로 보이는지 그녀가 살며시 웃었다. 사람들은 또 이들이 너무 잘 어울린다고 생각하는지 시선을 집중시킨다. 그렇지만 영란이 계속 미소를 짓는 데 반해 장환은 별 표정이 없다. 그럴만한 이유도 없었거니와 앞날이 너무 불안했던 것이다.

"그래요 아까 교수님 말씀에 무척 화가 났겠지만 그 분은 아주 냉정한 사람이에요 전형적인 일본인이라고 생각하면 돼요 게다가 너무 현실적이고……."

"그래서요?"

장환은 그녀가 아름답지만 별 이상한 여자라는 생각이 들었다. 그렇지만 속 좁은 남자라고 흉볼 것 같아 애써 참고 있는 데 이 여자는 무엇이 그리도 좋은지 계속 웃고 있다. 정말 모를 일이라고 생각 중인데 뚱딴지같은 얘기가 또 나왔다.

"제가 조건 없이 도와주고 싶어서 그래요"

"뭘, 어떻게 돕겠다는 겁니까?"

"우선 군에 가는걸 해결해 주고, 두 번째는 공부에만 전념할 수 있도록 모든 것을 돕겠어요"

"그런 목적이 뭡니까?"

"같은 동포니까 돕는 것뿐이에요 그리고 우수한 동포가 만약 돈 때문에 학업을 중단한다면 국가적 손실이기도 하고요"

"내가 고학하는걸 어떻게 알았습니까?"

"그건 이코마 교수에게 수없이 들었어요 공부는 잘 하는데 돈 때문에 무척 고생하고 있다고요 그래서 제가 교수님께 부탁도 해 봤어요 그런데 마침 이렇게 만나고 보니 너무 반가웠어요"

"그렇게 생각해 주시니 고맙기는 하나 아버님은 대체 뭘 하시는 분입니까?"

"그건 차차 말씀드릴게요 돈이란 마치 거름과 같아서 쌓아두면 냄새가 나지만, 뿌려주면 식물들에게 좋은 영양소가 된다고 생각합니다."

"그럼, 내가 식물이란 말입니까?"

"죄송해요, 표현이 잘못됐다면 용서하세요."

"허허! 힘도 없는 내가 무슨 용서를 합니까. 용서는……."

"고맙습니다."

그녀가 또다시 웃자 장환은 묘한 감정이 일었다. 남녀가 만나면 음양의 조화가 이뤄져서 그렇겠지만, 자신이 뭔가 도깨비에게 단단히 홀리고 있다는 느낌마저 들었다. 게다가 정신을 차리면 차릴수록 그녀가 너무 예쁘게 보여서 자신도 모순덩어리가 아닐까 싶어졌다.

여하튼 세상을 살아가는 지혜도 돋보이지만 말하는 모습이 더 예쁘다. 보조개까지 쏙 들어간 것이 남자라면 누구나 반할 만 하다. 게다가 키도 크고 늘씬해서 정말 조선 여자 같지가 않다. 장환은 자꾸 그 속으로 빠져드는 것만 같아 정신을 바짝 차려야 한다고 생각하면서도 점차 넋을 잃었다.

그가 비록 찢어지게 가난한 집안에서 태어나 고생은 이루 말할 수 없었지만, 그렇다고 해서 아무 이유 없이 도움이나 받는 그런 부류는 아니었다. 늘 미소를 인격이자 생활철학으로 삼아오면서 돈 때문에 인격을 팔아먹는 뭇 인간들과는 사뭇 질이 달랐다.

아무튼 그는 자신이 자꾸 초라해지는 것을 의식, 빠져나갈 구멍을 찾기 위해 말을 돌렸다.

"그럼, 제가 다시 한번 생각해 보겠습니다."

거의 승낙한 것으로 생각한 그녀가 또다시 미소를 보였고, 장환은 그 미소 속으로 빠져들면서 웬일인지 비굴함 같은 것을 느낀다. 자신이 마치 평강공주에게 얹혀 살던 바보온달 같은 느낌이 들었기 때문이다.

이 여자는 공주처럼 커온 것 같다. 그래서 나처럼 못 사는 사람들을 도와줌으로써 대리만족을 느끼는 것일까. 정말 모를 일이라고 생각 중인데 그녀가 갑자기 일어나서 차 값을 계산하고 있었다.

"그럼, 내일 다시 이곳에서 만나요."

"노력해 보겠습니다만 기대는 하지 마십시오."

그녀가 나가는 것을 물끄러미 바라보던 장환의 마음이 갑자기 착잡해진다. 아무런 이유도 없이 처음 만난 여자에게 도움 받게 됐다고 생각하자 마음이 울적해진 것이다. 그런데 그녀가 입구에서 또 손을 흔든다. 잘 가라는 인사겠지. 그렇지 않다면 가진 자가 없는 자에게 보내는 일종의 메시지나 자기 과시겠지. 뭔가 헷갈리는 갈등 속에 장환은 깊은 늪 속으로 빠져드는 것 같은 느낌이다.

내 앞에도 이제는 무지개가 뜨는가. 아니면 그것이 장마 뒤에 나타나는 허깨비 같은 환상일까. 그렇지만 현재로선 너무 아름답게 보인다. 마치 그녀의 얼굴처럼 순수하게도 보인다. 그런데 자신이 왜 갑자기 작아지는지 모르겠다.

여러 가지를 생각해 봤지만 사실 그는 고생이 너무 싫었다. 전시 중에 생활비와 학비를 번다는 것 자체가 정말 힘든 노릇이었다. 찢어지게 가난한 집안에서 태어나 유학할 형편도 못 되었으나 단지 공부를 잘 한다는 이유 때문에 그것도 담임선생이 도와줬던 것이다. 그래서 늘 담임선생을 생각하면서 이를 악물곤 했으나 그게 그리 쉬운 일만은 아니었다. 그런데 호사다마라고나 할까. 처음 만난 여학생이 자신을 도와준다고 하자 뭐가 뭔지 모를 정도로 자꾸 헷갈렸다. 인간의 마음이 이렇게 간사할 수가 있을까 하고 다시 생각해 봤으나 정말 모를 일이었다.

꿈인가 싶어 허벅지를 살짝 꼬집어보았으나 틀림없는 현실이었다. 그렇지만 정말 자존심 상하는 일이었다. 어쨌건 눈을 딱 감고 도움을 받고 싶었다. 고생이 너무 서러워서 한두 번 울었던 것도 아니었다. 그런데 갑자기 어떤 불길한 예감이 떠올랐다.

"혹시 그 여자가 친일파인 민씨 가문의 딸?"

이렇게 반문해보자 꼭 내무대신을 하면서 이토 히로부미[伊藤博文]를 조문사절 했던 민병석(閔丙奭)이나 가렴주구의 대명사인 민영휘(閔泳徽)의 집안 같은 느낌이 들었다. 사실이 아니기를 바라면서 "설마?" 하고 반문해 보지만 부친의 이름을 못 밝히는 것을 보면 그럴지도 모른다는 생각이 부쩍 일었다.

방금 전에 그녀의 집안이 권력도 세고 돈도 엄청나게 많다는 교수의 말이 그걸 증명하는 것 같았다. 지방의 토호세력들이 서민들의 피를 짜고 살육을 도려내지 않고서는 그렇게 많은 부를 축적할 수 없었기 때문이다.

그런 생각을 하자 정신이 번쩍 들었다. 조심하지 않으면 자신도 모르게 친일파로 몰리면서 파멸할 수도 있다. 이런저런 상상에 자꾸 머리만 헷갈렸다.

그렇지만 정말 모를 일이다. 조물주는 왜 부자와 가난한 사람들로 갈라놓고 무엇을 즐기려는 것일까. 그리고 왜 가난한 사람들을 추하게 만들고 비굴하게 만들면서 피곤하게까지 만들어야 하는가. 정말 헷갈리는 물음 속에 시간만 자꾸 흘러간다. 하지만 그녀의 모습을 떠올리자 또다시 얼굴이 붉게 물들면서 현기증이 일었다.

"센쇼깡[千章煥]과 함께 있었나?"

영란이 집으로 돌아오자 이코마가 다그치듯이 묻는다. 아마 그녀의 튀는 행동에 제재를 가할 모양이다. 그 낌새를 영리한 그녀가 모를 리 없다. 조그만 목소리로,

"예."라고 대답하면서 자기 방으로 들어가려 하자 이코마가 또 부른다.

"이리 와서 나하고 얘기 좀 하지 않겠나?"

"??"

묻는 형식이었지만 이건 아예 명령이나 마찬가지다. 영란이 기분 좋을 턱이 없다. 하지만 그는 어른이자 아버지로부터 자신을 위탁받은 이 시대의 지식인이다. 거역할 수가 없어 다소곳이 앉자 아내가 과일을 깎아오고 이코마가 또 묻는다.

"둘이서 무슨 얘기를 했나?"

"별 얘기는 안 했습니다."

"또 만나기로 했나?"

"예."

그녀가 부끄러운지 얼굴이 발개지면서 작은 소리로 대답했으나 이코마가 또 묻는다.

"언제?"

"내일입니다."

"몇 시에?"

"오후 여섯 십니다."

대답을 하고 보니 무척 기분 나쁜 일이다. 형사가 마치 피의자를 놓고 취조하는 식이다. 그녀가 아주 못마땅해서 고개를 옆으로 돌려버린다.

"에, 또……. 그건 그렇고, 내가 단도직입적으로 묻겠는데 그 사람이 어떻던가?"

"좋은 사람 같아 보였습니다."

"같은 동포로서 말인가, 아니면 이성으로서 말인가?"

"……."

대답할 수가 없다. 갑자기 왜 이 같은 질문을 하는 것일까. 그의 아내는 두 사람의 눈치만 살피면서 아무 말이 없다. 분명 무언가 특별한 일이 있는 것 같다. 그것이 무엇일까. 영란은 재빨리 머리를 회전시켜봤지만 별다른 일은 없는 것 같다. 그래서 침묵하고 있는데 또다시 이코마의 질문이 이어진다.

"아까도 봤지만 센쇼깡은 반전주의자야. 물론 얼굴도 잘 생기고 틀이 좋아 여성이라면 반할 만도 하겠지. 그러나 무엇보다 그는……."

"잠깐만요. 지금 무슨 말씀을 하시려는 거예요?"

영란이 이상한 눈초리로 묻자 이코마는 천천히 그녀의 얼굴을 주시하면서 묘한 웃음을 짓는다. 여태껏 이런 표정을 본 적이 없는 그녀로선 왠지 모를 불안감이 엄습해 온다. 그렇지만 이왕 시작된 것, 아예 끝장을 볼 셈으로 마음을 단단히 먹었다.

"그렇게 궁금하다면 본론부터 얘기하지. 그러나 놀라지는 말게."

"안 놀랄 테니까 말씀하세요."

사뭇 도전적인데도 불구하고 이코마는 표정조차 없다. 지식인들만이 갖고 있는 노하우라 생각하면서 그녀는 이코마를 주시했다.

"아버지께서 매파를 놓았다더군."

"그게 무슨 말이에요?"

영란이 충격을 받았는지 얼굴이 금새 변한다. 매파란 말이 혼인을 뜻하는 게 아닌가. 하지만 이코마는 그런 것은 아랑곳하지 않고 계속 자신의 얘기를 이어간다.

"영란 상을 결혼시키겠다는 얘기야. 벌써 오래 전부터 이 얘기는 나왔지만 성사가 될지 안 될지를 몰라 당분간 비밀에 붙였던 거야."

"상대가 누구랍니까?"

"놀랄 것 없네. 조선에서도 힘깨나 쓰는 송씨 가문의 둘째 아들이야. 물론 부모끼리도 약조를 하였고 이제는 혼인 날짜만 잡으면 된다고 했네."

"제게는 일언반구도 없이 말입니까?"

"조선사회가 군사부일체에 의한 유교사회가 아닌가? 그러니 부모님들만 약조하면 되는 것으로 알고 있네. 그래도 자네 아버님께서는 딸의 인격을 존중하여 두 사람이 한번 만날 수 있도록 나에게 부탁까지 했네. 그러니 아무 말 말고 아버님 말씀을 따르도록 하게."

분명 이코마는 조선사회의 모순성에 대해 비꼬고 있다. 그 아내도 침묵하고 있었지만 똑 같은 생각일 게다. 여태껏 좋게만 보이던 그 얼굴이 왜 오늘따라 더럽게만 느껴질까. 같은 동족이 아니라서 그런 걸까, 아니면 침략국의 이미지가 앞서서 그런 것일까.

아니다. 분명 그건 아니다. 바로 '군사부일체'라는 단어가 그녀를 오랏줄로 칭칭 감고 있었던 것이다.

임금과 부모와 스승이 시키면 시키는 대로하고, 그것이 아무리 잘못된 생각이라고 해도 무조건 따르라는 유교적 사상. 영란은 그 사상에 자꾸 회의를 느끼면서 깊은 늪으로 빠져들었으나 알 것은 알아야 한다는 생각에서 끝까지 물고 늘어졌다.

"그 사람이 누굽니까?"

"아마 영란 상도 잘 알고 있을 거야. 왜, 우리 집에 몇 번인가 놀러왔던 조선인이지. 지금은 일본육사에서 교육을 받고 있고, 일본 이름이 소꼬링[宋浩林]이라고 해서 이름보다는 주로 '소꼬리'라고 부르고 있지."

"뭐예요?"

하마터면 영란은 뒤로 나가자빠질 뻔했다. 세상에 못 생겨도 그렇게 못 생길 수가 없고 매너 또한 더러워서 여자라면 결코 가까이 할 수 없는 작자였기 때문이다. 그러나 이코마는 이상한 눈초리로 도무지 이해할 수 없다는 표정을 짓고 있다.

"왜 그렇게 놀라나? 집안도 좋고 이제 얼마 안 있으면 장교로 임관될, 어느 한구석도 나무랄 데가 없는 사람인 것 같은데……?"

"뭐가 그래요? 흑!"

영란이 기어코 눈물을 보이자 이번에는 그 아내가 맞장구를 친다.

"내가 보기에도 괜찮아 보이던데, 영란 상은 안 그런가 보지?"

"……."

대답할 가치도 없는 놈이다. 이코마가 의아해서 눈이 커지거나 말거나 생각만 해도 정말 정떨어지는 놈이다. 어쩐지 집에 놀러올 때마다 뱀 같은 녀석의 눈빛이 예사롭지가 않았다는 것을 이제야 알 것 같다.

정말 상대할 가치조차 없는 놈이다. 게다가 녀석도 나와 같은 친일파 집안이다. 그래서 거들먹거리지만 웬일인지 상대하고 싶지 않은, 마치 귀신을 보는 것 같은 소름끼치는 녀석이다.

키는 난쟁이 똥자루 만한 게 얼마나 처먹었는지 배는 불룩 나왔고, 젊은 놈이 벌써부터 머리까지 벗겨져 여자들이 제일 싫어하는 유형이 아닌가. 생각하면 생각할수록 화가 치밀어 도저히 앉아 있을 수가 없다. 그런데 교수가 또 제멋대로 지껄이고 있다.

"그럼, 내일 소꼬링 상과 함께 찻집으로 가겠네. 그래도 괜찮겠나?"

"……."

마치 벌레 씹은 얼굴로 앉아 있던 영란은 수모를 당했다고 생각하는지 자리를 박차고 나와 자기 방으로 들어간다. 그리고 방문을 꼭 걸어 잠근 채 분을 삭이지 못해 씩씩거린다.

서러움이 북받치면서 닭똥 같은 눈물이 흘러내린다. 이렇게 외로운 것도, 가족들에게 배신감을 느끼는 것도 머리털 나곤 처음 있는 일이다. 아버지는 왜 일언반구도 없이 그 같은 결정을 내렸을까.

어른들은 참 이상한 동물이라는 생각이 든다. 모든 것을 알아보지도 않고 오직 권력과 부와 명예만을 추구하는 그들이 너무 야속할 뿐이다. 아무튼 그렇게도 자신을 아껴주던 아버지가 한 순간에 배반한 것 같아 정말 미칠 지경이다.

아, 이제 이 일을 어찌해야 하나. 갑갑해서 도무지 살맛도 안 난다. 그렇다고 내 맘대로 결정할 수도 없는 일. 그 자와는 절대 혼인하지 않겠다고 다짐하고 또 다짐할 뿐이다.

그때 어디선가 굵은 톤의 목소리가 들려온다. 바로 장환의 목소리다.

"뭘, 어떻게 돕겠다는 겁니까?"

"돕는 목적이 뭡니까?"

"내가 고학하는걸 어떻게 알았습니까?"

"아버님은 대체 뭘 하시는 분입니까?"

"그럼, 내가 식물이란 말입니까?"

"허허! 힘도 없는 내가 무슨 용서를 합니까. 용서는……"

"그래요 내가 당신을 위해서 꼭 희생양이 될게요"

그녀는 스스로 위로하면서 눈물을 닦는다. 그리고 자신이 마치 바보온달을 장군으로 만든 평강공주라도 되는 것처럼 흐뭇한 미소를 짓는다. 그녀는 이 생각 저 생각에 몸을 뒤척거리면서 뜬눈으로 밤을 새웠다.

다음 날.

영란은 저녁때가 되어서야 찻집으로 향했다. 그와 함께 식사를 하기 위해서였다.

그녀가 나서자 거리가 갑자기 화사해지고 있었다. 오버블라우스에 벨트를 매서 허리선을 강조한 양장 스타일이 눈에 띄었고, 약간의 화장을 한 상태였으나 워낙 돋보였기에 지나치는 사람마다 힐끔힐끔 쳐다봤다.

그녀는 싫지가 않았던지 마치 공주가 된 기분이다. 아니, 어릴 때부터 그렇게 커 왔던 탓에 별로 이상할 게 없다는 생각이다. 단지 남들이 그렇게 생각할 뿐이다. 그렇지만 한편으론 우수가 서려 있다. 바로 소꼬리 때문이다.

찻집에 들어서자 뭇 시선들이 그녀에게로 집중되고 있었다. 그녀는 맨 구석자리에 앉았다. 아무래도 시선을 받지 않으려면 가운데보다는 구석이 났다고 생각했기 때문이다.

그때 사람들이 모두 일어서는 것이 보였다. 벌써 시간이 그렇게 됐는지 국기 강하식이 시작되면서 '기미가요'가 흘러나오고 있었다.

"천황의 치세는 천년 만년 영원하리라……"

'히노마루(일장기)'와 함께 오직 천황의 치세를 찬양하기 위해 만들어진 군국주의 노래였다. 이 노래를 듣는 일본인들은 경건한 자세를 취했으나 영란은 그게 아니었다. 왜놈들에게 지독할 정도로 아부하는 아버지의 모습이 떠오르면서 갑자기 거부반응이 일었던 것이다.

느릿느릿 흘러나오던 기미가요가 끝나서야 사람들이 제자리에 앉았다. 군국주의 찬란한 꿈이 솟아나는 듯 모두가 활기찬 모습을 보이고 있었다.

시간이 흐를수록 그녀는 초조해지기 시작했다. 약속시간이 훨씬 넘어선 것도 그렇지만 잠시 후면 그들이 꼭 나타날 것 같았기 때문이다.

그러나 안 좋은 일일수록 예감은 대체로 적중하는 법, 우려했던 일이 드디어 현실로 나타나면서 이코마가 소꼬리와 함께 그 모습을 드러냈고, 그들은 마치 약속이나 한 것처럼 그녀 앞자리에 털썩 앉았다. 그녀는 가슴이 철렁했지만 내색은 하지 않고 다소 고개만 숙여 인사를 대신했다. 빌어먹는 놈은 꼭 빌어먹을 짓만 골라서 한다고 생각했기 때문이다.

잠시 곁눈질해 본 그의 얼굴은 가로보다 세로가 긴 넓적 네모형으로서 활동성이나 성취력, 수완은 뛰어나다고 해도 야비하고 독재기질이 다분해 보였다. 그리고 입술이 검푸르면서 입가에 자색을 띤 것을 보니 음란하고 재물욕심이 많아 배우자감으로서는 결코 이상형이 아니었다. 그런데도 자신의 성취욕을 은근히 과시하기라도 하는지 사관생도복을 말끔히 차려 입고 있었다.

그녀가 냉담한 표정을 짓고 있는 가운데 이코마 교수가 분위기를 잡으면서 서서히 입을 열었다.

"센쇼깡[千章煥]은 왔다 갔나?"

"아직 오지 않았습니다."

"그렇다면 마침 잘 됐군."

"뭐가요……?"

갑자기 그녀의 눈 꼬리가 올라가면서 표독스런 모습으로 변했다. 무척 쌀쌀 맞은 표정이다. 그가 안 와서 화가 잔뜩 나 있는 판에 별 개떡같은 놈이, 꼴도 보기 싫은 놈이 자신을 자꾸 쳐다보고 있기 때문이다.

"내가 어제 소꼬링 군을 소개한다고 말하지 않았던가?"

"분명히 말씀드리지만 저는 전혀 약속한 사실이 없습니다."

"그래도 이렇게 만났으니 인사나 하지. 서로가 구면일 테니까."

"안녕하십니까. 너무 오랜만입니다."

"……"

소꼬리가 반갑게 인사하자 그녀는 딴 곳을 바라보며 대꾸조차 안 한다. 기다리던 사람은 안 오고 별 거지같은 인간들만 나타나자 성질이 났던 것이다. 이것을 이코마가 모를 리가 없다. 혼사얘기를 꺼내면서 재빨리 분위기를 바꾼다.

"자네들은 이미 부모님들께서 약조하신 대로 결혼할 사이라네. 그러니 허심탄회하게 대화를 나누도록 하게."

"누구 마음대로 결혼을 해요?"

"뭐라고?"

영란의 눈 꼬리가 올라가는 것과 동시에 교수가 탁자를 손으로 "쾅!" 치면서 성질을 벌컥 냈다. 자신의 권위에 도전한다고 생각했던 모양이다. 하지만 영란도 할 말은 해야겠다고 생각했는지 사뭇 도전적이다.

"제 일은 제 자신이 결정합니다. 아무리 부모라고 해도 결혼문제만큼은 절대 양보할 수 없습니다."

"영란 상은 무언가를 착각하고 있는 모양인데 조선사회가 그렇게 개방된 사회가 아니란 말이야. 그리고 아버지와 나와의 관계도 그렇고……"

"왜, 그렇게 비약적으로 생각하십니까? 전, 도무지 교수님의 말씀을 이해할 수 없습니다."

"뭘, 이해 못해? 자네, 혹 센쇼깡 때문에 그런가?"

"꼭 그렇다고는 할 수 없지만 그것도 이유 중의 하나가 되겠지요."

"그렇다면 내가 분명히 말해두겠는데 그 자는 반전주의자야. 그런 반전주의자를 옹호하면 어떻게 된다는 사실은 잘 알고 있겠지?"

"그 사람이 반전주의자든 침략주의자든 저는 전혀 상관이 없습니다. 다만 고학하는 것이 너무 안타까워 같은 동포로써 돕고 싶을 뿐입니다. 아무튼 그 이상의 것도 그 이하의 것도 아니니까 더 이상 그 사람의 얘기는 꺼내지 않았으면 좋겠습니다."

계속 도전적으로 나오는 그녀의 말에 교수는 잠시 할 말을 잊고 담배를 피워 문다. 평소 담배를 잘 피우지 않던 그였지만 어떤 문제가 발생하면 꼭 담배부터 꺼내 물었다.

소꼬리가 꿀 먹은 벙어리처럼 앉아 있는 가운데 어느 새 시선이 이곳으로 몰려 있었다. 교수라는 지식인이 여학생 하나를 설득시키지 못하는 것을 고소해하는 눈치다. 그런 눈치를 이코마가 모를 리 없었지만 계속 담배만 빨아댔고, 더 이상 빨 것이 없을 때가 되자 힘 빠진 목소리로 입을 열었다.

"이젠 함께 살 수도 없겠군……."

마치 독백을 하듯 지나가는 말에 그녀가 표정 하나 변치 않고 대답한다.

"이미 옮기기로 결심을 했습니다."

"그런데 말야, 인간은 사랑이 너무 깊으면 반드시 고통과 이별이라는 부산물이 따르게 마련이지. 이별은 또 서러움을 동반하기도 하고……."

의미 있는 말이다. 무척 의미 심장한 말이다. 자신이 사랑 병에 빠져든 것을 안 그가 고통이라는 매개체로 앙갚음하겠다는 말인 것이다. 그녀가 그렇게 생각하고 있을 때 교수가 자리를 뜨고 있었다.

그녀는 아무 말 없이 지켜보면서 이 작자도 함께 가주기를 은근히 기대했다. 하지만 그는 어떤 흔들림도 없이 묵묵히 앉아 있었다. 그만큼 싫다는 표현을 했는데도 똬리를 틀고 있는 능구렁이 같았다.

소문대로 이 자는 분명 낯이 두꺼운 놈이다. 웬만한 남자 같으면 벌써 자리를 박차고 일어났건만 끄떡도 안 하는 것을 보면 진정 소문이 맞는 것 같다. 그리고 처음부터 자신의 몸매를 뚫어져라 훑어보는 저 음흉스러운 눈, 그 눈을 보자 왠지 모르게 징그러운 느낌이 들었다.

그녀는 먼저 일어서야겠다고 생각했다. 그래서 행동으로 옮기려고 하자 그가 재빨리 입을 열었다.

"좀, 오래 된 얘기지만 저는 영란 씨를 줄곧 사모해 왔습니다. 그리고 아버님으로부터 영란 씨와 곧 결혼하게 될 것이라는 말을 들었을 때는 마치 하늘을 나는 기분이었습니다. 대일본제국 육군사관학교 생도로서 자존심을 걸고 하는 말입니다. 꼭 결혼하게 될 것이라고 믿고 죽는 날까지라도 기다리라면 기다리겠습니다. 영란 씨를 향한 마음은 오직 일편단심입니다. 제발 믿어 주시기 바랍니다."

진지하게 말하는 소꼬리를 바라보면서 영란은 은근히 부아가 치밀었다. 누가 친일파의 아들이 아닐라봐 대일본제국을 들먹거리면서 노는 꼴이 정말 가관이었다.

영란은 그럴수록 표정을 감춘 채 점잖게 타일렀다. 비록 기다리는 봉황은 오지 않고 털 빠진 닭 새끼가 자신을 희롱하고 있었지만 이런 인간들을 선드려서 득 될 게 없었기 때문이다.

"처음이자 마지막으로 대답할게요. 저는 분명히 말하지만 당신하고는 절대 결혼하지 않습니다. 제 배필은 이미 정해졌어요. 그게 누구냐 하면 바로 천장환이라는 고학생입니다. 그럼, 이만 실례하겠어요."

또박또박 말하고 나가는 그녀를 닭 쫓던 개처럼 바라보던 소꼬리는 분을 삭이지 못하고 몸을 부들부들 떨었다. 세상에 태어나서 처음으로 당해보는 멸시였고 자존심 상하는 일이었다. 하지만 그는 또 다른 생각에 묘한 웃음을 짓고 있었다.

이제부터 본격적인 투쟁은 시작되는 것일까. 이코마 교수의 표정도 심상치 않고 소꼬리의 표정도 역시 마찬가지다. 그렇지만 두 놈 다 빌어먹을 놈이다.

아무리 전시중이라고 해도 남녀가 유별한데 어째 저 지경일까라는 생각에 그녀는 속에서 불기둥이 확 솟구쳤다.

집으로 향하던 영란은 그 불기둥이 쉽게 꺼지질 않았다. 생각하면 생각할수록 분하고 원통한 일이었다. 총총걸음으로 걷던 영란은 갑자기 무슨 생각이 들었는지 학교로 향했다. 장환의 주소를 알아내 집으로 찾아가기 위해서였다.

예상했던 대로 그의 집은 산동네에 있었다. 마지못해 세상을 살아가는 달동네였다. 장환은 생활비를 벌러 나갔는지 마침 집에 없었다. 그녀는 실망감에 돌아갈까 하다 조심스럽게 방문을 열었다. 갑자기 고린내 같은 이상한 냄새가 코를 찔렀고 그것이 바로 남성들 특유의 냄새였다.

그녀는 대뜸 안으로 들어가 너절하게 널려 있는 책과 살림살이들을 정리하기 시작했다. 살림살이라고 해봤자 냄비와 식기 등 몇 가지뿐이었으나 한참 치우다보니 묘한 생각이 일었다. 자신의 행동이 오해받을 수도 있기 때문이었다.

그렇다고 창피하게 생각할 그녀도 아니었다. 언제나 마음먹은 대로 해왔고 앞으로도 계속 그렇게 살 생각이었다. 그래서 늘 어머니로부터 꾸중도 들었으나 그것이 하루아침에 고쳐질 일도 아니었다.

걸레로 방을 깨끗이 닦은 다음 이번에는 빨래를 시작했다. 빨래라고 해봤자 그것도 몇 가지가 안 되었지만 그녀는 정성을 다해서 빨았다.

또다시 묘한 생각이 들었다. 자신이 마치 그의 아내가 된 듯한 느낌이었다. 그녀는 이렇게 살았으면 좋겠다는 생각이 들었다. 그를 위해서 밥짓고 빨래하고, 그의 아이를 키우면서 평생을 살았으면 좋겠다고 생각했다. 그러자 괜히 기분이 좋아지면서 콧노래가 절로 나왔다.

그녀는 빨래를 널고 방으로 들어와 편지를 쓰기 시작했다. 몇 번씩이나 지우고 다시 썼으나 그게 그리 쉽지는 않았다. 우선 호칭부터가 이상했고 무슨 말을 어떻게 써야 좋을지 몰라 자꾸 헷갈렸다.

장환 씨!
무척 오랫동안 기다렸습니다. 여자의 자존심을 접어둔 채 그것도 평생 처음 있는 일이었습니다. 하지만 당신은 끝내 나타나지 않았습니다. 무척 서운하면서도 참담했습니다. 늘 자신만만해 하던 제가 왜 갑자기 이렇게 초라해졌는지를 느낄 정도였습니다.

그렇지만 원망은 하지 않겠습니다. 아직까지는 원망할 자격도 없을 뿐 아니라 바쁜 사람을 귀찮게 군다고 생각했기 때문입니다.

무턱대고 당신의 집을 찾아갔습니다. 물론 용서를 빌고자 자존심까지 버렸으나 당신은 이미 외출 중이었고, 내 발걸음은 왠지 모르게 떨어질 줄 몰랐습니다.

한참을 생각했습니다. 그리고 곧 청소와 빨래를 시작했습니다. 물론 그것이 어떤 의미를 부여하는 행동이 아니라 단지 돕고 싶다는 충동이 앞섰을 뿐이었습니다.

때문에 너무 비약적으로 생각해서도 안 되겠지만, 그렇다고 자존심도 없는 헤픈 여자라고 생각해서도 안될 것입니다.

누가 뭐라고 해도 저는 조선사람입니다. 같은 동포로서 이웃을 돕는다는 것이 그렇게 흐뭇할 수가 없고, 또 이 같은 생각에는 늘 변함이 없습니다. 따라서 기회만 주어진다면 언제든지 그렇게 할 생각입니다. 다만 그것이 손바닥이 마주쳐야 소리가 나듯이 말입니다.

갑자기 천둥번개가 치면서 굵은 빗줄기가 대지를 두들기고 있습니다. 아마 제가 주인의 허락도 없이 남의 방에 들어와서 하늘이 노했나 봅니다.

갑자기 무서운 생각이 들었습니다. 힘이 있어야 자존심도 살아나기 마련인데 자연의 힘 앞에서는 그것이 단지 무용지물일 수밖에 없어 그런가 봅니다.

아마 주제넘은 얘기인지는 모르겠으나 그래도 열심히 살아볼 생각입니다. 그렇지만 이젠 가야할 때가 된 것 같습니다. 장대 같이 쏟아지는 비를 맞으면서 말입니다.

아무쪼록 건강에 유의하시고, 저는 내일도 모레도 당신이 나타날 때까지 그곳에서 기다리겠습니다. 안녕히 계십시오.

영란 올림.

장환은 그날 늦게 집에 들어왔다. 그런데 예전의 모습이 아니었다. 모든 것이 잘 정돈되어 있었을 뿐 아니라 빨래까지 줄에 널려 있었다. 그는 정말 모를 일이라고 생각하면서 편지를 읽었고 여러 가지 생각에 잠을 이룰 수가 없었다.

이 여자가 갑자기 왜 이러는 것일까. 편지내용으로 봐서는 무척 집념이 강한 여자다. 그리고 또 사랑만 받아 봤지 결코 남을 사랑해본 적도 없는 것 같다. 그래서 그런 것일까. 아무튼 조심하지 않으면 안될 여자다.

그렇지만 이 여자는 누구보다 집념이 강해서 언제까지라도 기다릴 것이 분명하다. 그렇다면…….

여기까지 생각한 그는 아무래도 만나서 결정짓는 것이 좋다는 쪽으로 마음이 기울었다. 그래야 체면이 서고 도리인 것 같았다.

다음 날.

마주 앉은 두 남녀는 무척 잘 어울렸다. 장환이 비록 돈에 시달려 낡은 작업복을 입었으나 큰 키에 우람한 몸집이 돋보였고, 아름다운 얼굴에 약간의 화장을 겸한 영란의 미모는 뭇 사람들의 시선을 끌기에 충분했다. 그래서 사람들의 시선이 곧 두 남녀에게로 쏠렸다. 하지만 그들의 마음은 오직 다른 곳으로 흐르고 있었다.

"어제는 정말 고마웠습니다"

"아니, 별 말씀을……."

"그런데 갑자기 왜 그 같은 일을……?"

"별 다른 뜻은 없었어요. 단지 도와주고 싶었을 뿐이에요"

"그렇다면 정말 고맙지만 편지의 마지막 내용은 정말 이해할 수가 없었습니다."

"여자의 자존심도 있는데 그걸 꼭 설명해야 하나요?"

말을 마친 영란이 입을 꼭 다문다. 이렇게 자존심 상하는 일도 처음 있는 일이다. 아무튼 이 남자는 나보다 더 자존심이 강한 것 같다. 여자의 고백을, 그것도 자존심을 꺾어가며 힘들게 옮겨 논 애정의 표시를 무참히 짓밟다니…….

그녀가 그렇게 생각하고 있을 때 장환의 표정도 잠시 굳어지고 있었다. 일그러진 그녀의 표정을 순간적으로 읽었던 모양이다.

사실 무엇 하나 부족한 것 없이 살아온 그녀였다. 더구나 사랑만 받아오면서 여왕처럼 군림해온 그녀였다. 그런데 하찮은 존재라고 생각했던 자신에게 무안을 당하자 기분이 상한 것 같았다. 장환은 그녀의 일그러진 얼굴을 펴야 한다고 생각하면서 입을 열었다.

"화가 나셨다면 용서하십시오"

"장환 씨는 정말 고목 나무 같아요. 자존심도 너무 강한 것 같고요."

"그게 무슨 말입니까?"

장환의 눈 꼬리가 올라가면서 이상한 모습으로 변했다. 마치 광대 같은 표정이었다. 그 모습이 재미있는지 그녀가 미소를 띠면서 말했다.

"고목 나무는 아무리 물을 줘도 싹이 나지 않아요. 그만큼 보수적이라는 얘기지요"

"물론 그렇겠지요. 제가 마치 고목 나무처럼 살아왔으니까요. 그렇지만 꼭 그런 것만은 아닙니다. 휴식처를 제공하는 장점도 있으니까요"

"물론 그렇지만 나무는 싹을 틔워 열매를 맺을 때가 가장 아름다운 거예요. 그런데도 장환 씨는 무언가를 착각하고 있기 때문에 제가 더 안타까워하는지도 모릅니다."

"그럼 제가 어떻게 살았으면 좋겠습니까?"

"건방진 얘기겠지만 우선 자존심부터 버리세요"

"그 다음에는요?"

"바람이 불면 부는 대로, 물이 흐르면 흐르는 대로 살아야 하겠지요"

"음⋯⋯. 바람이 불면 부는 대로, 물이 흐르면 흐르는 대로라⋯⋯. 그것 참 편한 생각이네요"

"세상사람들이 다 그렇게 사니까요"

말하는 모습이 참 예쁘다. 옥이 굴러가는 듯한 목소리에는 또 천진난만한 애교까지 섞여 있다. 장환은 그렇게 생각하면서 무슨 큰 결심이라도 한 것처럼 쾌히 승낙한다.

"그럼, 제가 우선 자존심부터 버리겠습니다."

"잘 생각하셨어요. 호호!"

"그러나 후일 제가 잘 되면 그 은혜는 꼭 갚겠습니다."

"잘 되는 건 좋지만 안 갚으셔도 돼요. 호호!"

"제발 웃지 마세요. 제가 자꾸 빨려들고 있습니다."

"빠져들라고 웃는 거예요. 호호!"

"또, 또. 하하!"

"근데 영란 씨는 무척 자유분방한 것 같습니다."

"예. 제가 무남독녀라서 그런지 버릇이 좀 없어요. 아마 그래서 남에게 오해도 받긴 하지만, 전 무조건 제 마음대로 해야 직성이 풀려요."

근심걱정이라곤 전혀 없는 천진난만한 모습이다. 전쟁의 와중에도 자신과는 아주 동떨어진 세상을 사는 여자였다. 너무 부러웠다. 그러나 이왕 사귈 바에야 철저히 아는 것도 괜찮을 듯 싶었다.

"근데 왜 교수님 집에 있습니까?"

"그건 우리 아버님 때문이에요. 하지만 이제 곧 나올 거예요."

"왜요? 무슨 안 좋은 일이라도 있었습니까?"

"아니에요. 그건 나중에 말씀드릴게요."

"그런데 아버님은 무척 완고하신 편입니까?"

"다 유교사상 때문이에요. 그것도 군사부일체에 의한……."

"그게 꼭 나쁜 것만은 아니지 않습니까?"

"그렇지만 전, 그런 것들을 무척 혐오하고 있어요. 그래서 가끔 욕도 먹지만……."

"그렇다면 이 다음에 혼인을 해도 남편을……?"

"쥐고 흔들 거냐고요? 제가 그렇게 보여요? 호호!"

"하하! 눈치 하난 무척 빠르십니다. 물론 안 그러시겠지만……."

"잘 보셨어요. 상대가 누구냐에 따라서 달라질 겁니다."

"아무튼 여러 가지로 감사합니다."

소꼬리는 아직도 분이 덜 풀렸는지 씩씩거리고 있었다. 그것도 부모가 점지해준, 교수와 함께 만났던 미래의 아내였기 때문에 더욱 그랬다. 그런데도 빌어먹을 년이 보기 좋게 딱지를 놓았던 것이다. 더구나 그년은 내 앞에서 다른 놈을 좋아하고 있다고 건방까지 떨었다. 그것도 소나 돼지를 잡는 백정의 아들이라고 했다.

이름이 천장환이라고 했는데 언젠가 녀석을 본 적이 있었다. 그가 동경제대에서 열린 축제행사를 구경갔을 때였다. 모두가 화려한 옷으로 치장하고 왔으나 그 녀석만 유독 낡은 옷을 입고 있었다. 그런데도 녀석은 인기가 캡이었다. 그것도 남학생이 아니라 주로 여학생들이었다. 큰 키에다 수려하게 생긴 지적인 얼굴 때문이었다.

이렇듯 신은 더럽게도 불공정했다. 녀석에게는 과분할 정도로 톤이 굵은 목소리까지 준 반면, 자신에게는 너무 초라한 것들만 준 것 같았다. 사실 부모를 잘 만났다는 것을 빼고 나면 더 이상 볼 것이 없었다. 키는 자라다 말아서 그런지 '난쟁이 똥자루'라는 별명까지 붙어 다녔고, 목소리까지 카랑카랑 한데다 머리까지 벗겨졌으니 여자들이 안 따르는 것도 당연했다.

물론 자신은 군인의 길을 걸어야 하기 때문에 그와는 전혀 다른 차원이었다. 그렇지만 출세하는 것만이 인생의 전부는 아닌 것 같았다.

괜히 구경갔다는 생각이 일면서 콤플렉스에 빠져든 것도 사실이었다. 그것이 결국 현실로 나타나고 있었다.

소꼬리는 밥을 먹어도 맛이 없었고 잠자리에 누워도 잠이 오지 않았다. 뿐만 아니라 시험이 얼마 안 남았는데도 책을 볼 수가 없었다. 그 속에는 반드시 영란의 웃는 얼굴이 그려져 있었기 때문이다.

조선 여성답지 않게 훤칠한 키에 볼륨 있는 몸매, 이국적으로 생긴 갸름한 얼굴에다 서글서글한 눈매는 바로 자신에 대한 큐피드의 화살이었다. 그녀와 결혼만 하면 자신의 콤플렉스도 벗겨질 뿐 아니라 평생 행복할 것 같았다. 그런데도 그녀는 가문도 엉성하고 재산이라고는 쥐뿔도 없는 녀석을 선택한 것이다.

한마디로 자존심이 상했다. 비록 자신이 왜소하고 못 생겨서 볼품이 없다고 해도 그 이상은 꿀릴 것이 없었다. 그런데도 그녀는 자신에게 눈길 한번 주지 않았다. 아니, 아예 무시하는 것 같았다. 너 같이 작고 못 생긴 남자를 어느 여자가 호감을 주겠냐는 투였다.

자신은 20년을 살아오는 동안 오직 공부만 해왔던 터였다. 그런데 남녀간의 차이가 무엇인지 그녀를 보는 순간 이상야릇한 마음이 생기면서 혼란이 생겼다. 소꼬리는 그것이 바로 이성에 대한 사랑이라고 확신했다.

그는 부모님들을 실망시키지 않기 위해 반드시 그녀와 결혼할 것이라고 다짐했다. 그렇게 하자면 수단과 방법을 가리지 말아야 한다는 것도 잊지 않았다.

정말 자존심이 상해서 못 견딜 지경이었다. 대일본제국이 자랑하는 육군사관 생도가 그깟 여자 하나 때문에 마음이 흔들려서야 되겠냐고 스스로 위로도 하고 자책도 해보았으나 전혀 그게 아니었다. 시간이 흐르면 흐를수록 자꾸 이상야릇한 감정이 가슴을 지배하고 있었다.

이렇듯 그는 수많은 갈등 속에서도 오직 그녀 생각뿐이었다. 강제로 잠을 청해도 마찬가지였다. 천장에 그려져 있는 꽃들 사이에서 그녀가 환하게 웃으며 부르는 것 같았다. 돌아누워서 벽지를 바라보아도 역시 마찬가지였다. 오직 머리에는 그녀에 대한 생각만이 꽉 차있어 도무지 다른 생각을 할 수조차 없었다.

그는 자다가도 벌떡 일어나 공책에다 낙서를 하거나 그림을 그렸다. 뛰어 난 솜씨는 아니더라도 소학교 때부터 그림에는 약간의 소질이 있었다. 그렇지만 그녀를 생각하며 그림을 그려도 계속 가슴만 쿵쿵 뛰었다. 자신이 바로 사랑이라는 몹쓸 병에 걸려 있다는 증거인 것 같았다.

낙서를 해도 마찬가지였다. 그 총명한 눈. 아름다운 마음씨. 조선여자치고 대학을 다니는 사람이 몇 없는데도 대학을 다닐 수 있는 재력과 그 명석한 두뇌에 자신이 푹 빠져버렸던 것이다. 그런 나머지 자신도 모르게 중얼거리는 습관까지 생겼다.

나는 그녀를 죽도록 사랑하고 싶다. 내 아내로 맞이하고 싶다. 정말 그렇게 하고 싶다. 아니, 꼭 그렇게 돼야 한다. 아, 그런데 이게 뭔가? 그녀는 왜 멍청한 녀석만 좋아할까? 아마 잘못 생각한 걸 꺼야. 얼마 후면 곧 나를 좋아할 꺼야. 아냐, 그녀의 눈은 이미 그 녀석에게로 쏠려 있어. 그녀도 말했잖아. 천장환이를 좋아하고 있다고. 그런데 내가 어떻게 이겨…….

그래도 빼앗아야 해. 평생이 걸린 중대한 문제야. 아, 미칠 것 같다. 그래 빼앗자! 죽어도 빼앗자! 어차피 인생은 도전과 투쟁인 것을. 빼앗자! 이 목숨이 붙어 있는 한은 반드시 빼앗자! 죽어도 죽어도 죽어도…….”

그렇게 중얼거리자 무언가 좀 위로가 되는 것 같았다. 하지만 그것도 한 달만에 내린 결론이었다. 그 사이 소꼬리는 몰라보게 달라져 있었다. 잘 먹지 못해 생긴 일이었지만 짝사랑이라는 것이 얼마나 무서운 병인가를 보여주는 단면이기도 했다. 그는 결국 가슴 한편에서 불기둥이 확 치솟았다. 질투의 화신이었다.

그는 곧 편지를 쓰기 시작했다. 장환과 만나 담판을 짓기 위해서였다. 그래서 거두절미하고 꼭 만나야 하는 이유만 썼으나 내용 중에는 공갈과 협박적인 요소도 들어 있었다. 그만큼 흥분하고 있었다는 증거였다.

주말이 되자 소꼬리는 외출증을 끊어 곧바로 약속장소로 나갔다. 약속 시간이 좀 남아있기는 하였으나 아예 오늘 결판을 낼 참이었다.

그가 찻집에 들어서자 생각했던 것과는 달리 분위기가 영 썰렁했다. 주말인데도 한 사람의 손님조차 없었던 것이다.

그는 구석자리에 앉아 마음을 정리하기 시작했다. 처음부터 기선을 잡아야겠다고 생각했던 것이다.

그렇게 한참을 골몰하고 있는데 장환이 문안으로 들어서는 것이 보였다. 그는 일본육사 생도답게 오른 손을 높게 쳐들면서 자신의 위치를 알렸고 장환이 자리에 앉자마자 묻지도 않고 홍차 두 잔을 시켰다.

장환은 매우 건방진 놈이라고 생각했으나 처음부터 싸울 수가 없어 그냥 내버려두었다. 하지만 눈을 보니 독사처럼 세모꼴로 생긴 것이 무척 포악스러워 보였다. 그리고 정말 난쟁이 똥자루 만한 놈이, 주먹 한 방이면 나가떨어질 놈이 꽤나 도도하게 군다고 생각하고 있는데 그가 먼저 입을 열었다.

“나, 송호림이라고 하네. 이제 곧 임관되면 학교에서 교관으로 남아 있게 될 걸세."

"그런 건 알 필요가 없고 차나 마시면서 천천히 얘기합시다."

때마침 차가 나오자 장환이 슬쩍 방향을 틀었다. 그도 소꼬리와 마찬가지로 기선을 잡기 위해서였다. 하지만 그가 차를 마시지도 않고 바라만 보고 있자 재차 묻는다.

"왜 차를 안 드시오?"

"응. 너무 뜨거워서 그러네."

"그럼, 매운 것도?"

"물론이네."

"정말 부르주아 출신이군. 그런데 나를 보자고 한 이유가 무엇이오?"

장환은 처음부터 반말로 지껄이는 매너에 화가 났지만 표정을 감춘 채 조용히 물었다. 이 자가 뜨거운 것이나 매운 것도 못 먹는 것을 보면 분명 호강하면서 자란 것이 틀림없었고, 말 자체도 제멋 대로인 것을 보면 얼마나 애지중지 키웠는지 짐작하고도 남았다. 그런데 이 작자가 한 수 밀렸다고 생각했는지 대뜸 노골적으로 나왔다.

"그렇다면 시간 끌 것 없이 단도직입적으로 말하겠네. 자네, 내가 좋은 말로 타이를 때 영란 씨를 포기하게."

가관이다. 정말 가관이다. 장환은 뭐 이런 개새끼가 다 있나 싶을 정도로 화가 났지만, 그래도 예의를 갖추면서 갈 때까지 가보자는 생각으로 조용히 대꾸했다.

"내가 언제 영란 씨를 납치라도 했단 말입니까?"

"물론 그런 건 아니지만 영란 씨가 자네와 전혀 어울리지 않기 때문에 충고하는 말일세."

"어떤 면에서 어울리지 않다는 말입니까?"

부글부글 끓어오르는 분노를 참아가며 장환은 그래도 예의를 갖추려고 열심히 노력했다. 하지만 녀석은 마치 장교라도 된 것처럼 막무가내로 나왔다.

"내가 조사해본 바에 의하면 자네는 대대로 소나 돼지를 잡아오던 백정의 아들이 아닌가? 그런데도 부와 명예와 권력까지 쥐고 있는 민 대감의 딸과 결혼함으로써 출세가도를 달려보겠다니 정말 가관일세. 그래서 내가 충고하는 것일세."

놈이 뱉어내는 말마다 개 같은 소리만 골라 하고 있다. 자신을 백정의 아들이라고 하질 않나, 출세를 하기 위해 정략적으로 결혼한다고 하질 않나, 정말 갈수록 가관이었다.

하지만 참아야 한다. 이 정도에 성질을 벌컥 낸다면 저 자와 무엇이 다를까 싶어 장환은 그를 가르치기로 결심하고 더욱 공손하게 반박을 시작했다.

"귀하는 편견이 너무 심한 것 같습니다. 편견은 곧 포용력의 가장 큰 장애물인 것입니다. 물론 군인에게서 포용력을 바란다는 것 자체가 어불성설이겠지만, 귀하가 가진 잣대로 사람을 보면 큰 착각 속에 빠질 수도 있다는 얘깁니다. 비록 내 아버지가 소나 돼지를 잡던 백정일 망정 평생 누구에게 원수진 일도 없었고, 또한 가난 때문에 입을 것 못 입고 먹을 것을 못 먹었어도 행복하게 사시다 돌아가셨습니다. 그러니 편견일랑 접어두시고, 나 또한 그녀의 미모와 영특한 머리를 사랑했을 뿐이지 결코 돈과 명예와 권력 때문에 그린 된 것은 아니니까 괜한 오해는 하지 말아주시기 바랍니다."

"그것은 없는 자들이, 특히 백정 같은 천민들이 변명하거나 자신을 위로하기 위해서 하는 얘기일 뿐, 실제론 안 그렇다는 얘기일세. 그리고 또……."

"또 뭡니까?"

"영란 씨와 나는 양가 부모끼리 다 약조된, 이제 날만 받으면 곧 혼인할 사이라는 것도 이 기회에 밝혀두겠네. 아무튼 자네의 신상을 위해서도 포기하는 것이 좋을 걸세."

녀석은 말로 해선 안 되겠다 싶었던지 이제는 아주 본질적인 문제를 들고 나왔다. 하지만 장환은 아주 근본적으로 이 작자를 가르쳐야 한다고 생각하면서 자신의 의지를 분명히 밝혔다.

"결혼을 하든지 말든지 그것은 당사자들이 알아서 할 일이고, 나는 다만 귀하의 편견이 너무 어리석다 못해 섭섭하다는 것을 밝혀주고 싶을 뿐입니다. 우리가 어떤 물체를 볼 때 보는 각도에 따라 모두가 다르듯이, 농부에게는 농부로서의 행복이 있고 권력가에게는 또 권력가로서의 행복이 있습니다. 그런데도 귀하께서는 색안경을 끼고 생각의 폭을 좁히면서 일방적으로 매도하고 있습니다. 세상을 살아가면서 반드시 고쳐야 할 부분입니다."

예상했던 것보다 무척 똑똑한 놈이다. 그러나 묵묵히 듣고 있던 소꼬리는 무슨 좋은 생각이 떠올랐던지 미소를 지어가며 반박한다. 화부터 낼 것이라 예상했으나 처음과는 전혀 다른 모습이다.

"물론 좋은 말일세. 그렇다면 자네도 다른 사람의 아픔을 느낄 줄 알아야 하네. 예컨대, 어느 날 갑자기 눈에 티가 들어갔다고 치세. 그렇게 되면 몹시 아프고 불편할 걸세. 그런데 그게 자신이 아니라 남의 눈에 들어갔다면 어떻게 생각할 텐가. 물론 내가 직접 겪으면 아주 작은 것이라도 태산 같이 느껴질 때가 많을 것이고, 남이 겪으면 별로 대수롭지 않게 생각하겠지. 내가 지금 그 지경이라네. 단지 자네 한 사람 때문에……."

"귀하께서는 또 이상한 편견으로 남을 탓하고 있습니다. 나는 결코 당신의 일을 방해한 사실이 없고, 영란 씨 또한 내가 먼저 유혹한 사실도 없습니다. 그러니 그것은 두 분이 알아서 할 일이고 이제부터는 나를 자꾸 그 속으로 끌어들이지 말라는 얘깁니다. 그리고 분명히 말하지만 감정을 조절하는데도 한계가 있는 것입니다."

"그건 또 무슨 뜻인가?"

눈치 하나는 참 빠르다. 소꼬리가 인상을 긁으면서 시비하듯 묻는다. 여차하면 손찌검이라도 할 것 같은 험악한 분위기가 연출되고 있었다. 하지만 장환도 더 이상 참을 수 없었던지 신경질적으로 따졌다.

"당신은 분명 나를 처음 봤을 터인데도 반말로 지껄였습니다. 그것이 배웠다는 일본육사 생도들의 예의입니까?"

"그것은 내 말투가 원래 그러니까 이해하기 바라네."

"그렇다면 어른이나 상관에게도 그렇게 합니까?"

"물론 안 그렇지만 때에 따라서는……."

얼렁뚱땅 대답은 했지만 정말 고약한 놈이다. 지금 이 자식이 나에게 도전하고 있다. 소꼬리는 그렇게 생각하면서 적당히 얼버무렸지만 속에서는 분노가 가득 차서 곧 폭발할 지경이다. 그러나 장환 역시 그렇게 호락호락 넘어갈 위인이 아니었다. 공격의 고삐를 늦추지 않고 계속 반박한다.

"내가 분명히 말씀드리지만 당신 같이 반말 쓰다 존댓말 쓰는 인간들 대부분이 간신들이라는 얘깁니다. 왜 그러냐 하면 속에 든 것이 전혀 없을 뿐 아니라, 집구석에서조차 제대로 배운 것이 없기 때문입니다."

"자네, 정말……?"

소꼬리가 얼굴이 벌개지면서 화를 내자, 장환은 표정 하나 변하지 않고 하던 말을 계속한다. 이미 대세는 기울어졌다고 판단한 모양이다.

"역겹겠지만 좀 참고 들어주시기 바랍니다. 당신은 내 부모를 백정이라고 비하하면서 욕까지 하였으나 그것은 무얼 몰라도 한참 모르는 얼간이 같은 행동이었습니다. 지금 시대에 양반과 상놈이 어디 있고, 더구나 남의 아버님을 백정이라니 그게 무슨 해괴망측한 망언입니까. 1910년 한일합방이 된 순간부터 양반사회는 몰락했고, 지금은 양반들이 족보까지 팔아먹으면서 생업에 종사하고 있습니다. 즉, 다시 말해서 계급사회가 무너진 지가 거의 30년이나 되었다는 얘깁니다. 그런 놈들이 집안에다 형틀을 갖춰놓고 무고한 백성들을 잡아다가 사형까지 시켰으니 얼마나 잘된 일입니까. 그리고 또 당신은 육사생도가 무슨 큰 벼슬이라도 되는 것처럼 거드름까지 피우고 있습니다. 당신의 조상들이 이 나라를 팔아먹었던 친일파의 거두이자 역적들인데 창피한 것도 모르고 날뛰고 있다는 얘깁니다."

소꼬리의 표정이 일그러지면서 얼굴이 벌겋게 달아오른다. 하지만 장환은 그렇거나 말거나 제 할말을 다하고 그를 째려본다. 순간적으로 분위기가 험악해지면서 말이 거칠어지고 있었다.

"자네 말 다했나?"

"아직 좀 남았네."

"이런 개자식!"

"어허! 웬 손버릇이 이렇게 고약하나……!"

욕설과 함께 소꼬리의 주먹이 날아들자 장환이 재빠르게 그의 손목을 잡고 타이른다. 순식간에 일어난 일이었지만 소꼬리는 결코 장환의 상대가 아니었다.

"자, 이젠 더 이상 건방떨지 말고 우리 앉아서 얘기하세."

장환이 손목을 놓아주며 그를 강제로 자리에 앉혔다. 그렇지만 소꼬리는 화가 잔뜩 나서 계속 씩씩거리고 있다. 그 모습이 우스웠던지 장환이 미소를 지어가며 조용히 타이른다.

"자네나 나나 다 똑 같은 조선인이다. 그런데 나라까지 팔아먹었던 주제에 뭐가 그렇게 잘났다고 기고만장한가. 창피한 것을 알아야지."

장환이 아예 말을 놓고 준엄하게 꾸짖자 기세가 꺾인 소꼬리는 얼굴이 벌개지면서도 결코 지지 않으려고 대든다.

"뭐가 창피해? 이 자식아! 조선 놈들이야 워낙 씨가 더럽고 개판이니까 나라가 망해도 싸지. 그리고 또 조선 놈들이 일본인들처럼 질서가 있어? 뭐가 있어? 허구한 날 편이나 가르면서 물어뜯고 싸우면서 꼭 남이나 탓하고, 서로가 잘났다고 주둥아리만 놀려대면서 제멋대로 법이나 휘두르니까 나라꼴이 요 모양이요 꼴이 된 것뿐이지. 어쨌거나 네 놈이 내 심장을 건드렸으니 너 또한 울어볼 때가 있을 거다. 다시 말해서 반전주의자인 너를 그냥 놔두지 않겠다는 얘기다. 꼭 명심하도록……!"

개자식이다. 정말 개자식이다. 장환은 더 이상 듣기가 거북할 정도로 씹어대는 그를 바라보면서 정말 한 대 갈겨주고 싶은 충동을 느낀다. 그렇지만 이런 인간은 때려봤자 손만 더러워질 것이란 생각에서 꾹 꾹 눌러 참는다.

"내가 더 이상 너 같은 놈과 얘기한다는 것 자체가 한심스러울 뿐이다. 그렇지만 단 한 가지, 이것만은 꼭 명심해라. 너도 조선 놈이니까 이제는 더 이상 조국을 헐뜯지 말고, 어떻게 하면 내가 더 조국을 사랑할 수 있는지 생각해 주기 바란다."

엄하게 꾸짖고 나가는 장환의 모습에 소꼬리는 마치 닭 쫓던 개가 되고 만다. 그러나 독이 잔뜩 오른 뱀처럼 고개를 빳빳하게 세우는 폼이 무언가 큰 결심을 하는 것 같다.

장환은 집으로 돌아오는 길에 목욕탕부터 찾았다. 뱀 같은 놈을 만나 징그러웠던 기분을 씻어내기 위해서였다. 그렇게 하고 나자 화가 풀리면서 기분이 좀 상쾌해진다.

그런 반면 소꼬리는 이를 갈면서 경찰서로 향했다. 이제 민족성이나 체면 같은 것은 안중에도 없었고 오직 그녀를 빼앗아야 한다는 집념뿐이었다. 하지만 그를 맞이한 것은 공교롭게도 스즈끼 형사였다.

스즈끼는 그를 보자 어떤 직감을 느꼈는지 형사 특유의 눈을 번뜩거렸고 최소한의 예의를 갖추려는 것이 역력했다. 비록 그가 생도일 망정 임관하면 장교나 마찬가지였기 때문이다.

"생도께서 무슨 일로 저를……?"

"반전운동자를 고발하기 위해섭니다."

"그게 누굽니까?"

스즈끼 형사의 입가에 묘한 미소가 흘렀다. 자신의 끄나풀도 아닌데 이게 웬 떡이냐 싶었던 것이다.

"동경제대에 다니는 천장환이란 놈입니다."

"그래요? 그렇다면 무슨 근거라도 있소?"

"물론 있습니다."

그가 주머니에서 꺼내 논 포스터에는 『대동아 전쟁을 일으킨 제국주의는 각성하라!』는 그림과 문구가 너무도 선명하게 그려져 있었다. 이것을 본 스즈끼가 또다시 야릇한 미소를 짓는다.

"그런데 이것을 어디서 입수했소?"

"그의 자취방에서 가져온 것입니다."

"틀림없지요?"

"예."

소꼬리는 자신의 거짓말에 대해 한편으로 놀랐지만 상대가 믿을 수 있도록 순수한 표정도 잃지 않았다. 형사 나부랭이 정도는 장교에 비해 아무 것도 아니기 때문이다.

"그럼, 그 자와 잘 아는 사입니까?"

"예. 같은 조선인입니다."

"같은 조선인이라? 음……! 그렇다면 귀하가 얻고자하는 반대급부는 무엇이오?"

"그 놈이 내 여자를 가로챘기 때문에 응징하려는 것뿐이오"

"단지 여자 때문이라. 음……! 조센징들은 정말 알다가도 모르겠어. 겉과 속이 꼭 수박 같거든……."

비록 스즈끼가 독백을 하고 있었지만 소꼬리는 갑자기 놈의 얼굴에다 침을 뱉고 싶었다. 그러나 이미 엎질러진 물, 더욱 비굴한 모습을 보였다.

"그 놈을 그냥 둬서는 안 됩니다. 정말 큰일을 저지르고 말 겁니다."

"아무튼 자취방으로 가봅시다."

그들이 자취방에 도착했을 때는 마침 장환이 외출 중이었다. 소꼬리는 그나마 다행이라 생각했다. 그래서 안도의 숨을 몰아쉬고 있자 스즈끼는 곧바로 수색에 들어갔다. 방안을 휙 둘러본 다음 벽장과 부엌을 뒤졌고, 그래도 별 소득이 없자 이불과 액자를 분해하는 등 집요하게 수색해 나갔다. 하지만 예상했던 것과는 달리 별 소득이 없었다.

나온 것이라곤 단지 그가 전공하고 있는 법률서적들과 마르크스와 레닌이 쓴 공산주의 서적뿐이었다. 그래도 스즈끼는 포기하지 않고 장판까지 들춰보고 있었다.

그렇지만 결과는 역시 마찬가지였다. 갑자기 그의 눈빛이 변하면서 마치 속았다는 표정을 짓고 있었다.

"틀림없이 여기서 나왔소?"

"예. 지존이신 천황폐하께 맹세합니다."

소꼬리의 얼굴이 너무 진지했다. 끝까지 밀어 부칠 모양이었다. 그렇지만 스즈끼 형사도 노련했다. 오랜 수사관 생활 끝에 얻어진 노하우였다. 그가 뭔가를 한참 생각하더니 어떤 결심을 하는 것 같았다.

"음, 그렇다면 그 녀석은 지금……?"

"아마 아르바이트를 하고 있을 겁니다."

"어디서?"

"내가 그곳을 압니다. 가시죠!"

그렇지만 장환은 그곳에 없었다. 그곳에서 아르바이트를 하긴 했어도 그날만큼은 오지 않았던 것이다.

두 사람의 눈빛이 실망감으로 얼룩지고 있었다. 그러나 잠시 후, 스즈끼 형사가 잽싼 걸음으로 어디론가 향했다. 뭔가 짚히는 게 있는 모양이었다.

시모노세끼[下關]와 부산을 왕래하는 관부연락선(關釜連絡船)이 부두에 닿았다. 달빛이 환한 한 밤중이었다. 뱃고동 소리에 잠이 깨었던지 영란이 눈을 비비며 밖으로 나왔다.

바닷바람이 꽤나 거세게 불고 있었다. 영란의 머리카락이 뒤로 젖혀지면서 넓은 이마가 모습을 드러냈다. 꽤나 아름다운 이마였다. 그녀는 치마가 휘날리는 것을 막으며 아래를 내려다 봤다.

한밤중이라 그런지 부두에는 사람이 별로 없었다. 그러나 자신을 기다리는 장환의 모습이 어렴풋이 시야에 들어왔고 주변에는 고무줄 통바지(속칭 몸빼)와 같은 작업복을 입은 여자들도 더러 보였다. 그녀는 빙그레 웃으며 트렁크를 들고 계단을 내려갔다.

전쟁 중이라 검문검색이 심했지만 영란은 학생증을 보이자 쉽게 통과할 수 있었다.

그녀가 하얀 이를 드러내며 웃자 천사가 따로 없는 것처럼 보였다.

"너무 오래 기다리셨죠?"

"아니, 그 트렁크나 이리 주시오."

"자, 가요!"

갑자기 그녀가 팔짱을 끼자 장환은 당황했지만 싫지 않았다. 정말 신세대 여성이라 생각하면서 몇 걸음을 걷자 이번에는 어깨 쪽이 이상했다. 그녀의 젖가슴이 와 닿아 가슴이 뭉클했던 것이다.

그렇지만 싫지 않았던 탓에 그대로 내버려두었다. 그때 인력거가 그들 앞으로 다가왔다. 한 밤중인데도 인력거꾼은 돈을 벌기 위해 뛰고 있었다.

그들이 인력거에서 내린 곳은 여관이었다. 한 밤중이라 어디 마땅히 쉴만한 곳도 없었지만 둘만의 공간을 마련하는데는 그곳이 안성맞춤이었다.

그녀가 인력거꾼에게 돈을 주자 그가 허리를 90도로 꺾는 것이 보였다. 그 사이 장환은 숙박부를 작성하고 있었다. 물론 두 사람 다 적었고 전시중이라 이것을 어기면 업주가 처벌받기 때문에 누구를 막론하고 다 적게 되어 있었다. 숙박료는 당연히 그녀가 지불했으나 장환의 입장에선 그게 좀 꺼림칙했다.

방으로 들어서자 여성 특유의 향이 장환의 코끝을 자극했다. 여관에 들어온 것은 오늘로써 두 번째였다. 그것도 그가 원한 것이 아니라 영란이 적극 주도했던 것이다.

이렇듯 그녀는 결코 남을 의식하지 않았다. 물론 유학중이라 아는 사람이 없기도 하였으나 단지 그것 뿐만은 아니었다.

원래가 자유분방한 것을 좋아하는 여자였다. 좋은 것은 좋고 싫은 것은 죽어도 싫은, 선이 아주 분명한 여자였다.

첫 관계도 그녀가 먼저 요구해서 이루어진 것이었다. 그것도 월경이 끝난 지 꼭 열흘째 되던 날이었다. 물론 똑똑한 여자였기에 결혼이라는 조건을 단 뒤였다. 헐렁한 것처럼 보였어도 자기 몫은 챙길 줄 아는 여자였다.

"나 먼저 씻을게요"

대답을 하거나 말거나 그녀는 욕탕으로 들어가고 있었다. 그리고 곧 이어서 샤워하는 소리가 들렸다.

장환은 담배를 하나 꺼내 물었다. 성냥을 켜자 전등 탓에 하얀 불꽃이 일었다. 아름다운 색깔이라고 생각하면서 담배에 불을 부쳤다. 담배연기를 깊이 빨았다가 내뿜으며 창문을 열었다. 연기가 기다렸다는 듯이 밖으로 빠져나가고 있었다. 장환은 그것을 바라보면서 자신이 홀려도 단단히 홀렸다고 생각했다.

여자란 대담하기가 남자보다 더 하고, 사랑을 위해서는 물불을 가리지 않는 속성까지 있다. 장환은 그렇게 생각했다.

잠시 후, 그녀가 모습을 보였다. 타월로 몸을 가린 게 너무 선정적이었다. 장환의 입이 딱 벌어지고 있었다. 실로 오랜만에 보는 그녀의 육체였던 것이다.

이번에는 그가 욕탕으로 들어서고 있었다. 물 뿌리는 소리가 유난히도 요란스러웠다. 그녀가 10개월 후를 생각한 반면 그는 10분 후를 그렸던 모양이다.

그는 도쿄에서 시모노세끼까지 열차로 왔다. 그녀가 보고싶기도 했지만 무엇보다도 분명한 선을 긋기 위해서였다. 소꼬리가 분명 그녀와 결혼할 사이라고 했고, '힘있는 자만이 모든 것을 소유할 수 있다'는 더러운 진리가 자꾸 머리 속을 파고들었기 때문이다. 그래서 만사 제쳐놓고 달려 왔던 것이다.

이윽고 그가 샤워를 끝내고 나오자 그녀는 이불 속에서 죽은 듯이 누워 있었다. 마음대로 하라는 무언의 암시였다.

그는 거침없이 이불 속으로 들어갔고, 만지면 터질세라 아주 조심스럽게 다루기 시작했다.

"아이, 간지러워요……."

"가만……."

"사랑해요……."

"나도……."

그들은 서로가 서로를 요구하고 있었다. 첫 관계를 맺은 것이 벌써 한 달이나 지났기 때문이다.

사실 장환은 여자에 대해서는 문외한이나 마찬가지였다. 생활이 궁핍했기에 기생집은 엄두도 못 냈고, 여자가 그리울 때마다 오직 자위행위로 해결했던 것이다.

하지만 그녀와의 첫 관계가 성에 눈을 뜨게 하면서 뼈를 녹이는 듯한 신비함까지 가르쳤기에, 그는 중이 마치 고기를 맛본 것처럼 쉴새없이 그녀를 탐하고 또 탐했다. 그래서 첫 관계 때도 그녀가 초죽음이 될 정도로 다섯 번이나 해서 그녀를 놀라게 했다.

그는 오늘도 성이 얼마나 무궁무진한 것인가를 증명하기 위해 서서히 행동을 시작했다. 우선 성적흥분을 강화시키기 위해 그녀의 얼굴을 감싸안으면서 입을 포갰다. 그러자 혀를 통한 성적흥분이 뇌신경을 거쳐 몸 전체로 확산되면서 척추와 부신피질을 비롯한 골반신경 계통으로 퍼져나갔다.

순간적으로 짜릿한 전율이 흐르자 그는 느긋하게 2단계로 이어갔다. 손과 혀로 감각이 덜 예민한 다리에서부터 목과 귓바퀴와 유방에 이르기까지, 성감대를 아주 부드럽게 자극하면서 분위기를 더욱 고조시켜 나갔다.

그러자 분위기가 점차 무르익으면서 그녀의 입에서는 수시로 신음이 터져 나왔고, 자신도 보답을 하고자 보다 적극적으로 나오고 있었다.

장환은 한참을 애무하다 성감대가 가장 좋은 음부를 자극하기 시작했다. 하지만 이미 흥분기에 들어섰던지 질 안은 점활액이라는 점액으로 축축해진 상태였고, 질의 깊이도 처음보다 는 30~40% 가량이나 깊어지고 자궁 경부 주위까지 두 배로 넓어진 느낌이었다.

음핵 역시 충혈 되어 평소보다 2~3배로 커지면서 단단해졌고, 대음순과 소음순은 납작해지면서 좌우로 펼쳐지고 훨씬 두터워지면서 앞으로 튀어나와 자신의 음경을 받아들일 준비를 하고 있었다.

뿐만 아니라 유방도 평소보다 약 25% 가량 커지고 유두 역시 짙은 색깔로 변하면서 발기되었고, 전신의 근육이 긴장되었던지 심장의 박동과 호흡이 빨라지면서 혈압까지 오른 상태였다. 그리고 앞가슴과 목 주위를 비롯한 얼굴 등에도 홍역 발진과 비슷한 성 홍조(sex rash)가 나타난 것을 보면 이미 흥분기가 최고조에 달한 것 같았다.

장환의 경우도 마찬가지였다. 그녀를 애무하자 부교감계 신경전달에 의해 음경의 중심 동맥을 통해 음경의 해면체 안으로 혈액이 강력하게 흘러들어 정맥 유출이 차단되고 있었다. 그래서 납작하게 붙어 있던 유두가 발기하고 근육이 긴장되면서 맥박과 호흡이 빨라지고 혈압까지 오른 상태였다.

이들은 이제 말이 필요 없었다. 이미 남자를 받을 준비가 다 되었다고 생각한 그는 여자의 다리를 최대한으로 벌리면서 그의 몽둥이를 쑥 집어넣었다. 마치 늪으로 빠져드는 느낌이었다. 하지만 그것은 185cm의 신장과 75kg의 젊고 건장한 체구에 붙어 있던 길이 19cm의 거포였다.

"욱! 욱욱!"

"흡흡!"

"욱욱!"

"아이, 아퍼요!"

영란은 계속 신음을 쏟아내면서도 좋은지 그의 목을 죽어라 하고 끌어안았다. 그리고 다리를 감은 상태에서 엉덩이를 상하로 움직이며 최대한으로 보조를 맞췄다. 너무 격렬한 나머지 그들은 몸을 후들후들 떨었다. 온 세계가 전쟁의 소용돌이 속에 빠져 있었지만 적어도 이때만큼은 그런 것들을 생각할 겨를도 없었다. 지금 당장 지구가 망한다고 해도 아랑곳할 바 아니라는 듯 그들은 오직 서로를 탐하고 있었다.

"욱! 욱욱!"

"음! 흡흡!"

"우욱!"

"으음!"

그들은 오직 행위에만 몰두하고 있었지만 그녀의 질은 더욱 넓어져서 자궁은 위쪽으로 일어선 상태였다. 특히 질 입구에서 가장 가까운 부분인 오르가슴대(orgasmic platform)가 정맥혈로 팽창되면서 거포를 꽉 조이자, 장환은 계속 무아지경 속으로 빠져드는 느낌이었다. 그리고 장환이 충격을 가할 때마다 침대가 출렁거리면서 그녀의 입에서는 계속 신음이 터져 나왔다.

"장환 씨 정말 사랑해요"

"나도 마찬가지요"

"내가 죽어도 놓치지 않을 거예요"

"물론 나도 그렇고 말고"

"정말 사랑해요 음!"

"욱!"

"음~!"

그녀의 음핵은 이미 위로 당겨져 표피 안으로 숨어 버렸고, 소음순은 더욱 두꺼워져 3배나 불어났으며 짙은 포도주 빛깔을 띤 채 맥박과 호흡이 더욱 빨라지고 혈압이 올라 근육도 더욱 긴장되어 있었다.

그녀는 장환이 충격을 가할 때마다 환상의 늪으로 빠져드는 것 같았다. 마치 아무도 없는 무인도에서 그와 함께 아담과 이브가 된 느낌이었다. 그녀는 그곳을 패러다이스라고 생각하면서 그의 몸을 꽉 껴안았다.

그녀는 이미 절정기에 도달해 있었다. 극도의 성적 긴장이 말로 표현하기 힘들 정도의 강렬한 쾌감을 동반하면서 동시에 발산되는 느낌을 받은 것이다.

이제까지 계속되었던 혈관의 충혈이나 각종 근육의 긴장이·갑자기 풀어지면서 자궁과 항문 근육 등 주변의 모든 근육도 수축작용을 일으켰고, 오르가즘대에선 0.8초 간격으로 자신의 의지와는 관계없이 열 다섯 번씩이나 경련이 일어나고 있었다. 그러자 갑자기 무지개가 보이면서 온몸이 부르르 떨렸다. 드디어 무아지경 속으로 빠져든 것이다.

"윽! 으으! 으으음~!"

"우욱! 우으욱!"

"으윽! 으으으으~! 으악! 나, 죽어요 흑흑!"

그녀는 짜릿한 희열에 몸부림치면서 장환의 목을 끌어당겼고 얼마나 좋았던지 몸을 부르르 떨면서 눈물까지 흘렸다. 그리고 만족감에 몸이 축 늘어지면서 이제까지 일어났던 모든 생리적 변화가 원상태로 되돌아가고 있었다. 유방이나 복부 등의 성 홍조가 갑자기 사라지면서 발기되었던 유두와 일어섰던 자궁은 물론, 깊어지고 넓어졌던 질조차 원상태로 돌아간 것이다.

"으음~! 나, 몰라요"

"어때요? 좋았어요?"

"예. 너무 좋았어요. 이젠 당신 맘대로 하세요"

"자, 그럼 이제부터는 내가……."

축 늘어진 그녀의 표정을 음미하면서 장환은 서서히 하체에 힘을 가했다. 그의 성기는 이미 팽창할 대로 팽창되어 있어 음낭은 위로 올라붙고 고환은 배로 커진 상태였다.

　그것으로 무자비하게 공격을 가하자 체중을 이기지 못한 그녀는 결국 헉헉거리면서 숨소리만 거칠어지고 있었다. 그리고 하체를 빠르게 움직이면서 피스톤의 속도가 빨라지자 그녀가 숨이 막히는지 계속 헐떡거리면서 무언가를 호소하려는 순간, 그가 으스러지도록 껴안으면서 몸을 부르르 떨었다. 더 이상 참을 수가 없었던지 펌프질이 멈추어지면서 방광의 괄약근이 자율적으로 수축작용을 일으키고 만 것이다. 그리고 0.8초 간격으로 자동적인 수축운동이 일어나면서 정액이 요도 밖으로 나가자, 5감이 열린 그는 쾌감에 부르르 떨면서 0.8초당 25cm나 나가는 그의 정액을 18cm의 질 속에다 몽땅 쏟아 부었다. 그러자 또다시 오르가즘을 느꼈던지 그녀가 하체를 부르르 떨면서 비오듯 땀을 쏟는 그를 꼭 껴안았다.

　마침내 장환이 그녀의 몸에서 떨어져 나가자 갑자기 정적이 일었다. 하지만 그녀는 또다시 그의 품으로 파고들었고, 늘어진 자세로 천장을 바라보던 장환은 시장기를 느끼면서 담배를 꺼내 물었다. 그녀를 만난다는 기쁨에 저녁까지 굶은 탓이었다. 하지만 그녀가 행복에 겨운 나머지 묻지도 않은 말까지 꺼냈다.

　"아버님에게 허락을 받았어요."

　그녀가 털북숭이 가슴을 만지면서 다정하게 속삭였다. 그렇지만 장환은 담배만 빨아댈 뿐 담담한 표정이다. 여러 가지 상황을 생각하고 있었던 것이다.

　"무슨 약속을?"

　"우리들의 결혼과 장환 씨의 군대문제 말이에요."

　"그렇게 빨리?"

　"제가 그렇지 않으면 죽는다고 야단법석을 떨었거든요."

　"매파도 안 놓고?"

　"모든 것은 다 아버님이 알아서 하신다고 했어요."

　"그것 참!"

　장환이 믿지 않는 것도 당연했지만 그녀의 말은 다 거짓이었다. 그녀가 집에 갔을 때는 소꼬리의 편지 때문에 집안이 발칵 뒤집어진 상태였다.

그들이 살을 섞은 것은 물론이고 이제는 아예 동거까지 한다는 등, 편지를 얼마나 교활하게 썼는지 영란의 집에서는 난리가 났던 것이다.

민 대감은 소문이 더 퍼지기 전에 당장 딸년을 잡아들이라고 고래고래 악을 썼다. 소꼬리의 편지를 전적으로 믿었던 것이다. 이 때문에 그녀는 아버지로부터 호된 꾸지람과 함께 손찌검까지 당했다. 난생 처음이었고 오기가 발동할 수밖에 없었다.

그녀는 우선 모든 것을 알아보기 위해 편지내용부터 확인했다. 읽어내려 갈수록 치가 떨렸지만 그럴수록 침착했다. 그렇지 않으면 그녀가 곧 매도될 판이었다.

그녀는 편지를 다 읽자 그것을 조목조목 둘러치면서 소꼬리에 대해서는 무지막지할 정도로 매도해 나갔다. 그리고 이 참에 독립해서 생활하고자 이코마 교수에 대해서도 여러 가지 악담을 늘어놓았다. 그가 기회만 생기면 음침하게 접근한다든지, 그렇지 않으면 조센징이라고 하면서 얕본 다는 것을 입에 침도 바르지 않고 떠벌렸다. 물론 전부가 꾸며낸 내용이지만 자신이 이토록 거짓말을 잘하나 싶어 내심 놀랄 정도였다.

결국 가재는 게 편이라고 모든 오해가 풀리자 민 대감은,

"그러면 그렇지!"라고 말하면서 딸의 손을 들어주었고, 방을 얻을 수 있도록 충분한 돈까지 마련해 주었던 것이다.

그렇지만 장환에 대한 얘기는 꺼내보지도 못하고 묵살 당했다. 그가 백정 가문에다 소작이나 일구면서 겨우 입에 풀칠이나 하는, 찢어지게 가난한 천민의 아들이었기 때문이다.

그러나 아무 것도 모르는 장환은 그녀가 보면 볼수록 귀여웠던지 볼을 살짝 잡아당기고 있었다.

"에구, 요 귀여운 것!"

"참, 잘했지요 호호!"

"전에 소꼬리라는 녀석을 만났었소"

"뭐라고요?"

영란이 깜짝 놀란 듯 묻는다. 전혀 예상치 못한 질문이었기 때문이다.

"그 녀석이 당신과의 관계를 끊으라고 했소?"

"그래서 뭐라고 대답했어요?"

"당신 일이나 잘 하라고 했지. 그런데 양가에서 혼인을 약조했던 것은 사실이오?"

"그래요. 하지만 전 결코 따를 수가 없었어요. 이미 몸과 마음을 당신에게 다 주었기 때문이에요. 이 목숨이 붙어 있는 한은 당신만 사랑할 거예요."

"그 말이 진정이오?"

"제가 이미 행동으로 보여줬잖아요."

"아무튼 고맙소. 그렇다면 나도 당신만을 위해서 살아가리다."

"정말 사랑해요."

톤이 굵은 목소리에 진실을 느꼈던지 그녀가 또다시 장환의 품속으로 파고들면서 행복한 듯이 눈물을 흘렸다. 장환도 곧 미소로 답하면서 2라운드를 향해 힘찬 포옹을 시작했다.

"실례합니다. 천상 계십니까?"

"무슨 일로 그러시나요?"

영란이 부엌문을 열고 내다보니 못 보던 사내가 서 있었다. 이렇게 어려운 시기에 얼마나 처먹었던지 배는 불쑥 나왔고 눈은 양쪽으로 쫙 째진 게 보면 볼수록 더럽다는 인상을 풍겼다.

"누구십니까? 어……!"

"마침 있었구만."

장환은 방문을 열다말고 깜짝 놀랐다. 뱀하고 순사 놈은 안 볼수록 좋으련만, 자신을 옭아매기 위해 몇 번씩이나 시도했던 스즈끼란 형사 놈이 기어코 찾아왔던 것이다. 하지만 그보다 더 놀란 것은 영란이었다.

비록 미래가 불투명하지만 두 사람은 이미 동거에 들어간 상태였다. 그런데 며칠이 지나지도 않았건만 스즈끼란 놈이 느닷없이 들이닥친 것이다. 그녀는 밥을 짓다 말고 넋이 빠졌다. 스즈끼란 놈이 장환을 거칠게 다뤘기 때문이다. 그것을 보다 못한 영란이 냅다 소리를 지른다.

"무슨 일 때문에 그래요?"

"당신이 관여할 일이 아냐. 자, 가자!"

녀석이 묻는 말에는 대답도 않고 장환의 옷을 거칠게 잡아끌었다. 마치 현행범을 체포하는 모습이다.

"이유가 뭐요?"

장환이 그의 손을 순식간에 뿌리치면서 항의하자 주변사람들이 하나 둘씩 모여들고 있었다. 그러자 스즈끼가 화를 벌컥 내더니 강제로 수갑을 채웠다.

"이 나쁜 조센징! 너를 반전주의자로 체포한다!"

"뭐야? 증거가 있어?"

악에 바친 장환이 소리치자 스즈끼가 느물거리면서 비꼬듯이 내뱉는다.

"물론 있고 말고. 신고가 들어 왔거든……."

"그게 누구야?"

"아마 자네도 잘 알 걸세? 자네와 같은 족속인 소꼬링[宋浩林]이라고……."

"그 자식이 왜? 나와 무슨 원한이 있다고?"

"그거야 나도 모르지. 하지만 그는 훌륭한 조센징이야. 대 일본제국을 위해서 이렇게 열심히 일하는 사람도 없거든."

"개자식!"

장환의 욕설에도 아랑곳하지 않고 스즈끼는 기분이 좋은 모양이다. 주민들이 보고 있는 것을 의식했던지 점잖게 손목을 잡아끈다.

"자, 그럼 순순히 따라 오게. 그래야 신상에 좋거든."

"내가 손을 써 볼게요"

영란이 눈물을 훔치면서 그의 소매를 잡아보지만 더 이상의 할말이 없다. 결국 그 교수 놈과 소꼬리라는 작자가 만들어낸 연출극이라는 것밖에는 알 길이 없다. 정말 더러운 놈들이라고 생각하면서 잡혀가는 그의 모습을 끝까지 지켜본다. 그러나 자신이 너무 초라해지는 것 같아 눈물이 자꾸 샘솟는다.

장환이 끌려간 곳은 경찰서 지하실에 있는 취조실이었다.

몇 번인가 불려왔던 이곳. 그리고 죽 사발이 되도록 얻어맞고 갔던 소름끼치는 곳. 장환은 치미는 분노에 이를 갈고 있는데 스즈끼의 눈이 세모꼴로 변하는 것과 동시에 주먹이 날아들었다. 장환은 턱을 얻어맞고 그대로 나뒹굴었다.

"대가리에 피도 마르지 않은 놈이 벌써부터 계집질이야? 이미 네 뒤를 다 조사해 놨어. 그러니까 주동자가 누군지, 또 어떤 놈들이 연관돼 있는지 순순히 불어!"

"……."

"오, 묵비권이라. 그렇다면 내게도 생각이 있지. 이거 어디서 났어?"

뭐라고 변명할 기회도 주지 않고 따귀를 철썩철썩 갈기면서 그가 불쑥 내민 유인물은 분명 조작된 것이었다. 그렇게 생각하고 있을 때 또다시 발길질이 시작되었고 장환은 그저 때리는 대로 맞고 있을 뿐이다.

스즈끼는 이미 제정신이 아니었던지 넘어지면 일으켜 세우고 발길질을 해대면서 아예 정신병자처럼 날뛰었다. 이런 와중에도 장환은 소꼬리가 왜 그랬는지를 생각하면서 빠져나갈 구멍부터 찾았다. 그리고 설마 죽이기야 하겠냐는 심정으로 당당하게 맞섰다.

"대체, 왜 이러는 겁니까?"

"몰라서 물어? 이 개자식아! 이렇게 증거가 있는데도?"

장환이 시멘트 바닥에다 침을 탁 뱉자 붉은 피가 섞여 나왔다. 이것을 본 장환은 급히 생각을 고쳐먹었다. 무식한 놈들일수록 유식으로 달래야 한다고 생각했던 것이다.

그는 부드러운 눈길로 스즈끼를 바라보면서 변명을 늘어놓았다.

"잘못 보신 것 같습니다. 저는 반전운동을 한 적도 없고 그것은 결코 제 것이 아닙니다."

"증인이 있는데도?"

스즈끼가 담배를 꼬나 물고 뒷짐을 쥔 채 취조실을 왔다 갔다 한다. 취조실은 3평 정도였지만 꽤나 넓어 보였다. 천장에는 희미한 백열등이 하나 있었으나 무척 어둡고 으스스한 게 공포분위기를 자아내고 있었다. 게다가 문을 닫으면 소리가 하나도 새어 나갈 것 같지 않았다.

"소꼬링이 그랬습니까?"

장환은 더욱 공손하게 물었다. 반항한다고 생각되면 더욱 기승부릴 게 뻔하기 때문이었다.

"내 입으로 그걸 또다시 반복해야 하겠나? 엉?"

스즈끼는 지금 무척 흥분해 있었다. 증거물이 있기에 자백만 받아내면 당장 기소할 생각이었고, 동경제대생들이 주축이 된 반전운동을 아예 뿌리 뽑을 작정이었다. 그렇게 되면 특진은 떼어 논 당상이었다.

"저는 꼭 알아야 하겠습니다."

"그렇다면 말해주지. 다만 더 이상의 헛수고가 없도록 다 불어 준다면……."

"좋습니다."

어차피 동기를 알아야 대응할 수 있다고 생각한 장환이 쾌히 승낙하면서 그의 표정을 살폈다. 성질 급하고 충성을 못해서 길길이 뛰고 있는 놈을 상대해 봤자 설득력이 없다고 판단했던 것이다.

놈은 뒷짐을 쥔 채 계속 그의 주변을 돌았다. 아마 계산을 하면서 어떤 결심을 하는 것 같았다. 그러더니 갑자기,

"소꼬링은 물론이고, 네가 가장 존경하는 이코마 교수도 그랬다."라고 말하면서 두 눈을 부릅뜨고 장환의 표정을 살폈다. 물론 이코마 교수가 그랬다는 것은 거짓이었고, 그를 끌어들였던 것 또한 자신을 합리화시키기 위해서였다.

하지만 그의 말을 사실로 믿었던지 장환은 놀라면서도 잠시 생각에 잠긴다. 이코마 교수까지 그랬다는 말에 기가 막혔던 것이다.

역시 그랬었구나. 그 동안 이코마 교수의 눈빛이 이상했다. 영란을 사귀고 난 뒤부터 일어난 현상이었다. 그녀가 방을 옮긴 것 또한 자신을 무시한 처사라고 생각한 것 같다. 소꼬리 역시 짝사랑에 빠진 듯 날이 갈수록 기승을 부렸다. 그런 것들이 순간적으로 뇌리를 스치면서 혼란을 가중 시켰다.

갑작스런 충격에 장환이 입을 다물고 있자 스즈끼 형사가 또다시 야비한 웃

음을 지으면서 다가왔다. 그러나 고발한 놈을 안 이상 상대할 가치도 없는 놈이다. 자신이 아니라고 해봤자 안 믿을 것이 뻔하고 그럴수록 더 날뛸 것이다.

"자, 이제 약속대로 빨리 불어! 개자식아!"

장환은 그가 소리치거나 말거나 침묵하면서 빠져나갈 궁리부터 생각했다. 하지만 도무지 방법이 없었다. 그때 갑자기 주먹이 날아왔다. 그가 몸의 중심을 잃고 쓰러지자 이번에는 코에서 피가 흘렀다. 결국 속았다고 생각한 스즈끼가 이번에는 발로 지지 밟았다. 영웅심리와 특진욕심에 눈깔이 뒤집힌 것이다.

억울했다. 뭔가 변명은 해야 했지만 도무지 구실이 떠오르질 않았다. 이제 그의 거친 구둣발은 인정사정이 없었다. 자신이 밀고자를 발설한 것 때문에 그 분풀이를 10배로 갚고 있었다. 그때였다. 장환의 머릿속을 스치고 지나가는 것이 있었다. 바로 그가 내밀었던 포스터였다.

"잠깐! 내가 꼭 밝힐 게 있습니다."

"뭐야 이 새끼가 또 변명이나 하려고?"

"아닙니다. 결코 이건 변명이 아니라 사실입니다."

"좋아. 그렇다면 마지막 기회를 주겠다. 그러나 사실이 아닐 때는 곧 죽음이 있을 뿐이다."

스즈끼가 새로운 사실을 기대하면서 노려보는 가운데 장환은 어떻게든 이곳을 빠져나갈 구실부터 찾고 있었다. 스즈끼의 눈동자가 또다시 세모꼴로 변하는 것을 보면서 장환은 서서히 입을 열었다.

"나는 그림을 전혀 못 그립니다."

"그래서?"

"그렇지만 소꼬링이란 자식은 그림에는 천잽니다."

"그래서? 그게 어쨌다는 거야?"

"아마 그것은 분명 그 녀석의 작품일 겁니다. 더구나……."

"말해봐!"

스즈끼의 눈이 조금씩 풀리고 있었다. 자신이 봐도 그림이 너무 정교했을 뿐 아니라 포스터와는 너무 동떨어진 작품이라고 생각했던 것이다.

스즈끼도 처음에는 너무 훌륭한 그림솜씨에 놀랐다. 그래서 의문을 가졌지만 너무 큰 사건이었기에 물불을 안 가리고 덤벼든 것이고, 상대가 동경제대를 다니고 있다는 사실이 더욱 믿게 만들었던 것이다. 당시 동경제대 학생들을 중심으로 반전운동이 한창 펼쳐지고 있었기 때문이다.

그런데 조사하는 과정에서 뭔가 이상한 느낌이 들었다. 바로 그들의 관계였다. 분명 두 사람은 같은 조선인인데도 밀고를 한 것이고, 밀고 당한 놈은 또 결혼도 안 했는데 동거를 하고 있었다. 아무리 그들이 유학생이라고 해도 조선 사회에선 결코 있을 수 없는 사건이었다.

결국 여러 가지 의문에 휩싸인 스즈끼는 여자에 대해 조사를 시도했고, 그녀가 친일파의 거두인 민씨 가문의 무남독녀라는 사실도 알아냈다. 그리고 소꼬링 역시 친일파의 자손이면서 대부호였지만, 천장환만은 세도가도 아니면서 쥐뿔도 없는 아주 가난한 집 자손이라는 것까지 알아냈다. 하지만 그는 오직 공명심과 특진에 눈이 어두워 앞 뒤 안 가리고 덤벼들었던 것이다.

스즈끼는 이쯤에서 끝내야 하겠다고 생각했다. 여자가 뻔히 보는 앞에서 그를 연행했으니 무슨 일이 터질지도 모를 일이었다. 만약 여자가 날뛰면 민씨 가문에서 분명 자신에게 압력을 가할 것이 뻔했다. 이 때문에 그는 얼굴을 펴면서 화의 작전으로 나갔고 장환도 재빨리 변명했다.

"그 녀석의 그림은 일본 전역에서도 알아주고 있습니다. 그러니 분명 녀석의 짓거리가 분명합니다."

"그렇다면 왜 그런 짓을 했다고 생각하나?"

"아마 여자를 빼앗겼기 때문일 겁니다."

"누구를……?"

"아까 집에서 보았던 그 여잡니다."

"과연 그럴까?"

"예. 틀림없을 겁니다. 제가 하늘에 대고 맹세하겠습니다."

비록 확인은 안 됐어도 장환의 입에서는 거짓말이 술술 나왔다. 이제 그녀를 팔지 않으면 도저히 빠져나갈 수 없다고 판단했던 것이다. 하지만 스즈끼는 영란의 애기가 나오자 얼굴이 벌개지면서 집요하게 묻는다.

"너와 그년과의 관계는?"

"결혼하기로 약조되어 있습니다."

"그렇다면 집안에서도 아는 사실인가?"

"물론입니다."

무슨 이유에선지 스즈끼가 집요하게 물고 늘어졌다. 미인이니까 어떤 흑심을 품고 있는 게 아닐까 싶었다. 조심해야겠다는 생각이 부쩍 일었다. 아니나 다를까 녀석이 다짜고짜 개소리를 퍼부었다.

"그렇다고 벌써부터 붙어살아?"

"어쩌다 보니 그렇게 됐습니다."

"누가 먼저 그렇게 하자고 했어?"

"어차피 결혼할거니까 제가 먼저 요구했습니다."

개자식이 별걸 다 물었다. 마치 여자의 알몸을 들여다보면서 수작부리는 느낌이다. 그는 지금 남녀관계를 놓고 관음증 환자처럼 즐기고 있다. 그래서 장환은 그녀를 욕되게 하느니 차라리 거짓말이 더 낫다고 생각했다. 그래야 개자식의 호기심을 차단할 수 있기 때문이다. 아무튼 그런 논리가 어느 정도 먹혀 들어가고 있었다.

"조선에서도 그게 통해?"

"여기는 조선이 아니니까 별 어려움은 없습니다."

"양쪽 부모들도 다 알고 있나?"

"예."

"그런데 그렇게 예쁜 년을 어떻게 꼬였나?"

"꼬인 것이 아니라 자연스럽게 이루어진 것입니다."

"누구 소개로?"

"이코마 교수입니다."

"그래?"

개자식이 이코마 교수가 거론되자 깜짝 놀라는 눈치다. 그러나 섬나라 놈들 특유의 야만성을 드러내면서 대뜸 말도 안 되는 소리를 지껄였다.

"좀 빌려주면 안 되겠나?"

"뭘 말입니까?"

"그 조선 년."

"……."

개자식이 드디어 본색을 드러내고 있었다. 섬나라 놈들 특유의 저질 문화였다. 물론 전시중이라 제아무리 성 개념이 파괴되었다고 해도 그의 입은 너무 더럽고 지저분했다.

개자식이 부끄러운 줄도 모른 채 웃고 있었다. 마치 피지배자는 지배자의 성 노리개도 될 수 있다는 것을 암시하고 있었다. 생각 같아서는 개 패듯이 흠씬 두들겨서 죽 사발로 만들어 주고 싶었다. 하지만 개자식은 마치 전리품이라고 생각했던지 또다시 음흉한 미소를 지었다.

"왜? 안 되겠나?"

"그걸 말이라고 합니까?"

"이런 조센징!"

"윽!"

가슴을 얼마나 세게 찼던지 장환의 상체가 벌렁 나자빠지면서 쭉 뻗었다. 기절한 것이다. 스즈끼는 조금도 당황하지 않고 얼굴에다 물을 부었다. 그로서는 흔히 경험하는 일이었기 때문에 표정 하나 변하지 않았다. 그래서 여유 있게 담배를 꺼내 물었다.

"물, 물 좀 주시오!"

스즈끼가 물주전자를 건네주자 장환은 물을 벌컥벌컥 들이마셨다. 그리고 정신을 좀 차리는가 싶자 그가 또다시 야릇한 미소를 지었다.

"아까 했던 말은 물론 농담이었고, 너는 천황폐하를 어떻게 생각하느냐?"

개자식이 이제는 사상문제를 들고 나왔다. 장환은 여기서 막히면 안 된다고 생각했다. 왜놈들 이상으로 충성심을 보이면서 또다시 무릎을 꿇고 일사천리로 말을 이었다.

"천상천하 유아독존적인 분이십니다. 우리 조선인들은 한마음 한 뜻으로 천황폐하께 충성해야 합니다."

"이 자식, 최고 학부를 다녀서 그런지 말은 번지르르하구나. 그럼 너, 군대부터 갈 수 있겠지?"

"예. 갈 때가 되면 가겠습니다."

"아니, 내가 수속은 밟아줄 테니까 당장 가라는 말이다. 천황폐하께 충성해야 한다고 방금 말하지 않았나?"

그가 온통 피로 얼룩진 장환의 얼굴을 바라보면서 싸늘하게 웃었다. 비록 냄새가 나는 놈이긴 해도 아직 증거가 확실치 않았고, 이런 놈은 군대에 보내는 것이 가장 상책이라고 생각했던 모양이다.

"그럼, 예과가 끝나는 대로 곧 가겠습니다."

"좋다. 그렇다면 내가 그 때까지만 참아주지. 약속할 수 있겠나?"

"예."

정말 죽거나 병신이 되지 않고 살아 나온 것만도 다행이었다. 하지만 그곳을 빠져 나오자 가슴에서 무언가 확 치미는 것이 있었다. 바로 소꼬리였다.

장환은 스즈끼의 말을 다 믿지는 않았다. 비록 지금의 관계가 소원하다고 해도 이코마 교수가 결코 그럴 사람은 아니라고 생각했다. 무언가 뒤죽박죽으로 얽히고 설키는 가운데 날은 이미 어둑어둑해져 있었다.

전시였기 때문에 거리는 한산했다. 이따금 거리를 오가는 사람들도 대부분이 여자였고, 요소 요소에 형사들이 깔려 있었기 때문에 더욱 그런 것 같았다.

장환은 뒷골목에 있는 싸구려 선술집으로 들어섰다. 무조건 퍼 마셔야 응어리가 풀릴 것 같았다. 그의 상처를 본 늙은 주인의 혀 차는 소리가 들려왔다. 그렇지만 주인은 아무 말도 하지 않았다. 괜한 상처를 건드릴 수 있는 일이었고 그런 일은 너무 흔했기 때문이다. 물론 전쟁 중이라 그렇긴 해도 헌병과 형사들에게 맞는 일은 이미 어제오늘의 일이 아니었다.

주인이 술을 가져오자 그는 폭음을 하기 시작했다. 안주는 내버려두고 오로지 술만 퍼마셨다. 그 모습을 늙은 주인이 안쓰럽게 주시하고 있었다. 그는 술이 떨어지기가 무섭게 주문했다. 주인은 뭔가 화나는 일이 있을 거라고 생각하면서 그가 요구하는 대로 술 주전자를 건넸다.

벌써 다섯 주전자째였다. 술값이 쌌기 때문에 손님들이 꽤나 많았다. 그들은 장환이 걱정되는지 힐끗힐끗 쳐다보면서 술을 마시고 있었다. 비록 말못할 사정이야 있겠지만 그런 모습으로 폭음한다는 것이 너무 안쓰러웠던 것이다.

얼마나 퍼마셨던지 천장이 빙빙 돌고 있었다. 물론 천장이 돌 리야 없겠지만 자신의 머리가 돌고 있었다. 그는 술잔을 든 채로 한참 동안을 그렇게 있었다. 이미 눈동자까지 풀어져서 마치 실성한 사람처럼 보였다.

만취했을 망정 그는 소꼬리와 영란을 비교하고 있었다. 한 쪽이 아름다운데 반해 또 다른 한 쪽은 너무 더러웠다. 하지만 그가 아무리 더럽다고 해도 자신보다는 더 나은 것 같았다. 비록 그가 친일파라 해도 출세가도를 달리는 반면, 자신은 정말 볼품없는 일개 백정의 아들이었다.

장환은 그게 자꾸 마음에 걸렸다. 그래서 사람들이 자신을 보고 비웃는다고 생각했다. 그렇지 않고서야 비웃을 일이 없기 때문이었다.

개자식이 지금쯤은 쾌재를 부르고 있겠지. 얼마나 고소할까. 취조실에서 스즈끼 형사한테 얻어터지는 꼴을 상상만 해도 십 년 묵은 체증이 떨어져 나가겠지.

그런 생각을 하자 갑자기 목이 메이면서 눈물이 왈칵 솟았다. 사람들은 그가 눈물을 보이자 술에 취했다고 생각하는지 고개를 돌렸다. 그는 한참을 울다말고 미친 사람처럼 중얼거리기 시작했다. 옆 사람들이 무슨 말인지 모를 정도로 한없이 중얼거리면서 울분을 삭였다.

"육사를 가야한다. 일본육사를 가야한다. 어차피 끌려갈 바에야 출세해서 보복할 수 있는 장교가 되어야 한다. 그렇지만 육사에는 소꼬리라는 개자식이 있고, 무작정 쏟아지게 될 친일파란 비난은 또 어떻게……? 그래, 소나기처럼 쏟아질 비난은 우산으로 가리면 되겠지."

그렇게 한참을 중얼거리던 그가 밖으로 나왔을 때는 이미 어둠이 깔려 있었다. 하늘에는 별이 보였고 거리에는 헌병들이 깔려 있었지만 취해서 비틀거리며 걸어가는 그를 의심하지는 않았다.

장환이 걷는 모습은 완전히 갈 지(之)자 걸음이었다. 이건 팔자걸음도 아니고 게걸음도 아니어서 마치 주정뱅이처럼 보였다.

그때 갑자기 천둥번개가 치면서 장대같은 비가 쏟아졌다. 장환은 비가 오거나말거나 그대로 걸었고 사람들이 이리 뛰고 저리 뛰는 것을 바라보면서 그것이 바로 신이 내리는 저주라고 생각했다. 그리고 이왕 저주를 내릴 바에는 빨리 내려야하고, 자신의 인생이 개 같은 인생이라면 차라리 개가되어야 한다고 중얼거렸다.

집이 가까워지자 우산을 들고 서 있는 영란의 모습이 보였다. 꽤나 오랫동안 기다렸는지 무척 애처로워 보였다. 그의 눈에서는 곧 닭똥 같은 눈물이 흘러내렸다. 다만 그것이 빗물에 씻겨 내려갔기 때문에 보이지 않았을 뿐이다. 그렇지만 한편으론 불만이었다. 그녀가 세상을 훨훨 날아갈 수 있는데도 고생을 사서 하기 때문이었다.

그녀는 이제 새장에 갇힌 한 마리의 새였다. 결혼이라는 올가미가 그렇게 만든 것이었고, 그것도 누가 시켜서 만든 것이 아니라 자기 스스로 만든 것이었다. 장환은 그 새를 새장 밖으로 날려보내야 한다고 생각했다. 아니, 꼭 그렇게 해야 한다고 결심했다. 그 새가 우산을 들고 다가오고 있었다. 참, 멍청한 새라고 생각하면서 장환은 의식을 잃었다. 빗줄기가 더욱 거세어지면서 울부짖는 그녀의 몸까지 적시고 있었다.

창밖에는 눈이 내리고 있었다. 첫 눈이었다. 장환은 담배를 꺼내 물고 그 눈을 주시했다. 송이송이 떨어지는 것이 꽤나 크게 보였다. 하늘은 이미 먹구름으로 뒤덮여 있어 마치 초저녁 같았다.

창문사이로 연기가 빠져나갔다. 눈은 땅바닥에 떨어지자마자 부서지면서 싸여 나갔다. 온갖 더러운 것들이 널려 있는 대지를 온통 하얗게 물들이려는 것 같았다. 장환은 담배를 비벼 끄고 이제 모든 것을 끝내야겠다고 생각했다.

그는 이미 예과를 졸업했고 일본육사에 특별입학이 예정되어 있었다. 원래는 만주군관학교 예과를 거친다든지, 아니면 육군무관학교를 거쳐 일본 중앙유년 학교를 나올 때 그 자격이 주어지게 되어 있었다. 그것이 원래 조선인들에게 정해진 코스였다.

하지만 성적이 워낙 탁월한데다 의지도 강했고, 전시 중이었기 때문에 그것 이 가능했던 것이다. 물론 그 이면에는 육사교장과 학장과의 관계가 돈독했던 것도 무시할 수 없었다.

그래서 아무도 모르게 추진했던 일이었다. 물론 그 이면에는 출세해서 합법 적으로 소꼬리나 스즈끼 형사 같은 놈들을 응징해야겠다는 생각도 깔려 있었 다. 당장 때려 죽여도 시원치 않을 그들을 일반 잡범처럼 응징하고 싶지 않았던 것이다.

영란이 밥상을 차려놓고 그의 등에 살며시 기대어 왔다. 무척 다정스런 표현 이었다. 하지만 그는 울고 있었다. 이제는 사랑도 미련도 다 버릴 때가 돌아왔 다고 생각한 것이다.

모든 것이 끝나자 잠시 갈등도 일었지만 조선인이란 단어 자체가 그 기능을 상실한 지 오래였다. 그에게는 오직 출세해야 한다는 집념뿐이었다.

어떤 후회나 미련도 있을 수 없었다. 단지 그녀가 마음에 걸렸을 뿐, 그는 오 직 출세라는 신념에 꽉 차 있었다. 사실 그녀는 생활비에서부터 집안 일에 이르 기까지 온갖 정성을 다 쏟았지만 자신은 무엇 하나 보답한 것이 없었다. 그게 미안할 따름이었다.

이제 떠나면 일정기간 동안 훈련을 받아야 하고 임관하는 즉시 전선으로 떠 나야 한다. '그러다 만약 이름도 없는 전선에서 죽으면?'이라는 가설을 달자 갑 자기 눈시울이 뜨거워졌다. 장환은 눈물을 닦다 말고 영란을 꽉 껴안았다.

"당신, 울고 있어요?"

"미안하오. 미안하오……."

"당신 무슨 일이 있어요?"

그녀가 놀랜 눈으로 묻고 있었다. 뭔가 집히는 게 있는 모양이었다. 하지만 그는 아내를 바라보면서 계속 울고 있었다. 보면 볼수록 귀엽고 평생을 함께 해도 싫지 않은 여자였다. 그런 아내를 버려야 한다고 생각하자 눈물이 앞을 가려 도무지 말을 할 수가 없었다.

그녀는 실컷 울도록 내버려두었다. 필시 무슨 일이 있다고 생각한 모양이었다. 그렇지만 먼저 물을 수도 없었다. 그가 우는 것도 처음이고 웬만해서는 눈물을 보이지 않았기 때문이다.

창밖에는 계속 눈이 내리고 있었다. 아까보다 더 굵은 눈이었다. 눈은 떨어지자마자 부서지면서 쌓여나갔고 지금은 장독대를 다 덮고 있었다. 고요한 적막 속에 장환이 흐느끼는 소리만 들려올 뿐, 밥상에서는 김이 모락모락 피어오르고 있었다. 그녀는 더 이상 참지 못하고 입을 열었다.

"우리 밥부터 먹으면서 얘기해요"

"미안하오. 내가 당신에게 못할 짓을 했소"

"그게 무슨 말이에요?"

"내, 사실대로 말하리다. 이제 며칠 후면 일본육사로 가야하오"

"그럼, 입학?"

"그렇소. 특별입학을 하게 됐소"

"아니, 아닌 밤중에 홍두깨라더니 제겐 한마디 상의도 없이. 흑!"

청천벽력 같은 말에 그녀가 기어코 울음을 터뜨렸다. 하지만 곧 울음을 멈추면서 그에게 매달렸다. 아직도 희망이 있다고 생각한 모양이었다.

"취소할 수 없을까요?"

"그건 이미 결정 난 거라 어쩔 수가 없소"

"왜? 왜, 그런 짓을? 난 이제 어떡하라고 흑흑!"

"그래서 내가 이렇게 빌지 않소"

"전, 벌써 임신했단 말이에요. 며칠 전에 의사가 그랬어요. 흑흑!"

"뭐?"

놀라운 일이었다. 아무리 철없는 장난이라고 해도 벌써 임신이라니. 그것도 결혼도 하지 않은 상태에서…….

그가 벌어진 입을 다물지 못하고 아내만 바라보고 있었지만 곤혹스럽기는 영란도 마찬가지였다.

결코 있을 수 없는 일이었다. 이제 그가 떠나면 자신은 파멸이었다. 집에서는 눈에 흙이 들어가도 이 결혼만큼은 안 된다고 했고 이유야 어찌 됐건 그건 사실이었다.

사실 민 대감은 요즘 들어 부쩍 머리가 아팠다. 바로 이코마 교수가 보낸 편지 때문이었다. 딸이 그렇게도 반대했던 녀석과 동거를 시작한 것은 물론이고, 그녀석이 반전주의자라는 사실에 머리가 더 아팠다.

한마디로 집안 망신이자 충격이었다. 그렇게도 믿었던 딸이 감히 부모를 배신한 사건이었다. 삼강오륜을 어긴 것은 물론이고 국가적인 문제와 자신의 출세에도 지장을 초래하는 일이었다. 무남독녀라서 너무 곱게 키운 것도 문제였지만 사실여부도 확인해보지 않고 그렇게 많은 돈을 주었던 것도 잘못이었다.

그는 이를 북북 갈면서 당장 보복조치를 취했다. 멀쩡한 집안을 쑥밭으로 만든 데 대한 응징이었다. 적어도 그는 그렇게 생각할 수밖에 없었다. 백정 가문인 주제에 그것도 감히 이 나라 권력자의 집안을 넘보다니…… 그게 바로 주된 이유였다.

어쨌거나 그는 소문이 밖으로 새어나가지 않도록 집안 단속을 하는 한편, 송 대감과는 아무 일도 없는 것처럼 친분을 유지하는데 총력을 기울였다.

권력이란 과연 좋은 것이었다. 민 대감의 명에 의해 장환의 가족들은 주재소로 끌려갔고, 그들은 아무 영문도 모른 채 고스란히 당해야 했다.

사실 그들은 배운 게 없어 어렵게 살망정 대대로 천성이 착하고 예의바른 사람들이었다. 이들은 반전주의가 뭔지, 황군이 뭔지, 기미가요가 뭔지, 어느 것 하나 제대로 아는 것이 없었다. 아는 것이 있다면 단지 이웃을 사랑하는 마음뿐이었다. 그런데도 이들은 아무 영문도 모른 채 파산하기에 이르렀다.

이런 사실조차 모르는 장환은 비밀리에 일본육사를 택했고, 영란은 오직 그와 함께 살고 싶어 동거까지 했던 것이다. 하지만 그가 군대에 간다고 하자 눈앞이 캄캄했다.

"그러니 제발……!"

"내가 할 말이 없소 이제 도망친다고 해도 스즈끼가 가만두지 않을 꺼요 그 자식이 예과가 끝나는 것과 동시에 군대로 보낸다고 했소"

"그럼, 전 어떡해요?" 아비 없는 애를 낳을 수도 없고……."

"그거야 운명에 맡길 수밖에……."

"어찌 그렇게 무책임한 말을……? 흑흑!"

"그럼, 날보고 어쩌란 말이오?"

밥은 이미 식었는지 썰렁했고, 장환은 어차피 헤어져야 할 것이라면 정부터 끊어야겠다고 결심했던지 신경질적으로 나왔다.

결국 해답을 찾지 못한 그녀의 울음소리만 들려올 뿐 창밖에는 처음보다 더 큰 함박눈이 쏟아져 내리고 있었다.

장환이 막상 육사에 입교하고 보니 일본 내에서 육사 예과를 졸업하고 곧바로 본과에 올라온 입교자 수가 무려 1,700명이나 되었고, 만주군관학교에서 예과를 거쳐 다이스끼[隊付 : 견습부대 근무]를 마치고 본과에 입학한 유학파들도 170명이나 되었다.

물론 이들은 유학파들과는 강의실이나 숙사가 달랐다. 또 이들 가운데는 항공병과이거나 법무, 헌병, 공병, 병참, 특공, 경리장교 후보생들도 상당수에 이르렀는데 장환은 법무장교 후보생이었다. 그가 동경제대에서 우수한 성적으로 예과(법학)를 졸업했고, 지극히 예외적으로 특별추천을 받은 결과였지만 여기에는 무엇보다 이코마 교수의 힘이 컸다. 장환과 호림, 영란으로 이어지는 3각 구도의 발을 하나 잘라 균형을 깨는 것이 주목적이었기 때문이다.

입교 첫날. 머리가 희끗희끗한 육사교장은 축사를 통해,

"육군사관학교는 대일본제국 남아에게 천황을 위해 죽는 방법을 가르치는 곳이다."라고 경구성 엄포를 늘어놓았다.

그것이 비록 개소리라고 해도 피지배 민족으로서는 들어야 했고, 화살이 이미 시위를 떠난 상태에서 왈가왈부 한다는 것 자체가 우스운 일이었다. 뿐만 아니라 동경제대에서도 그 같은 말은 예사로 들어왔고, 너무 긴박하게 돌아가

는 전국(戰局)으로 보아 그 정도의 잡소리는 이미 예상했던 것이다.

입교식이 끝나자 생도들에게 각종 보급품이 지급되었다. 소총에서부터 철모, 반합, 배낭, 모포, 피복, 세면용구 등 각종 소모품에 이르기까지 모두가 훈련에 필요한 것들이었다.

생도들이 지급 받은 보급품들은 어마어마하게 많았다. 특히 장환은 예상외로 많은 보급품을 받자 어리둥절할 수밖에 없었다. 군을 접해볼 수 있는 기회가 전혀 없었기 때문이다.

생도들이 보급품을 내무반으로 다 옮기자 곧 장교 세 사람과 하사관들이 들이 닥쳤다.

"동작 그만! 모두 하던 일을 멈추고 침상 3선에 정렬한다! 실시!"

모두가 잘 훈련된 생도들이었다. 일사천리로 움직이면서 침상 3선에 정렬하자 장환도 그들과 보조를 맞췄다. 무슨 말인지 잘 몰랐으나 눈치로 때려잡은 것이다.

갑자기 내무반이 조용해지자 대위계급장을 단 장교가 조용히 앞으로 나섰다.

"나는 여러분들과 졸업할 때까지 생사고락을 함께 할 히라야마 다다시[平山正] 중대장이다. 그리고 이쪽은 나를 도와 여러분들을 지도할 우시로 노리모도 [弟鳥城紀元] 구(小)대장과 소꼬링 내무반장이다. 나는 후꾸오까껭[福岡縣]의 와까 마스[若松]시 출신으로서……."

더러운 운명이다. 정말 더러운 운명이다. 하필이면 저 자식을 여기서 만나다니. 원수는 외나무다리에서 만난다는 말이 결코 틀린 말이 아니었다. 장환은 그런 생각을 하면서 벌레 씹은 얼굴이다.

다다시 중대장의 소개가 이어지는 가운데 소꼬리가 묘한 웃음을 짓고 있다. 참으로 이상한 운명이다. 이제 저 자식 때문에 얼마나 많은 설움을 받아야할까 라는 생각으로 골머리를 앓고 있는데 또다시 다다시 중대장의 목소리가 천장환의 귀를 때렸다.

"그리고 에, 또……. 센쇼깡 생도가 누구인가?"

"하이! 생도 센쇼깡!"

모두가 깜짝 놀라고 있는 가운데 소꼬리의 눈이 갑자기 커지고 있었다. 그러나 다음 순간 그의 표정이 아주 엉망으로 일그러지고 있었다.

"귀관은 동경제대 예과를 수석으로 졸업했나?"

"하이!"

"그것도 고학으로 말인가?"

"하이!"

다다시는 분명 천장환을 귀관이라고 했다. 아직 임관도 안한 생도를 놓고 말이다. 귀를 의심할 일이다. 소꼬리가 그렇게 생각하고 있는데 또다시 충격적인 말이 이어지고 있었다.

"훌륭한 일이다. 그런데 왜 본과에서 법학을 전공하지 않고 육사를 택했나?"

"육사에서는 의식주가 걱정 없을 뿐 아니라, 앞으로 훌륭한 법무관이 될 수 있다고 생각했기 때문입니다!"

"아무튼 육군사관학교가 생긴 이래 특별입학은 귀관이 처음이다. 교장께서 무척 기대하고 계시니까 열심히 하도록!"

"하이! 명심하겠습니다!"

"그리고 참고로 말하지만 제국대학 학장과 우리 학교 교장이 아주 특별한 관계니까 절대 실망시키는 일이 없어야 한다. 알았나?"

"하이!"

충격적인 대우였다. 중대장이 일개 생도에게 이런 호의를 베푼 것도 처음이었고, 특히 교장이 그를 주시하고 있다는 말에 모두가 부러워하는 눈치였다.

당시 일본 육사에 입학하기 위해서는 육군중앙유년학교를 다녀야 했다. 이 학교에서 예과 3년과 본과 2년을 마친 후, 누구나 사관후보생으로서 일본 전국의 각 연대에 배속 받아 6개월 동안 부대근무를 하게 되어 있었다. 그리고 또 하나는 일반 중학교를 졸업한 후 육사시험에 합격하는 것이었다.

소꼬리가 바로 여기에 해당했다. 이 경우 부대근무가 반년간이나 더 길었으나 소꼬리는 그것마저 면제받을 수 있었다. 돈과 권력을 앞세운 그 아비가 수작을 부린 결과였다.

이렇듯 돈과 권력은 예나 지금이나 역사의 흐름을 바꿔 놓는 아이러니가 아닐 수 없지만, 백정의 아들이 특별입학을 했으니 소꼬리의 눈엔 그게 가시처럼 보였던 것이다.

　다다시가 나가자 이번에는 노리모도 소대장이 나섰다.

　"군대란 무조건 명령에 따라 죽고 사는 조직이다. 거기에는 어떤 이유가 있어서도 안 되고 오직 복종만 따를 뿐이다. 특히 입교식 때도 들었듯이 여러분들은 오직 천황폐하를 위해서 죽는 방법을 배워야 한다. 그러면 지금부터 내무반장의 말을 잘 듣고 모든 것을 착오 없도록 해주기 바란다."

　그의 말은 연설이라기보다는 공갈협박에 가까웠고, 잠시 흐트러진 군기를 잡으려는 것 같았다.

　드디어 소꼬리가 앞으로 나섰다. 난쟁이 똥자루에다 눈 꼬리가 쭉 찢어진 게 얼마나 처먹었던지 배가 불쑥 나온 것이 예나 지금이나 다를 바 없었다.

　그는 생도들을 쫙 쨰려보면서 위압감을 준 다음, 그 특유의 카랑카랑한 목소리로 지시를 내렸다.

　"군대란 모름지기 질서가 최우선이다. 질서가 없으면 모든 것이 뒤죽박죽으로 변하기 때문이다. 그래서 밖에서는 제식훈련이 으뜸이 될 것이고, 안에서는 관물정돈이 바로 질서의 기본이 될 것이다. 그러므로 지금부터 관물정돈을 실시하는데 한 사람만 잘못해도 전체가 기합 받게 될 것이다. 그것은 곧 우리가 질서를 생명으로 하는 군인이기 때문이다."

　모든 생도들이 숨죽이고 있는 가운데 그가 잠시 뜸을 들이더니 또다시 열변을 토한다.

　"여러분들이 지금 서 있는 내무반 침실에는 벽면에 목제로 된 너비 1.1m, 높이 1.2m, 깊이 40cm정도에 내부는 크게 3단으로 된 '정돈벽장(다나)'이 있다. 문은 양쪽으로 열게돼 있는 두 쪽의 여닫이 문이다. 벽장의 윗 부분에는 배낭과 반합, 수저, 위장망 등을 정돈하고, 아랫부분에는 총검과 혁대, 철모, 방독면, 잡낭, 수통, 가죽각반을 정리해야 한다. 또 가운데 부분의 상단에는 소속 부대마크 등 제1종 군장을 비롯해서 각종 군복, 외투류 등을 놓아야 하고, 그 중 가장 높은 위치에는 군모를 정면으로 향하게 놓아두어야 한다. 뿐만 아니라 우열과 좌열의 중앙은 감는 각반의 위치이니, 그 중단은 여름용 군복과 체육복, 교련외피, 전투모 자리가 되겠고, 최 하단에는 장갑과 혁대, 양말, 손수건, 휴지, 세면용구 등 일용품을 놓아야 한다. 알겠나?"

쉬지 않고 떠들던 소꼬리가 숨이 차는지 잠시 뜸을 들였다가 다시 시작한다. 마치 잘 길들여진 앵무새가 떠벌리는 듯한 모습이다. 그것이 비록 가소롭기는 하나 장환은 어느 샌가 메모지에 열심히 써 내려가고 있었다. 그 동안 열심히 공부했던 노하우가 다시 살아났던 것이다.

"그리고 내무반에서 관물정돈이 완료된 생도들은 자습실에 있는 각자의 책상 위에다 반듯하게 교과서와 공책, 사전류, 필기구 등도 가지런히 정리해 놓을 것이며, 모든 장구와 일용품들도 서랍에 잘 정돈돼 있어야만 한다. 특히 이들 정돈대상물 중에서 가장 유의해야 할 것이 있으니 그게 바로 의류를 접는 방법이다. 각종 의류를 전부 동일한 폭으로 접어, 색이나 두께는 달라도 겉으로 보기엔 같은 너비의 상자를 차곡차곡 재어 논 것처럼 보여야만 한다. 그리고 학과출장 등으로 외출할 때는 반드시 책상서랍은 물론 벽장까지 열어 놓고 나가야한다. 그러면 이때 주로 정돈검사가 이뤄질 것이다. 이상 내가 지시한 대로 안했거나 너절하면 가차없이 바닥에 쏟아버릴 것이고, 그것을 한 생도라도 어겼을 경우에는 전체기합으로 이어질 것이다. 이점 분명히 명심하도록! 그럼, 지금부터 관물정돈을 실시한다. 실시!"

"실시!"

생도들의 힘찬 복창과 함께 관물 정돈이 시작되고 있었다. 그러나 어지간한 정성과 요령, 그리고 치밀한 손놀림이 없으면 그게 잘될 턱이 없었다. 장환이 메모한 것들을 토대로 느릿느릿 정리하는데 반해 다른 생도들은 일사천리로 정돈해 나갔다. 그들은 이미 예과 시절부터 해왔기 때문에 전혀 어려움이 없어 보였다.

장환은 옆 사람 것을 보면서 차근차근 정리해 나갔다. 하지만 의류들을 정리할 때는 처음 해보는 터라 어려울 수밖에 없었다. 이렇게도 접어보고 저렇게도 접어봤으나 그들처럼 반듯하게 각이 서지 않았다.

아무튼 그가 어렵게 일을 끝내고 자습실로 갔을 때는 이미 다른 생도들이 돌아오고 있는 중이었다. 그 모습을 소꼬리가 묘한 표정으로 바라보고 있었고, 장환은 무언가 심상치 않은 일이 벌어질 것 같은 느낌에 가슴이 철렁했다. 바로 의류정리에 자신이 없었기 때문이다.

첫 날이라서 그런지 점호는 대충 넘어갔으나 다음 날부터는 이미 예상했던 대로 정신없는 고달픈 일과가 기다리고 있었다.

새벽 5시 30분 기상나팔 소리와 함께 6시에 점호를 취하고, 6시 45분에 조식을 마친 다음 7시 15분에서 55분까지 자습시간을 가졌다. ·

8시에 복장검사를 하고, 오전 8시 15분에서 9시 5분까지의 1교시를 시작으로 50분 간격으로 4교시를 끝내면 12시 20분에 점심을 먹었다. 그리고 오후 1시 20분부터 1시간 간격의 두 차례 과업(훈련)과, 오후 4시부터 5시까지의 연마(연습)시간이 끝나면 5시 50분에 석식을 하도록 되어 있었다.

저녁식사 후 40~50분간이 유일하게 쉴 수 있는 자유시간이었다. 하지만 점호시간을 대비해서 병기수입을 하거나 관물 정돈을 해야 했다. 그렇지 않으면 점호시간에 혼쭐나기 십상이었다. 그리고 자유시간이 끝나면 오후 6시50분부터 50분 간격으로 두 차례의 자습시간을 가졌고, 그 후 9시에 점호를 하고 9시30분에 소등을 하게 되어 있었다.

고학으로 어지간히 단련되었던 장환은 그렇게 힘들다고는 생각지 않았으나, 점호가 끝나고 막 잠이 들려는 순간 드디어 걱정했던 일이 터졌다.

갑자기 "비상!"이라는 외침과 함께 소꼬리가 불쑥 나타난 것이다. 그리고 그 옆에는 눈을 부릅뜬 조교들도 다섯 명씩이나 서 있었다.

"지금부터 완전군장에 알 철모를 쓴 후 선착순으로 연병장에 집합한다! 만약 관물을 하나라도 빠트렸을 경우에는 모든 것을 각오해야 한다! 실시!"

"실시!"

생도들은 마치 전쟁이라도 난 것처럼 바삐 움직이면서 서로가 먼저 군장을 꾸리려고 난리를 치고 있었다. 그러나 이들은 이미 예과를 거친 노련한 생도들이었고, 이런 일에 잘 길들여진 전문가들이었다. 곧 익숙한 솜씨로 군장을 꾸린 다음 연병장으로 뛰어나갔다. 다만 이에 익숙지 못한 장환만이 꾸물대고 있을 뿐이다.

장환이 꾸물대는 데는 또 다른 이유가 있었다. 자신의 관물이 제멋대로 헝클어져 있었기 때문이다. 그는 울컥 치미는 분노를 삼키면서 소꼬리에 대해 이를 갈았다.

"이것은 분명 소꼬리의 짓일 게다. 어제 비웃던 표정만 봐도 알 수 있다. 이제 자신의 손아귀에 들어왔으니 얼마나 쾌재를 부르고 있을까. 아주 서서히 나를 짓밟으면서 즐기겠지. 그렇지만 나도 오직 독기 하나로 살아온 놈이다. 이제 시작에 불과하겠지만 어디 끝까지 부딪쳐 보자. 개놈의 자식!" 이라고 중얼거리면서 군장을 꾸렸으나 꼴찌는 역시 그의 몫이었다.

이윽고 그가 도착하자 소꼬리가 노기 띤 목소리로 질책하기 시작하였고, 옆에 있던 조교들도 독수리 같은 눈알을 부라리면서 명령이 떨어지기만을 기다리고 있었다.

"어제 내가 분명히 관물정돈에 대해서 설명했다. 그럼에도 불구하고 센쇼깡 생도는 그것을 어겼다. 마치 자신의 집에서 자취할 때처럼 모든 것을 뒤죽박죽으로 만들어 놨다. 그래서 여러분들은 오늘 단체 기합을 받게 된 것이다."

그의 말이 떨어지기가 무섭게 여기저기서 숨을 몰아쉬는 소리가 들렸다. 장환은 쥐구멍이라도 있으면 들어가고 싶었지만 모든 것을 꾹 참고 다음 말을 기다렸다. 군대가 더럽다는 것은 이미 알고 있었으나 이 자식이 분명 나를 고문관으로 만들려는 것을 피부로 느꼈던 것이다.

"그럼, 지금부터 조교들은 관물들을 일일이 확인하고 이상이 없는 생도에 한해서 10위까지 돌려보낸다. 실시!"

"실시!"라는 복창과 함께 조교들의 눈이 번뜩이는 가운데 생도들은 군장을 풀고 확인을 받는다. 그러나 생도들이 얼마나 철저했던지 관물을 빼놓고 온 사람은 없었다.

선착순으로 들어왔던 10명의 생도가 내무반으로 향하는 가운데 나머지 생도들은 또다시 군장을 꾸렸다. 군장을 꾸리면서도 장환을 바라보는 생도들의 표정은 강렬했다. 지금부터 시작될 기합이 얼마나 고통스럽다는 것을 이미 알고 있었던 것이다.

이윽고 군장이 다 꾸려지자 소꼬리가 또 명령을 내린다. 눈이 번득이는 게 보통 독종처럼 보이지 않는다. 마치 독사가 먹이를 앞에 두고 노려보는 것 같다.

"지금부터 홀수와 짝수번호가 서로 마주볼 수 있도록 2열 횡대로 헤쳐 모인다! 실시!"

"실시!"

연병장이 떠나갈 듯한 복창소리와 함께 생도들은 마치 기계처럼 움직였다. 이에 소꼬리가 또 능글맞은 표정으로 일장 연설을 시작한다.

"군대란 아무리 여러 사람이 모였어도 하나 같이 움직여야 한다. 그래야 전쟁터에서도 낙오자가 생기지 않고 모두가 살아남을 수 있다. 이것은 제아무리 지식이 많은 사람도 수영을 못하면 물에 빠져 죽는 이치와도 같다. 그러므로 여러분들은 오늘 센쇼깡 생도의 잘못으로 인해 '셋사'를 당하게 된 것이다. 자, 그럼 지금부터 앞 생도의 뺨을 힘껏 갈긴다. 만약 살살 때리다 발각되면 전우애가 없는 것으로 간주해서 아주 죽 사발로 만들어 주겠다. 실시!"

'셋사'란 무엇인가. 그것은 곧 잘못을 범하거나 부끄러운 언동을 했을 때, 혹은 기력이 빠진 행위가 있었을 때 장교생도로서 자각을 깨우치게 하기 위해 철권으로 제재를 가하는 행위를 뜻한다. 말하자면 단체기합 때 쓰는 군대식 은어인 것이다. 즉, 다시 말해서 단순한 개인간의 제재가 아니고 소대원 한 사람이 잘못을 저질렀을 때 소대원 전원에게 공동책임을 물어 기합을 주는 경우를 뜻했다. 이런 경우 소대원들을 두 줄로 세워 서로 마주보게 한 뒤 상대를 구타토록 하는 것이다.

원래는 증오의 구타가 아니라, '격려의 매'라는 의미를 담고 있었으나 때리고 맞는다는 행위에는 누구나 저항감을 느끼게 마련이다. 일본군대는 이런 행위가 결과적으로 동기, 혹은 같은 소대원 사이에 강한 단결의식을 심어 준다고 강변하며 정당화하고 있었다.

그러나 맞다 보면 어느 결에 증오심이 생겨 상대를 세차게 치지 않을 수 없었고, 그 결과 집단만 있고 개인의 인격은 완전 무시되면서 인격 황폐화를 가져오는 폐단도 없지 않았다.

이윽고 소꼬리의 명령이 떨어지자 모두가 복창하며 상대를 때리기 시작했다. 그러나 같은 동료인데 서로가 때릴 수 없었던지 대다수의 생도들은 때리는 시늉만 하고 있었다.

이것을 본 소꼬리가 그냥 지나칠 리 없다. 버럭 고함치면서 장환과 마주 서 있는 생도에게로 달려갔다. 그는 고슈세끼[姜周錫]라고 불리는 조선인으로서 만주군관학교를 거쳐 예까지 왔고, 이런 일은 수도 없이 겪어 봤으나 장환의 준수한 얼굴과 건장한 체격에 반해 손이 안간 것이다.

"고슈새끼! 아니, 이 개새끼야!"

"하이! 어이쿠!"

"이렇게 때리란 말이다."라고 소리치면서 소꼬리는 강주석의 얼굴을 무자비하게 강타했다. 졸지에 일격을 당한 강주석의 코와 입에서는 곧 굵은 선지피가 흘렀다. 그리고 모든 눈동자가 강주석과 장환에게 집중되는 가운데 소꼬리가 조교들에게 또다시 명령을 내렸다.

"지금부터 장난치는 놈은 무조건 몽둥이로 후려친다. 그러다 만약 다치거나 죽으면 후송을 보내면 그만이다. 실시!"

기세가 오른 조교들이 눈알을 부라리자 여기저기서 주먹이 춤을 추기 시작했다. 어차피 치러야 할 단계란 것을 예과를 거쳐온 이들이 모를 리 없었다. 그러나 시간이 흐르면 흐를수록 주먹의 강도가 높아지는 가운데 소꼬리는 장환과 강주석의 일거일동만 노려보고 있었다. 그 모습은 흡사 먹이 감을 앞에 둔 하이에나와 같은 모습이다.

그렇지만 장환은 오직 맞는 데만 주력할 뿐 상대에게 휘두르는 주먹은 단지 솜방망이에 불과했다. 이것을 예의 주시하던 소꼬리가 그냥 놔둘 리 없다. 화를 벌컥 내면서 장환에게로 달려들었다.

"셴쇼깡!"

"하이!"

"너, 지금 날 놀리고 있나?"

"그렇지 않습니다."

"뭐가 안 그래? 이 조센징!"

"윽!"

소꼬리의 군화 발에 정강이를 채인 장환이 털썩 주저앉았다. 얼마나 강하게 걷어찼는지 장환의 얼굴이 이루 말할 수 없을 정도로 일그러졌다. 그렇거나 말거나 소꼬리는 마치 미친 사람처럼 날뛰고 있었다. 아예 그의 생명을 끊어 놓을 것 같은 기세다.

장환은 맞으면서도 여러 가지를 생각했다. 이럴 바에야 내가 다 뒤집어쓰고 말자. 어차피 다른 생도들이야 죄가 없는 것. 이제 모든 생도들은 타깃(target)이 나라는 사실을 다 알고 있다. 그럼, 이 정도 선에서 끝내야 한다.

그렇게 결론지으면서 장환이 담담한 표정으로 소꼬리에게 타협안을 제시했다.

"반장님! 할 말이 있습니다."

"누가 멋대로 일어서라고 했어? 엉? 이 조센징!"

"윽!"

말이 끝나기가 무섭게 소꼬리의 주먹이 장환의 코를 강타했다. 그보다 키가 엄청 작았으나 어디서 배웠는지 와지마 고이찌의 '개구리 전법'으로 뛰어 오르면서 그의 코를 정통으로 올려친 것이다.

생도들이 힐끔힐끔 쳐다보는 가운데 장환의 코에서는 굵은 선지피가 흐르고, 이것을 본 소꼬리는 마치 미친놈처럼 군화 발로 마구 짓이긴다. 그리고 시간이 흐를수록 더 날뛰면서 아무 곳이나 가리지 않고 발길질을 해대자 장환도 더 이상 견디지 못하고 기절해 버린다. 이에 소꼬리는 놀라는 기색도 없이 씩 웃으며, "빨리 물 가져와! 이, 더러운 조센징!"라고 냅다 소리친다. 아마 덩치 큰 녀석을 자신의 조그만 체구로 기절시켰다는 것에 희열을 느낀 모양이다. 하지만 이것을 지켜보는 강주석은 마치 자신이 당하는 것 같아 소름이 끼칠 지경이다.

그래서 나름대로 생각해 본다.

"소꼬리도 분명 조선사람인 것 같다. 그런데도 왜 이토록 잔인할까. '조센징'이라는 욕을 거리낌없이 하는 것은 또 무엇을 의미하는가. 아, 모를 일이다. 하지만 저놈은 유독 조선인들만 못살게 굴고 있다. 그렇다면 저놈은 분명 친일파가 아니면 미친놈이다. 앞으로 무조건 경계하지 않으면 나도 당한다."

그렇게 생각하고 있는데 조교가 물통을 들고 오는 것이 보였다. 소꼬리는 그것을 낚아채듯이 받아서 장환의 얼굴에다 확 끼얹었다. 갑작스런 충격에 그의 몸이 꿈틀했지만 아직까지도 코와 입에서는 검붉은 피가 흘러내렸다.

"이, 더러운 조센징! 엄살피우는 걸 내가 모를 줄 아나?"

소꼬리의 호통에 잠시 눈을 뜨던 장환이 또다시 눈을 감아버린다. 그렇다고 소꼬리가 그냥 놔둘 리도 없다. 자신을 무시하는 행위라고 판단했던지,

"이 조센징을 빨리 일으켜 세워!"라고 냅다 소리친다. 조교들이 일으켜 세우자 또다시 명령을 내린다. 생도들이 보고 있는 것을 의식했기 때문이다.

"지금부터 완전군장에 알 철모를 쓰고 연병장을 돈다. 물론 선착순으로 한 명씩 끊는다. 따라서 늦게 뛰는 놈은 밤이 새도록 뛸 각오를 해야 한다. 실시!"

"실시!"라는 복창과 함께 생도들이 연병장을 돌자 소꼬리는 장환에게로 다가갔다. 그리고 잡아먹을 듯이 노려보면서 꼬투리를 잡기 시작한다.

"센쇼깡 생도!"

"하이!"

장환은 무슨 생각을 했는지 명쾌하게 대답한다. 얼굴은 이미 피로 얼룩져 울긋불긋하고, 옆구리가 쑤시는지 자세는 불안정하다. 하지만 꼿꼿하게 서서 기회를 엿보는데 소꼬리의 목소리가 의외로 부드럽다.

"내가 너무 심했다고 생각하나?"

"아닙니다. 제가 잘못 했습니다."

"호, 당연히 그렇게 생각해야겠지. 사실 우리는 아무 관계도 없는 사이가 아닌가? 단지 천황폐하께 충성하다보니 이렇게 된 것뿐이고……."

"하이! 맞는 말씀입니다. 그런데……."

"그런데 뭔가?"

무슨 이유에선지 그의 목소리가 부드러워지자 장환은 이때라고 생각하면서 자신의 뜻을 밝힌다. 그러나 자신을 바라보는 소꼬리의 눈은 예의 날카롭기만 하다.

"오늘은 제가 잘못했습니다."

"그래서?"

"제가 모든 책임을 지고 기합을 달게 받겠습니다."

"그래서 다른 생도들은 풀어주라는 얘긴가?"

"하이! 그렇습니다."

장환의 눈은 이미 애원으로 가득 차 있다. 군대에서는 도저히 있을 수 없는 일이다. 특히 '셋사'를 중요시하는 일본군대에서는 더 말할 나위도 없다. 그러나 소꼬리는 갑자기 그 제안을 받아들였고 옆에 있던 조교들이 더 깜짝 놀라고 있었다. 지금까지 이런 일은 한번도 없었기 때문이다.

"좋다. 그 대신 너는 각서와 유서를 쓰고 헬리콥터를 탄다. 그래도 좋겠나?"

"하이! 명령대로 따르겠습니다."

소꼬리가 야비한 웃음을 지으며 주시하자 그 내용조차 모르는 장환이 선뜻 응한다. 하지만 옆에 있던 조교들이 더 불안한 눈이다. 헬리콥터 훈련이란 것이 자칫 잘못하면 죽을 수도 있기 때문이다.

"좋다. 너희들을 증인으로 할 테니까 전원 해산시켜라."

아무리 더러운 군대라고 해도 약간의 인정은 있는 법. 그가 무슨 꿍꿍이 속셈이 있었던지 돌연 기합을 중지시켰다. 장환이 관물정돈을 마치고 잠자리에 들었을 때는 이미 새벽 한 시가 훨씬 넘어 서고 있었다.

피곤했지만 잠이 올 턱이 없었다. 이 같은 일은 정말 난생 처음이었다. 특히 군대가 아무리 더럽다고 해도 '셋사'는 정말 치사한 짓이었다. 이제부터는 분명 고문관으로 몰리면서 집단 따돌림까지 당할 것이다. 그렇지만 참아야 한다. 이것은 단지 시작에 불과할 뿐이고 더 큰 일이 기다릴 수도 있다. 이렇게 생각하던 장환의 눈에서는 결국 굵은 눈물이 주르륵 흘러내렸다.

다음 날 아침. 기상나팔 소리에 눈을 뜬 장환은 자신의 몸을 보고 깜짝 놀랐다. 얼마나 맞았던지 얼굴은 부어서 말이 아니었고, 허리와 다리를 비롯한 온몸에는 피멍이 들어 정상이 아니었다.

그렇지만 여기는 군대였다. 잘못해도 맞고 잘못을 안 해도 맞는 곳이었다. 그래서 이를 악 물고 모포를 개려는 순간 이 모습을 유심히 바라보던 소꼬리가 불렀다. 아마 찔리는 구석이 있었던 모양이다.

"센쇼깡 생도!"

"하이!"

"몸이 왜 그렇게 됐나?"

"……."

정말 낯짝도 두꺼운 놈이다. 물어볼 걸 물어 봐야지. 침묵으로 맞서면서 그렇게 생각하고 있는데 전 소대원들이 이 모습을 지켜보고 있었다. 그러자 소꼬리가 성질을 벌컥 내면서 냅다 소리를 질렀다. 내무반장으로서 체면이 구겨졌다고 생각했던 모양이다.

"왜, 대답이 없나? 이, 조센징!"

"잠을 잘못 자서 그런 것 같습니다."

"와! 하하하!"

소대원들이 박장대소하고 있었다. 전혀 예상 밖의 대답이었기 때문이다. 그러나 소꼬리도 이런 대답에 안심이 되는지 내무반이 떠나갈 정도로 호탕하게 웃었다.

"허, 그렇다면 특별히 잠잘 때 조심하게. 우헤헤헤!"

"으하하하……!"

간드러진 그의 웃음 속에 또다시 폭소가 터졌지만 정작 얼굴이 빨개진 것은 장환이었다. 이렇듯 그는 조직을 자신에게 맞추는 것이 아니라 자신을 조직에 맞추려고 노력했고, 주변사람들을 변화시키려고 하는 것이 아니라 자기 자신이 변하면서 잘 순응해 나갔다.

군대란 것이 나팔소리에 따라 일과가 여닫히는 것처럼 하루에도 일곱 번씩이나 나팔소리가 울려 퍼졌다. 기상나팔을 시작으로 아침점호 나팔, 조식·중식·석식 나팔, 자습 개시 나팔, 그리고 마지막으로 소등 나팔로써 하루가 저물었다.

그런 반면 내무생활의 일과도 각종 훈(訓)으로 이어져 나갔다. 아침부터 교훈(校訓)을 비롯한 연훈(連訓·중대훈)과 구훈(區訓·소대훈)을, 또 식사 때는 '식사훈(食事訓)'을, 잠자기 전에는 반드시 '오성(五省)'을 읊어야 했다.

교훈과 연훈, 구훈이라고 해봤자 형식에 치우치다 보니 별 관심 없는 것들이었다. 즉 '우리들은 천황폐하의 은혜에 감사한다. 우리들은 한·그릇의 죽, 한 개의 우매보시(소금에 절인 매실)에도 흐느껴 울 수밖에 없는 전선의 장병을 생각한다. 우리들은 한 톨의 알곡에도 정성이 담겨 있는 국민들의 노고에 감사한다'는 식사훈 등이었으나 일본생도들 사이에선 제법 관심을 갖는 듯 보였다.

그러나 매일 밤 자습시간 종료 후, 분위기 조성을 위해 자습실의 전등을 잠시 끄고 생도일동이 명상시간을 갖게 되는 '오성(五省)'만큼은 좀 달랐다. 그것은 곧 지도생도가 한 항목씩 조용히 낭독하면 다른 생도들은 눈을 감은 채 그날 하루에 있었던 자신의 언동을 성찰하게 하는 것이었다.

① 시세이니 모도루 나가리시카(지성(至誠)에 어긋남이 없었던가).
② 겐고우니 하쯔루 나가리시카(언행에 부끄러움이 없었던가).
③ 기료쿠니 카구루 나가리시카(기력에 모자람이 없었던가).
④ 로우료쿠니 우라미 나가리시카(노력에 아쉬움이 없었던가).
⑤ 부쇼우니 모도무루 나가리시카(부정에 손댄 바가 없었던가).

이것은 곧 일본군인, 혹은 그 꼭두각시 군대를 위한 계훈의 일종이었다. 그러나 한 항목씩 따지고 들면 하나같이 이로운 말들이었다. 장환도 이 오성을 명상하는 시간만큼은 긍정적으로 받아 들였다. 오성을 강요하는 학교측의 의도야 어떻든 자기생활의 유익한 채찍으로 삼으면 되었고, 그럴만한 가치의 말들이었기 때문이다.

특히 '지성에 어긋남이 없었던가' 하는 성찰의 말과, '노력에 아쉬움이 없었던가'란 반성의 구절은 뒤죽박죽으로 얼룩진 자신의 삶을 되돌아보게 하는 만큼 가슴 깊숙이 저며오는 금언(金言)으로도 들렸다.

돌이켜 보면 지성을 다 하면서 열심히 살아왔던 삶이었다. 가난했지만 관비장학금을 받아가면서 뼈가 부서지게 공부했고, 이만큼의 성공을 거둔 것도 다 주변사람들의 덕이었다.

하지만 영란과의 만남이 잘못이었다. 그래서 쓰디쓴 이별을 겪어야 했고, 이별은 또 서러움을 앞세웠기에 환경이나 상대를 탓하기 전에 최선을 다하지 못한 자신의 책임을 통감할 수밖에 없었다.

오성이 끝나면 이어서 '반성록(反省錄)'을 쓰게 되어 있었다. 매일 밤 자습시간 종료 후인 8시 45분부터 밤 9시 일석(日夕)점호가 있기 전까지의 15분 가량에 걸쳐 쓰게 되어 있었지만, 생도들의 일과가 뻔한 데도 학교측에서는 그것을 계속 요구했다. 그렇지만 장환을 비롯한 생도들은 단순한 문장만 나열했을 뿐 자신과 관련된 심오한 내용은 담지 않았다.

반성록은 반성할 것이 있건 없건 무조건 작성하여 소대장에게 검열 받도록 되어 있었다. 이 때문에 매일 써야 했고 조금이라도 이상한 내용이 보이면 당장 불이익이 돌아왔다.

이렇듯 다람쥐 쳇바퀴 돌 듯이 돌아가는 생활이 반복되는 가운데 장환은 문득 자원 입교한 짓이 잘못된 것이 아닌가하고 후회하기도 했다. 하지만 나폴레옹 전기를 읽었던 그로서는 훌륭한 장교가 되는 길만이 이 역경을 벗어날 수 있다는 생각에서 꾹 눌러 참았다.

내무생활이 경직되고 다소 스산한데 비해 학과와 술과(術科)생활은 매우 학구적인 데가 있었고 수준도 높았다.

먼저 학과는 보통학과 군사학으로 나누어졌는데 보통학은 수신, 윤리, 심리, 교육, 논리, 일본어, 작문, 역사(동·서양), 수학, 물리, 화학, 지학, 법제, 경제, 도학(圖學), 어학 등이었다. 군사학은 전술학을 주로 하여 병기학, 지형학, 축성학,

교통학, 마학(馬學) 등이었는데 마학은 당시만 해도 아직 기병(騎兵)의 개념이 중요 군사전략개념으로 남아 있었다.

한편 술과는 교련, 진중근무, 사격, 작업(作業), 화학, 전투, 야영, 유영(遊泳), 체조, 검술, 유도, 마술 및 마(馬) 취급법, 통신, 발동기 취급에 이르기까지 14과목에 이르렀다.

이 정도의 학과와 술과를 이수하고 나면 비단 군인이 아니더라도 세상을 살아가는데 큰 보탬이 될 정도로 전문지식이 다양해졌다. 학과강의는 주로 오전에, 술과 강의는 오후에 배정돼 있었다. 교관들도 그 분야에서는 최고의 수준을 자랑하고 있었고, 강의는 오직 일본어로 진행되었기에 만계 생도 중 중국인 생도들 일부는 일본어가 서툴러 애를 먹었다.

이에 비해 동경제대 예과를 수석으로 졸업했던 장환은 술과가 좀 문제였으나 학과만큼은 누구보다도 성적이 뛰어났다.

땃따라 땃따 따, 따띠 따따 따……!

소동나팔 소리가 적막을 깨는 가운데 오늘도 하루가 또 저물어가고 있었다. 이제 정이 들어서 그런지 소등나팔 소리는 언제나 어머니의 목소리였다.

그렇지만 장환은 늘 불안했다. '셋사'를 당한 지도 어느 새 한 달이 넘었건만 소꼬리가 계속 침묵했기 때문이다. 그러다 보니 별 생각이 다 들었다. 저 작자의 흑심은 과연 무엇인가. 아예 나를 말려 죽이려고 작정을 하는가. 그렇지 않으면 '헬리콥터 훈련'을 빙자해서 죽일 것인가. 영란에게는 공갈협박과 회유로 자신의 욕심을 채우겠지.

그러나 이 같은 생각도 잠시 뿐, 내일은 토요일이라 편히 쉴 수 있다는 생각에 졸음이 쏟아졌다.

오키데 이께이노 타이꾼노[일어나라 일계의 대군(천황)을]

히카리토 도와니 이다타키데(빛과 영원을 물려받아)

진민와레라 미나토모니(신민 우리들 모두가)

미이쯔 니소완 다이시메이(천황의 위대한 힘에 따라 우리의 대 사명)

이께 하꼬우 이에 도나시(가라! 천하를 하나의 집으로 만들어)

시까이노 히또오 미찌비끼데(사해의 사람들을 이끌어)

다다시끼 헤이와 우치다뎅(진정한 평화를 쌓아올려)

리소우와 하나토 사키미다레루(이상은 꽃과 같이 활짝 피어 풍긴다)

오늘도 아침부터 '애국행진곡'이 힘차게 울려 퍼졌다. 그것은 아침 점호가 끝나면 일과처럼 반복되는 행사였다. 아무튼 장환이 제일 싫어하는 이 군가는 내용 그대로 천황을 찬양하고 군국주의를 대표하는 곡으로써 일제가 의도적으로 이용했던 군가였다. 이 때문에 어느 군가보다 우렁찰 수밖에 없었고, 전장에서는 물론 어느 곳에서나 시시때때로 불려졌다.

그런데 군가가 끝나기가 무섭게 소꼬리가 물었다. 아마 어떤 꼬투리를 잡기 위해 그물을 치는 것 같았다. 그 독사 같은 눈초리가 그걸 증명하고 있었다.

"센쇼깡 생도!"

"하이!"

"이 군가 내용이 어떤가?"

"하이! 대단히 훌륭합니다."

"그렇다면 이 가사의 내용을 말해봐라!"

개자식이다. 정말 치사하고 더러운 자식이다. 같은 조선 놈끼리 무슨 원한이 그렇게도 많다고 하필이면 나를 지목하나. 그런 생각을 하면서 장환은 적당히 얼버무렸다.

"우리 일인들은 지존이신 천황폐하로부터 빛과 영원을 물려받아 분연히 일어나, 신민들인 우리들 모두가 천황폐하의 위대한 힘에 따라 우리의 대사명인 천하를 통일하고, 나아가서는 사해(四海), 즉 전 세계인들을 이끌어 진정한 평화를 쌓으면서 꽃처럼 활짝 피어 풍긴다는 뜻입니다. 그리고 특히 '이께 하꼬우 이에 도나시'라는 말은 우리 대일본제국의 대표적인 표어이기도 합니다."

"호! 동경제국대학을 나와서 그런지 대단한 해석이다."

말은 그렇게 하고 있었으나 녀석의 얼굴은 곧 벌레 씹은 모습이다. 그렇거나 말거나 장환은 땅바닥에다 가래침을 탁 뱉었다. 저런 인간과 대화한다는 것 자체가 너무 메스꺼웠던 것이다.

하지만 그 순간, 단상에서 이 모습을 지켜보던 소꼬리의 표정이 무섭게 일그러지고 있었다. 아마 또 다른 음모를 꾸밀 모양이었다.

교육은 이미 정해진 틀에 따라 실시된 관계로 생도들은 그저 기계처럼 움직였다.

육사 본과의 강의시간은 체조와 검술의 경우 1회에 1시간 30분, 마술(馬術)은 2시간, 교련만 반나절이었을 뿐, 나머지 학과는 거의 1회에 50분이었다.

육사가 가장 역점을 둔 학과는 전술학, 전사(戰史), 군제학이었는데 2년 과정 동안 이 3과목의 강의횟수는 모두 4백 60회였다. 그 다음으로 중요시한 과목이 병기학, 사격학, 항공학으로 총 2백 66회를 가르쳤으며, 축성학, 교통학, 측도학은 세 번째 비중을 두어 모두 1백 80회의 강의시간을 배분했다.

이 가운데 장환이 좋아한 과목은 전술, 전사, 병기, 사격, 축성, 측도, 군대교육, 외국어, 교련, 검술, 마술 등이었다. 전술학은 전투 및 진중근무에 관한 제반 원칙과 요세 전술의 개요를 터득하는 내용이었다. 이를 위해 도상전술, 현지전술을 실시하고, 각종 전쟁의 실례를 인용해서 배웠다. 또 전사(戰史)는 일본이 참전한 주요 전역(戰役)의 개요와 내외의 저명한 전투를 골라 이를 연구하는 내용이었고, 이를 통해 전투정신을 도야하고 전장의 실상을 체득하도록 가르치고 있었다.

병기학은 주된 병기의 구조 및 기능에 관한 일반원리와 일본병기의 성능 및 구조 등을 익히는 내용이었다. 또 사격은 주로 포외탄도(砲外彈道), 사탄산포(射彈散布) 및 사격수정에 관한 학리와 사격효력, 사격준비, 사격관측 및 각종 사격법을 배우는 것이었다. 한편 측도학은 지도조제의 원리 및 현지에서의 각종 측도방법, 지형감식능력 등을 기르는 내용이었다. 이렇듯 별 관심을 끄는 과목은 아니었으나 그는 누구보다 열성적이었다.

뿐만 아니라, 군대교육학은 각종 군대교육의 목적, 정신, 교육실시의 요령 외에, 일반교육학 등이 주된 내용이었으나 그것 역시 법학을 전공했던 그로서는 별로 어려울 게 없었다.

그러나 외국어는 영어, 불어, 독어, 노어, 지나어(중국어) 중에서 택일하게 되어 있었는데, 앞으로 법을 전공할 그로서는 바이마르헌법 때문에 독일어에 중점을 두면서 영어도 열심히 공부했다.

그 밖에 검술은 일반 군도술(軍刀術)교육에다 총검술과 그 교육법의 요령을 배우는 내용이었는데, 검도에 관심이 많았던 그로서는 발군의 실력을 보일 수밖에 없었다.

훈육부에서 가르치는 정신훈화 시간은 장환으로 하여금 일본무사도의 세계가 어떤 것인가를 실감 있게 깨닫게 해준 계기가 되었다. 처음에는 장교로서의 덕성배양과 부하통솔 상의 능력을 기르는 내용이 주류였다. 그러다가 궁극적으로는 무사정신을 언급하게 되었고, 일본군인의 사생관(死生觀)에까지 담론이 미치지 않을 수 없게 되었다.

무사도란 무엇인가를 설명하기 앞서 교관들은 "의(義)는 산악(山岳)보다 무거우며, 죽음은 깃털보다 가벼운 것임을 명심하라"는 1882년 명치유신 시절의 '군인칙유'를 곧잘 들먹이기도 했다. 또 무사도란 "죽음에 익숙해지는 것"이란 1710년 시절의 '하가쿠레[葉隱]'도 자주 인용했다.

이와 함께 무사도에 관한 연구서적들을 읽고 그 감상문을 써내도록 권했는데 그는 교관들의 권유보다 스스로가 흥미로워 관련서적들을 찾아 읽었고, 그가 독파한 무사도 관련 서적으로는 1834년에 간행된 다이도오지 유우잔[大道寺友山]의 '무도초심집(武道初心集)'과 요시다 쇼잉[吉田松陰]의 '무교전서강독(武敎全書講讀)', '사규칠칙(士規七則)' 등이었다.

그 외에도 그는 야마시가 소유끼[山鹿素行]의 '사도(士道)'와, '무교소학(武敎小學)' 등도 즐겨 읽었다. 그 옛날 나폴레옹의 전기를 탐독했던 것처럼 무사도에 관한 각종 서적을 즐겨 읽을 수밖에 없을 정도로 육사 입교를 계기로 그는 군인정신의 추구에 몰두해 가고 있었다.

육사란 특수사회 안의 팽배한 기류는 말할 것도 없고, 전쟁 말기의 군국주의

치하의 일본사회 전체가 광란의 소용돌이에 휩쓸려 죽음을 초개같이 여기는 풍조에 영향을 받았던 까닭도 적지 않았다.

아침부터 더러운 꼴을 당한 장환은 하루종일 기분이 찜찜했다. 그 작자가 아침부터 시비를 걸어왔다는 것은 분명 무엇이 있을 거라는 예고 같았다. 이 때문에 강의를 들어도 새로운 맛이 없었고 훈련을 받아도 덤덤할 뿐이었다.

오전 일과가 끝나자 생도들은 환성을 질렀다. 꼭 한 달이 지나자 월급이 나왔기 때문이다. 장환도 그것을 받아들고 들뜨기는 다른 생도들과 마찬가지였다.

비록 피지배 민족으로서 창피하다는 생각은 들었으나 무엇보다도 백미 혼합일 망정 양껏 먹도록 배려해 주는 일본군대가 고맙기도 했다. 세계를 상대로 전쟁을 치르면서 날로 쪼들리는 식량난 아래 세 끼를 그런 대로 배불리 먹을 수 있다는 것만도 여간 행운이 아닌 것이다.

거기다 오늘 받은 월급도 9원이나 되었다. 당시 맥주 1병에 82전, 우유 1병(1합)에 12전, 면양말 한 켤레에 46전 할 정도로 도쿄의 물가가 비쌌으나 장환은 그것을 한 푼도 빼지 않고 집으로 송금할 생각이었다. 물론 술과 담배, 여자를 삼금(三禁)으로 엄격히 금하는 육사의 교칙도 엄했지만, 그렇다고 특별히 쓸 일도 없었기 때문이다.

주머니에 돈이 있으면 누구나 기분이 좋아지게 마련이다. 그래서 고생했던 순간을 다 잊어버릴 수 있는 것이고, 그것은 또 권력과 명예를 함께 추구하는 매개체 역할로 이어지기도 한다.

그런 느낌으로 생도들이 휴식을 취하고 있던 중, 느닷없이 장환이 호출되었다. 물론 그를 부른 것은 소꼬리였지만 장환이 굳은 얼굴로 자습실에 들어서자 그가 기다렸다는 듯이,

"호! 센쇼깡 생도, 어서 오게."라고 말하면서 비웃는 듯한 표정이다. 장환은 이 자가 왜 불렀는지 대충 짐작이 가지만 전혀 모르는 채 그의 표정만 주시했다. 그러자 놈이 곧 본론으로 들어갔다.

"한 달 전에 우리가 약속한 것이 있었지? 생각나나?"

"무슨……?"

장환이 짐짓 모르는 채 잡아 떼자 곧 놈의 얼굴 색이 변했다. 성질 급한 놈이 자기 표정을 감추지 못하는, 화가 날 때마다 순간적으로 일어나는 기현상이었다. 그렇지만 곧 표정을 바꾸더니 능글맞게 웃는다.

"물론 한 달이나 지났으니 잊을 수도 있겠지. 그러나 거두절미하고 지금부터 각서와 유서를 쓴다. 알겠나?"

"하이!"

대답은 했으나 이미 예상했던 대로다. 개자식이 그냥 넘어갈 리가 없다. 이 작자는 지금 어떤 음모를 꾸미는 것이 분명하다. 그렇다고 동포애를 들먹여 볼 생각은 추호도 없다. 그렇게 해봤자 득보다는 더 추해질 것이 뻔하기 때문이다.

아무튼 군대란 참으로 더러운 조직이다. 월급을 받아 방금 전까지 좋았던 기분이 싹 날아가고 있었다. 그렇게 생각하고 있는데 소꼬리가 또 다른 것을 요구했다.

"각서에는 어떤 훈련을 받다 죽어도 천황폐하를 위해 죽었다는 내용이 꼭 들어가야 하고, 살아서나 죽어서나 황국 국민으로써 천황폐하께 충성한다는 내용도 들어가야 한다."

놈은 이미 오래 전부터 준비했던 것 같다. 자신이 빠져나갈 구멍을 만들어 논 것이나, 먹이를 앞에 둔 사자처럼 느긋한 표정만 봐도 알 수 있다. 그런데 또 다시 제멋대로 지껄였다."그리고 유서 중에는 반드시 민영란에게 보내는 것도 있어야 하고, 무조건 내 명령에 따를 것도 명시돼 있어야 한다. 그래야 네가 살아남을 수 있기 때문이다. 알겠나?"

"……"

"왜? 싫다는 말인가?"

장환의 침묵에 소꼬리가 성질을 벌컥 냈다. 하지만 그것만큼은 대답할 수가 없었다. 이 작자가 노리는 것이 바로 그것이고, 또 어떤 흉계가 숨어있을지 몰랐기 때문이다. 아무튼 장환이 우물쭈물하는 가운데 그가 본질적인 문제를 들고 나왔다.

"센쇼깡 생도!"

"하이!"

"팔조금법(八條禁法)에 대해서 알고 있나?"

"하이!"

대답은 했지만 아주 기분 나쁜 질문이다. 이제부터 뭔가 시작될 모양이다라고 생각하는 순간,

"뭐가 하이야? 이 개자식아!"라고 소리치면서 그대로 주먹을 날렸다. 그리고 입에 게거품을 물면서 미친 듯이 후려치기 시작했다.

"너 이 새끼, 내가 왜 부른지 알아?"

"……."

"왜 대답이 없어?"

"욱!"

"정말 모르겠다는 거야?"

"윽!"

"그렇다면 내가 가르쳐 주지."

"어이쿠!"

"니가 뭔데 남의 약혼자를 빼앗아?"

"으윽!"

"어, 이 개새끼가 겁도 없이 노려보네?"

"우으윽……! 그건 정말 오햅니다."

"누가 너보고 변명하랬어?"

"으으윽!

"팔조금법 대로라면 널 아주 죽여버려도 돼. 이 개자식아!"

"으욱!"

"니가 나를 망쳐?"

"으으으윽!"

"그러니까 빨리 쓰란 말야. 이 조센징아!"

"으아아악!"

"내가 돌아올 때까지 30분 안에 다 쓴다. 알겠냐? 에잇 퉤!"

"으ㅇㅇㅇ!"

쓰러져 있는 장환의 가슴을 밟은 그가 얼굴에다 가래침까지 뱉고 나가자 순간적으로 분노를 이기지 못한 장환의 다리가 부들부들 떨린다. 하필이면 그 가래침이 정통으로 눈에 맞았기 때문이다.

그러나 억울하다 해서 되 받아치는 하극상이란 엄두도 못내는 것이 바로 군대사회고, 대꾸하면 대꾸하는 대로, 안 하면 안 하는 대로, 이유야 붙이면 되는 것이 바로 군대였다.

그 같은 점을 악용했기에 장환은 이날 온몸에 타박상이 날 정도로 두드려 맞았다. 맞으면서도 억울한 것은 전혀 잘못한 일이 없다는 것과, 분노가 치솟아 확 돌아버릴 것 같은데도 참아야한다는 두 가지 사실이었다.

군대란 원래 이런 것이다. 참는 것만이 저 자를 이기는 것이다. 설마 저 자의 손찌검에 죽기라도 하겠나. 참자, 더럽지만 참자. 이 정도를 못 참아서야 어찌 큰 인물이 되겠는가.

그렇지만 영란을 들먹이면서 패는 것은 너무 억울하다. 자신이 못나서 그리 된 것이지, 내가 억지로 빼앗은 것은 아니지 않는가. 그런데도 이 같은 수모를 당하다니…….

장환은 이 같은 다짐을 해가며 가래침을 닦은 후 각서와 유서를 쓰기 시작했다. 이미 엎질러진 물, 갈 때까지 가보자는 생각이었다.

그는 각서를 먼저 쓰고 유서를 어떻게 쓸까 잠시 생각에 잠긴다. 그렇지만 갑자기 유서를 쓰자니 서러움이 북받쳐 닭똥 같은 눈물이 주르륵 흘러내린다. 세상에 태어나서 왜 이런 꼴을 당해야 하는지 정말 기가 막혔기 때문이다.

한동안 눈을 감고 명상에 잠겨 있던 장환은 곧 펜을 굴리기 시작했다. 전시 중이라 언제 죽을지도 모르는 몸, 어차피 쓸 것이라면 마음속에 있던 것을 다 털어놓자고 생각했다. 그래야 편할 것 같았다. 그래서 영란에게 먼저 쓰고 어머니께는 마지막이라는 생각으로 펜을 굴려 나갔다.

어머님 전상서.-

어머니, 어머니를 생각하고 고향을 생각하니 눈물이 앞을 가려 말을 못 있겠습니다. "사내자식이 울 때는 나라를 위해서 울어야 한다" 는 어머니의 충고도 잊은 채, 이 소자가 지금 불효를 저지르고 있습니다.

지금까지 고깃국에 이밥 한번 제대로 잡숫지 못한 채 고생만 하시다 늙으신 어머니. 그 어려운 역경 속에서도 몸조차 아끼시지 않고 저희 3남매를 키워주신 어머니. 늘 잘 되라고 칠성당에 올라 빌어주시던 어머니의 그 모습이 지금도 눈에 훤하답니다.

특히 유복자인 저를 금지옥엽처럼 아껴주셨던 그 정성과 은혜를 조금도 갚지 못하고 아버님을 따라 먼저 가는 소자를 용서하십시오. 그렇지만 저승에 가서도 어머니의 크고 넓으신 사랑은 결코 잊지 않겠습니다.

어머니. 저는 지금 후회를 하고 있습니다. 하필이면 제가 왜 공부를 잘했는지 그게 정말 못마땅하답니다. 송충이는 솔잎을 먹어야 한다는 옛 어른들의 말씀대로 제가 어머니와 함께 농사나 지으면서 살았으면 더 행복했을 것을, 이 못난 소자가 너무 큰 과욕을 부린 탓에 더 큰 불효를 저지르는가 봅니다.

어머니!

'행복이란 가슴속에서 오는 것'이라고 들었습니다. 그런데 저 때문에 어머니의 가슴은……

그럼에도 불구하고 저는 부탁이 있습니다. 그것은 다름이 아니라 오라 한 여성이 제 아이를 밴 것입니다. 평양에 사는 민 대감의 딸인 민영란이라는 여성인데, 동경에서 함께 수학하다보니 어느 날부터 눈이 맞아 그렇게 된 것입니다.

물론 못된 송아지는 엉덩이에서부터 뿔이 난다고 했지만, 상황이 이렇게 되다보니 어머니께 고백을 안 할 수가 없게 되었습니다. 이제 넉 달이 되었으니 앞으로 여섯 달만 있으면 아이가 태어날 것입니다. 부디 노하지 마시고 거둬주시기를 부탁드리겠습니다. 어려운 살림에 보탬이 되지는 못하고 자꾸 일만 저질러 정말 면목이 없습니다.

어머니!

소자는 어머니께 효도를 못 다한 채 떠나는 것이 가슴 아파서 그렇지, 사내로 태어나서 이제 죽어도 여한은 없습니다. 너무 슬퍼하지 마십시오. 이승에서의 인연이 끝나면 저승으로 이어질 것이라고 언젠가 부처님 말씀을 전해주시지 않았습니까. 소자 역시 그렇게 믿으면서 재회할 날을 기다리겠습니다.

아무튼 오래 오래 사시기를 바라고 부디 이 불효한 소자를 용서하여 주시기 바랍니다. 어머니와 형님, 누님의 행복을 빌면서 이만 줄이겠습니다. 안녕히 계십시오.

못난 장환 올림.

장환은 가족들을 다시 못 볼 것 같아 코끝이 시큰해진다. 하지만 그때 소꼬리가 안으로 들어서며 다그치듯이 묻는다.

"다 썼나?"

"……."

장환이 눈물을 닦으면서 각서와 유서를 건네주자 소꼬리가 읽어보더니 대단히 만족한다.

"호, 동경제국대학 수석졸업이 과연 거짓말이 아니로군. 좋았어. 그럼, 유품으로 머리카락과 손톱, 발톱을 깎아 놓고 지금부터 내무반으로 돌아가서 쉰다."

장환이 절뚝거리며 내무반으로 돌아가자 소꼬리는 곧 자신의 서랍을 열어 무엇인가를 꺼냈다. 아주 중요한 물건인 듯 잘 포장되어 있었다. 그는 그것을 주머니에 넣더니 씩 웃으면서 어디론가 향했다.

영란은 장환이 육사에 입교하자 곧 휴학계를 제출했다. 여러 가지 이유가 있었지만 그 중에서도 특히 혼전임신이 알려질까 두려웠던 것이다. 아무튼 그녀는 바깥출입도 삼간 채 곧 태어날 아이의 옷을 만드는 등, 오직 어머니로서의 준비에 충실했다.

그러던 어느 날 저녁. 자신의 집을 어떻게 알았는지 소꼬리가 느닷없이 찾아왔다. 그녀는 섬뜩할 정도로 놀랐으나 결코 표정을 바꾸지는 않았다. 하지만 오랜만에 보는 소꼬리의 몸은 무척 마른 상태였고 어디서 술을 마셨는지 술 냄새까지 풍겼다.

그녀는 들어오라는 말도 하지 않고 잠시 생각에 잠겼다.

이 작자가 온 이유가 뭘까. 생각만 해도 소름이 끼치는 놈이다. 남편을 반전주의자로 고발하면서 끝까지 군대로 보낸 놈이기도 하다. 게다가 통 얼굴조차 내밀지 않았던 놈이다. 하긴 제 잘못을 알고 있는 이상 얼굴을 내밀 수가 없었겠지. 그런데 이 작자가 갑자기 왜 나타났을까. 좋게 말해서 돌려보내야 한다. 괜히 옛날 일을 들추어서 싸울 필요는 없다. 아무튼 개 같은 자식이지만 좋게 말해서 돌려보내자.

그렇게 정리하고 있을 때 그가 머리를 긁으면서 조심스럽게 입을 열었다. 전혀 그답지 않은 행동이었다.

"잠시 들어가도 되겠습니까?"

"여자 혼자 사는 거 뻔히 알면서 들어온단 말이에요?"

그녀가 야무지게 쏘아붙이자 소꼬리가 찔끔한다. 그렇지만 눈은 무언가를 호소하고 있다. 사랑하는 여자 앞에서나 일어날 수 있는 현상이다. 그러나 잠시 후, 그가 무슨 생각을 했는지 신경질적으로 나왔다.

"우리는 이미 부모에게 허락 받은 상태가 아닙니까?"

"그건 댁의 혼자 생각이고……. 난, 전혀 생각해본 적이 없습니다. 그러니 돌아가세요." "

"무슨 말을 그렇게도 야박하게 하십니까?"

"그렇다면 대체 찾아온 용건이 뭐예요? 그것도 여자 혼자 사는 집에!"

순간적으로 그녀의 눈이 삼각형으로 변하면서 이마에 주름이 잡혔다. 그 모습에 더 반했는지 놈이 능글맞게 웃었다. 처음과는 영 딴판이다.

"잠시면 됩니다. 그러니……."

"대체 용건이 뭐예요? 밖에서 말하면 안돼요?"

"장환 군에 관한 얘깁니다."

"그래서요?"

그녀의 눈동자가 또다시 삼각형으로 변하면서 신경질적인 반응을 보였다. 하지만 그 모습을 귀엽다고 생각했던지 소꼬리는 더욱 능글맞게 나왔다.

"남이 들으면 안되기 때문입니다."

"왜? 그이한테 무슨 일이 생겼어요?"

"예. 아주 좋지 않은 일이 생겼습니다."

이 작자는 목적을 위해 수단과 방법을 가리지 않는 인물이다. 그렇다면 그이에게 무슨 일이 생겼을까. 혹시 이 작자가 거짓말을 하고 있는 것은 아닐까. 그녀는 헷갈리는 머리 속을 정리하면서 그의 눈을 주시했다. 그렇지만 고개를 숙이고 있는 폼이 거짓말은 아닌 것 같았다. 그렇다면…….

"좋아요. 차 한 잔 마실 시간만 드리겠어요."

"고맙습니다."

그녀는 물을 끓여 솔잎 차를 탔다. 진한 향을 풍기는 솔잎 차는 위나 장이 약한 사람에게 좋아 특별히 집에서 가져온 것이었다. 솔잎에는 비타민 A와 B, 플라보노이드 성분이 많고 특히 쌉쌀한 맛을 내는 타닌 성분이 들어있어 장벽을 튼튼하게 해주기 때문에 장이 약한 그녀는 그것만 마셨다.

그 사이 소꼬리는 다소곳이 앉아 방안을 훑어보고 있었다. 아담하게 잘 꾸며진 방이었다. 얼마나 구석구석까지 잘 정리해놨는지 그녀의 섬세한 면이 그대로 나타나고 있었다. 아무튼 빈틈없는 여자라고 생각하면서 오늘은 반드시 목적을 이루리라 마음먹었다.

그녀가 다소곳이 찻잔을 내려놓자 진한 솔 향이 방안 전체로 퍼져나갔다. 하지만 소꼬리는 그것을 바라보면서 한껏 우수에 젖은 표정이다.

"용건부터 말씀하세요."

"실은……."

"말씀하세요!"

"우선 용서부터 빌겠습니다."

"그건 다 지나간 일이에요. 그리고 용서할 자격도 없고요."

갑자기 싸늘한 기류가 흘렀다. 빈틈을 안 보이고자 그랬으나 막상 방안으로 들여놓고 보니 무언가 잘못된 것 같았다. 하지만 그는 술기운을 빌어 제멋대로 지껄이기 시작했다.

"부모님끼리 맺어줘서 그런 것이 아니라 처음 보는 순간부터 사랑을 느꼈습니다. 그리고 지금까지도 그 마음에는 변함이 없습니다. 그런데 그게 그만……"

"뭐예요? 그게 오늘의 용건이에요?"

"더 들어보십시오. 저는 오늘 다 말해야 속이 좀 풀릴 것 같습니다."

"더 들어볼 필요조차 없어요. 전 이미 장환 씨의 아이를 가졌어요. 그러니까 빨리 돌아가세요."

소꼬리는 이미 알고 있는 사실이라 놀라는 기색도 없이 편지봉투를 불쑥 내밀었다. 그것도 두 개씩이나.

"그렇다면 우선 이것부터 보시고……"

"그게 뭐예요?"

"읽어보시면 압니다."

그가 내미는 봉투를 열어보니 편지와 함께 머리카락과 손톱, 발톱이 쏟아져 나왔다. 그녀는 기겁을 하면서도 자세를 흐트러트리지 않고 그 편지를 읽기 시작했다. 꿈에도 잊지 못할 장환의 편지였기 때문이다.

이윽고 한참을 읽어내려 가던 그녀의 두 손이 떨리면서 눈에는 벌써 눈물이 고였다. 입교한지 한 달밖에 안 됐는데 각서와 유서까지 받았으니 그것을 보고 안 놀랄 여자가 없었던 것이다. 그리고 무언가 심상치 않다고 느꼈던지 잠시 생각에 잠겼고, 방안은 갑자기 냉기가 흐르면서 적막에 쌓였다.

그렇다면 이 자가 그의 내무반장이란 말인가. 이것은 분명히 그의 글씨이고 내용에도 그렇게 적혀 있다. 그런데 무슨 말이든 다 들어주라는 내용은 또 무엇을 의미하는가. 만약 내가 말을 안 들었을 때는 자신이 이 자의 손에 죽을 수도 있다는 내용도 포함되어 있다. 그렇다면 이 자가 요구하는 내용은 과연 어떤 것일까. 참으로 묘한 인연이다.

이렇게 생각하고 있는데 이 자는 무엇이 그리도 좋은지 계속 미소짓고 있다. 참으로 모를 일이었다.

아무튼 그녀는 각서와 유서를 다 읽은 후 조금은 부드럽게 대하는 것도 잊지 않았다. 악랄한 놈일수록 반대급부가 더 클 수 있다고 생각했기 때문이다. 그녀는 이렇게까지 된 이유를 더 자세히 알아보기 시작했다.

　　"이 각서에 쓰여 있는 '헬리콥터 훈련'이란 어떤 건가요?"

　　"그것은 우리 육사생도들이 제일 겁내는 훈련입니다. 여차하면 곧 죽음과도 연결되기 때문입니다."

　　"그렇다면 누구나 다 받는 훈련인가요?"

　　"꼭 그렇지는 않습니다."

　　"그럼, 장환 씨만 받는 훈련인가요?"

　　"그렇습니다."

　　"왜? 뭣 때문에?"

　　영란은 화를 벌컥 내면서 틀림없이 이 작자가 주도한 일이라고 단정지었다. 그렇지 않고서야 그만 당할 리가 없기 때문이었다. 그래서 악을 썼던 것인데 그가 잠시 움찔하는가 싶더니 돌연 씩 웃었다. 완전히 얕보는 듯한 모습이었다.

　　"허, 이게 화를 낸다고 될 일이 아니오"

　　"그럼, 뭐예요?"

　　영란은 이제 완전히 흥분된 상태다. 별, 거지같은 자식이 남의 가정을 깨고 있다고 생각한 것이다. 그렇지만 소꼬리는 계속 능글맞게 웃으면서 눈 한번 깜짝하지 않았다.

　　"우리 일본군대에는 '셋사'란 것이 있소"

　　"그래서? 그게 뭐야?"

　　"한 사람이 잘못했을 때는 그 전체가 기합을 받는 것이오. 그런데 그만 장환 생도가 걸려들고 말았소. 그래서 나도 어쩔 수가 없었소"

　　"뭐가 그래? 당신이 꾸며낸 일이잖아?"

　　"아무렇게나 생각해도 좋소. 그러나 이것 한 가지만은 꼭 기억해주기 바라오"

　　"뭘 기억해?"

영란은 이제 아예 반말이다. 독이 올라 그를 사람으로 대한다는 것 자체가 싫었고, 뱀처럼 능글맞은 그 모습도 너무 징그러웠다. 그러나 소꼬리는 이미 각오를 하고 왔는지 이런 수모에도 자신의 의지를 분명히 밝혔다.

"이제 두 번 다시 반복하지는 않겠소 그렇지만 나는 당신과 꼭 결혼하고 말겠소 이것은 내가 죽어서라도 꼭 실현시키겠다는 얘기요"

"이 남자가 정말 미쳤네. 멀쩡한 줄 알았더니……?"

그녀의 말이 끝나기도 전에 소꼬리의 눈동자가 갑자기 돌아가고 있었다. 무서운 얼굴이었다. 그녀가 순간적으로 위기감을 느끼면서 어찌할 바를 모르고 있자 그가 확 달려들었다.

"그래, 미쳤다!"

"악! 이거 놔!"

"내가 너를 얼마나 사랑했다고 으흐흐흐!"

"악! 사람 살려! 욱! 우으윽!"

소꼬리의 주먹에 어깨를 맞은 영란이 털썩 주저앉았다. 조그만 체구에서 어찌 그런 힘이 나올까 싶을 정도로 그의 주먹은 강했다.

"소리쳐도 소용없어. 이제 넌 내 꺼야. 흐흐!"

그가 마치 정복자나 된 것처럼 느물거렸다. 영란은 이를 갈았지만 더 이상 저항할 수 없는 것이 안타까웠다. 그가 또다시 돌덩이 같은 주먹으로 넓적다리를 가격했기 때문이다.

소꼬리는 이제 마귀처럼 변해 있었고 먹이를 앞에 둔 하이에나처럼 눈을 번득거렸다. 이윽고 그가 잽싸게 그녀의 배를 깔고 앉아 옷을 벗기기 시작했다. 위기감을 느낀 그녀가 악을 쓰면서 발버둥을 쳤지만 그것은 단지 그의 성욕만 더 자극할 뿐이었다.

"악! 안돼! 흑흑!"

그녀가 소리치면서 울고 있었다. 여자의 눈물은 남자를 약하게 만드는 무기가 될 수 있었다. 그렇지만 소꼬리는 이제 더 이상 인격체가 아니라 오직 여체를 탐하는 치한일 뿐, 이미 제정신이 아니었다.

소꼬리는 옷이 잘 안 벗겨지자 마구 찢어 댔다. 그리고 가슴이 드러나자 그것을 어린애처럼 빨아대면서 다른 손으론 나머지 젓을 주물렀다. 아주 많이 해본 능숙한 솜씨였다.

이윽고 그가 음흉한 미소를 지으면서 팬티를 낚아채자 그것은 마치 휴지조각처럼 찢겨나가면서 걸레처럼 처박혔다. 벌거숭이가 된 그녀는 이제 모든 것이 공개되면서 다리 사이로 수북한 털이 적나라한 모습을 드러내고 있었다. .

이것을 본 소꼬리의 눈동자가 벌겋게 충혈 되면서 호흡이 거칠어지고 있었다. 그리고 신기한 듯 그곳을 만지작거리면서 흥분하기 시작했다.

손바닥으로 살살 쓰다듬다 손가락을 넣어 아주 천천히 휘저으면서 애무하는 모습이 기생집을 꽤나 많이 다녀본 솜씨였다. 아주 능숙한 솜씨로 젓을 빨면서 왼손으로는 음부를, 오른손으로는 또 다른 젓을 애무하면서 그녀가 스스로 달아오르도록 만들었다. 결코 강간이 아니라 화간을 할 속셈이었다.

그녀는 힘이 빠져 저항은 못했지만 또다시 이를 갈았다. 비록 몸은 열려 있지만 그것은 분명 치욕이었고 벌레가 기어가는 느낌이었다. 하지만 그는 이제 거리낄 게 없다고 생각했는지 아예 노골적으로 장난을 치고 온몸을 더듬으면서 그녀를 울렸다.

그녀가 하염없이 눈물을 흘리면서 이것이 분명 꿈이기를 바라고 있을 때 하체에 충격이 왔다. 그의 몽둥이가 분명 자신의 몸 속으로 들어온 것이다.

삽입에 성공한 소꼬리가 그녀를 끌어안고 미친 듯이 요동치기 시작했다. 마치 잡아먹을 듯이 노려보면서 위에서 찍어눌렀다. 아니, 노려보는 것이 아니라 표정을 감상하는 것이라고 해야 더 옳았다.

그렇거나 말거나 그녀는 주변부터 살폈다. 이제는 억울한 것도 창피한 것도 없었다. 오직 복수해야 한다는 생각이 머리 속을 어지럽히고 있었다.

그렇지만 음양의 법칙은 생각과 전혀 달랐다. 이미 남자의 맛을 알고 있던 그녀의 육체도 서서히 열렸고 또 다른 희열이 자신의 의지와는 상관없이 뇌에서 하체로 전달되고 있었다.

그녀는 자신의 몸이 예상외로 이 같은 반응을 보이자 정말로 자신을 학대하고 싶었다. 그것은 이성과는 관계없이 전혀 다른 의미로 존재하고 있었다.

마침내 그녀가 다리를 벌리면서 소꼬리의 목을 휘어 감자 뱃속에 있는 아이가 갑자기 놀란 듯 요동쳤다. 그러나 정작 놀란 것은 소꼬리였다. 전혀 뜻밖의 일이 벌어지고 있었기 때문이다.

소꼬리는 만족해하면서 이번에는 입을 덮쳐 눌렀다. 그녀가 또다시 혀를 받아주고 있었다. 감미로운 느낌이 대뇌를 타고 흐르는 가운데 이번에는 소꼬리가 그녀의 혀를 빨았다.

그 상태에서 그는 계속 펌프질을 해 댔다. 세상 사람들이 제일 좋아하는 희열이었다. 강간이 아니라 화간이었기에 더 스릴을 느끼는 것 같았다. 하지만 더 놀라운 일이 벌어지고 있었다. 그녀가 엉덩이를 상하좌우로 흔들면서 보조까지 맞춰주는 것이었다.

소꼬리는 더 이상 참지 못하고 그녀의 질 속에다 정액을 뿌려대기 시작했다. 짜릿한 맛이 흐르면서 머리 속이 온통 무아지경 속으로 빠져들고 있었다.

실로 오랜만에 느껴보는 동물로서의 희열이었다. 하지만 그녀도 클라이맥스에 이르렀는지 온몸을 부르르 떨었다. 이렇듯 이상과 현실 사이에는 언제나 모순덩어리로 남아 있는 것이 바로 남녀간의 성행위였다. 그리고 모순은 또 다른 모순을 낳는다는 것을 증명이라도 하듯, 그녀가 미소를 지으면서 그의 품으로 파고들었다. 전혀 예상치 못한 결과였다.

"후회하지 않나?"

소꼬리는 너무 흐뭇한 나머지 그녀를 끌어안으며 속삭였다. 그러나 처음과는 달리 반말이었다. 행위가 시작되기 전과 끝난 후가 거의 그렇듯이, 그도 보통남자들과 마찬가지로 정복했다는 소유감에 들떠 있었다. 그리고 환한 얼굴로,

"이미 지나간 일, 후회한다고 돌이킬 수 있나요. 이것도 운명이라고 생각해야겠지요"라고 대답하는 그녀의 얼굴을 바라보면서 묘한 표정을 지었다. 뿐만 아니라 그는 이제 마음까지도 정복했다고 생각했던지,

"이제 그 녀석과의 관계를 끊어야 하지 않겠어?"라고 내뱉으면서 제나름대로 결론을 내렸다. 하지만 영란은 또다시 웃는 얼굴로 그를 안심시켰다. 진정한 의

도가 무엇인지 알아보기 위해서였다.

"어떻게 끊으라는 거예요?"

"우선 병원에 가서 아이부터 떼어버리고, 그 다음에는……."

"잠깐, 제가 더럽다고 느껴지지 않으세요?"

분명 장환을 빗대어 얘기한 것이었다. 하지만 눈 하나 깜짝할 소꼬리가 아니었다. 곧장 시궁창 썩은 물에서 놀던 모습으로 나왔다.

"바다에 오줌을 갈겼다고 해서 바다 전체가 오줌으로 변하는 것은 아닐 거야. 점차 시간이 흐르다보면 냄새도 곧 사라질 거고, 나중에는 누가 그런 짓을 했는지조차 모르겠지."

"그래서 남자들은 아무 곳에서나 방뇨를 하나요?"

"그럴지도 모르지. 어차피 인격이란 피곤한 단어니까."

정말 더러운 잉여인간이었다. 남의 것을 가로채거나 훔쳐먹는 하이에나 같은 놈이었다. 그녀는 가래침을 탁 뱉고 싶었지만 꾹 눌러 참으면서 오직 기회만 엿봤다.

소꼬리는 아주 만족한 표정이었다. 그녀를 정복했다는 쾌감에 매우 들떠 있었다. 이제는 아무 것도 거리낄 게 없었다. 또 다른 음욕이 서서히 발동하기 시작했다.

그녀의 손을 잡아끌어 자신의 성기를 만지도록 하고, 또 다른 손으로는 그녀의 목을 끌어당겨 입을 포갰다. 하지만 그가 혓바닥을 밀어 넣는 순간 놀라운 일이 벌어졌다. 그녀가 사정없이 혀를 깨물면서 목을 졸라버린 것이다.

순간적으로 벌어진 일이었으나 무서운 힘이었다. 마치 사자가 누우를 사냥하듯이 그의 혀가 끊어져야 놓을 것 같았다. 어디서 이렇게 무서운 힘이 나오는지 모를 일이었다.

"우욱! 악! 으아악……!"

그가 내지르는 비명과 함께 두 사람의 입은 온통 피바다였다. 드디어 혓바닥이 반쯤 끊어진 것이다. 그녀는 재빨리 옆에 있던 놋쇠그릇으로 그의 머리통을 후려쳤다. 그것도 얼마나 세게 내려쳤는지 그가 꿈틀거리다 말고 축 늘어졌다.

그녀는 입 속에 있던 피를 그의 얼굴에다 확 뿌렸다. 소꼬리의 입과 머리통에서는 계속 피가 흘러나왔다.

"더러운 놈! 그렇게도 애원했건만 아이의 얼굴에다 풀칠까지 하다니. 그리고 뭐? 바다에다 오줌을 갈겨도 바다일 뿐이라고? 개 같은 놈 같으니⋯⋯."

한참 독설을 퍼붓던 그녀가 부엌으로 나가 몸을 씻기 시작했다. 양치질을 몇 번씩이나 하면서 그의 흔적이 남을 만한 곳은 씻고 또 씻었다. 특히 그의 정액이 묻어 있는 음부는 몇 번씩이나 반복해서 결벽증에 가까울 정도로 닦아냈다. 그리고 어느 정도 마음이 가라앉자 이번에는 사후처리 방법에 대해 생각하기 시작했다. 하지만 소꼬리는 충격이 컸던지 그때까지도 의식을 잃고 있었다.

그런데⋯⋯.

그녀가 방으로 들어서자 소꼬리가 벌떡 일어나는 것과 동시에 그녀의 머리채를 낚아챘다. 순식간에 벌어진 상황이었다. 그녀가 "악!"하는 비명과 함께 벌렁 나가자빠지자 소꼬리는 재빨리 그녀의 입을 걸레로 틀어막은 다음 두 손과 발을 끈으로 묶기 시작했다.

놀란 눈으로 바라본 소꼬리의 얼굴은 마치 망나니 같은 모습이었다. 입가에서부터 온통 피로 범벅된 얼굴은 바라보면 바라볼수록 무서운 얼굴이었다. 하지만 그녀는 걸레로 입이 틀어 막혀 신음조차 내지 못했다.

이윽고 그녀를 꼼짝 못하게 결박한 소꼬리는 자신의 주머니에서 무엇인가를 꺼냈다. 그리고 마치 흡혈귀 같은 모습으로 겁을 주기 시작했다.

"이, 더러운 년. 결코 나를 원망하지 마라."

"으으! 으으으음⋯⋯!"

그녀가 겁먹은 표정으로 울부짖는 가운데 소꼬리는 또다시 그녀의 하체를 벗겼다. 그리고 다리 사이로 음부가 드러나자 그곳을 손으로 만지면서 변태성욕자처럼 웃었다.

"흐흐흐! 개 같은 년. 내 혀를 자르고 부모 말도 안 듣는 개 같은 년에게 하늘을 대신해서 내가 벌을 내린다. 으흐흐흐!"

"으으으으⋯⋯!"

공포에 떨고 있는 영란을 바라보면서 소꼬리가 마침내 병 뚜껑을 열었다. 갑자기 시큼한 냄새가 진동하면서 방안으로 확 퍼졌다. 영란은 그것이 무엇인지 몰라 공포에 떨고 있었고 소꼬리는 계속 주절거렸다

"흐흐흐흐! 지금부터 강력 접착제의 맛을 보여 주마. 그것이 어떤 위력을 보여줄지는 바로 네가 증명해 줄 것이다. 흐흐흐흐!"

말을 마친 소꼬리는 그녀의 다리를 최대한 벌린 다음 그것을 음부에 확 쏟아부었다. 그 순간, 차가운 느낌에 다리를 부르르 떨던 그녀는 아랫배에 힘을 주고 그대로 오줌을 쌌다. 접착제를 오줌과 중화시켜 피해를 최대한 막아보자는 생각이었다. 그러나 이 모습에 낄낄거리던 소꼬리가,

"흐흐흐! 개 같은 년이 이젠 오줌까지도 싸네. 더러운 년 같으니라고"라고 말하면서 끈으로 넓적다리를 칭칭 동여매기 시작했다. 아예 콱 달라 붙이려는 것 같았다.

"잘 있어라 개 같은 년. 오늘 밤 안으로 내가 반드시 그 녀석도 죽일 것이다. 흐흐흐!"라고 말하면서 부엌으로 들어가 몸을 씻었다.

소꼬리가 사라지자 영란은 필사적으로 끈을 풀기 시작했다. 하지만 움직이면 움직일수록 더 조여들었을 뿐 별다른 방법이 없었다. 그렇다고 마냥 방치할 수도 없고 도움도 청할 수 없었다. 소문은 꼬리에 꼬리를 물면서 뻗어나갈 것이고, 그렇게 되면 완전히 집안망신으로 이어지기 때문이었다.

그녀는 창피함과 서러움에 눈물이 주르륵 흘러내렸다. 하지만 그때, 순간적으로 머리를 스치고 지나가는 것이 있었다. 바로 부엌에 있던 칼이었다.

그녀는 혼신의 힘을 다해 부엌으로 굴러갔다. 그리고 칼을 찾아 뒤로 묶여진 끈을 잘라내고 곧 이어서 허벅지에 묶여진 끈도 잘라냈다. 그래도 오줌 덕을 많이 봤던지 접착제가 오줌과 섞이면서 굳는 것을 막을 수 있었다.

그렇지만 옷을 입는 순간 다리 사이에 붙은 접착제 때문에 가랑이가 벌어지질 않았다. 다리를 벌리면 벌릴수록 통증이 심해지면서 살점이 떨어져 나갈 것 같았다.

그녀는 우선 팬티를 엉성하게 입은 다음 통치마를 입었다. 그리고 걸을 수가

없자 부엌으로 기어가서 양치질을 하고 또 했다. 그러자 입안이 상쾌해지면서 좀 살 것 같았다.

이제 급한 것은 병원부터 가는 일이었다. 그 개자식이야 나중에 복수한다고 해도 이대로 두면 꼭 병신이 될 것 같았다. 그녀는 한참 고민했으나 당장 뾰족한 방법이 없었다. 그렇다고 금방 들통날 병원에는 죽어도 가기 싫었다. 아니, 가고 싶어도 소문 때문에 도저히 갈 수가 없었다.

결국 그녀는 여러 가지 방법에 대해 끊임없이 생각했다. 그러다 문득 화학시간에 배운 아세톤과 콜드크림을 생각하기에 이르렀다. 천만다행이라고 생각하면서 그녀는 10원이라는 거액을 들여 그것 말고도 여러 가지 약품을 구입했다.

물론 친구가 병원에서 구해온 것이었으나 정말 돈의 위력을 이때처럼 느껴보기도 처음이었다. 그러나 잘 안 떨어지는 곳을 칼로 도려낼 때는 뼈를 깎는 듯한 고통도 감수해야 했다. 그녀는 고통이 따를 때마다 독을 품으면서 꼭 복수하고 말겠다고 이를 갈았다.

집을 나선 소꼬리는 무척 다급했다. 그렇게 많이 잘라지진 않았어도 그대로 방치할 수는 없었다. 그런데 오늘 따라 문을 연 병원이 한 곳도 없었다. 오는 날이 장날이라고 오늘이 바로 토요일이었던 것이다.

그렇다고 시간을 다투는 일에 포기할 그도 아니었다. 일단 학교로 돌아와 의무실에서 응급조치를 취한 다음 위생병에게 전화를 걸도록 시켰다. 물론 말은 못하고 글로 써서 명령했지만 전화를 받는 곳은 없었다. 전쟁 중이라 시국이 불안한 판에 돈에 혈안 될 의사가 없었던 것이다. 그러자 한참을 전화통에 매달려 있던 위생병이 문득 생각난 듯,

"아마 대학병원에는 담당의사가 있을지도……"라고 중얼거리면서 눈치를 살폈다.

그 말을 듣자 소꼬리는 정신이 번쩍 들었다. 구세주라도 만난 듯 즉시 오토바이를 타고 그곳으로 향했다.

다행히 대학병원에는 담당의사가 있었다. 전쟁 중이라 수많은 부상자들이 치

료를 받고 있었기 때문이다. 하지만 그의 상처를 본 의사가 낄낄거렸고 옆에 있던 간호원들도 따라 웃었다. 일본군 장교가 하필이면 혓바닥을 잘려왔다는 것이 너무 우스웠던 모양이다.

그렇거나 말거나 소꼬리는 급히 글을 써서 의사를 표시했다. 수치심보다는 치료가 더 급했던 것이다.

"선생님, 사연은 묻지 말고 빨리 수술부터 해 주시오"

"어쩌다 그 모양이……. 쿡쿡!"

"선생님, 제발 그만 웃고! 아파 죽겠습니다."

의사가 자꾸 웃자 그는 아예 애원하듯 졸랐다. 혀가 아픈 것보다도 시간이 지체될수록 불리했기 때문이다.

"자, 이쪽으로 누우시오."

그가 눕자 간호원이 곧 마취주사를 놓았고 이만한 게 다행이란 의사의 말을 듣는 순간 혓바닥이 얼얼해지면서 감각이 무뎌졌다.

의사는 정성을 다해서 꿰맸다. 사연이야 어찌됐건 간에 '히포크라테스의 선서'를 잘 이행하고 있었다. 그렇다면 별 탈은 없겠지만 소꼬리는 이렇게 깨져버린 것이 못내 아쉬웠다.

밥그릇은 이미 깨져버린 것, 다시 주어 담을 수도 없는 일이다. 그렇지만 포기하기에는 너무 아깝다. 그 예쁜 얼굴과 쭉 빠진 몸매, 남자라면 누구나 빠져들 것 같은 섹시한 눈, 어느 것 하나 사랑스럽지 않은 곳이 없다.

다만 혓바닥을 자를 정도로 독한 면이 있긴 해도 그 상황에선 누구나 그럴 수 있는 일이다. 그렇지만 다른 년들과는 분명히 달라 섣불리 건드렸다간 또 당할 수도 있다. 감히 혓바닥을 자르는 것만 봐도 알 수 있다. 하여튼 오늘은 정말 재수 없는 날이다.

결국 그렇게 결론지었지만 소꼬리는 아직도 그녀를 못 잊었고 통증 때문에 그날 밤을 꼬박 세워야 했다.

그렇게 한 달이 지난 어느 일요일, 혓바닥도 어느 정도 아물었다고 생각한 소꼬리는 일어나자마자 어금니를 꽉 깨물었다. 창피하고 분하고 억울했던 일들이 자꾸 떠올랐던 것이다. 그는 세면을 마친 후 느긋하게 식당으로 향했다.

그가 들어섰을 때는 이미 식사 중이었다. 그는 맛있게 먹고 있는 장환을 손짓으로 불렀다. 그리고 그가 달려오자 곧 명령을 내렸다.

"센쇼깡 생도! 내 밥을 타와라!"

"하이!"

장환은 밥을 타러 가면서 오늘은 꼭 무슨 일이 일어날 것만 같았다. 저 자식이 분명 무슨 꿍꿍이속이 있기에 이곳에서 밥을 먹는다고 생각했기 때문이다. 그렇지 않고서야 생도식당에서 먹을 리가 없었다.

"오늘은 특별히 나와 함께 먹는다. 알겠나?"

"하이!"

장환이 밥을 넘겨주고 자리에 앉자 그가 두 손을 꼭 모은 채 기도를 올렸다. 아마 주기도문 같았다.

"하늘에 계신 우리 아버지시여 이름을 거룩하게 하옵시며, 나라에 임하옵시며, 뜻이 하늘에서 이룬 것 같이 땅에서도 이루어 지이다. 오늘날 우리에게 일용할 양식을 주옵시고 우리가 우리에게 죄 지은 자를 사하여 준 것 같이 우리 죄를 사하여 주옵시고, 우리를 시험에 들지 말게 하옵시고 다만 악에서 구하옵소서. 나라와 권세와 영광이 아버지께 영원히 있사옵나이다. 아멘."

그 꼴을 보고 있던 장환은 참 별난 놈이라는 생각이 들었다. 일본 놈들에게 붙어 온갖 죄는 다 저지르면서 주둥아리로는 엉뚱한 짓거리나 하는 것이 영 못마땅했다. 그런데도 기도가 끝나자 대뜸,

"자네는 기독교를 안 믿나?" 라고 물었다.

장환은 대답대신 씩 웃었다. 대답할 가치조차 없다고 생각했기 때문이다. 그런데도 소꼬리는 밥을 먹는 것조차 잊은 채 열변을 토해냈다.

"하느님을 믿게. 그래야 구원을 받을 수 있다네. 하느님은 우리 인간들을 영원히 구제해주는……."

생도들은 이 모습을 흥미롭게 지켜보고 있었다. 그가 안 하던 짓거리를 하고

있었기 때문이다. 하지만 장환은 괴로웠다. 이런 이중 인격자와 마주 앉아 밥을 먹어야 한다는 사실과, 그가 시키면 시키는 대로 행동해야 하는 자신의 처지가 너무 초라해서 화가 날 지경이었다.

한참 동안 중얼거리던 그가 드디어 밥을 먹기 시작하자 장환도 잽싸게 식사를 시작했다. 이미 반도 더 먹은 상태였기 때문에 빨리 먹고 도망칠 생각이었다.

하지만 그가 밥을 다 먹고 일어서려는 순간,

"10시까지 완전군장에 알 철모를 쓰고 내무반에서 대기한다. 알겠지?" 라고 속삭이듯 말했다. 그러나 장환은 이미 각오했던 터라 담담한 표정으로 그 자리를 벗어났다. 어차피 당할 것이라면 빨리 당하는 것이 마음 편하다고 생각했던 것이다.

생도들이 위로하면서 군장을 꾸려주었건만 독하게 마음먹고 있던 장환은 그저 불안하기만 했다. 그래서 혹 어찌될지도 모른다는 생각에 강주석에게 자신의 심정을 토로한다.

"주석이, 내가 부탁이 있네."

"그래, 어떤 말이든지 해봐. 내가 다 들어줄게."

"자네도 알다시피 내가 각서와 유서를 쓰지 않았던가."

"그렇지. 그렇고 말고"

"만약 내가 잘못되면 그걸 좀……."

장환이 말을 맺지 못하고 눈시울이 시큰해진다. 하지만 이를 지켜보는 강주석도 울적하기는 마찬가지다. 조선 놈이 조선 놈을 챙기지는 못할 망정 끝까지 괴롭히는 것을 볼 때 속에서 불같은 것이 치밀었던 것이다.

그렇다고 도와줄 일도 아니었다. 생각 같아서는 그를 잡아다 족치면서 민족 정신을 일깨워주고도 싶지만 자신도 특수조직에 얽매인 몸이었다. 그래서 안절부절못하고 있는데 갑자기 소꼬리의 목소리가 들렸다.

"센쇼깡 생도!"

"하이!"

"지금부터 나를 따라온다."

평소와는 사뭇 다른 목소리에 생도들은 그저 의아할 뿐이다. 그러나 장환이 군장을 지고 나서자 내무반은 갑자기 무거운 정적이 흐른다. 마치 사형장으로 끌려가는 듯한 그의 모습에서 강한 전우애를 느꼈던 모양이다.

밖으로 나온 소꼬리는 오토바이에 오르고 완전군장한 장환은 그 뒤를 따랐다. 그러나 오토바이가 속력을 내자 장환은 뛸 수밖에 없었고, 그것을 지켜보는 강주석의 눈에서는 어느 새 눈물이 주르륵 흘러내렸다. 그리고 비록 종교는 믿지 않았지만 제발 무사하기를 빌면서 그가 사라질 때까지 꼼짝도 하지 않고 지켜보고 있었다.

오토바이 뒤를 따라 가는 장환의 몸은 어느 새 땀으로 젖어 있었다. 알 철모는 제멋대로 돌아다녀 거추장스러웠고, 그 밑으로 흘러내린 땀은 마치 열병환자와 같았다.

특히 비오듯 흐르는 땀이 자꾸 눈으로 들어가서 따가웠으나 오토바이를 운전하는 소꼬리는 아주 느긋한 표정이었다.

그렇게 한 시간 정도를 달려왔을 때 훈련장이 나타나면서 헬리콥터와 같은 모형체(헬기레펠)가 공중높이 매달려 있는 것이 눈에 띄었다. 아마 공수훈련을 받기 위해 설치해 놓은 것 같은데 양쪽에는 '막타워'시설물들도 나란히 서 있었다.

막타워란 사람이 공포를 가장 많이 느끼는 11미터 높이에서 뛰어 내리는, 공수부대 요원들이 비행기에서 뛰어내리기 위해 하는 훈련이었다.

그것을 본 장환은 갑자기 머리털이 쭈뼛해지면서 현기증이 일었다. 입교 첫날 '셋사'를 당할 때부터 그 얘기를 수없이 들어왔기 때문이다.

이윽고 헬기레펠 앞에선 소꼬리는 느긋하게 담배를 꺼내 물었다. 그리고 무슨 큰 호의라도 베푸는 것처럼 장환에게도 한 대 권했다. 육사생도들의 금기사항이 바로 담배와 술, 여자인데도 말이다.

장환은 그것을 소꼬리가 자신에게 마지막으로 베푸는 선물이라고 생각했다. 묘한 감정이 이는 가운데 그가 마치 유언을 묻듯이 물었다.

"나를 원망하나?"

"아무 미련도, 누구를 탓할 마음도 없습니다."

"진정인가?"

"그렇습니다."

이미 모든 것을 포기한 상태에서 대답하는 장환의 얼굴은 마치 성자와 같은 모습이다. 그러나 영란에게 된통 당했던 소꼬리는 끝내 포기하지 않고 잡아먹을 듯이 노려본다.

잠시 살벌한 분위기가 연출되면서 서로가 말이 없다. 그러나 소꼬리는 담배가 다 타들어 가자 급히 비벼 끄면서 새 담배에다 불을 부친다. 평소 담배를 별로 좋아하지 않던 그의 성품으로 보아 대단한 갈등이 이는 모양이다.

장환은 이마에 흐르는 땀을 계속 닦아내면서 명령만 떨어지기를 기다렸다. 그러나 소꼬리는 또 무엇을 생각하는지 먼 산만 바라보면서 담배를 빨아대고 있다.

이렇듯 침묵이 흐르자 갑갑하기는 서로가 마찬가지다. 침묵은 언제나 많은 생각과 인내력을 필요로 하기 때문이다. 그러나 또다시 담배가 다 타들어 가자 드디어 그가 입을 열었다. 하지만 무언가 큰 결심을 했던지 조금 전과는 영 딴판이다.

"결코 원망은 하지 않겠다고 했겠다. 음……. 그렇다면 지금 즉시 헬리콥터로 올라간다. 실시!"

"실시!"

마치 쇠 소리가 나는 듯한 싸늘한 목소리다. 장환은 복창을 하면서 사다리를 잡았으나 잠시 손이 떨린다. 무척 긴장되는 모양이다. 그렇지만 약한 꼴을 보이기 싫었던 그는 곧 사다리를 타고 오른다. 설마 네가 나를 죽이기야 하겠냐는 복선도 깔려 있었기 때문이다.

모형 헬리콥터에서 길게 늘어져 있는 사다리는 대충 15미터는 되어 보였다. 밑에서 올려다봐도 현기증이 일 정도였다. 더구나 이곳에서 꽤 많은 생도들이 죽거나 병신이 되었다는 얘기도 무성했지만 그는 겁먹지 않고 천천히 오르기 시작한다. 그 모습에 소꼬리의 입가에 잠시 싸늘한 미소가 번진다. 아마 느긋하게 즐길 모양이다.

높이 오를수록 사다리는 계속 흔들렸다. 장환의 체구가 너무 커서 그런지 사다리를 잡은 손이 잠시 경련을 일으켰다. 중간쯤 올라가다 밑을 내려다보니 현기증이 날 정도로 아찔했다.

밑바닥은 온통 돌 천지여서 떨어지면 꼭 죽을 것 같았다. 그런데도 개자식은 담배만 피워대고 있었다.

그가 비오듯 흐르는 땀을 닦아가며 드디어 정상에 오르자 이것을 본 소꼬리가 담배를 비벼 끄며 소리쳤다.

"어때? 기분이 좋은가?"

"하이! 무척 좋습니다."

"호! 그렇다면 다행이군. 그런데 양반과 백정의 차이점은 무엇인가?"

"……."

개 같은 질문에 장환이 입을 닫아버리자 소꼬리가 야비한 웃음을 짓는다. 찻집에서 당했던 일을 이 기회에 완전히 갚으려는 모양이다. 또다시 개 같은 말만 골라서 씨부렁거린다.

"호! 모른다면 내가 자세하게 가르쳐주지. 백정은 우선 가슴에다 검은 천을 달아 누가 봐도 백정이란 것을 알 수 있도록 해야 한다. 두 번째는 결혼할 때 남자는 말이나 나귀를 타고 가는 게 아니라 소를 타고 가야하고, 여자는 가마가 아니라 널빤지를 타고 가야 한다. 세 번째는 죽어서도 꽃상여를 타고 가는 것이 아니라 관을 지게에 실어서 가야 한다. 그리고 걸을 때도 똑바로 걷는 것이 아니라 허리를 구부린 자세에서 팔자걸음으로 뛰듯이 걸어야 한다. 만약 그렇지 않으면 관가에 끌려가서 곤장을 맞았던 게 바로 엊그제의 일이다. 그런데도 네 놈은 찻집에서 을사보호조약과 한일합방까지 들먹이면서 평등만을 주장했다. 그걸 지금도 잘했다고 생각하나?"

"하이! 제 생각에는 변함이 없습니다."

"호, 그래?"

죽을 때 죽더라도 말은 바로 하자는 생각에서 장환이 대답하자 그가 서서히 다가와서 사다리 끝을 잡는다. 그리고 시비를 걸기 위해 말도 안 되는 질문을 던졌다.

"센쇼깡 생도!"

"하이!"

"대마도는 어느 나라 땅인가?"

"대일본제국의 땅입니다."

"그렇다면 독도는 또 어느 나라 땅인가?"

"……."

장환이 대답을 안 하자 소꼬리의 눈자위가 곧 세모꼴로 변한다. 그러더니 차츰 도끼눈으로 변하면서 계속 올려다본다. 그 속에는 빨리 대답하라는 압력이 들어 있다. 그렇지만 장환은 대답할 수가 없었던지 침묵으로 일관했다. 저 작자의 의도가 과연 무엇인지 모르기 때문이다.

그렇게 잠시 시간이 흐르자 성질 급한 그가 참을 수가 없었던지 또 재촉한다.

"빨리 대답해라. 어느 나라 땅인가?"

"조선 땅입니다."

"무엇이?"

"으아악!"

장환의 말이 떨어지기가 무섭게 그가 사다리를 흔들었다. 사다리가 춤을 추기 시작하면서 장환의 몸도 함께 춤을 추듯 출렁거렸다.

장환은 있는 힘을 다해 사다리를 잡고 버텨보지만 무척 불안했다. 옷은 이미 땀으로 얼룩져 땀방울이 뚝뚝 떨어지는 가운데 의지할 것이라곤 단지 손목 힘뿐이다. 이제 힘이 빠지면 결국 떨어질 것 같은데 놈은 계속 사다리를 흔든다. 마치 그네를 태우듯이 이쪽 끝에서 저쪽 끝으로 사다리를 잡고 뛰다 탁 놓는다. 그리고 또 사다리를 비비꼬다가 탁 놓으면서 낄낄거린다. 빌어먹을 놈이 꽤나 많이 써먹어 본 솜씨다. 그러면서 말도 안 되는 소리를 또 씨부렁거린다.

"독도가 조선 땅이라고? 이 쌍놈의 조센징!"

"으아악!"

말이 끝나기가 무섭게 또다시 사다리를 잡고 10여 미터를 달려가다 탁 놓자 사다리가 갑자기 춤을 추면서 장환이 비명을 지른다. 그러나 비명만 지른 것이 아니라 너무 무섭고 두려운 나머지 배설까지 해 버린 것이다. 이에 소꼬리가 경멸하는 눈초리로,

"호, 이제는 오줌과 똥까지 싸? 고얀 조센징!"이라고 제멋대로 주절거리면서 또다시 흔들기 시작한다. 아예 오늘 초상을 치르기로 작정한 모양이다.

그렇게 반시간 정도를 버티던 장환은 자꾸 힘이 빠지자 최후의 방법을 택했다. 즉 철모를 벗어 끈을 푼 다음, 그 끈으로 손과 사다리 줄을 함께 묶어버린 것이다. 이것을 본 소꼬리가 가만있을 턱이 없다.

"센쇼깡! 누가 철모를 벗으라고 했나? 빨리 써!"라고 고래고래 악을 쓰면서 마치 미친놈처럼 발광하기 시작한다. 그러나 힘이 빠져 초죽음 상태에 이른 장환이 대답할 리가 없다.

그렇다고 포기할 소꼬리도 아니다. 곧 능글맞게 웃는가 싶더니 사다리를 끝까지 꼬아 큰 원을 그리면서 힘차게 달리다 탁 놓는다. 그도 마지막 방법을 선택한 모양이다.

사다리가 큰 원을 그리면서 빠르게 회전하자 장환은 정신을 바짝 차리고 이를 악 물었다. 하지만 워낙 빠른 속도로 큰 원을 그리면서 회전하자 그는 결국 더 이상 버티지 못하고 "악!" 하는 비명과 함께 기절하고 만다.

이제 그의 몸은 마치 교수형을 당한 사람처럼 축 늘어진 채 사다리에 대롱대롱 매달려 있다. 그러나 소꼬리는 조금도 놀라는 기색 없이 씩 웃으면서 담배를 꺼내 문다. 시간이 지나면 곧 깰 것으로 생각한 모양이다.

하지만 그때, 먼발치에서 뽀얀 먼지를 일으키며 달려오는 차량들이 있었다. 소꼬리는 담배를 피우다말고 긴장하기 시작했다. 특별한 일이 아니고는 공휴일에 훈련장을 찾아오는 차가 없었기 때문이다. 그런데 차가 10여 미터 앞에 이르자 차마다 별 판이 붙어 있는 것이 보였다.

그는 가슴이 철렁해서 즉시 담배를 발로 비벼 끄고 부동자세를 취했다. 그리고 거수경례를 한 상태로 서 있자 차가 "끼익!" 하는 소리와 함께 그의 발 앞에

정지했다.

차에서 내린 사람은 바로 육사교장이었다. 키는 6척 장신에다 부리부리한 눈을 가진, 일본 내에서도 강직하기로 소문난 호시노 히꼬지로[細野彦次郎] 중장이었다. 그리고 참모장인 아리마 긴호[有馬 近芳] 준장을 비롯해서 헌병대장과 의무대장 등 여러 장교들이 내렸지만, 특히 히라야마 다다시 중대장은 장환의 모습을 보고 사시나무 떨 듯 떨고 있었다.

이 모습에 소꼬리는 이제 죽었다고 생각했다. 그런데 장환의 늘어진 모습을 한참 바라보던 교장이 갑자기,

"빨리 내리지 않고 무엇들을 보고 있나!"라고 말하면서 화를 벌컥 냈다. 장환이 자신과 마찬가지로 6척 장신에다 얼굴마저 준수했고, 비록 고학을 할망정 공부까지 잘 한다는 것이 마음에 들었던 것이다. 그래서 늘 관심을 갖고 있었고 수시 보고도 받았으나 오늘은 특별히 그를 불러 점심이나 함께 하려던 참이었다. 물론 교장이 이렇게까지 관심을 보이는데는 그의 호탕한 성격과도 무관치 않았다.

구급차에서 내린 의무병들이 사다리로 올라가 장환을 끌어내렸다. 장환의 몸을 밧줄로 묶어 도르래 식으로 줄을 조금씩 풀면서 밑으로 내린 것이다.

장환은 기절했는지 의식이 없다. 의무병들은 곧 배낭과 상의를 벗긴 다음 인공호흡을 시작하고 응급조치를 취했다. 구강대 구강법으로 입에다 바람을 주입시킨 후 물을 먹이고 온몸에다 물을 뿌리면서 깨어나기만을 기다렸다. 그런데 계속 고약한 냄새가 진동하자 호시노 교장이 얼굴을 찌푸렸다. 공포에 질려 똥까지 싼 것을 눈치 챘던 것이다.

"귀관이 저렇게 만들었나?"

"하이! 죽을죄를 졌습니다."

교장의 갑작스런 질문에 소꼬리가 사색이 되어 부들부들 떨었다. 모든 눈동자가 자신에게 쏠려 있었기 때문이다. 하지만 그 순간에도 그는 여러 가지를 생각하면서 이를 갈았다.

교장과 참모들이 나서고 구급차까지 준비한 것을 보면 틀림없이 어떤 놈이

밀고한 것 같다. 그렇지 않고서야 교장이 이렇게 직접 나설 이유가 없다. 그렇다면 과연 누가 밀고했을까. 그 순간 교장이 죽일 듯이 노려보면서 또 묻는다.

"귀관은 각서와 유서까지 받았는가?"

"하이! 죽을죄를 졌습니다."

감히 용서해 달라는 말은 차마 입밖에 내지 못하고 소꼬리는 계속 부들부들 떨기만 한다. 각서와 유서까지 알고 있다면 이제 운명에 맡길 수밖에 없다고 생각한 것이다. 그렇지만 교장은 놀라운 사실까지 묻고 있다.

"자네는 조센징이 아닌가?"

"하이! 그렇습니다."

"그런데 왜 형제들을 사랑하지 않고 죽이려고 했는가?"

"죽을죄를 졌습니다."

"자네는 또 예수를 믿는다고 했는데 그게 사실인가?"

"하이! 그렇습니다."

"그렇다면 예수의 가르침 중에 진리가 무엇인가?"

"사랑입니다."

"그렇다면 남의 여자를 강간하는 것도 사랑인가?"

소꼬리가 찔끔해서 갑자기 얼굴이 붉어진다. 이 사실은 그년과 나밖에 모르는 것이다. 그런데도 교장이 묻고 있다. 필시 그년이 편지를 보낸 것이 틀림없다. 그래도 자신을 합리화시키기 위해 거침없이 대답한다.

"그것도 일종의 사랑이라고 생각합니다."

"그래서 혀까지 잘렸었나?"

호시노 교장은 뻔뻔스러운 소꼬리를 바라보면서 귀싸대기를 갈기고 싶은 충동까지 일었으나 꾹 눌러 참고 영란에게 받은 편지를 확인하기 위해 계속 질문한다. 이미 병원에서 확인 받은 것도 있었지만 더 자세한 것을 알고 나서 다음 조치를 취할 생각이다. 그렇지만 소꼬리는 끝까지 자신을 합리화시키고자 얼굴에다 철판을 깔았다.

"그것은 사랑이 너무 깊어서 그리 된 것뿐입니다."

"음……, 사랑이 깊으면 혀가 잘린다. 귀관들도 다 그렇게 생각하는가?"

"킥킥!……."

모두가 킥킥거리다 갑자기 입을 다물자 잠시 침묵이 흐른다. 하지만 침묵으로 맞서질 않고 괜한 대답을 했다는 생각에 소꼬리는 곧 후회하는 눈치다. 무엇보다 자신의 행동이 이율배반적이었고 대답하면 대답할수록 더 불리한 상황만 전개되고 있었기 때문이다. 그런데 무엇인가 결심한 듯 교장이 또 입을 열었다.

"종교란 말이다. 나 자신을 믿는 것이 바로 종교다. 귀관처럼 죄나 짓고 예수에게 고해성사나 한다고 해서 죄가 없어지는 것은 아니다. 아무리 훌륭한 성자나 스님도 남을 이용하지 않고는 살아갈 수 없는 것이 바로 삶의 이치이기 때문이다. 그러니 귀관은 고해성사나 해서 죄를 뉘우칠 게 아니라, 영창에서 1년 간 충분히 반성한 다음 최전선으로 떠나라. 그리고 이것도 전지전능하신 천황폐하가 베풀어주는 자비심으로 알고 열심히 뉘우쳐라. 앞으로 예수를 믿건 말건, 고해성사나 하면서 자기변명만 하건 말건 그건 귀관의 자유다. 알겠나?"

"하이!"

"헌병! 끌고 가!"

그렇게 기세 등등하던 소꼬리가 양손을 포승으로 묶인 채 끌려간다. 하지만 그는 전혀 뉘우치는 기색이 없다. 이 사실을 아버지가 알면 어떤 방법으로든 구해줄 것이라 믿었기 때문이다. 그리고 한편으론 기어코 밀고한 놈을 찾아내 반드시 복수하겠다고 이를 갈았다. 짐작컨대 장환과 제일 친한 강주석이 범인 같았으나 지금은 영창으로 끌려가는 몸, 성질 급한 그도 결국 분을 참지 못하고 눈물을 글썽거린다.

그런 반면 히라야마 중대장과 우시로 소대장도 불안하기는 마찬가지다. 부하를 제대로 다스리지 못한 죄로 곧 군법회의에 회부될 것이고, 어떤 중벌도 달게 받아야하기 때문이다. 그때 호시노 중장이 갑자기 아리마 준장에게 묻는다.

"참모장, 조센징에 대해서 어떻게 생각하시오?"

"글쎄요, 조센징들이 겉으론 무척 단순하고 양순해 보이지만, 그 속으로 들어가 보면 아주 더럽고 뻔뻔하고 야비하고 치사해서 도무지 상대할 수 없는 족속

들입니다."

"정말 잘 보셨소. 내가 조선말을 배우려고 해도 코딱지 만한 나라에 웬놈의 사투리는 그리도 많은지 혀를 내두를 정도요. 아마 그래서 사투리 쓰는 놈들끼리 편을 갈라서 지지고 볶고 싸움질이나 하는 것이 아니겠소?"

"각하의 눈은 정말 예리한 것 같습니다. 지금 잡혀가는 소꼬링 소위만 봐도 그렇지 않습니까. 예수를 믿는다는 놈이 몸 속에 독기만 잔뜩 들어 있고 동포를 못 잡아먹어 눈이 벌겋게 뒤집힌 것만 봐도 알 수 있지 않습니까. 아무튼 조센 징들은 우리가 영원히 가르쳐야 할 족속들인 것 같습니다."

"음, 그렇다면 말야. 기득권층이나 가르치는 놈들한테 문제가 있는 게 아닐까?"

"정말 잘 보셨습니다. 그런 놈들도 다 사이비 교인들과 마찬가지로 머리 속에는 합리적으로 계산된 독소만 들어 있습니다. 그래서 결국 조선이 망한 거지요."

"음……. 조센징, 정말 알 수 없는 놈들이야."

교장이 혀를 내두르는 가운데 갑자기 하늘이 우중충해지면서 빗방울이 떨어지고 있었다. 도쿄의 하늘은 이렇듯 변덕스러운 날씨가 가끔 있었고, 그럴 때마다 꼭 안 좋은 일들이 벌어지곤 했다.

모든 것을 정리하고 관부연락선에 오른 영란은 아무리 생각해도 치가 떨렸다. 소꼬리가 비록 더러운 집안에서 태어났을 망정 일본육사를 나와 고등관의 지위(소위)까지 오른 인텔리였다. 그런데도 인간이 어떻게 그런 짓을 할 수 있을까 생각하자 갑자기 눈물이 핑 돌았다. 바로 악몽 같은 접착제 사건 때문이었다.

그녀는 손수건으로 급히 눈물을 훔치면서 객실을 빠져 나왔다. 갑자기 광활한 수평선이 펼쳐지면서 숨통이 좀 트이는 것 같았다. 하지만 그것도 잠시 뿐, 갈매기 한 쌍이 요란한 소리를 내면서 서로를 희롱하자 또 다른 눈물이 왈칵 쏟아졌다.

돌이켜보면 모든 게 다 자신이 저지른 업보였다. 아버지의 뜻을 거역한 것도,

장환을 보자마자 올가미를 씌운 것도 다 자신이 좋아서 저지른 일이었다. 그렇지만 후회를 한다거나 역사를 되돌릴 마음은 추호도 없었다. 이미 그를 지아비로 섬긴 이상 또 다른 등식을 만들어낸다는 것은 상상할 수조차 없었기 때문이다.

하지만 이제는 따뜻하고 아늑한 보금자리로 되돌아 갈 수도 없는 외기러기요 길 잃은 철새였다. 게다가 먹이사슬로 엮어진 세상이 그리 녹녹치 않다는 것도 요즘에야 비로소 깨달은 것이었다.

이 때문에 앞날을 생각하면 겁부터 덜컥 났고, 편지를 받자마자 노발대발하실 아버지가 정작 두려울 수밖에 없었다.

비단 그뿐이 아니었다. 장환이 자신의 편지를 어떻게 받아들일지가 걱정이었고, 그의 집에서 과연 자신을 받아줄지가 더 큰 걱정이었다. 도쿄를 떠나 그의 집에서 아이를 낳겠다고 밝혔기 때문이다.

아무튼 예측할 수 없는 앞날에 걱정은 태산 같았지만 그런 사정을 아는지 모르는지 갈매기들은 너무 행복해 보였다.

차라리 갈매기로 태어났더라면 하는 생각이 일었다. 그래야 영악스런 인간들의 탐심에서 벗어날 수 있을 것 같았다. 그런데 갑자기 졸음이 몰려왔다. 어제 편지를 쓰느라 꼬박 밤을 세운 탓도 있었지만, 그 사건 이후 통 잠을 자지 않았던 결과였다.

그녀가 다시 안으로 돌아왔을 때는 대부분의 사람들이 졸고 있었다. 관부연락선은 그만큼 시간을 끄는 지루한 여행이었다. 그녀는 어린 딸을 화자로 어른들의 애정심리를 그린 주요섭의 『사랑방 손님과 어머니』를 읽기 시작했다. 그러나 얼마 읽지 못하고 곧 피로가 몰리면서 잠이 들었다.

잠시 후, 꿈속에서 장환을 만난 그녀는 반가움에 떨면서 그의 품속으로 파고들었다. 얼마나 애타게 그리워했는지 이제는 결코 떨어지지 않겠다는 듯이 허리를 꽉 껴안았다.

그런데 이상했다. 건장했던 그의 체구가 몰라보게 야윈 것이다. 그녀는 슬픈 눈으로 바라보면서 여러 가지를 생각했다.

이것은 무엇을 뜻하는가. 이건 분명 소꼬리의 짓일 게다. 자신에게 당했던 것을 분명 앙갚음했을 것이다. 접착제까지 칠했던 놈인데 무슨 짓인들 못할까.

생각이 이에 미친 그녀는 왈칵 눈물이 쏟아지면서 몸을 부르르 떨었다.

그런 반면 장환은 전혀 말이 없었다. 분명 그의 눈은 우수에 젖어 있고 무엇을 호소할 것 같은데도 반응이 없었다. 결국 답답해진 그녀가 눈물을 훔치면서 먼저 입을 열었다.

"무슨 일이 있었지요?"

"……."

"그 상처도 소꼬리가 그랬지요? 제발 말 좀 해보세요."

"……."

그녀가 재촉하거나 말거나 장환은 입을 다문 채 우수에 젖어 있었다. 부리부리한 눈매는 다 어디로 가고 피곤한 모습으로 그도 울고 있었다.

그의 눈물을 본 영란은 죄책감이 일었다. 이제 고백하고 용서를 빌어야한다고 생각했다. 여자의 부정한 짓거리는 반드시 무덤까지 가져가야 한다고 했지만, 개방적이고 솔직 담백한 자신의 성격자체가 그걸 인정하지 않았다. 그녀는 결국 입을 열었다.

"저 때문에 당신이 이런 꼴을…… 흑흑!"

"울지 마시오. 울면 피차 더 괴로울 뿐이오."

"전, 이제 곧 죽을 거예요. 흑흑!"

"죽다니? 왜, 갑자기 그런 말을?"

"소꼬리에게 당했어요. 흑흑!"

"뭐라고? 다시 한번 말해보시오."

깜짝 놀란 듯 소리치는 장환의 목소리에 그녀는 뜨끔했다. 괜히 고백했다는 생각에 후회가 앞섰으나 이미 엎질러진 물, 그녀는 또다시 흐느끼면서 장환의 품속으로 파고들었다. 여자의 몸으로는 어쩔 수 없었다고 강조함으로써 너그러움에 호소할 생각이었다.

"그가 찾아와서 무지막지한 힘으로 나를…… 흑흑!"

"그렇다면 혀를 자른 것도 당신 짓이었소?"

"예. 흑흑!"

"음……! 그래서 그 자식이 발광을 했군."

"이젠 당신을 대할 면목이 없어요. 용서하세요. 흑흑!"

장환이 흐느끼는 그녀를 감싸안으며 허탈해 한다. 입교 첫날부터 셋사를 당했던 것이나 헬리콥터 훈련까지의 과정이 새삼 밝혀졌기 때문이다. 그렇지만 달래야 한다고 생각하는지 차분한 목소리로 다독거렸다.

"이 땅에 수많은 조선여성들이 정신대로 끌려가서도 살고 있소. 그런데 당신은 단지 한 사람에게 몸을 더럽혔다고 해서 자살한다는 것은 이치에 맞지 않소. 그러니 악착 같이 살도록 하시오."

"흑흑! 그럼, 용서를……?"

"그럼, 용서해 주고 말고. 우리가 단지 시대를 잘못 타고 태어나서 그리 된 것뿐이오. 그러니 아무 생각 말고 열심히 사시오."

"정말 고마워요. 앞으로 당신만 믿고 살겠어요."

영란이 젖은 눈으로 올려다보자 그가 갑자기 근엄한 표정으로 말을 잇는다. 여태껏 이렇게 근엄한 표정을 본 적이 없다.

"고마워할 건 없고 내가 부탁이 있소."

"말씀하세요. 제가 꼭 지킬게요."

"근데, 아이가 잘 크고 있소?"

"예, 당신을 닮아서 그런지 무척 씩씩한 것 같아요. 내 배를 발로 차기도 하고……. 호호!"

그녀가 처음으로 웃자 장환도 무척 흐뭇한 표정이다. 하지만 그것도 잠시 뿐, 또다시 입을 열면서 점점 더 근엄한 표정을 짓고 있었다.

"만약 사내아이를 낳게 되면 이름을 '진수'라 짓고, 계집아이를 낳으면 '청란'이라 지어 주시오. 진수(眞壽)란 뜻은 이 난세를 맞이해서도 정말 오래 살라는 뜻이고, 청란(淸蘭)이란 이름은 난(蘭)처럼 곱고 맑게 청초한 모습으로 꿋꿋하게 살아달라는 뜻이오. 그리고 아이가 젖을 떼는 즉시 내 어머님께 맡겨 주시오.

그리고 꼭 연락해 주시오."

"제가 편지에서도 분명히 밝혔듯이, 어차피 당신 집으로 들어갈 건데 그렇게도 저를 못 믿겠다니……. 흑흑!"

못 믿겠다는 말에 설움이 북받친 그녀는 또다시 닭똥 같은 눈물이 볼을 타고 흘러내린다. 마치 광야에 버려진 아이처럼 그 모습이 너무 애처롭다. 하지만 그는 눈물샘을 계속 터뜨려 놓고야 말겠다는 듯이 냉정한 모습이다.

"물론 믿어야 하겠지요 그러나 내 말을 잘 들으시오 내가 당신을 처음 보았을 때 우선 그 미모에 정신을 잃었고, 두 번째는 그 자유분방한 성격에 흠칫했고, 세 번째는 뭇 남성들을 휘어잡는 그 육체적 구조에 할 말을 잃었소 이 때문에 당신은 그 자유분방한 성격과 예쁜 얼굴, 그리고 그 육체적인 구조 탓에 수많은 남성들이 그냥 놔두지 않을 것이라 생각했소 따라서 미인은 영웅들이나 거느리는 것이지 나 같은 필부에게는 너무 과하다는 느낌이 들었소 그러니 내가 하라는 대로 해 주시오 부탁이오"

"내가 엄연히 존재하는데도 당신은 어찌 그런 말을……. 흑!"

"미안하오. 당신과 나는 평화로운 시절에 만났어야 했었소 그러니 이 마음을 조금이라도 헤아려 주시오. 내가 꼭 살아서 돌아오리다."

"그렇다면 어디로 가시나요?"

"이제 곧 최전선으로 떠날 것 같소"

"결국 당신은 날 버리는군요 흑흑!"

"아니오. 결코 그런 건 아니오. 그럼……!"

매몰찬 모습이다. 그녀는 뭐가 뭔지 모르게 헷갈리는 가운데 돌아서서 가는 그의 모습을 조용히 지켜볼 뿐이다. 그리고 자신도 모르게 눈물이 주르륵 흐르면서 이게 꼭 마지막 같은 느낌이 들었다. 그렇지만 또 한편으론 너무 대견스럽다는 생각도 떨칠 수 없었다. 그만큼 사랑에 빠져 있었다.

어디다 내놔도 살아갈 수 있는 의지력. 무언가 생각하면서 세상을 살아가는 창조력. 어떤 장애물이 있어도 반드시 뚫고 나갈 수 있는 용기와 끈기 등이 평생을 맡겨도 괜찮겠다고 생각했던 것이다. 하지만 그가 모습을 감추자 영영 못

볼 것 같은 생각에 설움이 북받치면서 참았던 눈물이 곧 통곡으로 이어지고 있었다.

"장환 씨! 흑흑!"

"색시! 원, 무슨 꿈을 그토록 험하게 꾸었기에……."

"어머! 내가 꿈을?"

"얼마나 슬펐기에 눈물까지……. 쯧쯧!"

비록 혀 차는 소리에 눈을 떴으나 멍한 모습이다. 꿈이 너무 생생했던지 눈이 반쯤은 풀어진 상태였다. 그녀는 차창 밖을 바라보고 있었으나 꿈속에서와 마찬가지로 울고 있었다.

잠시 후, 그녀는 손수건을 꺼내 눈물을 닦고 곧 깊은 생각에 잠겼다. 비록 꿈이었으나 왠지 모르게 기분 나쁜 꿈이다. 그가 그토록 우수에 젖은 표정도, 그렇게 매몰차게 돌아서 가는 모습도 본 적이 없다. 그렇다면 무슨 일이라도 일어난 것일까. 아, 어쩌면 좋단 말인가. 내가 죽일 년이지. 멀쩡한 사람을 그렇게 만들었다면…….

비록 꿈일망정 그의 말속에는 가시가 있다. "미모에 취했으나 자유분방한 성격에 흠칫했고, 뭇 남성들을 사로잡는 육체적 구조가 잘못되어 있어 수많은 남성들이 그냥 놔두지 않을 것이다."라고 했던 말은 아직까지도 생생하다. 그렇다면 이 말은 과연 무엇을 뜻하는 것일까. 더구나 아이가 젖을 떼면 시댁으로 보내라는 말은 또…….

아무리 꿈이라고 해도 불길한 예감이 머리를 스치고 지나간다. 하지만 이 모습을 물끄러미 보고 있던 아주머니가 안됐던지,

"색시, 무슨 말못할 고민이라두 있수?"라고 큰소리로 동정하고 나섰다. 무척 마음 좋게 생긴 아줌마였다. 키는 작달만했지만 통통하면서도 살찐, 아주 넉넉해 보이는 집안의 맏며느리 같은 냄새가 풍겼다.

"아, 아니에요."

영란은 급히 얼버무리면서 도망치듯이 객실을 빠져 나왔다. 남의 시선이 쏠린다는 것 자체가 너무 싫었던 것이다.

또다시 광활한 수평선이 펼쳐지면서 하늘에는 한 무리의 철새들이 날아가고 있었다. 갑자기 부럽다는 생각이 들었다. 마음껏 날아다닐 수 있는 자유 때문이었다.

그런데 자꾸 울적해지고 있었다. 그녀는 난간에 기대어 꿈에 대해 생각하기 시작했다. 보통 꿈은 아닌 것 같고 틀림없이 무언가를 예고하는 꿈만 같았다. 특히 자신이 고백했을 때 나타난 그의 표정은 섬뜩할 정도로 강렬했다.

갑자기 그가 무서워지기 시작했다. 자신을 꼭 버릴 것만 같았다. 어차피 죽을 운명이기에 아예 정부터 떼려는 것 같았다. 그렇지 않고서야 그런 말을 할 리가 없었다.

요즘 최전선으로 나간 군인들 중에는 죽거나 행방불명된 사람들이 부지기수였다. 다만 그것이 공공연한 비밀이었을 뿐, 이미 알만한 사람은 다 아는 사실이었다.

비록 꿈속이었지만 그가 어둠 속으로 사라지는 것이 꼭 그런 것 같았다. 갑자기 그녀의 다리가 후들후들 떨리고 있었다. 늘 쾌활하고 자신감이 넘쳐흐르던 그녀에게서 처음으로 일어난 현상이었다.

그때 갑자기 소꼬리의 얼굴이 스쳐지나가고 있었다. 피가 흥건히 밴 입으로 그녀에게 뭐라고 소리치는 것 같았다. 마치 너도 장환이를 따라 죽으라는 것 같았다. 그래야 사랑하는 것이 증명된다고 소리치는 것 같았다. 갑자기 다리가 후들거리고 소름이 끼치면서 자신이 이제 미치는 것이 아닌가 하는 생각도 들었다. 찬바람 탓이었는지 안색도 영 말이 아니었다.

가까스로 난간을 잡은 그녀는 죽음에 대해 생각하기 시작했다. 갈 곳도 정해진 곳이 없는 그녀로선 당연한 생각 같았다. 그러자 갑자기 머리가 아파 오면서 헛것마저 보였다.

바람에 흩날리던 머리칼이 그녀의 얼굴을 덮고 있었다. 키가 커서 그런지 한 폭의 그림 같은 모습이었다. 그러나 현기증이 이는지 갑자기 자세를 낮췄다.

그녀는 한참 동안 쪼그린 채 앉았고 어느 정도 정신을 차렸을 때 머릿속을 문득 스치고 지나가는 것이 있었다. 바로 교양강좌 시간에 들었던 페시미즘

(pessimism)을 강조했던 테오그니스의 노래였다.

"사람이 세상에 태어나지 않고 빛나는 태양을 보지 않는 것이야말로 무엇보다 좋은 일이다. 그러나 태어난 바에는 서둘러 죽음의 신(神)의 문에 이르는 것이 가장 좋은 일이다……."

그녀는 그 말에 대해서 곱씹어보기 시작했다.

지상(地上)에서의 육체적 생존 자체가 악이고 더럽혀진 것이라면, 인간은 이 세상에 살고 있는 한 구제 받을 수 없다. 그리고 또 육신을 지니고 이 세상에 남아 있는 한, 인간은 생식(生殖)과 죽음의 법칙에 얽매여 암흑의 세계에서도 벗어날 수 없다. 따라서 이 세상에 구원이 있다면 그것은 바로 죽음일 것이다. 죽음에 의해서만 목숨의 죄가 보상되고 일자(一者) 안에서, 광명에 쌓인 통일 속에서 영혼이 소생할 수 있다.

그런 생각을 하자 의외로 정신이 맑아지면서 울적했던 마음들이 사라지고 있었다. 그리고 남편을 잃은 아내가 남편의 극락왕생(極樂往生)을 기원하면서 뒤따라 자살하는 경우와, 임금의 죽음에 대하여 신하가 순사(殉死)하는 관습 등을 떠올리면서 점점 더 자신의 행위를 정당화시키고 있었다.

하지만 그 보다도 집에 가야 어차피 쫓겨날 판인데 더럽혀진 몸으로 세상을 살아간다는 것 자체가 너무 자존심 상하는 일이었다.

그녀가 갑자기 노래를 불렀다. 비록 입 속에서 중얼거렸지만 그것은 비통한 마음이었을 때만 부르는 조선인들의 한 맺힌 절규였다. 장환과 자신의 처지를 나라 잃은 것과 연관시킨 모양이었다.

"강남 달이 밝아서 님이 놀든 곳 / 구름 속의 그의 얼굴 가리어졌네 / 물망초 언덕에 외로이 서서 / 물에 뜬 이 한밤을 홀로 새울까."

"이 풍진 세상을 만났으니 나의 희망이 무엇이냐 / 부귀와 영화를 누렸으니 희망이 족할까 / 푸른 하늘 밝은 달 아래 곰곰이 앉아서 생각하니 / 나의 할 일이 하도 많아 정신이 아득하다."

"……아롱 젖은 옷자락 / 이별의 눈물이냐 / 목포의 설움. 삼백년 원한 품은 / 노적봉 밑에 / 임 자취 완연하다……"

"성은 허물어져 빈터인데 / 방초만 푸르러 / 세상이 허무한 것을 / 말하여 주노라 / 아 외로운 저 나그네……."

"타향살이 몇 해던가 / 손꼽아 헤어 보니 / 고향 떠난 십여 년에……."

흐느끼면서 노래를 다 부르고 난 그녀는 결심이 서자 백에서 면도칼을 꺼냈다. 소꼬리에게 당한 후 접착제로 범벅됐던 그곳의 털을 깎아내던 칼이었다. 그것을 보자 갑자기 설움이 북받치면서 눈물이 앞을 가렸다.

하지만 지금까지 이어온 삶 자체도 허무하기는 마찬가지였다. 선과 악으로 얼룩진 구조물 속에서 사랑도 미움도 원망도, 그리고 용서까지도 다 부질없는 일이었다.

이윽고 한참을 울던 그녀가 갑자기 입술을 꼭 깨무는가 싶더니 면도칼로 왼손의 동맥을 끊었다. 그러자 굵고 진한 피가 손바닥을 타고 흐르면서 순식간에 피바다로 변해 갔고, 잠시 버티고 있던 그녀가 모로 쓰러지면서 의식을 잃었다.

그렇지만 관부연락선은 아무 일도 없다는 듯이 뱃고동을 울려댔고, 줄지어 날아가는 철새들의 울음소리는 마치 소야곡처럼 처량하게 울려 퍼지고 있었다.

1939년(쇼와 14년)에 들어서자 유럽은 세계대전의 전운에 휩싸여 갔다. 3월이 되자 독일은 체코를 병합하였고, 4월엔 이탈리아가 알바니아에 진주하였다. 이어 5월엔 독일과 이탈리아가 군사동맹을 체결하였으며, 8월에는 독일과 소련간에 불가침조약을 맺었다. 그리하여 9월에는 독소 양군이 폴란드를 침공함으로써 제2차 세계대전의 역사가 그 서막을 열었다.

한편 아시아에선 일본의 전국(戰局)도 긴박하게 돌아가고 있었다. 일본군은 2월에 해난도를 점령하고 5월에는 노모항 국경에서 일·소 양군이 전투를 벌이는가 하면, 6월에는 천진(天津)의 영·불 조계를 봉쇄하였고, 7월에는 마침내 미·일 통상조약이 파기되면서 일본이 드디어 미국과 한 판 붙을 각오로 칼을 갈고 있었다.

세계와 일본의 전국이 이렇듯 불꽃 튀기는 쪽으로 치닫게 되자 일본의 식민지였던 조선의 공기도 덩달아 험악해졌다. 이미 1937년부터 미나미 지로[南次郎]

조선 총독은 조선을 일본의 전쟁수행을 위한 병참기지로 만들어가면서 '황국신민서사(皇國臣民誓詞)'를 암송토록 강요하였고, 1938년부터는 국체명징(國體明徵), 내선일체(內鮮一體), 인고단련(忍苦鍛鍊)이란 3대 교육방침을 실시하면서 교과내용도 크게 바꾸어 수신, 국어, 국사교육의 강화를 통해 황국신민화를 더욱 다그치는데 주력하고 있었다.

그런 시국 속에서도 장환은 훈련을 착실히 받아 나갔다. 비록 처음부터 셋사를 당해 고통이 많았으나 소꼬리가 구속된 이후에는 곧 정상적인 생활로 돌아갈 수 있었다. 그의 명석한 두뇌를 아끼던 호시노 교장의 배려 때문이었다.

그러나 이번에는 육체적 고통에서 정신적 고통으로 뒤바뀌고 있었다. 세상에 비밀은 없는 법. 소꼬리가 구속되면서 꼬리에 꼬리를 물었던 소문이 결국은 여러 통로를 통해서 그의 귀에까지 들어왔던 것이다.

특히 그녀가 관부연락선에서 자살소동을 벌였다는 것을 들었을 때는 하늘이 무너지는 듯한 서러움에 세상을 얼마나 원망했는지도 모른다. 하지만 그가 워낙 더러운 꼴을 많이 보아왔던 데다 "인생은 어차피 공수래공수거(空手來空手去)"라고 위로하는 강주석의 말에 잠시 주춤했던 것도, 그리고 또 괴로울 때마다 자신을 모질게 학대하면서 그녀를 용서하려고 했던 것도 다 사실이었다.

그러나 세월이 흘러갈수록 전쟁이 악화되자 이들은 언제 전선으로 투입될지 아무도 모르는 일이었다. 다만 곧 투입될 것이라는 소문이 무성한 가운데 그 시기가 과연 언제쯤이냐는 것만 남겨놓고 있을 따름이었다. 아무튼 장환은 호시노 교장의 배려 속에 군인으로서의 길을 차분히 닦아가고 있었다.

초여름인데도 찌는 듯한 더위였다. 조용한 아침이었지만 유난히 도쿄역 안팎은 소란스러웠다. 학도병과 일반병들에 뒤섞여 장환이 소위계급장을 달고 드디어 이름 모를 전선으로 출발하는 날이었다.

그들은 모두가 머리에 흰띠를 두르고 차창 밖을 바라보고 있었다. 가족들과 연인들, 그리고 친구들과 이야기하느라고 정신이 없었다. 살아서 돌아올지 죽어서 돌아올지 아무도 모르는 일이었기에 모두가 긴장된 얼굴로 표정자체가 굳어 있었다. 그리고 한결 같이 눈물을 보이는 사람이 없었다. 천황폐하를 위해 싸우러 나가는 마당에 눈물을 보인다는 것 자체를 용납하지 않았던 탓이었다.

장환은 계속 창 밖을 바라보고 있었다. 영란이 꼭 오겠다고 편지를 보내왔기 때문이었다. 그녀를 생각하자 갑자기 콧등이 시큰거리면서 눈물이 흘러 내렸다. 장환은 자신이 그녀를 사랑하고 있기 때문이라고 생각했다.

하지만 그녀도 많이 변해 있었다. 시대적 배경이 그렇게 만든 것이었다. 자살 소동으로 인해 반은 죽었다 살아났던 일, 임신한 몸을 이끌고 집으로 들어갔다 노발대발한 아버지에게 쫓겨나 겨우 입에 풀칠이나 하던 시댁에서 아이를 낳던 일, 그런데도 꿋꿋하게 살아가면서 며느리로서의 역할을 다해 집안을 일으켜 놓은 일에 이르기까지 어느 것 하나 불쌍하지 않은 일이 아닐 수 없었다.

장환은 그런 긴 장문의 편지를 받고 얼마나 울었는지 모른다. 당시 같아서는 탈영을 해서라도 달려가고 싶었지만, 어느 것 하나 자신이 해결할 수 없다는 사실에 밤마다 눈물로 세월을 보내야 했다.

장환은 가슴을 조이리면서 그녀와 아들이 나타나기만을 학수고대하고 있었다. 정말 오래 살라고 진수(眞壽)라고 이름 지었던 녀석. 이제 돌도 지나 몇 마디 의 말도 할 수 있겠지. 만약 그 녀석이 아버지라고 부르면 내 기분이 어떨까. 그런데 과연 호적에나 올렸을까? 아마 불가능한 일이겠지. 혼인을 안 했는데 호 적까지 욕심을 내다니. 아, 정말 궁금해서 미치겠다.

이런 저런 생각을 하고 있는데 먼발치에서 그녀의 모습이 시야에 들어오고 있었다. 등에는 아이를 업었는지 걸음걸이가 무척 느려 보였다.

장환은 곧 기차에서 내려 잽싸게 뛰어갔다. 그리고 이름을 부르면서 힘껏 포 옹했으나 눈물이 앞을 가려 말이 나오지 않았다. 그는 한참을 울먹이다 말고 아이를 쳐다봤다. 그런데 녀석도 처음 보는 사람이라 무서웠던지 갑자기 울음 을 터뜨렸다.

장환이 무척 당황해 하자 영란은 아이를 앞으로 끌어안고 토닥거리면서 속 삭였다.

"진수야, 네 아버님이시다. 어서 인사드려야지."

"그럼, 그렇고 말고 우리 진수는 참 착하지. 어서 인사해봐."

장환이 톤을 낮게 깔아 부드럽게 대하는데도 녀석은 자꾸 무서운 눈으로 쳐다볼 뿐이다. 그리고 안 되겠다 싶었던지 엄마 품으로 계속 파고들었다. 그러나 시간이 없다고 생각한 장환은 그간의 소식부터 묻기 시작했다.

"언제 도착했소?"

"어제 저녁에 도착했어요."

"나 때문에 고생이 많았소."

"그것보다 우선 사진부터 찍어요."

영란이 사진사를 데려왔는지 웬 사내가 사진기를 설치하고 있었다. 그리고 자세를 잡도록 주문하면서 렌즈로 초점을 맞추더니,

"자, 찍습니다. 여기를 봐 주세요. 하나, 둘, 셋." 하면서 손에 들고 있던 마그네슘을 터뜨렸다.

아무 영문도 모른 채 사진을 찍은 장환이 궁금해서 물었다. "왜 갑자기 사진을 찍었소? 무슨 특별한 이유라도 있소?"

"드디어 아버님이 항복했어요. 그래서 사진부터 가져오라는 거예요."

"그렇다면 혼인을 허락했단 말이오?"

"예, 그래서 우선 집부터 장만해 주셨고, 시어머님이 농사지을 땅도 주셨어요. 그것도 5만 평이나……."

장환은 갑자기 가슴이 찡해지면서 말문이 막혔다. 세상에 태어나서 이렇게 좋은 말을 들어본 것도 처음이었고, 무엇보다 자신을 사위로 인정해 준다는 어른의 말이 더 없이 고마웠던 것이다. 그때 강주석이 멀리서 이 모습을 바라보다다가왔다.

"아참, 인사드려요. 강주석이라고 나와 절친한 친구요."

"안녕하세요. 민영란입니다."

"예. 말씀 많이 들었습니다. 저는 강주석이라고 합니다. 그런데 너무 미인이십니다."

"호호! 원, 농담의 말씀을……."

"만약 내가 잘못되면 이 친구가 다 도와줄 것이오. 내가 이 친구에게 모든 것을 다 이야기했소"

"허! 그 녀석 참 잘생겼다. 그럼, 이만 실례하겠습니다."

강주석이 진수의 머리를 쓰다듬고 돌아서자 영란은 소꼬리와의 사건이 불현듯 일면서 갑자기 부끄러워진다. 강주석이 그 사건을 꼭 알고 있는 것 같았기 때문이다. 그리고 행복이 잡힐 것 같으면서도 잡히지 않는 자신의 운명이 너무 기구했던지 눈물이 주르륵 흘러내린다.

장환은 그 눈물을 사랑의 눈물이라고 생각했다. 언제 죽을지도 모르는 전쟁터로 남편을 보내는 심정이 오죽 하겠나 싶었던 것이다. 장환은 흐느끼는 그녀를 감싸안으면서 속삭였다. 강간사건 같은 것은 잊은지 이미 오래였다.

"내가 분명 살아서 돌아오리다. 그러니 아무 걱정 말고 아이나 잘 키워주시오. 혼인신고도 하고 우리 진수도 호적에 올리고"

"흑흑! 행복이라는 단어가 왜 나한테는 안 어울리는지 정말 알 수가 없어요. 하지만 전, 당신이 분명 돌아오리라고 믿어요. 흑흑!"

그때 장병들은 다 기차에 오르라는 안내방송이 흘러나오고 있었다. 장환은 잠시 숙연해지더니 아이의 볼에다 입을 맞추곤 한마디를 남긴 채 발길을 돌렸다. 보기보다는 무척 뚝뚝한 모습이었다.

"내가 당신을 행복하게 해주지 못해 정말 미안하오, 그럼……!"

"흑흑! 꼭 살아서 돌아오세요. 흑흑……!"

꿈속에서와 마찬가지로 매몰차게 돌아서는 그의 모습에서 찬바람이 일고 있었다. 영란은 흐르는 눈물을 닦을 생각도 않고 아이의 손을 잡아 한없이 흔들었다. 이제 가면 언제 오나 하는 생각에 가슴이 미어질 수밖에 없었다.

자신도 모르게 눈물이 주르륵 흘러내렸다. 이대로 영원한 이별이 될 것 같았다. 하지만 그녀는 돌아서서 가는 그의 뒷모습을 조용히 지켜보면서 제발 무사하기만을 빌었다.

그가 차창 밖으로 손을 흔드는 것과 동시에 기차의 피스톤이 서서히 움직이면서 갑자기 군가가 터져 나왔다. 군가가 계속 반복되는 가운데 도쿄역 구내는 온통 함성의 도가니로 물들어 갔다.

갓떼 구루소도 이사마시꾸(이겨서 돌아오마고 용감하게)
지갓떼 구니오 데사까라와(맹세하고 나라를 떠나온 이상은)
데가라 다데스니 시나료오까(수훈을 세우지 않고는 죽을 수 없다)
신군 랏빠 기꾸다비니(진군 나팔 들을 때마다)
마부따니 우까부 하다노나미(망막에 떠오르는 깃발의 물결)

미요 토카이노 소와 아카테(보라 동해의 하늘이 열려)
이사히다까꾸 가가야케바(아침 해 높이 빛나면)
덴지노 다세기 하쯔라쯔도(천지의 정기 발랄하게)
기보와 오노루야시마(희망이 춤추는 야시마)
오오세이로우노 아사쿠모니(청청한 날씨 아침 구름에)
소비유루 후지노 수카타고소(높은 후지산의 자태야말로)
킨오우무케쯔 유루키나키(金甌無欠[1]의 흔들림 없고)
와가 니뽄노 오끼리나레(우리 일본의 자랑이다)

(제2부 끝)

---

1) 금구무결(金甌無欠), 특히 한번도 외국의 침략을 받은 적이 없는, 즉 '흠이 없는 항아리처럼'이란 뜻.

제3부 선과 악

천장환이 의식을 차린 것은 날이 밝아서였다. 잔뜩 찌푸린 날씨였다. 곧 비가 쏟아질 것 같았다. 하지만 그의 앞이마는 충격으로 심하게 찢어졌고, 그것을 의무병들이 대충 꿰매서 붕대로 감아 논 상태였다. 장환은 머리가 지끈거리며 쑤셔대자 곧 담배부터 찾았다.

"담배! 담배 없나?"

"여기, 여기 있습니다."

부관이 꺼낸 담배는 땀에 잔뜩 찌든 것이었다. 장환은 곧 한 개피를 꺼내 입에 물었다. 역겨운 냄새가 갑자기 코를 찔렀다. 그러나 머리가 아픈 것보다는 났다는 생각에 그대로 참았다. 그때 부관이 지포 라이터로 불을 부쳤다. 그가 한 모금을 빨더니 냅다 소리쳤다.

"자네, 그 라이터 어디서 났나?"

"죽은 미군병사 것을 주었습니다."

"빨리 버려! 개 같은 자식! 부르주아 놈들 것을 탐하다니!"

"옛!"

부관의 얼굴이 벌개지면서 라이터를 집어던지자 그도 담배를 모래 속에다 콱 처박았다.

정오가 되자 공산군 5개 사단 병력이 증강되어 금강에 포진했다. 5만여 병력이 갑자기 밀어닥치자 강변은 흡사 개구리들이 모인 것처럼 와글거렸다.

이제 금강에 집결한 공산군 병력은 8개 사단이나 되었다. 그 기세는 하늘을 찌를 듯 했고 당장이라도 강을 건너 노도처럼 몰려갈 기세였다.

그러나 강 건너에 있던 국군과 미군의 기세도 만만치 않았다. 밤새에 국군도 3개 사단으로 불어나 있었고, 미군은 3개 사단으로 증강되어 있었다. 도합 6개 사단이 공산군을 막아내려고 비장한 결의를 하고 있었다.

이윽고 저녁때가 되자 미군 전투기 다섯 대가 하늘 높이 떠서 공산군 진지를 향해 포탄을 쏟아 부었다. 당시 저녁을 먹고 있던 수많은 공산군들은 깜짝 놀라 이리 뛰고 저리 뛰면서 어찌할 바를 몰랐다. 포탄이 떨어질 때마다 흙더미가 공중으로 높이 솟구쳤다가 와르르 무너져 내렸다. 개구리처럼 와글거리던 공산군들은 어디로 숨었는지 보이지 않았다. 그러나 공산군들의 시체가 여기저기 널려 있는 것이 마치 아수라장처럼 보였다.

다행히 연합군은 강을 건너 공격해 오지는 않았다. 어디까지나 방어에 주력하고 있는 것 같았다. 장환은 화약냄새에 눈물과 콧물이 절로 흘러내렸다. 철모를 쓸 수가 없었기에 머리에는 흙먼지가 수북히 싸여 있었다. 그러나 아무리 털어도 끝이 없자 그는 이내 포기하는 것 같았다. 그리고 머리를 감고 있는 붕대는 이미 하얀 색에서 까만 색으로 변질되어 있었다.

이윽고 밤이 되자 공산군들은 나팔과 피리를 불어 대면서 꽹과리를 쳐댔다. 중공군들이 즐겨 쓰는 인해전술이었다. 하지만 그것은 곧 공격개시의 신호탄이나 마찬가지였다. 이들은 마치 1934년 10월 15일, 중국 공산당 대탈주를 주도했던 마오쩌둥[毛澤東]의 전략적 탈출처럼 10만 게릴라 부대를 이끌고 70만 국민당 군대의 포위망을 뚫듯이, "적이 공격하면 물러나고, 적이 공격을 멈추면 괴롭히고, 적이 도망치면 추격한다."는 게릴라 전술로 작전을 삼고 있었다.

수만의 대병력이 강물 속으로 뛰어들자 국군과 미군들은 기다렸다는 듯이 총탄을 퍼붓기 시작했다.

"와아!"

"와아!"

"와아!"

"따다다다다다!"

"쿵! 따르륵! 따르륵! 따르륵! 쾅쾅쾅쾅!"

"쾅쾅쾅쾅! 따르륵! 따르륵! 따르르륵! 쾅쾅쾅쾅!"

함성과 불을 뿜는 총소리와 포탄 떨어지는 소리에 금방 아비규환으로 변하고 있었다. 그러나 독전대가 뒤에서 후퇴하는 자들을 무자비하게 사살하자 공산군 병사들은 죽기를 각오한 듯 강을 건너고 있었다. 이래도 죽고 저래도 죽으니 시체를 헤치면서 앞으로 나갈 수밖에 없었다.

어린 병사들은 무서움에 떨면서 흐느껴 울다 머리에 총알을 정통으로 맞고서야 울음을 그쳤다. 수만의 병력은 금강의 전역에 걸쳐 도강하고 있었다. 그 길이만도 수 킬로미터였고, 될 수 있는 대로 수심이 얕은 곳을 골라 도강하고 있었지만 그런 곳일수록 저항은 더 거셌다.

수심이 얕은 곳에서는 한편으로 모래주머니를 강바닥에 쌓고 있었다. 모래주머니 위에 시체가 쌓이면 치우려고 하지 않고 그 위에 그대로 모래를 쌓았다.

그 시체와 모래주머니가 쌓인 위로 먼저 탱크가 굴러갔다. 병사들은 총에 맞지 않으려고 탱크 뒤에 찰거머리처럼 달라붙어 따라가고 있었다.

그린 듯 잠자고 있던 강물은 이제 거센 파도처럼 출렁거렸고, 무수히 떨어지는 조명탄 불빛은 병사들의 얼굴 표정까지 환히 드러내주고 있었다.

장환은 진지 위에 엎드려 망원경으로 전방을 주시하면서 계속 무전지시를 내리고 있었다. 그의 입에서 떨어지는 대부분의 말들은 오직 욕설과 고함뿐이었다. 도대체가 욕을 섞어가며 고래고래 고함을 지르지 않으면 가슴이 터져 버릴 것만 같았다.

장환은 조금이라도 후퇴 기미가 보이는 부대가 있으면 고래고래 악을 썼다.

"야, 이 간나새끼야! 뒈지고 싶나? 대갈통에 구멍내기 전에 날래 공격하란 말야!"

이렇듯 악만 써대니 장환의 목은 이미 쉴 대로 쉬어 고함을 칠 때마다 목이 찢어지는 것 같았다.

강 중간을 넘어가던 탱크가 불길에 휩싸이더니 곧 폭발하고 있었다. 시뻘건 불기둥이 높이 치솟았다가 강물 위로 부서져 내렸다.

"슉슉슉슉!"

"쾅쾅쾅쾅!"

"다르륵! 다르르륵!"

"우르르릉 쾅!"

"다다다다다!"

"탕탕탕탕탕!"

"쿵쿵쿵쿵쿵!"

온갖 화력이 쏟아지는 소리에 귀청이 찢어질 것 같았다. 장환은 주머니에서 담배를 꺼내 물었다. 아무래도 필요할 것 같아 부관의 것을 빼앗아 논 것이었다.

라이터를 버리라고 명령했던 것을 후회하면서 불타고 있는 파편을 들어 불을 부쳤다. 갑자기 입안이 상쾌해지면서 명한 느낌이 들었다. 그렇지만 조금은 안정을 찾을 수 있었다. 그만큼 담배는 안정제로써의 역할을 다하고 있었다.

맛있게 담배를 빨고 난 장환이 전방을 주시하자 강을 거의 건너간 공산군들이 연합군들과 뒤엉켜서 백병전을 벌이고 있었다. 물 속에서 벌어지는 백병전이라 더욱 격렬해 보였다. 장환이 바라볼 때는 마치 아이들이 물장구치며 노는 것처럼 보였다. 워낙 많은 수의 병사들이 뒤엉켜 싸우고 있었던 탓에 피아를 분간하기가 무척 어려웠다.

공산군들은 시체를 넘고 넘어 악착스레 전진했다. 아무리 총탄을 퍼부어도 죽기를 각오하고 달려드는 공산군들 앞에서는 연합군들도 어쩔 도리가 없었다. 그들은 마치 피를 빨기 위해 죽기를 각오하고 달려드는 모기떼 같았다. 그들은 인간이 아니라 한낱 소모품에 불과했다.

그들을 그렇게 몰아세우는 것은 바로 사냥개 같은 독전대였다. 독전대는 주춤거리거나 약간 후퇴하는 기미만 보여도 가차없이 사살해버렸기 때문에 병사들은 하는 수 없이 앞으로 뛰어나갔다. 강제로 끌려온 어린 병사들은 하나 같이 울면서 뛰어나갔다. 그리고 뒤따르는 병사들 대신 총탄을 맞고 쓰러지면서 으레 엄마를 불러댔다. 마지막으로 인간의 의지를 표현해 보는 것이었다.

강 건너에서 화력이 약해지는가 싶더니 일부가 도강에 성공하여 방어선을 돌파했다는 소식이 들려왔다.

한쪽의 방어선이 무너지자 금강에 쳐놓은 길고 견고했던 방어선은 흡사 둑이 무너지듯 무너져 나갔다. 공산군은 함성을 질러가며 일제히 돌진했다.

이렇듯 죽기를 각오하고 싸우는 공산군들 앞에는 무서울 것이 없었다. 아무리 죽어도 꾸역꾸역 몰려들자 연합군도 어쩔 수 없었던지 계속 밀리고 있었다.

새벽녘이 되자 강 하류 쪽에서는 공병들이 이미 급조교량을 만들어서 전차와 포가 이동하는 모습이 보였다. 장환도 곧 지프에 올라 교량 쪽으로 향했다.

강을 뒤덮고 있는 시체들은 대부분이 공산군들의 시체였다. 그것들은 그렇게 버려져 있었고 누구하나 거기에 연민의 정을 보내지 않았다. 단지 진격에 방해가 되는 쓰레기에 불과할 뿐 더 이상의 가치도 없었다.

피로 물든 강물 위로 포연이 안개처럼 자욱히 깔려 있었다. 강 건너에 있던 초가마을들은 화염에 쌓여 있었고 총소리는 점점 더 남쪽으로 이동하고 있었다.

장환이 강을 건넜을 때는 미처 후퇴하지 못한 국군과 미군포로가 땅바닥에 꿇어앉아 바들바들 떨고 있었다. 한마디로 공포에 질린 모습이었다. 죽음과 삶의 중간에 서서 애처로운 눈길로 공산군들의 관대한 처분만 바라고 있었다.

특히 미군병사들은 앳되어 보이는 게 전혀 전투경험이 없어 보였다. 흑인병사들도 여럿이 있었는데 아침 햇살에 반사된 그들의 눈동자에서는 영롱한 빛이 보였다. 그러나 이국만리 남의 나라 땅에서 죽어야 한다는 현실이 너무 비참한 모습이었다.

"연대장 동무, 어떻게 할까요?"

"제네바 협정대로 해!"

그는 무심코 내뱉은 말에 자신도 모르게 놀랐다. 하지만 그것은 곧 자신의 본마음이었다. 아무리 죽고 죽이는 살벌한 전쟁터이긴 해도 양처럼 고분고분하게 구는 포로들을 무참하게 학살한다는 것은 그의 논리에 어긋난다고 생각했던 것이다.

"무시기 소리! 사살해 버려!"

갑자기 뒤에서 소리친 것은 사단장이었다. 밤을 꼬박 세워 눈알이 시뻘건 사단장은 무슨 잠꼬대 같은 말을 하느냐는 투로 장환을 노려보고 있었다.

"그래도 협정은 협정이 아닙니까?"

"연대장 동무! 귀관은 지금 제정신인가? 무슨 놈의 잠꼬대 같은 말을 하고 있어! 빨리 사살해 버려!"

장환은 성질대로 한다면 당장 사단장을 쏘아 죽여도 시원치 않았다. 그렇지만 명령에 불복할 수 없었던지 그대로 차에 올라 불타는 마을 쪽으로 향했다. 뒤에서 포로들을 사살하는 다발총 소리가 콩 볶듯이 들려왔으나 그는 분을 삭이면서 끝내 뒤돌아보지 않았다.

이미 강을 모두 건너온 공산군들은 개미떼처럼 대전 쪽을 향해서 진격하고 있었다. 그 모습을 유심히 바라보고 있던 장환이 갑자기 명령을 내렸다.

"차를 마을 쪽으로 돌려!"

"연대장 동무, 무슨 일이 있소?"

"응, 목이 마르니 물 좀 마시고 가세."

비록 순간적이었으나 함께 타고 있던 정치보위부 소속 군관의 양미간이 잠시 씰룩거렸다. 그는 연대 내의 일들을 사사건건 간섭하면서 연대장의 동향보고까지 하는 정치보위부원이었다. 그래서 늘 연대장 주변을 맴돌면서 첩보활동에 주력하고 있었으나 이번 전투에서 차가 폭격으로 부서지는 바람에 연대장 차에 편승하게 된 것이었다.

이 때문에 장환은 기분이 잡쳤으나 어쩔 수 없었던지 곧 벌레 씹은 얼굴을 펴면서 여러 가지 생각에 골몰하고 있었다.

운전병이 마을 쪽으로 차를 몰자 부관과 통신병도 잘됐다 싶었던지 아무 말이 없었다. 부관은 이번에 새로 임명된 애송이였다. 먼저 부관이 전사하는 바람에 그가 새로 뽑았지만, 그들도 물을 마셔본지가 너무 오래돼서 입안이 바짝바짝 타들어 가는 중이었다.

마을은 이미 폭격을 맞아 쑥밭이 되어 있었고 타지 않은 집은 극소수에 불과했다. 그러나 차가 어느 집 앞에 다다르자 인민군들이 모여 웅성거리고 있었다.

장환은 차에서 내리자마자 그들을 헤치고 안으로 들어갔다. 갑자기 대좌 계급장을 단 장교가 나타나자 이들은 곧 길을 터주면서 슬금슬금 눈치를 살폈다. 국군 포로를 어떻게 처리해야 할지 몰라 고심 중이던 이들은 마침 잘됐다 싶었던지 장환을 예의 주시했다.

장환은 포로들을 보자 깜짝 놀랐다. 바로 앞에는 국군 대령 계급장을 단 소꼬리와 그의 부관인 듯한 국군장교가 잡혀 있었다. 다만 그들이 고급장교였던 탓에 인민군들이 함부로 총질을 못하고 여태껏 미적거린 것이었다. 고급장교는 무궁무진한 정보를 갖고 있을 뿐 아니라, 함부로 사살하지 말라는 상부의 지시를 귀가 따가울 정도로 들어왔기 때문이었다.

소꼬리와 그의 부관은 얼마나 시달렸는지 거의 제정신이 아니었다. 밧줄로 온몸이 묶여 있어 꼼짝도 할 수 없는 상태였고, 주먹과 발길질을 얼마나 당했던지 온 몸이 피투성이였다. 이 때문에 전혀 장환을 알아보지 못했다.

"두 놈 다 차에 실어!"

그들이 차에 실리는 것을 본 장환은 우물로 가서 물을 벌컥벌컥 들이켰다. 그리고 인민군들을 서서히 노려보면서 차를 출발시켰다.

차가 움직이는 것과 동시에 인민군들이 흩어지고 있었지만 장환은 생에 있어 최대의 딜레마에 빠져들고 있었다.

이 녀석을 어찌한다. 생각 같아서는 당장 쏴 죽여도 시원치 않을 놈이다. 영란이 뻔히 자신과 동거하고 있는 것을 알면서도 짐승처럼 겁탈한 놈이다. 그리고 또 영란을 차지하기 위해 스즈끼 형사에게 밀고까지 한 놈이다.

아무튼 목적을 위해서는 수단과 방법을 가리지 않는 야비한 놈이다. 그런 놈을 살려둔다는 것은 민족을 위해서도 전혀 도움될 게 없다. 그렇다면 당장 쏴 죽여 버려? 그렇지 않으면 지난날의 잘못을 뉘우치게 하면서 서서히 고통을 가해 죽여 버릴까. 아니, 그럴 수는 없다. 개만도 못한 놈을 죽인다는 것은 나 역시 개라고 할 수밖에 없다.

그렇지만 그건 안될 말이다. 정치보위부원을 비롯해서 부관이나 통신병, 운전병까지 8개의 눈들을 어떻게 외면한단 말인가. 더구나 심문하는 과정에서 안 좋은 일들이 쏟아져 나올지도 모르는 일이다. 그렇게 되면 틀림없이 영란과의 관계도 터져 나올 것이고 친일파의 딸과 결혼했다는 것도 밝혀질 것이다. 그러면 내가 필시 이상한 눈으로 비춰질 것이고 정치보위 군관 역시 쾌재를 부를 것이 뻔한 일이다. 더구나 평생을 따라다니면서 괴롭힐 일은 또 어떻고…….

그렇다면 결론은 딱 한 가지. 저들부터 죽이고 나서 소꼬리를 심문하는 것이다. 부하들에게는 좀 안된 일이지만 내 입장에선 그게 최선의 방책이다. 어차피 전쟁이라는 것 자체가 고래 싸움에 새우등 터지는 일이고 보면, 그게 재수가 없어서 죽어갈 뿐이지 달리 해석할 방법도 없다. 정말 미안할 따름이지만 이것도 생존경쟁의 법칙일 뿐이다.

이윽고 결론을 내린 장환은 속전속결하기로 마음을 먹고 곧 행동으로 옮겼다.

"차를 산 쪽으로 돌려!"

"왜, 무슨 일이라도 있습니까?"

"이 놈들을 모두 죽이고 간다."

"그렇다면 정보는……?"

"말이 많다 부관. 너, 죽고 싶나?"

부관은 흠칫했다. 연대장이 이렇게 무서운 얼굴을 한 적이 없었기 때문이다. 특히 정치군관의 눈도 있고 해서 무심코 던진 말이었으나 이렇게 화를 벌컥 내는 것을 보면 뭔가 좀 이상했다.

그러나 여기는 전쟁터였다. 오는 것이야 순서가 있지만 가는 순서가 전혀 없는, 피가 피를 부르는 전쟁터였다. 부관은 그런 생각이 들었는지 갑자기 입을 닫았다.

하지만 정치군관의 눈은 달랐다. 줄곧 첩보활동만 해왔던 터라 연대장의 표정에서 어떤 변화를 읽었던 것이다. 이 때문에 그는 허리에 찬 권총의 안전장치를 슬그머니 풀어놓고 있었다. 본능적인 노하우가 그렇게 만든 것이었고 여차하면 쏠 생각이었다.

장환 역시 그 눈치를 모를 리 없었다. 뒤에서 오는 살기를 애써 감추려고 했을 뿐이지 한시도 긴장을 풀고 있지 않았다.

숨막히는 순간이 전개되고 있는 가운데 차는 곧 산등성이를 돌아 깊은 골짜기 안으로 들어서고 있었다.

군데군데 큰꽃으아리 나무가 보였다. 주먹보다 더 크고 흰 아름다운 꽃송이들이 향기를 발하면서 만개해 있었다. 무척 소박하면서도 친근감이 넘쳐흐르는 순수 토종 꽃나무였다.

어린 시절 먹을 것이 없어 그 어린순을 묵나물로 무쳐 먹다 입안이 붓고 치아가 빠지면서 구토와 설사를 일으켜 혼이 난 적도 있는 낯이 익은 꽃이었다.

잠시 지긋지긋했던 어린 시절의 일들이 떠오르자 장환은 마음이 뒤숭숭해서 영 개운치 않았다.

"이 놈들을 내려놓고 그 다발 총을 이리 줘!"

"다르륵!"

"다르르륵!"

그가 다발 총을 넘겨받자 곧 안전장치를 풀고 산에다 무자비하게 갈겼다. 총알이 나가나 안 나가나 확인한 것이었지만 갑작스런 돌출행동에 여러 사람들이 흠칫했다. 특히 정치군관은 연대장이 자꾸 이상한 짓거리를 해대자 묘한 표정으로 그것을 지켜봤고, 장환 역시 무표정한 얼굴로 포로들이 운반되는 것을 하나도 놓치지 않고 쭉 지켜보고 있었다.

이윽고 포로들이 땅바닥에 꿇어앉자 장환은 일장 연설에 들어갔다. 부하들은 그 모습을 지켜보면서도 왠지 모르는 불안감에 떨었다. 오늘 따라 연대장의 행동이 영 딴판이었기 때문이다. 하지만 장환은 정치군관을 의식해서인지 입바른 소리만 골라하고 있었다.

"너희들은 미제국주의자들의 앞잡이로서 동족상잔의 피비린내 나는 전쟁을 일으켰고, 조선인민민주주의 공화국의 김일성 장군을 욕되게 했으니 죽어 마땅하다. 그러나 너희들이 어떤 정보를 제공하느냐에 따라서 살아날 수도 있다."

한창 떠들어대던 그가 갑자기 무슨 생각이 들었는지 정치군관을 끌어들였다.

"김 부장! 취조해!"

김 부장이 앞으로 불쑥 나섰다. 계급은 비록 소좌에 불과했으나 주로 김 부장으로 통했던 그는, 번득이는 눈매부터가 기분 나쁠 정도로 매서웠다. 게다가 사람을 완전히 죽여야 직성이 풀릴 정도로 악명이 높았다. 이 때문에 그의 이름만 들어도 벌벌 떠는 사람들이 부지기수였다.

"자, 나는 언제나 속전속결을 원한다. 그러니까 묻는 말에 빨리 대답하라는 말이다. 알았나?"

"무조건 대답할 테니 제발 살려 주시오"

소꼬리가 대답을 하면서도 너무 애처로운 눈빛이다. 마치 장환에게 제발 살려달라고 애원하는 것 같다. 하지만 그가 애써 외면해버린다. 잘못하면 저 작자에게 또다시 말려들 수 있다고 생각한 것이다. 그런 가운데 심문은 계속되고 있었다.

"소속은?"

"국군 제6사단 2연대입니다."

"계급과 이름, 그리고 직책은?"

"이 분은 송호림 대령으로써……."

"누가 너한테 물었어? 좀 간나새끼야!"

"윽!"

발길에 채인 부관이 뒤로 벌렁 자빠지면서 코에서 피가 흘렀다. 코를 정통으로 맞은 것이다. 그것을 본 소꼬리는 장환에게 계속 애원하는 눈빛을 보내고 있었다. 하지만 장환이 계속 외면하는 데도 그 표정을 어떻게 읽었는지 김 부장의 입가에는 야릇한 미소가 감돌았다. 결코 웃지 않는 놈이었으나 이때만은 무언가 달랐다. 그만큼 자신감에 들떠 있었다.

"계급과 이름, 그리고 직책은?"

"나는 6사단 2연대장이고 이름은 송호림입니다. 그리고 저 자는 지준호 대위로써 내 부관입니다."

"다음 집결지는 어디인가?"

"낙동강 전선입니다."

"몇 개 사단이 모이나?"

"전부대가 다 모입니다. 그곳이 최후의 방어선이기 때문입니다."

"미군들의 동태는? 특히 맥아더 연합군 사령관의 동태 말이다."

"……"

"호! 묵비권 행사라……? 이, 종 간나쌔끼가?"

"으악!"

"욱!"

눈알을 부라리며 걷어찬 발에 두 사람이 벌렁 나가자빠지면서 입에서 피가 흘렀다. 아마 이빨이 몇 개 나간 것 같았다. 순식간에 입술이 꺼멓게 죽으면서 부어 올랐다. 하지만 맥아더 사령관에 대해서는 알지도 못했고, 그것은 또 극비 중에서도 극비였다. 잘못 떠벌렸다간 아군전체가 쑥밭 될 일이었고, 이 작자가 원하는 것이 무엇인지 몰랐기 때문에 대답할 수가 없었다.

소꼬리는 갑자기 무서운 생각이 들었다. 이대로 개죽음이 될 수도 있다는 생각 때문이었다. 그는 순간적으로 장환의 약점을 물고 늘어져야겠다는 생각이 번뜩 일었다. 그래서 지체없이 그것을 실행에 옮겼다. 삶과 죽음의 갈림길에서 무엇을 못할까 싶어 내린 결정이었다.

"내, 내가……"

"빨리 말해! 이 종간나쌔끼야! 콱 쏴버리기 전에……"

성질이 급해 길길이 뛰고 있는 녀석을 바라보면서 소꼬리는 그래도 고급장교답게 침착하게 입을 열었다.

"비록 내가 지금은 이 꼴이지만 한때는 저 친구의 선배이자 상관이었소 물론 그가 일본육사 생도 때의 일이오. 그리고 또……"

"무슨 말을 하려는 거야?"

장환이 버럭 고함치자 김 부장이 묘한 미소를 지었다. 새로운 사실이 터져 나오려는 것을 막았을 때는 무언가 있다고 생각한 모양이었다. 그리고 다른 사람들도 귀추가 주목되는지 관심을 보였다.

"연대장 동무, 화부터 내실 일이 아니라 좀 더 들어봅세다."

"뭘, 더 들어? 이 작자가 지금 수작부리는 것을 귀관은 모르나?"

"뭐가 그리 급합네까? 충분히 들어본 다음에 처리해도 늦지 않다고 봅네다."

"귀관이 정말……?"

장환의 얼굴이 벌겋게 달아오르면서 두 사람 사이에는 이미 보이지 않는 알력이 싹트고 있었다. 그러나 김 부장은 이 기회에 연대장의 약점을 잡아야겠다고 생각했던지,

"빨랑 빨랑 말하라우!"라고 성질을 벌컥 내면서 소꼬리를 다그쳤다. 마치 장환에 대한 분풀이 같았다. 그러자 소꼬리는 장환을 힐끗 쳐다보더니 이내 말문을 열었다. 나중에야 어떻게 되는 말든 살아야하겠다는 욕망이 더 앞선 것이다.

"이미 다 아는 사실이지만 천 대좌가 일본육사를 나온 것은 물론, 친일파의 앞잡이인 민 대감의 딸과 결혼까지……."

"뭐야?"

"드르륵! 드르르륵! 따다다다!"

"드르륵! 따다다다다!"

"으, 아아악! 니놈이 나를?"

느닷없이 갈겨대는 장환의 총질에 김 부장은 피투성이가 된 채 나뒹굴었다. 실로 순식간에 일어난 일이었다. 그리고 모두가 경악하고 있는 가운데 장환의 눈이 잠시 번득이는가 싶더니 또다시 부하들을 향해 다발총을 난사했다.

"드륵! 드르륵! 따다다다!"

"으윽! 우욱! 연대장 동무가 우리까지……?"

"드르륵! 다르르륵! 따다다다!"

"우욱! 우아아악! 김일성 장군 만세!"

장환이 사격을 멈추자 네 구의 시체는 이미 벌집으로 변해 있었다. 대갈통이 관통된 김 부장과 부관은 눈을 부릅뜬 채 죽어 있었고, 운전병과 통신병은 가슴

에서 내장이 쏟아져 나와 온통 피바다였다.

삶과 죽음이 이렇게 갑자기 뒤바뀔 줄은 전혀 뜻밖이었다. 하지만 그들은 죽어가면서도 "김일성 장군 만세!" 를 외쳤다. 실로 공산주의가 얼마나 무서운지를 보여주는 순간이었다. 장환은 피투성이가 된 채 쓰러져 있는 네 구의 시체를 바라보면서 마치 넋 나간 표정이었다.

그 모습에 소꼬리도 무척 곤혹스러웠다. 서로를 견제시키려던 계획이 무참하게 깨진 탓이었다. 마치 차 뒤에서 소변을 보고 있는데 갑자기 차가 떠난 듯한 심정이었다.

하지만 그 순간, 소꼬리의 머리가 재빠르게 돌아가고 있었다. 비록 저 녀석이 자신의 부하들을 죽였다는 것은 잘 몰라도, 결국 자신을 살려준다는 암시를 내포하고 있다. 그렇다면 무조건 살려달라고 빌어야 한다. 방금 보았듯이 삶과 죽음은 결국 종이 한 장 차이일 뿐이다. 게다가 저 녀석은 마음이 여린 놈이다. 정에 약하고 불의를 싫어하면서 인도주의만을 고집해오던 놈이다. 그런데 어째서 저 녀석은 공산주의자가 되었을까. 정말 모를 일이지만 조조가 화용도에서 관우에게 빌었던 것처럼 정에 호소하면 살아날 수도 있다. 그렇다. 무조건 살려달라고 빌어야 한다. 그것만이 최선의 방법이다.

그렇게 생각하던 그가 갑자기 숨이 막히는지 헉헉거렸다. 아직도 불안한 모양이었다. 그러나 곧 본성을 감추면서 눈물까지 흘렸다. 선배이자 상관이었던 것을 끝까지 이용하려는 속셈이었다.

"이젠 우리 차롄가?"

"그렇지 바로 네놈들 차례지."

"그럼, 빨리 죽여라. 그래야 네 속이 편할 테니까."

"너 같은 쓰레기를 죽여봤자 내 총만 더 더러워지겠지."

"그럼, 살려주겠다는 뜻인가?"

"그럴지도 모르지. 하지만 너의 답변에 따라서 죽을 수도 있고 살 수도 있다."

"……"

소꼬리는 살 수도 있다는 말에 귀가 번쩍 띄었다. 재빠르게 머리를 굴리면서 살 방법부터 찾기 시작했다.

이 자가 지금 우리를 시험하고 있다. 갑자기 왜 이렇게 변했을까. 적군을 안 죽이고 아군을 죽였다는 것은 분명 총살 감이다. 그런데도 서슴없이 그런 짓을 저질렀다. 그렇다면 왜 그랬을까. 옛정을 생각해서 그런 것일까, 아니면 마음이 여린 탓에 전쟁에 회의를 느껴서 그런 것일까. 그것도 저것도 아니라면 날 완전히 골탕 먹인 다음 서서히 분풀이나 하면서 즐기려는 것일까.

도무지 감을 잡을 수가 없어 전전긍긍하고 있는데 갑자기 장환의 눈 꼬리가 올라가면서 분위기가 험악해졌다.

"모든 걸 생략하고 단도직입적으로 묻겠다. 그때 왜 나를 스즈끼 형사한테 밀고했나?

"……."

소꼬리는 대답할 수가 없는지 굳게 입을 다물었다. 말 한마디에 따라 운명이 달라질 수도 있기 때문이다. 그래서 오직 마음속으로 기도할 뿐이다.

"왜 그랬냐고 묻고 있다 이 개자식아!"

"으욱!"

장환의 발길질에 복부를 맞은 소꼬리가 앞으로 푹 고꾸라지면서 비명을 지르자 옆에 있던 부관은 지레 겁먹고 부들부들 떨었다. 그러나 생과 사를 오가는 중요한 순간이라고 생각한 그는 곧 무릎을 꿇고 흐느끼면서 용서를 빌었다.

"흑흑! 용서해 주시오 그땐 내가 철이 없어서 그랬소 흑흑!"

"그래서 내 아내까지 겁탈했냐? 이 좆 같은 새끼야!"

"욱! 으으윽!"

또다시 발에 채인 소꼬리가 비명을 지르면서 또다시 피투성이가 된 얼굴로 그의 발 밑에 엎드려 목숨을 구걸했다.

"흑흑! 제발 목숨만은 살려 주시오 흑흑! 제발!"

"그렇게도 살고 싶나?"

"흑흑! 제발 살려주시오 제발. 흑흑!"

누구보다도 마음이 여린 것을 알고 있던 소꼬리가 결사적으로 매달린다. 진실이라는 것을 보이기 위해 눈물까지 흘리면서 그가 내포하고 있는 정이 살아날 수 있도록 안간힘을 썼다. 다만 옆에서 침묵하고 있는 부관에게 이런 꼴을 보인다는 것이 창피할 뿐이다. 하지만 지금은 생사가 걸려 있기 때문에 그런 것을 따질 때가 아니고, 만약 일이 잘 풀려 자신이 살아났을 때는 가차없이 그를 죽일 생각이었다.

그러나 부관의 생각도 마찬가지였다. 야비하기로 말하면 제멋대로 잣대나 휘두르는 프로크루스테스보다 더했고, 오직 출세 지향적인 야누스의 얼굴은 여러 사람들 입에 오르내렸다. 다만 계급이 워낙 높다보니 참고 있었을 뿐, 언제라도 그를 죽이겠다는 결심에는 변함이 없었다.

이렇듯 두 사람은 서로 같은 생각을 하면서 여러 가지 상황들을 정리하고 있었다.

그런 반면 장환은 위선 덩어리로 뭉쳐진 이 자를 어떻게 처리해야 할지 고민이었다. 물론 그의 내면적인 세계를 다 간파하고 있었지만 가치관의 혼돈만 더 가중될 뿐이었다. 그래서 방아쇠에 손가락을 넣었다 뺐다하면서 그 동안 궁금했던 것을 물어보기 시작했다.

"왜 나한테만 그렇게 못 살게 굴었나?"

"셋사 당했던 것을 말하는 모양인데 그건 단지 일본육사의 전통이었을 뿐, 전혀 다른 의도는 없었소"

"그렇다면 헬기 레펠 훈련까지도……?"

"그렇소. 그것도 일본육사에서는 흔한 일이었소"

"이런 개자식! 그것도 말이라고 내 뱉어?"

"우욱!"

또다시 턱을 걷어 채인 소꼬리가 비명을 지르면서 폭 고꾸라졌다. 어금니가 부러졌는지 입에서는 피가 흘러나왔다. 하지만 그는 곧 무릎을 꿇고 기도하는 자세를 취했다. 장환이 보기에는 전혀 어울리지 않는 자세였다. 뭉쳐 있던 감정이 또다시 폭발했다.

"소꼬리! 넌 아직도 그 짓거릴 못 버렸나?"

"나를 살려줄 분은 이제 하느님밖에 없다고 생각했기 때문이오"

"나는 그런 존재를 없다고 생각하는데 과연 그럴까?"

"꼭 그렇게 될 것이라 믿고 있소"

"정말 개보다도 못한 놈이군."

"정말 할말이 없소"

"알렉산더 대왕이 죽을 때 왜 손을 관 밖으로 빼달라고 했는지 아나?"

"……."

소꼬리가 대답을 못하자 장환이 또 설명한다.

"세계를 정복했던 제왕도 죽을 때는 빈손으로 간다는 뜻이었다. 그런데 네 애비와 너는 나라까지 팔아먹은 주제에 싫다는 여자를 물건취급까지 하면서 기어코 나를……."

장환은 어느 새 마음 한 구석이 누그러지면서 선배나 상관으로써의 옛정이 되살아나고 있었다.

그런데 갑자기 아내 생각이 났다. 분명 서울 어디에선가 살고 있을 것 같았다. 벌써 헤어진지도 어느 덧 4년, 아이들도 많이 컸고 그녀도 무척 변해 있을 거라는 생각이 들었다.

6·25가 발발하자 제2사단 소속이던 장환은 6월 10일 함흥을 출발하여 12일 원산을 경유, 철원, 금화를 거쳐 13일에 화천에 도착하였고, 춘천에서 3일 동안 밀고 밀리는 접전 끝에 결국 여기까지 온 것이었다. 만약 그가 서울 쪽으로 진격했더라면 무조건 그녀를 찾았을 것이지만, 그것은 단지 생각에 그쳤을 뿐 제 마음대로 되는 일도 아니었다.

장환은 혹 그가 알고 있을지도 모른다는 생각에서 또다시 물었다.

"혹시 내 아내 소식을 알고 있나?"

"서울에 있소"

"서울 어디에?"

"아현동 15X번지."

"그걸 어떻게 알았나?"

장환의 얼굴이 금새 환해지더니 바짝 앞으로 다가선다. 무척 들뜬 모습이다.

"내가 지은 죄가 너무 많아 사과하려고 수소문을 했었소"

"그래서 어찌 됐나?"

"결국은 찾았지요"

"그리고는?"

"무릎 꿇고 진심으로 빌었소 그리고 또 사과하는 뜻으로 5백만환까지 주었소"

"그렇게 하니까 용서하던가?"

"처음에는 결코 용서할 수 없다고 했소 하지만 몇 번씩이나 찾아가서 용서를 빌자 나중에는 울면서 받아주었소"

"그걸 내가 어떻게 믿어?"

"내가 하느님을 걸고 맹세할 수 있소 방법이 단지 이것뿐이라서 믿을지가 의문이지만……"

장환은 잠시 생각에 잠겼다. 이 자가 거짓말을 하는 것 같지는 않은데 믿을 수가 없다. 원래가 교활한 놈이라 살기 위해서 거짓말을 하는 것인지도 모른다. 그렇다면 진실을 알아보는 방법밖에 없다. 이렇게 뜸을 들이던 장환이 총부리를 그의 이마에 대면서 날카롭게 물었다. 여차하면 죽일 작정이었다.

"누구와 함께 살고 있던가?"

"진수라는 아들과 함께 살고 있었소"

눈 하나 깜짝하지 않고 대답하는 그의 말을 듣자 장환은 목이 메어 한동안 말을 잊지 못한다. 얼마나 보고 싶은 아들인가. 그리고 그 어미는 또 얼마나 많은 고생을 했을까. 자신도 모르게 가슴이 착잡해지면서 옛날의 착한 마음으로 돌아가고 있었다.

하지만 그 눈치를 교활한 소꼬리가 모를 리 없다. 재빠르게 자신의 진실을 밝혀야 하겠다고 생각하면서,

"아마, 지금쯤 열세 살이 되었을 거요"라고 묻지도 않은 말까지 하면서 그의

눈치를 살폈다. 그러나 장환은 어떻게 처리할 것인가에 대해 고민하고 있었다.

전쟁 중에 사람 하나 죽이는 거야 파리 한 마리 죽이는 것과 마찬가지다. 그런데 이 작자는 냉정하게 따져보면 선배이자 나의 상관이기도 하다. 다만 사상이 달라 서로가 적군이 되었을 뿐이지 다 같은 동포인 것만은 틀림이 없다.

하지만 나라를 팔아먹은 친일파의 자손이다. 게다가 천성이 더럽고 교활해서 수많은 사람들이 피해를 입을 수도 있다. 이런 저런 생각에 머리가 자꾸 복잡해졌다. 그러나 파리 한 마리쯤 죽였다고 해서 파리가 다 없어지는 게 아니라는 생각에 자꾸 마음이 여려졌다. 어릴 때부터 모진 고생을 해왔던 터라 그에게는 남의 아픔을 이해하는 착한 마음이 있었다.

이 때문에 그는 인간이기에 잘못을 저지를 수도 있고, 견물생심이기에 겁탈까지 할 수 있다고 생각했다. 더구나 피범벅이 된 얼굴로 눈물까지 보이자 남자가 흘리는 눈물은 어디까지나 진실이라고 믿고 싶었다.

"내가 어떻게 했으면 좋겠나?"

"흑흑! 제발 살려주시오"

"그렇게 살고 싶나?"

"살고 싶소 정말 살고 싶소 옛정을 생각해서라도 꼭……. 흑흑!"

"대장님, 제발 살려주십시오"

그의 부관까지 살려달라고 애걸하자 마음 약한 장환은 갈피를 못 잡고 계속 머뭇거린다. 이때를 놓칠세라 소꼬리가 또다시 그의 약한 마음을 파고들었다.

"아들을 봐서라도 제발 살려주시오"

아들! 도쿄역에서 처음보고 수년간을 보지 못했던 자신의 유일한 혈육. 이름만 들어도 왠지 모르게 친근감이 이는 천진수라는 남자 아이. 지금이라도 당장 "아버지!"라고 부르면서 달려올 것만 같은 느낌 속에 그의 얼어붙었던 마음이 서서히 녹아 내리고 있었다. 소꼬리는 그런 표정을 읽으면서 계속 아들에 대한 이야기만 끌고 갔다. 송곳 이론으로 그의 여린 마음을 돌려놓기 위해서였다.

"당신도 보았겠지만 그 아이가 꼭 당신을 닮았소 게다가 무척 영리한 아이고……."

"내 아내를 닮지 않고?"

"무얼? 눈매는 꼭 제 엄마를 닮았소"

간교한 소꼬리가 계속 아들에 대한 얘기만 늘어놓자 마음이 여린 장환은 그를 살려주기로 작정하고 몇 가지를 더 다짐한다.

"내가 자네를 살려주는 대신 몇 가지 조건이 있다. 들어줄 텐가?"

"말해 보시오"

순간적으로 소꼬리의 얼굴에 미소가 번졌다. 하지만 장환은 원래가 그런 놈이라 생각하면서 아주 진지하게 이야기를 시작했다.

"우선, 자네가 내 아내에게 했던 것처럼 다시는 부녀자들을 겁탈하지 말게."

"피차 마찬가지겠지만 꼭 명심하겠소"

"뭐가 피차 마찬가지야? 너희 남조선 놈들은 민주주의를 강조하면서도 위계질서가 너무 없어. 한마디로 개판이라는 말이다. 그렇기 때문에 국군들이 부녀자들을 닥치는 대로 겁탈하면서 죽이는 것은 물론, 심지어는 아이들까지도 마구 학살하고 있다. 그것도 인민군들에게 협조했다고 하면서 죽이는데 그것은 결코 옳지가 않다는 얘기다."

"꼭 명심하겠소"

"아무튼 모택동 군대와 장개석 군대가 어떤 차이점이 있었는지 알아 달라는 말이다."

"잘 알겠소"

"그리고 또 묻겠는데 사랑이란 무슨 뜻인가? 너처럼 더럽고 추한 놈들이 주로 종교를 이용하기 때문에 물어보는 말이다."

"사랑이란 좋아하고 아낀다는 뜻이겠지요"

"물론 그렇긴 해도 미안한 짓거리를 안 한다는 뜻이 더 중요하다는 말이다.

"무슨 뜻인지 알겠소"

소꼬리가 그의 비위를 맞추려는 모습이 역력하다. 오직 그 길만이 사는 길이라고 생각했던 모양이다. 그럴수록 장환은 계속 질문을 이어갔다. 이 기회에 아주 딴 사람으로 만들려는 것 같다.

"내가 분명히 말하지만 종교가 결코 나쁘다는 것은 아니다. 너 같이 지식도 많고 잘난 놈일수록 죄는 다 성자들에게 뒤집어씌우고 뒷구멍으로는 나쁜 짓만 골라서 하니까 개 같은 놈들이란 말이다. 즉 사람냄새도 안 나는 놈들이 종교나 앞세우면서 늘 야누스의 얼굴로 살아가기 때문에 종교얘기만 나오면 구역질이 난다는 말이다. 아무튼 예수가 십자가에 똥구멍이 찔릴까봐 조선에만 안 내려오는데도 계속 교회만 짓고 있으니 웃긴다는 얘기다. 내 말의 참뜻을 알아듣겠나?"

"그렇게 생각했다면 정말 미안하오. 내가 다시는 종교를 믿지 않겠소"

"내가 종교를 믿지 말라는 얘기가 아니다. 종교를 믿더라도 남에게 피해는 주지 말라는 말이다. 종교란 머리로부터 들어와 가슴에서 머물러야 한다. 그런데도 너 같은 놈은 종교가 주둥아리와 똥구멍 속에 처박혔기 때문에 주둥아리로는 자신을 합리화시키면서 남의 재물이나 빼앗고, 똥구멍으로는 온갖 더러운 짓거리나 일삼으니까 다른 종교인들까지도 욕을 먹는 것이다. 내 말이 무슨 뜻인 줄 알겠나?"

"잘 알겠소. 그러니 목숨만 살려만 주시오. 그러면 내가 꼭 명심하고 따르겠소"

소꼬리가 진심으로 뉘우친 것처럼 머리를 조아리자 장환의 마음도 어느 새 풀어져 미소까지 보인다.

"이제 마지막으로 충고하겠다."

"말하시오. 꼭 명심하겠소"

"너나 나나 일본육사를 나왔으니 다 수재들이다. 그렇지만 너처럼 머리는 좋은데 마음이 더러운 놈이 정치를 하면 백성들이 다 굶어 죽게 마련이다. 특히 너 같은 친일파 놈들은 가렴주구의 대명사들이니까 제발 정치는 하지 말라는 얘기다."

"그럼, 무엇을 하면 좋겠소?"

"아이들이나 가르치는 선생님이 되라는 말이다. 그것만이 네가 속죄하는 길이 될 것이다."

"아무튼 충고해줘서 고맙소 앞으로 꼭 명심하겠소"

"노파심에서 재차 강조하지만, 개 같이 살지 말고 꼭 소가 되라는 말이다."

"개와 소라?"

"즉, 다시 말해서 아무에게나 꼬리치지 말고 소처럼 좀 우직하게 살라는 것이고, 네 별명이 소꼬리니까 개꼬리처럼 살지 말고 제발 좀 인간이 되라는 말이다. 아무튼 그 길만이 너 같은 친일파들이 속죄하는 길이다. 이점 꼭 명심하길 바라고 앞으로는 좀더 나은 인연으로 만나기를 바란다. 그럼, 잘 가게."

"고맙소 앞으론 정말 새롭게 태어나겠소"

소꼬리는 오직 생에 대한 집착 때문에 부관의 얼굴을 바라보면서 비굴한 웃음마저 보인다. 하지만 속은 부글부글 끓어올라 가슴이 곧 터질 것만 같다.

그 표정을 장환이 모를 리 없지만 이왕 살려주기로 작정했기에 못 본 체 외면하면서 차에 오른다. 차는 시동이 걸려 있었기 때문에 엑셀레이더를 밟자 앞으로 나갔고, 그 모습을 소꼬리가 멍한 눈으로 바라보고 있다. 그리고 잠시 후, 콩을 볶는 듯한 총소리가 나기에 돌아보니 소꼬리가 그의 부관을 죽이고 있었다.

갑자기 괜히 살려줬다는 생각이 일었다. 그러고도 남을 놈이란 것을 뻔히 알면서 살려줬다는 것은 분명 잘못이었다. 장환은 정에 약한 자신을 원망도 해보았으나 때는 이미 늦어 있었다.

한참을 달려가다 보니 갑자기 오줌이 마려웠다. 그는 곧 차에서 내려 긴 오줌 줄기를 들판에다 갈겨대기 시작했다. 오랫동안 참아서 그런지 굵고 힘찬 줄기가 꽤나 멀리 뻗어 나가고 있었다.

무척 시원했다. 몸 속에 있는 노폐물을 뽑아낼 수 있다는 것 자체가 행복이었다. 적어도 이런 전쟁터에서만큼은 그랬다. 갑자기 어릴 때가 생각났다. 녀석들과 선을 긋고 일렬 횡대로 서서 누가 멀리 가나 겨뤘던 추억들이었다.

그런데 바로 앞에는 갓 알에서 부화한 새들이 입을 쩍쩍 벌리고 있었다. 그것은 분명 이율배반적인 모습이었다.

피비린내 나는 일대 살육전이 전개되고 있는 가운데 한쪽에서는 새로운 생명이 태어난다. 비록 미물이기는 해도 이것을 어떻게 받아들여야 할까? 괜한 것을 봤다는 느낌이 들었다.

들녘에는 포탄으로 패인 웅덩이가 많았으나 그들이 지나간 자리에는 정적만이 흘렀을 뿐, 곳곳에 널려 있는 시체들은 일체 말이 없었다.

비록 전쟁중이라 무수한 인간들이 죽어갈 망정 개개인의 감정은 전혀 없었다. 다만 소수의 욕심꾸러기 인간들 때문에 저질러지는 살육의 현장일 뿐이었다.

장환은 묘한 감정에 휩싸이면서 차에 올라 액셀레이터를 밟고 서서히 출발하면서 아들을 생각하기 시작했다.

얼마나 컸을까. 녀석의 말에 의하면 나를 꼭 닮았다고 했고 눈은 또 제 어미를 닮았다고 했겠다. 그녀석이 나를 보면 어떤 표정을 지을까. 무척 놀라겠지. 그리고 곧 "아버지!"라고 부르면서 품에 안겨 눈물을 글썽거리겠지. 아, 즐거운 일이다. 그는 흐뭇한 얼굴로 휘파람을 불면서 액셀레이더를 힘껏 밟았다.

하지만 그것도 잠시 뿐, 미군기들이 피난민들을 향해서 무차별 사격을 가하자 장환은 급히 산골짜기로 피했다. 장환은 그 모습을 바라보면서 "개새끼들!"이라는 욕이 절로 나왔다. 피난민들을 죽이는 것 자체가 그들이 주장하는 평화와는 거리가 멀었고, 그런 것들이 바로 인종차별이었기 때문이다.

피난민들이 흩어지는 것과 동시에 비명이 터져 나오면서 순식간에 아비규환을 이뤘다. 전혀 예상치 못한 일이 갑자기 터지자 그들은 오직 살기 위해 이리 뛰고 저리 뛰다 총알과 포탄을 맞고 풀잎처럼 스러져 갔다. 차마 눈뜨고는 못 볼 장면들이 백주에 그것도 연합군에 의해 자행되자 피난민들의 울부짖는 소리가 여기저기서 터져 나오고 있었다.

장환이 보기에 그들은 어떤 목표나 목적도 없어 보였다. 남의 나라 전쟁에 끼어 든 것 자체가 불만이었던지 이 땅에 살아있는 생물체를 싹 쓸어버리려는 것 같았다. 그렇지 않고서야 노약자나 부녀자들에게 그토록 무자비하게 갈겨댈 수가 없었다.

장환은 씁쓸한 마음을 추스르며 그들이 충분히 그럴 수 있다고 생각했다. 미국을 개척할 당시 인디언들을 무자비하게 학살했던 것만 봐도 그렇고, 백인 우월주의를 강조하면서 인종차별을 하는 것이나 아프리카 검둥이들을 잡아다가 노예로 삼는 것부터가 그랬다.

아무튼 그렇게 30분 정도를 폭격하자 흙먼지가 흩날리면서 시체들이 널브러졌고, 부상자들의 고통소리와 함께 부모를 잃은 아이들의 울부짖는 소리가 벌판을 진동시켰다.

특히 죽은 엄마를 끌어안고 우는 젖먹이를 보는 순간, 장환은 곧 심장이 멈춰버릴 것 같은 느낌에 몸을 부르르 떨었다.

장환은 대전에 들어가서 또 한번 놀랐다. 국군이 후퇴하면서 형무소에 갇혀 있던 수 천명의 죄수들을 무더기로 사살시켰다는 보고를 받았기 때문이다.

그것도 팬티만 입은 재소자들을 5명씩 전기줄로 엮어 차로 실어 날랐고, 그들을 구덩이 옆에 꿇어앉혀 놓고 기관총을 난사해서 그대로 매장했던 것이다.

이들 대부분이 공산주의자들이었기에 인민군이 대전을 점령하면 서울에서와 마찬가지로 모두 석방될 것을 우려해서 그런 무지막지한 짓을 저지른 것 같았다.

아무튼 그는 낭월리 계곡에 흐르는 핏물을 바라보면서 치를 떨었고, 인간들만이 이 같은 일을 저지를 수 있다고 여겼다. 그리고 그 추악하고 흉물스런 전쟁놀이가 가치관의 말살로 이어지면서 언젠가는 지구도 멸망할 것이라고 믿었다.

"쿠르르릉! 쿠르르릉! 꽝!꽝!"

"꾸르르릉! 꽈광꽝꽝!"

갑자기 날이 어두워지는가 싶더니 천둥번개가 이어지면서 장대같은 비를 뿌렸다. 사람들은 전혀 예상치 못한 일에 놀랐던지 이리 뛰고 저리 뛰고 있었다. 강철이 보기에는 그것이 바로 자신의 요즘 모습이었다.

강철은 요즘 정아 에미만 생각하면 배알이 뒤틀렸다. 남편이 친일파인 것은 고사하고 대학 학장까지 하고 있는 년이 해도 너무 하는 것 같았다. 부와 명예

와 권력까지 쥐었다고 눈깔에 뵈는 것도 없었다. 그런데도 설치고 다니는 꼴이 눈꼴사나웠지만,

"당신은 뿌리가 없어요. 조선 5백년사를 돌이켜봐도 천씨 가문은 단지 두 사람만이 과거에 급제했을 뿐이고, 우리 송씨 가문은 정확하게 295명이나 급제했단 말이에요."라고 씨부렁거리면서 무시하던 모습이 영 지워지지 않았다.

이 때문에 그는 몇 날 며칠간을 이를 갈았고 생각다 못해 정아를 불러내 담판을 짓고 있던 중이었다. 그러나 정아가 얼마나 많은 고민을 했는지 몸이 말이 아닌데 반해, 강철은 엠포리오 아르마니 브랜드를 입고 있어 한결 스포티해 보였다.

이윽고 커피가 나오자 그녀가 먼저 입을 열었다. 사과하지 않고는 못 배기는 성격 탓도 있었지만 모든 것을 속전속결하는 것이 그녀의 버릇이자 자존심이었다. 채령이와는 달리 그만큼 자존심이 강한 여자였다.

"죄송해요. 뭐라고 사과 드려야 할지 모르겠어요."

"그래서 엄마 뜻을 따르기로 했습니까?"

"……."

대답을 안 하는 것을 보니 그렇다는 얘기인 것 같았다. 강철은 그렇게 생각하면서 신경질적으로 급소를 찔렀다.

"그럴 줄 알았습니다. 죽도록 사랑한다는 것도, 나 없이는 못 산다고 떠벌렸던 것도 다 거짓이었습니다. 그래서 저는 며칠 전에 채령 씨를 만났습니다. 그리고 결혼까지도 약속했습니다."

"뭐라고요? 채령이와 결혼한다고요?"

여자의 질투심을 이용한 것이 그대로 노출되고 있었다. 그것도 라이벌로 생각하던 채령이를 들먹이자 최대의 효과가 나타나고 있었다.

"예. 분명 채령 씨라고 했습니다."

"그건 말도 안돼요. 다른 여자는 몰라도 개만은 안돼요. 고년이 얼마나 여우 같은 년이라고요."

갑자기 이성을 잃고 있었다. 한국에서 최고로 잘 나가는 탤런트가 그것도 저

속한 표현을 쓰고 있었다. 강철은 쓴웃음을 지으면서 여자들은 분명 속물근성이 있다고 생각했다. 그렇지 않고서야 이렇게 흥분할 수가 없었다.

그러나 정아 입장에서 보면 그럴 수도 있었다. 그 사건 이후부터 정아와 채령이는 아주 원수 같은 관계로 돌아서 있었다. 모든 게 다 강철 때문이었다.

"글세, 누가 여우인지는 모르겠으나 결혼약속만큼은 변화가 없을 겁니다."

"그 얘기하자고 날 부른 거예요?"

"꼭 그런 것만은 아닙니다. 아직까지도 정아 씨에 대한 사랑에는 변함이 없습니다. 만약 돌아서 준다면 얘기는 달라질 수도 있습니다."

"……."

그녀가 입을 다문 채 강물을 바라보고 있었다. 무언가 깊이 생각하는 모양이었다. 세계적인 선수에다 인물까지 훤한 이 남자를 놓치고 싶지 않았던 것이다. 다만 학력과 뿌리가 없는 것이 좀 흠이지만, 이만한 신랑감을 만나기가 그리 쉽지 않다는 것쯤은 그녀도 잘 알고 있었다. 그런 생각을 했는지 곧 결단을 내렸다. 무엇보다 속전속결하는 그녀의 성격 탓이었다.

"좋아요. 누가 뭐라고 해도 난 강철 씨만 믿겠어요. 호호!"

"허허! 잘 생각하셨습니다."

그녀가 고른 치아를 내보이면서 웃자 그도 너털웃음을 지으면서 따라 웃었다. 분위기가 갑자기 180도로 회전된 것이다. 강철은 채령이를 끌어들인 게 주효했다고 생각하면서 2차 제의를 시도했다.

"자, 그럼 일어섭시다."

"어디로 갈 건데요?"

"뭐가 어딥니까? 바로 거기지요."

"호호! 누가 엉큼하다고 안 그럴까봐. 호호!"

역시 정아는 눈치가 빨랐다. 단 한마디에 강철의 마음을 읽은 것이다. 그만큼 마음이 통한다는 증거였다.

러브호텔로 장소를 옮긴 강철은 주머니에서 무언가를 꺼냈다. 밀가루 같이 생긴 하얀 분말 두 봉지와 주사기, 증류수였다. 장환은 그것을 즉시 혼합해서 주사기에다 담았다. 하지만 그 모습을 지켜보는 정아는 불안했다. 연예인들이 즐겨 맞는 히로뽕이 틀림없다고 생각했기 때문이다. 갑자기 그녀의 얼굴이 일그러지고 있었다.

"그거 뭐할 거예요?"

"우리 둘 다 패러다이스를 찾아갈 거야."

"안돼요!"

"뭐가 안돼? 오늘 딱 한번만 맞으면 돼."

"그래도 싫어요"

"뭐가 싫어?"

강철이 화를 벌컥 내자 그녀는 곧 울상이다. 히로뽕 얘기는 많이 들어봤어도 전혀 맞아본 적이 없다. 사랑하는 사람이 딱 한번이라고 하자 순간적으로 호기심은 일었으나 어쩔 줄을 몰라 계속 울상이다. 그 순간, 강철이 그녀의 팔목을 휙 낚아채더니 주사기를 혈관에다 꽂았다. 아주 잽싼 행동이었다.

"오늘 딱 한번만 맞으면 돼!"

"몰라! 난, 몰라! 몰라! 이제 난 어떡해! 으앙!"

기어코 울음을 터뜨리는 정아를 바라보면서 강철이 이번에는 주사기를 자신의 혈관에다 꽂았다. 그 모습을 바라보는 정아는 계속 불안한 모습이다. 하지만 강철은 냉장고에서 콜라를 꺼내 잔에다 쏟은 다음 또 다른 백색분말을 섞었다. 그것은 바로 코카인이었다. 약 기운이 빨리 오르도록 두 가지를 준비했던 것이다.

이윽고 그것을 나눠 마신 두 남녀는 옷을 벗고 침대에 누웠다. 약 기운이 오를 때를 기다린 것이다. 하지만 정아는 두려웠던지 계속 강철의 품속으로 파고들었다.

역시 코카인과 히로뽕의 위력은 대단했다. 대략 30분이 흐르자 머리가 맑아지면서 온몸에 힘이 솟았고, 몸이 가벼워지면서 날아갈 것 같았다.

이렇게 되자 두 남녀는 이제 부끄러울 게 없었다. 모든 수치심이 사라지면서 마치 신선이 된 듯한 느낌이었다.

그들은 누가 먼저라 할 것도 없이 서로의 몸을 탐하기 시작했다. 이미 서로의 육체구조를 잘 알고 있었기 때문에 모든 것이 일사천리로 진행되었고, 약 기운 때문인지 전혀 부끄러운 것이 없었다. 마치 동물들처럼 쾌락을 얻기 위해 온 힘을 쏟고 있을 뿐이었다.

강철의 몽둥이는 이제 단단한 박달나무로 변해 있었다. 얼마나 크고 단단하게 변했는지 작대기로 내리쳐도 오히려 그것이 먼저 부러질 정도였다. 이에 반해 그녀의 질도 수축될 대로 수축되어 마치 문어 다리 같았다.

이들은 이런 상태로 계속 펌프질을 하고 받았지만 결코 사정은 하지 않았다. 코카인과 히로뽕이라는 마약성분이 엄청나게 사정시간을 늘려주었기 때문이다.

이들은 정말 패러다이스에서 놀고 있었다. 강철이 마지막이라는 생각으로 정성을 다했고, 그녀 역시 어머니에 대한 죄책감 때문에 온갖 서비스를 다하고 있었다.

사실 이들의 행위에는 불이 나야 옳았으나 전혀 그렇지가 않았다. 박달나무 같은 몽둥이가 질 속을 들락날락 거리면 마찰이 생겨 불이 나지만, 질 속에서 쏟아지는 분비물이 그것을 사전에 막은 것이다.

이들의 행위는 벌써 두 시간이 지났지만 피곤한 기색이라곤 전혀 없었다. 때문에 이들은 서로의 표정을 읽어가면서 감상하기도 하고, 오감이 최대한 열릴 수 있도록 빨아주고 핥아주고 주물러주고 눌러주면서 마음껏 즐기고 있었다.

그녀는 얼마나 좋은지 계속 신음을 토해내면서 왜 사람들이 마약을 찾는지를 알 것 같았다. 두 사람은 얼마나 많은 땀을 쏟아냈는지 몸 전체가 땀으로 뒤덮여서 마치 비누칠을 한 것처럼 매끄러우면서도 끈적거렸다.

이제 두 사람은 고조기로 들어서고 있었다. 가쁜 숨을 몰아쉬면서 자지러질 듯한 신음이 터져 나왔고, 목적지를 향해 최고의 스피드를 내면서 달려가고 있었다.

갑자기 그녀의 눈동자가 커지고 있었다. 강철은 그녀가 클라이맥스에 도달했다고 생각했는지 갑자기 펌프질을 멈추고 천천히 힘차게 마치 완행열차가 출발하는 것처럼 속도를 늦추면서 계속 찍어눌렀다. 확실한 효과가 나타나고 있었다. 그녀가 매미처럼 달라붙는가 싶더니 곧 하체에서 경련을 일으킨 것이다.

이윽고 그녀가 축 늘어지자 강철은 이제 자신이 즐길 차례라고 여기면서 무자비할 정도로 공격을 가했고, 하체에 짜릿한 느낌이 전달되자 섹스란 바로 이런 맛 때문에 즐기는 것이라고 생각했다. 그리고 잠시 후, 그녀의 엉덩이가 상하좌우로 흔들리면서 문어 다리 같은 질이 몽둥이를 조여오자 드디어 오감이 열리면서 거포가 폭발하고 있었다.

하지만 그때 놀라운 일이 벌어졌다. 짜릿한 쾌감에 강철의 눈동자가 뒤집히더니 돌연 그녀의 목을 졸랐다. 순식간에 일어난 일이었다. 그녀가 마귀할멈처럼 보였는지, 아니면 그 어미로 보였는지 살인마처럼 표정이 일그러지면서 흉악스럽게 변해 갔다. 그 어미에 대한 감정이 분노에서 저주로, 저주에서 복수로 바뀌고 있었다.

"으ㅎㅎㅎ!"

"으윽! 왜, 왜 이래요?"

"으ㅎㅎㅎ!"

"도대체 왜……? 윽!"

"네 어미 생각을 하니까 갑자기 널 죽이고 싶어졌어. 으ㅎㅎㅎ!"

분명 장난은 아니었다. 그녀는 목이 조여오면서 숨이 막히자 최대한 발악하면서 목숨을 구걸했다.

"으! 캑캑캑캑! 사, 살려줘요!"

"으ㅎㅎㅎ! 살려주긴. 그건 네 어미한테나 부탁해봐. 권력가에다 돈도 많고 명예까지도 먹고사는 동물이니까. 으ㅎㅎㅎ!"

"윽! 으ㅇㅇㅇ……!"

마약 때문에 일어난 순간적인 일이었다. 그녀는 계속 발버둥치다 부르르 떨더니 그만 축 늘어졌다. 그렇지만 그는 계속 목을 졸랐다. 아예 목을 자를 것처럼 손에 힘을 가했고 잠시 후에는 마치 넋 나간 사람처럼 웃기 시작했다.

"으ㅎㅎㅎ!"

"으하하하!"

"이후후후!"

그의 웃음소리는 한 밤중이라서 그런지 유난히도 컸고 웃는 모습도 마치 짐승 같았다. 그 좋던 거포도 이제는 축 늘어져서 덜렁거렸고, 온몸을 덮고 있는 털 또한 개털처럼 보였다. 게다가 또 얼마나 웃었는지 이젠 아예 눈물까지 흘리고 있었다. 그리고 잠시 후, 그가 갑자기 눈물을 닦더니 이번에는 또 큰 소리로 울기 시작했다. 마치 실성한 사람 같았다.

"으흐흐흐흑! 아버지 어머니! 내가 사람을 죽였습니다. 그것도 내가 제일 사랑하는 사람을……. 으흐흐흑!"

난생 처음으로 불러보는 호칭이었고 너무 오랫동안 참았던 절규였다. 정말 모를 일은 그녀의 어미가 단지 자신을 무시했다는 한 가지 이유만으로 살인을 했다는 사실이었다. 그것도 당사자를 죽인 게 아니라 그 딸을 죽임으로써 대리 만족을 취했던 것이다. 마치 뭐가 씌어진 것 같았다. 그렇지 않고서야 세계적인 선수가 그럴 리가 없었다.

아무튼 한참 동안 괴로워하던 그가 그녀의 몸을 흔들기 시작했다. 잠시 기절했을지도 모른다는 생각이 들었던 것이다.

"정아 씨! 이봐요, 정아 씨!"

"……."

아무 반응이 없었다. 그러자 이번에는 코에다 귀를 대고 가슴에도 손을 얹었다. 역시 반응이 없었다. 그는 겁이 덜컥 났지만 곧바로 정신을 차리면서 즉시 증거인멸 작업에 들어갔다.

우선 그녀의 몸을 번쩍 안아 욕탕으로 옮긴 다음 온몸에 비누칠을 해서 정성껏 씻었다. 특히 질 속에다 손가락을 집어넣어 몇 번씩이나 닦아냈고, 수도꼭지를 최고로 틀어서 그곳을 씻고 또 씻으면서 몇 번이고 반복했다. 그러자 좀 안심이 되는 것 같았다.

그녀는 이제 인형이었다. 그가 하는 대로 몸을 내맡겼을 뿐 어떤 반응도 없었다. 강철의 얼굴에선 어느 새 땀이 비오듯 흘러내렸다. 그는 수건으로 땀을 닦다 말고 이번에는 침대의 시트를 벗긴 다음 욕조에다 대고 털었다. 여러 개의 음모가 떨어지는 것이 보였고 털이 가늘고 윤기가 있는 것이 대부분 그녀 것이었다.

이윽고 그녀를 번쩍 안아 침대에 눕힌 그는 마지막으로 증거가 남을 만한 곳을 구석구석 찾아내서 닦고 또 닦았다. 그리고 됐다 싶을 정도가 되자 유유히 모텔을 빠져 나왔다.

강철은 걷고 또 걸었다. 그러나 걷는 게 아니라 뛰고 있다는 표현이 더 어울렸다. 세상에 태어나 처음으로 사람을 죽였다는 죄책감 때문에 도무지 걸을 수가 없었다. 그는 한참을 걷다 공중전화가 보이자 곧 그곳으로 들어가 다이얼을 돌렸다.

"여보세요."

"저, 강철입니다."

"그래, 무슨 일인가? 꼭두새벽부터?"

"실은 저, 지금 무지 급합니다."

"왜, 갑자기 무슨 일이라도 생겼나?"

"아무튼 만나 뵙고 말씀드리겠습니다."

"그럼, 이리로 오게."

"아니, 그보다 빨리 차부터 보내 주세요."

"왜, 택시 타고 오면 안되나?"

"예. 그럴만한 사정이 좀 있어서……."

"알았네. 그런데 거기가 어딘가?"

"예. 양수리 쪽입니다. 저는 도로를 따라 서울 쪽으로 계속 걷겠습니다."

"알겠네."

새벽이라 무척 다행이었다. 그는 고개를 최대한 숙이고 걸었다. 아무래도 그게 좀 나을 것 같았다. 대략 30분 정도를 걸어가자 어떤 차가 갑자기 그 옆으로 다가오고 있었다. 앞 유리창에 장미스티커를 붙인 것을 보니 바로 회장이 보낸 차였다.

"타시죠!"

"고맙습니다."

무뚝뚝한 것 같지는 않아 보였으나 사내는 단지 그 한마디만 던졌을 뿐 더 이상의 말은 없었다. 그리고 오는 중간에도 벙어리란 생각이 들 정도로 침묵을 지켰다.

그것은 오래 전부터 이어온 그들만의 법규이자 관습이었다. 회장이 아끼는 사람은 회장과 동격으로 취급해야 한다는 내부규칙 때문이었다.

그렇게 반시간 정도를 달려왔을 때 회장은 이미 방안에서 기다리고 있었다. 강철이 허둥대며 전화를 걸었을 때 이미 어떤 직감을 느낀 모양이었다.

"왜, 무슨 일이라도 있었나?"

"예. 그게 흑흑흑……!"

"무슨 일이야? 울지 말고 말해봐."

"제가 사람을 죽였습니다."

"그게 누구야?"

"바로 송정압니다."

"왜? 무슨 이유로?"

"저도 잘 모르겠습니다. 갑자기 개 엄마가 떠올라서."

"그것 참!"

솔개는 강철을 바라보면서 어이가 없는지 쓴웃음만 짓고 있었다. 하필이면 정치권에서도 잘 나가는 국회의원의 딸을 죽였기 때문에 더욱 그랬다. 그는 여러 가지 생각을 하면서 어떻게 빠져나갈 것인가를 궁리했다.

한참을 생각에 잠겨 있던 그가 갑자기 꼴통을 불렀다. 뭔가 묘안이 떠오른 모양이었다. 이윽고 꼴통이 달려오자 그가 급히 물었다.

"치정살인이면 몇 년을 살아야 하나?"

"한 5년에서 10년은 살아야 할겁니다."

"그래? 그럼 말이다. 그런 놈을 하나 찾아내서 양수리로 보낸다. 그런데 무슨 모텔 몇 호실인가?"

"청수장 203홉니다."

힘 빠진 강철의 대답에 솔개가 다시 지시를 내린다. 빨리 처리하지 않으면 강철이 범인으로 몰리기 때문이다.

"청수장 모텔로 가면 인기 탤런트 송정아가 죽어 있을 것이다. 우선 그곳에 들어서자마자 그녀를 범해야 한다. 그리고 될 수 있는 대로 많은 정액을 뿌려서 치정사건으로 꾸며야 한다. 즉, 관음증 환자나 스토커로 위장해야 한다는 말이다. 그리고 그것이 끝나는 것과 동시에 경찰서에 가서 자수하라는 얘기다. 무슨 말인 줄 알겠나?"

"예. 분부대로 하겠습니다."

"그리고 다시 한번 당부하겠는데 반드시 입이 무거운 놈으로 골라야 한다. 알았나?"

"예. 틀림없이 처리하겠습니다. 안심하셔도 될 겁니다."

"그럼, 빨리 가봐!"

"옛!"

"회장님 고맙습니다."

강철은 넙죽 엎드려서 큰절부터 올렸다. 구세주가 따로 없었기 때문이다. 그렇지만 솔개는 안심이 안 되는지 또 다른 생각에 깊이 빠져들고 있었다.

소꼬리는 딸의 죽음에 대해 도무지 이해할 수가 없었다. 요즘 들어 만난 사람이 거의 없었고, 최근에 만났던 사람도 범인이라고 자수한 이철중이가 아니라 강철이었다.

아내 말에 의하면 그날 전화한 사람은 강철이었고, 그가 아니면 외출하지도 않았을 거라는 대답이었다. 뿐만 아니라 그와 헤어진 후 며칠간을 집안에만 틀어박혀 있었다는 것이다.

이 때문에 아내는 길길이 뛰다 지쳐 드러누웠고 이제는 자신이 나서야 할 차례였다. 그가 판단하기에도 범인은 분명 강철이었다. 하지만 증거가 없는 데야 그도 어쩔 수가 없는지 최후의 방법까지 동원한 상태였다.

바로 부검을 의뢰했는데 성질 급한 그로서는 참는 데도 한계가 있었다. 질 속에는 범인의 정액뿐 아니라 강철의 정액도 들어 있을 거라고 굳게 믿었기 때문이다.

소꼬리는 더 이상 참지 못하고 국립과학수사연구소에다 전화를 걸었다. 다행히 검시관이 자리에 있어 통화가 쉽게 이루어졌다.

"나, 송호림이오"

"아, 예, 예. 의원님. 전, 이준호 검시관입니다."

"내 딸 문제로 몇 가지만 물어보겠소"

"그러시지요"

"혹, 다른 정액이나 이상한 것은 발견하지 못했소?"

"아, 예. 놀랍게도 히로뽕과 코카인 성분이 나왔고 수많은 정액도 있었지만 이미 그 전에 수정된 상태였습니다."

"그렇다면 임신?"

"예. 그렇습니다."

소꼬리는 전화를 끊자 이를 갈았다. 며칠 전에도 강철과 관계를 가졌다고 해서 아내가 화를 벌컥 내던 모습이 생각났기 때문이다.

소꼬리는 울컥 치미는 분노를 삭이면서 이번에는 경찰서에다 전화를 걸었다. 경찰이 하는 짓거리가 영 마음에 들지 않았던 것이다.

이윽고 전화가 연결되자 그는 경찰들을 질타하기 시작했고 수화기를 든 서장은 쩔쩔매고 있었다. 워낙 거물인 탓에 그럴 수밖에 없었다.

"뭘 좀 알아냈소?"

"여러 가지 상황으로 보아 이철중이가 범인이 틀림없는 것 같습니다."

"뭐가 같습니다야? 진짜 범인은 강철이라니까 왜 내 말을 안 믿어?"

"그거야 증거가 없지 않습니까?"

"그러니까 고문을 하란 말야. 전기고문이나 물 고문을 하면 틀림없이 불 거란 말야. 내 말 알아듣겠어? 앞으로 일주일 안에 보고해! 그렇지 않으면 당신 목부터 자를 거야. 알았어?"

"이런 씨팔!"

수화기를 집어던지는 것과 동시에 서장의 입에서 욕이 쏟아져 나왔다. 얼마 전까지 내무장관을 했다는 것을 은근히 과시하는 것도 역겨웠지만, 친일파인 주제에 더럽게 지랄하고 있었기 때문이다.

그렇지만 서장의 목구멍도 포도청이라 최 경위가 나타나자 화부터 벌컥 냈다. 최 경위는 주로 살인사건만 다루는 강력 반장이었다.

"이철중이를 고문해!"

"그래봤자 더 나올 게 없는데요?"

"뭐가 없어? 강철이가 진짜범인이라고 송호림이가 박박 우기고 있잖아?"

"송호림이라면 얼마 전에 내무장관과 서울시장을 했던 국회의원 말입니까?"

"그래. 그것을 못 가려내면 내 목부터 치겠대. 개 같은 자식 때문에 정말 더러워서 못해 먹겠네. 아무튼 나를 봐서라도 힘 좀 써봐!"

"알겠습니다. 최선을 다해 보겠습니다. 그렇지만 그놈 뒤에는 솔개와 꼴통이라는 걸물들이 있는 거 아시죠?"

"알아. 그건 내가 막을 테니까 빨리 해봐!"

말은 그렇게 했을 망정 그 쪽도 결코 무시할 수 없는 조직이었다. 명령에 따라 죽고 사는 '가미가제 특공대'같은 놈들이었다. 그리고 늘 사건 현장만 찾아다니는 최 경위도 그걸 모를 턱이 없었지만, 송호림의 야비한 성격을 막는 것이 더 급선무였기에 '울며 겨자 먹기 식'으로 하고 있을 뿐이었다.

최 경위는 곧 전화를 걸더니 이철중을 차에 싣고 어디론가 달리기 시작했다. 이철중은 공수부대 출신에다 이 조직에 들어와서 수없이 죽을 고비를 넘긴 인물이었다. 그런 그가 이런 눈치를 모를 리 없었고, 어떻게 대처해야 한다는 것 또한 너무 잘 알고 있었기에 인상부터 푹 긁었다.

"나를 어디로 끌고 가나?"

"주둥아리 닥쳐! 개자식아!"

"별난 짓거리를 다 해도 내 입에선 나올 게 없어. 그러니 괜한 헛수고는 말라고"

"과연 네 말대로 될까?"

"만약 내 몸에 털끝 하나라도 다치면 어찌되는지 잘 알고 있겠지?"

"개소리 말고 주둥아리나 닥쳐! 이 개새끼야!"

"윽! 민주경찰이 폭력까지 행사한다. 그럼, 후환도 각오는 했겠지?"

"이런 씨팔 자식이 왜 이렇게 말이 많아? 에잇!"

"욱! 또 때려? 좆 같은 짭새가?"

"그러니까 입을 다물라고 했잖아. 이 개새끼야!"

이렇듯 치고 받는 가운데 차는 어느 건물 앞에 섰고, 그가 끌려간 곳은 책상 하나 달랑 있는 취조실이었다.

최 경위는 우선 담배부터 피우면서 여러 가지를 생각했다. 별이 10개나 달린 그가 결코 만만하지 않았기 때문이다. 이철중도 역시 느긋한 표정이었다. 이런 일을 수없이 당해왔던 탓에 겁을 먹지 않았고, 특히 뒤에는 든든한 조직이 버티고 있었기 때문에 거드름을 피우면서 경찰들을 마치 친구처럼 대했다.

"야, 나도 한 대 주면 안 되겠냐?"

"담배를 줄 테니까 빨리 끝내는 게 어때?"

최 경위가 아니꼬운 눈으로 바라보면서 협상을 제의했다. 그리고 담배에 불을 붙여 건네주자 이철중은 그것을 맛있게 빨면서 여러 가지를 생각해 본다.

"이 작자가 지금 고문을 시작하려는가 보다. 장비를 보니 별 놈의 것들이 다 있다. 그렇다면 어떻게 해야 할까. 잘못하면 병신도 될 수 있다. 그렇지만 내가 어떤 놈인가. 꼴통이 제일 믿는 심복이 아닌가. 에이, 설마 죽이지는 않겠지."라고 생각하면서 버티기 작전으로 끝을 맺는다.

이것을 눈치 빠른 최 경위가 모를 턱이 없다. 담배를 발로 콱 이기면서 눈을 찡긋하자 김 형사가 재빨리 그의 손목과 발목을 묶어 거꾸로 매달았다. 이제 그의 몸은 도르래에 의해서만 움직일 뿐, 허공에 매달린 식물인간이나 마찬가지였다.

"분명히 말하겠는데 자네가 범인이 아니란 것은 삼척동자도 다 아는 사실이다. 그러니까 누구의 사주를 받았는지 빨리 부는 게 신상에 좋을 거다."

"몇 번씩이나 얘기해야 알겠어? 내가 범인이라는데?"

"이런 개새끼! 도저히 말이 안 통하는 놈이로군."

"뭐야? 왜 이러는 거야? 이 짭새들아! 짜부들아!"

이철중의 반항에 최 경위가 씩 웃는다. 그러나 칼로 옷을 북북 찢자 그것은 마치 휴지조각처럼 잘려져 나갔고, 전혀 예상치 못한 일들이 벌어지고 있었다. 알몸이 된 그의 불알이 더위 탓인지 축 늘어져 있었다.

이윽고 수치심으로 얼굴이 벌개진 그가 욕설을 퍼붓자 최 경위는 오직 그의 불알만 만지작거렸다. 그리고 잠시 후, 그것이 성질을 벌컥 내는 순간 경찰봉으로 힘껏 내려쳤다.

"으악! 으아악! 아이구 좆이야! 으아아악! 이 짭새가 사람잡네. 아이고! 아이고! 으……!"

"그러니까 빨리 불라고 했지? 개자식아! 에잇!"

"으악! 으아아악! 아이고 좆이야! 아이고! 아이고 나 살려!"

이철중은 불알이 끊어질 듯한 아픔에 계속 비명을 지른다. 그러나 무지막지한 최 경위는 인정사정 볼 것 없이 계속 그곳만 후려친다. 아예 병신을 만들 모양이다.

"그러니까 빨리 불어! 좆을 짤라버리기 전에! 에잇! 죽어봐라!"

"으악! 이 짭새가 날 죽이네! 아이고! 아이고!"

그가 비명을 지르거나 말거나 최 경위는 줄을 풀고 이번에는 변기통으로 끌고 갔다. 아예 똥물을 먹일 작정이었다. 변기통에는 변을 보고 물을 내리지 않아 똥 덩어리가 가득했다. 그것을 알고 있는 최 경위가 씩 웃으면서 뚜껑을 여는 것과 동시에 머리를 콱 처박았다.

"읍! 우웩! 퉤퉤퉤!"

"그러니까 빨리 불어! 개자식아!"

"우웩! 우웩! 퉤퉤퉤퉤!"

그가 똥물을 삼키면서 발버둥쳤지만 수갑이 뒤로 채워져 있어 꼼짝 못하고 그대로 당했다. 최 경위는 그의 머리를 계속 변기통에다 처박았다 뺐다 하면서 수없이 반복했다. 하지만 이철중을 굴복시킬 수는 없었다.

최 경위는 정말 지독한 놈이라고 생각했던지 이번에는 그를 의자에 앉힌 다음 로프로 꽁꽁 묶었다. 그리고 전기고문 기구를 들고 와서 발 앞에다 놓고 공갈협박을 시작했다.

"이제 너의 물건은 이것 한 방이면 끝이 난다. 나도 죽을 각오가 돼 있으니까 최후의 담판을 하자는 얘기다."

"그런다고 없는 사실을 내가 꾸며서 댈 줄 알았냐? 못난 놈 같으니라구."

"그래? 그렇다면 아예 내시를 만들어 주마. 에잇!"

"으악! 으아아악! 으악! 으악! 으아악! 으아아악!"

강한 전류가 성기를 타고 흐르자 이철중은 죽는다고 비명을 질러 댄다. 최 경위도 지쳤는지 땀으로 범벅되어 있었지만 그의 눈은 마치 먹이를 눈앞에 둔 독사처럼 교활한 모습이다.

"어때? 이래도 안 불어?"

"으악! 으아악! 으ㅇㅇㅇ! 으악! 이 개자식아! 내가 나가기만 하면 그땐 너부터 작살내겠다. 으ㅇㅇㅇ!"

"흥! 별 10개가 과연 헛소문은 아니로군. 그렇지만 네가 불 때까지 계속한다. 우리야 교대로 잠을 자면 되지만 네가 얼마나 더 버티나 두고 보자. 에잇, 씨발 놈!"

최 경위가 나가고 다음 팀이 왔으나 상황은 여전했다. 물 고문, 전기고문, 거꾸로 매달아서 고춧가루 물 붓기, 다리 사이에 각목을 끼워서 꿇어앉히기, 잠 안 재우기 등의 온갖 고문방법을 다 동원해 보았어도 결과는 역시 마찬가지였다.

그렇게 일주일이 흐르자 이철중은 초죽음 상태가 되어 넋이 나간 듯 했다. 멍한 상태로 실실 웃다가 갑자기 울었고, 울다가도 욕을 퍼부어 대면서 마치 실성한 사람처럼 보였다.

최 경위는 일단 그가 원기를 회복할 수 있도록 잠을 재우고 먹을 것을 충분히 공급했다. 그리고 영양제 주사도 놓으면서 제 정신이 돌아오기만을 기다렸다.

그렇게 일주일이 지나자 어느 정도의 기력이 되살아나면서 제정신이 돌아오고 있었다. 이에 최 경위는 단 둘이 앉아 마지막 방법을 택하기로 했다. 그가 이번에도 안 불면 아예 끝장을 낼 생각이었다.

"자, 드디어 너와 내가 끝장낼 시간이 다가왔다. 어차피 우리들의 운명은 각자가 책임질 수밖에 없다. 그래야 서로가 덜 피곤하겠지."

말을 마친 최 경위는 캐비넷 속에서 날이 시퍼런 람보 칼을 꺼냈다. 그리고 종이를 쓱쓱 썰더니 바로 그의 코밑에다 들이댔다. 2주일이나 실랑이를 벌렸으나 별 소득이 없자 최후의 방법을 택한 것이다.

"자, 이제 마지막 기회를 주겠다. 그렇지 않으면 우선 아킬레스건을 짤라 앉은뱅이를 만들어 주겠고, 그 다음에는 너의 성기를 짤라 아예 병신을 만들어 주겠다는 얘기다. 이렇게 말이다."

"흡! 으으윽!"

최 경위가 그의 팔을 쓱 그어대자 붉은 선지피가 금새 팔을 타고 흘러내렸다. 이철중은 그것을 바라보면서 이 작자가 정말 독종 중의 독종이라고 생각했다. 그리고 반드시 그렇게 할 것이라고 생각하자 소름이 쫙 끼쳤다. 하지만 2주일씩이나 버텨온 것이 아까워 잠시 주춤하고 있자,

"그럼, 아킬레스건부터 자르고 성기도 자르겠다. 그런 다음 곧바로 잠적하면 그만이다. 나를 잡을 경찰도 없거니와 잡혀도 곧 보석으로 풀려날 수 있기 때문이다."라고 말하면서 발목을 잡았다. 그러자 이철중이 기겁을 하면서,

"잠깐! 으흐흐흑! 흐흑!"라고 외치더니 갑자기 흐느꼈다. 최 경위가 노렸던 것이 바로 주효하고 있었다.

이철중은 한참을 흐느끼더니 무언가 아쉬운 듯 한숨을 내쉬었다. 살기 위해 조직을 배반할 수밖에 없다는 사실이 무엇보다 가슴에 걸렸고, 상황에 따라 인간의 마음이 간사해질 수밖에 없다는 것에 회의를 느낀 것 같았다.

하지만 앉은뱅이에다 성불구가 되는 것보다는 조직에게 당하는 것이 더 났고, 비록 '조삼모사'가 결과는 같다고 해도 우선 먹기는 곶감이 더 달다는 원리를 적용했다. 그리고 고문 때문에 할 수 없이 불었다고 하면 조직도 용서할 것

이라고 나름대로 믿었다.

"물어봐라. 하지만 조건이 있다."

"말해라. 최대한 다 들어주마."

"내가 불 때는 오직 죽음뿐이라는 걸 너도 알고 있지?"

"물론, 알고 있다."

"그러니까 사건이 해결되는 즉시 나를 해외로 **빼달란** 말이다. 그렇게 해야 너도 살고 나도 살 수 있다는 얘기다."

"좋다. 약속하마. 그런데 누가 시켰냐?"

"회장의 지시에 의해 행동대장이 시켰다."

"회장이라면 솔개?"

"그렇다. 그리고 행동대장은 꼴통이다."

"그럼, 범인은 누구냐?"

"범인은 아마 강철이라고 생각한다."

"어째서?"

"회장이 강철을 누구보다도 아끼고 있고, 강철은 또 송정아의 애인이기도 하다. 그리고 강철이 아니면 회장이 그렇게 위장할 턱이 없다."

"좋다. 그럼 너는 몇 시에 사주를 받았고 청수장 모텔에는 또 몇 시에 도착해서 어떤 행동을 취했나?"

"내가 꼴통에 의해 사주를 받은 시간은 정확하게 6시이고, 그곳에 도착한 시간은 6시 32분이며 모텔에 들어간 즉시 그녀를 강간했다."

"그럼, 그녀는 이미 죽어 있었나?"

"그렇다. 몸도 깨끗이 씻겨 논 상태였다."

"그리고 어떻게 했나?"

"곧바로 경찰서에 전화를 걸어 자수했다."

"그 밖에 다른 특이한 사항은 없나?"

"만약 발설하면 곧 죽음이 있을 뿐이라고 꼴통이 말했다."

"고맙다. 지금 너와 나의 대화는 모두 녹음되어 있다. 지금까지 말한 것이 사실인가?"

"그렇다. 하나도 거짓이 없다. 그렇지만 니가 고문의 대가이자 지독한 독종이며 개새끼인 것도 사실이다."

"아무튼 마지막 말이 더러웠지만 수고했다."

최 경위는 쾌재를 부르면서 경찰서로 향했다. 그러나 소꼬리의 예리한 추리력에 탄복하고 있었다. 개만도 못한 친일파가 머리 하난 기가 막히게 좋으니까 정치권에서도 큰소리 친다고 생각했다.

이 결과는 경찰서장에게 보고되면서 소꼬리에게도 즉시 전달되었다. 그러자 소꼬리는 즉시 잡아들이라고 길길이 날뛰었고, 경찰서장은 이를 묵살한 채 검찰로부터 체포영장을 받은 후에야 그를 잡으러 나섰다.

솔개는 이철중이 구속되자 그래도 불안했다. 인간의 마음이 워낙 간사해서 육체적 고통을 가하면 반드시 불게 되어 있다고 믿었기 때문이다. 그래서 강철에게 빨리 이탈리아로 돌아가라고 재촉했지만 그는 아직도 할 일이 남아있다고 하면서 차일피일 날짜를 미뤘다. 그리고 어디로 갔는지 며칠째 연락조차 끊어진 상태였다.

이 때문에 솔개는 불안해서 견딜 수가 없었던지 계속 담배를 피웠다. 그것도 점심을 먹은 후부터 계속 줄담배였다. 그리고 커피를 한 잔 마시고 있는데 전화벨이 요란하게 울렸다. 솔개는 직감적으로 불안을 느끼면서 수화기를 들었다. 그런데 아니나 다를까 매우 다급한 목소리가 귓전을 때렸다. 바로 꼴통의 전화였다.

"회장님, 큰일 났습니다."

"뭐가?"

"결국 이철중이가 불었습니다."

"누가 그래?"

"우리 정보원이 알아냈습니다. 그리고 경찰들이 기민하게 움직이고 있습니다."

"그러니까 내가 뭐랬어?"

솔개가 전화에다 대고 버럭 소리쳤다. 이렇게 화를 내는 것도 처음이지만 꼴통도 워낙 큰 죄를 지었다고 생각했는지 풀이 죽어 있었다.

"죄송합니다. 정말 면목이 없습니다. 내가 그 녀석만은 정말 믿었는데 그만……."

"헛소리 그만하고 빨리 강철이나 찾아봐!"

좋은 일은 늦게 터지고 안 좋은 일은 빨리 터진다고 했듯이 그가 우려했던 일이 결국 터진 것이다. 수화기를 집어던진 솔개의 얼굴이 일그러지는가 싶더니 그래도 분을 삭이면서 간부회의를 소집하고 있었다.

강철은 그때 채령이를 만나 또 그 짓거릴 하고 있었다. 물론 심신이 지친 탓도 있었지만 그녀를 보지 않고는 못 배길 정도로 불안했다. 그리고 만사가 뒤틀리면서 곧 잡힐 것 같은 느낌도 들었다. 그러나 또 한 차례의 허리케인이 휩쓸고 지나가자 신기루가 보였던지 그녀가 자꾸 품속으로 파고들면서 재차 사랑을 확인했다.

"자기, 나 안 버릴 거지?"

"그건 내가 하고 싶은 말이야."

"아니, 그건 또 무슨 얘기야?"

"응. 채령이가 꼭 나를 버릴 것만 같아서."

"에이, 그럴 리가 있나. 여자들이 철이 씨를 얼마나 좋아한다고."

"좋아하는 것과 사랑하는 것이 전혀 다른 데도?"

"에이, 그게 그거지 뭐."

"과연 그럴까?"

비웃는 듯한 물음에 그녀가 미소로 답하면서 볼에다 입을 맞추고 또다시 안심시키기 위해 사랑을 확인했다.

"걱정하지마. 철이 씨만 좋다면 내가 평생을 책임질게."

"고마워. 그럼, 그렇게 알고 우리 이만 가지. 내가 또 만날 사람이 있거든."

"에이, 난 더 있고 싶은데."

러브호텔을 나온 강철은 그녀의 차에 몸을 실었다. 빨간 색의 스포츠카였는데 외제라서 그런지 무척 아름다웠다. 그녀가 긴 머리를 늘어뜨린 채 핸들을 잡자 강철과 너무 잘 어울려 마치 한편의 드라마 같은 모습이 연상되고 있었다.

그들은 젊음을 자랑이라도 하듯이 차를 150km의 속도로 몰았다. 그런데 무슨 일이 있었던지 전방에는 교통경찰들이 쫙 깔려 검문검색을 하고 있었다.

강철은 왠지 모르게 불안했다. 마치 자신을 잡기 위해 검문검색을 하고 있는 것 같았다. 그러나 약한 꼴을 보이기가 싫었던 그는 아랫배에 힘을 잔뜩 주고 있었고, 그때 경찰이 다가오더니 거수경례와 함께 신분증을 요구했다.

"실례합니다. 주민등록증 좀 봅시다."

"……."

강철이 머뭇거리자 그녀가 잼싸게 말을 이었다.

"이 분은 세계적으로 유명한 축구선수예요."

그때였다.

"강철이다. 빨리 체포해!"라는 소리와 함께 경찰들이 우르르 몰려들면서 그에게 수갑을 채웠다. 순식간에 벌어진 일이었다. 하지만 그녀가 막 항의하려는 순간,

"당신을 송정아 살인범으로 체포한다. 그러나 자신이 불리하다면 묵비권을 행사할 수 있고 변호사도 선임할 수 있다. 다만 당신의 진술이 법정에서 불리하게 적용될 수도 있다"라고 말하면서 그를 경찰차로 옮겨 실었다.

강철은 자신의 죄를 인정하는지 아무 말이 없었으나 그녀의 입장에서 보면 아닌 밤중에 홍두깨였다. 경찰차에 오르는 강철을 바라보면서 그녀는 헷갈렸고 라디오에서는 `88서울올림픽 폐막식이 한창 중계되고 있었다.

다음 날. 이 사건이 신문과 방송에 보도되자 강주석 회장은 아연실색했다. 하필이면 강철이가 원수의 딸을 죽였기 때문이다. 물론 그가 그 같은 사실을 알리는 없겠지만 우연치고는 정말 더러운 인연이었다.

"원수의 딸을 사랑하다 죽인다. 그렇다고 로미오와 줄리엣도 아니다. 그렇다면 업보일까? 아니다. 그건 분명 아닐 것이다."라고 중얼거리고 있는데 전화벨 소리가 울렸다. 그리고 그가 받자마자 대뜸,

"고슈새끼, 오랜만일세."라는 소리가 들렸다. 결코 만나기조차 꺼림칙하고 듣기조차 거북한 소꼬리의 목소리였다. 강주석은 그렇다고 일방적으로 끊을 수도 없어,

"소꼬리, 웬일로 이렇게 전화까지……."라고 말끝을 흐렸고, 그는 한참 기분 나쁘게 웃더니 대뜸 시비조로 나왔다.

"강철이가 잡혀서 꽤나 속이 아프겠군."

"그건 또 무슨 말인가?"

"자네가 강철이 후견인이 아니었던가?"

"무슨 쓸데없는 소리. 난, 그 녀석과는 아무 관계도 없네. 그러니 괜한 오해는 말게."

"거짓말은 아니겠지?"

"물론이지. 내가 하늘에다 대고 맹세하지."

"그렇다면 내가 잘못 생각한 것 같군. 미안하네."

전화를 끊고 난 강주석은 벌레 씹은 얼굴이었다. 하필이면 그 작자가 강철과 자신을 연관지었기 때문이다. 하지만 그는 강철을 살릴 방법에 대해 여러 가지를 생각했고, 혹 형을 받더라도 보석이나 특사로 빼낼 것을 구상하고 있었다. 야비하기로 이름난 소꼬리가 자기 딸을 죽인 범인을 그냥 놔둘 리도 없었고, 그것보다도 천장환과 천진수를 죽인 자신의 비밀을 감추기 위해 그마저도 죽일 수 있기 때문이었다.

소꼬리는 또 그 나름대로 이를 갈고 있었다. 비록 자신이 그의 할아버지와 아버지를 죽였을 망정, 그 아들놈이 자신의 딸을 죽였다는 것은 결코 용납될 수 없었다. 그래서 어떻게든 그를 죽여야 한다는 것에는 변함이 없었다. 그래서 쥐도 새도 모르게 조폭들을 불러모으고 있었다.

그런 가운데 솔개파들도 쑥밭이 되고 있었다. 범인 은닉죄에다 교사죄까지 겹쳐 솔개가 구속되자 그 뒤를 쌍칼(진관호)이 재정비하고 있었다. 그러나 진관호는 우선 이철중이부터 잡아죽이고, 그 뒤에는 반드시 소꼬리를 제거할 계획까지 세우고 있었다. 그들에게는 오직 의리와 응징만 있었을 뿐, 용서란 것 자

체가 일종의 사치품이나 마찬가지였다.

천장환이 지리산에 들어온 것은 지난가을이었다. 시퍼렇던 벼가 다 익어 고개를 숙였을 때 패잔병들과 함께 입산하였던 것이다.

승승장구하며 밀고 내려오던 공산군은 UN군의 참전으로 낙동강에서 주춤할수밖에 없었다. 북한군의 계속되는 공세에 밀려 후퇴하던 국군과 유엔군이 낙동강 전선을 최후의 교두보로 선정하고 이 선에서 총반격을 실시한다는 작전을 계획하였으며, 미 제8군사령관인 워커중장이 8월 1일 전군에 낙동강방어선으로의 철수를 명령했기 때문이었다. 그리고 UN군은 공산군의 허리를 절단하여 섬멸한다는 계획을 세워 첫 작전으로 인천상륙작전을 감행했다.

제1단계로 9월 15일 오전 6시 한·미 해병대는 월미도에 상륙하기 시작하여 작전개시 2시간만에 점령을 끝냈다. 제2단계로 한국 해병 4개 대대, 미국 제7보병사단, 제1해병사단은 전격공격을 감행하여 인천을 점령하고 김포비행장과 수원을 확보함으로써 인천반도를 완전히 수중에 넣었다. 마지막 제3단계로 한국 해병 2개 대대, 미국 제1해병사단은 19일 한강을 건너 공격을 개시하고 20일 주력부대가 한강을 건너 26일 정오에는 중앙청에 한국 해병대가 태극기를 게양함으로써 작전을 성공적으로 이끌었다.

상황이 이렇게 돌아가자 가장 피해가 컸던 곳은 낙동강 전선에 있던 공산군들이었다. 그들은 8월 5일부터 낙동강 방어선을 돌파하기 위한 공세를 시작하였으나 왜관, 다부동, 창녕, 영산, 마산, 포항, 안강 등에서 격퇴 당해 이젠 보급로마저 끊어진 상태였고, 8월 16일부터 B-29 폭격기 98대가 왜관 서북쪽 낙동강변 일대에 뿌려댄 폭탄은 무려 960톤에 달했다. 이제 살아남은 자들도 모두 합해야 10만 정도였다.

그래서 8월 31일부터 9월 8일까지 총공세를 취해봤으나 결과는 역시 달걀로바위 치기였다. 어디서 그렇게 많은 포탄을 만들어왔는지 연합군들은 연일 퍼부어 대고 있었다. 특히 B29기만 떴다 하면 그들이 숨어 있는 곳을 정확히 찾아내서 포격했기 때문에 수많은 공산군들이 죽어갔다. 이 때문에 B29기는 이제 저승사자나 마찬가지였다.

결국 견디다 못한 공산군들은 뿔뿔이 흩어지면서 살길을 찾기 시작하였고, 그래서 숨어들은 곳이 바로 지리산이었다.

지금은 공비들이 우글거려 악명 높은 산으로 이름이 더럽혀져 있지만, 지리산은 예로부터 삼신산의 하나로 신성시해온 영산이었다.

한반도의 등뼈인 태백산맥이 서남쪽으로 갈라지면서 소백산맥을 이루어 달려가다 도중에 솟구친 천왕봉을 주축으로 주 능선만도 장장 150km가 넘었다.

특히 고산 준봉이 허다한 만큼 웅장한 산세와 함께 어느 산보다도 적설량이 많아 공비들의 은신처로는 최고였으며, 그 자태야말로 정말 아름답기로 정평이 나있었다.

그러나 험준한 태백산맥으로부터 지리산에 이르는 산악지대에는 그때부터 수천 명의 빨치산들이 우글거리게 되면서 후방의 새로운 요소로 등장하고 있었다.

처음 그들의 세력은 대단해서 산악지대 마을에서부터 인근 군청소재지며 읍까지 온통 유린해나갔다. 이 때문에 낮에는 태극기가 꽂혀 있다가도 밤만 되면 인공기가 나부끼기 일쑤였고, 모든 병력이 전선에 묶여 있던 때라 그런 일이 가능했다.

공비들이 가장 극성을 떤 것은 중공군의 참전이 시작되면서부터였다. 중공군의 남하와 연합군의 후퇴는 그들에게 큰 희망을 안겨 주었고, 그들은 머지않아 중공군과 합류하여 남조선을 해방시킬 수 있다고 믿었다.

하지만 그것은 오산이었다. 중공군은 그들이 있는 곳까지 남하하지 못했고, 연합군의 새로운 반격으로 전선은 38도선을 중심으로 교착상태에 빠져들고 있었다.

희망은 사람을 들뜨게 하면서 착하게 만들지만, 그것이 사라지면 곧 자포자기하면서 포악스럽게도 만든다.

공비들이 꼭 그랬다. 희망이 절망으로 바뀌자 그들은 발악했고 토벌군들이 투입되자 절망에 몸부림쳤다. 오직 목숨을 부지하기 위해 짐승처럼 산 속을 헤매고 다녔다. 생긴 모습만 인간이었지 행동거지는 완전히 산짐승이나 마찬가지였다.

천장환의 휘하에는 대략 천 여명의 병력이 있었다. 일찍이 인팔작전에서 죽었다 살아난 경험이 있었기에 그는 어느 지휘관들보다도 적응력이 빨랐고 병력을 효과적으로 이용할 줄도 알았다. 그러나 어렵고 고생스럽기는 다 마찬가지였다.

하늘 높이 구름이 흘러가고 있었다. 마치 거북이가 기어가듯 느릿느릿 흘러가고 있었다. 하지만 그것은 장난꾸러기였다. 달을 가지고 노는 개구쟁이였다. 달이 까불면 흑백 TV로 만들다가도 온순해지면 칼라 TV로 만드는 마술사였다.

구름이 걷히면서 둥근 달이 다시 나타나고 있었다. 나뭇가지 사이로 달빛이 흘러들고 있었다. 그 빛에 따라 하얀 눈으로 덮인 산이 평화롭게 펼쳐지고 있었다. 장환은 그 자태를 바라보면서 잠시 생각에 잠겼다.

전쟁이란 무엇인가. 사상이 다른 무리들이 벌이는 이념투쟁인가, 아니면 욕심꾸러기들이 싸우는 이전투구인가. 그것도 아니면 식인종이나 미치광이들이 벌이는 마당축제 놀이인가.

그렇다면 공산주의는 무엇이고 민주주의는 또 무엇인가. 공산주의가 다 같이 나눠 갖자는 반면, 민주주의는 능력 것 나눠 갖자는 것뿐이다. 그런데도 사유재산제도를 부정하고 프롤레타리아트를 혁명의 주체로 삼은 공산주의가 왜 이 모양 이 꼴로 당하고 있는지 그게 의문이다.

이렇듯 세상은 온통 위선 덩어리로 뭉쳐진 모순이었다. 법무장교가 아닌 소모품으로 써먹었던 왜놈들이 그랬고, 자신을 이 지경까지 만든 북조선 놈들이 그랬다.

그가 머리를 흔들다 말고 담배를 꺼내 물었다. 그러나 성냥을 켜려다 말고 담배를 다시 집어넣었다. 자신의 위치가 노출될 것을 우려했던 것이다.

온몸이 얼어붙어 더 이상 추위를 이길 수 없을 때쯤에야 그는 몸을 일으켰다. 갑자기 날이 어두워지면서 또 눈이 내렸다. 겨울 내내 셀 수 없을 만큼 지긋지긋한 눈이었다.

눈은 공비들에게 있어서 최대의 적이었다. 눈이 많이 쌓이면 싸일수록 그만큼 기동력이 떨어졌고, 그러다가 결국 발이 묶여 얼어죽고 굶어죽어 갔기 때문이다. 아직은 공비들의 세력이 상당한 편이라 눈이 오건 말건 거의 매일 밤 보급투쟁을 전개하고 있었지만, 토벌군이 강화되어 마을로 내려가는 길목이 차단되고 산이 온통 포위라도 되는 날이면 그야말로 눈 속에 갇혀 굶어죽을 판이었다.

토벌군이 강화되고 있다는 소식은 계속 날아들고 있었다. 그때마다 장환의 가슴은 바짝바짝 타들어 갔다. 그로서는 속수무책이었던 것이다.

그가 토굴 속으로 들어와 잠을 청한 것은 거의 자정쯤이었다. 그런데 잠이 오지 않았다. 혁명과업 완수가 결국 이 꼴로 만들었고, 그것이 차츰 회의에서 분노로 변하고 있었기 때문이다. 더구나 자신이 돌아오기만을 애타게 기다리고 있을 아내와 아들을 생각하자 궁금해서 미칠 지경이었다.

그가 거의 한 시간 정도를 그렇게 엎치락뒤치락 거리다 깜빡 잠이 들었을 때 갑자기 밖이 소란스러웠다. 그가 본능적으로 뛰어나가자 이상한 광경이 벌어지고 있었다. 보급투쟁을 나갔던 공비들이 어린 공비를 개 패듯이 패고 있었던 것이다. 어린 공비는 얼마나 맞았던지 손발을 부르르 떨면서 고통을 호소하고 있었다. 장환은 그대로 두면 죽겠다 싶어 급히 제지하고 나섰다.

"뭐야? 뭐가 이리 시끄러워?!"

"별 일 아닙네다. 대장동무."

"뭐가 별 일이 아냐? 이놈들아!"

그가 벌컥 화를 내자 공비들이 주춤했다. 비록 공비생활을 하고 있을 망정 그들의 지휘관이었기 때문이다.

"실은, 이 반동새끼를 그 자리에서 죽이려다 본보기로 삼고자 끌고 왔습네다."

"그럼, 도망치려다 잡혔나?"

"그렇습네다."

"그게 사실인가?"

"……."

녀석은 사시나무 떨 듯이 떨면서 눈으로 답하고 있었다. 그러나 얼마나 맞았던지 눈두덩은 부어서 거의 감긴 상태였고, 살을 에는 듯한 추위로 얼굴전체가 시퍼렇게 변해 있었다.

하지만 그가 돌연 죽음과 삶의 기로에 섰다고 생각했던지 무릎에다 머리를 처박고 두 손을 싹싹 비비는 것이었다. 죽을 때 죽더라도 마지막 호소를 생각한 것 같았다.

장환이 보기에는 기껏해야 열 대여섯 살쯤 돼 보였다. 아직까지도 부모에게 보호받아야 할 나이였다. 그런데 어쩌다 저 꼴이 되었나 싶어 자꾸 갈등이 일었다. 자신의 아들을 생각하자 부성애가 발동했던 것이다.

이제 내 말 한마디면 저 녀석의 생명도 끝이 난다. 그러면 다른 공비들이 패 죽여서 짐승들의 먹이로 삼겠지. 그리고 도망가다 걸리면 이 꼴이 된다고 전시 효과를 노리겠지. 아, 생각만 해도 끔찍한 일이다. 그러나 저 녀석이 먹지 못해 피골이 상접해서 그렇지 무척 착해 보인다. 살려달라고 저렇게 빌고 있질 않는가. 대장동무만 결심하면 살 수 있다고 호소하지 않는가. 이렇게 생각하자 갑자기 불쌍하다는 생각이 일었다. 장환은 곧 마음을 바꿔 부드러운 목소리로 묻는다.

"너, 지금 몇 살이냐?"

"열 세 살입니다."

"뭐? 열 세 살? 허허!"

웃지 않을 수가 없다. 엄마 품에서 한창 응석이나 부릴 아이까지 잡아오다니. 이게 소위 북조선이 말하는 이념이고 혁명과업이고 투쟁이란 말인가. 그런 허탈감에 빠져 있는데 한 공비가 불쑥 나서더니,

"저 간나새끼가 지금 거짓말을 하고 있습네다. 덩치만 봐도 그렇지 않습네까. 꼭 죽여서 본보기로 삼아야 합네다."라고 강한 평안도 사투리를 쓰면서 씩씩거린다. 아마 녀석을 잡아 온데 대한 영웅심리가 작용한 모양이다.

공비들이 그렇게 생각하는 것도 무리는 아니었다. 녀석이 비록 13세이긴 해도 얼마나 조숙했던지 키가 크고 코밑에는 수염까지 듬성듬성 나 있어 누가 봐도 그렇게 생각할 수밖에 없었다. 그렇지만 장환은 왠지 모를 정에 이끌려 또 묻는다.

"정말 열세 살인가?"

"예. 정말입니다. 대장동무. 살려주십시오. 흑흑!"

급기야 녀석이 울음을 터뜨렸다. 그가 계속 부드러운 목소리로 묻자 실낱같은 희망이 보였던 모양이다.

"어쩌다 이곳까지 오게 됐는가?"

"경성에서 엄마와 함께 살았는데 인민군들이 남조선을 해방시키자고 하면서……. 흑흑!"

녀석이 계속 흐느끼자 장환의 마음이 더 착잡해진다. 하지만 공비들의 눈이 번뜩이고 있어 표정을 감춘 채 또 묻는다.

"이름이 뭔가?"

"천진수라고 합니다."

"음……!"

갑자기 장환의 입에서 가는 신음이 흘러나온다. 뭔가 이상한 예감이 들었던 모양이다. 그러나 표정 자체에는 변화가 없고 오직 공적으로 대할 뿐이다.

"그럼, 아버지는?"

"한번도 못 봐서 잘 모릅니다."

"그렇다면, 어머니는?"

"민영란이라고 합니다."

"뭐? 다시 한번 말해봐!"

"예. '민'짜, '영'짜, '란'짭니다."

"음……!"

틀림없이 내 아내요 내 아들이다. 그렇게도 보고 싶었던 내 아들이다. 도쿄역에서 처음 보고 헤어진 지도 어느 덧 12년. 생각 같아서는 확 달려가서 끌어안고 싶다. 그런데 하필이면 저 아이를 이런 곳에서 만나다니. 이게 무슨 운명의 장난이란 말인가. 아, 정말 얄궂은 운명이다. 그가 찢어질 듯한 가슴을 달래면서 허탈감에 빠져 있자 진수를 잡아왔던 공비가 뭔가 이상한 낌새를 느꼈던지,

"아는 여성동무네까?"라고 다그치듯이 물었다. 물론 그 속에는 빨리 결정하라는 암시도 내포되어 있었다. 하지만 그 역시 노련한 인물이라 적당히 둘러대면서 이 난국을 빠져나갔다.

"물론 민영란이라는 여성동무는 내가 잘 안다. 그녀는 공산주의자로서 와세다대학을 다닐 때부터 나와 함께 반전주의 운동을 펼쳤고, 마르크스나 레닌에 대해서도 많은 공부를 했다. 따라서 그의 아들이 분명하다면 저 녀석 또한 훌륭한 전사의 아들이 틀림없다."

"그거 거짓말 아닙네까?"

공비가 대뜸 고리눈을 부릅뜨고 반박했다. 저 녀석이 죽어야 영웅이 될 판인데 자꾸 이상한 방향으로 끌고 가자 심사가 뒤틀렸던 모양이다. 하지만 장환은 그 공비를 노려보면서 최후의 결론을 내렸다. 또다시 입을 열면 너부터 죽이겠다는 암시도 포함되어 있었다.

"내가 분명히 말하지만 저 아이는 전사의 아들이다. 그리고 너희들에게도 저 아이와 같은 아들이 있고 동생이 있고 친척이 있을 것이다. 방금 들었듯이 저 아이는 지금 열세 살이다. 열세 살짜리가 무얼 알겠는가. 공산주의 이념을 알겠는가 혁명과업을 알겠는가. 단지 춥고 배고프고 엄마 생각이 나니까 무심코 그랬을 것이다. 이제 그만큼 맞았으니까 절대 안 그럴 것이고, 만약 또다시 그럴 때는 내가 책임지겠다. 저 아이를 내 거처로 옮기고 빨리 해산하라!"

아이가 옮겨지는 가운데 좋은 구경거리를 놓쳤다고 생각한 공비들의 불만이 가득하다. 특히 그를 잡아왔던 공비는 영웅이 되지 못한 것에 불만을 품고 좀체 물러설 기미가 보이지 않는다. 그러나 장환이 노려보자 지휘관의 명령을 거부할 수가 없었던지 결국 발길을 돌린다.

토굴로 돌아온 장환은 아이를 보자 눈물이 왈칵 쏟아졌다. 얼마나 맞고 추위에 떨었는지 머리가 불덩이 같았고, 온몸에 상처가 나서 성한 곳이라곤 한 군데

도 없었다. 이것은 분명 변명할 가치조차 없는 아비의 죄였고, 그나마 다행인 것은 자신의 토굴이 독립된 토굴이라는 점이다. 비록 공비들일망정 지휘관으로서의 대우를 해줬던 것이다.

이 때문에 그는 스스로 눈을 담아와 아이의 몸을 씻긴 후 보급투쟁으로 얻어 온 고약을 바르고 해열제를 먹였다. 그리고 이마에 눈 찜질을 해주면서 이불을 덮어주자 곧 잠이 들면서 헛소리를 해댔다.

"대장동무, 제발 살려주세요. 전, 지금 엄마를 찾으러 가야 해요. 우리 엄마가 불쌍해요. 그러니 제발 살려주세요. 윽! 잘못했어요. 대장동무 잘못했어요. 으앙!"

"울지 마라. 내가 틀림없이 엄마를 만나게 해줄게. 알았지?"

잠에서 깬 그가 두려움에 떨자 장환은 토닥거리면서 얼굴을 돌린다. 하지만 그의 눈에서도 닭똥 같은 눈물이 주르륵 흘러내린다. 자신을 결코 용서할 수 없다는 생각이 아이의 눈물을 보는 순간 폭발했던 것이다.

적막이 흐르는 가운데 두 사람은 그저 흐느낄 뿐이다. 한 사람은 공포에 질려서 우는 것이고, 또 한 사람은 죄책감을 못 이겨 울고 있었다.

하지만 시간이 흐를수록 달빛이 흘러들면서 아늑한 분위기를 자아냈고, 장환이 팔베개를 해주면서 꼭 껴안자 따뜻한 온기가 돌면서 평화로운 분위기가 연출되고 있었다. 아이는 그것이 좀 이상하다고 느꼈는지 조심스럽게 물었다. 마치 아들이 아버지에게 묻는 듯 하다.

"대장동무, 우리 엄마를 만날 수 있을까요?"

"그럼, 만날 수 있고 말고"

"어떻게요?"

"내가 책임지고 만날 수 있게 해줄게. 그렇지만 이것은 비밀이니까 누구한테도 말하면 안 된다. 알겠지?"

"네. 그런데 우리 엄마를 잘 아시나요?"

"그럼, 잘 알고말고"

"어떻게요?"

"아까 얘기했잖아. 일본에서 만났었다고"

"그래서 절 살려주셨나요?"

"그럼, 우리 진수가 착한 아이고 엄마도 훌륭하니까."

"그런데 왜 대장동무는 키도 크고 수염도 이렇게 많아요?"

아이는 이제 안심이 되는지 농담까지 섞어가며 그를 믿는다. 살려줄 때부터 그런 느낌을 받았지만 이렇게 팔베개까지 해주는 것을 보니 공포감이 순간적으로 사라졌던 모양이다. 장환은 다행이라 생각하면서 더욱 부드러운 목소리로 되물었다.

"그런 너는 왜 열 세 살밖에 안 됐는데 키도 크고 수염까지 났냐?"

"하하! 대장동무는 꼭 우리 아버지 같네요."

"그럼, 아버지를 봤느냐?"

"아니요. 돌이 지나고 만났다는데 너무 어려서 기억이 없어요. 하지만 우리 아버지는 좋은 사람이라고 엄마가 늘 말씀하셨어요."

"아버지가 누군데?"

"이건 비밀인데요. 꼭 대장동무만 알고 있어야 해요. 그렇지 않으면 우리 엄마한테 혼나요. 약속할 수 있지요?"

"그럼, 약속하고 말고"

"우리 아버지 이름은 천장환이래요. 하지만 우리 엄마가 절대 말하면 안 된다고 했어요. 어? 그런데 왜 대장동무가 울어요?"

"응. 나도 너 만한 아들이 있는데 너를 보니까 아들 생각이 나서……."

"에이, 대장동무가 나보다 마음이 약하구나. 다 큰 어른이 울게."

장환은 눈물을 닦다 말고 아이를 꼭 끌어안는다. 그리고 이것이 마지막 행복이 될 수도 있다는 두려움에 또다시 눈물이 주르륵 흘러내린다.

"너, 아버지가 보고 싶니?"

"네. 꼭 만나서 일러줄 게 있어요."

"그게 뭔데?"

"내가 친구들과 싸울 때면 꼭 걔네 아버지가 나타나서 아비 없는 후레자식이라고 욕하면서 막 때렸어요 특히 정수 아버지와 만종이 아버지가 제일 심했어요. 그렇지만 우리 아버지만 나타나면 걔네 아버지는 진짜 국물도 없을 거예요. 우리 아버지가 힘이 장사라고 엄마가 늘 말씀하셨거든요"

"그래 그래. 아버지가 힘이 장사고 말고 아마 걔네 아버지들을 다 때려줄 꺼야. 그런데 넌 어쩌다가 여기까지 오게 됐니?"

갑작스런 물음에 아이는 금방 풀이 죽는다. 잡혀올 때가 생각났던지 금방 울상이 되어 버린다. 장환은 괜히 물었다 싶어 아이의 눈치를 보다말고 꼭 끌어안는다. 그러자 아이는 기어코 눈물을 흘리면서 악몽의 순간들을 떠올린다.

"인민군들이 서울에 들어왔을 때 탱크 구경을 나갔다가 잡혔어요 제가 열세 살이라고 해도 믿지를 않았어요 아마 키가 커서 그런 것 같아요 그때 엄마가 달려 나왔는데 엄마 말도 믿지를 않았어요 그리고 또 엄마가 아버지 이름을 대면서 틀림이 없다고 해도 막무가내였어요 그런데도 제가 용케 살아서 대장동무를 만나게 됐어요 정말 기적 같은 일이지요?"

"암, 기적이고 말고 흑!"

장환이 흐느끼는 가운데 달빛이 스러지고 있었다. 조국해방도 좋고 혁명과업도 좋지만, 아이들까지 잡아다 전쟁놀음이나 시키는 공산주의에 이를 갈면서 장환은 밤을 꼬박 세웠다.

계속 내리는 눈으로 보급투쟁이 점점 더 어려워지고 있었다. 비록 눈 때문에 기동력이 떨어진다고 해도 그보다는 발자국이 더 큰 문제였다. 그래서 맨 뒤에 오는 자가 일일이 발자국을 지우면서 왔지만 그게 또 보통 힘든 일이 아니었다.

약 보름 정도가 지나자 아이는 어느 정도의 건강을 되찾고 있었다. 장환의 지극한 정성도 있었지만 워낙 건강체질이라 그게 가능했던 것이다.

아이는 이제 어느 누구보다 그를 잘 따랐다. 물론 함께 동거하다보니 정도 들었지만 무엇보다 그의 인품에 반했기 때문이다.

장환은 이미 아이를 어미 품으로 돌려보내기로 작정하고 있었다. 다만 그 시기가 문제일 뿐, 쥐도 새도 모르게 아이에게 몇 가지를 당부해 논 상태였다.

예컨대 공비들을 만나면 '꺽상'의 아들이라고 밝혀서 위기를 모면하고, 또 국군에게 잡히면 무조건 송호림 대령이나 강주석 대령의 조카라고 말하라고 했던 것이다. 별명이 '꺽상'으로 통했던 자신의 목에는 이미 거액의 현상금이 붙어 있었고, 송호림이나 강주석이 자신의 은혜에 꼭 보답할 것으로 생각했기 때문이다.

이렇듯 둘만의 약속이 이루어지자 장환은 부하들의 만류를 뿌리치고 직접 보급투쟁에 나섰다. 비록 명색이 보급투쟁이었으나 실은 아이를 보내기 위한 작전이었고, 지휘자가 직접 보급투쟁에 나서는 일이 없었으나 진정한 용기가 무엇인지를 보여준다고 하면서 자신의 의지를 관철시켰던 것이다.

그는 우선 3백여 병력으로 마을 전체를 포위하게 한 다음 안심하고 마을로 들어섰다. 그리고 이것도 운명의 한 판이라고 생각하면서 보급투쟁을 시작했다. 물론 아이도 끼어 있었지만 보급투쟁에 직접 가담시킨 병력은 그의 심복들로서 백 명 정도에 지나지 않았다.

장환은 아이와 함께 제일 큰집을 골라 담을 넘었고, 그 뒤를 대여섯 명이 따르고 있었다. 사랑채에 희미한 불빛이 보였으나 그는 권총을 빼들고 곧장 안채로 들어가 방문을 활짝 열었다. 하지만 방안은 귀신이라도 나올 듯이 괴괴했고, 불빛 하나 없이 어둠 속에 깊이 가라앉아 있었다. 이에 장환의 불같은 명령이 떨어진다.

"사랑채에 있는 놈들을 잡아와!"

부하들이 우르르 몰려가고 얼마 안돼 젊은 내외가 잡혀왔으나 그들은 벌벌 떨면서 살려달라고 손을 싹싹 비볐다.

"빨리 불부터 키고 창고로 안내해!"

장환의 명령이 떨어지기가 무섭게 젊은 아낙이 등잔에다 불을 부치자 그것은 꺼질 듯이 흔들리면서 방안의 모습을 대충 밝혔다. 그리고 공비들이 우왕좌왕하며 가져갈 물건들을 챙기는 가운데 장환은 젊은 내외를 이끌고 사랑채로 향했다. 이제부터 진짜 목표를 달성하기 위해서였다.

이윽고 사랑채로 들어간 장환이 총구를 젊은 아낙에게 들이대고 불같이 명령한다.

"먹던 밥이라도 있나?"

"예. 나리. 있구 말굽쇼. 그러니 제발 목숨만……."

"빨리 가져와!"

"예예. 나리."

젊은 아낙이 잽싸게 밥상을 차려오자 장환은 그것을 빨리 먹으라고 아이에게 눈짓한다. 그러나 아이가 자꾸 꾸물거리자 장환은 강제로 밥상 앞에 앉혀 놓고 먹으라고 강요한다. 그리고 아이가 마지못해 밥을 먹는 동안 장환은 젊은 아낙에게 또 다른 주문을 한다.

"옷을 있는 대로 다 꺼내 놔!"

"예예. 나리."

아낙이 벽장에서 꺼내 논 옷은 거의가 허름한 것들이었다. 그렇지만 이것저 것 가릴 때가 아니었던지 장환은 그 중에서 제일 새 것을 골라 아이 앞에다 던졌다. 빨리 밥을 먹고 그 옷으로 갈아입으라는 뜻이었다.

그런데 아이가 밥을 먹다 말고 울고 있었다. 목이 메어서 잘 안 넘어가는 모양이었다. 그렇지만 장환도 울고 있었다. 비록 짧았던 행복이었지만 이제는 헤어져야 한다는 사실에 자신도 모르게 눈물이 났던 것이다.

그 모습에 젊은 내외가 참 이상하다고 느꼈던지 두 사람을 멀뚱멀뚱 쳐다보고 있었다. 공비들의 성질이 다 포악한 줄로만 알았는데 이들은 전혀 달랐기 때문이다.

"자, 빨리 옷부터 갈아입어."

"흑흑! 대장동무. 나, 대장동무와 함께 있고 싶어요."

"지금 무슨 소리하는 거야?"

"으앙! 나, 안 갈래요."

정을 못 이긴 녀석이 더 큰 소리로 울어대자 장환은 어이가 없어 화를 벌컥 냈다. 하지만 이제 열세 살밖에 안 됐으니 무얼 알겠는가 라는 생각에 마음이 더욱 착잡해졌다.

그러나 지금은 이럴 때가 아니었다. 공비들이 한창 보급투쟁에 정신이 팔려 있을 때 빨리 보내야지 이 기회를 놓치면 점점 더 어려워질 수밖에 없었다.

장환은 일단 녀석을 일으켜 세웠다. 그리고 옷을 입힌 다음 젊은 내외에게 강한 어조로 말했다.

"만약 이 사실을 다른 놈들에게 발설할 때는 곧 죽음이 있을 뿐이다. 알겠나?"

"예예. 나리. 죽어도 입을 열지 않겠습니다요"

"그리고 누가 묻더라도 무조건 모른다고 해야지, 만약 그렇지 않으면 너희 연놈들의 눈알부터 뽑아버리겠다. 알겠나?"

"예예. 나리. 제발 목숨만 살려주십시오."

"자, 그렇다면 가자!"

장환은 녀석에게도 보급투쟁을 한 것처럼 보이기 위해 개나리 봇짐을 한 개 만들었다. 물론 그 속에는 여러 가지가 들어 있었지만 대부분이 주먹밥이나 의류 같은 것들이었다. 장환은 그것을 아이의 어깨에 짊어지게 한 후 옷자락을 끌다시피 해서 밖으로 나왔다.

하지만 녀석은 아직도 울고 있었다. 자신을 닮아서 정에 무척 약한 것 같았다. 그러나 지금은 삶과 죽음이 갈라지는 길목이었다. 자신도 언제 죽을지 모르는 일이었다. 공연히 정에 이끌려 대사를 망칠 수도 없는 일이었다. 잘못하면 대가 끊어질 수도 있기 때문이었다.

오늘이 바로 그믐이라 도망치기에는 꽤나 적합한 날이었다. 그런데 금상첨화라고 눈까지 펑펑 쏟아지고 있었다. 장환은 날짜 선택을 잘했다고 생각하면서 즉시 퇴각명령을 내렸다. 그리고 모두가 잽싸게 이동하자 장환은 녀석과 함께 맨 뒤로 쳐지기 시작했다. 후미를 책임지는 척하면서 기회를 엿보기 위해서였다.

대략 반시간 정도가 흐르자 공비들의 발자국 소리가 점점 더 멀어지고 있었다. 게다가 너무 어두워 앞에 있는 물체도 분간하기가 어려울 정도였다. 장환은 이때다 싶어 아이와 함께 옆길로 접어들면서 재빠르게 이동하기 시작했다. 그러나 계속 긴장했던 탓에 등은 이미 땀으로 얼룩져 있었다.

두 사람은 걸으면서도 별로 말이 없었다. 비록 침묵으로 일관하고 있을 망정 서로의 생각은 깊었고, 혹 얘기를 주고받다가도 곧 입을 다물었다. 혹, 토벌군이나 공비들에게 발각될 수도 있기 때문이었다.

그렇게 이동한지 얼마가 안 돼 도로가 나타나자 장환은 이제 헤어질 때라고 생각했는지 갑자기 걸음을 멈췄다. 그리고 아이를 뚫어져라 바라보면서 무언가를 한참 생각하더니,

"자, 그럼 잘 가게."라고 말하면서 애써 눈물을 감추고 있었다. 그렇지만 아이도 울고 있었다. 세상에 태어나 처음으로 느껴본 사랑도 그렇거니와, 왠지 모를 정이든 것도 사실이었다. 이 때문에 아이는 손등으로 눈물을 훔치면서 또 떼를 쓰고 있었다.

"대장 동무도 함께 가면 안 되나요?"

"대장이 도망가면 그건 배반행위야. 그러니 어서 가!"

"흑흑! 전, 죽어도 떨어지기가 싫어요."

"인연이 있으면 또 만나겠지."

장환이 끊어오르는 감정을 죽이며 애써 외면하자 녀석은 또 무슨 생각을 했던지 그의 품에 안기면서 울부짖는다. 순간적인 실수로 죽고 사는 전쟁터에서 이러는 것을 보면 아직도 철이 없는 아이였다.

"흑흑! 대장동무가 꼭 우리 아버지 같아요. 키도 크고 얼굴도 나와 비슷하잖아요. 그렇지 않으면 왜 날 살려줬겠어요. 흑흑!"

"말도 안 되는 소리. 내 아들은 벌써 죽었어. 그러니 빨리 가!"

"흑흑! 거짓말. 대장 동무는 지금 거짓말을 하고 있어요. 그걸 내가 모를 줄 알고요? 흑흑!"

"이 녀석이 정말? 너, 자꾸 이러면 내가 화낸다."

"흑흑! 그래도 좋아요. 하나도 무섭지 않아요. 흑흑!"

"네가 정 그렇게 나온다면 할 수 없지. 그럼, 잘 가라."

장환은 말을 마치자마자 곧 돌아서서 오던 길로 향했다. 그러자 녀석이 부리

나케 달려오더니 또다시 그의 옷자락을 잡는다. 죽어도 떨어지기가 싫었던 모양이다. 하지만 장환이 그의 손을 강하게 뿌리치는 것과 동시에 총부리를 그대로 이마에 들이댔다.

"이놈의 자식! 너 죽고 싶어? 빨리 안 가면 당장 쏴 죽여버릴 테다. 알겠어?"

여태껏 보지 못하던 무서운 얼굴이었다. 눈은 실눈으로 변했고 안면 근육이 일그러지면서 얼굴전체를 덮은 수염까지 파르르 떨렸다. 이렇듯 분위기가 갑자기 험악해지자 아이가 어쩌할 바를 몰라 부들부들 떨었다.

"대장동무, 잘못했어요. 흑흑! 제발 살려주세요"

"살려줄 테니까 빨리 가!"

얼마나 무서웠던지 아이가 뒤도 안 돌아보고 내빼자 장환은 그 모습을 멀끔히 바라보더니,

"꼭, 큰길로 가라!"라고 외치면서 그 자리에 털썩 주저앉아 오열했다. 백정의 아들로 더럽게 태어나 더러운 운명으로 살아야 하는 개 같은 삶에 대한 저항의 표시였다.

시골 장날이었다. 어느 장터나 마찬가지로 사람들로 북적거리고 있었다. 시국이 불안하기는 했지만 닷새만에 돌아오는 장날이면 으레 여러 마을에서 많은 사람들이 몰려들어 성시를 이뤘다.

강주석은 지리산 토벌군으로 온 지 한 달 만에 처음으로 사복으로 갈아입고 부관과 함께 장터 구경에 나섰다.

장터에는 시골서민들의 투박스런 인간미와 단순하고 소박한 체취가 진하게 흐르고 있었다. 주석은 옛날 일들을 떠올려가며 오랜만에 긴장을 풀고 장터 구석구석을 돌아다녔다.

막걸리도 마셔보고 떡도 먹어보고 사기꾼 같은 약장수의 속임수도 구경하면서 아침나절을 거의 장터에서 보냈다. 그런데 구경할 것을 다 구경하고 장터를 나서려고 할 때 앞쪽에서 싸우는 소리가 들렸다. 떡 파는 아주머니가 웬 젊은이를 잡고 마구 때리고 있었고, 젊은이는 계속 두드려 맞으면서도 별 저항이

없었다.

머리는 언제 깎았는지 모를 정도로 길어 뒤로 묶었고, 옷은 비록 남루했으나 키도 크고 잘 생긴 게 마치 귀공자 같았다. 그런데 가까이 다가갈수록 그 젊은 이가 어디서 많이 본 듯한 얼굴이었다.

그곳에는 이미 구경꾼들로 꽉 들어차 있었다. 주석은 아무래도 안 되겠다 싶어 사람들 사이로 헤집고 들어갔다. 만약 떡값 때문이라면 자신이 갚아줄 생각이었다. 그래서 또 때리려는 것을 막고 앞으로 불쑥 나섰다. 구경꾼들은 또 이 모습을 흥미롭게 지켜보고 있었다.

"잠깐, 무슨 일이요?"

"왜? 떡값이라도 내시려우?"

"그럼, 단지 떡값 때문이었소?"

"이런 개자식은 때려 죽여야 해요. 에이, 개새끼!"

"어허! 떡값이 얼마냐니까?"

물음에 대답은 하지 않고 아주머니가 또 때리자 주석이 화를 벌컥 냈다. 아주 상스런 여편네라고 생각했기 때문이다. 그렇지만 곧 여편네가 표정을 바꾸더니 생글생글 웃는다.

"300환인데 정말 주시려우?"

"옛소!"

"에구, 고마우셔라."

그가 주머니에서 300환을 꺼내주자 여편네가 너무 좋아서 펄쩍 뛰었고, 주석은 아이의 손을 잡고 급히 그곳을 빠져 나왔다. 대화할 수 있는 곳을 찾기 위해서였다.

장터라서 그런지 마땅한 곳이 없었다. 사람들이 왁자지껄하며 떠드는 소리가 정겹게 들리더니 이번에는 마치 개구리 울음처럼 들렸다.

주석은 장터를 빠져 나와 허름한 설렁탕 집으로 향했다. 그리고 자리에 앉자 설렁탕을 세 그릇 시킨 후 궁금한 것부터 물었다. 그런데 보면 볼수록 어디서 많이 본 듯한 얼굴이었다.

"너, 이름이 뭐냐?"

"그렇게 묻는 아저씨는 누구세요?"

"이 녀석이 어른이 묻는 말에 대답은 하지 않고?"

"어허! 자네는 좀 가만히 있게."

주석은 부관이 나서는 것을 막으며 아이의 얼굴을 다시 한번 살폈다. 보기보다 무척 당돌한 아이였다. 주석은 마치 허를 찔린 것 같아 좀 당황했지만, 곧 얼굴을 펴고 환한 모습으로 자신의 신분을 밝혔다.

"나는 강주석 대령이라고 지금은 공비들을 소탕하고 있네. 자, 이제 내 신분을 밝혔으니 너도 자신을 밝혀야지?"

강주석이라는 말에 아이의 눈동자가 갑자기 커졌다. 꺽상 대장의 말이 떠올랐기 때문이다. 그래서 자신도 허심탄회하게 대답하기 시작했다.

"저는 천진수라고 합니다."

"뭐? 진수? 어쩐지 닮았다고 했지. 그럼, 아버지가 천장환이고 어머니가 민영란이 맞지?"

"예? 그걸 아저씨가 어떻게 아세요?"

우연한 만남이었지만 서로가 놀라고 있었다. 그렇지만 더 놀란 것은 부관이었다. 천장환이라고 하면 별명이 '꺽상'이고, 꺽상하면 천장환인데 100만환의 현상금까지 걸려 있었기 때문이다. 특히 그가 얼마나 신출귀몰한지 토벌군조차도 두려워하고 있었지만, 공비들은 그를 하늘처럼 받들면서 무조건 따르는 그런 인물이었다. 그런데 자신의 대장이 그 아들이나 부인이름까지 알고 있는 것을 보면 무언가 심상치 않다는 생각이 들었다. 그래서 좀 더 들어보자는 생각으로 계속 귀를 기울였다.

"자네 혹시 '꺽상'이라는 별명을 들어봤나?"

"예."

"그 사람이 바로 네 아버지이시다."

"예? 그게 정말이에요? 흑!"

"정말이고말고"

진수는 자신의 귀를 의심했다. 꺽상이라면 자신을 살려줬고 며칠 전에 헤어졌던 공비대장이 아닌가. 이럴 수가? 이럴 수가 없다. 진수는 가슴에서 뭔가 왈칵 쏟아지는 충격에 곧 울음부터 터뜨렸다. 그러나 두 사람은 이 모습을 묵묵히 지켜볼 뿐, 어느 누구도 입을 떼려고 하지 않았다. 아니, 말이 필요 없는 순간이었다. 그때 설렁탕이 나왔으나 아이는 거들떠보지도 않고 물었다.

"그런데 아저씨는 어떻게 그렇게 잘 아세요?"

"응, 그건 내가 네 아버지와 함께 일본육사를 나왔기 때문이다."

"그럼, 엄마는요?"

"그때 네 엄마도 함께 만났었다. 그리고 내가 도쿄역에서 너를 본 적이 있지. 네가 아주 어렸을 때니까 기억을 못 하는 것도 당연할 거다."

"그랬었구나. 그랬었구나. 그래서 아버지가 이 아저씨나 송호림 대령 얘기를 하라고 그랬구나."

"뭐? 그럼, 아버지를 만났어?"

아이가 중얼거리자 주석이 깜짝 놀라며 물었다. 아이는 사실대로 털어놓기 시작했다.

"제가 공비들한테 잡혀서 죽을 뻔했는데 그 분이 나를 살려주셨어요"

"그럼, 자기가 아버지라고 밝혔나?"

"아니에요. 제가 마치 아버지 같다고 말했다가 죽을 뻔했어요."

"그렇겠지. 자신이 공비생활을 하고 있으니까 떳떳하지 못해서 그랬겠지."

"그런데 우리 아버지가 잡히면 죽나요?"

아이가 걱정되는지 불안한 눈빛으로 물었으나 주석은 다른 생각을 하고 있었다. 바로 아이를 이용해서 그를 자수시키는 일이었다. 스스로 자수만 하면 생명은 건질 수 있었다. 아니, 친구로서 당연히 그렇게 해야 했다. 만약 소꼬리에게 잡히는 날이면 그가 무슨 짓을 할지도 모르는 일이었다. 그래서 아이를 설득시키기로 작정하고 이해를 구했다.

"물론 서로가 싸우다 잡히면 죽을 확률이 높다. 그렇지만 네가 아버지를 설득시켜서 자수하게 되면 목숨만은 건질 수 있다. 자, 그러니 네가 한번 나서보면 어떨까?"

"좋아요. 아버지가 살 수만 있다면 아저씨가 시키는 대로할게요.

아이는 아버지가 살 수도 있다는 말에 뛸 듯이 기뻐하고 주석은 그 모습을 바라보면서 눈시울을 적셨다. 몇몇 놈들이 벌이는 전쟁에 자신은 친구와 총부리를 겨눠야 하고, 또 아버지를 살리기 위해 애쓰는 아이를 보자 눈물이 왈칵 솟았던 것이다.

주석은 아이를 부대로 데리고 와 머리를 자르고 목욕을 시킨 다음 새 옷으로 갈아 입혔다. 물론 군복이었으나 그렇게 때를 빼고 광을 내자 마치 장난꾸러기처럼 보였다.

다음 날 그는 전단을 만들어 벽보에다 붙이고 공비들이 다니는 길목에도 수백장을 뿌렸다.

며칠이 흘러가고 있었다. 주석은 자신의 이름도 넣고 아이의 이름도 넣었으니 틀림없이 그것을 보고 자수해 올 것이라 생각했다.

그런데 정찰을 나갔던 장교가 또 다른 전단을 가져온 것을 보니 깜짝 놀랄 일이 벌어지고 있었다. 그것은 소꼬리가 민영란과 함께 있으니 빨리 자수하라는 내용이었고, 또 민영란의 편지도 몇 줄 적혀 있었다.

당시 토벌군들은 4개 지역으로 나눠 배치되어 있었다. 지리산이 경상남도와 전라남북도에 걸쳐 있는 산이므로 인접해 있는 군만 하더라도 경상남도의 함양과 산청, 전라북도의 남원과 전라남도의 구례 등 4개 군에 이르렀다. 이렇듯 방대한 지역에 걸쳐 있는 산이라고 할 수 있다.

그런데 장환이 출몰하고 있는 지역은 제3지구인 남원 쪽이었고, 그곳을 지금 소꼬리가 맡고 있었는데 전단이 바람에 날려 강주석이 있는 구례까지 오게 된 것이었다.

주석은 이것을 어떻게 해석해야 할까 싶어 부담스러웠다. 소꼬리라고 하면 분명 사기꾼 같은 놈인데 그것을 믿을 수도 안 믿을 수도 없었기 때문이다. 그러나 여러 경로를 통해 확인해본 결과 그것은 분명 사실이었다.

한편, 소꼬리는 굴러온 떡을 놓고 입이 함지박만큼 벌어진 상태였다. 꿈에도 잊지 못하던 민영란이 제 발로 자신을 찾아왔기 때문이다. 그런데 호사다마라고나 할까. 그녀의 아들인 진수마저 강주석이가 보호하고 있다는 연락을 받았던 것이다. 물론 아들이 인민군에게 끌려가 생사가 불투명한데다 남편마저 지리산에 있다는 것이 그 이유였지만, 소꼬리의 입장에서는 어쨌든 기분 좋은 일이었다. 남편을 미끼로 또다시 욕심을 채울 수도 있기 때문이었다.

사실 영란은 아들이 인민군에게 잡혀가자 며칠 밤을 뜬눈으로 새우다시피 했다. 식음도 전폐한 채 오열하고 또 오열했지만, 자신의 운명이 더러워도 너무 더럽다는 사실에 자살까지도 생각했던 것이다. 하지만 남편보다도 아들 생각만 하면 그런 마음이 눈 녹듯이 사라지면서 악착 같이 살아 꼭 아들을 찾고야 말겠다는 마음이 일었다. 그래서 충청도와 경상도, 전라도 일대를 돌아다니다 남편의 소식을 듣게 되었고, 남편의 목에는 이미 현상금까지 붙어 있다는 사실도 알게 되었다.

그런데 이건 또 무슨 운명의 장난이었던지 토벌군 대장은 소꼬리와 강주석이었고, 그것도 하필이면 남편이 남원 쪽에 있어 전전긍긍하고 있던 참이었다. 혹 잡히기라도 하면 간악한 소꼬리에게 당할 수도 있기 때문이었다.

영란은 민가에 방을 얻어 생활하고 있었다. 그러나 미모와는 달리 옷도 제일 허름한 것으로 입었고, 머리는 헝클어져 마치 미친 여자 같았으며 아예 세수도 안 해 땟국이 꾀죄죄하게 흘렀다. 색마 같은 소꼬리의 손아귀에서 벗어나기 위해서였다.

그러던 어느 날 드디어 올 것이 왔다. 소꼬리가 예고도 없이 불쑥 나타난 것이다. 그 속셈이야 뻔했다. 그가 입을 다문 채 자신의 몸만 훑어보고 있는 폼이 그것을 말해주고 있었다.

정말 기분 나쁜 일이었다. 그것은 마치 자신의 몸 위로 뱀이 기어가는 느낌이었다. 생각 같아서는 싸대기라도 몇 대 갈겨주고 싶었으나 남편 때문에 그럴 수도 없었다.

사실 그녀가 보기에는 꼭 관음증 환자 같았다. 눈은 풀어져서 게슴츠레 했고 입가에는 또 음흉스런 미소까지 번졌다. 그것도 자신의 나체를 감상하는 것 같아 치가 떨렸으나, 그가 또 깜짝 놀랄만한 말부터 꺼내고 있었다.

"진수를 찾았소"

"뭐요? 우리 진수를요?"

"그렇소"

"지금 어디 있데요?"

"강주석이와 함께 있소"

"강주석이라면? 고슈세끼?"

"그렇소 개새끼와 함께 있소"

영란은 진수가 살아 있다는 말에 자신도 모르게 눈물이 주르륵 흘러내린다. 얼마나 찾아다녔던 아들이었던가. 전국을 돌면서 그렇게도 찾아 헤맸는데, 혹 전사했을 지도 모른다고 생각하고 있었는데 살아 있었다니 정말 꿈만 같았다. 그녀는 자신도 모르게 감사의 기도를 올리면서 눈물을 닦았다.

영란은 빨리 보고 싶었으나 이 작자가 어찌 나올지를 몰라 잠시 생각에 잠겼다. 하지만 그가 드디어 본색을 드러내고 있었다.

"만나고 싶소?"

"꼭 그렇게 해주세요. 부탁이에요"

"그럼, 우선……."

"아니, 왜 이래요? 이거 놓으세요!"

갑자기 그가 달려들자 영란이 기겁해서 소리쳤다. 하지만 그가 능글맞은 표정을 짓는가 싶더니 벌컥 화를 냈다.

"이런 쌍! 그렇다면 둘 다 포기해!"

"그게 무슨 뜻이에요?"

"그걸 몰라서 물어?"

"그럼, 죽이겠다는 얘긴가요?"

"눈치 하난 꽤나 빠르군. 그럼, 잘 있어!"

그가 뒤도 돌아보지 않고 밖으로 나가고 있었다. 뜻을 이루지 못해 무척 화난 얼굴이었다. 그러나 곤혹스럽기는 그녀도 마찬가지였다. 개 같은 자식이 또 자

272   날벼락

신의 몸을 요구하고 있었기 때문이다.

하지만 누구보다도 눈치 빠르고 영리한 그녀였다. 자신의 의지에 따라 두 사람의 목숨이 걸린 중요한 순간이었다. 그녀는 모든 것을 포기하기로 작정하고 재빨리 그를 불렀다. 모든 것이 순간적으로 일어난 일이었다.

"잠깐만요!"

"……??"

"잠깐 드릴 말씀이 있어요."

"그럼, 포기했나?"

"예."

"그러면 그렇지."

그가 뭔가를 중얼거리더니 환하게 웃으면서 발길을 돌렸다. 하지만 그녀는 마치 죄를 지은 사람처럼 부들부들 떨었고, 그가 방으로 들어오자 털썩 주저앉아 눈물을 흘렸다. 더러운 운명과 더러운 상황이 너무 더럽게 느껴졌기 때문이다.

이제 자신은 단지 성 노리개일 뿐이라고 생각하자 또다시 닭똥 같은 눈물이 주르륵 흘러 내렸다.

소꼬리는 승자로서의 쾌감을 마음껏 즐기는 눈치였다. 그리고 이어서 벌어질 섹스에 대해 상상하면서 그녀가 울음을 그치기만을 기다리고 있었다.

사실 소꼬리는 전쟁에 휘말리다 보니 언제 섹스를 했는지조차 모를 지경이었다. 단지 기억에 남는 것이 있다면 꼭 한 번 강간했던 일 뿐이었다.

그때가 막 북진하고 있을 때였다. 어느 마을에선가 패잔병들을 소탕하기 위해 가옥을 수색하던 중, 그 집 딸이 너무 예뻐 그만 일을 저지르고 말았던 것이다.

그러나 일이 다 끝났을 때 살려달라고 울부짖는 그녀를 죽인 것은 물론, 그 가족들까지 다 죽였다는 것은 무언가 잘못된 일이었다. 그런데 하필이면 단칸방이어서 모두를 발가벗겨 놓고 했기에 살려줄 수도 없는 일이었고, 후환을 없애기 위해서는 반드시 죽여야 했다고 스스로를 위로했다. 그만큼 그는 합리화시키는데 물들어 있었고, 그것도 더러운 전쟁 때문에 일어날 수밖에 없었다고 생각했다. 아무튼 그때를 생각하면 없던 성욕도 되살아날 판이었다.

그런 그가 1년 이상을 굶어왔으니 아름다운 여자를 보고 그냥 지나칠 리가 없었다. 더구나 그녀는 자신의 아내가 되어 있어야 했다. 그런데도 다른 놈의 아내가 되었기 때문에 이가 갈릴 지경이었다. 아무튼 호박이 덩굴 채 굴러온 듯한 호재에 들떠 있을 때 그녀가 고개를 바짝 치켜들면서 물었다.

"제가 그렇게도 탐나세요?"

"그럼, 탐나고 말고 너는 원래 내 것이었으니까."

"하지만 조건이 있어요."

"무슨 조건?"

"장환 씨와 우리 진수를 꼭 살려준다고 약속하셔야 해요."

"진수는 살려줄 수 있지만, 장환은 당신이 꼭 자수시켜야 해. 그래야 그게 가능하거든."

"제가 꼭 자수시킬게요."

"그럼, 됐어. 빨리 옷부터 벗어!"

"다시 한번 말하지만, 당신이 만약 약속을 어길 때는 내가 꼭……!"

"호! 죽이겠다는 얘긴가?"

"그렇고말고."

"알았으니까 빨리 옷이나 벗어."

영란은 이불을 펴고 그대로 드러누웠다. 하고 싶은 놈이 옷을 벗기고 해야지, 자신이 스스로 벗을 수는 없다고 생각했다. 그렇게 되면 좋아서 하는 것으로 오해받을 수도 있기 때문이었다.

그런 마음을 읽었는지 소꼬리는 역시 눈치가 빨랐다. 자신이 먼저 옷을 벗고 그녀의 옷을 하나씩 벗겨나갔다. 능숙한 솜씨였다. 위를 벗기는가 싶더니 아래를 벗겼고, 아래를 벗긴 후에는 또 위를 벗겼다. 그리고 브래지어와 팬티만 남자 한참을 감상하더니 그것마저 모두 벗겨내고 애무를 시작했다.

젖을 빠는가 싶더니 손으로는 음부를 쓰다듬고, 혀로 목을 자극하는가 싶더니 아주 조심스럽게 음핵을 문질렀다. 그리고 발끝에서부터 귓바퀴까지 온몸을 혀로 핥아나가자 드디어 그녀의 입에서 신음이 터져 나왔다.

그녀는 신음을 토해내면서 울고 있었다. 눈을 꼭 감은 채 장환에게 용서를 빌고 있었다. 하지만 시간이 흐를수록 그녀의 몸도 달아오르고 있었다. 처음에는 그의 손길이 닿을 때마다 곤혹스러웠으나 그녀 역시 남자를 아는 여자였다.

사실 그녀가 섹스를 해본지도 꽤나 오래 전의 일이었다. 해방이 되고 소련군이 북한에 진주하면서 장환과 생이별을 했던 것이 바로 이유였다. 이 때문에 그녀는 아랫배에 덩어리가 뭉칠 때마다 남자가 그리웠고, 그것을 처리하지 못할 때면 괜히 짜증이 나곤 했다.

이윽고 하체에 충격이 가해지면서 그의 몽둥이가 춤을 추고 있었다. 대단한 힘이었다. 질 속에서 좌충우돌하는 것이 마치 조자룡이 창을 쓰는 것 같았다. 아두(유선)를 구하기 위해 허허벌판에서 조조의 장군들과 일전을 벌이는 것 같았다.

그녀는 자신도 모르게 그의 목을 휘어 감았고, 충격이 가해질 때마다 힙을 들어올리면서 보조를 맞춰주고 있었다. 정말 자신도 모를 일이었다. 너무나 잊고 살아왔던 탓에 중이 고기를 먹는 꼴로 전환되고 있었다.

그의 혀가 자신의 입 속으로 들어오고 있었다. 그녀는 거부하지 않고 그대로 받아들였다. 그리고 빨기 시작했다. 부드러운 혀가 온몸을 자극하는 게 정말 무아지경이었고, 아랫배에 뭉쳐 있던 덩어리가 슬슬 풀어지는 느낌이었다.

실로 오랜만에 느껴보는 쾌감이었다. 그러나 시간이 흘러갈수록 그의 몽둥이가 더 빠르게 움직이고 있었다. 그것은 마치 잘 달리는 특급열차의 피스톤 같았다.

잠시 후 짜릿한 맛이 대뇌로 이동하더니 각종 근육의 긴장이 풀어지면서 자궁과 항문 근육 등 주변의 모든 근육도 수축작용을 일으켰고, 갑자기 시야가 흐려지면서 온몸이 부르르 떨렸다.

"윽! 으으! 으으음~!"

"욱! 욱욱!"

"으음! 으으으으! 으으음……!

그녀가 축 늘어지자 소꼬리는 더 빨리 몽둥이에 힘을 가했다. 그것으로 무자비하게 공격을 가하자 그녀는 계속 헉헉거렸다. 소꼬리는 그 모습을 감상하면서 하체에 최대한의 힘을 실어 찍어눌렀다.

그녀는 숨이 막히는지 계속 헐떡거렸다. 그리고 무언가를 호소하려는 순간, 그가 으스러지도록 껴안으면서 몸을 부르르 떨었다. 이제 더 이상 참을 수가 없었던지 펌프질이 멈추어지면서 방광의 괄약근이 자율적으로 수축작용을 일으켰던 것이다. 그리고 0.8초 간격으로 자동적인 수축운동이 일어나면서 정액이 요도 밖으로 나가자 5감이 열리면서 쾌감에 부르르 떨었다.

하지만 대부분의 남자들이 0.8초당 25cm나 나가는 정액을 18cm의 질 속에다 30cc 정도를 쏟아 붙지만, 1년 동안을 참아왔던 그는 얼마나 많은 양을 쏟아 부었던지 질 속에서 더 이상 머무르지 못하고 요 위로 흘러내렸다. 그리고 삭신이 녹아 내리는 듯한 쾌감에 부르르 떨면서 또다시 그녀의 입을 덮쳐 눌렀다. 영란은 아무 저항 없이 그를 받아주고 있었다.

지겨웠던 추위가 어느 새 가고 얼어붙었던 계곡의 물도 조금씩 녹아 내리고 있었다. 그렇지만 날이 갈수록 보급투쟁은 더 어려워지고 있었다. 토벌군들이 부지기수로 증원되면서 공비들의 활동반경이 더욱 좁아졌기 때문이다.

설상가상으로 얼어죽거나 굶어죽은 공비들의 숫자도 부지기수였다. 지난겨울에 이렇게 죽은 숫자만도 무려 3백 명이나 되었고, 이곳에서 개죽음을 당할 바에는 아예 북으로 탈출하다 죽는 것이 훨씬 더 현명하다고 하면서 줄행랑을 친 숫자만도 반이 넘었다. 이 때문에 천장환이 거느리고 있는 병력은 잘해야 100명이 넘을 정도였고, 그 중에서도 호시탐탐 기회만 엿보는 자들까지 있어 사기는 말이 아니었다.

그렇게 된 이유야 물론 천장환에게 있었다. 바로 진수를 살려준 사건 때문이었다. 그가 비록 오리발을 내밀면서 침묵으로 맞섰지만 공비들 사이에서는 그것이 결국 공공연한 비밀일 수밖에 없었다. 그만큼 그의 위치는 위축되어 있었다.

그런데 또 곤혹스런 일이 터진 것이다. 보급투쟁을 나갔던 공비들이 한 뭉치의 삐라를 들고 온 사건이 바로 그것이었다. 그들은 삐라뭉치를 그의 발 앞에 던지면서 여차하면 반란을 일으킬 태세였다.

장환은 그것을 조심스럽게 펴다 말고 깜짝 놀랐으나 짐짓 표정을 감추면서 냅다 호통부터 쳤다.

"이놈들아! 너희들의 저의가 뭐야? 그럼, 나보고 자수하란 말야? 이 반동 새끼들아!"

"그럼, 아니란 말입네까?"

"뭐야?"

장환이 소리치는 것과 동시에 허리춤에서 권총을 뽑아들었다. 그리고 팔로군 출신의 늙은 공비를 노려보면서 잽싸게 총구를 들이댔다. 여차하면 방아쇠를 당길 판이었다. 그러자 놈은 깜짝 놀라 부들부들 떨더니 곧 무릎을 꿇었다. 눈알을 부라리면서 덤벼들 때와는 영 딴판이었다. 공비들 중에서도 가장 악랄했지만 모질게 이어온 삶을 포기할 수 없었던지 눈물까지 흘렸다.

"대장동무, 잘못했수다레. 노여움을 푸시라요. 흑흑!"

"이런 반동새끼!

"윽!"

장환의 발이 허공을 가르자 놈은 턱을 움켜쥐면서 나뒹굴었다. 얼마나 세게 찼던지 턱이 돌아가면서 코와 입에서도 피가 흘렀다. 그 모습에 다른 놈들은 지레 겁먹고 부들부들 떨었으며 장환의 눈동자엔 살기로 가득 찼다.

모두가 숨죽이고 있는 가운데 장환은 이쯤에서 끝내야겠다고 생각했다. 너무 강하게 몰아치는 것보다는 도망갈 구멍은 있어야 한다는 것이 바로 그의 지론이었다. 위계질서가 무너지고 있는 마당에 고집만 피운다고 해서 될 일도 아니었다. 처음부터 기선을 잡은 것은 잘한 일이지만 언제 또 이런 일이 터질지도 모를 일이었다.

"처음이라 용서해주지만 두 번 다시 이런 일이 없기를 바란다. 남조선놈들이 우릴 분열시키고자 그렇게 했는지는 몰라도 삐라와 나는 아무 상관도 없다는 것을 분명히 밝혀둔다. 그리고 저 반동새끼를 잘 치료해 줘라."

토굴로 돌아온 장환은 삐라를 다시 한번 확인했다. 그렇지만 그것은 분명 영란과 진수의 사진이었고, 그것도 조잡하게 합성된 것이 아니라 아주 최근에 찍은 것이 분명했다. 그리고 두 모자가 자신과 함께 있으니 자수하면 무조건 살려주겠다는 내용과 함께 영란이 쓴 것으로 보이는 호소문도 들어 있었다.

장환은 그것을 들여다보면서 다시 한번 전쟁에 대해 회의를 느꼈다. 자신이 무엇 때문에 이 꼴이 되었으며 또 무엇 때문에 이념에 얽매여서 서로가 총부리를 겨눠야 하는지 정말 기가 막히고 환장할 노릇이었다.

생각 같아서는 당장 내려가서 자수하고 싶었다. 그리고 죄 값을 치른 다음 사랑하는 가족들과 함께 농사나 지으면서 오순도순 살고 싶었다. 그것이 행복이요 인간이 추구해야 할 최고의 진리 같았다.

하지만 그것은 한낱 생각에 불과했다. 자수하자는 발상 자체도 그렇거니와 만약 그런 낌새라도 나타나면 오로지 죽음뿐이었다. 결국 자수하려면 쥐도 새도 모르게 혼자 결행하는 수밖에 다른 방법이 없었다.

소꼬리가 자기를 쫓고 있다고 생각하자 장환은 가만히 누워 있을 수가 없었다. 그가 토벌군 대장이 되어 자기를 추격하리라고는 그야말로 상상도 못한 일이었다. 이것은 운명이 아니라 숙명이라고 해야 할 판이었다.

놈은 틀림없이 영란을 범했을 것이다. 그 놈은 도쿄에서도 그 같은 일을 서슴없이 저질렀다. 게다가 그곳에다 접착제까지도 뿌렸다. 나를 잡아죽여야 안심하고 그녀를 차지할 수 있겠지. 개 같은 놈. 포로가 되었을 때 그 놈을 죽였어야 하는 건데 살려둔 것이 한이 된다. 갈아먹어도 시원치 않을 놈. 세상 부끄러운 줄도 모르는 친일파의 앞잡이. 그가 절망의 늪 속으로 빠져들수록 소꼬리에 대한 증오는 깊어만 갔다.

얼어붙었던 골짜기의 물이 녹아 흐르면서 버들강아지가 싹을 틔우고 있었다. 개미들이 부지런히 움직이는 것을 보면 그 지긋지긋했던 겨울도 다간 모양이었다.

그러나 공비들의 반응이 일체 없자 토벌군들은 삐라내용을 바꿔가면서 계속 뿌려댔다. 주로 장환을 설득하기 위한 내용이었으나 그것은 이제 산 속 아무 곳에서나 발견할 수 있었다.

며칠째 아무 것도 먹지 못한 채 토굴 속에 누워 있던 장환은 더 이상 산 속에서 버틸 수가 없다는 것을 깨달았다. 비록 칡뿌리를 씹으면서 견딘다고 해도 그것은 어느 정도의 한계가 있었다.

공비들의 움직임도 눈에 띄게 달라지고 있었다. 무언가 심상치 않은 일이 벌어질 것만 같았다. 자기들끼리 모여서 웅성거리는가 하면, 때로는 언성을 높여가며 말다툼을 하기 예사였다. 특히 자신에게 상처를 입었던 팔로군 출신의 늙은 공비가 회복되면서부터 낌새가 이상하게 돌아가고 있었다.

장환이 보기에는 그가 분명 무언가를 선동하는 요주의 인물이었다.

토굴 밖으로 기어 나와 일어서자 머리가 어찔하면서 두 다리가 휘청했다. 힘 없이 나동그라진 그는 비참하게 헐떡거렸다.

벌렁 드러누워 하늘을 처다보았다. 비가 오려는지 하늘은 이미 시커먼 구름이 끼여 있었고, 달과 별은 구름 속에 갇혀 그 빛을 잃고 있었다. 마치 자신의 신세와 같다는 느낌에 이대로 영원히 잠들고 싶었다.

눈을 감자 영란과 진수의 얼굴이 나타났다. 몽롱한 의식 속에서도 떠오르는 건 어김없이 영란과 진수뿐이었다. 잊으려고 하면 할수록 모자의 모습은 더욱 뚜렷이 눈앞을 어지럽히고 있었다. 그것이 거듭되자 마음까지 약해지고 있었다.

사실 그는 살기 위해 지푸라기라도 잡고 싶었다. 이념이나 조국해방 같은 것을 다 떠나서 당장 마을로 내려가 허기진 배부터 채우고 아내도 만나고 싶었다. 하지만 그럴 수는 없었다. 두 모자가 정말 마을에 와 있는지조차 모를 일이었고, 더럽고 야비하고 음흉스러운 소꼬리의 말을 믿을 수가 없다는 것이 바로 그 이유였다.

뭔가 웅성거리는 소리에 잠이 깬 장환은 깜짝 놀랐다. 가장 험악한 공비들이 그를 잡아먹을 듯이 노려보고 있었기 때문이다. 그들 눈에는 핏발이 서 있었고 여차하면 총구에서 불이 뿜어져 나올 기세였다. 그렇지만 장환은 눈 하나 깜짝하지 않고 몸을 일으키면서 버럭 고함부터 쳤다.

"너희들 뭐야? 어떤 놈이 주모자야?"

"내레 주모잡네다. 대장동무."

"음, 결국 네놈이……! 이유가 뭔가?"

"뭐, 이유까지야 있갔습네까. 잘 아시면서 흐흐!"

팔로군 출신의 늙은 공비가 능글맞게 웃으면서 대답했다. 장환에게 턱주가리를 채였던 놈인데 어느 새 턱이 나아 있었다. 하지만 놈은 기선을 제압했다고 생각하는지 히쭉히쭉 웃기까지 했다. 장환은 솟구치는 감정을·억제하며 차분한 목소리로 이들을 달래기 시작했다.

"대체 요구조건이 뭔가?"

"이대로 굶어죽어야 할 이유가 없지 않습네까."

"그래서?"

"오늘 밤 내려갑세다."

그들은 잡아먹을 듯이 장환을 노려보고 있었다.

"안 돼! 그건 안 돼!"

"여편네는 어데다 써먹을라고 기리키 아낍네까? 여편네에게 신세지는기 기리도 겁납네까?"

"그 여잔 내 마누라가 아냐. 우린 이미 헤어졌어."

"뭐가 그렇습네까? 삐라에도 기리키 나와 있는데."

"아냐! 그건 거짓말이야! 그놈들이 날 잡으려고 조작한 거야!"

"안 가면 강제로라도 끌고 가겠소 여기서 굶어죽을 바에야 밥이라도 실컷 먹고 죽는 게 어떻겠소?"

"안돼! 그건 절대 안돼!"

"무시기 소리? 뭐가 어드래?"

"윽!"

늙은 공비가 소리치는 것과 동시에 개머리판이 춤을 췄다. 순간적으로 그의 턱을 후려친 것이다. 졸지에 당한 그는 흐르는 피를 닦을 생각도 않고 가쁜 숨만 토해냈다. 이미 기선을 잡혔기 때문에 대항해 봤자 죽음만 있을 뿐이었다.

"기리니까 거기 가서 숨어 있다 기회를 봐서 뿔뿔이 흩어지자는 얘기라요. 깨끗한 옷으로 갈아입으면 지놈들이 알게 뭐갔시요. 내 말 알아듣갔소?"

또 다른 공비가 피를 닦아주며 말했다. 그렇지만 장환은 머리를 절레절레 흔들었다.

"이 많은 식구가 다 가면 모두가 죽어. 내 마누라는 단지 미끼일 뿐이야. 그러니 다시 생각해 보자구."

"누가 다 간다고 했소? 여기 있는 여섯 명만 가자는 얘기지요. 그러니 협조하시오."

장환은 결국 그들의 협박에 못 이겨 그날 밤 빗속을 뚫고 마을로 내려갔다.

영란은 요즘 정신적으로 무척 지쳐 있었다. 소꼬리의 계략에 의해 아들과 재회한 기쁨도 잠시 뿐, 빌어먹을 놈이 자꾸 자신의 육체를 요구해 왔기 때문이다. 물론 부자의 목숨을 살려준다는 조건이었으나 도무지 그의 말에는 신빙성이 없어 보였다.

더욱 가관인 것은 진수를 아예 부대로 데려간 것이었다. 그리고 시도 때도 없이 찾아와서는 늘 자신의 욕심부터 채웠다. 이제 그녀는 무너진 둑이었다. 자신의 힘으로는 어쩔 수 없는, 마치 성 노리개가 되어버린 듯한 느낌이었다.

영란은 이렇게 변한 자신이 너무 한심하고 원망스러웠다. 그것이 비록 자업자득이라고 해도 자신이 정말 깊은 나락으로 추락하는 것만 같았고, 다시는 헤어나지 못할 지옥으로 떨어지는 느낌이었다. 여하튼 기구한 운명에 잠조차 제대로 잘 수가 없어 늘 우울할 수밖에 없었다.

처마 밑에서 낙숫물이 떨어지고 있었다. 영란은 그 소리를 듣자 자신도 모르게 눈물이 나왔다.

장환이 저 산 속에 있다. 틀림없이 삐라를 보았겠지. 그리고 나와 진수가 여기에 있다는 것도 알고 있겠지. 얼마나 외롭고 허전할까. 그런데도 왜 안 내려올까. 이제는 공산주의에 회의를 느낄 때가 되었는데도 그가 안 내려오는 것을 보면 무언가 심상치 않은 일이 터진 것이 아닐까. 혹 지난겨울에 눈 속에 파묻혀 동사한 것이나 아닐까. 그렇지 않으면 허기에 지쳐 굶어 죽었을까. 무척 보고 싶고 자수도 하고 싶겠지. 하지만 공산군들이 그렇게 호락호락하지도 않을 거야. 그렇다면 지금 무엇을 하고 있으며 무슨 생각을 하고 있을까.

이렇듯 겨울에는 눈 속에 파묻혀 죽지나 않았을까 걱정하고, 천둥번개가 몰아치면 오늘은 또 얼마나 기아선상에서 허덕일까 하는 생각에 오늘도 잠을 청하지 못해 뒤척거리고 있는 중이었다.

그때 옆집에서 개 짖는 소리가 나더니 밖에서 이상한 소리가 들렸다. 문짝이 흔들리면서 꼭 누가 부르는 소리 같았다. 바람 때문이겠거니 생각하면서 그녀는 몸을 뒤쳐 누웠다. 하지만 아무래도 이상해서 몸을 반쯤 일으킨 상태로 문 쪽을 주시했다. 칠흑 같은 밤이라 아무 것도 보이지는 않았지만 누군가가 분명히 문을 두드리고 있었다.

조금 있자 문이 더 흔들리면서 자신을 부르는 소리가 약하게 들려 왔다. 영란은 겁이 덜컥 났다. 며칠 전에도 별 미친놈이 침입해서 혼이 난 적이 있었기 때문이다.

그녀는 머리맡에 놓아둔 몽둥이를 찾았다. 이런 때를 예상해서 미리 준비해 둔 것이었다. 그것을 잡는 것과 동시에 문 쪽으로 다가가서 잠시 동정을 살폈다. 문 두드리는 소리가 그치더니 그 대신 창호지를 뚫고 손 하나가 불쑥 들어오는 것이 보였다. 그 손이 문고리를 벗기려는 것을 보고 그녀는 비로소 침입자가 있다는 것을 알았다. 그 순간 들고 있던 몽둥이로 괴한의 손을 사정없이 내리쳤다. 손은 질겁을 하고 빠져 달아났다. 뒤이어 숨찬 목소리로,

"아이쿠! 나야. 나, 장환이야. 문 좀 열어 줘!"라고 부르는 소리가 너무도 선명하게 들려왔다. 몹시 피곤하고 억눌린 듯한 목소리였다. 소스라치게 놀란 그녀는 반가움에 떨면서 방문을 활짝 열어 제쳤다.

그 순간 검은 그림자 하나가 뒷걸음질치면서 이쪽으로 권총을 겨누고 있는 것이 눈에 띄었다. 그녀가 밖으로 나서자 검은 그림자는 재빨리 뒤 안으로 사라

지고 있었다.

그녀는 어느 새 대담하고 기민해져 있었다. 방문을 가만히 닫은 다음 토방을 내려서서 재빨리 주변을 살폈다. 그리고 별다른 것이 없다는 것을 확인한 후 살그머니 뒤 안으로 들어섰다.

장환은 장독대 뒤에서 웅크린 채 떨고 있었다. 추워서 그런 것이 아니라 목소리를 듣고 그런 것 같았다. 그녀는 앞으로 다가서면서 조심스럽게 불렀다. 정이 듬뿍 담긴 목소리였다.

"여보, 저, 영란이에요."

"……."

"안심하고 나오세요. 우리 둘밖에 없어요. 어머?"

그녀가 깜짝 놀라 엉덩방아를 찧으면서 뒤로 나가 자빠졌다. 장환이 일어서는 것과 동시에 공비들도 뒤따라 일어섰기 때문이다. 바로 그때 옆집 개가 더욱 요란하게 짖어대자 그들의 총구에서는 곧 불이 뿜어질 것 같은 살기가 흘렀다.

공비들의 눈이 번뜩이는 가운데 장환은 입을 다문 채 영란을 주시하고 있었다. 유독 키가 커서 그런지 그 모습이 마치 장승처럼 보였다.

그녀가 얼어붙은 듯이 앉아 있자 공비들은 즉시 총구를 내리면서 부드러운 목소리로 사과했다.

"혹, 토벌군들이 있을 것 같아 그랬으니 용서하시라요."

"후……!"

그녀는 한숨을 토해내면서 놀란 가슴부터 진정시켰다. 그리고 어쩔 줄 몰라 망설이고 있는데,

"아이고 배야!"라는 절규와 함께 한 공비가 갑자기 쓰러지고 있었다. 너무 굶어왔던 탓에 긴장이 풀리면서 그렇게 된 것이었다. 그 순간 가장 험악하게 생긴 공비가 불쑥 나서더니,

"동무, 우선 먹을 것부터 좀 주시오. 우리가 너무 오랫동안 굶어서 저리 된 것이오."라고 애원하면서 머리통을 만졌다.

영란은 측은한 생각이 들었다. 저들이 저 정도면 내 남편도 예외는 아닐 것이

다. 산 속에서만 지냈으니 얼마나 배가 고플까. 굶주림도 하루 이틀이지 그것도 1년 동안이나……. 정말 살아 있는 것만도 용하다고 생각하면서 그녀는 결단을 내렸다.

"따라 오세요"

"고맙습네다."

영란이 앞장서고 그들이 뒤를 따랐다. 하지만 그들이 방안으로 들어오자 갑자기 썩는 냄새가 진동했다. 비록 신발을 신고 들어왔다고 해도 세면이나 목욕을 해본지가 거의 1년이 넘었으니 그럴 수밖에 없었다. 말을 할 때마다 입에서는 썩는 냄새가 풀풀 났고 온몸에서도 퀴퀴한 냄새가 진동했다.

한마디로 그들은 생김새만 사람이지 짐승이나 마찬가지였다. 지칠 대로 지쳐 있어 피곤한 모습이 역력했고, 한결 같이 거지를 방불케 할 정도로 옷이 남루한 데다 수염은 자랄 대로 자라 얼굴이 온통 털로 덮여 있었다. 장환도 예외가 아니어서 마치 딴 사람처럼 보였다.

영란은 우선 먹다 남은 밥을 묵은 김치와 함께 방안으로 들여보냈다. 조금 전에 쓰러졌던 공비부터 살리기 위해서였다. 그리고 이들이 먹을 밥을 짓기 위해 방안으로 들어가 남편에게 도움을 청했다. 분위기가 심상치 않다는 것을 이미 파악했기 때문이었다.

"진수 아버지, 밥을 하게 불 좀 지펴주세요"

"내가 나가면 아니 되갔소?"

"물론 안될 거야 없지만 남편과 할 얘기가 있어서……."

영란은 일단 말끝을 흐리면서 그들의 눈치부터 살폈다. 그들이 남편을 감시하는 것이 똑똑히 보였기 때문이다. 그러자 공비들은 떨떠름한 표정을 지으면서도 어쩔 수 없다고 판단했는지 포기하면서도 공갈협박은 잊지 않았다.

"대장동무, 절대 허튼 수작은 마시라요"

"이 개 같은 자식아. 지금 내 목에는 현상금까지 걸려 있다. 그런데도 내가 도망칠까봐 못 믿겠다는 거냐?"

"아, 아니라요 뭔가 오해한 모양인데 절대 그렇지 않으니끼 날래 나가보시라요”

“개놈의 자식 같으니라구⋯⋯.”

장환이 인상을 긁으면서 신경질적으로 나오자 공비들은 괜히 건드렸다 싶었는지 쓰러진 놈에게 달려들어 물에 말은 밥을 떠 먹이며 의리를 보이는 척했다.

장환은 그것이 무식한 놈들의 상투적인 수단이라고 여기면서 부엌으로 나왔다. 그리고 아무 말 없이 영란을 꼭 끌어안았다.

낡은 필름들이 머리 속을 통해서 빠른 속도로 지나가고 있었다. 도쿄에서 처음 만났던 순간부터 평양에서 헤어지던 순간에 이르기까지⋯⋯.

그러나 지나온 일들을 떠올려 봤자 자신이 잘했던 일이 하나도 없었다. 멀쩡한 여자가 자신 때문에 이런 고생을 하고 있다고 생각하자 갑자기 눈물이 주르륵 흘러내렸다.

장환은 흐르는 눈물을 닦을 생각도 않고 포옹을 풀면서 용서를 빌었다.

“정말 당신 볼 면목이 없소. 우리가 단지 시대를 잘못 만났다고 생각하고 용서하시오.”

“흑흑!”

“그런데 우리 진수는 어디에 있소?”

“흑흑! 소꼬리가 데리고 갔어요.”

“그 놈이 끝까지 악랄하게 구는군. 내가 그때 그 놈을 죽였어야 하는 건데.”

“그게 무슨 말이에요?”

“그게 그러니까 금강전투에서⋯⋯.”

장환은 영란의 눈물을 닦아주며 당시의 일들을 상세하게 들려줬다. 그러나 놈들이 듣지 못하도록 아주 작은 목소리로 속삭이듯 하는 것도 잊지 않았다.

“그렇다면 자수하세요. 그가 빚진 게 있으니까 틀림없이 살려줄 거예요. 나에게도 그렇게 약속했어요.”

“그거야 어렵지 않지만 저 놈들 생각이 어떨는지 몰라서 그게 걱정이오.”

“그건 걱정하지 마세요. 제가 비밀리에 연락해서 당신을 꼭 살릴 거예요. 당신도 알다시피 소꼬리가 토벌군 대장이고 또 강주석 대령도 토벌군 대장이니까 틀림없이 살려줄 거예요"

"알았소 아무튼 빨리 밥이나 지읍시다. 밥을 먹어본지가 언제인지 기억조차 없소"

"알았어요"

영란은 밥을 앉혀놓고 곧 방안으로 들어가 장롱 속에 있던 보따리를 들고 왔다. 그리고 보따리를 풀어 솜바지 저고리를 꺼내 장환 앞에 내놓았다.

"우선 옷부터 갈아입으세요"

"이렇게 좋은 걸 어디서 구했소?"

"당신을 만나면 드리려고 손수 만든 거예요 그런데 겨울이 다 지난 오늘에서야…… 흑!"

그녀의 눈물에 장환은 목이 메이는지 한참동안 그것을 바라보았고, 그가 옷을 갈아입자 영란은 가만히 지켜보고 있었다.

장환이 입고 있던 누더기 옷을 모두 벗었을 때 거기에는 뼈만 앙상하게 남은 볼품없는 육체가 적나라하게 드러나 있었다. 그것은 육체라기보다 차라리 뼈에 가죽만 붙어 있는 형상이었다. 그녀는 등가죽과 달라붙은 듯한 배와 툭툭 불거져 나온 갈비뼈를 보고 그만 눈을 돌려버렸다.

한편, 소꼬리는 진수를 데리고 온 후부터 전단을 계속 뿌려댔다. 물론 전단에는 장환의 몽타주를 비롯해서 영란과 진수의 사진도 넣었고, 그가 꼭 찾아 올 것이라고 생각하면서 잠시도 감시의 고삐를 늦추지 않았다.

그런데도 몇 달째 소식이 없었다. 성질 급한 그로서는 당장 병력을 동원해서 산으로 쳐들어가고 싶었지만 그것도 따져보니 무모한 짓이었다. 궁지에 몰린 그들이 죽기를 각오하고 덤벼들 경우, 유격전에서의 승리를 장담할 수 없기 때문이었다.

그래서 몇 달째 허송세월만 보내고 있는 중이었다. 처음에는 곧 잡을 것 같은 마음에 들뜨기도 하였으나 그것은 한낱 욕심에 불과했고, 사령부에서는 왜 빨리 못 잡느냐고 늘 아우성이었다. 이 때문에 소꼬리는 오늘도 잠을 못 이루고 오직 장환을 잡을 궁리에 신경을 곤두세우고 있었다.

자정을 넘어서자 하늘이 조금씩 개이고 있었다. 구질구질하게 내리던 비도 그치고 달과 별이 제 모습을 찾아가고 있었다. 소꼬리는 그때까지도 잠을 이루지 못하고 계속 담배만 피워댔다. 이렇듯 낮과 밤이 바뀌어버린 것도 어제오늘의 일이 아니었다. 밤에는 잠을 못 이루고 아침이 되어서야 비로소 잠자리에 들기 일쑤였다.

아무튼 그런 저런 생각으로 담배만 죽이고 있는데 뜻밖에도 야간근무를 하던 병사로부터 긴급보고가 들어왔다. 내용인즉슨, 밤 한 시가 넘었는데도 영란의 집 굴뚝에서 연기가 솟아오르고 있다는 보고였다.

소꼬리는 쾌재를 부르면서 즉시 비상을 걸었다. 그 시간에 연기가 솟아오르고 있는 것은 분명 밥을 짓고 있다는 뜻이고, 밥을 먹을 사람은 틀림없이 장환과 공비들이라고 짐작했기 때문이다.

이제 장환을 잡는 것은 시간문제였다. 더구나 그의 목에는 거액의 현상금까지 걸려 있으니 공도 세우고 돈까지 챙길 수 있는 일석이조의 효과였다. 그리고 만약 현상금을 받게 되면 고아원에 기탁해서 자신의 이름을 빛내고, 그 여파로 진급을 해야겠다는 생각이 불현듯 일었다. 아무튼 그는 입가에 미소를 지으면서 쾌재를 불렀다.

이윽고 토벌군들이 다 모이자 그는 심각한 얼굴로 작전지시를 내렸다. 여태껏 보지 못한 다부진 모습이었다.

"오늘 드디어 공비들이 나타났다. 몇 명인지는 모르겠으나 그 중에는 '꺽상'이라는 지휘관도 있다. 만약 그 자를 보면 절대 사살하지 말고 사로잡도록 하라."

명령이 떨어짐과 동시에 토벌군들이 움직이기 시작했다. 전투경험이 풍부한 병사들이라 일사불란하게 움직였고 그것은 곧 목숨과도 직결되었기에 비장한 각오마저 감돌았다.

잠시 후, 그들이 목적지에 도착했을 때는 이미 연기는 보이지 않았다. 아마 밥을 먹고 있는 것 같았다. 소꼬리는 집을 몇 겹씩 에워싸도록 지시하고 특공대를 침투시켜 그대로 방안을 덮쳤다. 순간적이었지만 아주 치밀하고도 민첩한 행동이었다.

"꼼짝 마라! 모두 손들고 일어서!"

"무시기?"

"땅! 따다다다……!"

"땅! 땅! 땅따다다다다……!"

공비들이 총을 잡으려는 순간 특공대원들의 총구에서 일제히 불이 뿜어져 나왔다. 비록 벽을 향해 쏘아댄 것이지만 방안이라서 그런지 마치 천둥소리 같았다.

그런 와중에도 장환은 오직 밥 먹는 일에만 열중하고 있었다. 자신과는 아무 상관도 없는 일이라는 듯 아주 느긋한 표정이다. 그것을 본 특공대원들은 어이가 없는지 밥상을 걷어차면서 죽일 듯이 노려봤다. 그래도 장환은 끄떡도 하지 않고 못내 아쉬운 듯 숟가락을 놓으면서 그들을 힐끗 쳐다봤다. 아무리 죽고 죽이는 전쟁터일 망정 밥을 먹고 있을 때는 개도 안 건드린다는 것을 은근히 강조하는 것 같았다.

그런 모습에 영란은 가슴이 조마조마 했다. 혹 저러다 성질 급한 토벌군들에게 죽지나 않을까 싶었던 것이다. 아무튼 저런 여유가 어디서 나올까 싶어 걱정하고 있는데 드디어 소꼬리가 장교들과 함께 그 모습을 드러냈다.

그가 나타나자 토벌군들은 즉시 공비들을 한쪽으로 몰아넣고 포승줄로 묶었다. 마치 굴비를 엮듯이 한 줄로 꽁꽁 엮어 나갔다. 공비들의 표정이 갑자기 일그러지면서 두려움에 부들부들 떨었다. 여태껏 버텨온 것이 너무 억울한 모양이었다.

그렇지만 장환은 역시 지휘관답게 아무 표정이 없었다. 다만 소꼬리를 바라보면서 한 가닥 양심만 바라는 것 같았다. 그가 잠시 여유를 보이더니 곧 묶인 손을 내밀면서 악수를 청했다.

"송 대령 오랜만이오 그 동안 별고 없으셨소?"

"……"

뜻밖의 사태에 소꼬리의 표정이 순간적으로 일그러졌다. 그렇거나 말거나 장환은 여유를 주지 않고 계속 밀어 부쳤다. 옛 기억을 되살리기 위해 고의적으로 시도하는 것 같았다.

"삐라를 보고 자수하기 위해 찾아가던 중이었소. 그러니 관대히 봐 주시오."

"주둥아리 닥쳐! 더 이상 아가리를 놀려대면 그땐 콱!"

뜻밖의 사태에 장환이 주춤했다. 예상했던 바 아니지만 소꼬리가 안면을 확 바꾸자 자신의 처지가 엉망진창이 되어버린 것이다. 그렇지만 장환은 전혀 표정을 보이지 않은 채 안심해도 된다는 눈길을 보냈고, 영란은 그 모습을 바라보면서 불안해하고 있었다.

사실 소꼬리도 불안하기는 마찬가지였다. 모든 시선이 자신에게 쏠려 있을 뿐만 아니라, 그가 자신을 살려줬던 일과 부관까지 죽였던 것이 탄로 나면 자신의 군인생명도 끝나기 때문이었다.

그렇지만 장환은 아내 앞에서 추한 꼴을 보이기가 싫어 당당하게 맞섰고, 그가 은혜에 보답하기를 은근히 기대하면서 또다시 입을 열었다.

"무조건 당신만 믿겠소."

"뭐야? 나보고 살려달라고? 뭐하고 있어? 빨리 이 놈들을 압송하지 않고!"

이 한마디에 장환의 기대가 우르르 무너지면서 영란의 표정도 심각하게 일그러지고 있었다. 그러나 소꼬리는 계속 화를 내면서 부하들을 닦달했고, 영란조차도 거들떠보지 않으면서 밖으로 나갔다.

장환이 끌려가자 이제 불안한 것은 영란이었다. 오늘 따라 소꼬리는 예전의 그가 아니었다. 작은 체구에도 불구하고 토벌군 대장답게 위엄이 흘러 넘쳤고, 모자와 어깨에 붙어 있는 계급장도 유난히 돋보였다. 그렇지만 이대로 보낼 수는 없다고 생각했는지 영란은 돌아서 가는 소꼬리를 급히 불렀다.

"잠깐, 나 좀 봐요!"

"?"

"이제 어떻게 되는 건가요?"

"뭘, 어떻게 돼?"

"약속이 틀리잖아요?"

"내가 언제 무얼 약속했어?"

"그걸 꼭 내 입으로 말해야 하나요?"

"멋대로 꾸며대지마! 당신도 잡아가기 전에……!"

"뭐라고요?"

"원시인처럼 꽤나 순진하군……."

소꼬리가 독백을 하듯 중얼거리면서 비아냥거렸다. 그 모습에 영란은 어이가 없는지 갑자기 안색이 변하면서 몸을 부르르 떨었다.

그렇다. 저 자식은 분명 나를 비웃고 있다. 세상물정도 모르는 원시인이라고 흉보면서 깔보고 있다. 그가 미소까지 지으면서 돌아가는 것만 봐도 그렇다. 그런데도 나는 저런 인간과 살까지 섞었으니 내가 과연 사람인가 개인가. 비록 남편과 아이를 살린다는 명분은 있었으나 그것은 단지 변명에 불과할 뿐이다. 결과가 이렇게 증명하고 있질 않는가.

영란은 끓어오르는 분노를 삭이면서 부들부들 떨다말고 왈칵 눈물을 쏟아냈다. 그리고 속았다는 배신감보다도 처음부터 그런 인간을 믿었다는 것 자체가 너무 혐오스러운지 사라져 가는 남편을 바라보면서 입술을 꼭 깨물었다. 이제부터는 개 같은 년으로 살아갈 망정 반드시 복수하고야 말겠다는 결심이 그렇게 만든 것이다. 아니, 썩은 사회에서는 썩은 자만이 존재할 수 있다는 '개 같은 법칙'에 그녀가 굴복한 것이다.

방안은 그릇과 수저들이 널브러져 있어 마치 쓰레기장을 방불케 했다. 게다가 음식냄새와 고린내까지 풍겨 도저히 참을 수 없을 정도로 악취가 심했다. 결국 그녀는 방안으로 들어가는 것을 포기하고 댓돌에 앉아 자신의 신세를 한탄하며 하염없이 울었다.

그렇지만 이왕 이렇게 된 마당에 무엇을 못할까 싶어 그 길로 강주석을 찾아나섰다. 그도 소꼬리와 마찬가지로 토벌군 대장이었고 지금은 구례지역을 맡아서 공비들을 소탕하고 있었다. 더구나 그는 남편과 동문수학하면서 절친했기에 아무래도 그에게 도움을 청하는 것이 제일 빠를 것 같았다. 하지만 그가 어렵다고 하면 소꼬리에게로 찾아가 아예 그곳에서 죽을 작정이었다.

부대에 도착한 소꼬리는 기분이 좋았다. 병사들에게 충분히 쉬게 한 다음 장환을 지하실로 불렀다.

당시 이들은 국민(초등)학교를 부대 건물로 사용하고 있었는데 다행히 지하실이 있어 공비들을 주로 그곳에서 취조하고 고문했다.

장환이 포승줄에 묶여오자 갑자기 묘한 기류가 흘렀다. 서로가 입장이 바뀌었다고 해서 꼭 그런 것만은 아니었다. 소꼬리는 승자로서의 여유를 보이기 위해 그를 의자에 앉힌 다음 담배까지 권했다.

담배가 다 타들어 갈 때까지 두 사람은 아무 말이 없었다. 장환의 입장에서 보면 할 말도 없을 뿐 아니라 구차하게 애걸하고 싶지도 않았다. 다만 생사권을 쥐고 있는 그가 은혜를 잊지 않기만을 바랄 뿐이었다.

"한 대 더 피우겠는가?"

"됐소"

"내가 자네에게 부탁할 것이 있다. 그것만 들어주면 살려주겠다."

"나에게 부탁할 것이라면 뻔할 터인데 한 가지만 빼면 다 들어주겠소"

"그게 뭔가?"

"산에 있는 공비들을 자수시키는 일이요. 하지만 내가 자수시킨다고 해서 말을 들을 놈들도 아니고, 그들이 자수한다고 해도 그때는 내가 죽으니까 별 소용이 없소"

"눈치 하난 꽤나 빠르군. 그래서 못하겠다는 건가?"

"그렇소"

장환은 말을 마치자 아예 입을 다물어버린다. 그렇다고 쉽게 물러설 소꼬리도 아니다. 그는 다음 단계로 들어가기 전에 또다시 담배를 꺼내 물고 불을 부쳤다. 결단을 내리기에 앞서 다시 한번 깊이 생각하는 모양이다.

장환은 모든 것을 포기했는지 눈을 감고 말이 없었다. 금강전투에서 그를 살려줬던 일이 자꾸 후회만 될 뿐, 더 이상의 미련도 없었고 그 예감은 서서히 적중하고 있었다.

"그렇다면 내가 자네에게 빌릴 것이 있네."

"자네가 내게 빌릴 것이 무엇이 있겠는가? 조조(曹操)가 왕후(王后)에게 써먹었던 수법뿐이겠지."

"허허! 자넨 역시 머리가 좋아서 금방 아는 구만. 참, 대단한 실력이야."

"비꼬는 건가?"

"아니, 비꼬긴……. 너무 미안해서 그렇지."

"뭐가 미안한데?"

"허허! 자네의 혀와 눈과 손목을 빌려야 하니까 그게 미안할 따름이지. 허허! 꼭 빌려야 하는 이유는 자네가 나보다 더 현명하니까 잘 알고 있을 거야. 허허!"

"이런 개자식! 에잇! 퉤!"

"어허! 이젠 침까지……?"

장환이 끓어오르는 분노를 참지 못하고 얼굴에다 침을 뱉자 소꼬리는 능글맞게 웃으면서 손수건을 꺼내 닦는다. 그리고 두 손을 모은 상태로 장환의 표정을 살피면서 또다시 능글맞게 웃는다. 이에 반해 장환은 혀와 눈과 손목을 자른다는 이유가 바로 금강전투와 관련이 있다고 생각하자 더욱 속이 끓는다. 그렇지만 이상한 것은 눈이었다. 비밀보장과는 아무 상관도 없었기 때문이다.

"혀와 손목은 그렇다 치고, 눈은 왜……?"

"허허! 네 놈의 그 잘 생긴 눈이 내 약혼녀를 빼앗아 갔기 때문이다. 내가 그걸 아직도 잊지 않고 있거든……."

"개자식! 그때 내가 너를 죽였어야 하는 건대……."

"그렇지! 그래서 물에 빠진 사람을 구해놓으면 보따리를 내놓으라고 하는 걸세. 조상들의 말씀에는 다 일리가 있단 말이야. 허허!"

이젠 아예 비꼬면서 설명까지 하고 있다. 장환은 정말 더러운 인간이라고 여겼던지,

"에잇 퉤!" 하고 또다시 그의 얼굴에다 침을 뱉는다. 그렇지만 소꼬리는 얼굴한번 찡그리지 않고 침을 닦으면서 능글맞게 웃는다.

"어허! 이 사람 죽을 때가 되니까 별 짓거릴 다 하는군. 자넨 나를 꽤나 나쁜

인간으로 여기는데 그건 그렇지가 않아."

"뭐가 안 그래 이 더러운 자식아!"

"허허! 자넨 늘 1등만 해와서 기고만장한데 지금부터 내가 하는 얘길 잘 듣게. 마지막 강의가 될 수도 있으니까."

"듣기 싫으니까 어서 죽여! 개자식아!"

장환이 악에 받쳐 소리치거나 말거나 소꼬리는 별 신경 쓰지 않고 이야기를 이어간다.

"너처럼 아무리 똑똑한 인간이라 해도 수영을 못하면 물에 빠져 죽을 것이고, 너와 같이 멍청한 놈들만 모여 살았어도 인류는 멸종했을 것이다. 이기적이고 강한 자만이 살아남는 다는 냉혹한 정글법칙이 존재하고 있기 때문이다. 그래서 뻐꾸기가 남의 둥지에다 알을 낳고 개미가 먹고살기 힘들어지면 다른 종족과도 뭉치듯이, 나와 같은 똑똑한 인간도 있어야 인류발전이……."

"시끄러워! 어따 대고 궤변이야? 궤변은?"

"어허! 가르쳐줘도 지랄이군."

"개소리 말고 빨리 죽여!"

"그럴 수야 없지. 신세진 것도 갚아야 하니까."

"너 같은 놈이 뭘 갚아?"

"자네의 소원 중에서 딱 한 가지만 들어주겠네."

"아무 소원도 없으니까 빨리 죽여! 그것만이 나를 위하는 길이다. 개자식아!"

"그럴 수야 없지. 아참! 자네 아들을 만나볼 텐가? 진수가 여기 와 있거든."

"안돼! 그것만은 절대 안돼!"

장환은 결코 그럴 수 없다고 생각했다. 그런데도 소꼬리는 그 특유의 미소를 지으면서 능청을 떨었다.

"허허! 그래도 부자간의 첫 상봉인데……. 내가 곧 데려 올 테니까 잠시만 기다리게."

"안돼! 이 더러운 놈아! 그건 절대 안돼!"

악을 쓰거나 말거나 소꼬리가 밖으로 나가자 갑자기 지하실 안은 적막이 흘렀다. 그리고 고독감이 밀려들면서 불안해지기 시작했다. 자식에게 추한 꼴을 보여야하는 감정을 추스를 수가 없기 때문이다.

만나서는 안될 아들을 만나는 것도 그렇지만 이젠 볼 수도 없고 만질 수도 없고 말할 수도 없다. 그 자식이 틀림없이 그렇게 하고야 말 것이다. 자신의 이익을 위해서라면 무슨 짓이든 하는 놈이다. 아, 내 인생도 여기서 끝이 나는구나.

이렇게 생각하자 자신도 모르게 눈물이 주르륵 흘러내린다. 그러나 눈물이나 흘리고 있을 때가 아니라고 생각했는지 장환은 입술을 꼭 깨물면서 머리 속을 정리하기 시작했다.

그렇게 하기를 반시간 정도가 지났을 때 소꼬리가 진수와 함께 들어오고 있었다. 갑자기 지하실로 끌려온 진수는 영문을 몰랐고 지하실이 너무 어두웠기 때문에 누가 있는지조차 몰랐으나, 눈조리개가 어둠에 맞춰지고 포박 당해 있는 사람이 바로 아버지라는 것을 확인하자 대뜸 얼싸 안고 울부짖는다.

"아버지! 어쩌다 이렇게……. 으앙!"

"울지 마라 진수야. 아버지는 이제 너를 봤으니 죽어도 여한이 없다."

"대장님, 우리 아버지 좀 살려주세요 흑흑!"

진수는 울다 말고 안 되겠다 싶었는지 소꼬리에게 매달리면서 살려달라고 울부짖는다. 그러나 소꼬리의 표정은 예상했던 대로 싸늘하기만 하다. 혹, 이상한 말이 나올까 싶어 귀를 곤두세우고 있을 뿐이다.

"대장님, 제발 좀 살려주세요 그러면 제가 무엇이든 다 할게요"

"진수야, 그 인간은 냉혈동물이다. 매달려봐야 소용이 없다."

"허허! 자넨 역시 똑똑해. 그리고 영란이는 집에 없어서 못 데려 왔으니까 이해하길 바라네. 여하튼 이제야 빚을 다 갚으니까 속이 다 후련하구먼. 허허!"

그가 야비하게 웃으면서 비아냥거리자 진수는 아버지의 얼굴을 바라보면서 또다시 울음을 터뜨린다. 털북숭이 얼굴이지만 그래도 좋은지 자신의 얼굴을 갖다대고 비빈다.

"아버지! 흑흑!"

"이 보게. 호림이! 내가 마지막으로 자네에게 부탁이 있네. 처음이자 마지막이니까 꼭 들어주게."

"허허! 말해보게."

"우리 진수와 애 엄마를 꼭 살려주게. 내가 금강전투에서 자네를 살려줬던 대가라기보다는 아비가 가족들을 사랑하는 마음으로 부탁하는 것일세. 약속할 수 있겠나?"

"허허! 약속하고 말고"

"진수야, 이제 됐다. 방금 너도 들었지만 저 친구가 엄마와 너는 살려준다고 했으니까 빨리 서울로 돌아가거라. 이 아비는 조금도 걱정하지 말고 굳세게 살 거라."

"아버지! 으앙!"

"자, 이제 시간이 다 됐다."

"아버지! 으앙! 우리 아버지 좀 살려주세요. 제발……!"

소꼬리에게 손목을 잡혀 끌려가면서도 진수는 계속 발버둥을 치면서 통곡을 한다. 이제 다시는 못 볼 것 같은 예감이 들었던 모양이다. 하지만 그는 역시 냉혈인간답게 진수를 무자비하게 끌고 나갔다.

그들이 나가자 지하실은 또다시 적막에 싸이면서 장환의 눈에서는 닭똥 같은 눈물이 볼을 타고 흘렀다. 그리고 잠시 후, 소꼬리가 갖가지 연장을 들고 나타나자 또다시 살벌한 분위기로 변했다. 그가 가져온 연장은 도끼와 송곳을 비롯해서 약품에 이르기까지 무척 다양했다. 장환은 어차피 당할 바에는 추한 꼴을 보이지 말아야 한다고 생각하면서 당당히 맞섰다.

"꼭 이렇게 해야만 하나?"

"왜? 두려운가?"

능글맞은 미소를 보이면서 그가 비아냥거렸다. 그렇지만 장환은 마지막으로 그의 양심에 호소해 본다. 그가 분명 사람이라면 약간의 양심이라도 남아 있을 것이라고 생각했기 때문이다.

"자네, 이렇게 하는 게 창피하지도 않은가?"

"창피하긴……? 인간은 세상에 태어날 때부터 창피한 거야. 서로가 좋아서 쑤셔댔으니까 태어났을 뿐이지, 태어나고 싶어서 태어난 놈은 아무도 없거든."

"정말 뻔뻔한 자식이군. 그런데 자넨 아직도 종교를 믿나?"

"자네는 참 순진하구먼. 종교인들 대다수가 뻔뻔하고 야비하고 구질구질하면서 저밖에 모르는 이기주의자란 사실을 아직도 모르는 모양인데……."

"왜 모르겠나. 너처럼 하느님을 미끼로 주둥아리나 놀려대면서 남의 것이나 뺏어 먹는 것을 내가 왜 모르겠나. 나는 단지 그렇게 놀고먹는 놈들 꼬락서니가 보기 싫어서 안 믿을 뿐이다."

"그래도 네가 믿었다면 이 꼴은 되지 않았을 거다. 하느님은 위대한 분이시고 늘 사랑만 베푸시니까. 허허!"

"개자식! 내가 다시 태어난다고 해도 너 같이 더러운 놈들 때문에 종교는 안 믿을 거다. 에이, 더러운 자식!"

"이제 개소리는 집어치우고 슬슬 시작해 볼까. 그래야 내가 출세하는데 지장이 없으니까."

소꼬리는 말이 끝나기가 무섭게 장환을 의자에다 묶었다. 이미 묶여있는 상태에서 또 묶였으니 장환은 꼼짝도 할 수가 없었다. 장환은 끓어오르는 분노를 참지 못해 얼굴이 시뻘개지면서 호흡까지 거칠어지고 있었다. 그리고 무서운 얼굴로 노려보는 순간 소꼬리가 그의 머리채를 잡아 뒤로 젖히더니 들고 있던 송곳으로 사정없이 눈을 찔렀다.

"악! 으악! 으아악! 아이고 눈이야!"

대번에 검붉은 피가 볼을 타고 흐르면서 장환이 펄쩍펄쩍 뛰었다. 얼마나 고통이 심했는지 그의 얼굴은 일그러질 대로 일그러졌고, 피범벅이 된 얼굴은 마치 귀신처럼 보였다. 그러나 소꼬리는 또다시 능글맞은 미소를 짓더니 나머지 눈마저 사정없이 찔렀다.

"악! 으아악! 으악! 으악! 악악악악……! 으으……!"

"개자식! 백정인 주제에 남의 여자를 가로채고도 편할 줄 알았더냐? 으, 흐흐흐흐! 이, 히히히히! 그렇다면 이번에는 혀를 잘라주마. 아, 하하하하! 개자식 같으니라구. 으, 흐흐흐! 와, 하하하하! 통쾌하다! 이, 히히히히……!"

피를 본 소꼬리는 이제 사람이 아니었다. 마치 망나니처럼 날뛰다가 갑자기 멈춰 서서 욕을 퍼부었고, 실성한 사람처럼 너무 웃다보니 눈물까지 흘렸다.

이제 장환은 반응이 없었다. 고통을 못 이겨 까무러쳤는지 눈에서는 계속 검붉은 피만 흘러내렸다. 그러나 소꼬리는 그 특유의 능글맞은 미소를 짓더니 장환의 입을 벌려 혀를 잡았고, 가위를 들이대더니 종이를 자르듯이 싹둑 잘라냈다. 금새 입에서 붉은 피가 쏟아져 나왔다. 장환이 의식을 잃고 있었기 때문에 차라리 고통을 못 느끼는 게 그나마 다행이었다.

턱을 타고 흘러나온 피는 금방 옷자락을 적셨고, 그가 솜바지 저고리를 입고 있었기 때문에 저고리는 금방 새빨갛게 물들어 갔다. 그것을 본 소꼬리가 또다시 미친놈처럼 중얼거렸다.

"흐흐! 나보다 잘난 놈을 도저히 용서 못한다는 것이 내 철학이다. 그것을 몰랐다는 것이 이런 불행을 자초한 것뿐이다. 흐흐! 개 같은 놈아. 으흐흐흐! 하하하하!"

흡혈귀 같이 웃던 소꼬리는 피가 너무 많이 흐르자 죽을까 겁이 났던지 가방에서 소독약을 꺼내 눈과 입에다 쏟아 부었다. 그리고 미리 준비해온 토끼풀도 으깨어 눈과 입에다 쑤셔 넣었다. 토끼풀은 지혈제 작용을 하면서 마취성분도 있기 때문에 상처에 바르면 그 효능이 대단했다.

대동아 전쟁 때부터 전투경험이 풍부했던 그로서는 그만큼 자신감이 있었고, 모든 일을 각본에 맞춰 한 치의 오차도 없을 정도로 치밀했다.

과연 토끼풀의 효능이 탁월했던지 더 이상의 피는 흐르지 않았고 이것을 본 소꼬리가 또다시 능글맞게 웃더니 이번에는 장환의 양 손목을 묶기 시작했다. 어디서 구해왔는지 굵고 질긴 고무줄이었다.

얼마나 공을 들여서 감는지 얼굴은 땀으로 흠뻑 젖어 있었고, 그가 손수건을 꺼내 땀을 닦더니 이번에는 가방에서 손도끼를 꺼냈다. 손도끼가 날이 바짝 선 것을 보면 아마 미군들이 쓰던 것을 구한 것 같았다.

소꼬리는 그것을 들고 장환을 바라보면서 씩 웃었다. 그리고 손을 책상에 올려놓더니 사정없이 내려찍었다. 그러나 한번에 끊어지지 않자 그는 생선의 머리통을 잘라내듯이 계속 찍었다. 그 사이 꽤나 많은 양의 피가 튀어 그의 얼굴은 마치 흡혈귀 같았다.

결국 뼈가 산산조각이 나면서 손목이 잘려나가자 그는 도끼를 놓고 담배를 꺼내 물었다. 이제 지하실 안은 온통 피비린내로 가득 채워져 있었다.

소꼬리는 담배를 피우고 나자 이번에는 소독약을 찾아 장환의 손목에다 붓고 또다시 토끼풀을 으깨어 상처부위에다 부쳤다. 그러나 시체 같은 장환의 흉한 모습을 보자 갑자기 겁이 덜컥 났다. 그가 금방 귀신으로 변해 자신에게 달려들 것만 같았다. 결국 겁이 덜컥 난 그는 소름이 끼치는지 밖으로 뛰쳐나오면서 위생병을 찾았고, 잠시 후에 위생병이 나타나자 다급하게 명령하고 자취를 감췄다.

"지하실에 있는 놈을 빨리 치료해!"

영란은 구례에 도착하자마자 강주석을 찾았다. 강주석도 국민(초등)학교 건물을 사용하고 있었기 때문에 그를 찾기란 별 어려움이 없었다. 강주석은 그녀를 보자마자 환하게 웃으면서 다가왔다.

"어쩐 일이 십니까? 부인께서 이렇게 직접 저를 찾아오시다니……?"

"흑흑! 장환 씨를 좀 살려주세요 흑흑!"

"왜? 장환군에게 좋지 않은 일이라도 생겼습니까?"

"흑흑! 어제 새벽에 저희 집에서 잡혀갔어요 자수를 하려고 산에서 내려왔는데 소꼬리가 다짜고짜 끌고 갔어요 꼭 죽일 것만 같은 게 아무래도 불안해요 흑흑!"

"설마 죽이기야 하겠습니까?"

"아니에요 그 작자는 꼭 죽일 거예요 흑흑! 빨리 좀 도와주세요 한 시가 급해요 흑흑!"

"알았으니까 이제 그만 우시고 곧 가보도록 합시다. 둘도 없는 친구가 죽는데 제가 어찌 보고만 있겠습니까."

아무리 사상이 다르고 전쟁 중이라 해도 강주석은 역시 인정 많은 사내였다. 부대장을 불러 뭔가를 지시하더니 곧 그녀를 자신의 지프차에 태웠다. 지프차에는 그녀말고도 부관과 통신병이 타고 있었다.

  울퉁불퉁한 산길을 지프차로 가기는 다소 위험한 행동이었다. 만약 공비들이 그것을 보고 사격을 가한다면 꼼짝없이 죽을 판이었다. 그러나 강주석은 의외로 뚝심이 강했다. 사람의 운명은 하늘이 정해준 것이라고 믿었기 때문에 전혀 그런 것은 개의치 않고 오직 친구를 위해서 달렸다. 불안한 사람들은 강주석이 아니라 부관과 통신병이었지만 대장이 나서는 일에 반기를 들 수가 없어 가슴만 조리고 있었다.

  하늘이 도왔는지 다행히 공비들의 출현은 없었다. 하지만 그들이 도착했을 때는 이미 모든 것이 끝난 상태였다. 그것도 모르고 강주석은 다짜고짜 장환부터 찾았다.

  소꼬리는 강주석과 영란이 나타나자 긴장했다. 그들이 나타나자 머리털이 곤두서면서 불안에 휩싸일 수밖에 없었다. 장환은 이미 시체나 마찬가지였기 때문이다.

  그 눈치를 머리회전이 빠른 강주석이 모를 리 없었다. 말로 해서는 안 되겠다 싶었던지 즉시 허리에 차고 있던 권총을 뽑아 그의 관자놀이에 들이댔다.

  "빨리 안내해! 그렇지 않으면 네놈의 머리부터 박살내겠다."

  "어? 어? 왜 이래? 이 사람이 왜 흥분해서 난리야?"

  순간적으로 벌어진 일에 소꼬리가 무척 당황하고 있었다. 강주석의 성품이 워낙 강직할 뿐 아니라 여차하면 총을 쏘고도 남을 위인이었고, 일본육사 시절에는 선배였지만 국군에 들어와서는 후배로 전락했기 때문이다.

  소꼬리는 뒷걸음질을 치면서 좋게 타협해야 한다고 생각했고 그의 부관과 병사들은 아무 영문도 몰라 지켜보고는 있었으나 여차하면 그들도 가세할 태세였다.

  결국 소꼬리는 부하들 보기가 민망했던지,

  "뭘 보고 있어! 빨리 밖으로 나가!"라고 호통쳤다. 마치 종로에서 뺨맞고 한

강에서 눈 흘긴다는 식이었다.

　부하들이 나가자 강주석은 또다시 화를 벌컥 내면서 윽박질렀고 예전에 상관이었던 대우는 전혀 찾아볼 수가 없었다.

　"빨리 안내해! 개자식아!"

　"안내는 하겠지만 너무 흥분하지는 말게."

　"알았으니까 빨리 안내해!"

　"그럼, 따라오게."

　그가 앞장서 간 곳은 의무실이었다. 영란은 따라가면서도 몹시 불안했다. 어제까지만 해도 건강했던 그가 왜 의무실에 있어야 하는지가 의심스러웠던 것이다. 그러나 막상 그를 보는 순간,

　"악!" 하는 비명과 함께 힘없이 쓰러졌다. 아직 충격에서 깨어나지 못한 장환이 흉측한 몰골로 변해있었기 때문이다. 그나마 숨이 붙어 있는 것만도 다행이었다.

　강주석도 너무 충격이 컸던지 벌어진 입을 다물지 못하고,

　"참 지독한 놈이다. 왜놈들보다도 더 악랄한 놈이다. 저 몸 속에는 분명 '카인의 피'가 흐르고 있을 것이다."라고 중얼거리면서 이를 갈고 있는데 정신을 차린 영란이 악을 쓰면서 소꼬리에게 달려들었다.

　"누가 그랬어? 엉? 바로 네놈 짓이지?"

　"허허!"

　"아이고! 이 일을 어쩌나! 아이고 분해! 왜 그랬어? 무슨 철천지원수가 졌다고 이 꼴로 만들었어? 응? 빨리 말해! 이 나쁜 인간아! 아이고 내 팔자야! 아이고! 아이고! 아이고……!"

　소꼬리가 그 특유의 표정으로 능글맞게 웃자 영란은 죽일 듯이 멱살을 잡고 흔들면서 울부짖었다. 하지만 그렇게 쉽게 당할 소꼬리도 아니었던지,

　"이 여자가 미쳤나?"라고 벌컥 화를 내면서 영란의 손을 뿌리쳤다. 그 바람에 영란이 뒤로 나자빠지면서 엉덩방아를 찧었고, 독이 오른 그녀가 또다시 표독스럽게 덤벼들었다.

"좋다! 나도 똑같이 네 자식놈에게 보복할 것이다."

"그게 무슨 말이야?"

소꼬리가 강주석의 눈치를 살피면서 묻는다. 자꾸 신경에 거슬리는 모양이다. 그렇지만 영란은 아예 버린 몸이라고 생각했던지,

"내 뱃속에는 네놈의 씨앗이 자라고 있다. 내 남편을 살려준다고 수없이 겁탈했던 결과다. 그런데도 네놈은 이 지경까지 만들어놨다. 그러므로 네 자식이 태어나는 순간 '탈리오 법칙'에 의해서 네 자식의 두 눈을 송곳으로 찌르고, 도끼로 팔목을 자를 것이며 혀까지 가위로 잘라 놓겠다. 이 더러운 인간아!"라고 말하면서 침을 탁 뱉었다.

충격적인 말이었다. 그렇지만 소꼬리는 빙그레 웃으면서 단연코 잡아뗀다. 일고의 가치도 없다는 듯 표정 하나 변치 않고 변명만 늘어놓는다. 주석만이 단지 그 말의 의미를 곰곰이 씹어보고 있을 뿐이다.

"무슨 여자가 그렇게도 거짓말을 잘 하시나. 공비들에게 밥까지 해주면서 협조했던 죄도 묻지 않았는데 이제는 거짓말까지 서슴없이 하다니……. 그렇다면 할 수 없이 그 죄를 물어야 하겠군."

"비단 그것뿐이 아니다. 내 남편이 금강전투에서 포로가 된 것을 살려주었는데도 네놈은……."

"닥치지 못해? 또 무슨 거짓말을 하려는 거야?"

소꼬리도 표정하나 변치 않고 악을 썼다. 미주알 고주알 나와봤자 모두가 불리했기 때문이다.

"저 여자의 말이 사실이라면 너는 개만도 못한 놈이다."

묵묵히 듣고 있던 강주석이 드디어 입을 열자 갑자기 분위기가 싸늘해졌다. 선배이기에 앞서 그가 이미 장군진급 예정자로 올라 있었고, 그 뒤에는 힘깨나 쓰는 고위층들도 많았기 때문에 소꼬리는 지레 겁먹고 변명부터 늘어놓는다.

"아냐! 그건 아냐! 저 여자는 지금 거짓말을 하고 있어. 그리고 저 여자도 남편과 마찬가지로 공산주의자야. 한마디로 아주 질이 나쁜 여자야. 그러니까 당신은 간섭하지마. 우리는 국군이고 저들은 단지 공산주의자들일 뿐이야. 우리

가 잘못했다간 저들에게 말려들 수도 있어. 그러니까 제발 간섭하지 말고 그냥 내버려둬. 결국 우리가 싸워봤자 득 될 게 없어. 내말 알아듣겠어?"

"알고 있다. 개자식아!"

"그럼 됐어. 이제 당신은 빨리 돌아가. 나머지는 내가 다 알아서 처리할 거야."

"뭐가 그래? 이 나쁜 놈아! 주석 씨, 저놈 말을 믿지 마세요. 저놈은 사기꾼이에요. 입만 뻥긋하면 거짓말이나 일삼는 진짜 사기꾼이에요. 제발 믿지 마세요. 흑흑!"

영란이 울면서 욕을 퍼붓자 주석은 이제 끝내야겠다고 생각했던지,

"송 대령, 진수는 지금 어디 있나?"라고 묻는다. 그러자 영란이 울음을 그치면서 소꼬리를 바라본다. 너무 큰 충격에 아들조차 잊고 있었던 것이다. 그러나 소꼬리는 또다시 능글맞게 웃는다. 자신의 그 능글맞은 트레이드마크를 보임으로써 행위자체를 정당화시킬 모양이다.

"왜? 보고 가려고?"

"응."

"보이지 않는 게 더 나을 텐데……."

"개소리 말고 빨리 데려와!"

주석의 호통에 찔끔한 그가 문을 열더니 곧 부관을 부른다. 그리고 부관이 나타나자,

"빨리 진수를 데려와!"라고 명령한다. 그러나 잠시 후, 진수가 들어오는 것을 보니 몹시 초췌한 모습이다. 진수는 엄마를 보자마자 품으로 파고들면서 울음부터 터뜨렸다. 비록 덩치는 클 망정 아직도 어린애인 것이다.

그 모습에 주석은 자신이 너무 잔인한 행동을 보인 것이 아닌가 헤아려 본다. 그러나 이것이 부자간에 마지막이 될 수도 있고, 또 이들을 보호해야 할 책임도 있기에 마음을 독하게 먹는다. 그리고 진수를 바라보면서,

"진수야, 이리 와서 아버지께 인사드려라."라고 말했다. 그러나 무슨 영문인지 몰라 망설이던 그가 아버지를 보자마자 미친 듯이 울부짖는다.

"아버지! 이게 어찌된 일이에요? 으앙! 어제까지만 해도 괜찮았잖아요. 으앙! 누가 이랬어요? 흑흑! 저 사람이 그랬지요? 흑흑! 내가 분명히 기억해둘 거예요. 으앙! 우리 아버지가 너무 불쌍해요. 으앙!"

진수는 잘려나간 아버지의 손목을 잡고 울부짖다 소꼬리를 쏘아보면서 죽일 듯이 노려본다. 하지만 장환이 의식이 돌아왔던지,

"아아아아! 으으으으으……!"라고 짐승처럼 울어대자 모두가 그를 잡고 한마디씩 한다.

"여보게 날세. 나, 주석이야."

"으으으으! 아아아아……!"

"여보. 저예요. 저 영란이라고요. 흑흑!"

"아아아아아! 으으으으으……!

"아버지! 저, 진수예요. 아버지 아들이라고요. 흑흑!"

"으으으으으! 아아아아아……! 으으으으으……!"

그것은 곧 짐승이 울부짖는 소리였다. 그것도 덫에 걸린 짐승이 살려달라고 울부짖는 절규였다. 장환은 그렇게 몇 번이나 울부짖더니 곧 잠잠해졌다. 아마 힘에 부쳤던 모양이다.

비록 볼 수는 없었으나 사랑하는 친구와 아내, 그리고 아들까지 안타까워하자 눈에서 뜨거운 눈물이 흘러내린다. 그것은 눈물이 아니라 피와 먹물이 섞인 피 먹물이었다.

모두가 울고 있는 가운데 소꼬리만이 멋쩍은 표정으로 서 있었다. 그들이 보기에는 눈물도 감정도 없는 짐승이었다. 더럽고 치사하기는 하이에나보다 더했고 교활하기로도 여우나 마찬가지였다. 그래도 그는 교인이었다. 입으로는 하느님을 찾으면서 뒷구멍으로는 이렇게 못된 짓이나 일삼는 파렴치한이었다.

강주석은 흐르는 눈물을 닦으면서 이제는 떠나야 한다고 생각했다. 자꾸 비참해져서 더 이상 있을 수가 없었다. 그래서 안 되는 일인 줄 뻔히 알면서도 소꼬리의 의사를 타진했다.

"저 친구를 내가 데려가면 안 되겠나? 너를 믿을 수가 없어서 그렇다."

"말도 안 되는 소리. 저 녀석을 본보기로 해서 공비들을 자수시키라는 지시가 이미 내려졌네."

"그렇다면 할 수 없군. 그럼, 저 모자(母子)라도 내가 데려 가겠다. 영란 씨는 너에게 협조했고, 진수는 원래 내가 데리고 있었으니까 말이다."

"음……"

"왜? 안 되겠단 말인가?"

"안 되겠다는 것이 아니고 저들도 여기 있어야 잔당들을 소탕하는데 도움이 된다는 말일세."

"뭐야? 이 개새끼야!"

주석이 불 같이 노하자 소꼬리는 안 되겠다 싶었던지 즉시 꽁지를 뺀다. 아무래도 녀석의 비위를 거슬려 봤자 득 될 게 없었고, 자신의 비위가 밝혀진 이상 너무 고집만 피울 수도 없었기 때문이다.

"어허! 안 되겠다는 말은 안 했으니 너무 흥분하지는 말게."

"무조건 내가 데리고 간다. 알았나 귀관?"

"허허! 알았습니다. 장군님."

소꼬리가 비굴할 정도로 꼼짝 못하자 영란은 속이 다 시원했다. 그렇지만 저런 남편을 차마 두고 갈 수가 없어 망설이는데,

"자, 그럼 갑시다."라고 말하면서 주석이 바라본다. 그렇지만 영란은 차마 떠날 수가 없는지 단호하게 잘라 말한다.

"전 여기 남겠어요. 우리 진수나 잘 돌봐 주세요."

"안 됩니다. 여기 있으면 저 녀석이 또 무슨 짓을 할지 모릅니다. 장환군에게는 좀 안 됐지만 빨리 이곳을 떠나야 합니다. 제가 보기에 장환군은 이미……"

"만약 죽으면 제가 시신이라도 거둘 거예요. 그 후에 제가 갈 테니까 먼저 가세요."

"흑흑! 어머니, 어머니가 안 가시면 나도 안 갈래요. 흑흑!"

급기야 진수가 울음을 터뜨리고 분위기가 갑자기 무거워진다. 하지만 그도 자리를 너무 오래 비워둘 수가 없기 때문에 시계만 자주 들여다본다. 그 눈치를

영란이 모를 리 없다. 또다시 진수를 타이르면서 눈물로 호소한다.

"흑흑! 진수야, 너마저 죽으면 우리 가문의 대가 끊어진다. 그러니 아저씨를 따라가야 한다. 내가 꼭 아버지를 살려서 너에게로 가마. 우리 그때 다시 만나자. 흑흑!"

"어머니! 흑흑!"

두 모자가 흐느끼는 동안 주석은 다짐을 받는 것도 잊지 않았다.

"송호림! 내가 이 정도로 참는 것을 다행으로 알아라. 그러나 만약 또다시 좋지 않은 일이 발생한다면 내가 그냥 두지 않겠다. 이것은 단지 공갈협박이 아니라 나의 진실이기도 하다. 알겠나?"

"알았네. 내가 최대한으로 보살피겠네. 그러니 아무 걱정 말게."

"자, 그럼 가자."

주석이 밖으로 나오자 모자도 함께 따라나온다. 그러나 소꼬리를 의식해서인지 영란은 진수에게 무언가 귓속말을 전한다. 이에 진수가 알았다는 듯이 고개를 끄덕거리고 그들을 태운 지프차는 흙먼지를 날리면서 사라지고 있었다.

강주석이 사라지자 소꼬리는 심기가 몹시 불편했다. 개자식이 장군으로 진급한다고 명령을 하질 않나, 부하들 앞에서 권총을 뽑아들지를 않나, 하여튼 더러워서 못 살 판이었다.

영란은 집으로 가지 않고 며칠 째 장환 옆에 붙어 있었다. 아예 이곳에서 살 모양이었다. 이 때문에 소꼬리는 늘 신경이 쓰였다.

하지만 그것은 말도 안 되는 소리였다. 작전지역에서 계집이 있다는 것은 혈기왕성한 남자들에게 성욕만 자극할 뿐 아무런 도움도 될 수 없었다. 그래서 일단 집으로 돌려보내야 한다고 생각했다. 아니, 꼭 그렇게 해야만 했다. 부하들의 눈초리가 이상할 뿐 아니라 계집을 옹호하고 있다는 비난이 여기저기서 쏟아지고 있었다. 그는 여러 날을 참아오다 오늘은 반드시 결판을 내야겠다고 생각하면서 병실로 향했다.

"당신, 집에 안 갈 거야?"

"이 사람이 완치될 때까지 여기 있을 거예요"

영란이 뒤도 돌아보지 않고 대답하자 소꼬리는 성질이 벌컥 났다. 찢어 죽일 듯이 노려보면서 불호령을 내린다.

"여기가 너희 집 안방인 줄 알아? 여기는 너 같은 년이 있으면 안 되는 작전구역이야!"

"년이라니? 이 나쁜 놈아! 내 남편을 이 지경으로 만들어 놓고 어디서 큰소리야? 큰소리는?"

"이런 씹팔년이 죽으려고 환장을 했나?"

"그래. 내가 씹을 팔았다. 그런데 네놈은 씹값이라도 줬냐? 이 개 같은 놈아!"

"이런 개좃 같은 년!"

소꼬리가 버럭 고함치는 것과 동시에 머리채를 확 낚아챘다. 영란이 공중으로 붕 뜨면서 구석으로 처박혔고, 벽에 이마를 부딪쳤는지 피가 주르륵 흘러내렸다.

피를 보자 소꼬리는 더욱 날뛰기 시작했다. 이 년 때문에 감춰야 할 것들이 드러나자 화가 머리끝까지 뻗친 것이다. 이 때문에 심장에서 뿜어져 나오는 피가 '카인의 피'로 바뀌고 있었다.

그녀는 피를 닦을 생각도 않고 그를 죽일 듯이 노려보고 있었다. 총이라도 있으면 금방 쏴 죽일 것 같았다. 그러나 너무 분하고 원통했던지,

"아이고! 저 놈이 이젠 나까지 때리네. 아이고, 아이고 서러워!" 하고 통곡을 하는 것이었다. 그렇지만 성질이 더러운 것은 소꼬리였지 그녀가 아니었다. 죽일 듯이 노려보면서 점점 더 야수로 변해가고 있었다. 하지만 그것도 잠시 뿐, 그가 무엇을 생각했는지 급히 부관을 불렀다.

"단독군장을 한 10명의 병사들을 사격장에 집결시키고, 저 연놈과 공비들도 그곳으로 끌어온다. 알았나?"라고 명령하면서 음흉스럽게 웃었다.

이윽고 모든 준비가 완료됐다는 보고를 받자 그는 사격장으로 향했다. 그곳에서는 주로 사격연습을 했지만 공비들과 같은 사상범들을 총살하기도 했다.

소꼬리가 도착하자 웅성거리던 공비들이 갑자기 조용해졌다. 그들은 장환의 몸을 보자 경악했던 것이다. 장환이 그렇게도 내려가지 말자고 말렸던 것을 이

제서야 실감한 것이다. 그렇지만 이대로 죽을 수는 없다고 생각했던지 한 늙은 공비가,

"대장님, 우리가 투항했는데 왜 죽일라고 그랍니까?"라고 물었다. 그러나 소꼬리는 대꾸도 하지 않고,

"모두 나무에다 묶고 천으로 눈을 가려!"라고 명령했고, 병사들이 우르르 몰려들자 영란은 최후의 발악을 시작했다.

"야, 이 개 같은 놈! 내가 네놈한테 씹 주고 밥까지 해줬는데 결과가 겨우 이거냐? 게다가 금강전투에서 내 남편이 너를 살려주었는데도 이렇게 대하는 걸 보면 너는 아주 나쁜 놈이다.

"으, 히히히!"

"킥킥킥킥!"

"우헤헤헤!"

"아아아아아! ㅇㅇㅇㅇㅇ……!"

"저런 씹팔년!"

그녀가 어떻게든 소꼬리를 망가트리려고 발악을 하면서 치부를 드러내자 사람들이 킥킥거리는 가운데 장환의 절규와 소꼬리의 욕설이 동시에 쏟아져 나왔다. 그녀의 말이 우습기도 하고 절규와도 같아 장환이 들었던 모양이다. 그러나 영란은 끝까지 저주를 퍼부으면서 소꼬리의 심장을 긁어낸다.

"개 같은 놈. 내가 죽어서도 너를 잊지 않으마. 그리고 밤마다 꿈에 나타나서 너를 꼭……!"

"살려주시오! 대장님, 살려주시오!"

"살려주시오! 살려주시오!"

"대장님, 살려주시오! 제발 살려주시오……!"

공비들이 한결같이 살려달라고 목청을 돋우는데도 소꼬리는 들은 척도 않고 다음 명령을 내린다."

"사격준비!"

"거총!"

"발사!"

"따다다다다다다!"

"따당! 따다다다다다!"

"따당! 땅땅땅땅땅……!"

"여보! 장환 씨! 으아악!"

"으아아아아……!"

"조선민주주의 인민공화국 만세! 으악!"

영란은 죽어가면서도 남편을 불렀고, 장환은 또 자신 때문에 죽어야하는 아내에게 미안했던지 마지막으로 울부짖었다. 그러나 총알을 맞은 그들의 몸은 한결같이 벌집이 되어 피가 뚝뚝 떨어졌고, 이리하여 두 사람의 남녀가 꽃을 피워보지도 못하고 죽었으니 그때 나이가 둘 다 서른 넷이었다.

이윽고 모두가 사망한 것을 확인한 소꼬리는 시체들을 공비들이 잘 다니는 길목에다 버려 두어 짐승들의 먹이가 되도록 했다.

이때가 바로 꽃 피는 춘4월이었으니 장환 부부의 죽음을 안타까워하는 듯 산에는 온갖 꽃들의 향기가 가득했다.

(제3부 끝)

제 4 부 친일파 소꼬리

산에는 진달래와 철쭉이 어우러지면서 울긋불긋한 색깔로 변해가고 있었다. 그러나 심신이 피로한 진수는 구례에 온 날부터 남원 쪽만 바라보는 게 일이었다.

밥도 배불리 먹고 잠자리도 편했으나 얼마나 정에 굶주렸던지 안정을 취하지 못하고 툭하면 울기 일쑤였다. 곁에서 지켜보는 주석도 그것이 늘 안타까웠으나 소꼬리로부터 연락이 없어 애태우고 있던 중이었다.

그러던 어느 날. 부관이 헐레벌떡 뛰어들어오더니,

"대장님, 저 아이 부모는 물론이고 공비들까지도 모두 총살당했답니다. 그리고 시체는 공비들이 잘 다니는 길목에다 버려 산짐승들의 먹이가 되었답니다." 라고 숨찬 목소리로 보고했다. 주석은 너무 큰 충격에 놀란 나머지,

"으흐흐흐! 개자식이 결국 일을 저지르고 말았군. 으흐흐흐! 장환군, 자네가 어찌하다 이 꼴이 되었나."라고 울부짖으면서 옆에 있던 진수를 잡고 오열했다. 진수도 그 말뜻을 알아차렸는지 닭똥 같은 눈물을 흘리면서 통곡하고 있었다.

한참을 그렇게 오열하던 주석은 눈물을 닦으면서,

"진수야, 이제 모든 것이 끝났구나. 그러나 이제부터는 내가 네 아버지가 되어 줄게. 그러니 그만 울자."라고 말하면서 아이를 위로하기 시작했다. 결과가

이렇게 된 마당에 울어봤자 소용없고 분노해봤자 아이의 가슴에 시멘트 자국만 남을 수밖에 없었기 때문이다.

그렇다고 울음을 그칠 아이도 아니었다. 아이는 더 서럽게 울면서 몸부림쳤고, 그것을 지켜보는 주석도 울컥 치미는 분노에 또 다른 눈물이 앞을 가렸다.

그렇게 한참을 울던 아이가 갑자기 무엇이 생각났던지 손등으로 눈물을 홈치면서 심각한 얼굴로 입을 열었다.

"아저씨, 어머니가 제게 귓속말하는 걸 보셨지요?"

"응. 그때 보았지. 근데 무슨 말을 하셨지?"

"만약 아버지와 어머니가 돌아가시면 즉시 강원도 인제에 있는 백담사(百潭寺)를 찾아가라고 했어요"

"그건 또 왜?"

"소꼬리가 틀림없이 나를 죽일 거래요"

"내가 있는데도?"

"아저씨가 언제까지나 보호해줄 수가 없잖아요"

"그건 그렇지. 한데 왜 하필 백담사냐?"

"그곳에는 월운(月雲) 대사님이 계신 대요"

"어머니가 그 스님을 잘 아나보지?"

"예. 예전에 그 스님이 외가댁에 많은 신세를 지셨대요"

"그럼, 그곳으로 갈 생각이냐?"

"예. 지금 당장 떠나겠어요"

"그렇다면 말리지는 않겠지만 너 혼자서는 위험하니까 내 차를 타고 가거라."

"에이, 그냥 혼자 갈래요"

"그건 안돼. 여기서 인제까지 가려면 한 달 이상이나 걸려. 그러니까 꼭 내 차로 가야해. 알았지?"

"그럼, 할 수 없지요 그렇게 할 게요"

주석은 운전병을 불러 지시를 내리고 주머니를 뒤져 있는 돈을 다 진수에게 준다. 그래도 안심이 안 되는지 어려울 때면 꼭 찾아오라고 이르고 자신도 시간이 나면 백담사로 찾아갈 것을 약속한다. 마치 아버지 같은 그 모습에 감동해서 진수는 또다시 눈물을 흘린다.

이윽고 차가 출발하자 그 또한 감정을 추스르지 못해 두 줄기의 눈물이 볼을 타고 흘러내린다.

백담사에 도착한 진수는 곧바로 안으로 들지 않고 백담 계곡에 앉아 실컷 울었다. 이제 더 이상 눈물이나 짜면서 약한 꼴을 보이지 말아야 하겠다고 결심한 것이다.

이윽고 울만큼 운 그는 절 안으로 들어가 월운 스님을 찾았다. 월운 스님은 주지 스님이었는데 마침 예불을 드리고 나오는 중이었다.

그는 진수를 데리고 안으로 들어가 정좌한 다음,

"무슨 일 때문에 나를 찾아오셨소?"라고 물었다. 이에 진수는 지금까지 일어났던 일에 대해 소상히 말씀드리고 자신이 이곳에서 지내야 하는 이유를 밝혔다. 그러자 스님은 진수의 얼굴을 쭉 훑어보더니,

"어허! 그것 참!" 하고 탄식하는 것이었다. 무엇을 보고 그러는지 알 수는 없었으나 스님은 한참동안 눈을 감고 좌사우고(左思右考)하고 있었다. 단지 좌불안석(坐不安席)이 된 진수만이 바늘방석에 앉아 있는 느낌이었지만 무심코 스님을 바라보니 코가 두툼하고 길었으며 눈 꼬리가 축 처져 있는 것이 마치 부처님 같아 보였다.

그렇게 좌사우고하던 스님은 어떤 결심이 섰는지 눈을 뜨면서,

"그럼, 절에서는 좌식(坐食)을 할 수 없으니 불목하니를 하시오 그리고 지금부터는 내가 말을 놓을 테니 그리 알게."라고 말하더니 다른 스님을 불러 할 일을 가르쳐주라고 지시한다.

그날부터 진수는 물긷고 밥짓고 빨래하고 나무하는 것을 배우면서 생활해 나갔다. 그러나 주지 스님은 무슨 생각을 했던지 특별히 찾는 일도 없었고 공부도 시키지 않았다.

이 때문에 그는 밭에 나가 농사도 지으면서 마치 머슴처럼 지냈고, 그렇게 지내는 동안 자연을 벗삼아 동심을 키워나갔다.

진수는 그런 일을 주로 하였으나 때로는 이웃 절로 심부름을 가는 일도 했다. 그래서 신흥사나 월정사도 가볼 수 있었고, 때로는 백담계곡이나 내린천계곡, 대승폭포, 소승폭포에 앉아 지나온 일들을 떠올리기도 했다. 특히 대승폭포에 담긴 전설을 들었을 때는 어머니가 그리워 수없이 부르면서 자신의 신세를 한탄하기도 했다.

그렇게 생활한 지도 어느 덧 16년. 그의 나이가 30세가 되던 해에 처음으로 스님으로부터 부름을 받았다. 당시 월운 스님은 열반에 들 때가 되었는지 주지 자리도 물려준 상태였고 거동도 불편해서 늘 누워있기 일쑤였다.

진수는 안으로 들어가 큰절부터 올렸다. 그러나 스님은 몸이 불편한지 누운 상태로 인사를 받았고, 잠시 후에 이어진 목소리는 예전 같지가 않았다. 그만큼 노쇠했다는 증거였다.

"네 나이가 올해 몇인고?"

"예. 올해가 꼭 서른이옵니다."

"그럼, 장가를 가야 하겠군."

"장가라니요?"

진수가 놀란 눈으로 바라보자 스님이 껄껄거리면서 웃더니,

"지금부터 내가 하는 말을 잘 들어라."라고 말하면서 엄숙한 표정을 짓는다. 진수는 그 말을 하나도 놓치지 않으려고 긴장했다. 16년만에 처음으로 들어보는 말이었기 때문이다.

"내가 너를 처음 봤을 때 네 눈에는 살기가 들어 있었다. 물론 부모를 죽인 원수가 살아있는데 복수하고 싶은 마음이야 누군들 없겠냐마는, 복수란 또 다른 복수만 낳을 뿐이지 아무 의미도 없다. 그래서 내가 너에게 불심을 가르칠 수도 없었고 공부도 시킬 수 없었으며 특별히 만날 이유도 없었던 것이다. 내 말의 뜻을 알겠느냐?"

"예, 스님."

진수는 묵묵히 경청하면서 자신을 되돌아본다. 그러나 어지러웠던 일만 스치고 지나갈 뿐, 이곳에서의 생활은 무미건조한 것들이었다. 스님이 바로 이것을 지적하고 있다는 것을 생각하자 어느 정도는 이해가 갔다. 진수는 또다시 스님의 말씀에 귀를 기울인다.

"그래서 농사나 지으면서 자연을 벗삼아 마음을 닦으라고 내버려뒀던 것이다. 하지만 이제 나도 85세가 되었으니 언제 열반에 들지도 모르고, 너도 이제 서른 살이 되었으니 결혼을 시키려는 것이다. 그러니 아무 말 없이 내가 시키는 대로 하고……."

스님은 숨이 차는지 잠시 호흡을 가다듬는다. 하지만 진수는 계속 귀를 기울이면서 스님의 입만 주시한다. 혼인문제까지 나오는 것을 보면 무언가 중요한 얘기가 있을 거라고 생각한 것이다.

"네가 원수로 생각하고 있는 송호림이란 사람도 내가 잘 알고 있다. 그 사람은 어릴 때부터 귀하게 자라 고집이 세고, 그 아비가 또 친일파라 사람들이 꺼리는 집안이다. 게다가 그 사람은 눈이 움푹 패인데다 세모꼴이라 마음이 음흉하고 천생이 포악하여 남을 해칠 상이다. 그런데 너도……."

스님은 무슨 말을 하려다 말고 갑자기 뚝 끊는다. 분명 자신에게 하는 말 같은데 알 수가 없다. 진수는 다음 말이 이어지기만을 기다리면서 계속 스님을 주시한다. 그러나 스님은 진수가 충격을 받을 것 같았는지 다른 얘기로 우회한다.

"아무튼 너는 송호림이란 사람과 또 만나게 될 것이다. 그러니 대처를 잘 해야 할 것이고, 만약 대처를 잘못 할 때에는 또 다른 비극이……."

스님이 또다시 말을 끊자 진수는 더 이상 참지 못하고,

"스님, 대처할 방법은 무엇입니까? 그것을 가르쳐 주셔야 지요?"라고 단도직입적으로 물었다. 그렇지만 스님은 더 이상의 대답은 회피한 채,

"허허! 좋아! 좋아! 세상이 참 좋아! 이래서 인생만사 뜬구름 같다 하였고, 머지않아 너와 내가 또다시 만나게 될 터이니 이것 또한 인생무상이 아닌가. 그러나 구름에 달 가듯이 가는 나그네가 어찌 너 하나뿐이겠는가. 허허! 이제 됐으

니 나가 보아라."라고 껄껄 웃으면서 굳게 입을 닫아 버린다.

그때 비가 쏟아지는지 갑자기 밖이 소란해지고 있었다. 진수는 더 이상 앉아 있기가 거북해서 밖으로 나왔으나 그 뜻을 이해할 수가 없었다.

이런 일이 있은 후부터 덧없는 세월만 흘러가고 있었다. 그렇지만 아무 의미 없는 세월이었다. 자연이야 늘 말이 없으니 그렇다고 해도 진수에게는 그렇게 보일 수밖에 없었다.

그러나 진수가 결혼하고 얼마 안돼 시름시름 앓던 스님도 열반에 들고 말았으니 인생무상이란 바로 이런 것을 두고 하는 말이었다.

강주석은 진수가 백담사로 떠나자 장환 부부의 시신처리 문제로 고민했다. 개자식이 그렇게도 무자비하게 죽이고 시신마저 산짐승들의 먹이가 되도록 팽개쳤다는 것은 도저히 용서할 수가 없었다.

그렇지만 또다시 그 문제로 소꼬리와 부딪칠 수도 없는 일이었고, 그것이 잘 못되면 자신이 공비들을 두둔하는 것이 되어 파편을 맞을 수도 있었다.

그는 여러 가지를 심사숙고한 끝에 시신만 거두어주기로 하고 남원으로 향했다. 위험을 무릅쓰고 한 일이었으나 다행히 장환 부부의 시신은 쉽게 찾을 수 있었다. 공비들이 잘 다니는 길목에다 팽개쳐 놨기 때문이다.

시체는 며칠밖에 안 됐는데도 부패해서 악취가 심했다. 그런데도 주석은 마치 살아있는 사람을 대하듯 반가워했고, 구례로 오는 동안에도 그를 생각하면서 오열했다.

구례로 돌아온 주석은 차를 개울로 몰도록 지시했다. 그리고 개울에 도착하자 시신을 내려 자신이 직접 씻기 시작했다. 시신은 총알을 맞아 손상된 부분이 많았고 짐승들이 파먹어서 그런지 매우 흉측했다. 그렇지만 주석은 얼굴 한번 찡그리지 않고 마치 성자와 같은 모습으로 열심히 씻었다.

그 모습에 부하들도 곧 숙연해졌다. 아무리 절친한 친구라고 해도 이렇게까지 해주는 사람은 흔치 않았기 때문이다.

시신을 깨끗이 씻고 난 주석은 염을 하기 시작했다. 너무 정성 들여 하는 것을 보고 부하들은 절로 존경심이 일었다. 염이 끝나자 수의를 입힌 다음 준비해 온 관에다 넣고 못을 박아 또다시 차에 실어 장지로 향했다.

차가 도착한 곳은 아주 양지 바른 야산이었다. 그들은 관을 내려놓고 무덤을 파기 시작했다. 동이 틀려면 아직 멀었는데도 땀방울이 달빛에 드러나고 있었다.

이윽고 구덩이가 다 파지자 그들은 관을 넣어 묻었고, 회 다짐이 끝나자 자신만 알아볼 수 있도록 표시를 해두고 간단한 제상을 마련했다. 이렇듯 그는 아주 치밀했다.

강주석은 술을 올리고 재배를 한 다음 또다시 오열하기 시작했다. 그 모습에 부하들도 모두 숙연해지고 있었다.

비록 이념이 달라 남북으로 갈라지기는 했어도 그는 정말 아까운 인물이었다. 명석한 두뇌와 번뜩이는 지혜로 이 나라를 끌고 가야 할 지도자였다. 결코 죽어서는 안될 위인이었다.

그런데 그가 죽은 것이었다. 그것도 같은 동족이면서 일본육사 동문이었던 친일파의 손에 죽었던 것이다. 주석이 그런 생각을 하며 일어서자 어느 새 먼동이 트고 있었다.

1953년 7월 27일 오전 10시 판문점. 제159차 본회의에서 유엔군측 대표 헤리슨 중장과 공산군측 대표 남일은 모두 18통으로 된 휴전협정 문서에 서명하였다.

이 협정문서는 경기도 문산의 유엔군전방사령부로 보내져 오후 1시에 클라크 대장이 서명하였고, 다시 판문점을 통해 평양으로 보내져 북한군을 대표하여 김일성이, 중공의용군을 대표하여 팽덕회가 각각 서명한 후 영문으로 된 6통의 문서만이 유엔군측에 되돌아왔다. 그리고 이날 밤 10시에 전 전선에서 모든 전투행위가 종료됨으로써 그 지긋지긋했던 6·25전쟁은 휴전으로 일단 그 막을 내리게 되었다.

휴전이 성립되자 정국은 더욱 어수선해지고 있었다. 약육강식에 의해 다스리는 자와 가진 자, 가르치는 자들 대부분이 친일파였으니 그럴 수밖에 없었고, 정권욕심에 눈이 어두웠던 이승만도 그들만 편애하였기 때문에 한국정치가 빛을 잃는 것은 당연했다.

그후 정치는 더욱 문란해진 상태에서 사사오입 개헌파동과 진보당 사건, 전국을 강타했던 태풍 '사라호'로 민심이 흉흉해졌고, 결국 3·15 부정선거로 인한 4.19학생의거로 12년간의 독재정권은 그 종말을 고했다.

그러나 역사는 또 다른 변화를 예고하는 것.

남북대치 상황에서 막강한 힘을 갖게된 군부는 1961년 5월 16일 새벽 4천여 명의 군대를 이끌고 서울을 점령했다. 쿠데타를 일으킨 군인들은 비상계엄을 선포한 후 '혁명공약'을 발표하고 '국가재건최고회의'와 '중앙정보부'를 설치, 본격적인 군정을 시작하였다.

쿠데타가 성공하자 강주석과 소꼬리는 그 희비가 엇갈렸다. 평소 강직하기만 했던 강주석이 쿠데타 세력들에게 밉보여 강제 예편 당한데 반해, 소꼬리는 그들과 동조하였기 때문에 출세가 보장되어 있었다.

강주석이 오직 군인의 길만 걸으면서 정치에 무관심하였던 반면, 소꼬리는 장병들이 먹을 식량과 부식까지 빼돌려가며 힘있는 자들에게 아부했던 것이 맞아떨어진 것이다.

이렇듯 사람의 운명이란 수시로 변하기에 아무도 예측할 수 없지만, 여하튼 소꼬리가 참여한 군사정치는 일사천리로 이어져 나가면서 빛을 발했다.

62년 1차 경제개발 5개년 계획과 대일청구권 문제 합의를 시작으로 64년 민혁당 사건, 65년 베트남 파병, 67년 위장간첩 이수근 귀순 후 체포 사형, 70년 경부고속도로 개통과 새마을 운동 제창, 그리고 서울 와우아파트 붕괴와 전태일 분신자살에 이르기까지, 9년이라는 세월이 정신없이 흐른 가운데 강산이 바뀌면서 사람들도 많이 변해 있었다.

상황이 이렇게 돌아가자 소꼬리는 이제 아무 것도 거리낄 게 없었다. 만약 앞길을 가로막는 자가 있으면 발로 차거나 남을 시켜서 치우면 되었고, 자신이 어떤 일을 추진할 때도 주변에서 더 도와주지 못해 안달할 지경이었다. 그만큼 그의 입지는 확고부동했다.

그러던 어느 날.

늘 시간에 쫓기던 그가 마지막 지방 순시를 마치고 요정에 들렀을 때였다. 물론 또 다른 아부꾼들이 마련해준 자리였지만 소꼬리는 파트너를 보자 깜짝 놀랄 수밖에 없었다. 얼굴이나 몸매가 민영란과 너무 흡사했기 때문이다. 훤칠한 키하며 갸름한 얼굴에 생글생글 웃는 모습까지 너무 닮았다는 생각이 들었다. 그래서 불쑥 이름부터 물었다.

"자네, 이름이 뭔가?"

"이 애정이에요."

"진짜 이름인가, 아니면 가명인가?"

"······."

"빨리 대답해! 영감님이 묻잖아!"

마담의 호통에 아가씨의 얼굴이 금새 빨개진다. 요정에서는 대부분이 가명을 쓰고 있었기 때문에 본명을 밝힌다는 게 부끄러웠던 모양이다. 그렇지만 안 밝힐 수가 없었던지,

"죄송해요. 제 진짜 이름은 마귀녀(馬貴女)예요."라고 작은 목소리로 말했다. 그러자 좌중이 폭소로 이어지면서 마귀녀는 쥐구멍이라도 있으면 들어가고 싶은 표정이다.

하지만 소꼬리의 표정이 곧 부드러워지면서 술자리는 이어졌고, 마귀녀는 그날 밤 소꼬리와 동침했으나 문전만 더럽히고 말았다. 피로가 누적된 데다 체구가 작다보니 글래머를 당할 수 없었던 것이다.

소꼬리는 욕심을 채우자 곧 이빨을 갈면서 코를 골았다. 연일 계속되는 업무로 피곤했던 모양이다. 하지만 그가 정신없이 곯아떨어지자 마귀녀는 소음 때문에 죽을 맛이었다.

할 수 없이 그녀는 솜으로 귀를 틀어막고 담배를 한 대 피워 물었고, 담배를 힘껏 빨아 연기를 입안에 가득 채운 다음 입을 뾰족하게 벌리면서 연기도넛을 만들어 나갔다. 심심할 때마다 해오던 버릇이었다. 하지만 소꼬리는 그때 꿈길

을 달려가고 있었다.

그는 아내와 함께 산책을 하고 있었다. 비록 밤이었으나 달빛에 비친 아내의 얼굴은 더욱 예쁘게 보였다.

그녀는 현재 대학에 출강하고 있었다. 비록 지금은 시간강사를 하고 있었지만 대학원을 마치면 곧 교수로 채용될 예정이었다. 그녀는 한창 잘 나가던 장군의 친척이었고 그런 인텔리 여성을 그가 낚아챈 것이었다. 그것도 6 · 25가 끝나고 얼마 안돼 잡은 보석 중의 보석이었다. 물론 그가 수단과 방법을 가리지 않고 매달렸던 결과였다.

하지만 그들 사이에는 아직 자녀가 없었다. 결혼 초에는 서로가 바빠서 그렇다고 해도, 14년이 지난 지금은 너 다섯 명의 자녀가 있어야 했다. 5,60년대의 출산율이 대부분 7~8명이었는데도 유독 자신에게만 자식이 없었다.

소꼬리는 대가 끊어질 것 같아 점차 불안해지기 시작했다. 병원에도 가보고 용하다는 점쟁이도 수없이 찾아다녔지만 결과는 늘 아내 쪽에 있었다. 하지만 이만큼 출세한 것도 다 아내 덕이었기 때문에 그는 늘 아내를 사랑하는 척했다.

그러나 한편으론 딴 짓거리를 하고 있었다. 대를 이을 아들 욕심에 한창 잘 나가는 탤런트와 계약을 맺었던 것이다. 만약 아들을 낳았을 때는 2천만원을, 딸을 낳으면 1천만원을 준다는 내용이었다. 당시 서슬이 퍼렇던 시절이라 그녀가 거부하기에는 힘이 너무 약했고, 만약 이 사실을 발설할 때는 죽어도 좋다는 각서도 제출한 상태였다. 그리고 아이를 영원히 포기하는 것은 물론, 아이가 젖을 떼는 것과 동시에 소꼬리가 지정하는 고아원에 맡기도록 되어 있었다. 그런데 운이 좋았던지 그녀가 임신을 한 것이다.

물론 극비로 추진된 일이었기에 소꼬리는 어느 때보다도 아내를 극진히 위하고 있었다. 이제 아이가 태어나 젖을 떼고 고아원에 맡겨지면 그가 아내를 설득해서 양자로 입적시키면 그만이었다.

그렇게 속아주는 아내가 사랑스러웠던지 소꼬리는 발길을 멈추고 아내를 꼭 끌어안았다. 그리고 입을 포개면서 자신의 혀를 그녀의 입 속으로 쑥 디밀었다. 그녀가 혀를 받자 곧 감미로운 기운이 머리 속을 타고 흘렀다. 바로 그때,

"악!" 하는 비명과 함께 그가 온몸을 사시나무 떨 듯 후들후들 떨었다. 아내의 모습이 영란이로 바뀌면서 눈과 귀, 코와 입에서 검붉은 피가 계속 쏟아져 나왔기 때문이다.

그녀는 마치 귀신처럼 보였다. 하얀 소복에 긴 머리를 늘어뜨린, 마치 '전설의 고향'에서나 볼 수 있는 그런 모습이었다. 하지만 그때 또 하나의 귀신이 나타나고 있었고 그것은 다름 아닌 장환이었다. 눈은 멀어 움푹 패였고 팔목이 없으며 혀도 반쯤 잘려나간 것이 예전에 자신이 가혹하게 했던 모습 그대로였다.

소꼬리는 너무 놀라 사지만 벌벌 떨 뿐, 도망을 친다거나 방어할 생각은 엄두도 내지 못했다. 그래서 이젠 죽었구나 하고 체념하는 순간 갑자기 불호령이 떨어졌다.

"너, 이놈! 네놈이 아직도 살아있어? 이런 찢어 죽여도 시원치 않을 놈!"

"장환이, 살려주게. 흑흑! 내가 무조건 잘못했네."

"뭣이 어쩌고 저째? 내 눈과 팔목과 혀까지 이 꼴로 만들어 놓고 그래도 살고 싶어?"

"흑흑! 그래서 이렇게 빌고 있질 않는가. 장환이, 제발 살려주게. 흑흑!"

"이런 개만도 못한 놈! 너도 똑 같이 만들어주마! 에잇! 에잇!"

"으악! 으아악! 장환이, 제발 살려줘! 으아악!"

소꼬리가 몸부림을 치면서 비명을 질러대자 마귀녀가 깜짝 놀라 벌떡 일어나더니,

"영감님! 영감님! 정신 차리세요!"라고 소리치면서 몸을 흔들어 깨웠다. 아마 가위에 눌렸다고 생각했던 모양이다. 그러자 꿈을 깬 소꼬리가 멋쩍은지 아무 일도 아니라는 듯 너털웃음을 웃는다.

"어허! 내가 꿈을 꾸었군."

"악몽을 꾸신 모양입니다."

"허허!"

그가 체면 때문에 웃긴 했어도 얼굴에서는 땀이 뚝뚝 떨어졌고 옷도 이미 땀

으로 얼룩져 있었다. 하지만 그는 예사 꿈이 아니라는 듯 잠을 이루지 못하고 무언가를 골몰히 생각하고 있었다.

남쪽에서 불어오는 산들바람이 계곡의 눈을 녹이고, 들녘에서 피어오르는 아지랑이가 꽃망울을 터뜨리고 있었다.

이렇듯 자연은 언제나 변함이 없었기에 사람들은 그것을 어머니의 품이라고 불렀다. 그리고 착한 사람들일수록 그것을 사랑하면서 늘 만족해했다.

가진 것도 없고 배운 것도 없는 천진수. 비록 6·25라는 악마의 그림자가 그의 가슴을 훑어갔지만 쌍둥이 아들을 낳은 후부터는 그래도 마음의 안정을 찾아가고 있었다.

그렇다고 부모가 살해당한 것을 잊은 것은 아니었다. 멀쩡한 아버지를 그토록 잔인하게 만들어놓고도 그것도 모자라서 어머니까지 죽였던 소꼬리.

눈과 혀와 팔목까지 잘려나가 고통 속에 몸부림치던 아버지의 그 애처롭던 모습. 그 모습을 바라보면서 울부짖던 어머니의 한 맺힌 눈물. 그런 것들을 생각할 때마다 진수는 이가 갈렸고 어떻게든 복수해야 한다고 다짐했다. 그래서 농사일이 끝나면 읍내까지 나가 무술을 익혔고, 밤늦게까지 표창던지기 연습을 해서 이제는 눈을 감고도 목표물을 맞추는 경지에까지 올라 있었다.

하지만 그는 경거망동하게 함부로 나서지 않았다. 군체육회에서 도민체전에 출전해 달라는 요청도 거절하였고, 군부대에서 특별교관을 해달라는 것도 일언지하에 거절했다. 자신의 이름이 밖으로 새어나가는 것을 원치 않았기 때문이다.

그러던 어느 날이었다. 그가 태권도장에서 수련을 마치고 집으로 돌아와 막 식사를 하던 중, 웬 낯선 사내들이 갑자기 들이닥치면서 자신을 찾았다. 그것도 무술을 배웠는지 모두가 건장한 사내들이었고, 깡패를 방불케 할 정도로 인상들이 험악했다. 뿐만 아니라 얼굴에는 칼자국 같은 상처도 나 있는 게 보통 험악한 인상들이 아니었다.

갑자기 긴장감이 감돌자 그의 처는 당황해서 안절부절못했다. 진수는 표창을 움켜쥔 채 부드럽게 대하면서 여차하면 던질 자세였다. 어차피 이런 일이 올 것으로 예상했던 것이다.

"누구를 찾아오셨소?"

"자네가 천진순가?"

"그렇소 만……."

대뜸 반말로 지껄이자 진수는 피할 수 없는 한 판이라고 생각하면서 계속 무식한 농부처럼 나왔다. 하지만 사내들도 진수의 큰 체구와 단련된 몸매, 그리고 영롱하게 빛나는 눈빛을 이미 읽고 있었다. 무예를 익힌 자만이 느낄 수 있는 노하우였다. 사내들은 또다시 묻지도 않은 말을 지껄이면서 위압적으로 나왔다.

"우리는 중정(中情)에서 왔네."

"중정이 뭔데요?"

"이런 촌놈, 중앙정보부란 말이다."

"그게 뭐 하는 건데요?"

"진짜 모르는가?"

"예."

"으,하하하하! 과연 촌놈은 촌놈이로군."

폭소가 이어지는 가운데 진수는 이 위기를 어떻게 넘길까 계속 머리를 굴렸다. 까딱 잘못하면 아내와 자식까지 개죽음을 당할 수도 있기 때문이었다. 그런데 이제는 아예 명령조로 나왔다. 중정도 모른다는 말에 그를 완전히 얕잡아 본 것이다.

"자네를 좀 조사할 것이 있으니 빨리 나오게. 그렇지 않으면 우리가 방으로 들어가고……."

"내가 나가지요."

"으악!"

진수는 밖으로 나가는 것과 동시에 표창을 던졌다. 표창은 정확하게 날아가서 앞에 있던 놈의 눈을 찔렀고, 갑자기 당한 놈은 비명을 지르면서 데굴데굴

굴렀다.

나머지 놈들은 순간적으로 당황했지만 곧 자세를 취하면서 무더기로 덤벼들었다. 그렇지만 진수의 표창이 더 빨랐다. 그의 표창이 날아갈 때마다 한 놈씩 외마디 소리를 지르면서 나가자빠졌고, 그의 주먹과 발이 움직일 때마다 한 놈씩 푹푹 고꾸라졌다. 그리고 맨 마지막으로 남은 놈이 안 되겠다 싶었던지 재빨리 권총을 빼들었다. 그러나 진수의 손놀림이 더 빨랐고, 그 표창은 정확하게 날아가서 그의 손목에 박혔다.

놈이 비명을 지르면서 쓰러지자 진수는 권총을 집어들고 놈의 급소를 친 다음 쓰러져 있는 놈들의 주머니를 뒤졌다. 그러나 더 이상 나온 권총은 없었고 나머지 놈들은 모두가 예리한 칼들을 가지고 있었다. 진수는 그것들을 모두 압수하였는데 권총 한 자루에 칼이 다섯 개였다.

아내는 그 모습을 보면서 경탄하지 않을 수 없었다. 남편이 무술을 배운다는 것은 이미 알고 있었지만 표창까지 쓰는 것을 본 것은 오늘이 처음이었다.

백주에 이런 일이 벌어지고 있었지만 이곳은 동네에서 워낙 멀리 떨어진 독립가옥이라 전혀 신경 쓸 일이 없었다.

진수는 권총을 지녔던 놈의 목을 밟고 심문하기 시작했다. 아무래도 권총을 가진 자가 책임자로 보였기 때문이다.

"어떤 놈이 보냈나? 송호림이가 맞지?"

"우리는 전혀 모르는 일입니다. 단지 위에서 시켜서 했을 뿐입니다."

"거짓말이지? 진실을 말하지 않으면 당장 너부터 죽이겠다."

"정말 모릅니다. 우리는 단지 당신을 잡아오면 천만원의 돈을 받기로 되어 있습니다."

"그렇다면 너희들은 누구이고 왜 이런 일을 맡았는가?"

"저희들은 '해골파'라는 조직폭력배들로서 돈만 주면 어떤 일이건 가리지 않습니다."

"그렇다면 이 권총은 또 뭔가?"

"그건……."

"밀수품이란 말이지?"

"예. 그렇습니다. 우리는 언제 무슨 일이 터질지 몰라 늘 권총을 가지고 다닙니다."

그러나 진수는 뭔가 미심쩍었든지,

"과연 그럴까?"라고 말하면서 의심스런 눈초리로 주머니를 뒤졌다. 그러나 지갑을 꺼내 증명서를 보는 순간 표정이 야릇하게 일그러졌다. 거기에는 모 부서장의 직인이 찍혀 있었고, 그 부서장이 바로 소꼬리란 것을 내각발표 때 신문에서 보았던 것이다.

그 모습을 아내가 쭉 지켜보고 있었다. 진수는 그것이 부담스러웠던지 아내에게 들어가라는 손짓을 하였고, 아내가 안 보이자 한 놈씩 목뼈를 부러뜨려 죽였다. 그리고 전화선을 찾아 일일이 손과 발을 묶은 후 마치 굴비를 엮듯이 한 놈씩 엮어 나갔다.

이 모습을 지켜보던 아내는 경악하고 있었다. 평소 착하고 자상하게만 보이던 남편의 모습이 아니기 때문이었다.

지금 남편의 모습은 마치 저승사자와 같았다. 그것도 여섯 명씩이나 저승으로 끌고 가는 무지막지한 저승사자였다. 그녀는 놀라움과 두려움에 가슴이 떨렸지만 이를 계속 지켜볼 수밖에 없었다. 과연 어떻게 마무리할 지가 궁금했던 것이다.

진수는 땀을 뻘뻘 흘리면서 마당에다 구덩이를 파고 있었다. 그러나 언제 덮었는지 사내들 몸 위에는 볏단이 쌓여 있었다. 혹, 산 위에서 이 광경을 바라볼 수도 있다는 것을 염두에 둔 것 같았다. 남편이 구덩이를 얼마나 열심히 파는지 그녀도 놀랄 지경이었다. 다만 울타리가 되어 있어 밖으로 노출이 안된 것만 해도 그나마 다행이었다.

구덩이가 다 파지자 진수는 사내들을 구덩이에다 집어던지고 있었다. 마치 배추나 무를 묻듯이 죄의식이라고는 털끝만큼도 없어 보였다. 그녀는 마지막 사내가 구덩이로 들어가는 것을 보고서야 눈을 떼었다. 남편이 워낙 무섭고 잔인해서 더 이상 훔쳐볼 수가 없었던 것이다.

그런 줄도 모르고 진수는 땀을 뻘뻘 흘리면서 회 다짐도 하고 잔디까지 입혔지만, 그래도 불안했던지 마른 흙을 뿌리고 볏짚까지 깔았다.

작업이 다 끝나자 그는 허탈했던지 담배를 꺼내 물고 불을 붙였다. 술을 마셔야 피우는 담배였으나 진수는 오늘 따라 이상하게 보였다. 하지만 그의 얼굴에서는 어떤 죄의식조차 찾아볼 수가 없었다.

진수는 아버지와 어머니가 소꼬리에게 당했던 일이 여태껏 시멘트 자국으로 남아 있었고, 이 같은 일은 단지 시작에 불과하다고 생각했다. 특히 아무 영문도 모른 채 상관의 지시나 따르면서 무고한 시민이나 해치는 이 따위 인간 쓰레기들은 죽어 마땅하다고 여겼다.

진수는 이제부터 본격적인 복수가 시작되었다고 생각했다. 그는 허탈한 마음에 담배가 다 타들어 가자 또다시 새 담배에 불을 붙였다. 그리고 아내가 놀랄 것 같아 방안으로 들어가 지나온 세월들을 고백하기 시작했다.

진수의 얘기를 듣는 동안 아내는 어마어마한 사실에 놀라 계속 눈물을 훔쳤다. 특히 시아버지가 소꼬리에게 잡혀 눈과 혀, 팔목까지 잘린 후 시어머니와 함께 사살되었다는 말을 들었을 때는 마치 자신이 당한 것처럼 슬피 울었다. 그리고 왜 진작 말해주지 않았냐고 하면서 몹시 서운해했다. 그 동안 더 잘해주지 못했던 것이 마음에 걸렸던 것이다.

그러나 이렇게 울고 있을 때가 아니었던지 그녀가 불안한 눈으로 물었다.

"이제 어떡하실 거예요?"
"일단 이곳을 떠납시다. 그리고 아이들을 맡깁시다."
"아이들을 맡기다니요……?"

아이들 얘기가 나오자 그녀가 깜짝 놀라 물었다. 그러나 진수는 이미 계획을 세우고 있었던지 거침없이 대답했다.

"큰 녀석은 고아원에다 맡기고, 작은 녀석은 스님에게 맡길 것이오. 그리고 원장님과 스님에게는 내 지나온 과거를 다 밝혀두었소."
"고아원과 절은 뭐고 과거까지 밝힌 것은 또……?"

"그들은 어머니에게 신세진 사람들이니까 안심해도 될 거요. 아무튼 얘기는 이미 다 끝났소"

"흑흑! 당신, 나와는 한마디 상의도 없이……. 흑흑!"

진수가 굳은 표정으로 입을 닫자 아내는 아이들을 바라보면서 흐느껴 운다. 앞으로는 영원히 못 볼 것 같은 예감이 들었던 모양이다. 하지만 진수의 눈에서도 굵은 눈물이 주르륵 흘러내린다.

아이들은 아무 영문도 모른 채 곤히 잠들어 있었다. 그 모습을 바라보던 아내가 갑자기 남편을 향해,

"당신만 가고 아이들은 내가 키우면 안돼요?"라고 말하면서 매달린다. 그러나 진수는 이미 결심이 섰던지 안 되는 이유를 조목조목 밝힌다.

"그렇게 되면 모두가 다 죽을 것이요. 그놈이 얼마나 나쁜 놈인 줄은 내가 이미 다 밝히지 않았소. 그래서 아이들을 내 호적에다 입적시키지 않고 동거인으로 올렸던 것이요"

"아니, 그건 또 무슨 말이에요?"

새로운 사실에 깜짝 놀란 아내는 어처구니가 없었던지 할 말을 잃고 또다시 눈물을 글썽거린다. 하지만 진수는 어차피 밝혀야 할 일이었기에 사실 그대로 말하면서 용서를 구했다.

"당신에게는 좀 미안한 얘기지만 나로서도 어쩔 수가 없었소"

"그렇다면 우리 애들이 정우와 지우가 아니란 말이에요?"

"미안하오. 아이들을 살리기 위해서는 이 방법밖에 없었소. 그래서 큰 녀석은 박진호(朴眞浩)로 했고, 작은 녀석은 박정호(朴正浩)로 지었던 것이오"

"으흐흐! 이럴 수가, 이럴 수가……!"

"미안하오. 미안하오. 내가 당신에게 정말 큰 죄를 지었소"

더 이상 할 말을 잃은 두 사람은 서로를 바라보면서 한참을 오열했다. 그러나 진수는 안 되겠다 싶었던지 짐을 꾸리기 시작했다. 살림살이는 다 버리고 그동안 모아뒀던 돈과 옷가지 등 꼭 필요한 것들이었다.

아내는 정들었던 집을 떠나야 한다는 사실에 충격을 받았는지 계속 울어댔

다. 사실 그녀의 입장에서 보면 마른하늘에 날벼락이었다. 비록 가난한 농사꾼의 딸로 태어났지만 좋은 남편을 만나 쌍둥이 아들까지 낳았고, 행복이 무엇인가를 겨우 알만하니까 이렇게 된 것이 너무 억울했던 것이다.

그녀가 바라는 것은 오직 가족끼리 모여 오순도순 사는 것이었다. 남편이 농사일을 끝내고 돌아오면 된장찌개 끓여 놓고 정답게 대화할 수 있었고, 아이들이 방긋방긋 웃는 것만 봐도 그것이 행복인 줄 알았다. 그리고 아이들을 잘 키워서 자신들이 못 배웠던 한을 풀어보는 것도 소원 중의 하나였다. 그래서 농사일이 아무리 어려워도 남편과 아이들만 생각하면 절로 힘이 생겼던 것이다.

그러나 진수도 그런 마음을 모르는 바 아니었다. 아내를 바라볼 때마다 늘 불쌍하고 미안해서 혼자 울은 적이 한두 번이 아니었다. 다만 이 같은 일을 미리 밝혔어야 옳았으나 그게 그리 쉽지가 않아 이렇게 된 것뿐이었다.

다음 날 새벽, 모든 것을 정리한 진수 부부는 아무 일도 없었던 것처럼 아이를 하나씩 안고 버스에 올랐다.

한편, 소꼬리는 화가 잔뜩 나 있었다. 진수를 잡으러 갔던 황 과장으로부터 아무런 소식도 없었기 때문이다. 성질 같아서는 당장 불호령을 내리고 싶었지만 워낙 극비에 부쳤던 일이라 그럴 수도 없었다.

이 때문에 그는 입술만 바짝바짝 타들어 갔다. 지금쯤은 진수를 잡아왔어야 하는데도 아무 소식이 없는 것을 보면 분명 무슨 일이 있는 것 같았다.

상황이 이렇게 돌아가자 성질 급한 그가 참을 리 없었다. 자신이 서울시경 국장에게 직접 전화를 걸어 유능한 수사관 2명을 파견토록 지시했다. 만약 무슨 일이 일어나도 자신과는 아무 상관이 없는 강력 사건으로 위장하기 위해서였다.

수사관들이 도착하자 그는 자신이 직접 사건개요를 설명하고 뒷조사를 부탁했다. 사건개요는 천진수가 간첩활동을 하는 것으로 대충 설명하였고, 그를 잡으러 갔던 수사진들이 아직도 소식이 없으니 철저하게 조사하라는 내용이었다. 다만 정보부가 직접 안 나서고 경찰에게 맡기는 것은 또 다른 이유가 있기 때문이라고 적당히 얼버무리면서 극비에 부쳐줄 것을 요구했다. 그렇지 않고 사건을 떠벌릴 경우에는 쥐도 새도 모르게 제거 당할 수 있다는 공갈협박까지도 덧붙였다.

김 반장과 임 형사는 자타가 인정하는 유능한 수사관들이었다. 주로 강력계에서만 잔뼈가 굵은 그들은 늘 바늘과 실처럼 붙어 다녔고, 그들이 해결한 살인사건만 해도 수없이 많았다.

그러나 소꼬리의 말을 듣고 보니 이해할 수 없는 부분이 몇 가지 있었다. 그의 말에 따르면 진수가 간첩이기 때문에 황 과장을 보냈다고는 하지만, 황 과장은 대공과가 아니라 2차장 소속의 국내분야 전문가였다. 그렇지만 어느 안전이라고 물어볼 수도 없어 아예 입을 다물었고, 그들은 결국 사건현장으로 달려갈 수밖에 없었다.

강원도 인제에 도착한 이들은 곧바로 북면 지서에 들러 천진수에 관한 자료를 요구했다. 지서장은 먼저 다녀간 황 과장 때문에 여러 장을 준비해 둔 것들을 선뜻 내놓았다.

김 반장은 그것을 꼼꼼히 살펴본 뒤 몇 가지 의문 나는 사항들을 물었다.

"며칠 전에도 천진수 때문에 다녀간 사람들이 있었습니까?"

"예. 딱 한번 있었습니다. 황 과장이라고……."

"소속은……?"

"그들이 밝히지는 않았지만, 아마 정보부 계통이 아닐까 생각됩니다."

"그 사람 혼자였습니까, 아니면 일행들도 있었습니까?"

"여기 온건 단지 그 사람뿐이었습니다."

"그럼, 돌아가는 것도 봤습니까?"

"아니, 그건 못 봤습니다."

"음……! 그렇다면……."

뭔가 집히는 게 있었는지 김 반장의 입에서 신음이 터져 나왔고 임 형사도 감을 잡았는지 고개를 끄덕거렸다.

지서장은 요즘 천진수 때문에 화가 잔뜩 나 있었다. 중앙에서 하는 일이라

말은 안 했어도 그 녀석 때문에 자꾸 귀찮아지자 성질이 벌컥 난 것이다. 그래서 이들이 돌아가면 천진수를 잡아다 족칠 판이었다.

대충 얘기를 듣고 난 김 반장은 지서 순경과 함께 용대리로 향했다. 진수의 집에 도착한 그들은 지서 순경을 돌려보낸 다음 집 안팎을 샅샅이 뒤지기 시작했다.

집안은 깨끗이 정돈돼 있었고 방까지 뜨뜻한 것을 보면 잠시 외출한 것 같았다. 김 반장과 임 형사는 아무리 살펴봐도 이상이 없자 진수가 돌아올 때를 기다리면서 마루에 걸터앉아 담배를 꺼내 물었다. 그러나 한 시간이 지나도록 진수는 물론 찾아오는 사람조차 없었다. 그들은 너무 무료한 나머지 마당을 서성거렸고, 수 차례나 오가면서 여러 가지 가설을 달아봤지만 도무지 감이 잡히지 않았다.

바로 그때였다. 김 반장이 뭔가 의심스런 눈초리로 임 형사를 불렀다.

"임 형사, 저 볏짚이 왜 마당에 있을까?"

"농촌에는 다 있는 거 아닙니까?"

"아냐, 그렇지가 않아. 이 집은 안팎이 모두 깨끗하게 정돈돼 있어. 시골집치고는 너무 깨끗하단 말야. 그렇다면 볏짚이 한 구석에 쌓여져 있어야 하거든. 아무튼 뭔가 이상하니까 저곳을 한번 들춰보세. 밑져봐야 본전이니까……."

"그렇지요 뭐."

임 형사가 별로 탐탁지 않게 여기면서 볏짚을 걷어내자 잔디가 보였다. 그것을 본 김 반장의 눈초리가 갑자기 매서워졌고, 그가 직접 삽을 잡아 잔디를 걷어내자 또다시 볏짚이 나왔다. 하지만 순간,

"악!" 하는 비명과 함께 두 사람은 화들짝 놀라면서 멈칫했다. 드디어 시체를 본 것이다. 그러나 시체들을 꺼낸 이들은 또 한번 놀랄 수밖에 없었다. 한결같이 목뼈를 부러뜨려 죽인 것이 너무 악랄했던 것이다.

무척 무서운 놈이었다. 마치 킬러들이나 보여줄 수 있는 강인함과 잔악성이 그대로 드러나고 있었다. 그러나 이러고 있을 때가 아니었던지 이들은 신속하게 움직이기 시작했다.

며칠 후, 이 사건이 언론에 보도되자 사람들은 경악했다. 매스컴에 보도된 사진으로 봐선 무척 순진할 것 같은데 저토록 잔인할 수가 있는지 의심스러웠던 것이다.

대다수의 사람들은 그가 잡히면 무조건 사형일 거라고 믿었다. 하지만 천진수는 공개 수배된 상태에서도 어디에 숨었는지 그림자조차도 보이지 않았다.

강주석도 신문을 보고 나서야 그가 천장환의 아들이라는 사실을 알았다. 진작 도와주지 못하고 이제서야 그의 존재를 알았다는 것이 가슴 아팠지만, 상황이 이렇게 되고 보니 안 도와줄 수도 없는 일이었다.

그는 현재 잘 나가는 모 그룹의 총수였다. 사람이 워낙 성실한데다 장군까지 지냈던 관록이 있었기 때문에 정계를 비롯한 재계에까지 막대한 영향을 미치고 있었다.

그는 천진수가 경찰에 잡히기 전에 빨리 손을 써야 한다는 생각으로 여러 곳에 도움을 청했다. 물론 극비사항으로 다뤘고 그럴만한 사람들에게 부탁하는 것도 잊지 않았다.

이에 반해 소꼬리는 전 수사기관을 동원해서 천진수를 잡기 위해 자신이 직접 진두지휘하고 있었다. 물론 사진도 크게 확대해서 사람들이 많이 모이는 버스 터미널이나 역에도 붙였고, 식당이나 관공서 등은 물론 가정에 배달되는 신문에까지 끼워 넣었다. 이 때문에 그의 얼굴을 모르는 사람이 거의 없을 정도였다. 하지만 그렇게 했음에도 불구하고 계속 오리무중이었다. 어디에 숨어 있는지조차 몰랐고, 한 달이 지나고 두 달이 지났건만 소꼬리와 경찰들만 안달했지 사람들은 점차 기억 속에서 잊혀져 가고 있었다.

그렇다고 포기할 소꼬리가 아니었다. 그는 천진수가 안 잡히자 이번에는 그의 아내 사진을 크게 확대해서 전단을 돌렸고 공개수배자 벽보까지 만들어서 전국 곳곳에다 붙였다. 이렇게 되자 아내 역시 남편과 마찬가지로 도망자 신세일 수밖에 없었다.

한편, 진수는 아내와 함께 산 속에 들어와 있었다. 소나무와 잣나무, 전나무들이 둘러 쌓인 해발 1,100미터나 되는 첩첩산중이었다. 이 때문에 이곳을 찾는 사람은 거의 없었고, 어쩌다 산삼이나 약초를 캐러 다니는 심마니들이 가끔 눈에 띌 뿐이었다.

당초 진수가 택한 곳은 이곳이 아니었다. 계획대로라면 달동네를 아지트로 삼아 아내를 식당에 취업시키고, 자신은 끝까지 소꼬리를 납치할 생각이었다. 하지만 자신이 연일 매스컴에 보도되면서 벽보가 나붙고 전단이 뿌려지자 불가피하게 모든 계획을 수정하였던 것이다. 물론 아이들을 고아원과 절에 맡긴 후의 일이었다.

아내는 아이들을 맡길 때 얼마나 운명을 탓하면서 우는지 마치 실성한 사람처럼 보였고, 웃음이 사라지면서 꼭 필요한 말 외에는 거의 입을 닫고 살았다. 진수는 그런 아내가 너무 측은하고 불쌍하고 안쓰러웠다.

그렇지만 아내보다는 복수가 더 급했다. 아버지와 어머니의 한 맺힌 죽음을 보았던 이상 도저히 포기할 수가 없었다. 이 때문에 혹 필요할지 몰라 주지스님에게 특별히 부탁, 장삼과 바랑, 고깔, 선장, 백팔염주 등을 구했고 사람들이 자신을 잊어버릴 때까지 은신코자 이곳을 택한 것이었다.

사실 경찰들이 그렇게 빨리 시체들을 찾아낼 줄은 전혀 뜻밖이었다. 적어도 몇 달은 걸릴 것이고, 그 기간을 잘 활용하면 꼭 복수할 것으로 여겼다. 그런데 모든 계획이 차질을 빚으면서 엉망진창으로 틀어져버렸고 아내마저 웃음을 잃었으니 정말 답답한 노릇이었다.

그렇다고 해서 흔들릴 진수는 아니었다. 그러면 그럴수록 더욱 강한 집념이 생기면서 언젠가는 꼭 그날이 돌아올 것이라고 굳게 믿었다.

그는 우선 아내와 함께 기거할 주거지를 마련하기로 하고 지리산에서 아버지와 함께 숨어 지내던 토굴 같은 곳을 찾아다녔다. 다행이 그런 곳을 발견할 수 있어 지내기에는 불편함이 없었다. 다만 밖에서 밥을 짓다 보니 연기가 문제였으나 바짝 마른나무만 골라서 사용했기에 그것도 큰 문제는 없었다.

그렇게 지내기를 어느 덧 3개월. 가져온 쌀도 다 떨어지고 부식도 거의 바닥이 나고 있었다. 부식이라고 해봤자 된장과 고추장, 간장, 소금 등 사람이 살아가는데 꼭 필요한 것들이었지만 그것을 보충하기 위해서는 어쩔 수 없이 밖으로 나가야 했다.

진수는 마음을 굳게 먹고 아내에게 도움을 청했다. 길게 자란 머리카락과 수염을 밀고 스님으로 위장하기 위해서였다. 아내는 말없이 그가 시키는 대로 잘 따랐다. 하지만 혹 잡혀가지나 않을까 불안했던지,

"만약 당신이 잡혀가면 전 죽을 거예요"라고 말하면서 눈물을 글썽거렸다. 그렇지만 진수도 착잡하기는 마찬가지여서 굵은 눈물이 흘러내렸고, 적막이 흐르는 가운데 면도칼이 움직이는 소리만 사각사각하고 들릴 뿐이었다.

이윽고 모든 준비를 마친 그가 장삼을 걸치고 고깔을 쓴 다음 바랑을 메고 백팔염주를 목에 걸자 영락없는 스님이었다. 그리고 선장을 들자 아내는 또다시 불안했던지 어깨를 들먹거리면서 흐느꼈다. 진수는 그런 아내를 안심시키기 위해 거짓말이라도 하고 싶었으나 워낙 천성이 착하다 보니 그것마저도 잘 안됐다. 결국 그는,

"내가 생필품만 사서 빨리 돌아올 테니까 너무 걱정하지 마시오"라고 말하면서 어깨를 꼭 끌어안았다. 그러나 아내는 아이들이 걱정되는지 또다시 모성애가 발동하고 있었다.

"여보, 내가 아이들을 데려오면 안 될까요?"

"안돼! 그건 절대 안돼!"

"보고 싶어 미치겠어요. 흑흑!"

"보고 싶은 것은 나도 마찬가지요. 하지만 그 애들은 떨어져 있어야 살 수가 있고, 그것이 또 걔들의 운명이요."

"흑흑! 그럼 난 무슨 낙으로 살아요? 아예 죽는 것만도 못하게……."

"미안하오. 미안하오. 내, 빨리 다녀오리다."

말을 마친 진수는 잽싸게 걷기 시작했다. 어차피 엎질러진 물, 또다시 재론해 봤자 머리만 아팠기 때문이다.

인간은 역시 인간끼리 모여 살 때 존재의미를 느낄 수 있었다. 사이 간(間)자 속에는 행복과 불행이라는 존재가 늘 대립하고 있었지만, 그것이야말로 인간을

희로애락으로 이끄는 원동력이었다.

그런 의미에서 시장은 바로 사람냄새가 나는 곳이었다. 생동감이 일어서 좋았고, 물건을 흥정하기 위해 떠드는 소리가 그렇게 정겹게 들릴 수가 없었다. 산 속에 들어간지 불과 3개월밖에 안됐지만 그는 지금 사람냄새를 한껏 들이키고 있었다.

그는 부러운 눈으로 사람들을 바라보면서 아내에게도 이런 모습을 보여주고 싶다는 생각이 들었다. 하지만 그것은 복 많은 사람들이나 누릴 수 있는 특권이라 생각했던지 리어카 가게로 향했고, 그곳에 이르러서는 또 무슨 생각이 들었는지 갑자기 정육점으로 방향을 바꿨다.

그가 정육점에서 쇠고기와 돼지고기를 다섯 근씩이나 주문하자 주인이 다소 이상한 눈초리였다. 하지만 그는 다시 쌀가게로 가 쌀을 닷 되 산 다음 상추와 쑥갓, 파, 마늘 등의 채소류와 고추장, 간장, 된장, 고춧가루 등의 생필품들을 조금씩 샀다. 그나마 알아보는 사람이 없어 다행이었다.

진수는 일단 그것을 토굴로 가지고 와 아내와 함께 든든하게 배를 채웠다. 실로 오랜만에 맛보는 고기라서 그런지 무척 맛이 있었고, 아내도 고기냄새를 맡자 무섭게 덤벼들었다.

그렇게 지내기를 사흘째 되던 날, 진수는 마음을 독하게 먹고 아내를 불렀다. 소꼬리를 죽이지 않고서는 잠이 안 왔기 때문에 오늘 떠나기로 결심한 것이다.

"내가 시장에 나갔을 때 모두 나를 알아보지 못했소 그래서 하는 얘긴데……."

차마 얘기를 꺼내지 못하고 말꼬리를 흐리자 아내의 눈이 심각한 모습으로 변했다. 그러나 어차피 겪어야 할 일이었기에 그는 서슴지 않고 입을 열었다.

"이제 소꼬리를 만나러 가야겠소"

"뭐라고요?"

아내가 깜짝 놀라고 있었다. 소꼬리를 만나러 간다는 것은 곧 죽음을 뜻하기 때문이었다.

"소꼬리를 죽이러 간다는 얘기요"

"그를 죽이기 전에 당신이 먼저 죽어요. 그러니 제발……."

"그럴 순 없소. 내가 얼마나 이를 갈아 왔는지 당신도 알 것이오. 내가 그놈을 꼭 죽여서 부모님의 원수도 갚고 국가적인 손실도 막을 거요."

"여보! 흑흑!"

끝내 울음을 터뜨리는 아내를 바라보면서 진수는 무슨 생각이 들었던지 아내를 꼭 끌어안았다. 하지만 그의 눈시울도 촉촉이 젖어 있었다.

"영옥이! 정말 면목이 없소. 하지만 이것이 우리의 운명이니 난들 어쩌겠소. 나한테 시집와서 호강 한번 시켜주지도 못하고……. 흑!"

"울지 마세요. 난 당신과 함께 있는 동안 정말 행복했어요. 그리고 모든 것을 잊고 아이들과 함께 행복하게 살고 싶었어요. 그런데……. 흑!"

영옥은 말을 잇지 못하고 남편을 바라본다. 정이 듬뿍 담긴 눈빛이다. 하지만 그 내면에는 제발 이대로 살자는 표정도 들어 있다. 그것을 남편이 모를 리 없건만 계속 딴 얘기만 늘어놓고 있다.

"내가 떠나면 당신도 여기를 떠나시오. 내 생각에는 절이 제일 좋을 것 같소. 그렇다고 꼭 비구니가 되라는 것은 아니오. 다만 일을 해주니까 굶지는 않을 것이고, 산 속에서 지내니까 잡힐 염려도 없을 것 같아 해본 말이오."

"그럼, 당신은?"

"난 어차피 죽을 사람이오. 그러니 내게 더 이상의 미련도 갖지 마시고, 아마 지금쯤 아이들의 성과 이름도 강철(姜鐵)과 강혁(姜爀)으로 바뀌었을 것이오. 아이들을 살리기 위해서는 그 방법밖에 없었소."

"당신, 정말 무서운 사람이네요."

"아이들을 살리기 위해서 어쩔 수 없었소. 그러니 당신도 빨리 아이들을 잊어버리시오. 만약 당신이 내 말을 어기고 아이들을 찾아간다면 틀림없이 그 애들은 죽을 것이오. 이 점 꼭 명심하시오. 그럼……!"

"여보! 당신이 정말 날 버리고……. 흑흑!"

다리를 붙들고 흐느끼는 아내를 바라보면서 진수의 눈에서도 뜨거운 눈물이 흘러내린다. 이것이 영원한 이별이 될 수도 있기 때문이다. 그러나 잠시 후, 진수는 끝내 제 갈 길을 향해서 발길을 돌렸고 아내의 울부짖는 소리가 정적을 깨면서 그의 가슴을 찢어 놓고 있었다.

"여보! 정우 아버지~!"

"여보! 지우 아버지~! 흑흑!"

"제발 돌아오세요! 흑흑~!"

진수는 지금 리무진(Limousine)으로 닷지(Dadge) 차를 뒤쫓고 있었다. 소꼬리가 타고 있는 닷지는 59년형으로 미국에서 수입한 것이었고, 검정색 5단 수동변속형으로서 리무진보다도 1미터 정도는 더 길었다. 특히 뒤 트렁크의 양쪽날개가 위로 치켜 올라가 있고 차체가 땅에 붙을 정도여서 안정감이 있고 멋이 있었다. 다만 연료가 많이 들어가는 것이 흠이었으나 그 뒤를 따라가는 차도 56년형 올즈모빌(Oldsmobile) 자동차로서 고급 승용차였다.

진수는 그 동안 시주걸립(施主乞粒)을 하는 척하면서 어렵게 그의 집을 알아냈다. 그리고 그가 남산 밑으로 출퇴근하는 것을 수시로 지켜보면서 계획을 세워 나갔다.

하지만 그곳은 출입구부터 어찌나 경비가 심한지 들어갈 수조차 없었고, 정릉에 있는 관사 역시 마찬가지여서 들어가는 것은 아예 불가능했다. 이 때문에 그는 당초 세웠던 계획을 불가피 수정, 자동차로 납치하기로 하고 운전부터 익혔다.

물론 운전학원에서 가명을 사용하고 변장을 해서 배웠으나 면허시험을 보는 행위 따위는 결코 하지 않았다. 그러나 누구보다 운동신경이 강했기 때문에 세 달이 지나자 어느 정도 자신감이 생기면서 운전이 가능했다.

그는 자유자재로 운전할 수 있게 되자 우선 차부터 훔쳤다. 기동력이 있어야 다음 단계로 들어갈 수 있기 때문이었다. 그래서 훔친 차가 바로 리무진이었고, 이 차는 현재 도난차량으로 수배 중이었다.

진수는 지금 노인으로 변장을 하고 있었다. 미리 준비해둔 잿빛 가발을 쓰고 콧수염과 턱수염을 붙였기 때문에 점잖은 노신사로 보였고, 얼마나 정교하게 붙였는지 소꼬리가 보았다고 해도 속아넘어갈 판이었다.

소꼬리가 탄 차는 시내를 벗어나 양평 쪽으로 가고 있었다. 아마 오늘이 토요일이라 놀러 가는 모양이었다.

양평 쪽으로 들어서자 북한강 줄기가 보이면서 벼랑이 나타나고 있었다. 진수는 이쯤에서 끝내야 하겠다고 생각하면서 앞차를 앞지르기 시작했다. 그리고 앞지르는 순간 브레이크를 힘껏 밟았다. 그러자,

"쿵!" 하는 둔탁한 소리와 함께 충격이 왔고, 이어서 차에서 내린 소꼬리의 부하들이 욕설을 퍼부어 댔다.

"야, 이 개새끼야! 운전 똑바로 못해!"

"허허! 미안합니다. 운전이 좀 서툴러서……."

"아니, 이 개새끼 이거 노털 아냐?"

"노털이라니오? 무슨 말씀을 그리 험악하게……. 윽!"

갑자기 날아온 주먹에 진수는 일격을 당했다. 하지만 놈들은 아무 죄책감도 없이 계속 욕을 퍼부어 댔다.

"야, 이 개새끼야. 면허증 좀 내놔봐!"

"깜빡 잊고 안 가지고 왔는데요"

"뭐라고? 이런 상놈의 새끼가 있나. 그럼, 이름은?"

"미안하게도 나는 이름이 없네."

"뭐라고? 이런 씨팔놈이 있나. 너, 죽고 싶어?"

"이런 후레자식 같으니라고"

"뭐라고?"

서로가 멱살을 잡고 시비가 붙자 차 문이 열리면서 건장한 사내들이 우르르 몰려 나왔고, 그 중에는 소꼬리도 끼어 있었다. 진수는 이때를 기다린 것이다. 몇 놈을 해치운다고 해도 차안에 있던 놈이 권총을 빼 든다면 낭패였기 때문이다.

진수는 놈들이 다 나왔다고 판단하자 그대로 솜씨를 발휘했다. 발로 턱주가리를 걷어차는가 싶더니 마치 권투선수처럼 주먹이 춤을 추고 있었다. 그의 무

예솜씨에 놀란 사내들이 권총을 빼들거나 도망칠 사이도 없이 쭉쭉 뻗어나갔다. 전광석화와 같은 솜씨였다.

결국 소꼬리까지 여덟 명이었으나 순식간에 일곱 놈을 해치웠고, 소꼬리가 권총을 빼드는 순간 잽싸게 표창을 날렸다. 표창은 정확하게 날아가서 그의 손목에 꽂혔다.

권총이 땅바닥에 떨어지는 것과 동시에 소꼬리가 손목을 움켜쥐고 고통을 호소했다. 표창이 손목에 깊숙이 박혔기 때문에 그곳에선 계속 피가 흘렀다. 진수는 서서히 다가가 권총을 집어들고 더 이상 피가 흐르지 않도록 그의 손목을 묶었다. 그리고 나머지 끈으로 손목과 발목을 묶은 다음 올즈모빌 자동차의 트렁크에다 그를 처넣다. 그 끈은 이 날을 대비해서 미리 준비해둔 것이었다.

진수는 나머지 놈들을 모두 차에다 실었다. 그리고 한 놈씩 차에다 머리를 처박아 대갈통이 터져서 죽은 것처럼 만들었고, 운전석에 있는 놈들만 앞면 유리에다 처박았다. 순간적으로 일어난 일이었기에 다행히 본 사람은 없었다.

이윽고 그는 차의 기어를 풀고 그대로 벼랑 아래로 밀었다. 차는 몇 번이나 바위에 부딪치면서 둔탁한 소리를 내더니 곧 박살이 나면서 강물 속으로 처박혔다.

진수는 콧노래를 부르면서 올즈모빌 자동차에 올라탔다. 그리고 시동을 건 다음 서서히 액셀을 밟았다. 이제 아버지와 어머니가 묻힌 구례로 가 소꼬리를 죽인 다음 무덤에다 피를 뿌리고 간을 꺼내 그것을 제물로 제사를 지내면 그만이었다. 무덤의 위치는 그때 강주석이 편지로 알려주었기 때문에 쉽게 찾을 수 있을 것 같았다. 그리고 이 일만 끝나면 다시 아내와 합치고 아들도 찾아 산속에서 화전이나 일구면서 편안히 살 생각이었다. 만약 자신이 검거되어 사형을 받는다고 해도 아내와 자식들은 편안히 살 수 있기 때문이었다.

진수는 계속 콧노래를 흥얼거리다 말고 라디오를 틀었다. 라디오에서는 오락 시간이었는지 흘러간 대중가요가 소개되고 있었다.

"이어서 들으실 노래는 1928년에 만들어진 전수린(全壽麟) 작곡에 왕평(王平) 작사로 그 해 가을 단성사에서 가수 이애리수(李愛利秀)가 불러서 크게 히트시켰던, 그로 인해서 조선총독부가 금지시켰던 '황성옛터'란 노래가 되겠습니다. 이 곡은 당시 이들이 있던 순회극단 연극사(硏劇舍)가 개성공연을 하고 있을 때 작곡된 것으로 폐허가 된 고려의 옛 궁터 만월대(滿月臺)를 찾아 받은 쓸쓸한 감회를 그린 노래입니다. 자, 그러면 노래를 들어보겠습니다."

"황성 옛터에 밤이 되니 월색만 고요해 폐허에 스른 회포를 말하여 주노나아 가엾다 이 내 몸은 그 무엇 찾으려고 끝없는 꿈의 거리를 헤매어 있노라."

"성은 허물어져 빈터인데 방초만 푸르러 세상이 허무한 것을 말하여 주노라아 외로운 저 나그네 홀로서 잠 못 이루어 구슬픈 벌레소리에 말없이 눈물져요"

구성진 노래 가락이 끝나자 앞에 검문소가 나타나고 있었다. 그런데 예감이 이상했다. 평소에는 없던 바리케이드가 쳐져 있었고 경찰들이 총을 들고 검문을 하는 것이었다. 아마 간첩이라도 나타난 모양이었다. 진수는 그렇게 생각하면서 검문소에 들어섰지만 그건 큰 오산이었다. 대뜸 경찰이 운전석으로 오더니 거수경례를 붙인 다음,

"면허증 좀 봅시다."라고 말하는 것이었다. 진수는 뜨끔했으나 애써 태연한 척하면서 화부터 벌컥 냈다.

"이 차가 어떤 찬지 자넨 모르나?"

"죄송합니다만 어떤 찹니까?"

"중앙정보부 소속이다. 이 개자식아! 어서 바리케이드 치워!"

"물론 그렇겠지요. 하지만 잠시 내려주시지요."

"너희들, 정말? 물맛을……? 윽!"

"빨리 내려! 그렇지 않으면 머리통에다 구멍을 내버리겠다."

경찰들이 총구를 겨누는 가운데 한 순경이 운전석 문짝을 열더니 진수의 머리통을 개머리판으로 내려쳤다. 곧 끈적끈적한 피가 흘렀으나 이들에겐 그런 것은 안중에도 없었다.

진수는 뭔가 잘못돼 가고 있다는 것을 느꼈다. 그래서 여차하면 표창을 날리려고 기회를 엿보았으나 그게 그리 쉬운 일만은 아니었다. 경찰들이 총구를 겨눈 채 에워싸면서 그를 강제로 끌어내 곧바로 수갑을 채웠기 때문이다.

이윽고 소꼬리가 트렁크에서 나오더니 손가락으로 무언가를 빙글빙글 돌렸다. 진수가 바라보니 그것은 바로 무전기였다. 실수 중에서도 큰 실수를 했던 것이다. 진수는 다리에 힘이 풀리면서 이제는 자신이 죽을 차례라는 생각이 들었다. 그리고 방금 들었던 '황성옛터'란 노래가 정말 재수 없는 노래라고 생각했다.

소꼬리가 묶였던 끈이 다 풀리자 진수를 바라보면서 묘한 웃음을 지었다. 진수는 그것을 외면하고자 고개를 돌렸으나 갑자기 날카로운 목소리가 허공을 갈랐다.

"이 놈을 발에도 수갑을 채워서 트렁크에다 실어!"

"옛!"

명령이 떨어지기가 무섭게 진수는 발에도 수갑이 채워져 트렁크에 실렸다. 하지만 워낙 덩치가 컸기 때문에 트렁크가 너무 좁아 움직일 수조차 없었다.

입장이 뒤바뀌자 이번에는 소꼬리가 운전대를 잡았다. 그리고 무엇이 그리도 좋은지 콧노래를 부르면서 힘차게 액셀레이터를 밟았다.

서울로 돌아온 소꼬리는 우선 손목부터 치료했다. 그 놈의 표창이 얼마나 깊이 박혀있었던지 고통 때문에 진통제까지 먹어야 했다. 그는 이를 갈면서 지하실로 내려가 진수를 직접 취조하기 시작했다.

"지금, 기분이 어떤가?"

"당신, 우리 집안하고 무슨 철천지원수가 졌다고 나까지 죽이려는거야?"

"너희 집안 씨앗을 말려야 내가 속이 편하거든."

"이유가 단지 그것 뿐이야? 우리 아버지가 너를 살려줬는데도 네 놈은……."

"그렇지. 바로 그것 때문이지. 그게 세상에 알려지면 내가 출세를 못 하거든."

"개자식! 에이, 더럽다 퉤!"

"허허! 그 아비에 그 아들이군."

진수가 소꼬리의 얼굴에다 침을 탁 뱉자 그가 씩 웃으면서 침을 닦는다. 승자로서의 여유를 보이는 것 같다.

"내가 두 가지만 물어보자. 그것만 성실하게 대답하면 살려줄 수도 있다. 첫 번째는 네 주민등록에 동거인으로 올라 있는 '박진호와 박정호'라는 애들은 어떤 사이이고, 또 네 마누라는 지금 어디에 있는 가다."

"박진호와 박정호는 누가 우리 집에다 버리고 간 애들일 뿐이오. 물론 말못할 사정을 편지로 밝혔는데 안 좋은 얘기이기 때문에 그 내용은 생략하겠소"

"그래도 밝혀라. 그렇지 않으면 내가 너를 의심할 수밖에 없다."

진수는 계속 침묵하다 어쩔 수 없이 밝히는 것처럼 입을 열었다. 그래야 애들이 무사할 것 같았다.

"원주에 있는 어느 가정에서 남매가 불장난을 하다 덜컥 임신을 하였소. 아직 어린 나이라 오빠와 여동생은 겁이 덜컥 났고, 날이 갈수록 배가 불러오자 어쩔 수 없이 도망을 쳤소. 그래서 낳은 쌍둥이가 바로 개들인데 그 애들은 얼마 전에 다 죽었소. 이미 사망신고도 끝났으니 나하고는 아무 상관도 없는 일이요."

"음. 그랬었군. 그런데 자네 마누라는 지금 어디 있나?"

"그건 정말 나도 모르겠소. 헤어진지가 이미 3개월도 넘었기 때문이오"

"과연 그럴까?"

처음과는 달리 믿지 않는 눈치였다. 아이들 일은 그가 일부러 소문을 내놨기 때문에 많은 사람들이 알고 있었고, 소문이라는 것이 워낙 사실 같아 사람들은 그것을 진짜로 믿었다. 진수가 원주시내 다방을 돌아다니면서 사실처럼 퍼뜨렸기 때문이다. 하지만 아내 소식은 정말 몰랐고 이렇게 된 이상 알 필요도 없었다.

소꼬리는 그럴 수도 있겠다 싶어 지하실 밖으로 나왔다. 그리고 원주분실에다 직접 전화를 걸어 사실여부를 확인했다. 하지만 진수가 얼마나 잘 퍼뜨려 놓았던지 그것은 사실로 확인되었고, 의사를 매수해서 사망신고까지 해놓았기 때문에 아무 문제도 없었다.

다음 날 소꼬리는 부하들을 시켜 시체 하나를 구했다. 물론 대학병원에서 구한 것이지만 그것은 곧 의대생들이 실습용으로 쓸 행려 병사자(行旅病死者)였다.

소꼬리는 그것을 한적한 도로에다 놓고 차로 친 다음 교통사고로 위장시켰다. 그리고 신고하자 경찰들과 기자들이 쏜살같이 몰려들었다. 사망자를 천진수로 위장했기 때문이다.

시체를 다시 영안실로 옮긴 후 라디오를 틀자 긴급뉴스로 나오고 있었다. 이제 진수의 아내를 잡는 것도 시간문제였다. 소꼬리는 수사관들을 잠복시킨 다음 사무실로 돌아와 방송국과 신문사에 직접 전화를 걸었다. 다른 사건보다 더 크게 다뤄 줄 것을 부탁하기 위해서였다.

그의 전화는 역시 효과가 있었다. TV와 라디오 등에서도 계속 다뤘고, 다음 날 신문에도 대문짝 만하게 나온 것이다. 소꼬리는 그것을 보고 흐뭇한 미소를 짓고 있었다.

한편, 진수의 아내 이영옥은 남편과 이별한 후 어느 식당에서 일을 하고 있었다. 처음에는 남편이 시키는 대로 절로 들어가려 했으나 아무래도 남편의 뒷일이 궁금해서 이곳에 온 것이었다. 물론 남편의 폭력 때문에 가출했다고 거짓말을 했지만 너무 예쁜데다 일을 잘 했기 때문에 그런 것은 전혀 문제가 되지 않았다. 오히려 그녀의 미모에 홀린 손님들이 너무 많이 찾아와 장사가 더 잘되고 있었다. 아무튼 지금은 그녀가 그만둘까봐 주인이 더 걱정할 판이었다.

그런데 하필이면 그녀가 TV를 본 것이다. 식당 안에 설치된 TV에서 천진수가 잡혔다는 뉴스가 흘러나오자 손님들이 입방아를 찧었고, 그것을 듣는 순간 자신도 모르게 눈이 돌아갔던 것이다.

그녀는 놀란 가슴을 진정시키지 못하고 갑자기 손과 다리가 풀리면서 휘청거렸다. 쟁반이 떨어지고 그릇이 깨지면서 음식들이 바닥에 널브러졌다. 깜짝 놀란 주인이 황급히 다가왔지만 그녀는 곧 바닥으로 쓰러지면서 정신을 잃었다.

다음 날. 병원에서 깨어난 그녀는 남편의 시신이 안치되어 있다는 병원으로 향했다. 자신이 직접 확인하지 않고는 결코 믿을 수가 없었다.

그녀는 우선 영안실로가 직원에게 은밀히 돈 봉투를 건네주면서 시체를 보자고 했다. 하지만 그는 일언지하에 거절하면서 시체실로 안내하였고, 그녀가 직접 시체를 확인하였으나 천만다행으로 남편의 시체는 아니었다. 그때 이 모습을 쭉 지켜보는 사람이 있었으니 그들이 바로 소꼬리가 잠복시킨 수사관들이었다.

그녀가 잡혀오자 쾌재를 부른 것은 소꼬리였다. 마치 앓던 이가 빠진 것처럼 시원했고, 이제는 더 이상의 걸림돌도 없다고 생각하자 날아갈 것만 같았다.

소꼬리는 매스컴의 위력을 새삼 느끼면서 진수의 아내를 데려 오도록 지시했다. 자신이 직접 처리해야 비밀이 유지되고 새로운 사실도 나올 수 있다고 생각한 것이다.

잠시 후 그녀가 들어오자 소꼬리는 깜짝 놀랐다. 아직 촌티는 못 벗었지만 이제 스물 너 다섯 정도인 그녀가 의외로 젊고 아름다웠기 때문이다.

소꼬리는 즉시 직원을 내보내고 입맛부터 다셨다. 예쁜 여자만 보면 꼭 나오는 버릇이었다. 그런 것을 직원들이 모를 리 없었지만 잘 나가는 실세에다 상관인 탓에 모른 척하고 있을 뿐이었다.

당초 계획은 그녀가 잡히는 대로 둘 다 죽여서 자신의 쿠린 뒤를 감출 생각이었다. 그것도 우연한 교통사고로 위장해서 합리화시킬 계획이었다.

하지만 그녀를 대하는 순간 너무 아깝다는 생각이 들었다. 보면 볼수록 귀여웠고 아무리 바라보아도 싫증나지 않는 얼굴이었다. 늘씬한 키에 오똑 솟은 콧날, 맑은 호수처럼 시원스럽게 생긴 눈, 애처로울 정도로 연약한 입술, 군살이라고는 전혀 없는 개미 같은 허리, 허리 아래에 착 달라붙은 아담한 힙, 비록 결혼은 했지만 아담하게 자리잡은 유방 등이 그의 성욕을 자극하고 있었다.

그의 집무실을 중심으로 해서 앞과 뒤에는 비서실과 침실이 별도로 붙어 있었다. 비서실이야 어느 기관이나 마찬가지이겠지만 침실은 그가 특별히 꾸민 것이었다. 원래 음탕한 것을 좋아하는 습성이 있었기에 가끔 이곳에서 정사를 벌렸고, 특히 완전 방음시설이 되어 있어 밖에서는 전혀 들리지 않는 곳이었다.

소꼬리가 자꾸 이상한 눈으로 대하자 영옥은 잔뜩 경계하는 눈치였다. 그렇지만 소꼬리가 그냥 넘어갈 리가 없었다. 비서실에다 잠시 전화를 연결하지 말라고 이르더니 대뜸 그녀의 손목을 잡아끌었다.

갑작스런 행동에 깜짝 놀란 그녀가 반항했지만 보통 힘이 아니었다. 조그만 체구에서 어찌 그런 힘이 나올까 싶었다. 하지만 그녀는 수갑을 차고 있었기 때문에 쉽게 끌려갈 수밖에 없었다.

그녀가 끌려간 곳은 옆방이었다. 마치 안방처럼 침대와 욕실이 붙어 있었고 TV와 비디오, 전축, 옷장, 서재 등이 잘 꾸며져 있었다. 그것을 보고 영옥은 권력이란 참 편리하고도 무섭다는 생각이 들었다.

소꼬리는 그녀를 침대에다 내 던졌다. 스프링이 작용하면서 그녀의 몸이 펄쩍 튀어 오르다 가라앉았다. 그녀의 입에서 대뜸 욕이 쏟아져 나왔다.

"왜, 왜 이러는 거야? 이 나쁜 놈아!"

"허허! 인간이란 어차피 갈보 기질과 카사노바 기질이 있는 거라네. 그것을 단지 너를 대상으로 실험해 보고 싶을 뿐이야. 그러니 개소리 말고 좀 얌전히 있어."

"야, 이 더러운 새끼야! 네가 이러고도 무사할 것 같으냐? 이 나쁜 놈의 새끼야!"

"허허! 내일이면 뒈질 년이 꽤나 말이 많군."

"뭐라고?"

"이런 씨팔년!"

"악! 이거 못 놔?"

영옥이 악을 쓰거나말거나 소꼬리는 옷부터 벗겼다. 그녀는 지금 청바지에다 티셔츠를 걸치고 있었다. 식당에서 일을 하다보니 그것이 편했던 것이다.

소꼬리는 수치심을 없애기 위해 아랫도리부터 벗겼다. 영란은 계속 악을 써대면서 몸을 비틀었지만 불가항력이었다. 이윽고 청바지가 벗겨지고 팬티가 제거되자 곧 다리 사이로 시꺼먼 음모가 드러나고 있었다.

그것을 본 소꼬리는 매우 흡족해하면서 티셔츠와 브레지어도 벗기고 자신도 옷을 벗었다. 그의 몽둥이는 이미 흥분해서 작대기로 변해 있었다. 소꼬리는 가위를 꺼내 티셔츠의 팔뚝 부분을 오려내고 그녀의 손을 빼냈다.

이제 두 남녀는 완전히 벌거벗은 상태였다. 그런 와중에도 영옥은 계속 욕을 퍼부어 댔지만 소꼬리는 끄떡도 하지 않았다. 앞으로 벌어질 일에 대해 대단히 만족스런 표정이었다.

소꼬리는 그녀를 끌고 욕탕으로 들어갔다. 그리고 온몸에 비누칠을 한 다음 정성껏 닦기 시작했다. 부드러운 감촉이 온몸에 퍼지면서 몽둥이는 더욱 빳빳해지고 있었다. 그런 반면 영옥은 울고 있었다. 남편의 말이 사실로 나타났기 때문이다.

영옥을 다 씻긴 그는 자신도 비누칠을 한 다음 물을 뿌렸다. 그리고 타월로 몸을 닦은 후 영옥을 끌고 침대로 돌아왔다. 소꼬리는 그녀를 눕힌 다음 정성껏 애무를 시작했다. 워낙 프로이다 보니 솜씨가 아주 다재다능하고도 능수능란했다. 곧 영옥을 엎어놓고 머리끝에서부터 발끝까지 부드럽게 쓰다듬었다. 그러면서 손가락 끝으로 곳곳을 지긋이 누르고 부드럽게 쓰다듬었다. 마치 안마사와도 같고 지압사와도 같았다. 그의 손놀림에 영옥은 몸을 이리저리 뒤틀었다. 생각과는 달리 몸이 말을 안 들었던 것이다.

소꼬리가 이번에는 영옥을 바로 눕히자 동그란 유방과 시커먼 음모가 적나라하게 드러났다. 그것을 본 그가 음흉스런 미소를 짓더니 눈이 시뻘겋게 충혈되면서 새로운 연주를 시작했다. 전자오르간을 치듯이 입술과 혀로 여자의 몸을 서서히 핥아나갔다. 귓바퀴를 핥고 목을 핥던 혀가 서서히 아래로 내려가면서 음부와 허벅지에 이르자, 영옥은 욕설을 퍼부으면서도 가스레인지 위에 올려진 오징어처럼 몸을 비비틀고 꼬이고 오그라들기를 반복했다.

그녀는 벌건 대낮에 이런 꼴을 당해보기는 처음이었다. 한마디로 그가 인간도 아니라는 생각이 들었다. 마치 짐승처럼 보였다. 그의 손과 입이 자신의 몸을 더듬을 때마다 마치 뱀이 기어가는 듯한 느낌이었다. 그런데도 그는 최선을 다해 애무하고 있었다. 그렇게 하기를 10여 분, 그가 도저히 못 참겠던지 드디어 몽둥이를 질 속에다 밀어 넣었다. 그것도 강간하듯이 무자비하게 콱 쑤셔 넣었다. 이에 그녀가 기겁을 하면서,

"윽! 안돼! 안돼! 이 개새끼야! 흑흑!"라고 울부짖으면서 소리쳤지만 그것은 단지 메아리에 불과할 뿐이었다.

소꼬리는 이제 그녀의 배를 타고 선장이 되어 긴 항해를 하고 있었다. 오아시

스가 있는 곳을 찾아 힘차게 달려가는 사막의 보헤미안이었다. 다만 그를 태우고 있는 뱃머리에서 계속 눈물이 쏟아져 나왔지만, 그것은 고통의 눈물이 아니라 환희의 눈물일 것이라고 생각했다.

소꼬리는 계속 하체에 힘을 가하면서 자신은 꽤나 복이 많은 남자라고 생각했다. 그 시어머니에다 며느리까지 맛을 보는 사람이 그리 흔치 않았기 때문이다.

소꼬리가 갑자기 펌프질을 멈추더니 이번에는 젖을 빨았다. 그녀의 젖은 풍만하면서도 탄력이 있었고, 젖꼭지가 위를 향해 있어 좀처럼 보기 드문 작품이었다. 그 동안 수많은 여자와 관계를 가졌어도 이런 젖을 가진 여자는 처음이었다.

그런데 드디어 보헤미안이 오아시스를 찾은 모양이었다. 머리가 몽롱해지면서 하체의 혈관이 터질 듯이 부푸는가 싶더니 뜨거운 물기둥이 그녀의 질 속에서 폭발하고 있었다. 그 순간, 소꼬리는 그녀를 죽일 듯이 끌어안으면서 입술을 덮쳐 눌렀다. 하지만 그의 몸은 이미 땀으로 범벅이 되어 있었고 그녀도 울다 지쳤는지 두 눈을 꼭 감고 있었다.

비록 일방적인 게임이었으나 한 차례의 허리케인이 휩쓸고 지나가자 소꼬리는 대단히 만족스런 표정이었다. 하지만 영옥이 분하고 더럽고 창피해서 눈을 꼭 감고 있자, 그녀 또한 만족한 것으로 착각한 모양이었다. 그래서 자신도 모르게 헛소리가 나왔다.

"시에미보다 훨씬 낫군."

"뭐라고? 그럼, 시어머니까지도……? 에잇 개 같은 자식아! 퉤퉤! 퉤!"

영옥이 침을 뱉으면서 욕을 하는데도 그는,

"어허! 흥분할 것 없네. 내일이면 죽을 년이 뭐가 그렇게 잘났다고? 흥! 그래도 네게 신세를 졌으니까 남편이나 만나게 해주지."라고 말하면서 손바닥으로 침을 닦았다. 하지만 영옥은 그럴수록 길길이 뛰었다.

"이런 몸으로 뭘 만나? 어서 죽여! 이, 개 같은 놈아! 흑흑!"

"어허! 그래도 내가 보답은 해야 예의가 아니겠나?"

소꼬리가 계속 느물거리자 영옥은 악이 받쳤다. 예전에 남편에게서 들었던 얘기를 꺼내면서 물불을 가리지 않고 덤벼든다.

"너 같은 놈도 교회 장로라고 들었다."

"그래서?"

소꼬리는 별 미친년이 별 미친 말을 한다고 생각하는지 젓꼭지를 만지작거리면서 되 받아친다. 그래도 육체는 아까운 모양이었다.

"너 같이 나쁜 놈이 장로라는 것이 한심할 뿐이다."

"이런 쌍년, 내가 가고 싶어서 가고, 돈은 또 썩어 문드러져서 내는 줄 알아? 정치를 하다 보니 표는 얻어야하겠고, 그러다 보니 헌금도 하고 불우이웃도 돕는 거다. 물론 돈이야 다 나랏돈을 도둑질 한 것이지만……."

"솔직해서 좋군. 그러니까 너 같은 놈들 때문에 종교가 욕을 먹는 거다. 예수나 부처는 가슴속에 있어야 사랑과 자비가 싹 트지, 너 같이 썩은 정치인들처럼 주둥아리와 똥구멍에 붙어 있으면 수많은 사람들이 피해를 입게 된다는 얘기다. 이 더러운 놈아."

"내일이면 뒈질 년이 별 개 같은 소리를 다 하는군. 에잇, 씨발년!"

"으악!"

소꼬리가 성질을 벌컥 내면서 젓꼭지를 비틀자 영옥의 입에서 외마디 비명이 터져 나왔다. 얼마나 세게 비틀었는지 젓꼭지가 금방 까만 색으로 변하고 있었다. 욕심을 채웠으니 이젠 별 볼일이 없다고 생각한 모양이었다.

소꼬리는 즉시 옷을 입고 그녀에게도 옷을 입혔다. 하지만 그녀의 티셔츠가 수갑에 걸려 들어갈 턱이 없었다. 더구나 팔뚝 부분을 가위로 오려냈기 때문에 그것은 정말 이상했다.

결국 이렇게 되자 소꼬리는 자신이 직접 옷가게에 들러 티셔츠를 구해 온 다음 수갑을 풀고 그것을 입혔다. 역시 미인이라서 잘 어울렸지만 그녀의 눈에서는 오직 독기만 흐르고 있었다.

소꼬리는 그녀를 남편이 있는 지하실 방으로 끌고 갔다. 그리고 상처 난 곳이 있으면 치료도 해주고 잘 먹여서 행복하게 지낼 수 있도록 해주라고 부하들에게 지시했다. 그녀의 육체를 탐 한데 대한 보상이자 마지막 인정이었다.

진수는 아내에게 너무 미안했다. 수사관들이 갑자기 친절해지자 죽음이 임박했다는 것을 눈치챘던 것이다. 그는 일주일 동안 아내를 위해 최선을 다 했다. 비록 수갑이 채워져 있을 망정 맛있는 음식만 골라 입에 넣어주기도 하고, 때로는 용서를 빌다가도 정말 사랑한다는 말을 수없이 했다.

그녀도 남편을 사랑하기는 마찬가지였다. 비록 가진 것이 없어도 불만이 없었고, 늘 남편만 옆에 있으면 행복했다. 특히 아이를 낳았을 때 그렇게도 좋아하던 모습은 정말 잊을 수가 없었다. 아무 것이나 가리지 않고 잘 먹는 남편, 늘 말보다 행동이 앞서는 모습에서 행복을 느낄 수 있었기에 그녀는 다시 태어난다고 해도 남편과 함께 살고 싶었다.

그렇게 일주일이 지난 어느 날, 드디어 소꼬리가 지하실 안으로 들어왔다. 그의 손에는 양주와 케이크가 들려 있었고, 그 뒤를 이어서 푸짐한 안주거리가 들어오고 있었다.

소꼬리는 진수 부부를 의자에 앉도록 권한 후 자신이 직접 양주병을 따고 잔을 채웠다. 안주를 들고 왔던 사람들은 모두 나갔기 때문에 지하실엔 이제 세 사람뿐이었다.

"자, 들게! 내가 자네 부부에게 마지막으로 권하는 술일세."

"그럼, 이제 죽이겠다는 얘긴가?"

"허허! 넘겨짚긴. 우선 술이나 들면서 얘기하세."

"죽을 놈이 무슨 술인가. 너나 많이 처먹게."

"이런 개새끼!"

"윽!"

분위기가 갑자기 험악해지고 있었다. 소꼬리가 던진 술잔에 이마를 얻어맞은 남편이 피를 흘리자 그것을 바라보던 영옥의 눈에서는 독이 흘렀다. 하지만 그 순간, 소꼬리가 밖에다 소리치자 건장한 사내들이 우르르 몰려들면서 진수 부부를 잡아먹을 듯이 노려봤다. 공권력에 도전한 것만 해도 죄가 큰데 진수가 자신들의 동료들을 여러 명 죽였다는 사실이 결국 화나게 만들었던 것이다.

이들은 소꼬리가 손짓하자 이미 약속이나 한 듯 강제로 입을 벌리고 그 독한 양주를 조금씩 쏟아 부었다. 단번에 쏟아 부으면 심장마비로 죽을 수도 있기 때문에 안주를 먹여가며 아주 천천히 쑤셔 넣었다. 이 같은 행동에 이들 부부는 치를 떨면서 반항도 해보았으나 그것은 단지 허공 속의 메아리였다.

결국 시간이 흐르면서 이들 부부는 서서히 취해갔고 몸을 가눌 수 없게 되자 소꼬리가 또 다른 지시를 내렸다.

"이 연놈들의 수갑을 벗기고 강변도로로 데려가!"

"옛!"

그들 부부는 곧 수갑이 풀리면서 차로 옮겨졌고 차가 강변도로로 향하자 그 뒤를 소꼬리가 따랐다. 그때 시간이 자정이어서 인적도 뜸했고 지나가는 차들도 별로 없었다.

소꼬리는 부하들을 시켜 진수 부부를 도로 한가운데 눕혔다. 그리고 차를 반대편 도로에 세운 다음 도로 아래 둑 밑에 숨어 지켜보기 시작했다. 통금이 지난 시각이라서 그런지 한참을 기다려도 차는 오지 않았다. 그래도 소꼬리는 계속 기다렸다. 반드시 오늘 처리해야 하기 때문이었다.

이윽고 한 시간 정도가 흘렀을 때 쌍 라이트를 켠 트럭의 모습이 보였다. 트럭은 도로가 한산했기 때문에 무서운 속도로 달려오고 있었다. 그것을 본 소꼬리가 갑자기 능글맞게 웃었다. 세상에는 이렇게 재수 없는 놈도 있었기 때문이다.

모두가 주시하고 있는 가운데 트럭운전사가 이들을 발견하곤 급히 브레이크를 밟았다. 그러나 차가 정지했을 때는 이미 진수부부가 차바퀴에 깔린 상태였고, 그것을 본 트럭운전사가 너무 황당해서 어이가 없었던지,

"이런 씨팔! 술을 처먹었으면 집에 가서 자빠져 잘 일이지 뒈질라고 환장했나? 어? 근데 이거 죽었잖아? 에잇 씨팔 재수 없어!"라고 씨부렁거리더니 좌우 주변을 살폈다. 본 사람이 없으면 즉시 도망칠 모양이었다.

그렇게 해서 진수 부부가 즉사하였으니 이때 진수의 나이가 31세요, 이영옥의 나이는 아직도 못다 핀 25세 꽃 피였다.

도로에 피가 낭자한 가운데 운전기사가 후진을 하더니 잽싸게 도망치고 있었다. 소꼬리는 급히 차량번호를 적은 후 반대편 도로에 세워뒀던 차를 돌려 천천히 집으로 향했다. 그리고 차안에서 교통상황센터에다 무전을 때렸다. 차량넘버를 비롯해서 차 종류와 색깔, 운전기사의 인상착의 등은 물론, 현재 도망가는 위치까지 소상히 밝혔다. 이제 범인이 잡혀 사건이 처리되면 그들의 시신을 대학병원에 기증할 생각이었다. 그렇게 되면 대단원의 막도 내릴 것이라고 생각했는지 그가 호탕하게 웃었고, 차는 강변도로를 벗어나 정릉을 향해 힘차게 달려가고 있었다.

"으,하하하하! 으,히히히히! 천장환 이놈! 으,ㅎㅎㅎㅎ……!"

(제4부 끝)

제5부 불타는 산하

"울릉도 동남쪽 뱃길 따라 이 백 리 외로운 섬 하나 새들의 고향 그 누가 아무리 자기 네 땅이라고 우겨도 독도는 우리 땅!땅!땅!"

진달래가 꽃망울을 터뜨리고 개나리가 만발하자 강혁이 절에서 내려온다. 벌써 이 길을 다닌지도 어느 덧 7년, 이제는 어엿한 중학생이다.

하지만 그는 언제나 장삼에다 바랑을 걸쳤고 산을 내려올 때면 꼭 이 노래를 불렀다. 이 노래만 부르면 마음이 편안해지면서 즐거웠고 남들이 좋은 옷이나 가방을 메고 으스대도 전혀 구김살이 없었다. 그것은 단지 교복 자율화가 빚어낸 부산물이었을 뿐, 세상은 어차피 불공정하다고 생각했기 때문이다.

그러나 친구들은 중놈이 염불은 안 하고 이 노래만 부르는 것이 영 못마땅해서 노골적으로 놀려대고 골려주고 손찌검까지 해가면서 왕따를 만들었다. 오늘도 그를 골려주기 위해 여러 놈이 기다리고 있었다. 그런 줄도 모르고 강혁이 또 노래를 부르면서 교실로 향한다.

"노일전쟁 직후에 임자 없는 섬이라고 억지로 우기면 정말 곤란해 신라장군 이사부 지하에서 웃는다 독도는 우리 땅!땅!땅! 잘 있었냐?"

"오우, 땡중! 우리가 여태껏 시주하려고 기다렸다. 자, 가랑이나 벌려!"

"어? 이렇지 마! 제발! 어어어어?"

아이들이 바랑을 가랑이라고 부르면서 그곳에다 밥과 김치 등을 쏟아 붓자 강혁은 어쩔 줄을 몰라 질겁한다. 그렇다고 그만 둘 장난꾸러기들도 아니다. 이들은 강혁이 화를 낼 때만 기다리면서 계속 그곳에다 밥과 반찬을 쏟아 부었다. 화를 내면 곧 집단 폭력으로 대응하기 위해서다. 하지만 그것을 알고 있는 강혁이 화를 낼 턱이 없다. 곧 포기하고 제 자리에 앉아 부처님 같은 모습을 하고 있다.

교실은 이제 각종 반찬냄새로 가득한 가운데 김민섭이 그를 노려보고 있었다. 김민섭은 곧 일진회의 '짱'이었고 그 지역국회의원의 외아들이었다. 이 때문에 그는 무서운 사람이 없었고 늘 말썽이나 일으키는 문제아였다. 그가 자기 도시락에서 소고기를 꺼내더니 그것을 곧 강혁의 코앞에다 들이댔다.

"스님, 소고깁니다. 좀 드시지요?"

"……."

강혁이 침묵하자 그가 이번에는 노래를 부르면서 주먹질을 시작한다. 노래가 한 소절씩 끝날 때마다 강혁의 머리통은 불이 났고 그런 모습에 아이들은 흥이 나는 모양이다. 교대로 장단을 맞춰가면서 집단폭행을 가하는 등, 그의 비위를 맞추기 위해 더욱 난폭해지고 있었다.

"중 가리 가리가리 중대가리 가리. 헤이, 헤이!"

"윽!"

"신흥사의 중놈들은 소고기만 잘 처먹더라. 으쌰, 으쌰!"

"욱! 으윽!"

"중 가리 가리가리 중대가리 가리. 헤이, 헤이!"

"우윽!"

"신흥사의 중놈들아 뿌식이가 웬 말이냐. 으쌰, 으쌰!"

"윽! 으으!"

"중 가리 가리가리 중대가리 가리. 헤이, 헤이!"

"윽! 욱욱!"

"신흥사의 중놈들아 빠구리가 웬 말이냐. 으쌰, 으쌰!!"

"욱! 으으!"

"중 가리 가리가리 중대가리 가리. 헤이, 헤이!"

"우윽! 으……! 제발, 제발, 그만 해!"

아이들의 주먹이 날아올 때마다 강혁은 두 손으로 머리를 감쌌다. 조금이라도 덜 맞기 위한 무의식적인 행동이었으나 그 모습을 바라보는 짱의 눈은 달랐다. 그가 빌지 않고 고스란히 맞고 있는 것은 자신을 무시하는 처사라고 생각했다. 갑자기 눈에 쌍심지가 켜지면서 그대로 발이 날았다.

"으악!"

"이 돌 중놈의 새끼. 끝까지 안 빌 거야?"

"날 좀 가만 놔둘 수 없겠냐?"

강혁이 옆구리를 문지르면서 짱을 노려봤다. 이대로 당할 수 없다는 뜻이 담겨져 있었다. 갑자기 분위기가 살벌해지면서 교실 안은 냉기가 흐른다. 누구 하나 나서는 사람도 없는 가운데 체면이 구겨진 짱만이 씩씩댈 뿐이다. 전혀 예상치 못했던 사태가 벌어지고 있었기 때문이다.

"뭐야? 이 새끼가?"

"어허! 제발 그만 좀……."

"악! 으악!"

짱이 주먹을 내지르는 순간 강혁이 옆으로 돌면서 그대로 돌려차기를 날렸다. 그의 발은 정확하게 짱의 얼굴을 강타했고 코와 입에서는 곧 시뻘건 피가 흘러나왔다. 순간적으로 벌어진 일이었지만 승부는 그 한방으로 끝이 났다. 안간힘을 쓰면서 일어서려던 짱이 그대로 뻗었기 때문이다.

충격적인 일이었고 전혀 예상치 못한 결과였다. 아이들이 넋을 잃고 있자 강혁이 점잖게 한마디하면서 손을 툭툭 털었다. "너처럼 어리석은 자들은 입 속에서 도끼를 키운다. 그 도끼가 자신의 혀를 자르는 줄도 모르고……. 못난 놈 같으니라구."

하지만 그때 문이 벌컥 열리면서 카랑카랑한 목소리가 터져 나왔다. 담임 선생이 들어오다 이 모습을 본 것이다.

"뭐야? 이게 무슨 짓들이야?"

교실 안은 난장판이었다. 아이들이 잽싸게 자리에 앉았으나 김치냄새와 반찬 냄새가 진동했고 김민섭의 코와 입에서는 계속 피가 흘러나왔다.

강혁은 그 옆에 꿇어앉아 머리를 푹 숙이고 있었다. 죄 값을 달게 받겠다는 무언의 암시였다. 그런 것을 담임이 모를 리 없고 안 봐도 뻔했지만 너무 괘씸했다. 이유야 어찌됐건 친구를 저 지경으로 만들었으면 피를 닦아주는 것이 도리였다. 그런데도 녀석이 방관하고 있는 것을 보면 마치 냉혈동물 같았다. 담임은 그것이 불쾌해서 묻지 않을 수 없었다.

"강혁, 왜 피를 닦아주지 않나?"

"자신도 피를 흘려봐야 남의 아픔도 느낄 수 있기 때문입니다."

"허허! 그런 높은 뜻이 있었구먼. 그렇다면 그게 바로 자비인가?"

"그런 것은 잘 모르지만 저도 참을 만큼 참아왔습니다. 그러나 제 잘못에 대해서는 변명을 한다거나 용서를 빌 생각은 없습니다."

"허! 그것 참, 내가 고집불통 스님을 만났군. 그렇지만 친구를 저 지경으로 만들었으면 미안한 마음도 가져야하지 않을까?"

"……."

"왜, 대답이 없나? 그럼, 잘 했다는 건가?"

"죄 값은 달게 받겠습니다."

"뭐야? 이런 개자식!"

"어이쿠!"

불같이 노한 담임이 사정없이 후려치자 강혁이 옆으로 폭 고꾸라진다. 담임이 이렇게 화를 내는 것도 처음이어서 아이들 모두가 숨을 죽이고 있다. 그때 김민섭이 부스스 일어나더니 강혁을 죽일 듯이 노려본다. 옷은 피로 물들었고 얼굴은 부어서 푸른색을 띄고 있었지만 눈이 세모꼴로 변한 것을 보면 결코 그냥 두지 않겠다는 표정이다.

"너희들 둘 다 따라와!"

담임의 호통에 이들이 끌려간 곳은 양호실이었다. 경황으로 보아 치료부터 하고 제재를 가한 모양이었다. 그러나 대단한 상처는 아니어서 치료는 대충 끝났고, 이들은 또다시 교무실로 끌려가서 선생님의 처분만 기다렸다.

물론 서로가 마주 본 상태에서 손을 들고 꿇어앉아 있었지만 갑자기 선생들의 시선이 쏠리자 강혁은 자존심이 상했다. 녀석이야 워낙 말썽꾸러기이니까 그렇다고 해도 자신은 장삼을 입고 있었기 때문에 더욱 그랬다.

녀석이 잡아먹을 것처럼 노려보고 있었다. 그 속에는 결코 그냥 두지 않겠다는 뜻도 담겨 있는 것 같았다. 하지만 그런 일에 흔들릴 강혁이 아니었다. 단지 멋쩍어서 씩 웃고 있을 뿐이었다.

그때 담임이 출석부로 머리를 한 대씩 쥐어박더니,

"내가 수업을 하고 올 때까지 무엇을 잘못했는지 반성한다. 알았나?"라고 말하면서 교무실을 빠져나갔다.

선생님들이 수업을 하기 위해 우르르 몰려나가자 갑자기 교무실 안은 적막이 흘렀다. 이렇듯 사람은 사람끼리 모여 살아야 생동감이 이는 것 같았다. 갑자기 무료해진 강혁은 녀석을 바라보면서 옛날 일들을 떠올렸다. 바로 오늘과 같은 사건이 2년 전에도 있었기 때문이다.

그날도 아이들이 자신을 놀리면서 집단 구타를 하자 이를 참지 못하고 폭력을 휘두른 것이 화근이었다. 당시 아이들의 이빨이 부러지고 코가 터지고 입이 찢어지자 학부모들이 무더기로 학교에 몰려왔고, 그것이 집단항의로 이어지면서 스님들을 곤혹스럽게 만든 사건이었다.

이 때문에 그는 주지스님에게 불려가 호된 꾸지람을 받아야 했으나 이 사건으로 말미암아 더욱 성숙한 모습으로 변한 것도 사실이었다. 아무튼 그때 스님은 무척 화가 나 있었다.

"너, 왜 그랬느냐? 부처님이 그렇게 하라고 시키던?"

"부처님이 뭐예요?"

"그것은 네 마음속에 있는 착한 마음이라고 몇 번씩이나 가르쳐줘야 알아듣겠느냐? 이놈!"

"아무튼 전, 학교 가기 싫어요. 아이들이 돌중, 땡중, 까까중, 중놈이라고 놀러댄단 말예요”

"어허! 그게 뭐가 어때서? 네 머리가 돌처럼 생겼으니 돌중이요, 머리 속에 들은 것이 없으니 땡중이요, 머리를 깎았으니 까까중일 테고, 중이니까 중놈이라고 하는데 그게 뭐가 어떻단 말이냐?"

"그래도 싫단 말이에요”

"어허, 이놈이 그래도? 그렇다면 너는 부처님도 싫고 학교도 싫으니 뭐가 좋단 말이냐?"

"부처님과 학교는 날 자꾸 귀찮게 만든단 말예요”

"그것은 네 마음속이 썩었기 때문이다. 이놈!"

"그런데 왜 나만 엄마 아빠가 없어요? 그러니까 맨날 이런 꼴만 당하잖아요? 정말 창피하단 말이에요”

강혁은 이때 용기를 내서 처음으로 물었다. 이런 일이 발생한 것도 다 부모가 없기 때문이라고 생각했던 것이다.

사실 핏덩이 때부터 절에서 커온 그는 국민학교에 들어와서야 부모의 사랑이 어떤 것인지를 똑똑히 볼 수 있었다. 입학식을 하던 날 자신만 스님 손에 이끌려 왔지 남들은 다 아빠와 엄마가 함께 왔던 것이다.

이 때문에 그는 풀이 죽었지만 속 시원히 대답해주는 스님은 한 사람도 없었다. 특히 친구들이 자가용을 타고 오거나 엄마 아빠 손을 잡고 응석을 부릴 때면 공연히 심사가 뒤틀리면서 울화통이 터졌다. 그래도 늘 즐거운 척하면서 묵묵히 참아왔는데 결국 이런 일이 터지고만 것이다.

녀석의 당돌한 질문에 스님은 어이가 없는지 껄껄 웃는다. 웃어야 말이 될 것 같았던 모양이다.

"이 녀석아, 너만 부모가 없는 것이 아니라 나도 없고 우리 모두가 없다. 그리고 세상에 태어나고 싶어서 태어난 사람은 아무도 없다. 어차피 인간은 태어날 때부터 창피한 것이고, 창피한 것을 조금이라도 줄여보기 위해 공부도 하고 부처님도 믿는 것이다."

"그래도 나는 부처님이 싫단 말예요. 공부도 싫고요”

"어허, 그래도 이놈이? 너는 지금부터 부처님께 백 배를 올린다. 그러면 네가 보일 것이고, 네가 보이면 남이 보이면서 세상이 보일 것이다. 알겠느냐?"

"으앙! 그건 정말 싫어요. 흑흑!"

"이놈! 하라면 할 일이지 웬 말이 그리도 많으냐?"

"스님, 다시는 안 그럴 게요. 제발 그것만은……."

강혁은 그날 울면서 부처님께 백 배를 드렸다. 말이 백 배 이지 열두 살 어린 나이에 그것은 곧 형벌이나 마찬가지였다.

강철의 장례식장에는 수많은 사람들이 모여들고 있었다. 그가 조국을 빛낸 인물이기도 하지만 고아로서 역경을 이겨내고 세계적인 스타로 발돋움했던 것이 바로 그 이유였다. 물론 언론과 방송 등 매스컴의 역할도 한 몫을 하고 있었지만, 그가 자라온 고아원에서부터 축구계, 로얄그룹 임직원들을 비롯한 하청업체들, 강주석 회장을 아는 관계와 재계 등 수많은 사람들이 주를 이루고 있었다.

그러나 로얄그룹 회장실에선 극비회의가 열리고 있었다. 일명 '날벼락 작전'이라고 명명한 이 작전은 강철 선수를 죽인 소꼬리에 대한 응징문제를 논의하기 위해 극비리에 추진한 회의였다.

이 때문에 건물 안팎은 솔개 부하들에 의해 물샐 틈 없는 경비가 이루어지고 있었고, 특히 로얄그룹에선 이 날을 임시휴일로 정했기 때문에 어느 누구도 출입할 수 없었다. 그만큼 강 회장은 보안을 유지하면서 전화선도 차단하는 등 세심한 면까지 신경 쓰고 있었다.

원래는 솔개가 독단적으로 처리하기 위해 조직을 재정비하면서 계획을 세우고 있었지만, 강주석 회장이 이를 알고 그를 불러들였던 것이다. 솔개가 강철선수를 뒷바라지하고 있다는 것을 알고 있었기 때문에 몇 번인가 만난 적도 있었고, 그 정도라면 믿을 수 있다고 판단했던 것이다.

이곳에는 강주석 회장을 비롯해서 그의 심복들과 천도개발주식회사 회장(두목)인 솔개(최정달), 부회장(부두목)인 쌍칼(진관호), 영업상무(행동대장)인 꼴통(정필)

등이 자리를 함께 하고 있었다.

이윽고 숙연한 분위기가 흐르는 가운데 강 회장이 조용히 입을 열었다. 그것은 곧 강철 집안에 대한 내력과 소꼬리에 대한 과거사를 밝히기 위해서였다.

"강철의 조부인 천장환은 나와 일본육사 동기동창으로서……."

"으, 그럴 수가……?"

"저런, 나쁜 놈."

소꼬리가 천장환의 아내인 민영란을 겁탈하고 그곳에다 강력 접착제까지 뿌렸다는 대목에 이르자 모두가 이를 갈았다. 그러나 강 회장의 과거사는 계속 이어지고 사람들은 숨소리조차 내지 않고 경청한다.

"그후 천장환이 금강전투에서 자신의 부하까지 죽여가며 그를 살려줬으나 소꼬리는 끝내 그의 눈과 혀와 팔목까지 잘라내고 그의 아내까지 죽이는 등……."

"으, 정말 살려둬서는 안될 놈이군."

"진짜 개자식이군. 그런 놈이 요직까지……."

또다시 사람들이 경악하는 가운데 강 회장은 계속 충격적인 말만 쏟아놓는다.

"하지만 소꼬리는 그의 아들인 천진수와 며느리까지 또 죽였고, 그것도 모자라서 손자인 강철까지 죽였으니……. 으, 천장환이 죽기 전에 그 가족들을 부탁했건만 결국 이렇게 되고 말았으니, 내가 죽어서 그를 어떻게 대해야 할지……. 으흑!"

"나쁜 놈. 내가 반드시 죽인다."

"개 같은 놈. 조금만 기다려라. 민족의 반역자가 어찌 그런 고위직까지."

강 회장이 눈물을 보이는 가운데 여기저기서 분노의 말들이 쏟아져 나온다. 그러나 솔개는 침묵하면서도 의아스런 것이 있어 강 회장에게 질문을 던진다.

"그런데 왜 강철이 천씨가 아니고 강씨입니까?"

"어, 그럴 만도 하지. 강철의 아버지인 천진수는 쌍둥이 아들을 낳았다네. 그러나 아들을 살리기 위해선 할 수 없이 성과 이름을 바꿔야만 했다네. 약점을 많이 안고 있는 소꼬리의 추적을 피하기 위해서지."

"그렇다면 또 하나의 강철이……?"

"그럴 수가? 음……!"

새로운 사실에 모두가 의아해하자 강 회장은 그것을 속 시원히 밝혀준다.

"강철의 본명은 천정우이고, 그의 동생 강혁은 천지우라네. 다행히 그의 아비가 내게 편지를 보내서 알게 된 사실이지만 천지우는 지금 강원도 속초에 있는 신흥사에서 수도생활을 하고 있는 것으로 알고 있네."

"그렇다면 강혁을 불러서……?"

"아니지. 그럴 필요가 없이 그냥 콱……!"

서로가 분노를 삼키면서 작전을 짜고 있는 가운데 어느 덧 시계는 자정을 알리고 있었다.

한편, 소꼬리는 강철의 장례식이 요란뻑적지근하게 치러지는 것이 아주 못마땅했다. 특히 강주석이 앞에 나서자 그 주변인물들이 아부하기 위해 모여드는 것을 보고 심사가 뒤틀리면서 배까지 아팠다. 자신의 딸을 죽인 개 같은 놈을 그렇게까지 영웅시한다는 것이 아주 못마땅했던 것이다. 생각 같아서는 강철의 시체를 가루로 만들어 들짐승들의 먹이로 만들고 싶었다.

그렇지만 함부로 나설 수도 없는 일, 조용히 지켜보면서 골프로 소일하고 있던 중이었다.

오늘도 아내와 강철이 문제로 심하게 다투고 나와 기분이 영 안 좋은 상태였다. 딸을 죽인 놈이 너무 성대하게 장례식을 치르는 것을 왜 못 막느냐하는 것이 바로 그 이유였다.

그 과정에서 아들이 끼어 들자 더욱 심한 말다툼으로 이어졌고, 아들이 울면서 학교로 가자 그것이 자꾸 마음에 걸렸다.

실은 그 아들도 죽은 딸과 마찬가지로 계약에 의해서 만들어진 아이였다. 가난하지만 머리는 좋은 여대생과 계약을 맺어 유학 갈 자금까지 준 뒤에 아이를 낳았고, 그 후에는 죽은 정아와 마찬가지로 고아원에 맡긴 것을 아내와 함께 양자로 데려왔던 것이다. 결국 아내만 까맣게 모르고 있었을 뿐, 그 아이는 분명 자신의 핏줄이자 유일한 혈육이었다.

아무튼 이런저런 골치 아픈 일 때문에 골프도 잘 안 되는 판에 누가 급히 자신을 찾는다는 방송이 흘러나왔다.

소꼬리는 성질이 벌컥 났지만 골프를 그만 두고 급히 관리실로 향했다. 다른 때 같았으면 경호원들이 먼저 알아보고 연락을 취해줬지만, 강철이 죽은 뒤에는 모든 것이 끝났다고 생각해서 그들을 해고했던 것이다.

소꼬리를 기다리고 있는 사람은 세 사람이었다. 선그라스를 쓰고 있어 얼굴은 알아볼 수 없었지만 건장하게 생긴 것으로 보아 예사 인물은 아닌 것 같았다.

그들은 소꼬리가 가까이 오자 대뜸 신분증을 내보이면서 사람들이 없는 곳으로 이끌었다. 신분증은 안기부장이 발행한 것으로 관인이 선명하게 찍혀 있었다.

그것을 본 소꼬리는 찔끔했으나 국회 내무위원장인 자신을 함부로 다루지는 못할 것이라고 생각하면서 조용히 그들의 뒤를 따랐다. 예전 같으면 벌써 호통이 터져 나왔겠지만 요즘은 한창 사정바람이 몰아치고 있어 몸조심을 하고 있었고, 특히 대통령의 특별지시로 고위층의 비위사실을 중점적으로 캐고 있어 더욱 그럴 수밖에 없었다.

그는 현재 어마어마한 재산을 보유하고 있었기 때문에 주목받고 있는 상태였다. 하지만 그때마다 요령 것 빠져나갔기에 별 일은 없을 거라고 생각하고 있는데 한 청년이 불쑥 나서더니 수갑을 꺼냈다.

"국회내무위원장인 귀하를 부정축재자로 체포합니다."

"뭐야? 이 놈들이 정신이 있나, 없나? 전임 안기부장을 네놈들 마음대로 체포를 해?"

"이 자식은 말로 해선 안 되겠군."

"이놈들! 욱!"

졸지에 명치를 맞은 소꼬리가 푹 고꾸라지면서 비명을 질렀다. 그와 함께 청년들도 잽싸게 움직였다. 더 이상 소리치지 못하게 수도로 목을 친 다음 수갑을 채웠고, 그가 축 늘어지자 입에다 자갈을 물리고 테이프를 붙였다. 그리고 발목까지 테이프로 감은 다음 흰 천으로 둘둘 말아 시체로 위장했다.

너무 순간적으로 일어났기 때문에 이것을 본 사람은 없었다. 소꼬리의 운전기사는 캐디에게 반해 그녀 뒤만 졸졸 따라다니고 있었고, 다른 사람들도 남의 일에는 전혀 관심조차 없었기에 이런 일이 가능했다. 부를 축적한 사람일수록 개인주의가 팽배해가고 있다는 증거였다.

이들은 소꼬리를 차 트렁크에 싣자마자 곧 출발했다. 차안에는 꼴통과 그의 대원들이 타고 있었고, 트렁크에는 소꼬리뿐만 아니라 이철중이도 실려 있었다. 이철중이는 고문에 못 이겨 강철이를 밀고했던 꼴통의 부하였다.

차는 전속력으로 질주해서 로얄그룹 헬기장으로 달려갔다. 헬기로 천장환이 묻혀 있는 구례까지 이동하기 위해서였다. 작전본부에는 이미 전화연락을 해 놓았기 때문에 강 회장을 비롯한 솔개와 강혁 등 여러 사람들이 기다리고 있었다.

강혁은 부두목인 진관호가 직접 신흥사로 찾아가서 과거사를 다 밝히고 참여하기를 권했으나 그는 목탁을 두드리고 불경만 읊어댈 뿐 전혀 동요하지 않았다. 그래서 결국은 설득을 포기하고 반 강제로 납치하다시피 해서 함께 왔던 것이다.

이윽고 꼴통이 도착하자 이들은 즉시 헬기에 올라 구례로 향했다. 솔개의 부하 중 일부는 이미 그곳에서 기다리고 있었지만, 헬기에는 이철중과 소꼬리를 비롯한 그 아내와 아들, 그리고 강철의 시신도 포함되어 있었다. 소꼬리의 아내와 아들은 행동대원들이 납치해왔고, 강철은 그 가족들 옆에 묻히기 위해 실려 왔던 것이다.

하늘은 높고 푸르러 구름 한 점 없었다. 헬기 아래로는 울긋불긋 푸른 강산이 펼쳐지면서 경지정리가 잘된 전답들이 고향의 냄새를 풍기고 있었다. 다만 프로펠러 돌아가는 소리만 요란할 뿐 이들은 마치 고향을 찾아가는 가족들 같았다.

이들은 구례로 향하는 동안 마음이 착잡했다. 특히 소꼬리를 죽여야 하는 강 회장의 입장에선 더욱 그랬다. 그의 머리 속으로 옛날 일들이 주마등처럼 흘러 가고 있었다.

　"고슈새끼! 아니, 개새끼!"

　"하이!"

　"이렇게 때리란 말이다."

　"어이쿠!"

　"센 쇼강!"

　"하이!"

　"너, 지금 날 놀리고 있나?"

　"그렇지 않습니다."

　"뭐가 안 그래? 이 조센징!"

　"윽!"

　"누가 멋대로 일어서라고 했어? 이 조센징!"

　"욱!"

　"너 이 새끼, 내가 왜 부른지 알아?"

　"……."

　"왜 대답이 없어?"

　"욱!"

　"정말 모르겠다는 거야?"

　"윽!"

　"그렇다면 내가 가르쳐 주지."

　"어이쿠!"

　"니가 뭔데 남의 약혼자를 빼앗아?"

　"으윽!"

　"어, 이 개새끼가 겁도 없이 노려보네?"

　"우으욱……! 그건 정말 오햅니다."

"누가 너보고 변명하랬어?"

"으으윽!

"팔조금법 대로라면 널 아주 죽여버려도 돼. 이 개자식아!"

"으윽!"

"니가 나를 망쳐?"

"으으으윽!"

"그러니까 빨리 쓰란 말야. 이 조센징아!"

"으아아악!"

"내가 돌아올 때까지 30분 안에 다 쓴다. 알겠나? 에잇 퉤!"

"으으으으!"

이런 것들이 떠오르면서 장환에게 유서를 쓰게 하고 헬기레펠로 괴롭히면서 그 아내까지 강간했던 일. 또 그를 찾아갔을 때 눈알이 파이고 혀가 잘리고 팔목이 잘려 흉측한 몰골로 변한 모습에,

"누가 그랬어 바로 네놈 짓이지? 아이고! 이 일을 어쩌나! 아이고 분해! 왜 그랬어? 무슨 철천지원수가 졌다고 이 꼴로 만들었어? 응? 빨리 말해! 이 나쁜 인간아! 아이고 내 팔자야! 아이고! 아이고! 아이고……!"라고 울부짖으면서 소꼬리에게 악을 쓰던 그 아내의 목소리가 들려왔다.

뿐만 아니라 그녀가 얼마나 독이 올랐던지 여자로써 창피한 것도 무릅쓰고,

"내 뱃속에는 네놈의 씨앗이 자라고 있다. 내 남편을 살려준다고 수없이 겁탈했던 결과다. 그런데도 너는 내 남편을 이 지경까지 만들어놨다. 그러므로 네 자식이 태어나는 순간 '탈리오 법칙'에 의해서 네 자식의 두 눈을 송곳으로 찌르고, 도끼로 팔목을 자를 것이며 혀까지 가위로 잘라놓겠다. 이 더러운 인간아!"라고 악을 쓰면서 얼굴에다 침을 뱉던 모습도 생생하게 클로즈업되어 왔다.

또, 진수가 잘려나간 아버지의 손목을 잡고 울부짖자,

"아아아아! 으으으으으……!" 하고 짐승처럼 울어대면서 괴로움을 호소했고,

"여보게 날세. 나, 주석이야."

"으으으으! 아아아아……!"

"여보. 저예요. 저 영란이라고요. 흑흑!"

"아아아아아! ㅇ ㅇ ㅇ ㅇ ㅇ ······!

"아버지! 저, 진수예요. 아버지 아들이라고요. 흑흑!"

"ㅇ ㅇ ㅇ ㅇ ㅇ! 아아아아아······! ㅇ ㅇ ㅇ ㅇ ㅇ ······!"

강 회장이 생각할 때 그것은 짐승의 울부짖음이었고, 그것도 덫에 걸린 짐승
이 살려달라고 울부짖는 절규였으며 피와 먹물이 섞인 피 먹물의 한이었다.

이런저런 생각에 강 회장의 마음은 착잡하기만 하다. 그러나 '이 자식을 어떻
게 죽일까?'라는 문제에 부딪치자 그 해답을 찾지 못해 또다시 미궁 속으로 빠
져들었다.

그러나 강혁 또한 마음이 편치 않은지 계속 침묵하고 있었다. 자신의 이름이
강혁이 아니라 천지우라는 것. 할아버지와 할머니는 물론 아버지와 어머니, 그
리고 쌍둥이형까지 송호림이란 인간에게 살해되었다는 점. 그것도 무자비하게
눈을 찌르고 혀를 자르고 팔목을 자르면서까지 죽였다는 점. 그것도 부족해서
할머니와 어머니를 강간하고 교통사고로 위장해서 형까지 죽였다는 점.

도무지 인간으로서는 저지를 수 없는 행위라고 인정되었지만 자신이 꼭 복
수하는 것을 봐야 하는지가 의문스러웠다.

아이들이 땡중, 돌중, 중놈이라고 놀려대고 왕따를 만들어서 결국 돌이킬 수
없는 사고를 저질렀던 일. 이 때문에 주지스님이 무릎을 꿇고 제발 교도소에만
안 가게 해달라고 경찰서와 학부모를 찾아다니면서 수도 없이 빌던 일. 그래서
학교도 그만 두고 오직 부처님에게만 매달려온 지도 어느 덧 십 수년.

"나를 알면 남이 보이고, 남이 보이면 세상이 보인다. 그리고 세상이 보이면
그가 바로 부처이니라."라고 말씀하신 주지스님을 받들어온 지도 벌써 31년.

헷갈리는 머리를 정리하기가 여간 어려운 게 아니어서 깊은 늪으로 빠져들
던 중, 헬기는 어느 새 목적지에 도착했는지 흙먼지를 날리면서 착륙하고 있었
다.

헬기 주변에는 언제 왔는지 까만 양복에 스포츠 머리를 한 청년들이 수십 명
이나 집결해 있었다. 그들은 프로펠러가 일으키는 바람이 얼마나 강한지 모두

가 옷을 잡고 있었고, 바람이 멈추면서 강 회장과 솔개가 내려오자 2열 종대로 늘어서서 허리를 90도로 굽혔다.

이 모습을 주민들이 이상한 눈으로 바라보고 있을 때 강주석과 솔개가 차에 오르면서 짐짝들도 옮겨지고 있었다. 짐짝은 모두가 5개였고 그것들이 분산되어 실리자 강 회장의 차가 먼저 출발하면서 까만 세단들이 줄을 지어 그 뒤를 따랐다. 그 모습은 마치 시칠리아의 마피아 단원들이 한판 벌이기 위해 이동하는 것 같았다.

이윽고 장환의 무덤에 도착한 강주석은 먼저 그들부터 나무에 묶도록 지시했다. 그들은 한결 같이 입에 자갈이 물려 있었고 입이 테이프로 봉해져 있었으며 손과 발도 꽁꽁 묶여 있는 상태였다. 그러나 나무에 묶이는 순간 자갈을 제거하고 테이프를 뜯어내 말은 할 수 있도록 조치를 취했다.

그들은 나무에 묶이자 공포에 질린 나머지 몸을 부들부들 떨었다. 특히 소꼬리의 아내와 아들은 영문조차 모른 채 끌려왔기 때문에 사시나무 떨듯 떨었다.

그런 가운데 구덩이가 파지고 있었다. 바로 강철이 묻힐 자리였다. 그 모습을 이철중은 묵묵히 바라보고 있었고 소꼬리는 더욱 떨어대고 있었다. 그때 갑자기 앙칼진 목소리가 터져 나왔다. 바로 소꼬리의 마누라가 학장이라는 신분을 과시하기 위해 질러대는 소리였다.

"너희 놈들 이러고도 무사할 것 같애?"

"이런 씨발년! 주둥아리 닥쳐!"

"으악!"

대원 하나가 귀싸대기를 갈겨대자 곧 비명이 터져 나오면서 코와 입에서 피가 흘렀다. 얼마나 세게 갈겼는지 금새 볼이 빨개지면서 손자국도 보였다.

또다시 침묵이 흐르는 가운데 산새들만이 지저귀고 있었고 구덩이 파는 소리만이 사각사각 들렸다.

이윽고 구덩이가 다 파지자 꼴통이 강철의 관을 열었다. 소꼬리와 이철중이에게 똑똑히 보여주기 위해서였다. 시신은 염을 다해놨기 때문에 별 이상은 없었지만 많이 부풀어 있었다. 그러나 소꼬리는 차마 볼 수가 없었던지 고개를 돌려 외면하였고, 그 모습에 사람들은 모두가 흥분해서 이를 갈았다. 더러운 인간이 끝까지 속을 보이자 더 화가 났던 것이다.

그때 강혁이 관으로 다가서고 있었다. 비록 장삼을 입고 바랑을 걸쳤을 망정 그는 강철과 똑 같은 모습을 하고 있었다. 사람들이 놀라는 가운데 소꼬리와 가족들, 그리고 이철중의 눈도 점점 더 커지고 있었다. 아무리 쌍둥이 형제라고 해도 그렇게 똑 같을 수가 없었다.

강혁이 형을 바라보면서 울고 있었다. 아버지와 어머니를 불러보지도 못하고 형조차 불러보지 못했는데 꼭 이렇게 만나야 하는지가 너무 한스러웠던 모양이다. 그가 그렇게 눈물을 흘리고 있을 때 대원들이 관을 옮겨가고 있었다.

이윽고 강철의 무덤이 다 만들어지자 꼴통이 앞으로 나섰다. 이철중의 죄를 다스리기 위해서였다. 그 모습을 소꼬리가 유심히 지켜보고 있었다. 그가 살게 되면 자신도 희망이 있다고 판단한 모양이었다.

"자네, 우리의 규율을 잘 알고 있겠지?"

"예. 하지만 그 상황에선 어쩔 수 없었습니다."

"나도 그 점에 대해서는 충분히 이해하지. 그러나……."

"결코 변명은 하지 않겠습니다. 다만……."

"다만 뭔가?"

"제 아내와 자식들을 끝까지 책임져 주십시오."

"단지 그것뿐인가?"

"그리고 제 손으로 죽겠으니 칼을 주십시오."

"알았네. 내가 살아 있는 동안은 꼭 약속을 지키겠네. 그럼, 잘 가게."

"형님들과 아우들, 부디 저를 용서하시고 행복하시기를……!"

이윽고 칼을 건네 받은 그가 눈물을 글썽거리면서 한 사람씩 바라보기 시작한다. 모두가 아는 얼굴이고 정든 얼굴이고 생사고락을 같이했던 얼굴이다. 잠시 희로애락의 순간들이 머리를 스치고 지나간다. 대원들이 차마 볼 수가 없어 외면하고 있는 가운데 솔개만 유심히 지켜보고 있다. 그것을 눈치 빠른 그가 모를 리 없다. 더 이상 부담을 주지 않기 위해 작별을 고하면서 칼을 들이댔다.

하지만 그 순간,

"잠깐, 기다려!"라고 솔개가 급히 소리쳤다. 사람들이 영문을 몰라 주춤하고 있는 사이 소꼬리의 얼굴에 잠시 미소가 번졌다. 자신의 예감이 맞아 떨어졌다고 생각한 모양이다.

"저 녀석이 충분히 뉘우친 것 같다. 손가락 한 개만 자르고 살려줘라."

"으흐흐흑! 회장님, 결코 은혜를 잊지 않겠습니다. 흑흑!"

감격해서 흘리는 눈물에는 거짓이 없고 그것이 바로 사랑이자 자비였다. 이렇듯 사랑과 자비는 모든 사람들을 감동시키는 밑거름이었다. 그때 염불소리가 조용히 울려 퍼지면서 메아리로 돌아왔다.

"일쇄동방결도량(一灑東方潔道場) 이쇄남방득청량(二灑南方得淸凉) 삼쇄서방구정토(三灑西方俱淨土) 사쇄북방영안강(四灑北方永安康)……."

강주석은 염불이 끝나는 것을 조용히 기다리고 있었다. 소꼬리와 그 가족들을 응징하기 위해서였다. 그 낌새를 알아차렸는지 소꼬리가 죽을상이 되어 그에게 매달렸다. 방금 살려주는 것을 두 눈으로 똑똑히 보았기 때문이다.

"이 보게. 주석이! 정말 잘 했네. 자네의 마음이 늘 그렇지 않았나. 그러니 우리도 너그러운 마음으로 살려주게. 우리는 일본육사 동문이 아닌가. 제발 부탁이네. 제발……!"

그러나 주석은 아무 반응도 보이지 않고 그의 죄상을 낱낱이 낭독한다. 죄상을 밝힘으로써 정당성을 확보하려 했던 것이다. 그의 목소리는 워낙 컸기 때문에 위엄마저 있어 보였다.

"여기 있는 소꼬리는 나라를 팔아먹은 친일파의 아들로써 일제 때부터 악명을 떨쳐왔습니다. 특히 이 자는 여기 있는 지상(강혁) 스님의 할아버지와 할머니, 아버지와 어머니, 그리고 방금 묻힌 형까지도 죽였습니다. 그것도 그냥 죽인 것이 아니라……."

소꼬리의 아내는 무언가 좀 알 것 같았다. 강주석의 얘기로 보아 틀림없는 사실 같았다. 그녀는 저런 인간과 평생을 함께 살아왔다는 것이 창피했지만 강주석은 더 놀라운 사실까지 밝혀주고 있었다.

"더구나 이 작자는 권력과 돈을 마구 휘두르면서 부정축재와 강간을 일삼았고, 탤런트와 여대생을 꼬드겨서 딸과 아들까지 낳았던 것입니다. 뿐만 아니라 이 작자는……."

"저런 개 같은 놈."

"정말 더러운 놈이군."

여기저기서 욕이 쏟아져 나오는 가운데 강주석의 목소리는 계속 이어졌다.

그런데도 나라가 눈이 멀어 이런 인간에게 주요 요직들을 맡겨왔으니 나라 꼴이 요 모양 요 꼴로……. 썩은 사회에서는 원시인들도 살기 힘드니 내가 이 놈을 죽여……."

"으윽, 개 같은 놈. 그런 줄도 모르고 내가……!"

아내가 너무 기가 막혀 눈을 부릅뜨자 소꼬리는 못 본 척 외면했고, 아들의 눈초리도 도를 넘자 아예 얼굴을 돌려버린다. 그렇지만 살아야한다고 생각했는지 또 울면서 매달렸다.

"이 보게, 주석이! 제발 좀 살려주게. 흑흑!"

"이 무덤들이 보이는가?"

"내가 잘못 했네. 이제부턴 정말 개과천선해서……."

"네놈이 지리산에서 천장환과 민영란을 죽여 짐승들의 밥으로 버렸을 때 나는 죽음을 무릅쓰고 훔쳐와 이곳에다 묻었네. 어디 그것뿐인가? 네놈이 천진수와 그 아내를 죽여 대학병원에다 실험용으로 기증했을 때도 간신히 빼내 여기에다 묻었고, 그것도 모자라서 강철까지 죽였으니……."

"그래서 내가 죽을죄를 졌다고 이렇게 빌고 있지 않은가. 제발 옛정을 생각해서라도 살려주게. 만약 그렇게 되면 결코 은혜는 잊지 않을 것이고, 이제부터는 꼭 개과천선해서 하느님 말씀만 따르겠네. 흑흑!"

"죄송하게도 하느님께서는 너 같은 인간을 제일 싫어한다네. 아마 꿈속에서 만나는 것조차 꺼려하시겠지. 그러니 제발 의젓하게 죽을 준비나 하게. 자꾸 이러면 나까지 추해지네."

"아냐? 그럴 리가 없어. 하느님께서는 여태껏 나를 보살펴 주셨거든. 그러니 제발……! 흑흑!"

"허허! 쓸데없는 욕심. 잔머리란 운동선수들의 전유물일 뿐, 자네 같은 놈들의 순발력은 아니라네."

"무슨 말을 해도 좋네. 그렇지만 꼭 살려주게. 이렇게 비네. 이렇게 빌어! 흑흑!"

소꼬리가 눈물을 흘리면서 두 손을 싹싹 비벼대자 강주석의 얼굴은 곧 벌레 씹은 표정이다.

"소포크라테스가 말했다. '니 꼬라지를 아는 것이 힘이다'라고……. 빨리 시행하게!"

"이 보게! 주석이! 아니, 고슈 세끼! 제발 살려 주게! 흑흑!"

주석의 말이 떨어지기가 무섭게 이들의 상의가 찢겨나갔다. 대원들이 람보 칼과 생선회 칼로 북북 그어버린 것이다. 그것은 일본과 미국에서 직접 구입한 칼로 예리하기가 그지없었다. 칼을 보자 이들은 사시나무 떨 듯 부들부들 떨었다. 대화가 전혀 안 통했기 때문이다.

또다시 염불소리가 울려 퍼지는 가운데 드디어 꼴통이 칼을 들었다. 그가 가장 아끼는 닛뽄도였다. 그것이 공중에서 한 바퀴 돌더니 망나니 칼처럼 돌아가기 시작했다. 강철의 원혼을 달래려는 것 같았다.

이것을 본 소꼬리가 또다시 울부짖으면서 매달렸다. 죽음이 임박하자 발악을 하는 것이었다.

"이 보게. 고슈 세끼. 흑흑! 제발 좀 살려주게! 자네 말 한 마디면 우린 살 수 있네. 흑흑! 자네와 나는 원수진 일이 없지 않은가. 흑흑! 지난 번 국무회의 때도 자네 기업을 죽이라고 하는 것을 내가 막았다네. 그러니 제발……. 흑흑!"

그 모습에 꼴통의 얼굴이 잔뜩 일그러지더니,

"너 같은 놈하고 이 맑은 공기를 함께 마시고 살았다는 것이 창피할 뿐이다!"
라고 소리치면서 그대로 칼을 휘둘렀다. 제1타깃은 아들이었다.

"으악! 엄마, 아빠! 살려주세요! 으윽!"

"악! 안돼! 안돼! 이 나쁜 놈들아! 으흐흑! 내 아들, 내 아들을……! 윽……!

꼴통의 닛뻔도가 춤을 추자 그 어미가 악을 쓰면서 통곡했다. 남편에게 속아 살아온 것만도 억울한데 미운 정 고운 정 다 들었던 아이가 죽어가자 모성애가 발동한 것이다.

그러나 대원들이 간을 빼서 제단에다 올리고 피를 모아 무덤 주변에다 뿌리자, 이것을 본 어미는 장이 끊어지는 듯한 슬픔에 더욱 심한 악담을 퍼부었고 염불소리는 또다시 메아리가 되어서 돌아오고 있었다.

"이 나쁜 놈들아! 이 더러운 놈들아! 흑흑! 꼭 죄 값을 받을 것이다! 으흐흑 흑!"

"아약향도산(我若向刀山) 도산자최절(刀山自摧折) 아약향화탕(我若向火湯) 화탕자 소멸(火湯自消滅)……."

"어머니가 죽은 것은 고향이 죽은 것이고, 고향이 죽은 것은 곧 인생이 죽은 것이다. 그런데도 네 남편은 그 어머니들을 마구 죽였고, 학장이라는 네년은 또 그런 것을 뻔히 알면서도 도둑질이나 하면서 방관하고 동조했다. 그래서 '탈리오의 법칙'은 진리인 것이다. 억울하게 생각할 필요도 없고 후회할 필요도 없다. 이 더러운 년아."

"에잇, 개 같은 년!"

"으악! 으으으윽!"

또 한 사람의 목숨이 끊어지자 강혁의 목소리는 점점 더 커져갔다.

"아약향지옥(我若向地獄) 지옥자고갈(地獄自枯渴) 아약향아귀(我若向餓鬼) 아귀자 포만(餓鬼自飽滿) 아약향수라(我若向修羅) 악심자조복(惡心自調伏) 아약향축생(我若向 畜生)……."

이제 마지막으로 남은 자는 소꼬리였다. 그러나 소꼬리는 그래도 살고 싶었던지 마지막으로 목숨을 구걸해 본다.

"닭 모가지를 비튼다고 해도 새벽은 오고, 나 같은 놈 하나 죽인다고 해도 썩은 물은 그래도 흐르네. 그러니 눈 한번 질끈 감고 살려주게."

"자네 말에도 일리는 있네. 그러나 네 모가지가 잘리는 판에 새벽이 오면 뭘 하겠나. 자신에게 이익만 된다면 나라까지 팔아먹는 것이 너 같은 놈들의 의식

구조인 것을……."

"나만 그런가. 세상 놈들이 다 그런 걸. 그래도 이 나라에는 내가 있어야 하네. 제발 좀 살려주게."

"닭은 병아리 때부터 잘 길들여져야 성장해서 알도 잘 낳고 인간에게 득이 되는 거라네."

"그래서?"

"똥구멍이 터진 닭 새끼가 똥물이나 질질 흘리면서 푸드덕거리면 수많은 사람들이 소음과 악취 때문에 고통받게 되네. 그래서 너를 일찍 죽였어야 했어. 그런데 그게 그만……."

"이런 개자식! 인정이라곤 눈곱만큼도 없는 자식! 어서 죽여라! 이 개새끼야!"

도무지 살려줄 것 같지 않자 소꼬리가 돌연 태도를 바꿔 욕설을 퍼붓는다. 그의 진면목이 또다시 돌출 되고 있었다.

"허허! 진작 그렇게 나올 것이지. 그 대신 자네가 독도 팔아먹은 것은 덮어두지. 허허!"

"뭐야? 내가 언제……?"

"이런 씨발놈!"

"으악! 으아악! 악! 으악! 음음! 으음……!"

보다 못한 꼴통이 욕설과 함께 냅다 눈을 찔렀다. 소꼬리가 고통에 못 이겨 펄쩍펄쩍 뛰는 가운데 그는 팔목과 혀까지 잘랐다. 소꼬리는 더 이상의 고통을 이기지 못하고 기절하고 만다. 요직을 두루 거친 고위공직자로서의 품위가 너무 개판이었고, 그가 천장환을 눈부터 찔렀다는 것을 들었기 때문에 똑 같이 한 것이다.

꼴통은 즉시 배를 갈라 간을 꺼내고 피를 받았다. 그리고 머리를 잘라 간과 함께 제단에 올리고 피를 뿌렸다. 이제 소꼬리의 몰골은 장환이 당했던 것보다 더 험악하면 험악했지 그 이하는 아니었다.

그러나 강혁의 염불은 계속 이어진다.

"아석소조제악업(我昔所造諸惡業) 개유무시탐진치(皆由無始貪瞋痴) 종신구의지

소생(從信口意之所生) 일체아금개참회(一切我今皆懺悔)……."

제단이 다 꾸며지자 모두가 경건한 마음으로 제사를 지내기 시작했다. 제단은 장환이 묻혀 있는 무덤을 중심으로 해서 그 우측에는 진수와 영옥이, 좌측에는 영란과 정우(강철)가 묻혀 있었다.

아지랑이가 피어오르는 춘삼월이었다. 겨우내 얼어붙었던 시냇물이 녹아 졸졸 흐르고 들녘에는 파릇파릇한 새싹들이 돋아나고 있었다. 무덤을 덮은 잔디에도, 그 주변에도 파란 싹들이 돋아나면서 진달래가 꽃망울을 부풀리고 있었다.

그런 가운데 의식이 무르익어 갈수록 강혁의 염불소리는 더욱 높아가고 있었다.

"관자재보살(觀自在菩薩) 행심반야바라밀다시(行深般若波羅蜜多時) 조견오온개공도(照見五蘊皆空度) 일체고액(一切苦厄) 사리자(舍利子) 색불이공(色不異空) 공불이색(空不異色)……."

"꾸르르릉!"

"꾸르르릉! 꾸르르릉!"

"꾸르르릉! 꾸르르릉! 꾸르르릉!"

"꾸르르릉……! 쾨광꽝꽝! 쾨광꽝꽝꽝꽝!"

"쾨광꽝꽝! 쾨광꽝꽝! 쾨광꽝꽝꽝꽝……!"

갑자기 마른하늘에 천둥번개가 치면서 날벼락이 떨어지고 있었다. 참으로 이상한 일이었다. 아지랑이가 아른거리고 꽃피는 춘삼월에 천둥번개와 날벼락이라니 그게 이상했다. 그것은 적어도 장마철이나 가을에 일어나야 옳았다. 그런데 하필이면 오늘 같은 날에 일어나고 있었다.

그것은 산이고 들판이고 무덤이고 가리지 않고 마구 때렸다. 벼락이 떨어진 곳에서는 곧 불길이 치솟았다. 강주석이 바라보니 여기저기서 산불이 일어나고 있었다. 지리산 전체가 타고 있는 것 같았다.

연기 때문인지 하늘이 컴컴해지면서 강풍까지 몰아치고 있었다. 적어도 시속 50km는 되어 보였다. 이제 하늘은 온통 잿빛이었다. 사태가 심각해지자 사람들은 일단 차 속으로 피했다. 아무리 큰 벼락(5,000~15,000V)이라고 해도 차안에 타고 있으면 안전하기 때문이었다. 어쨌거나 거짓말 같은 무서운 현실이 이 땅에서 일어나고 있었다.

"꾸르르릉……! 꽈광꽝꽝!"

"꾸르르릉……! 꽈광꽝꽝! 꽈광꽝꽝꽝꽝!"

"으, 저럴 수가!"

"으으!"

벼락에 맞은 시체들이 재가되고 있는 가운데 강혁은 계속 염불을 하고 있었다. 강주석은 그것을 바라보면서 경건한 마음도 일었지만, 한편으론 소꼬리 같은 인간들을 아예 없애려는 하늘의 뜻이라고 생각했다.

"꾸르르릉! 꽈광꽝꽝! 꽈광꽝꽝꽝꽝!"

"꽈광꽝꽝! 꽈광꽝꽝! 꽈광꽝꽝꽝꽝꽝꽝!"

"꽈광꽝! 꽈광꽝꽝꽝꽝! 광꽝꽝꽝꽝꽝꽝꽝꽝!"

"꽈광꽝! 꽈광꽝꽝꽝꽝! 꽝꽝꽝꽝꽝꽝꽝꽝꽝꽝꽝꽝……!"

천둥번개를 동반한 벼락은 쉬지 않고 떨어지고 있었다. 어디로 떨어지는지는 몰라도 곳곳에서 번쩍번쩍하며 굉음이 들려오는 것을 보면 아마 전국적인 현상 같았다.

그 사이 산불은 급속도로 퍼져나갔다. 중국 황하에서 편서풍을 타고 오는 황사현상까지 겹쳐 그 속도가 무척 빨랐고, 습도가 낮고 건조해서 바짝 마른 나뭇잎들이 불쏘시개 역할까지 하고 있었다. 이 때문에 차안도 후끈후끈 달아올라 도저히 견디기가 어려웠다.

강주석은 빨리 떠나야겠다고 생각했다. 이곳에 오래 머물수록 위험하다는 생각이 들었던 것이다. 강주석은 궁금한 나머지 라디오를 틀면서 강혁을 데려오도록 지시했다.

라디오에서는 이 사태를 대대적으로 보도하고 있었다. 정규방송은 접어둔 채 온통 이 사태로 도배하고 있었다. 백두대간이 불타고 댐들이 부서지고 사람들이 벼락에 맞아 죽는 등, 이것은 분명 천재지변이라고 아나운서와 해설자가 목이 터지도록 흥분하고 있었다.

강주석이 보기에도 보통 심각한 일이 아니었다. 그런데 강혁을 데리러 갔던 대원이 혼자 오고 있었다.

"왜, 혼자 오나?"

"그곳에 남아 있겠답니다."

"그래? 산불 때문에 위험할 텐데?"

"그 얘기를 했는데도 꼼짝 안 했습니다."

"그래? 그렇다면 내가 가보지."

강혁은 꼼짝 안고 염불만 하고 있었다. 마치 돌부처 같은 모습이었다. 강주석은 자신도 모르게 존경심이 일었다.

"무안이비설신의(無眼耳鼻舌身意) 무색성향미촉법(無色聲香味觸法) 무안계(無眼界) 내지(乃至)……"

"스님, 가셔야지요?"

"무의식계(無意識界) 무무명(無無明) 역무무명진(亦無無明盡) 내지(乃至)……"

"여기 있으면 죽습니다. 빨리 가시지요"

"어허! 죽고 사는 것 또한 하늘의 뜻이거늘……"

"그럼, 안 가시겠다는 말씀이오?"

"갈 사람은 가야하고 남아야 할 사람은 남을 뿐이오"

"그럼, 이만……"

강주석은 더 이상 권하지 않고 차로 돌아왔다. 그의 고집을 꺾을 수 없다고 판단했기 때문이었다.

또다시 마피아 조직 같은 검은 세단들이 줄을 지어 출발하고 있었다. 서울로 돌아오는 동안 강주석은 라디오를 계속 들었다. 그러나 천둥번개와 벼락이 계속 이어지는 가운데 라디오에서는 어마어마한 사실들만 계속 쏟아져 나왔다. 전기와 수돗물이 끊어지는 등 전국이 아비규환을 이루고 있다는 내용이었다. 아무튼 시간이 흘러갈수록 피해만 계속 늘어나고 있었다.

평일인데도 차는 계속 밀렸다. 좁은 국토에 비해 차가 너무 많았고 언제부터인가 목소리들이 너무 커진 탓이었다. 그래서 도로가 늘 몸살을 앓고 있었다.

검은 세단들이 일렬로 진행하고 있는 가운데 끼어 들기와 새치기, 빨리 비키라고 경적 울리기, 창문 열고 침 뱉기, 담배꽁초 버리기, 전조등을 상향조정하거나 사팔뜨기를 만들어서 상대편 운전자 방해하기 등을 하는 놈들이 부지기수였다. 쥐새끼 같은 놈들이라고 생각했지만 이들은 묵묵히 차를 몰았다. 상대할 가치조차 없는 놈들이기 때문이었다.

그렇다고 이들만 탓할 문제도 아니었다. 혼자 잘 살기 위해 기회만 있으면 도둑질하는 구렁이들, 그 밑에서 죽는시늉까지 하면서 아부하는 지렁이새끼들, 주둥아리와 행동이 전혀 다른 사이비 종교인들, 국민들의 피와 살을 훔쳐먹고 사는 족벌기업들, 도둑질한 돈으로 흐느적거리면서 모든 것을 돈으로 해결하려는 개 같은 인간들, 잔머리나 굴리면서 서민들을 울리는 수많은 사기꾼들에 이르기까지 모두가 책임져야 할 문제였다. 어쨌거나 신호등이 이렇게 많은 것은 교통흐름을 원활하게 하기 위해서인지 아니면 누구 배를 불리기 위해서인지 고속도로까지 나오는데는 엄청 많은 시간이 걸렸다.

고속도로에 들어와서도 차가 밀리기는 마찬가지였다. 천둥번개와 낙뢰가 계속되는 가운데 산이 불타고 온 세상이 매캐한 연기로 가득 차자 서로 먼저 가기 위해 차량들이 뒤엉키면서 싸움질이나 하는 등 잡종민족 특유의 개판문화가 시작되고 있었다. 강주석은 이것이 바로 한민족의 현주소라고 생각하면서 차에서 내렸다.

온 산이 불타고 있었다. 그것은 마치 횃불놀이 하는 것처럼 보였고 나라전체가 타는 것 같기도 했다. 이 때문에 차안이 후덥지근해지자 사람들은 더 이상 참지 못하고 차에서 내려 망연자실한 채 바라보고 있었다.

곳곳에서 고성이 오가고 싸우는 사람들이 늘어나면서 차는 조금도 움직일 기미를 보이지 않았다. 강주석은 서울로 돌아가기는 틀렸다고 판단하고 솔개를 불렀다.

"서울로 돌아가기는 틀린 것 같은데 어떻게 생각하나?"

"그럼, 어디로……?"

"전주로 가세."

"예."

한국인들은 참 눈치 빠른 국민이었다. 한결같이 검정색 양복에 스포츠 머리를 한 40명의 청년들이 나서자 모두가 지레 겁먹고 꼬리를 내린 것이다. 그 과정에서 몇몇 청년들이 덤벼들었으나 그들은 죽 사발이 되었고 도덕시간에 열심히 배웠던 것을 후회하고 있었다.

이윽고 도로가 뚫리자 그들은 서서히 액셀레이터를 밟았다. 그리고 전주시내로 들어섰을 때 천둥번개가 우박으로 바뀌고 있었다. 그것도 일정한 덩어리로 떨어지는 것이 아니라 조약돌에서부터 바위에 이르기까지 제멋대로 떨어졌다.

사람들이 우박을 피해 이리저리 뛰는 모습이 보였다. 우박이 워낙 크고 무서웠기 때문에 사람들은 지레 겁을 먹었다. 그것은 또 천방지축으로 떨어졌기 때문에 거리는 온통 아수라장이었다.

우박은 주로 죄질에 따라 응징하는 것처럼 보였다. 권력이나 직위를 이용해서 돈을 긁어모으는 놈, 법규를 교묘히 이용해서 떼돈을 버는 놈, 힘없는 사람들을 깔고 앉아 트위스트를 추는 놈, 사이비 종교를 앞세워서 신도들의 몸과 돈을 빼앗는 놈, 이런 얼굴 껍질이 없는 놈들에게는 바위 같은 우박으로 내리쳤고, 직장에서 줄 잘 서는 놈, 도망갈 구멍 만들어 놓고 서류 만드는 놈, 제돈 안 쓰고 얻어먹기만 하는 놈, 돈만 보면 눈깔이 뒤집히는 놈들에게는 짱돌 같은 우박을 날렸으며, 거짓말이나 일삼으면서 잔재주만 피우는 놈, 미국 가서 애 낳아 미국시민권을 얻으려는 좀도둑 같은 놈들에게는 조약돌 같은 우박을 던지는 등, 마치 거짓말 같은 일들이 사실로 나타나고 있었다.

강주석이 호텔에 돌아왔을 때는 우박이 강한 빗줄기로 바뀌고 있었다. 라디오에서는 계속 천재지변이라는 말과 함께 피해상황들이 속속 보도되고 있었다. 그리고 잠시 후, 썩은 정치 1번지인 여의도가 물에 잠기고 있다는 내용도 흘러나왔다. 소양댐과 팔당댐을 비롯한 전국의 댐들이 벼락과 홍수에 파괴되었기 때문에 일어난 현상이라고 했다. 이제 더 이상의 물 값 시비는 없을 것 같았다.

암흑세계가 펼쳐지고 있는 가운데 백두대간은 이미 숯 덩이로 변했고, 생필

품가게가 털리면서 김포공항도 만원이라는 내용이 몇 번씩이나 반복되어 보도되고 있었다.

관공서와 큰 빌딩에서는 자가발전을 했기 때문에 그나마 다행이었다. 일반 가정에서는 비상 초와 자동차 전조등으로 대체하였고, 거리는 지나가는 차량들만 가끔 보일 뿐 암흑세계나 마찬가지였다.

비는 쉬지 않고 계속 뿌려댔다. 아스팔트 위를 두드리는 것이 마치 콩을 볶는 것 같았다. 짧은 시간에 얼마나 많은 양의 비가 쏟아졌는지 잠수교는 이미 그 모습을 감췄고, 낮은 지대에 있는 사람들은 우왕좌왕하면서 불안에 떨고 있었다.

하늘이 내린 천벌이었다. 강주석은 그렇게 생각할 수밖에 없었다. 소꼬리 가족이 흔적도 없이 사라진 것이나, 백두대간이 숯덩이로 변한 것이나, 우박과 비가 이런 모습으로 나타난 것이 천벌이 아니고서는 도저히 일어날 수 없는 현상이었다.

어쨌거나 한 많은 잡종들이 한없이 뿌려댄 씨앗들이 문제였고, 잔머리 교육에 찌든 환자들이 얼굴 껍질까지 벗겨가면서 설쳐댄 결과였다.

강주석은 그런 생각 때문에 뜬눈으로 밤을 새우고 있었다. 담배도 벌써 두 갑 째였고 재떨이도 두 번이나 비운 상태였다. 다행히 서울에 있는 가족들은 무사했고 오히려 자신의 안전을 더 걱정하고 있었다.

그때 전화벨이 울리면서 뻐꾸기 시계가 다섯 번을 울어대고 있었다. 그는 담배를 재떨이에 비벼 끄면서 천천히 수화기를 집어들었다.

"회장님, 저 솔갭니다."

"아직까지 자지 않았나?"

"예. 강혁이가 걱정돼서 도무지 잘 수가 없습니다."

"나도 그 생각을 하고 있었네."

"그래서 제가 다녀올까 해서 회장님께 전화 드렸습니다."

"아닐세. 내가 곧 내려갈 테니까 준비시키게."

장대 같은 비가 쏟아지는 가운데 또다시 검은 차량들의 행렬이 이어지고 있있다. 모두가 잠을 자지 못해 눈이 충혈 되었지만 조는 사람은 없었다. 모두가 그를 걱정하고 있었던 것이다.

강주석은 장환의 마지막 혈육인 강혁을 버려 두고 왔던 것을 몹시 후회했다. 그의 불심을 이길 것 같지 않아 방관했지만 친구의 입장에서 보면 그것은 결코 옳지 않았다.

구례가 거의 가까워오자 빗줄기가 약해지면서 날이 밝아오고 있었다. 다행히 통행하는 차량들이 별로 없어 운행에는 지장이 없었지만 도로가 망가진 곳이 드문드문 보였다.

이들은 구례에 도착하자 곧바로 묘소를 찾았다. 산은 이미·방송에서 보도했던 대로 숯 덩이로 변해 있었고, 도로도 부서지고 패인 곳이 많아 걸을 수밖에 없었다.

그들이 한참을 걸었을 때 무덤이 보이기 시작했다. 그 앞에는 아직도 염불을 하고 있는지 강혁이 어제와 똑 같은 모습을 하고 있었다. 밤새도록 천둥번개가 치고 장대같은 비가 쏟아졌는데도 그렇게 앉아 있다는 것은 대단한 집념이었고 끈질긴 인내였다. 다만 얼굴이 어제의 모습은 아니었다. 열기에 익어 벌겋게 변한 모습에 그들은 절로 고개가 숙여졌지만, 가까이 다가갈수록 염불소리는 더 크게 들려오고 있었다.

"구품함령등피안(九品含靈登彼岸) 이차예찬불공덕(以此禮讚佛功德) 장엄법계제유정(莊嚴法界濟有情) 임종실원왕서방(臨終悉願往西方) 공도미타성불도(共覩彌陀成佛道) 극락세계연지중(極樂世界蓮池中) 구품연화여거륜(九品蓮華如車輪)……."

강주석은 염불이 끝나자 조심스럽게 물었다.

"스님, 괜찮으십니까?"

"무엇을 웃고 무엇을 기뻐하랴. 세상은 쉼 없이 타고있는데 그대들 어둠 속에 덮여 있구나. 어찌하여 등불을 찾지 않는가? 보라, 이 부서지기 쉬운 병 투성이를. 이 몸을 의지해 편안하다 하는가? 욕망도 많고 병들기 쉬워 거기엔 변치 않는 실체가 없네."

"스님, 그게 무슨 말씀입니까?"

"어허! 원망으로써 원망을 갚으면 끝내 원망은 쉬어지지 않는다. 오직 참음으로써만 원망은 사라지나니 이 법은 영원히 변치 않으리."

"스님, 잘못했습니다."

강주석을 비롯한 모든 사람들이 무릎을 꿇자 지상 스님의 말은 또 이어진다.

"허공도 아니요 바다도 아니다. 깊은 산 바위틈에 숨어들어도 일찍 내가 지은 악업의 재앙은 이 세상 어디서도 피할 곳이 없네."

"잠 못 드는 사람에게 밤은 길고 피곤한 나그네에게 길이 멀 듯이, 진리를 모르는 어리석은 사람에겐 생사의 밤길은 기일고 머얼어라. 으으윽……!"

"스님! 괜찮으십니까?"

"스님, 스님!"

"스님! 스님! 스님, 스님~! 으흐흐흑!"

"스님, 스니임……! 흑흑흑흑……!"

(大尾)

날벼락

인쇄일 초판 1쇄 2001년 10월 10일
        2쇄 2017년 08월 17일
발행일 초판 1쇄 2001년 10월 21일
        2쇄 2017년 08월 28일

지은이 신 중 경
발행인 정 진 이
발행처 새미
등록일 1994.03.10, 제17-271호

서울시 강동구 성내동 447-11 현영빌딩 2층
Tel : 442-4623~4 Fax : 442-4625
www.kookhak.co.kr
E- mail : kookhak2001@hanmail.net
ISBN 978-89-5628-421-7
가 격 9,500원

* 새미는 국학자료원의 자매회사입니다.
*저자와의 협의 하에 인지는 생략합니다.